KIRA LICHT

CATCHING FEELINGS

Das Herz findet
immer einen Weg

PLANET!

Prolog

LYS

New York, eine Woche zuvor

Das Herz findet seinen Weg. Ich drehte den kleinen Kühlschrankmagnet zwischen meinen Fingern. Die sanft geschwungene goldene Schrift passte perfekt zu dem fliederfarbenen Hintergrund. *Das Herz findet seinen Weg.* Nicht nur der Spruch klang optimistisch, sogar die Farbkombination aus Flieder und Gold strahlte Gelassenheit und Zuversicht aus. Eigenschaften, die mir verloren gegangen schienen. Stattdessen kreiste diese eine Frage in Endlosschleife in meinem Kopf: Hatte ich die richtige Entscheidung getroffen?

Die Tür meines Zimmers wurde schwungvoll aufgestoßen.

»Ich sehe keinen nennenswerten Fortschritt.« Meine beste Freundin Chloe ließ zwei leere Müllsäcke auf den Boden sinken. Dann warf sie ihre Sonnenbrille auf die Couch, während sie sich gleichzeitig die Plateausandalen von den Füßen kickte und einen prüfenden Blick auf ihr Handy warf.

Ich beobachtete sie wie immer fasziniert dabei. Chloe war die ungekrönte Königin des effektiven Zeitmanagements. Ich konnte ein Lied davon singen. Drei Jahre lang hatte ich nach dem Volleyballtraining neben ihr geduscht. Während ich mich noch für ein Shampoo entschied, hatte Chloe bereits eine Haarmaske aufgetragen.

»Du warst bloß zehn Minuten weg«, verteidigte ich mich halbherzig und ließ den Blick aus dem Fenster schweifen. Aber nicht mal der strahlend blaue Himmel über Carnegie Hill konnte meine grauen Wolken vertreiben. Um mich herum auf dem Bett verteilt lagen Kleidungsstücke, die darauf warteten, dass ich sie begutachten und wahlweise aussortieren oder zurück in den Schrank packen würde. Chloe und ich waren beide an der Brown University angenommen worden. Ich im Studiengang BWL, sie würde Jura studieren. Chloe war sich, wie in allen anderen Dingen des Lebens auch, ganz sicher, die richtige Wahl getroffen und den Herausforderungen des Studiums gewachsen zu sein. Sie besaß eine innere Selbstsicherheit, um die ich sie sehr beneidete. Sie würde in einer Woche ein Praktikum bei »Latham & Watkins«, einer der renommiertesten Anwaltskanzleien New Yorks, beginnen. Eine große Chance, für die sie hart gekämpft hatte und die ihr einen Vorgeschmack auf das Studium geben würde.

Ich hingegen fühlte mich eingeschüchtert von der Vorstellung, mich bald zwischen so vielen anderen Studenten beweisen zu müssen. Wir hatten schon unsere Stundenpläne und die Bücherlisten bekommen, und das hatte es nicht besser gemacht. Ich war nicht so perfekt organisiert wie Chloe, nicht so zielstrebig und nicht so selbstbewusst. An manchen Tagen fühlte ich mich regelrecht gelähmt und war mir sicher, bei dem Großprojekt »BWL-Studium« zu versagen.

Meine Aufmerksamkeit wanderte zurück zu dem Berg Kleidung auf meinem Bett. Da Chloe und ich am Ende der Sommerferien gemeinsam ins Wohnheim auf dem Campus der Brown ziehen würden, hatten wir beschlossen, unsere Zimmer noch mal gründlich auszumisten.

Und heute war mein Reich an der Reihe.

»Wenn du in diesem Tempo weitermachst, verpasst du noch die Einführungsveranstaltung in sechs Wochen.« Chloe schaute von ihrem Smartphone auf und ließ sich im Schneidersitz auf meiner durchgesessenen Couch nieder. Ihre Miene wurde weich. »Niemand zwingt dich, Lys. Noch kannst du alles canceln. Storniere deine Flüge, ruf in Blackfish Bay an und sag ihnen, dass du es dir anders überlegt hast.«

Ich seufzte und begutachtete alibimäßig ein blau-weiß geringeltes Shirt. »Nein, ich kneife jetzt nicht.« Oder vielleicht doch? Ich klang erbärmlich. Und da waren sie wieder, die Fragen: Hatte ich die richtige Entscheidung getroffen? Oder erwartete mich die größte Enttäuschung meines Lebens?

Ich legte das Shirt zurück auf die Patchwork-Tagesdecke, dann betrachtete ich Chloe, die mich immer noch leicht besorgt musterte. Das cremefarbene Polohemd ließ ihre hellbraune Haut strahlen, dazu die dunkle Jeans, die in Pastellrosa lackierten Finger- und Fußnägel, der dezente Schmuck. Sie sah klasse aus. Ich hingegen versumpfte in der Jogginghose meines Ex-Freunds und trug dazu ein XL-Shirt, auf dem ein quietschgelber Pikachu herumsprang.

Als mein Magen in die Stille knurrte, rang ich mir ein zuversichtliches Lächeln ab. »Lass uns etwas zu essen holen. Ich habe Lust auf einen Wrap.« Ich drehte den Magnet zwischen meinen Fingern. »Fürs restliche Ausmisten brauche ich nur noch eine halbe Stunde.«

»Aber so gehe ich nirgendwo mit dir hin.« Chloe schoss hoch, marschierte zu meinem Kleiderschrank und riss die Türen auf. »Du weißt, ich liebe dich, aber wir haben hier einen verdammten Ruf zu verlieren«, sagte sie zu meinem beigefarbenen Trenchcoat.

»Sei nett zu ihm, er mag dich.«

Chloe schwang herum. »Nicht frech werden, Fräulein. Ich weiß, wo deinen Klamotten hängen.« Sie grinste.

Ich lächelte. »Das sagt die Richtige.« Chloe würde auch im Schlafanzug mit mir essen gehen, das war mir klar. Sie war die Erste, die ich hier in New York kennengelernt hatte, und sie war das Beste, was mir seit Langem passiert war. In ihr hatte ich eine wahre Freundin gefunden, die mit mir durch dick und dünn ging. Nach außen wirkte sie vielleicht etwas überdreht und auch ihre pathologische Schwäche für Mode erschien oberflächlich. Aber Chloe war lieb und loyal und sie war immer für mich da.

Jetzt griff sie in meinen Schrank und warf ein dunkelblaues Maxikleid auf mein Bett. »Das hier?«

Ich nickte, dann hielt ich den Magnet hoch. »Erinnerst du dich noch, wann du mir den geschenkt hast?«

»Jacob hatte dich abserviert und du warst ein Wrack.« Sie lächelte triumphierend. »Und jetzt beulst du seine Jogginghose aus und fliegst quer durchs Land, um die Firma deines Vaters zu übernehmen.«

»Oh ja.« Ich lachte und angelte nach den Riemchensandalen unter meinem Bett. »Und dabei war Jacob keine einzige Träne wert.« Und was die Übernahmepläne anging … Nun ja, wir würden sehen.

Ich tauschte Schlabberlook gegen Maxikleid, während Chloe ihr Lipgloss auffrischte.

Als ich in meine Sandalen schlüpfte, glitt mein Blick erneut zum Fenster, und ich machte die paar Schritte darauf zu. Die Silhouette von New York malte sich wie ein grauer Schatten vor den wolkenlosen Himmel. »In einer Woche sitze ich schon im Flieger.«

»Bleib hier, Lys.« Chloe seufzte leise. »Blackfish Bay ist deine Vergangenheit. Ich sage es gerne noch mal, aber ich glaube, du verklärst diese Vergangenheit, vor allem die Situation mit deinem Vater und seiner Freundin. Vielleicht ist es besser, es bleibt alles so, wie es ist. Manche Dinge kann man nicht reparieren.« Sie stellte sich neben mich an das Fenster. »Vielleicht zieht es dich auch nach Blackfish Bay, weil du es mit den Erinnerungen deiner Kindheit verbindest. Sorglose, fröhliche Bilder eines Mädchens, das behütet aufwächst. Jetzt hat dein Vater eine neue Familie und du bist erwachsen. Deine Sicht auf die Welt ist eine andere.« Ihre Stimme wurde leiser. »Und sehr wahrscheinlich hat sich auch in Blackfish Bay vieles verändert. Warum sagst du nicht einfach ab? Ich sehe doch, wie unwohl du dich fühlst.«

Bei ihren Worten waren Erinnerungsfetzen vor meinem inneren Auge aufgetaucht. Das stürmische Beringmeer, das gegen den Pier der Fabrik schlug. Endlose grüne Hügel und Täler, eine freie und wilde Natur, die den kleinen Ort umgab. Unser Leben mit den Jahreszeiten, den Gezeiten, den Sonnenstunden. Lange sonnige Nachmittage am Strand, mit Robben, die ihre Köpfe neugierig aus den Wellentälern reckten. Eisige Winter mit kalt gefrorenen Nasenspitzen und jeder Menge warmem Tee. Es war, als würde ich das Salz des Meeres auf meiner Zunge schmecken. Und plötzlich war alles so real, so greifbar, dass eine unbändige Sehnsucht in mir erwachte. Nach Hause. Ich würde nach Hause zurückkehren, in ein Land, das einem viel abverlangte und das so unendlich viel mehr gab. Ich wollte wieder das schwankende Deck eines Schiffs unter meinen Füßen spüren. Ich wollte, dass die raue Seeluft mir das Haar zerzauste. Ich wollte, dass der kühle Sand mich zwischen meinen Zehen kitzelte und –

»Ist alles okay?«, riss Chloes Stimme mich zurück in die Realität. »Deine Augen glänzen plötzlich so. Hast du Fieber?« Sie legte mir sacht eine Hand an die Stirn.

»Was?« Alaska. Es war mal meine Heimat gewesen. Chloe

hatte natürlich recht und ich war eine andere. Ich war nicht mehr der wütende Teenager, der seinem Vater die Schuld für alles gab. Wir hatten uns vier Jahre lang nicht gesehen, kaum Kontakt gehabt. Und jetzt wollte ich einen Neuanfang wagen. Ich wollte herausfinden, ob eine Beziehung, die so zerrüttet war wie unsere, so voller ungesagter Worte, so voller bereuter Worte, noch zu kitten war. Wir waren doch mal eine Familie gewesen. Sollte es da nicht eine zweite Chance für uns geben?

»Fieber hast du jedenfalls nicht.«

»Danke.« Ich strich Chloe kurz über den Arm. »Mir geht es gut.« Es war zwar merkwürdig, doch auf einmal fühlte ich mich tatsächlich besser.

Als wir mein Zimmer verließen, betrat meine Tante May gerade die Wohnung. Sie lächelte und stellte Einkaufstaschen neben dem Sideboard an der Tür ab.

»Hallo Mädels. Habt ihr schon etwas gegessen?« Ihr Blick fiel auf Chloes schwindelerregend hohe Plateausandalen. »Du lieber Himmel, pass bitte auf, dass du nicht die Treppe herunterfällst, Chloe.« May war Lehrerin an einer Privatschule in einem der Nobelviertel von New York und konnte ihren Stand nicht verleugnen. Sie sprach meistens mit uns, als wären wir immer noch zwölf.

Während Chloe May ihren geradezu Ninja-gleichen Gleichgewichtssinn erklärte, erklang aus meiner Tasche der WhatsApp-Gong. Tamika, leuchtete auf dem Display auf, darunter stand nur ein Satz. Ich sehe dich am Strand.

Ich lächelte.

Chloe und May sprachen mittlerweile über unsere Pläne für das Abendessen. »Wollen wir?«, fragte ich Chloe. »Sollen wir dir was mitbringen?«, wandte ich mich jetzt an May.

Diese schüttelte den Kopf. »Das ist lieb, aber ich muss für morgen noch fünfzehn Klassenarbeiten korrigieren und werde das Abendessen ausfallen lassen.« Sie sah mich liebevoll an. »Wie läuft das Ausmisten?«

»Geht so«, sagten Chloe und ich gleichzeitig.

»Dann will ich euch lieber nicht aufhalten. Bis später.« May lächelte, doch ich kannte sie zu gut. Sie hatte sich noch nicht an die Vorstellung gewöhnt, dass ich bald ausziehen würde. Und noch weniger gefiel ihr der Gedanke, dass ich nach Alaska reiste. Sie hatte sogar mehr als einmal versucht, es mir auszureden.

Chloe zog die Tür hinter uns zu. »Sie liebt dich so sehr«, wisperte sie.

Das beruhte auf Gegenseitigkeit, denn ich liebte meine Tante ebenso. Nicht nur dafür, dass sie mich vor vier Jahren bei sich aufgenommen hatte. Das Leben mit ihr war harmonisch und unkompliziert. »May ist wunderbar. Sie wird mir in den fünf Wochen in Alaska fehlen.«

Chloe stupste mich an, während wir die Treppen hinuntergingen. »Es ist echt total verrückt, dass dein Vater ein eigenes Flugzeug besitzt.«

Ich grinste. »In Alaska ist das nicht so ungewöhnlich.«

»Trotzdem echt abgefahren.« Chloe riss die Haustür auf. Auf dem Gehweg begrüßte uns das geschäftige New Yorker Großstadttreiben. Die Straße war verstopft von gelben Taxen, Wasserdampf stieg aus einem Gully auf und vor dem veganen Restaurant links von uns hatte sich wie immer am frühen Abend eine kleine Schlange gebildet. »Ich hoffe für dich, dass dein Vater sich zusammenreißt. Ihr habt euch lange Zeit nicht gesehen, hattet kaum Kontakt, aber du bist seine einzige Tochter.«

»Das hoffe ich auch«, erwiderte ich, doch ich wich dem Blick meiner besten Freundin aus. Schuldgefühle wallten in mir auf, als ich daran dachte, dass Chloe jetzt seit vier Jahren mit mir durch dick und dünn ging.

Ich war feige, ich war rückgratlos, denn ich hatte ihr nie die ganze Wahrheit erzählt. In meinen Erzählungen hatte ich meinen Vater stets als den Schuldigen dargestellt.

Doch die Böse in dieser Geschichte war ich.

Kapitel 1

LYS

USA, Alaska, Port Moller-Flughafen

Logbuch von Lys, der Abenteuerreisenden
19:07 Uhr, leichter Nieselregen, die Sonne hinter einer dichten Wolkendecke verborgen
Reisedauer bisher: acht Stunden
Entfernung vom Reiseziel: zwei Stunden
Stimmung: schwer zu sagen

Ich gähnte, während ich mich bückte und meine beiden Reisetaschen noch etwas näher zu mir unter den Verschlag zog. Der Port Moller-Flughafen war ehemaliges Militärgelände. Genauer gesagt ein ehemaliger Flugplatz der Air Force. Jetzt wurde er privat betrieben und war für die zivile Luftfahrt geöffnet. Aber er war nur so minimal aufgerüstet worden, dass es lediglich einen kleinen Verschlag gab, in dem die Fluggäste sich aufhalten konnten. »Bretterbude mit einem Wellblechdach« wäre wohl eine treffendere Beschreibung gewesen. Doch bedachte man, dass die momentane Einwohnerzahl der nächstgelegenen Stadt Cold Bay genau hundertacht betrug, konnte man sich vorstellen, wie häufig dieses Gelände genutzt wurde.

Ich fühlte mich aufgekratzt, aber vielleicht war es auch nur das viele Adrenalin in meinem Blut. Nach einem Flug von Boston nach Fairbanks mit kurzem Zwischenstopp in Dallas war Port Moller der letzte Halt vor Blackfish Bay. Nicht mehr lange und ich hatte mein Ziel erreicht.

Erneut sah ich mich nach der Cessna um. Die kleine Transportmaschine meines Vaters sollte mich hier abholen und wir würden ein paar Hundert Meilen übers Meer fliegen, um dann direkt hinter dem Fabrikgebäude zu landen. Doch bis jetzt fehlte von ihr jede Spur. Ob man mich vergessen hatte? Oder war das Wetter schuld? Nein, entschied ich, der Nieselregen war sicherlich nicht das Problem. Die Piloten Alaskas waren hart im Nehmen und flogen selbst bei Blizzard-Warnung.

Das Handy in meiner Tasche brummte. Es war ein Videocall von Chloe.

»Ich habe es fast geschafft!«, sagte ich zur Begrüßung und versuchte, meine innere Unruhe zu verbergen.

Chloe durchschaute mein Schauspiel und seufzte mitfühlend. »Ich wollte nur kurz wissen, wie es dir geht. Wie war dein Trip bisher?«

»Das ist so lieb von dir. Es lief alles glatt. Und das Essen an Bord war wirklich lecker.«

»Und wie geht es dir?« Jetzt war ihr Blick ernst. »Wie fühlst du dich?«

Ich schluckte. »Ganz okay. Bisschen nervös, denke ich.«

Chloe schnalzte missbilligend. »Setz dich nicht so unter Druck, Lys. Du hattest fast vier Jahre lang keinen Kontakt zu deinem Vater. Und wir wissen beide, dass er dem Praktikum erst nach langem Hin und Her zugestimmt hat. Das sagt ja schon eine Menge aus, zumal es offensichtlich nur ein Vorwand von dir ist.« Sie blickte immer noch ernst drein. »Ich kenne deine Argumente. Du hast deinen Schulabschluss hinter dir, du willst dein Leben im Griff haben und die Dinge geregelt kriegen. Aber bitte lass es langsam angehen, und wenn in Blackfish Bay einfach alles nicht passt, nimm den nächsten Flieger nach Hause.«

Chloe hatte natürlich recht und es war nicht das erste Mal, dass wir das alles besprachen. Ich rechnete es ihr wirklich hoch an, dass sie nach wie vor mit dem gleichen Elan darüber redete. »Das mache ich.« Ich zog meine Strickjacke noch etwas enger um mich, weil der Wind erneut auffrischte. »Du weißt doch, wie sehr ich –«

»Lysandra Saunderman?«

Ich hob den Kopf. Ein junger Typ in Pilotenjacke kam mir entgegen. Er war vielleicht drei oder vier Jahre älter als ich. Seine mandelförmigen Augen verrieten sein Inuit-Erbe und sein breites Lächeln war einnehmend und ansteckend zugleich. Das war definitiv nicht Dave Mitchell, der »Hauspilot« meines Vaters, der die Cessna sonst flog.

»Süße, ich muss Schluss machen. Ich melde mich später.« Chloe und ich verabschiedeten uns schnell. »Hi«, meinte ich dann zu dem Typen. »Sag mir nicht, dass mein Flug gecancelt wurde.«

»Keine Sorge, das kann ich ganz sicher verneinen«, gab er zurück und baute das Lächeln noch aus. Verschmitzt strich er sich durch das kurz geschnittene Haar. »Ich bin nämlich der Pilot.« Dann salutierte er gespielt. »Pilotenschein und Sondergenehmigung für den Transport von Gefahrengütern vor einem Jahr erfolgreich erworben, Ma'am.« Beim Wort »Gefahrengüter« schaute er einmal an mir hinab und wieder hinauf. »Wertvolle Fracht, die Kronprinzessin nach Hause zu fliegen.«

Die Kronprinzessin. Ich hatte diesen Spitznamen noch nie gemocht.

Dann endlich machte es Klick. »Keiko!« Wie hatte ich ihn nicht erkennen können? Keiko war Daves Sohn und offenbar in seine Fußstapfen getreten. »Entschuldige«, sagte ich und schüttelte die mir dargebotene Hand. »Aber ich bin jetzt seit gefühlt einer Ewigkeit unterwegs und irgendwie sehe ich schon alles doppelt.«

Keiko winkte ab. »Kein Problem. Sind das deine Taschen?« Ohne meine Antwort abzuwarten, hob er die beiden Reisetaschen hoch, als hätten sie das Gewicht einer Feder. »Ich habe die Kleine drüben im Hangar geparkt, weil ich noch tanken musste. Aber jetzt kann es sofort losgehen.«

Er wartete kurz auf mich, dann gingen wir gemeinsam am Rollfeld entlang.

Mir brannte eine Frage auf der Zunge. »Ich hoffe, es ist alles okay mit deinem Vater?«

»Ja, alles gut. Dad fliegt nur nicht mehr so häufig.« Er warf mir im Gehen einen kurzen Seitenblick zu. »Was führt dich zurück in die Heimat? Du warst ja ewig nicht mehr hier. Du lebst in New York, richtig?«

»Ja, richtig.«

Wir betraten den Hangar. Trotz der kühlen Brise, die über das Rollfeld strich, roch es hier intensiv nach verbranntem Gummi und Kerosin. Ein Mann im Blaumann hob grüßend die Hand.

Keiko grüßte zurück, ich nickte nur leicht verlegen.

»Und?« Keiko klang, als warte er auf etwas.

»Und?«, echote ich.

»Was führt dich zurück ins wilde Hinterland?«

Ich hätte mir gern vor die Stirn gehauen. Mir fehlte definitiv Schlaf. Nicht mal zwei Fragen hintereinander konnte ich beantworten. »Sorry. Ich werde ab Herbst BWL studieren und mache deshalb ein Praktikum bei meinem Vater.«

Keiko schnalzte beifällig mit der Zunge. »Nice.«

Die kleine Laderampe der Cessna war ausgeklappt. Während Keiko leichtfüßig ins Innere marschierte, musterte ich den ausgeblichenen roten Schriftzug. »Feines von Saunderman«. Drei Worte, die mich in die Vergangenheit katapultierten. Wie oft waren wir mit diesem Flugzeug in die größeren Städte im Umland geflogen. Mein Vater hatte es immer unsere »Familienkutsche« genannt. Er hatte sich stets kleine Spiele ausgedacht, damit der Flug für uns nicht langweilig wurde. Einmal hatte er sogar eine Hängematte für mich im Frachtraum aufgespannt. Ich lächelte, als die vielen schönen Erinnerungen vor meinem inneren Auge vorbeizogen. Das war, bevor Mom gestorben und mein Vater mit Cheryl –

»Alles okay?« Keikos Kopf tauchte aus dem Inneren der Maschine auf.

Ich riss mich von dem Schriftzug los und lächelte, als er mir galant eine Hand entgegenstreckte.

»Ja, danke dir.« Ich sah mich in der Maschine um. Auch hier hatte sich praktisch nichts verändert. Nur die Spanngurte wirkten neu und ein paar der Frachtnetze schienen ausgetauscht worden zu sein. Sechs Kartons mit nicht erkennbarem Inhalt waren auf beiden Seiten des Flugzeugs mit ein paar Gurten an Haken am Boden verankert. Ich schloss zu Keiko auf, der bereits im Cockpit angekommen war. Etwas ungelenk glitt ich auf den freien Platz. Das letzte Mal hatte ich am Ende der achten Klasse hier gesessen. Gott, das alles schien so ewig her zu sein.

Keiko prüfte irgendwelche Schalter und es piepte leise. »Schnallst du dich an? Wir haben schon Startfreigabe.«

»Sofort.« Meine große Umhängetasche war im Weg und ich brauchte einen Moment, bis ich die Gurte schließen konnte. Sie waren hoffnungslos zu weit eingestellt.

Keiko grinste schief. »Dad hat in den letzten Jahren ein wenig zugelegt.«

»Dave fliegt als dein Copilot?« Normalerweise wurden kleine Maschinen wie diese von nur einem Piloten geflogen.

»Hin und wieder.« Keiko seufzte, während die zwei Triebwerke der Cessna leise zu rotieren anfingen. Der Motor brummte auf, als Keiko Gas gab und wir langsam aus dem Hangar rollten. »Er sitzt dann neben mir und meckert die ganze Zeit. Noch schlimmer als beim Autofahren.«

Ich warf ihm einen Seitenblick zu, aber allein der liebevolle Tonfall verriet ihn. Keiko und sein Vater hatten ein tolles Verhältnis. Er betätigte einige Knöpfe und Schaltregler über unseren Köpfen, dabei stand er permanent mit dem Tower in Kontakt. Ich reckte beeindruckt den Hals, während ich immer noch meine Gurte auf die richtige Länge brachte. Und dann endlich sah ich ihn. Der Tower ragte rechts von mir am Rand des Rollfeldes auf. Eine ungewöhnliche Position. Ich war bereits auf vielen kleinen Flughäfen in der Gegend gelandet, doch meistens befanden sich die Tower weiter entfernt. »Bist du so weit?« Keiko schaute prüfend auf meine Gurte, die endlich stramm um meinen Oberkörper lagen.

»Aye, Captain«, sagte ich. Die Startbahn schien im Meer zu enden. Was für ein Ausblick. Keiko lachte, dann rollte die Cessna los. Mein Vater hatte damals bei ihrem Kauf Wert auf eine PS-starke Maschine gelegt, dementsprechend mühelos jagte das fast leere Flugzeug nun über den Asphalt.

Das graue Meer kam immer näher, die Cessna beschleunigte und jede Schweißnaht schien zu ächzen.

»Sag Hallo zum Beringmeer«, meinte Keiko, bevor die Maschine die Bodenhaftung verlor und wir abhoben. Regen peitschte vor die Frontscheibe und ein Aufwind riss uns in die Höhe, während die Wellen unter uns stetig kleiner wurden.

Mir entfuhr eine Mischung aus Jauchzen, Lachen und glücklichem Seufzen, als ein überwältigendes Glücksgefühl durch meinen Körper strömte wie ein berauschender Cocktail. Flüge wie dieser waren kein Trip in einer fünfhundert Plätze fassenden Passagiermaschine. Unsere Cessna war ein Spielball der Elemente und schien in dieser Sekunde sinnbildlich für dieses wilde Land.

Hallo Alaska, ich habe dich vermisst. Ich freute mich schon auf den Moment, an dem wir das Meer überwunden haben und ein kleines Stück über Land die Küste entlangfliegen würden. »Lust auf einen kleinen Snack?« Keiko griff unter seinen Sitz und zog eine Tüte hervor.

Ich schlug vor Begeisterung in die Hände, als ich den Schriftzug erkannte. »Ist nicht dein Ernst.«

Er grinste, riss die Tüte auf und reichte sie mir dann. »Die original Lachs Jerky von ›Alaska Smokehouse‹.«

»Danke dir.« Ich griff in die Tüte und nahm mir zwei Stücke des getrockneten Lachses. Natürlich gab es auch an der Ostküste Jerky zu kaufen, aber die original Gewürzmischung war einfach die beste. »So lecker«, sagte ich zwischen zwei Bissen. »Danke.«

»Gerne.« Keiko nahm sich selbst ein paar und kaute dann andächtig.

»Oh, warte.« Ich kramte in meiner Umhängetasche. Ich hatte mir am Flughafen in Vancouver ein Trinkpäckchen gekauft. Im Flugzeug selbst hatte ich auch noch eins geschenkt bekommen, nachdem ich der Stewardess erzählt hatte, wohin ich auf dem Weg war. Ich hielt meinem Piloten die zwei kleinen Kartons unter die Nase. »Multivitamin oder Himbeer-Zitrone-Aloe Vera?«

Er lachte. »Wer denkt sich so eine Mischung aus?«

Ich legte ihm den Multivitaminsaft auf den Schoß. »Gut, ich nehme dir die Entscheidung ab. Ich glaube, ich bin eindeutig die Experimentierfreudigere von uns beiden.« Ich löste den Strohhalm vom Rand, schob ihn in die vorgesehene Öffnung und probierte von der Himbeerlimonade. Eigentlich schmeckte sie hauptsächlich nach Zitrone, doch als ich spürte, wie Keiko mich von der Seite aus musterte, tat ich so, als würde ich einen besonders teuren Wein trinken. »Sehr guter Jahrgang.«

Keikos Schultern hatten bereits zu beben begonnen, während er den Strohhalm in sein Trinkpäckchen schob. Jetzt lachte er so laut, dass seine tiefe Stimme in meiner Lunge zu vibrieren schien. »Du solltest unbedingt der Theatergruppe beitreten, solange du hier bist. Ich werde Ella gleich auf dich ansetzen.«

Der Name sagte mir nichts. »Und wer ist Ella?«

»Sie ist seit acht Monaten Referendarin an der Grundschule in Blackfish Bay. Aber sie hat auch Theaterpädagogik studiert und ist seit Kurzem komplett verantwortlich für die schönen Künste dort.«

Irgendetwas an Keikos Tonfall ließ mich aufhorchen. »Magst du sie?«

Keiko stieß ein leicht ersticktes Lachen aus. »Was? Wie kommst du denn darauf?«

»Weibliche Intuition.« Ich hielt mein Saftpäckchen hoch. »Und allwissende Himbeerlimonade.«

Keiko stieß sein Saftpäckchen gegen meines. »Schon klar.« Er nahm einen Schluck. »Erinnert mich an meine Schulzeit.«

»Und jetzt erzähl mir mehr von Ella.«

»Nichts da.« Keiko schüttelte den Kopf und deute mit seinem

Saftpäckchen auf mich. »Jetzt erzählst du mir, was du die vier Jahre in New York erlebt hast.«

Ich kapitulierte. »In Ordnung, aber danach …«

»Ja, schon klar«, lachte Keiko. »Alles über Ella.«

Ich grinste. »Genau.«

Kapitel 2

ZANE

USA, Massachusetts, Waterfront

»Showtime.« *Lassen wir die Bombe platzen.*

Ich warf meinem besten Freund Stuart Bonnehaven einen kurzen Seitenblick zu.

Er nickte knapp, während er seine Action Cam bereit machte. Wir waren durch einen Hintereingang ins Gebäude gelangt und hatten uns dort umgezogen und die Arbeitskleidung der Fabrikarbeiter gegen Anzughose, Oberhemd und Krawatte getauscht. Auch eine Uniform, aber so hatte uns im Bürogebäude niemand aufgehalten, als wir durch die schicke Eingangshalle spaziert waren. Wir konnten ungehindert den Aufzug betreten.

Ich beobachtete die Zahlen, die nacheinander rot aufleuchteten. Zweiter Stock, dritter Stock … Die Anspannung in mir wuchs. Bald würden sich die Türen wieder öffnen und das war dann der Moment, ab dem nichts mehr voraussehbar war. Aber es gehörte mittlerweile dazu. Angefangen hatten wir klassisch, mit Enthüllungsberichten, Leaks, YouTube-Videos, doch all das brachte uns nur wenig Aufmerksamkeit. Dann hatte ich etwas in der Instagram-Story posten wollen und war aus einer Laune heraus während einer Aktion live gegangen. Dieses eine Video machte uns quasi über Nacht berühmt und katapultierte unsere Followerzahlen in unglaubliche Höhen. Die Leute liebten es, live dabei zu sein, wenn wir unsere Hintern riskierten. Wenn kein Raum blieb für Schnitt, Fakes oder geplante Posts, sondern der Puls unserer Follower zeitgleich mit unserem in die Höhe schoss.

Es war riskant, denn wir wussten nie, was passierte und wie die Leute, die wir bloßstellten, reagierten. Unsere Follower sahen mir zu, sahen den Seawolves zu, und damit lenkten wir ihren Blick dorthin, wo die Gierigen und Gewissenlosen sich auf Kosten der Menschen und unseres Planeten die Taschen vollmachten.

Meine Aufmerksamkeit wanderte erneut zu den Zahlen. Sechster Stock. Es ging los.

Bevor ich live auf Instagram ging, zog ich mir ein schwarzes Tuch über Mund und Nase. Stuart hatte die Akte mit dem Beweismaterial unter den Arm geklemmt und schob seines gerade noch etwas höher über den Nasenrücken. Vor Ort gab es immer nur eine begrenzte Anzahl an Menschen, die sich an einen erinnern würden, aber das Netz vergaß nicht.

Schließlich bekam ich das Signal, dass ich nun live auf dem Kanal der Seawolves sein würde.

»Okay Leute, hier ist wieder Zane von den Seawolves. Wir sind jetzt im Bürogebäude der Marinas Fishing Company. Ihr erinnert euch sicher, was wir vorhin drüben in den Kellerräumen der Fischfabrik Interessantes gefunden haben. Wir fahren jetzt in die oberste Etage, auf der sich auch die Büros des Vorstands befinden. Wir werden mal Hallo sagen und die Chefs mit unserem Beweismaterial konfrontieren.«

»Die Marinas Company ist ein inhabergeführtes Unternehmen«, ergänzte Stuart. »Hoffentlich können wir mit Sherman Miller senior oder einem seiner Söhne sprechen. Bleibt dran.«

Der Aufzug kam mit einem Ruckeln zum Stehen. Ich befestigte mein Handy in einem Brustgurt, um unseren Followern eine optimale Perspektive zu bieten.

Die Türen öffneten sich zu einem Großraumbüro. Kaffeeduft

waberte durch die Luft und irgendwo ratterte ein fleißiger Drucker. Eine junge Frau in dunklem Blazer direkt links von uns sah geschäftsmäßig von ihren Unterlagen hoch. Ihr Gesichtsausdruck war höflich und nichtssagend, bis sie uns etwas genauer betrachtete.

»Moment mal.« Sie sprang auf. »Hallo, Sie beide, Sie müssen …« Stuart hatte zu mir aufgeschlossen und filmte jetzt das Büro und die Angestellten. Ich drehte mich noch mal kurz zu der Frau um. »Machen Sie sich keine Sorgen. Das hier dauert nicht lange. Versprochen.«

»Hör auf zu flirten«, knurrte Stuart neben mir. »Das ist jetzt echt der falsche Zeitpunkt.«

Überraschtes Gemurmel erklang, als auch die anderen Angestellten uns entdeckten, doch niemand stellte sich uns in den Weg. Noch nicht.

Dann standen wir auch schon vor der Tür, die zum Vorzimmer der Vorstandsbüros führte. Das Gemurmel in unserem Rücken wurde noch lauter.

Ich kannte diese Art von aufwallender Unruhe zu gut. Es würde nicht mehr lange dauern, bis jemand den Sicherheitsdienst rief. In diesem Falle eine sechsköpfige Truppe, bestehend aus fünf gut trainierten jungen Typen mit Nahkampfausbildung und angeführt von einem Ex-Cop, der seine Leute mit eiserner Hand in Schach hielt. Ich selbst hätte keine Probleme mit ihnen gehabt, aber dem Rest meiner Crew wollte ich so einen Zusammenstoß nicht zumuten. Uns lief also die Zeit davon. Schnell klopfte ich an die Tür. Natürlich wartete ich nicht auf ein »Herein«, sondern spazierte direkt ins Vorzimmer. Vier Augenpaare sahen irritiert zu uns hoch. Hinter uns wurden schon wieder Stimmen laut. Ich schaute nach links und atmete für einen

Moment auf. Natürlich hatten wir uns die Baupläne der Gebäude besorgt. Und natürlich legten wir uns immer geeignete Fluchtwege zurecht. Wenn man einmal aufgeflogen und sich gewaltigen Ärger eingehandelt hatte, war es keine schlaue Idee, den Aufzug zu nehmen. Doch jetzt fiel mein Blick auf die Streben der Feuertreppe, die am Gebäude entlang in die Tiefe führte. Das war unser auserkorener Fluchtweg nach unten.

Ein Typ in unserem Alter sprang von seinem Schreibtischstuhl auf. »Entschuldigen Sie mal. Was soll das?«

»Das ist ein Überfall!«, rief eine Frau in einer bunt gemusterten Bluse und presste sich beide Hände auf die Brust. »Das ist bestimmt ein Überfall!«

»Niemand wird hier überfallen«, stellte ich klar. »Wir sind Mitglieder der Umweltschutzorganisation Seawolves und es gibt da etwas, das wir mit dem Vorstand besprechen möchten. Und da wir auf unsere vielen Mails keine Antwort bekommen haben, dachten wir, wir schauen einfach mal persönlich vorbei.«

Eine der Türen zu den Vorstandsbüros ging auf. Ein Anzugträger Mitte fünfzig trat heraus. »Was ist denn das für ein Geschrei?«

Wir hatten die Biografien aller Vorstandsmitglieder auf der Homepage studiert und ich erkannte ihn sofort. Das war der große Boss persönlich. Was für ein Glück. »Einen wunderschönen Guten Tag, Mr Miller«, begrüßte ich ihn mit meinem nettesten Lächeln. »Finden Sie es moralisch und ethisch vertretbar, mit Quecksilber verseuchtes Wasser in die Massachusetts Bay zu leiten? Woher beziehen Sie eigentlich das Desinfektionsmittel, das schon seit acht Jahren auf dem Markt verboten ist? Und wieso genehmigen Sie solcherlei Praktiken sogar schriftlich?«

Sherman Miller wirkte überrumpelt, fing sich aber erstaunlich schnell. Sein Blick glitt von dem Handy in meinem Brustgurt zu der Kamera, die Stuart ihm vor die Nase hielt. »Ich habe gar nichts genehmigt. Ich höre zum ersten Mal davon.« Er plusterte sich auf wie ein Gockel und rückte dann seinen Gürtel zurecht. »Ziehen Sie gefälligst diese Tücher vom Gesicht, wenn Sie mit mir reden. Wer sind Sie überhaupt?«

Ich ignorierte sein lächerliches Platzhirschgehabe und seine letzten Worte ebenfalls. »Sie meinen, Sie haben gar nichts genehmigt, weil Sie die betreffenden Anweisungen auf Ihrem Computer gelöscht haben?« Ich deutete auf die Akte, die Stuart ihm nun entgegenhielt. »Meinen Sie diese Genehmigungen?«

Millers Augenmerk glitt zu dem Ordner mit dem großen Aufkleber in der Mitte. SORRY – SIE WURDEN GEHACKT, stand darauf in großen roten Lettern und darunter prangte der Schriftzug der Seawolves.

»Möchten Sie sich diese Dokumente noch mal ansehen, um Ihr Gedächtnis aufzufrischen? Wir haben alle Dateien wiederhergestellt. Aber keine Sorge, dieser Service ist gratis.«

Miller wurde nervös, rührte die Akte aber nicht an. »Das ist doch alles nur ein Bluff.«

Stuart hielt ihm sein Handy entgegen. »Ich finde, dieses Foto von zwanzig Kanistern *Mercurex*, aufgenommen in dem Lagerraum Ihrer Fabrik vor genau fünfzehn Minuten, spricht eine deutliche Sprache. Außerdem haben wir Wasserproben vorliegen, die das Mittel eindeutig identifizieren.«

Miller wich zwei Schritte zurück. Schweiß hatte sich auf seiner Stirn gebildet. Er brauchte nichts mehr sagen, sein Gesichtsausdruck, ja seine gesamte Körpersprache verriet seine Schuld. *Schachmatt.* Mein kurzes Triumphgefühl wich einer tiefen Zufriedenheit. Dies war der eigentliche Moment, der all die Arbeit und die Risiken wettmachte. Wenn Menschen wie Miller merkten, dass sie eben nicht mit allem durchkamen, und wenn sie gezwungen waren, der Welt ihr wahres Gesicht zu zeigen.

Miller wand sich, doch ich hakte weiter nach. Ich tippte auf mein Handy. »Wie wäre es mit einem Statement für die Menschen da draußen, die Sie mit Ihrem Quecksilber in Gefahr bringen?«

Miller zuckte zusammen, als er sich selbst auf dem Display des Handys entdeckte. Er trat zur Seite, ich drehte mich mit. »Das ist Hausfriedensbruch«, bellte er dann. »Sie verschwinden jetzt sofort oder ich werde unsere Anwälte …«, hob Miller gerade an, als es hinter uns laut wurde. Jemand schrie einen Befehl. *Verdammt.*

Wir hatten das Gelände lange genug überwacht, um zu wissen, wessen Stimme das war. Der Ex-Cop, der Chef des Sicherheitsdienstes, war mit seiner Truppe im Anmarsch.

Zeit für einen Abgang.

Ich deutete mit dem Kopf nach links und Stuart verstand sofort.

Schnell stürzte ich zum Fenster und schob es mit einem Knall nach oben, während Stuart die Akte mit den ehemals gelöschten Dokumenten auf einen der Schreibtische warf. Die schreckhafte Assistentin schrie schon wieder auf, während Sherman Miller irgendwas in Richtung des Sicherheitsdienstes brüllte. Stuart und ich flüchteten über die Feuertreppe und gelangten eine Etage tiefer, hinter uns hörten wir bereits die Sicherheitsleute. Ich warf einen Blick durch die Streben der Stufen nach oben. Vier Typen hatten die Verfolgung aufgenommen.

Ich löste mein Handy aus dem Brustgurt und drehte die Kamera zu mir. »Wir werden jetzt vom Gelände verschwinden«, rief ich den explodierenden Emoticons und Kommentaren zu, bemüht, mir die Anstrengung nicht anmerken zu lassen. »Sherman Miller war ja leider zu keinem Statement bereit. Sobald wir zurück im Hauptquartier sind, werden wir unser restliches Material auf YouTube und Instagram hochladen. Das hier war längst nicht alles, aber jetzt verzeiht uns, wir müssen uns etwas beeilen.« Das Trampeln schwerer Stiefel über uns wurde noch mal lauter. Die Männer vom Wachdienst holten auf. Vermutlich hatte der Cop sie zu Übungszwecken diese Leiter hinauf- und hinuntergejagt und sie kannten das Gelände in- und auswendig. Ich, der zwar sportlich war, doch neben dem Treffen der Stufen auch noch sichergehen wollte, dass die Kamera möglichst viel erwischte, war nicht ganz so schnell unterwegs.

»Komm schon!«, brüllte Stuart mir zu, als wir gerade die zweite Etage erreicht hatten.

Ich schaffte es, Stuart einzuholen, und zum Glück erreichten wir die erste Etage, ohne dass der Sicherheitsdienst signifikant aufholte. Sie brüllten uns zu, dass wir stehen bleiben sollten und dass die Polizei schon unterwegs wäre, doch das kümmerte uns natürlich nicht.

Als wir endlich wieder festen Boden unter den Füßen hatten, wedelte Stuart mit den Armen. Das war das Signal für Kara Dellaware, ebenfalls Gründungsmitglied der Seawolves und die Dritte in unserem Bunde. Ein paar Seawolves hatten sich in der Zwischenzeit unbemerkt auf dem Dach versammelt. Kara reckte den Daumen hoch und in der nächsten Sekunde entrollte sich ein riesiges Transparent vor den Fenstern des Bürogebäudes.

Ich zoomte im Laufen näher auf unser Transparent. Es zeigte einen großen Totenkopf, der von breiten roten Balken eingerahmt war. Das global geltende Symbol für »Vorsicht, giftig«.

»Hier noch mal ein kleiner Hinweis darauf, was hinter diesen Mauern geschieht«, sagte ich, als ich mein Handy so hielt, dass die Kamera direkt auf das Plakat zielte. Gleich darauf entrollte sich ein ähnliches Plakat vor dem Eingang der Fabrik. »Und auch hier …«, begann ich gerade, als hinter mir etwas explodierte.

Der Krach war ohrenbetäubend. Ich schwang herum, genauso wie die Wachleute, für die wir plötzlich nur noch halb so interessant schienen. Auf dem Dach des Firmengebäudes hatten einige Seawolves begonnen, Feuerwerkskörper zu zünden. Das war so nicht abgesprochen. Und es war nicht das erste Mal, dass so etwas passierte. *Was verdammt noch mal dachten sie sich dabei?*

Die Comments der Liveübertragung hingegen überschlugen sich förmlich vor Begeisterung.

Fackelt den Laden ab.

Richtig so. Lasst alles hochgehen.

Noch mehr Böller! Jagt sie aus ihrem Bau!

Ich runzelte die Stirn. *Was ging denn hier ab*? Farbbomben flogen vom Dach, als die ersten Angestellten aus dem Gebäude liefen.

Was zur Hölle?

Stuart brüllte auf und reckte die Faust nach oben, doch sein Schrei lenkte die Aufmerksamkeit der Wachleute erneut auf uns. Wir nahmen die Beine in die Hand, und im Zurückblicken sah ich, dass sie sich aufteilten. Zwei von ihnen nahmen die Verfolgung auf, zwei von ihnen rannten zurück Richtung Bürogebäude.

»Hier lang«, rief ich, als ich Stuart überholte. Mittlerweile stürmten auch die ersten Arbeiter aus der Fabrik. *Shit.*

Wir hatten uns diverse Fluchtwege zurechtgelegt. Doch da

es sich jetzt auch einige Arbeiter auf die Fahne geschrieben zu haben schienen, uns zu stellen, blieb uns nur der Weg, der am schwierigsten war. *Super. Und das alles in einer Anzughose.*

»Bleibt dran, Leute!«, rief ich und befestigte das Handy wieder am Brustgurt.

Stuart und ich rannten zur Rückseite der Fabrik. Dort sprangen wir erst auf eine niedrige Industriemülltonne, dann weiter auf einen Tank mit Stickstoff und schließlich auf das Dach der Fabrikhalle. Die Arbeiter gaben vor den Mülltonen auf. Der Wachmann, der deutlich schneller war als sein Kollege, erklomm das Dach, warf sich nach vorn und erwischte Stuart am Kragen. Er drehte Stuart zu sich herum und schlug ihm dann mit der geballten Faust mitten ins Gesicht. Stuart schrie auf, da war ich schon bei ihnen. Der Wachmann versuchte gerade, Stuart seine Kamera abzunehmen. Ich verpasste dem Typen einen groben Stoß vor die Schulter, der ihn erst verblüfft taumeln und dann auf seinen Hintern fallen ließ.

»Alles okay?« Ich drehte mich zu meinem Freund.

Stuarts Braue war aufgeplatzt, aber er nickte und hielt die Kamera fest umklammert.

»Dann weiter.« Ich schob ihn vorwärts. Im nächsten Moment war der Wachmann wieder da. Er packte meine Schultern von hinten und schlang sofort ein Bein um meines, um mich mit meinem eigenen Gewicht zu Fall zu bringen.

Ich analysierte seine Technik im Bruchteil von Sekunden. Das war Krav Maga, ein Kampfsport, den ich ebenfalls beherrschte. Ich parierte, indem ich mich drehte und nach seinem Arm griff. Ich wandte einen Judo-Griff an und warf ihn über meine Schultern. Sein Rücken knallte auf das Dach, während er die Finger nach meinem Hals ausstreckte. Seine Finger schlossen sich eng um meinen Hals und er drückte zu. Zeit, ihm zu zeigen, dass auch ich Krav Maga konnte. Ich hebelte seine Arme zu den Seiten, bis seine Finger sich von meinem Hals lösten. Dann presste ich ihm den Unterarm auf den Kehlkopf.

»Lauf weiter!«, rief ich Stuart zu, doch der blieb stehen.

Der Wachmann strampelte in meinem Griff.

»Gib auf«, zischte ich ihm zu. »Ich will dir nicht wehtun.«

Der Typ lachte. Er zog die Knie an, wollte sich mit mir drehen, doch ich war schneller. Im nächsten Moment lag er flach auf dem Bauch und ich verdrehte ihm einen Arm so sehr nach hinten, dass er keuchte.

»Liegen bleiben«, knurrte ich, beugte mich nah zu seinem Gesicht und drehte den Arm noch etwas mehr. »Klar?«

»Dreckiger Scheißkerl.« Der Typ versuchte, mich anzuspucken. Ich wich aus. Tief in meinem Inneren brodelte es. Ich musste mich zur Ruhe zwingen. Das, was dort in mir schlief, sollte besser nicht geweckt werden. Ich besaß ein gefährliches Temperament, das sich schwer kontrollieren ließ. In meinen Kämpfen nützte es mir und hatte mir einen gewissen Ruf verschafft, aber in einer Situation wie dieser würde es nur unnötigen Schaden anrichten.

Von unten hörte ich, wie der zweite Wachmann versuchte, den Stickstoff-Tank zu erklimmen.

»Letzte Warnung.« Ich wollte gerade seinen Arm loslassen, da schwang der Typ herum und ich griff reflexartig wieder fester zu. Leider hatte er sich dabei vertan und sich mit all seinem Gewicht in die falsche Richtung gedreht. Ich hörte es förmlich, als er sich die Schulter auskugelte. Der Wachmann brüllte auf in der Sekunde, in der ich ihn losließ. Obwohl Mitleid in mir aufwallte, war ich erleichtert, dass er sich selbst schachmatt gesetzt hatte. Ich kam hoch und sah im Umdrehen noch, wie das Gesicht des zweiten Wachmannes über dem Rand der Regenrinne erschien. Stuart und ich jagten weiter über das Dach. Der Wachmann schien sich um seinen Kollegen zu kümmern, denn ich hörte keinen Verfolger hinter uns. Am anderen Ende des Dachs sprangen wir in einen Container mit Papiermüll. Der war zum Glück gut gefüllt und wir fielen nicht allzu hart. Schnell kletterten wir hinaus und rannten in Richtung der Mauer, die das Gelände von dieser Seite aus zum Hafen abgrenzte. Nachdem wir diese überwunden hatten, rannten wir weiter, denn schließlich wussten wir nicht, ob die Polizei bereits unterwegs war.

Wie auf Kommando erklangen die Sirenen mehrerer Streifenwagen.

»Das war's erstmal von uns, Leute, wir sehen uns später!«, sagte ich und beendete die Liveübertragung. Stuart machte die Kamera aus und dann rissen wir uns die Tücher herunter, damit wir nicht unnötig verdächtig wirkten.

»Geht's dir gut?«, fragte ich erneut. »Ist dir schwindelig? Übel? Siehst du verschwommen?« Mit der Wucht, mit der der Wachmann Stuart am Kopf erwischt hatte, war nicht zu spaßen.

»Halb so wild«, erwiderte Stuart und wischte sich das Blut von der Braue. »Mir geht's gut.«

Ich war erleichtert. Wir joggten am Pier entlang, doch die meisten Leute, die uns entgegenkamen, waren Arbeiter, die sich nicht für uns interessierten. Das hier war kein Platz für Touristen, es war ein Industriehafen.

Stuart hatte unser Motorboot schon erreicht und sprang hinein.

Wo blieb Kara?

Plötzlich machte Stuart eine »endlich!«-Geste mit den Händen und ich folgte seinem Blick. Kara. Sie kam den Pier aus einer anderen Richtung heruntergejoggt. Ihr langer dunkler Pferdeschwanz wippte beim Rennen. Ich war erleichtert.

Kara hingegen winkte genervt ab, kaum dass sie schnaufend vor uns zum Stehen gekommen war. »Ist ja gut«, sagte sie dann. »Wir hatten einen sehr hartnäckigen *Verehrer* abzuschütteln, und ich wollte sichergehen, dass Jamie, Summer und Jordy es gut vom Gelände schaffen.« Ihr Blick blieb an Stuart hängen und sie riss die Augen auf. »Oh mein Gott. Was ist passiert?«

Am Ende des Piers leuchteten blaue Sirenen auf. Kara bekam die Kurzfassung, während Stuart den Motor startete.

Wir jagten aus dem Hafenbecken ein Stückchen auf den Boston Main Channel hinaus und erst dann atmete ich auf. Im nächsten Moment wandte ich mich meinen Freunden zu.

»Tickt ihr eigentlich noch richtig?«

Kapitel 3

LYS

Der Flug verging wie im Flug, was für ein schönes Wortspiel, dachte ich versonnen, als sich die Maschine langsam in den Sinkflug begab. Nach einem sanften Bogen kam endlich Land in Sicht und ich presste meine Nase an das Glas wie ein Kleinkind. Keiko ging etwas tiefer, dabei legte ich die Hand auf den Mund, als mir klar wurde, wie vertraut all dies war. Mein Gott. Selbst nach all den Jahren … Dort drüben entdeckte ich die Felder von Selma und Akim, westlich in Richtung des Yukon Deltas befanden sich die Wiesen der Bio-Bauern Eliza und Panuk. Wir flogen an dem Waldstück namens »Nunualuk Forest« entlang, in dem Tannenspitzen für den berühmten Tee geerntet wurden. Der Strand wurde breiter, der Sand heller und das Meer schien an den aus der Luft gut sichtbaren Sandbänken an Kraft zu verlieren.

»Landeanflug«, sagte Keiko zu mir, bevor er über Funk mit jemandem sprach. Wir sanken noch etwas tiefer. Grüne Wiesen ersteckten sich vor uns, ein unendlich großes, ebenbürtiges Pendant zu dem grauen Meer.

»Schau mal.«

Keikos Worte ließen mich den Kopf in Flugrichtung drehen. Unwillkürlich richtete ich mich auf. Die Landebahn war in Sichtweite gekommen. Sofort nahm mein Herz wieder Fahrt auf. Nur noch Minuten und meine Reise hätte ein Ende. Minuten! Vorfreude und Anspannung schienen in meinem Inneren um die Oberhand zu ringen.

Ich entdeckte das Fabrikgelände, die zwei Piers, an denen die zwei Boote lagen, die Apartments der Arbeiter. Dann die Halle mit dem Fuhrpark, den Lkws, den Pick-ups und Jeeps. Auf der anderen Seite, dem hübscheren Bereich des Piers, lag das kleine Gästehaus mit Blick aufs Meer und dann, ein gutes Stück auf halbem Weg zwischen Fabrik und Blackfish Bay, ragte das Anwesen auf einem sanften Hügel auf. Der Familiensitz der Saundermans namens »Fairway Manor«, erbaut 1734 und vierzehn Jahre lang mein Zuhause. Der Name des Hauses sollte Glück bringen. Denn »Fairway« hieß Fahrrinne, also jener Bereich in Flüssen oder Meeren, der tief genug war, dass Schiffe ihn gefahrlos passieren konnten. Vor unserer Küste mit ihren vielen Sandbänken waren solche Fahrrinnen unerlässlich wichtig.

Keiko landete die Maschine so weich, dass ich erst realisierte, dass wir Bodenhaftung hatten, als er scharf abbremste. Aus dem kleinen Hangar, der direkt an das Fabrikgebäude angrenzte, trat ein älterer Mann mit schütterem grauem Haar. Es war Keikos Vater Dave. Er winkte und kam auf uns zu, während Keiko die Maschine zum Stehen brachte.

Dann drückte Keiko auf einen Knopf und die Laderampe öffnete sich.

»Sie ist ja noch hübscher, als ich gedacht hatte«, dröhnte Daves Stimme durch den Innenraum.

Keiko ließ die Schultern hängen und sah dann entschuldigend zu mir, bevor er sich in seinem Sitz umdrehte. »Dad, ich habe dir gesagt, du sollst dich nicht peinlich benehmen. Das war kein guter Anfang.« Er schüttelte zwar den Kopf, aber es war deutlich zu erkennen, dass das zwischen den beiden nur liebevolles Geplänkel war.

»Hallo Dave«, sagte ich und streckte ihm die Hand hin. »Schön, dich zu sehen.«

»Die Freude ist ganz auf meiner Seite, Lys«, brummte Dave, während wir uns die Hand schüttelten. »Ganz auf meiner Seite.« Er schaute sich kurz um, bevor sein Blick wieder zu mir glitt. »Ist er anständig geflogen?« Dave sah mit schmalen Augen zu seinem Sohn. »Keine ›Schau her, ich bin Kunstflieger‹-Manöver? Er hat schon mal eine ganze Palette Ananas-Konserven in Piña Coladas verwandelt, weil er sich für einen Artisten hält.«

Ich lachte schon wieder und die Anspannung in meinem Körper löste sich für einen kurzen Moment. »Keineswegs. Dein Sohn ist ein wunderbarer Pilot, genau wie du.«

Dave schoss Keiko noch einen weiteren strengen Blick zu, dann drehte er sich zu mir und sein grauer Schnauzbart wanderte kontinuierlich in Richtung seiner Ohren. »Nicht wahr? Ich bin schrecklich stolz. Wenn seine Mutter das noch miterleben könnte. Damals schon als kleiner Junge hat er –«

»Ja, die alten Geschichten.« Keiko drängte sich an uns vorbei. »Lys war lange unterwegs und sie würde jetzt gerne eine Pause machen. Wie wäre es, wenn du ihr erst morgen wieder auflauerst, um sie vollzutexten?«

»Es ist schön, dich wiederzusehen, Lys.« Dave nahm erneut meine Hand und drückte sie. »Erzählst du mir alles«, raunte er mir dann in verschwörerischem Ton zu, »… wenn du Zeit hast?«

Ich nickte. »Auf jeden Fall.«

Dave drehte sich zu seinem Sohn und beäugte kritisch, wie er die Kartons im Frachtraum befestigt hatte. »Da gehört aber noch ein Spanngurt dran«, befand er schließlich.

»Schon klar, Dad«, erwiderte Keiko und es klang, als wäre es zum einen Ohr rein- und zum anderen Ohr wieder rausgegangen. Er hatte meine zwei Reisetaschen bereits auf der Laderampe abgestellt. »Sollen wir mal gucken, wo dein Vater ist?«

Ich nickte. »Bis später, Dave!«

Dave brummte irgendwas und besah sich immer noch höchst interessiert die Kartons.

Keiko ließ den Blick über das Rollfeld schweifen. Anders als in Port Moller war das Wetter hier angenehm mild und nur kleine Schleierwölkchen trübten den blauen Himmel.

»Ob er im Hangar ist?« Keiko überprüfte kurz seine Armbanduhr. »Soll ich mit dir hier warten?«

Ich winkte ab. »Danke für den angenehmen Flug, aber das ist nicht nötig. Du hast jetzt Feierabend. Es ist auf jeden Fall schön, dass wir uns wiedergetroffen haben.« Dann fiel mir etwas ein. Ich kramte mein Handy aus meiner Umhängetasche hervor und hielt es ihm hin. »Gibst du mir deine Nummer?« Ich wollte ein nächstes Treffen nicht dem Zufall überlassen.

»Klaro.« Er grinste schief.

»Und jetzt verschwinde«, sagte ich lachend, als er mir das Handy zurückgab. »Ab in den wohlverdienten Feierabend.«

Er wandte sich um und zeigte mir dabei einen Daumen hoch. »Und melde dich.«

»Das mache ich.«

Keiko ging in Richtung der Cessna, wo ich ihn erneut lautstark mit seinem Vater diskutieren hörte.

Wer sich jedoch nicht blicken ließ, war mein eigener Vater. Ich beantwortete eine Nachricht von May. Ich sandte ihr ein paar Fotos von der Reise und dann schickte ich noch eine Nachricht an Chloe. Zuletzt fiel mein Blick auf den dritten Namen in der Liste. Tamika. *Ich sehe dich am Strand.* Dieser Satz bedeutete auf

Inuit: Ich erwarte dich zu Hause. Mit einem Lächeln tippte ich die drei Worte. Ich bin da.

Das Scharren von Sohlen auf Asphalt ließ mich den Kopf heben. Und da war er endlich. Mein Vater. Er war älter geworden, natürlich, dennoch überraschte es mich, wie viel er von seiner dynamischen Ausstrahlung verloren hatte. Er war ein großer Mann, doch jetzt schienen seine Schultern zu hängen, sein Gang war leicht gebeugt und der Blick aus seinen Augen war mir völlig fremd. *Was ist passiert, Dad?* Er blieb vor mir stehen, doch anstatt mir wenigstens die Hand zu geben, schob er sie in seine Hosentasche. Mein Herz klopfte wie wild. Weil er einfach nichts sagte, stieß ich schließlich ein »Hallo, Dad« hervor.

»Hallo. Jetzt bist du also da.« Ein winziges Lächeln, allerdings keine echte Freude, keine Umarmung. »Wie war die Reise?«

Der Stich in meinem Bauch schmerzte so sehr, dass ich mich gerne gekrümmt hätte. »Gut, danke.« Meine Stimme klang fremd in meinen Ohren.

Er sah auf die Taschen neben mir. »Das ist alles?«

»Ja.« Hatte er erwartet, dass ich mit einem Set von Schrankkoffern hier im Hinterland anreisen würde? Kannte er mich so schlecht?

»Wo steht das Auto?« Ich nahm eine der Taschen hoch.

Schon wieder so ein peinliches Schweigen. Dann deutete mein Vater mit dem Kopf nach rechts. »Drüben.«

Er griff nach meiner zweiten Reisetasche, lief los und ich folgte ihm. Immer noch fühlte ich mich wie in einem schlechten Film. Dad hievte die Taschen in den Kofferraum der dunklen Limousine, dann stiegen wir schweigend ein.

Erst als wir das Gelände verließen, musterte er mich kurz. »Cheryl hat sich schon zurückgezogen, sie hat Migräne. Nathan ist unterwegs und Nataly schon im Bett. Ich habe gleich noch zwei wichtige Telefonate, aber Margret hat dir Sandwiches gemacht, solltest du Hunger haben. Sie liegen im Kühlschrank. Du kennst dich ja im Haus aus.«

»Vielen Dank.« Mich würde also weder jemand begrüßen, noch würden wir den Abend gemeinsam verbringen. Das war deutlich. Ich schluckte. »Wer ist Margret?«

»Unsere Haushälterin. Sie steht den Raumpflegern und den Gärtnern vor und nimmt mir eine Menge Arbeit ab.«

»Verstehe.« Mom hatte keine »Margret« gebraucht, aber die Dinge konnten sich ändern, wie man sah. Weil Dad, mal wieder, nichts erwiderte, ließ ich den Blick schweifen. Wir waren auf die Bay Road abgebogen und links von mir jagten die grauen Wellen den Strand hinauf. Eine Gruppe Robben lag träge in der schäumenden Gischt, trotzdem hatte ich kaum einen Blick für sie. Mein Magen hatte sich erneut verkrampft, seit Fairway Manor in Sicht gekommen war. Die schwarzen Dachschindeln reflektierten das letzte Licht der Abendsonne und ließen die zwei spitzen Giebel umso beeindruckender wirken.

Schon erreichten wir die Abfahrt, deren Weg in zwei sanften Windungen den Hügel hinauf bis zu der mit hellen Kieseln bestreuten Auffahrt führte.

Nichts hatte sich verändert und doch fühlte sich alles fremd an. Das imposante Haus mit seiner Fassade aus dunklem Backstein wirkte nach wie vor majestätisch und abweisend.

An einem der alten Obstbäume hing immer noch die Schaukel, auf der ich bereits als Kind geschaukelt hatte. Jetzt schien sie verwittert und nicht mehr zu gebrauchen, dennoch überrollten mich die Erinnerungen wie eine Welle. Mom hatte mich stundenlang angeschubst, damit die Schaukel in Bewegung blieb.

Dabei hatte sie mir irgendwelche Geschichten erzählt, die mich zum Lachen brachten. Ich war noch nie besonders kontaktfreudig gewesen, und meine Mom schon immer so etwas wie mein Rettungsanker. Weder im Kindergarten noch in der Schule hatte ich wirklich Freunde gefunden. Aber wenn ich mit meiner Mutter durch unseren Obstgarten spaziert war, dann hatte ich mich geliebt und geborgen gefühlt. Und irgendwie hatte mir nichts gefehlt. Vielleicht hatte ich aber auch damals schon diese dunkle Seite in mir gespürt. Vielleicht hatte ich mich deshalb niemandem genähert. Ich schluckte, als ich den Blick von der Schaukel weiter über das Grundstück gleiten ließ. Und dann war diese dunkle hässliche Seite von mir hervorgebrochen, ungebremst und nicht gestoppt von Moms unerschütterlicher Ruhe und dem Halt, den sie mir gab. Schnell wandte ich mich ab.

Dad parkte den Wagen neben einem Fuhrpark an Fahrzeugen. Ein aufgemotztes schwarzes Motorrad mit Cross-Reifen, ein cremefarbenes Cabriolet, ein hellblauer Jeep, der etwas in die Jahre gekommen war, und ein Quad. Hatte Dad in die Automobilbranche gewechselt?

Er fing meinen Blick auf, während er mir eine Reisetasche reichte. »Richtig. Du kannst den Jeep nutzen, während du hier bist.« Er ließ den Kofferraum zuschnappen, griff in seine Tasche und warf mir einen Schlüsselbund zu. »Bevor ich es vergesse. Da hängt alles Nötige dran.«

»Wow, danke dir.« Mit einem Auto hatte ich nicht gerechnet. Das war echt umsichtig von Dad, denn ohne fahrbaren Untersatz kam man hier praktisch nicht vom Fleck. Natürlich waren es zu viele Schlüssel nur für den Jeep, aber das Haus verlassen zu können, wann ich wollte, war sicherlich auch ein Vorteil. Dad nickte knapp und war schon auf dem Weg zum Eingang.

Ich staunte nicht schlecht, als ich die Eingangshalle betrat, denn ich erkannte kaum etwas wieder. Hier war alles modernisiert worden, jedoch so raffiniert, dass der düstere Charme der alten Bausubstanz geschickt hervorgehoben wurde. Wieder mal dachte ich, dass man hier Filme drehen könnte. *Sleepy Hollow 2? Dark Shadows 2?* Oder besser gesagt: Jeden Tim Burton-Film …

»Du bekommst ein Gästezimmer, natürlich«, begann mein Vater und riss mich so aus meiner Betrachtung der neuen Umgebung. Meinen verwunderten Gesichtsausdruck beantwortete er, bevor ich nachfragen konnte. »Nathan und Nataly wohnen in deinen alten Zimmern.«

»Nathan wohnt also noch zu Hause?«, fragte ich. Er war ein Jahr älter als ich und das nächste College lag Hunderte Meilen entfernt.

»Nein.« Dad ging die Treppe hinauf. »Er hat sein erstes Jahr an der Uni in Fairbanks absolviert und kam gestern Abend an. Da er an Wochenenden öfters herkommt, hat er sein Zimmer behalten.«

Dad ging mit schnellen Schritten voraus und schien erleichtert, als wir das Gästezimmer erreicht hatten. Er stieß die Tür auf und machte das Licht an. Die Einrichtung war komplett neu, aber gemütlich und dem Stil des Hauses angepasst. Ein breites Bett aus dunklem Holz gegenüber einer hohen Kommode und eine Stehlampe. Ein Schrank, ein kleiner Sekretär neben einer Tür, die zu einem Badezimmer führte. »Auf dem Nachttisch findest du einen Zettel mit allen nötigen Telefonnummern. Melde dich bei Margret, wenn du etwas brauchst. Sie lebt in der Einliegerwohnung, aber sie ist keine Leibeigene. Bitte respektiere ihre Arbeitszeiten. Von abends um achtzehn Uhr bis morgens um sieben Uhr hat sie frei, klar?«

Ich sah ihn etwas verständnislos an. May und ich teilten uns ein winziges Apartment in New York und am Ende des Sommers würde ich ins Studentenwohnheim an die Brown ziehen. Und weder bei May noch dort gab es Gärtner, Raumpfleger oder einen guten Geist namens Margret. Für wen hielt er mich? Doch ich erwiderte nur: »Klar, mache ich. Danke für die Nummern.«

Dad schien eine Last von den Schultern zu fallen, als er sich nun verabschieden konnte. »Bis morgen. Schlaf gut.«

»Du auch. Bis morgen.«

Und schon war er verschwunden. Ich seufzte lautlos. Ich war müde und erschöpft und plötzlich hatte ich wieder Chloes Worte im Kopf. *Manches kann man nicht reparieren.* Doch das wollte ich einfach nicht glauben. Und weil ich noch viel zu aufgewühlt war von all den neuen Eindrücken und sowieso nicht zur Ruhe kommen würde, machte ich mich sofort ans Auspacken. Dabei tobten die Gedanken in meinem Kopf weiter. War es das, was ich mir erhofft hatte? Die erste Begegnung mit meinem Vater war mehr oder weniger eine Mischung aus Peinlichkeit und Verlegenheit gewesen. Ich ließ ein Oberteil sinken, das ich gerade aufs Bett legen wollte. Jetzt war ich hier. Und nun? Ich hatte vier Jahre auf diesen Moment gewartet.

Du bist wieder zu Hause. Jetzt wird alles gut.

Ich hoffte auf ein Gefühl von Befreiung, einen Moment der Erleichterung. Doch zurück blieb nichts als Ernüchterung.

Um kurz vor ein Uhr hatte ich eine Menge Zeit damit verbracht, grübelnd Löcher in die Luft zu starren, und tatsächlich erst eine Reisetasche ausgepackt. Irgendwann hatte ich eine Kerze mit meinem Lieblingsduft angezündet, und seit der warme Duft nach Zimt den Raum erfüllte, fühlte ich mich schon etwas heimischer. Aber jetzt knurrte mein Magen. Ich zögerte erst, doch dann löschte ich die Kerze und verließ das Zimmer.

Ich wollte niemanden stören, deshalb knipste ich im Flur nur eine kleine Wandlampe an. Ich kannte mich gut genug aus, um meinen Weg auch im Halbdunkel zu finden.

Dieses Haus steckte voller Erinnerungen. Die lange Treppe war ich auf einer Matratze heruntergerutscht. In dem großen Wohnzimmer hatten Mom, Dad und ich nächtelang Spiele gespielt. Ich war in der Eingangshalle sogar auf meinen Inlineskates gefahren. Mom hatte mich erst zurechtgewiesen und dann genauso gelacht wie ich.

Ich ließ meine Finger über den hölzernen Handlauf der Treppe gleiten. Zu Weihnachten wurde sie immer mit einer Ranke aus duftenden Tannenzweigen geschmückt. Dank Moms Backkünsten hatte das Haus wie eine Zuckerbäckerei gerochen.

Ich lächelte, doch es war ein wehmütiges Lächeln. Sie fehlte mir immer noch. Sie fehlte mir so sehr. Und jetzt, da ich wieder hier war, an diesem Ort voller Erinnerungen, schienen sie mich überall zu überfallen wie Schatten aus der Vergangenheit. Mom, die in der Küche saß und versuchte, einen Knopf anzunähen. Sie war völlig unbegabt im Nähen und war schließlich ins Dorf gefahren, um es einem Profi zu übergeben. Dad, der von einer Geschäftsreise zurückkehrte und jedes Mal eine Kleinigkeit für mich dabeihatte. Meine längst verstorbenen Großeltern, wie sie mit geröteten Wangen und strahlenden Gesichtern im Eingang standen, um gemeinsam mit uns einen Geburtstag zu feiern.

Ich hatte das Leben in diesem Haus geliebt und noch schien ein Teil von mir nicht akzeptiert zu haben, dass es für immer vorbei war. Nichts würde jemals wieder sein wie vorher.

In der Küche brannte kein Licht, dennoch nahm ich die Umrisse einer Silhouette wahr, kaum dass ich um die Ecke bog. Ich blieb abrupt stehen, als auch schon das Geräusch einer sich öffnenden Tür erklang.

Das kalte Licht der Kühlschrankbeleuchtung spiegelte sich auf seinem pechschwarzen Haar. Er hob den Kopf und drehte sich in meine Richtung. Ich hielt unwillkürlich die Luft an. Sein Gesicht war ein Puzzle aus Gegensätzen. Eine harte Kinnlinie, gerade gewachsene Augenbrauen, Wangenknochen, an denen man sich schneiden konnte. Im Gegensatz dazu seine Augen, eisblau und ausdrucksvoll, und ein Mund, der wie ein sinnliches Auf und Ab aus weichen Kurven in sein Gesicht gemalt schien. Er war nicht einfach nur attraktiv, er war verwirrend schön durch den Bruch aus harten und weichen Zügen, die sein Gesicht definierten.

Ich starrte ihn nach wie vor an, tastete dabei aber alibimäßig nach dem Lichtschalter an der Wand links von mir.

»Lysandra.« Die Art, wie er meinen Namen knurrte, jagte mir einen kühlen Schauer die Wirbelsäule hinab.

Sein dunkles Shirt besaß einen absichtlich ausgeleierten Kragen und die schwarze Jeans Löcher über den Knien. Im Gegensatz zu den vielen braun gebrannten Sunnyboys auf Instagram sah er aus wie ein Nachwuchs-Auftragskiller, der die Tränen seiner Opfer zum Frühstück trank. Er interpretierte mein Starren falsch, denn er lachte spöttisch auf. »Wie süß. Sie hat keine Ahnung.«

Er irrte sich. »Hallo Nathan.« Zugegeben, Cheryls Sohn aus einer früheren Beziehung hatte sich verändert. Sehr verändert. Als ich ihm das letzte Mal begegnet war, war er noch einen halben Kopf kleiner als ich gewesen und dem Babyspeck nicht ganz entwachsen. Nathan war ein Paradebeispiel dafür, dass die Pubertät eine Lotterie war, bei der man nicht nur verlieren konnte.

»Tiefer.«

»Hm?« Ich sah ihn fragend an.

»Tiefer.«

Erst jetzt erkannte ich, in welche Richtung sein Blick ging. Ich ließ die Hand sinken und endlich … da war der Lichtschalter. Eine moderne indirekte Beleuchtung sprang an, die die Größe des Raums vorteilhaft betonte. Nathan stellte eine große Glasflasche auf der rechteckigen Kücheninsel ab. Darin schaukelte eine leuchtend grüne Flüssigkeit.

Ich löste mich endlich vom Türrahmen und kam neugierig näher. »Dad hat erzählt, du studierst jetzt in Fairbanks?«

»Ja, Pharmazie.«

»Okay.« Ich betrachtete ihn kritisch. War das jetzt ein Scherz?

Er lachte, dann warf er die Kühlschranktür so heftig zu, dass die Flaschen im Inneren klirrten. »Was?« Er legte den Kopf schief. »Du hast gedacht, ich wäre dumm? Warum? Wegen der schwarzen Klamotten? Wegen des Motorrads? Das sind aber böse Vorurteile.«

»Das stimmt doch gar nicht. Ich war bloß –«

»Weißt du, wie man Pharmazeuten früher genannt hat?«, unterbrach er mich. »Giftmischer.« Er griff nach zwei Gläsern auf einem Regalbrett. »Und gibt es eine elegantere Art, sich nerviger Mitmenschen zu entledigen, als ihnen einfach nur ein paar Kräuter in ihren geliebten *Grande Frappuccino Caramel Pumpkin Spice Latte* zu geben?« Das konnte er unmöglich ernst meinen. Und was hatte er gegen Starbucks?

Nathan füllte die zwei Gläser je zur Hälfte mit der grünen

Flüssigkeit. Als er meinen Gesichtsausdruck bemerkte, lachte er schon wieder, aber dieses Mal klang es echt. »Dass man die Mädels vom Dorf damit schockieren kann, ist klar. Aber dich? Bist du dir sicher, dass du aus New York kommst?«

Provokation, dein Name ist Nathan. »Witzig«, stieß ich hervor und das Herz klopfte mir bis zum Hals.

Nathan seufzte und wirkte fast enttäuscht, doch dann hellte sich sein Gesicht auf. »Wie wäre es mit einem Schluck meines hausgemachten Smoothies?« Er schob mir ein Glas über die Arbeitsplatte zu. »Gemacht mit ganz viel Liebe.« Selbst sein treuherziger Blick konnte die stumme Aufforderung darin nicht verbergen.

Als ich mich nicht rührte, grinste er. »Bist du also doch eher der ängstliche Typ, hm?«

»Irrtum.« Ich hob mein Glas und hielt es ihm dann vor die Lippen. »Ich bin mehr so der fürsorgliche Typ.« Nathan öffnete leicht den Mund und nahm einen Schluck, während er mich unverwandt ansah. Dann nahm er mir das Glas ab und leerte es in einem Zug.

»Punkt für dich«, sagte er, bevor er es zurück auf die Theke stellte.

»Hey … ich bin schließlich aus New York«, erwiderte ich leichthin.

Nathan zog die Unterlippe ein Stückchen zwischen die Zähne und musterte mich. »Ernest sagt, du machst ein Praktikum in der Firma?«

Ich nickte. »Richtig.«

»Warum?«

Seine Direktheit brachte mich ein wenig aus dem Konzept. Und ganz sicher würde ich ihm nicht beichten, dass alles nur ein Vorwand war, weil ich mich mit meinem Vater aussprechen wollte. »Na ja … ich werde Betriebswirtschaft studieren und –«

»Das weiß ich schon.« Nathan fixierte mich, während er das zweite Glas zum Mund führte und es in schnellen Zügen leerte.

»Dann kennst du den Grund.«

Nathan stellte das Glas betont langsam ab, während er mich nicht aus den Augen ließ. »Das glaube ich nicht.«

Im Grunde ging es ihn auch gar nichts an. Also zuckte ich die Schultern. »Das muss ich mit dir nicht diskutieren.«

Sein Blick folgte mir, als ich an ihm vorbei zum Kühlschrank ging. Im mittleren Fach fand ich die Sandwiches, von denen Dad geredet hatte.

Und da ich keine Lust auf weiteren Small Talk hatte, ließ ich Nathan stehen. »Gute Nacht.«

Zuerst dachte ich, er würde mir nicht antworten. Doch kaum dass ich den Türrahmen erreicht hatte, sagte er leise: »Man sieht sich, Lysandra.«

Herrgott. Warum konnte er mich nicht Lys nennen, so wie der Rest der Welt? Mit wild klopfendem Herzen trat ich den Rückweg an. Zurück in meinem Zimmer hatte ich plötzlich keinen Hunger mehr. Im Gegenteil, ich war viel zu aufgekratzt und verspürte jetzt das überwältigende Bedürfnis, meine Hände irgendwie zu beschäftigen. Also hievte ich auch noch die zweite Reisetasche auf das Bett und begann, meine Klamotten auf den Schrank und die Kommode zu verteilen.

Ich textete Chloe kurz, hatte allerdings wenig Hoffnung, dass sie meine Nachricht las. Entweder lag sie um diese Uhrzeit bereits im Bett und schlief oder sie machte Party und sah garantiert nicht auf ihr Handy.

Ein Klopfen ertönte und erst da fiel mir auf, dass ich die Tür zu meinem Zimmer nur angelehnt hatte. Wer konnte das sein?

Ich wollte gerade »Ja?« rufen, da schwang die Tür bereits auf.

Keine Ahnung, mit wem ich gerechnet hatte, mit ihm jedenfalls nicht. Schon wieder.

Nathan lehnte im Türrahmen. Seine Stimme war ein gefährlich leises Flüstern. »Warum bist du wirklich hier?«

Ich musste mich zwingen, ruhig zu bleiben. »Und warum kann das nicht bis morgen warten?«

Er antwortete nicht. Stattdessen setzte er eine Miene auf, die wenig Raum für Spekulation ließ. Entnervt verschränkte ich die Arme vor der Brust. »Hör zu. Du magst ja deinen bösen Blick perfektioniert haben, aber das wird mich nicht von hier vertreiben. Die nächsten fünf Wochen werden wir miteinander klarkommen müssen.«

Er lächelte spöttisch. »Du sagst anderen gerne, wo es langgeht, oder?« Nathan löste sich vom Türrahmen und spazierte in mein Zimmer, als gehöre es ihm. »Das mag dich schockieren, doch bei mir funktioniert das nicht.« Er hob meine Kerze an, betrachtete sie kritisch und drehte sich schließlich zu mir. »Und was meine Vermutungen angeht, können wir gerne Klartext reden.« Er warf die Kerze ein Stückchen in die Luft und fing sie wieder auf. Ich schnaubte und wandte mich meiner Reisetasche zu. Erst, als ich einen Stapel Shirts auf die Decke gelegt hatte, hob ich erneut den Kopf und schenkte ihm einen betont gelangweilten Blick. »Ich höre. Oder hast du es dir anders überlegt?«

Nathan hatte die Augen ein wenig zusammengezogen und musterte mich, als könne er mich allein durch einen leise gemurmelten Fluch wieder verschwinden lassen. Und obwohl das Zimmer geräumig war, schien seine große Gestalt diesen Platz vollständig einzunehmen. Das hier war sein Reich, seine Bühne. Obwohl es meine Sachen waren, die sich hier stapelten, so schien nichts davon mehr mir zu gehören. Seine Präsenz war übermächtig und der Besitzanspruch in seinem Gesicht sollte mir vermutlich zu denken geben. Aber gerade jetzt war mein Kopf leer und all meine Sinne ungewollt beeindruckt von seinem unverschämten Auftritt.

»Warum Blackfish Bay?«, fragte er unvermittelt. »Du wohnst in New York, einer der größten Geschäftsmetropolen der Welt. Wenn das nicht der ideale Ort für ein Praktikum ist, dann weiß ich es nicht.«

Er wollte die Wahrheit hören? Nicht von mir. Sollte sich der Herr Giftmischer doch alles selbst zusammenreimen. »Richtig«, erwiderte ich also kühl. »Genau dieser Umstand lässt nur eine Schlussfolgerung zu, oder?«

Nathan stellte die Kerze zurück auf die Kommode. So langsam und vorsichtig, dass es kein Geräusch gab.

»Hör mir gut zu, Lysandra«, sagte er, als er anschließend auf mich zukam. »Ich sage das genau ein Mal.« Er blieb nah vor mir stehen. Sehr nah. Er überwand meinen persönlichen Tanzbereich, er überwand sogar meine Intimdistanz, er war mir so nah, wie ich es sonst nur May oder Chloe erlaubte. Und doch wich ich nicht zurück. Den Triumph würde ich ihm nicht gönnen.

In seinen Augen glomm ein Funke auf, der mich vermuten ließ, dass Nathan genauso leidenschaftlich liebte, wie er hasste. »Egal, was du vorhast, ich werde es zu verhindern wissen.«

Einen ewigen Moment lang funkelten wir uns an, maßen unsere Kraft im Blick des anderen.

»Was bildest du dir ein?«, flüsterte ich dann. »Drohst du mir etwa? Glaubst du, das beeindruckt mich?«

»Ich drohe dir nicht.« Seine Miene war jetzt ernst. »Aber sei dir bewusst, dass ich dir nicht auf den Leim gehe. Du magst deinen Daddy einwickeln, und meine Mutter ist zu höflich, um dich ihre wahre Meinung wissen zu lassen. Ich hingegen habe damit kein Problem.« Seine eisblauen Augen waren so kalt, dass ich fröstelte. »Solltest du deinen Hintern quer durchs Land geflogen haben, nur um aus Langeweile eine Familie zu zerstören, dann sei dir darüber klar, dass ich das verhindern werde.«

Innerlich kochte ich vor Wut, aber äußerlich blieb ich ganz ruhig. Und einfach nur, weil ich es konnte, provozierte ich ihn noch weiter. »Und wie willst du das verhindern? Rennst du dann zu Mommy und petzt? Oder klebst du mir eine Briefmarke auf den Hintern und schickst mich per Expresskurier zurück nach New York?«

In seinen Augen loderte ein kaltes Feuer auf. Wir standen jetzt so dicht voreinander, dass keine Zeitung mehr zwischen uns passte. Ich roch sein Parfüm, ein frischer, klarer Duft mit einer holzigen Note.

Nathan beugte sich zu meinem Ohr und sein Atem strich über die empfindliche Haut dort. »In einem anderen Leben hätten wir Freunde sein können, Lysandra …«, wisperte er. Die Haare auf meinen Armen stellten sich auf. »Und ich weiß noch nicht, ob ich das hassen oder bereuen sollte.«

Ich drehte meinen Kopf leicht, ging auf die Zehenspitzen. Jetzt kam mein Mund seinem Ohr ganz nah. »Du bist ein passiv-aggressives Trennungskind mit einem Berg von Vorurteilen im Gepäck, Nathan. Das Einzige, was du bereuen solltest, ist, dass du immer noch der wütende kleine Junge bist, der du mal warst.«

Stille.

Irgendwo draußen über dem Meer schrie ein Nachtvogel. Langsam ließ ich mich zurück auf die Füße sinken. »Und noch was.« Ich sah ihm in die Augen. »Das hier ist jetzt mein Zimmer. Das nächste Mal klopfst du und wartest auf mein *Herein*, bevor du es betrittst. Ich werde deine Privatsphäre respektieren, wie du meine respektierst. Okay?«

Nathan legte leicht den Kopf schief, seine Augen blitzten auf. »Gut gebrüllt, Tiger.«

Er lachte spöttisch, drehte sich um und hob im Gehen die Hand. »Aber glaub nicht, dass ich dich aus den Augen lasse. Tag eins von fünfunddreißig. Wir sehen uns morgen.«

Er zählt die Tage bis zu meiner Abreise?

Und dann war er weg. Die Tür fiel leise ins Schloss und ich stand da und überlegte, was gerade geschehen war.

Also schrieb ich Chloe noch eine Nachricht. Sie machte ihr Handy aus, wenn sie schlief, daher würde ich sie nicht stören. Dann suchte ich meinen Schlafanzug, um endlich im Bett zu verschwinden. Plötzlich brummte mein Telefon. Es war ein Videocall von Chloe. Sie war noch wach? Alaska war der Ostküste vier Stunden voraus, bei ihr war es also schon fast früher Morgen. »Hey Süße«, sagte ich, während ich rasch zur Tür ging und abschloss.

»Alles gut bei dir?« Chloe war aufwendiger geschminkt als sonst und trug ein hautenges schwarzes Trägertop. Sie war also aus gewesen, doch dem Hintergrund nach zu urteilen wieder in ihrem Zimmer.

»Ganz okay. Was hast du gemacht?« Ich ließ mich neben die Reisetasche aufs Bett fallen.

»Ich war spontan auf einer WG-Party.« Sie kicherte. »War ganz nett, aber keine süßen Typen da.« Das Bild wackelte kurz, als sie sich schwungvoll auf ihr Bett setzte. »Wie war dein Abend? Und warum bist du noch wach? Kannst du nicht schlafen?«

»Ich hatte gerade noch Besuch.«

Chloe riss die Augen auf. »Was?«

»Nathan war in meinem Zimmer.« Ich schnaubte. »Und weißt du was? Ich habe ihn vorhin kaum wiedererkannt.«

Chloe grinste. »Der Sohn von Cheryl? Hat er sich wenigstens positiv verändert?«

Ich gab einen undefinierbaren Laut von mir.

»Verstehe.« Chloe grinste noch breiter und angelte nach ihrem Tablet. »Sehen wir ihn uns mal an und finden heraus, was für ein Typ er ist.«

»Er ist total durchgeknallt …«, murmelte ich und dachte an seine Worte in der Küche zurück.

»Hm …« Chloe zog eine Schnute. »Ich finde keinen Nathan Saunderman. Weder bei Instagram noch bei Twitter oder sonst wo.«

»Sein Nachname ist Montroy. Er ist doch Cheryls Sohn aus einer alten Beziehung, genau wie ihre Tochter Nataly, und weil sie nie verheiratet war, tragen beide Kinder ihren Nachnamen.«

»Ach ja, richtig.« Sie tippte auf dem Display herum. »Nathan Montroy … wo bist du? Wo bist … oh.« Chloe sah mit großen Augen zurück in die Kamera. »Der ist dein … dein … was ist er denn dann eigentlich?«

»Gar nichts. Nathan ist mein gar nichts. Wir sind nicht verwandt. Dad und Cheryl sind nicht verheiratet, das weißt du doch.«

Chloes Blicke flog zwischen dem Bildschirm des Tablets und dem Handy hin und her. »Ist er Model oder so? Du liebe Zeit, alles an ihm ist so … symmetrisch. Holla, verdammt. Wusstest du, dass er jetzt so aussieht?«

»Nein und es hat mich auch nicht interessiert. Ich bin schließlich aus ganz anderen Gründen wieder hier.«

Chloe seufzte. »Du hast recht. Ich glaube, ich habe in der letzten Zeit einfach etwas zu viel gefeiert.« Sie legte das Tablet weg und ließ sich tiefer in die Kissen rutschen.

Ich lächelte. »Du fehlst mir. Wie soll das bloß werden?«

»Du fehlst mir auch.«

Chloe gähnte, rieb sich über die Augen und verschmierte damit ihre Mascara. Jetzt sah sie aus wie ein übermüdeter Waschbär.

»Geh schlafen, Süße«, sagte ich lachend. »Es war schön, noch mit dir zu reden.«

Chloe schmatzte und blinzelte. »Ich bin gar nicht müde, und wenn du noch reden willst, dann …«

»Nein, alles gut. Leg dich hin. Wir sprechen morgen.«

Sie gähnte erneut. »Okay.«

»Bis morgen.« Chloe murmelte eine Antwort und ich legte auf.

Obwohl mich das Gespräch mit Chloe wieder runtergebracht hatte und mein angenehm voller Magen sein Übriges tat, dauerte es noch eine ganze Weile, bis sich die Erlebnisse des Tages nicht mehr in Endlosschleife in meinem Kopf wiederholten und ich endlich einschlief.

Kapitel 4

ZANE

»Wahnsinn, was auf Instagram abgeht«, hörte ich eine begeisterte Stimme irgendwo hinter mir sagen.

Es war schon über einen Tag her, dass wir der Marinas Company einen Besuch abgestattet hatten, aber die Party dauerte noch an. Im Gemeinschaftsbereich saßen die Seawolves auf den Couchen. Die große Leinwand zeigte unseren Instagram-Account. 560 k Follower. Unglaublich, dass wir vor gar nicht allzu langer Zeit mit knapp fünfzig Followern angefangen hatten. Stuart hatte bereits das Videomaterial auf unserem YouTube-Kanal hochgeladen und einige diskutierten die Kommentare. Und während um mich herum unser letzter Coup gefeiert wurde, fühlte ich mich vor allem einsam. Ich brauchte vielleicht mal eine Auszeit, mal etwas räumlichen Abstand, um mir über gewisse Dinge klarzuwerden. Ziele, Prioritäten und … Loyalitäten. Aber wohin? Und ausgerechnet jetzt? Ich dachte an Andrew. Wollte ich das wirklich?

Mein Blick glitt durch die Fenster hinaus auf den Boston Channel. Die Sonne ging gerade unter und bald würde die Nacht den Fluss in einen schwarzen Spiegel des Mondes verwandeln. Das Gelächter im Hintergrund verblasste zu einem diffusen Brummen. Mein Blick glitt durch das Loft. Auf halbem Wege zwischen dem Campus des MIT, das »Massachusetts Institute of Technology«, an dem wir alle drei studierten, und East Cambridge hatten Kara, Stuart und ich die halbe Etage eines ehemaligen Fabrikgebäudes gemietet. Hundertsiebzig Quadratmeter, vollgestellt mit der allerneusten Technik und mit Sicht auf den Charles River, wo unser Boot ankerte und der unmittelbar in die Bay Area mündete. Hier lebten und arbeiteten wir. Und obwohl es uns irgendwie peinlich war, nannten wir unsere Bleibe unser »Hauptquartier«. Es hatte etwas Kindisches, Naives, aber durchweg Optimistisches. Und das gefiel mir.

Jeder von uns dreien besaß ein kleines Schlafzimmer samt angrenzendem Bad, aber das war's auch schon mit der Privatsphäre. Der Rest unseres Lebens spielte sich auf einer Fläche ab. Es gab zwei große Sitzecken, in denen die Seawolves tagten, mehrere Schreibtische, auf denen alles an Technik stand, was man für Geld kaufen konnte. Eine große offene Küche, eine Medienecke samt Beamer, Leinwand und Xbox und einen Billardtisch. Dazu noch diverse Schlafcouchen, ein geräumiges Gästebad und einen permanent gut gefüllten Kühlschrank. Bei uns war immer was los und genau so hatte ich es gewollt.

Mein Blick glitt weiter durch das große Panoramafenster und dann hinauf zum Mond, der wie eine blassgelbe Laterne am Himmel leuchtete. Für jemanden wie mich, der in einem großen Haus in Gesellschaft eines einsilbigen Kindermädchens groß geworden war, kam dies einem Gefühl von Familie am nächsten. Und diese Leute, die dieselben Werte teilten wie ich, sie waren die Familie, die ich mir selbst ausgesucht hatte. Vielleicht wog der erneute Vertrauensbruch von Kara und Stuart auch deshalb so schwer.

Ich seufzte lautlos, dann wandte ich die Augen vom Mond ab und ließ sie weiter zu Kara schweifen. Sie war unser Technik-Genie, das bereits Praktikumsangebote von Google und SpaceX in der Tasche hatte. Ihr Schreibtisch stand unweit von meinem. Sie programmierte irgendetwas und trug ihre Kopfhörer. Nebenbei kaute sie auf einer der Kordeln ihres Hoodies. Eine Macke von ihr, die sie sich nie abgewöhnt hatte, egal wie sehr wir sie damit aufgezogen hatten. Ihre Haare waren zu einem Bun oben auf dem Kopf gedreht, der mit einem Bleistift fixiert wurde. Halb von ihrer Ohrmuschel verdeckt blitzte das kleine Tattoo auf. Ein runder »On/Off«-Knopf, wie man ihn an einem technischen Gerät finden würde. Ich war dabei gewesen, als sie es sich hatte stechen lassen, hatte ihre Hand gehalten und … okay, das war ewig her. Und in meiner melancholischen Stimmung wollte ich nicht noch mehr Erinnerungen aus der Versenkung holen. Wo steckte der Dritte im Bunde eigentlich? Hatten wir nicht noch was zu klären?

Das, was Kara und Stuart wollten, war mit den Idealen der Seawolves nicht mehr zu vereinbaren. Sie wollten Social-Media-Stars werden und bedienten sich dabei feuerwerksverstärkter Guerillamethoden. Ich nutzte Social Media, um Aufmerksamkeit auf Naturschutzthemen zu lenken, aber ohne dafür die Welt in die Luft zu jagen.

Ich wandte mich erneut dem Schreibtisch zu und bewegte die Maus, damit der Bildschirm ansprang. Sofort erschien die Seite von »Marine Traffic«, einem Programm, mit dem man weltweit die Lage aller Schiffe per GPS orten konnte. Den Ausschnitt, den ich rangezoomt hatte, beobachtete ich schon seit einigen Wochen. Er zeigte ein Küstengebiet des Beringmeeres. »Blackfish Bay« stand über einem kleinen roten Punkt.

»Die Leute gehen voll darauf ab. Und das Beste ist: Jetzt ist sogar die Polizei dran. Augenzeugen berichten, dass sie Miller befragt haben.«

Ich schwang herum. Stuart war aus dem Nichts aufgetaucht,

mit vom Duschen noch feuchten Haaren ließ er sich hinter mir auf einen großen Sitzsack plumpsen. »Das feiere ich so hart.«

Ich betrachtete ihn. Die stereotype »mein Daddy ist Anwalt«-Uniform bestehend aus Polohemd, Bermudashorts und Bootsschuhen strafte sein Inneres Lügen. Trotz des rosafarbenen Baumwollpiqués, das seine tennisgestählte Brust umspannte, war Stuart kein Typ, der seine Wochenenden mit Partys und Geldausgeben verbrachte. Wir alle stammten aus reichen Familien, und schon als Teenager war uns klar geworden, dass wir mit den Mitteln, die uns zur Verfügung standen, mehr tun konnten, als uns ein nettes Leben zu machen. Jeweils mit einem Treuhandkonto im Rücken, das jedem Start-up Freudentränen in die Augen getrieben hätte. Klar, wir kauften die allerneueste Technik, das Loft war ebenfalls nicht gerade billig und wir besaßen neben dem Boot auch noch ein Elektroauto. Wir waren weit weg von perfekt, von selbstlos und bescheiden. Aber wir arbeiteten daran und hey, *nobody is perfect.*

»Oh, was ist das?«, wollte Stuart wissen, während er auf meinen Bildschirm deutete. Es war klar, dass er den Streit, der unausweichlich kommen würde, so lange wie möglich rausschieben wollte.

Ich schnaubte. Wenn Stuart derart treuherzig grinste, sah er immer noch aus wie der pausbäckige Teenager, der er mal gewesen war.

Kara am PC neben mir riss sich die Kopfhörer runter. »Hast du was gesagt?«

Ich deutete mit einem Kugelschreiber auf den Bildschirm vor mir. »Alle drei Tage fahren ein oder zwei Boote der Saunderman Co vor Mitternacht aufs Meer raus, was ziemlich verdächtig ist, denn das ist keine genehmigte Fangzeit, die beginnt nämlich um zwei Uhr früh.« Ich betrachtete meine Freunde eindringlich. »Die fangen illegal, jede Wette.«

Kara rollte auf ihrem Drehstuhl neben meinen. »Und was fangen sie, glaubst du?«

Ich warf ihr einen kurzen Seitenblick zu.

»Snow Crabs, vermute ich mal. Die Fangsaison hat noch nicht begonnen und jetzt sind viele Jungtiere in den niedrigeren Regionen der Küsten unterwegs. Sie sind bis zu einer gewissen Größe geschützt, aber ihr Fleisch wird für sehr viel Geld illegal als Delikatesse im asiatischen Raum verkauft. Das ist ein lukrativer Nebenverdienst.«

»Passt das denn zum Profil der Firma?«, wollte Stuart jetzt wissen.

Ich googelte den Namen Saunderman, der zu einer hoffnungslos veralteten Homepage führte. Ich überflog kurz die Informationen, die sich dort fanden: Familienunternehmen, Delikatessen Alaskas aus dem Garten der Natur, Tradition pflegen und Werte schätzen, Blabla. Das typische Gefasel, das dem Kunden das herzerwärmende Gefühl vermitteln sollte, dass er mit seinem Einkauf bei Saunderman etwas Gutes tat. Den Hintergrund der Homepage schmückten grüne Wiesen und das sanft schaukelnde Beringmeer. Ich klickte »Über uns« an. Nun … Saunderman sah tatsächlich aus, wie man sich den Patriarchen so einer Firma vorstellte. Ein stattlicher Typ mit grauem Haar und einem »Hier darf jeder machen, was ich will«-Blick. Die perfekte Mischung aus dem netten Kekse verteilenden Onkel und dem gnadenlosen Unternehmer mit den Dollars in den Augen. »Ich wette, jeder, der für ihn arbeitet, hat Angst vor ihm, während seine Geschäftskunden ihn vergöttern.« Irgendetwas an seiner großspurigen Biografie provozierte mich. Vielleicht sollte ich »Unsere kleine Delikatessenfabrik am Rande der Welt« mal genauer unter die Lupe nehmen. Ich hatte Zeit, mein Semester war beendet, alle Klausuren geschrieben.

»Und?«, riss Stuart mich aus meinen Gedanken. Erst da fiel mir auf, dass ich noch gar nicht geantwortet hatte. »Sie stellen landestypische Spezialitäten her.« Ich klickte »Auswahl Produkte« an und fand dort als dritten Punkt die Snow Crabs, dahinter der Vermerk »Verfügbar erst ab September«.

Ja klar … und für besonders solvente Kunden das ganze Jahr über.

»Kannst du mal kurz seine Finanzen checken?«, bat ich Kara. Unten auf der Seite fand sich die Kontoverbindung, die ich schnell in Karas Bildschirm kopierte. »Nur den aktuellen Kontostand, keine Details.«

Kara war schon wieder ganz in ihrem Element. Ihre Zungenspitze lugte zwischen ihren Lippen hervor, während ihre Finger über die Tastatur flogen. Nur wenig später zog sie die Nase kraus. »Sieht nicht gut aus. Hinzu kommen ein paar Bargeldeinzahlungen ungeklärter Herkunft.«

Ich schnaubte. Hatte mein Bauchgefühl mich also nicht getäuscht. Eine Firma in den roten Zahlen, bei der man verdächtige Aktivitäten feststellte. Sieht es aus wie eine Ente und läuft es wie eine Ente, dann ist es auch eine Ente. Ich griff kurz entschlossen nach dem Portemonnaie, das auf meinem Schreibtisch lag, und zog meine schwarze American Express-Karte hervor. »Ich fahre da mal hoch.«

»Du weißt aber schon, dass ich noch zwei wichtige Klausuren habe.« Stuart klang vor den Kopf gestoßen. »Können wir das nicht etwas verschieben?«

Können vielleicht schon, aber das will ich nicht.

»Ich sehe mich erst mal allein um und verschaffe uns einen Überblick. Ich kann einschätzen, ob sie Jungtiere fangen oder nicht.« Stuarts Widerstand brach augenscheinlich, denn schließlich war ich hier der Student der Meeresbiologie und nicht er. Möglichst teilnahmslos zuckte er die Schultern, doch sein Ton verriet, dass er beleidigt war. »Wie du meinst.«

»Und wie soll das ablaufen?« Kara drehte sich erneut zu mir. »Klopfst du an die Tore der Fabrik und fragst nach einer Führung?«

»Schon klar, das Ding direkt in die Luft zu jagen, wäre eher nach deinem Geschmack.«

Kara machte eine zeitsparende Geste, die sich hauptsächlich auf ihren Mittelfinger beschränkte. »Ich weiß, du hältst davon nichts, aber wir brauchen solche Aktionen wie bei Marinas. Unsere Followerzahlen stagnieren sonst. Und wenn die Leute einen rührseligen Bericht über den miesen Zustand der Weltmeere wollen, dann schlagen sie die *Sunday Times* auf.« Sie fixierte mich und es war klar, dass sie nicht bereit war, klein beizugeben. »Niemand ist geschnappt worden. James und Hilal hat der Sicherheitsdienst kassiert, aber sie konnten auf dem Weg in deren Büro flüchten. Und die Farbe war aus dem Spielzeuggeschäft, auswaschbar bei dreißig Grad, okay?«

Stuart grinste. »Was hast du für ein Problem? War doch eine Riesenshow.«

»Genau.« Kara nickte selbstzufrieden. »Den Tag werden sie bei Marinas nicht so schnell vergessen.«

War ich im falschen Film, oder was? Ich musste mich wirklich zwingen, ruhig zu bleiben. Kara, Stuart und ich hatten unsere Umweltschutzorganisation Seawolves gegründet, um auf Missstände und Gesetzesübertretungen beim Thema Umweltschutz hinzuweisen. Wir wollten aufdecken, aufmerksamkeitsstark auf Social Media protestieren und den Leuten klarmachen, dass wir nur einen verdammten Planeten hatten. Was wir nicht wollten, war fremdes Eigentum beschädigen und Menschen verletzen. »Es gibt einen Unterschied zwischen Enthüllungsjournalismus und blindem Vandalismus. Klingelt's da bei euch?«

»Brian hatte die Idee mit den Böllern«, erklärte Stuart achselzuckend. »Das war eine notwendige Aktion, was Innovatives.« Stuart tat so, als müsse er etwas auf seinem Handy nachgucken.

Und ich war kurz vorm Platzen. »Mit wem hat Brian gesprochen? Mit dir?« Alle Aktionen, die unter unserem Namen stattfanden, mussten mit uns dreien abgesprochen werden. Wir bildeten den Vorstand, wir übernahmen die Verantwortung, wir stellten die Mittel, ganz einfach. Es war inzwischen das zweite Mal, dass sie mich umgingen, weil sie wussten, dass ich nicht zustimmen würde, und ich war jetzt mehr als sauer.

Stuart nickte. »Wie gesagt, war eher spontan, das mit den Böllern.«

»Und am Ende ist jede Art von Aufmerksamkeit gut, solange sie für die richtige Sache ist, oder?«, ergänzte Kara.

Ja klar, aber es gab Grenzen. Und Unbeteiligte mit Farbe zu beschmieren war so eine Grenze. Ich wollte ganz impulsiv etwas erwidern, konnte mich allerdings noch bremsen. Ich hatte Mittel und Wege gefunden, meine Impulsivität zu kontrollieren. Das klappte auch meistens ganz gut. Meistens. *Komm runter. Lass dich nicht provozieren.*

Dennoch ließ mein Kopf sich nicht so leicht austricksen. Wohin sollte das alles führen? Wollten sie als Nächstes Bomben bauen und Feuer legen?

Ich betrachtete meine zwei besten Freunde und das ungute

Gefühl in meiner Magengegend war nicht mehr zu ignorieren. »Du weißt genau, was ich meine, Kara, also –«

Stuart ging dazwischen. »Lass sie in Ruhe, Kara hat recht. Und außerdem brauchen wir aufmerksamkeitsstarke Aktionen, sonst sterben wir den Social Media-Tod schneller, als dir lieb ist. Und wem ist dann geholfen, hm? Keinem!«

Seit wann verteidigte er sie so leidenschaftlich?

Ich sah zwischen den beiden hin und her. »Habe ich etwas verpasst?«

Stuart erstarrte und wurde rot, aber Kara blieb eiskalt. »Zurück zum Thema. Also. Die Touri-Masche oder willst du da arbeiten?«

Kurz blieb ich in meiner Irritation gefangen. Lief da etwa was zwischen den beiden? *Quatsch, das hätten sie mir doch erzählt.* Ich klickte auf »Wir stellen ein«.

Kara und Stuart beugten sich neugierig näher.

Nichts. Dieser Bereich der Homepage schien einfach nicht aktualisiert zu werden. Ich ging auf Jobmonster und gab die Postleitzahl ein. Und Bingo. Die Saunderman Co stellte Packhelfer ein. Keine Vorbildung nötig, kein Abschluss nötig, Studenten willkommen. Ein Zimmer wurde gestellt. Der Stundenlohn war ein Witz, doch darum ging es hier nicht. Art der Bewerbung: direkt vor Ort.

»Das mache ich«, sagte ich, dann rief ich die Seite der American Airlines auf. Meine Augen weiteten sich, als ich registrierte, wie lange die Anreise dauerte. Ich würde ewig unterwegs sein und dabei nur charmante drei Mal umsteigen müssen. Nur zwei Mal, dafür kürzer, aber doppelt so teuer, wenn ich den Flieger nahm, der heute Nacht startete. Das bedeutete allerdings auch, dass der Fight Club ausfiel. Ich hatte mich abreagieren wollen.

War es das wert? Ich musste diese Wut aus dem Bauch bekommen, meine Enttäuschung und all das, was mir wegen Andrew den Schlaf raubte. *Verdammt.* Ich dachte an die Snow Crabs und dass sie vielleicht bloß die Spitze des Eisbergs waren. Kurz hielt ich inne. Keine Ahnung, welchen Tieren dort noch ein Leid angetan wurde. Ich zögerte keine Sekunde mehr und klickte auf »Jetzt buchen«.

Kapitel 5

LYS

Guten Morgen, Dad! Sollen wir alle zusammen frühstücken? Ich könnte ein paar Bagels holen. Ich freue mich! Liebe Grüße, Lys.

Vor einer halben Stunde hatte ich meinem Vater diese Nachricht geschickt. Als ich geduscht hatte und bereit für den Tag war, hatte ich zweimal versucht, ihn zu erreichen. Nichts. Wie es aussah, legte mein Vater keinen Wert darauf, mit seiner Tochter zu kommunizieren. Schon wieder haderte ich mit meiner Entscheidung, nach Blackfish Bay zurückgekehrt zu sein. War es doch alles ein großer Fehler? Wollte mein Vater meine Entschuldigung nicht? Legte er vielleicht gar keinen Wert auf eine Versöhnung?

Erneut pikste es unangenehm in meinem Bauch, doch ich wollte jetzt nicht zulassen, dass all die negativen Gefühle in mir, Angst, Zweifel und Scham, überhandnahmen. Ich würde das schaffen!

Ich schnappte mir mein Handy, verließ mein Zimmer und tappte barfuß durchs Haus in Richtung Küche. Alle Räume schienen verlassen und nirgendwo hörte ich ein Geräusch. Auch von Margret fehlte jede Spur. Die Küche war perfekt geputzt und ließ nicht mehr erahnen, ob und wie viele Personen hier gefrühstückt hatten. Die Kaffeemaschine glänzte so blitzsauber, dass ich mich nicht traute, sie zu benutzen. Mist, und ich hätte jetzt wirklich einen Kaffee gebraucht.

Außerdem hatte ich gehofft, mit Cheryl sprechen zu können. Ich wollte mich bei ihr entschuldigen und ihr sagen, wie leid mir alles tat.

Ich lehnte mich gerade an die Kücheninsel, da erreichte mich eine Nachricht von Tamika. Kommst du vorbei?

Bei dem Gedanken an frisch gebrühten Kaffee lief mir das Wasser im Mund zusammen. Ich schickte Tamika eine Zusage und flitzte zurück in mein Zimmer. Obwohl die Sonne hoch am Himmel stand, zog ich eine Jeansjacke über mein Maxikleid. Zusammen mit den Chucks, meiner Umhängetasche und dem neuen Schlüsselbund war ich startklar.

Vor dem Haus empfing mich eine frische Brise. Ich atmete tief ein. Die klare salzige Luft, ich hatte sie vermisst. Dann glitt mein Blick zu dem Fuhrpark vor dem Haus, der ein wenig dezimiert war. Dads Wagen fehlte, ebenso wie das Cabrio. Auf dem Parkplatz des Motorrads stand nun ein schwarzer Pick-up neben dem Quad. Ich ging zu dem Jeep, sah einmal kritisch an ihm hinauf und wieder hinunter und schloss ihn auf. Von Nahem erschien er noch sehr viel größer, und außerdem war es eine Weile her, dass ich gefahren war, denn ich besaß kein eigenes Auto. Mit klopfendem Herzen kletterte ich auf den Sitz.

Du schaffst das. Es ist einfach nur ein Auto. Schlüssel drehen und los.

Der Motor sprang an und sein tiefes Brummen vibrierte in meinem Bauch. Vorsichtig gab ich Gas. Der Jeep rollte die Auffahrt hinab und der Kies knirschte leise. Innerlich atmete ich auf. Doch nicht alles vergessen.

Ich atmete ein zweites Mal aus und gab dann etwas mehr Gas.

Der Jeep und ich, wir wurden sofort Freunde. Hinter seinem großen Holzlenkrad fühlte ich mich, als würde ich ein Vergnügungsboot über die aufgewühlte See steuern. Zugegeben, es lag zu gleichen Teilen an ihm und an der Bay Road, deren Schlaglöcher so groß waren, dass sie eine eigene Postleitzahl verdient hätten.

Mein Handy klingelte. *Wenn man vom Teufel spricht,* dachte ich. Doch beim Fahren wollte ich nicht drangehen, zumal ich es erst aus den Untiefen meiner Umhängetasche hätte kramen müssen. Ich hielt den Blick starr geradeaus gerichtet. »Sorry, Dad. Jetzt habe ich keine Zeit.«

Das Klingeln hörte auf und ich schob jeden weiteren Gedanken zur Seite, denn der Ortseingang von Blackfish Bay kam in Sicht.

Doch ich bog auf einen unauffälligen Schotterweg ab. In der Ferne entdeckte ich bereits den niedrigen Zaun des Friedhofs. Seine Streben waren kunstvoll gebogen und von Sonne und salziger Luft dunkel und verwittert. Die alten Bäume beugten ihre Äste über die Grabsteine. Der Friedhof wirkte wie ein stilles Fleckchen Erde unter diesem wilden blauen Himmel und erschien dank der uralten Grabsteine, dem verschnörkelten Zaun und den großen alten Bäumen fast viktorianisch. Ich parkte den Wagen am Randstreifen und stieg dann aus. Den Weg kannte ich im Schlaf. Drei Monate lang vor meiner Abreise nach New York war ich ihn jeden Tag gegangen.

Das windschiefe Tor quietschte leise, als ich es öffnete. Das bröckelnde Metall der Klinke schabte an der Innenseite meiner Hand. Ich ließ den Blick schweifen. Es waren einige Gräber hinzugekommen, unschwer zu erkennen an den neu wirkenden Grabsteinen. Doch dafür hatte ich jetzt keine Zeit. Ich ging zu einem der schönsten Plätze an diesem Ort. Er lag unter einem der ältesten Bäume, einer uralten Weide, die unablässig zu flüstern schien. Wie immer hatte ich einen dicken Kloß im Hals. Das hätte Mom gefallen. Auch sie konnte den ganzen Tag reden. Ich ging in die Hocke und legte meine Hand an den kühlen Granit.

»Hallo Mom.« Ich strich über den Stein. »Ich bin wieder da.«

Es war warm und das Gras bereits von der Sonne getrocknet, also ließ ich mich neben ihrem Grab im Schneidersitz nieder.

»Ich wünschte, das alles wäre nicht passiert«, flüsterte ich. »Wenn du noch da wärst, wären wir eine Familie. Es gab doch immer nur uns drei.«

Ich strich mir kurz unter einem Auge entlang, um die Feuchtigkeit dort wegzuwischen.

»Ich weiß, du findest es nicht gut, was ich gemacht habe. Und dass du erleichtert warst, als ich nach New York gezogen bin. Da bin ich mir ganz sicher. Und May hat wirklich ihr Bestes gegeben, mir ein Zuhause zu geben. Dafür werde ich immer dankbar sein. Sie ist wirklich wunderbar. Aber trotzdem …« Meine Stimme brach. »Du fehlst mir so sehr.«

Ich erinnerte mich an Dads gequälten Aufschrei, als er nach Mom im Schlafzimmer hatte sehen wollen und festgestellt hatte, dass sie nicht mehr atmete.

Ich war zu ihm gerannt, doch er hatte mich an den Schultern gepackt, umgedreht und aus dem Zimmer geschoben. Ich hatte geschrien, getobt und mich entschieden gewehrt. Aber ich hatte keine Chance. Er hatte nicht gewollt, dass ich Mom so sehe. Zu diesem Zeitpunkt hatte er bereits seit zwei Monaten eine heimliche Affäre mit Cheryl.

Und drei Monate nach dem Tod meiner Mutter war sie mit ihren zwei Kindern bei uns eingezogen.

Ich erinnerte mich, wie schockiert, wie fassungslos ich gewesen war. Ich fühlte mich immer noch frei schwebend, innerlich völlig zerrissen und haltlos, gebrochen von dem plötzlichen Verlust und überwältigt von dieser neuen Realität, die sich anfühlte, als wäre ich in einem schlechten Film gestrandet. Und dann hatte ich der dunklen Seite in mir keinen Einhalt mehr bieten können.

Ich blinzelte und löste meine Hand von dem Grabstein. »Glaubst du, sie können mir verzeihen?«

Über mir rauschten die Blätter leise im Wind.

»Ich will das in Ordnung bringen und …« Ich brachte den Satz nicht zu Ende, stattdessen seufzte ich. »Ich verletze immer die, die mir nahestehen. Mit dir zusammen hatte ich es unter Kontrolle. Aber jetzt …«

Noch mal legte ich meine Hand an den mittlerweile von der Sonne erwärmten Grabstein.

»Ich habe eine richtige Freundin, zum ersten Mal in meinem Leben. Sie heißt Chloe. Und obwohl wir ein Herz und eine Seele sind, habe ich ihr nichts davon erzählt. Sie weiß nicht, was für eine Art Mensch ich sein kann. Ich habe einfach Angst, dass sie nie wieder mit mir redet, wenn sie erkennt, wer ich wirklich bin. Wie ich wirklich bin.«

Langsam ließ ich meine Hand sinken.

»Du fehlst mir. Du hättest einen Rat für mich gehabt. Du hättest mir sagen können, wie ich es anstellen muss, dass sie trotzdem bei mir bleibt, auch wenn ich ihr erzähle, was ich hier für ein Schlachtfeld hinterlassen habe.« Ich ließ meinen Blick über den Friedhof schweifen. »Gleich fahre ich zu Tamika. Ich freue mich so sehr, sie wiederzusehen.« Der Tod von John war gerade ein Jahr her, als ich nach New York gezogen bin. Ich bin gespannt, wie es ihr und Grace geht. Und wie das Nanuk läuft. Es muss hart sein, den Alltag mit einem eigenen Café und einem kleinen Kind ganz allein zu stemmen.«

Schon wieder klingelte das Telefon in meiner Tasche. Auch dieses Mal ignorierte ich es. Ich strich ein letztes Mal über den

Grabstein. »Denk an mich, Mom. Ich werde versuchen, das Chaos, das ich hinterlassen habe, aufzuräumen.«

Ich hauchte einen Kuss auf die Hand und drückte ihn auf den Grabstein. »Ich liebe dich. Du fehlst mir jeden Tag.«

Kaum war ich wieder auf der Bay Road, da brummte das Handy erneut in den Tiefen meiner Tasche. In nur zwei Minuten würde ich parken, und in diesem Moment war ich ohnehin viel zu abgelenkt von Blackfish Bay. Der Ortskern bestand aus Holzhäusern, ein- oder zweistöckig und in leuchtenden Farben bemalt. Wie fröhliche Leuchtpunkte stellten sie sich dem Meer entgegen. Die weiß gestrichenen Fensterrahmen hoben sich strahlend dagegen ab und einige der älteren Gebäude waren sogar mit Moos gedeckt.

Ich fuhr einmal gefährlich nach rechts, weil ich links ein Geschäft entdeckt hatte, das ich nicht kannte. Die Hauptstraße war so voller neuer Eindrücke, dass mein Kopf hin und her schnellte. Und dann … befand ich mich bereits wieder am Ortsausgang. Etwas verblüfft bog ich auf den Parkplatz des »Starfish Market« ab, dem einzigen Supermarkt in Blackfish Bay. Hier befand sich auch das Post Office und eine winzige Filiale der Bank of America. Zwei Frauen lehnten an ihren Kombis, unterhielten sich und versuchten neugierig, einen Blick ins Wageninnere zu erhaschen. Natürlich kannten sie den Wagen und vermutlich hatten sie sogar mich erkannt. Wahrscheinlich sollte ich es als positiv bewerten, dass sie mich nicht wüst beschimpften.

Ich legte beide Hände um das Lenkrad und sah mich um. Alles hier hatte ich so viel größer im Gedächtnis gehabt. Meine Fahrt durch den Ortskern hatte gefühlt keine Minute gedauert.

Erneut überkam mich die Erinnerung. Vor meinem inneren Auge sah ich die Plakate. *Lügnerin. Schmarotzer. Schlampe.* Und über allem prangte ein Bild von Cheryl. Ich hatte das ganze Dorf damit geflutet. Sie waren überall gewesen. An jedem Laternenpfahl. An jeder Ladenfront. In jedem Briefkasten. Ich hatte sie alle wissen lassen wollen, was Cheryl getan hatte. Und das Monster in mir hatte zufrieden gelächelt.

Ich schloss die Augen, weil mein Schamgefühl mich überwältigte. *Was hatte ich bloß getan?* Ich öffnete die Augen wieder und ließ meinen Blick die Hauptstraße entlanggleiten. Vielleicht war es Karma gewesen, dass es nicht Cheryl, sondern mir geschadet hatte. Sie war eine von ihnen, ein Mädchen aus dem Dorf, das einfach nur versucht hatte, etwas aus sich zu machen. Ich war die Kronprinzessin, aufgewachsen in einem Herrenhaus auf einem Hügel und nicht viel mehr als ein verzogenes Kind.

All die negative Energie, die ich verbreitet hatte, war ungebremst zurückgekommen. Und zum Schluss hatte sie *mich* vertrieben, nicht Cheryl. Meine Pläne waren komplett gescheitert.

Ich straffte die Schultern und bog vom Parkplatz auf die Hauptstraße ab. In Sicht kamen der Angelbedarf vom alten Phil, die Metzgerei, der Blumenladen und dann …

Da war das Nanuk. Auf der Straße hinter mir alles frei, weshalb ich den Jeep mühelos hinter einem braunen Buick parken konnte.

Ich zog den Schlüssel aus dem Schloss, während ich durchs Seitenfenster spähte. Das Café war so schön, wie ich es in Erinnerung hatte. Eine Bank vor dem Eingang, Blumentöpfe rechts und links. Der weiße Schriftzug hatte kleine goldene Sternchen und die große Scheibe der Ladenfront wirkte so sauber wie frisch geputzt. Dahinter machte ich zwei kleine Tische mit gemütlichen

Korbstühlen aus. Ich wollte schon den Wagen verlassen, als mir der Anruf wieder einfiel. Ich griff nach meiner Tasche und sah auf mein Handy. 3 Verpasste Anrufe Tamika, leuchtete auf dem Display. Ich schaute in Richtung des Cafés. Was hatte das zu bedeuten?

Als ich nach meiner Tasche greifen und den Wagen verlassen wollte, klingelte mein Handy erneut. Dieses Mal war es tatsächlich mein Vater. Die Anspannung in meinem Bauch verdoppelte sich. »Ja?« Meine Enttäuschung wegen seines Verhaltens war in meiner Stimme deutlich zu hören.

»Guten Morgen.« Schon wieder klang er so unterkühlt. »Entschuldige, der Morgen war hektisch, aber jetzt habe ich Zeit. Treffen wir uns im Büro.«

Ich hörte mich an wie ein Roboter. »Ich hole mir einen Kaffee bei Tamika.« Er schaffte es, mich immer wieder vor den Kopf zu stoßen. Und wie lange sollte dieses Versteckspiel noch gehen? Ob ihn Cheryl womöglich verlassen hatte und das alles hier nur eine große Show war?

»Ich habe danach noch einen Termin. Wäre also gut, wenn du dich beeilen könntest.«

Was dachte er, wie lange ich fürs Kaffeeholen brauchte? Klar, ich hatte mich auf eine schöne Unterhaltung mit Tamika gefreut, aber zuerst musste ich das mit ihm klären. Mein Vater murmelte irgendeine Verabschiedung und ich legte auf. Ich sprang aus dem Wagen und knallte die Tür zu. Natürlich schloss ich nicht ab, denn niemand, wirklich niemand schloss hier seinen Wagen ab. Ich erklomm die drei Stufen des Eingangs und das kleine Glöckchen hieß mich willkommen, als ich die Tür aufstieß. Hinter der gläsernen Theke mit den vielen gebackenen Leckereien stand … nicht Tamika.

Die junge Frau identifizierte mich fachmännisch als ortsfremd und setzte ein strahlendes Lächeln auf.

»Willkommen im Nanuk. Was darf es für dich sein?« Sie deutete auf die vielen kleinen Gebäckstücke in der Theke. »Lass dir ruhig Zeit mit der Auswahl, wenn du eine Frage hast, ich helfe dir gerne.«

»Hi«, erwiderte ich langsam. »Ich hätte tatsächlich eine Frage. Wo ist Tamika?«

Die junge Frau wirkte irritiert. »Seid ihr verabredet?«

Ich nickte. »Ja. Ich bin Lys, Tamika und ich kennen uns von früher. Wir wollten uns hier treffen. Sie hat mich angerufen, aber …«

In diesem Moment bekam ich eine Nachricht von ihr. Grace hat Fieber, ich hole sie gerade aus der Kita ab und fahre kurz bei Dr. Walden vorbei. Sie hatte gestern Abend schon erhöhte Temperatur.

»Sie wollte mit Grace zum Arzt, die Kita hat vorhin angerufen und gebeten, dass sie abgeholt wird«, sagte die junge Frau gerade.

»Ja, das hat sie mir gerade geschrieben.« Ich tippte bereits eine Antwort an Tamika.

»Möchtest du vielleicht einen Kaffee?«

»Das wäre wunderbar.« Ich lehnte mich ein wenig näher, um ihren Namen lesen zu können. »Juliet.«

Juliet wirkte verlegen. »Wie trinkst du deinen Kaffee? Und möchtest du auch ein Gebäckstück oder etwas Herzhaftes?«

»Den Kaffee mit etwas Milch, danke … Oh Moment, und vor allem einen großen Kaffee, bitte.«

»Hier trinken oder zum Mitnehmen?«

Gerade kam die Antwort von Tamika. Ich weiß nicht, wie

lange das hier noch dauert. Es tut mir echt leid, aber ich glaube, wir müssen das verschieben.

Ich schrieb gute Besserung an Grace und dass ich mir einen Kaffee mitnehmen würde.

Tamika schickte mir einen Daumen hoch und ein Herzchen. Ich melde mich wieder bei dir.

»Den Kaffee zum Mitnehmen, bitte«, sagte ich schnell zu Juliet. Sie nickte und wollte nach einem Pappbecher greifen. Mein Blick fiel auf die vielen hübschen Thermobecher, die seitlich auf der Theke nebeneinander aufgereiht standen. Da ich immer dabei war, wenn es darum ging, weniger Müll zu produzieren, griff ich nach einem der roségoldenen Alubecher. »Und den nehme ich auch. Könnte ich den Kaffee darin bekommen?«

»Natürlich. Ich spüle ihn kurz aus, einen Moment.«

»Danke, Juliet.« Das war wirklich aufmerksam. Erst als sie sich umdrehte und in Richtung Küche ging, erkannte ich, dass sie einen Blaumann trug, dessen Latz sie heruntergeklappt hatte. Das war ein interessantes Outfit. Ob es gerade Mode in Alaska war?

Ich schrieb Tamika erneut, während eine Nachricht von Chloe eintrudelte. Ich will Fotos. Wo bist du gerade? Mach Fotos für mich.

Ich sandte ihr fünf lachende Smileys und dann einen dampfenden Kaffeebecher. Ich bin Downtown Blackfish Bay.

Aha, schrieb Chloe sofort zurück. Der Nabel der Welt. Mach mir ein Foto von der Hauptstraße. Ich will die Klamottenläden sehen.

Ich grinste. Wird gemacht.

Juliet kam zurück und noch mal musterte ich unauffällig ihr Outfit. Während sie beschäftigt war, schaute ich mich kurz im Café um. Die helle freundliche Einrichtung war neu, erinnerte mich aber an die ursprünglichen Möbel von damals, ebenso wie die maritime Deko. Seesterne, Fischernetze und Topfpflanzen, die tatsächlich ein wenig wie Seegras aussahen. Auf einem Tisch nahe dem Eingang waren Geschenkkörbe der Saunderman Co aufgebaut. Unsere Spezialitäten hübsch dekoriert. Ich lächelte, als mein Blick darauf fiel.

»Bitte schön.« Juliet war fertig und stellte mir den Becher auf die Theke. »Darf es noch etwas sein?«

»Nein, danke. Ich nehme heute nur den Kaffee.«

Chloe textete mich am laufenden Band über WhatsApp voll. Sie war offenbar wild entschlossen, jetzt und genau in diesem Moment ein Foto von der Hauptstraße zu kriegen.

»Wie ein Sack Flöhe«, murmelte ich, während ich ein paar Dollarscheine hervorzog, um Juliet zu bezahlen. Erst dann fiel mir ein, dass ich Dad auch einen Kaffee mitbringen könnte. So als Friedensangebot.

»Ach, und noch einen großen Kaffee zum Mitnehmen, bitte, aber dieses Mal im Pappbecher.« Während ich bezahlte, klingelte mein Telefon. Es war ein Videocall von Chloe.

Ich ließ mein Wechselgeld als Trinkgeld für Juliet auf der Theke liegen, bedankte mich schnell bei ihr und raffte beide Getränke zusammen. »Prinzessin Ungeduld, du musst dringend an dir arbeiten.«

»Mir ist gerade so langweilig«, quengelte Chloe, als wäre sie erst fünf Jahre alt. »Alle sind unterwegs und keiner will mit mir Downtown zum Shoppen fahren. Los, zeig mir, wo du da bist.«

Ich schaffte es, das Handy zu heben und Chloe so einen Rundumblick im Nanuk zu verschaffen. »Ist das süß da!«, kreischte sie.

Hinter mir hörte ich Juliet lachen.

»Sieht aus wie die Kulisse eines Disney-Films. Der mit dem Clownfisch und der Schildkröte.«

»Du meinst *Findet Nemo* und der ist von Pixar.« Ich ging in Richtung Ausgang. »Bye, Juliet!«

»Genau!«, rief Chloe. »Oh mein Gott, dieser blaue Fisch, der war so lustig. Wie sie sich vorgestellt hat. ›Ich bin Diiiiiiina.‹«

»Quatsch, ganz falsch.« Ich kicherte und riss die Tür auf, während ich immer noch aufs Display sah. »›Ich bin Doooorie.‹«

Eine große Gestalt ragte vor mir auf. Ich ließ das Handy sinken und blickte hoch. Der Typ grinste frech. »Freut mich, Dorie. Ich bin Zane.«

Wie bitte? Mein Hirn machte Pause, meine Zunge verselbstständigte sich. Ich sagte »Hi« und dachte »Wow«.

Oder andersherum?

Augen, so grau wie das Meer vor Alaskas Küsten. Hohe Wangenknochen, ein kräftiges Kinn mit einem Schatten dunkler Bartstoppeln und –

»Moment mal, wer ist das? Halt sofort das Telefon wieder hoch!«, erklang Chloes Stimme aus dem Off. *Oh man, wie peinlich.* Ich drückte wahllos aufs Display, um sie zum Schweigen zu bringen. Die zwei Portionen Kaffee, die ich nur mittels meines Unterarms vor meinen Körper gepresst hatte, schwankten gefährlich.

»*Wow* trifft es ganz gut, Dorie«, sagte der Typ namens Zane und deutete mit dem Kopf auf meine Becher. »Bei der Menge Kaffee wären wir vermutlich beide auf den Stufen ertrunken.«

Er konnte doch nicht wirklich annehmen, dass ich wie der verpeilte blaue Fisch hieß?

»Mein Name ist Lys.«

Er zog die linke Braue steil nach oben. »Lys-Dorie oder Dorie-Lys?«

Ernsthaft? »Du –« Ich wollte gerade etwas erwidern, da hob er plötzlich den Zeigefinger, um mich grinsend auszubremsen. »Was?«, zischte er dann in ein aus dem Nichts hervorgezaubertes Handy.

Sehr charmant. Ich verdrehte die Augen und schob mich an ihm vorbei. Das war eindeutig Kandidat Nummer zwei nach Nathan, den ich gerne ein wenig wegen seiner herablassenden Art geschüttelt hätte. Und das innerhalb eines Tages, was ein Zufall. Chloe hatte zwar recht und Kandidat zwei sah wirklich ganz süß aus, aber das hier musste ich mir echt nicht geben.

Als ich die drei Treppenstufen herunterging, fiel mein Blick auf meinen Jeep. Man hatte mich eingeparkt! Ich musterte den in die Jahre gekommenen dunkelgrünen Mustang. An den richtigen Stellen rostig genug, um nicht wie ein gewienerter Aufreißerschlitten daherzukommen. Trotzdem zu auffällig für jemanden, der einfach nur ein praktisches Fortbewegungsmittel suchte. Aber gerade passend für jemanden in einem vintage Army-Parka und mit einem Ego groß wie ein Hochhaus. Ich schwang herum. »Entschuldige bitte.«

Schon wieder der Zeigefinger. »Das willst du doch jetzt nicht ernsthaft diskutieren?«, fragte er in sein Handy. Ich machte zwei Schritte auf Zane zu.

»So gerne ich mich weiter mit deinem Zeigefinger unterhalten würde, aber ich muss los.«

Weil er immer noch auf den Stufen stand, wirkte er riesig. Das Lächeln, das er mir jetzt schenkte, konnte vermutlich Steine schmelzen. »Sekunde, Dorie, das hier ist wichtig.«

Und wieder der Fisch. Echt, total lustig. »Fahr deinen Wagen einen halben Meter zurück und du kannst so lange telefonieren, wie dein Akku hält.«

Er formte stumm »Einen Moment« mit seinen Lippen, bevor er sich erneut abwandte.

Ich hätte gerne genervt mit den Zähnen geknirscht. Dieser sture …

Na gut. Ich konnte ja schon mal meine Sachen verstauen, damit ich sofort startklar war. Ich stellte die Becher auf dem Dach ab, dann sah ich kurz nach dem brummenden Handy in meiner Tasche. Chloe schon wieder.

»Ich bin bisher nonstop unterwegs gewesen, habe nicht geschlafen und kann mir das Drama jetzt echt nicht geben«, hörte ich ihn hinter mir. Er klang aufgebracht. Was mich nicht kümmern sollte. Ich zwang meine Neugier in den Hintergrund und mein brummendes Handy zum Schweigen. Chloe musste sich kurz gedulden. Hm. Mit wem er wohl telefonierte? Und warum klang er so sauer? Innerlich seufzte ich auf. Warum dachte ich darüber nach? Mir stand ein Treffen mit meinem Vater bevor und vermutlich würde es ähnlich herzlich wie das letzte werden. Ich hatte also andere Sorgen und ich sollte – oh.

Die perfekte Morgensonne machte das Wagenfenster zu einem Spiegel. Obwohl ich mich gerade hatte umdrehen wollen, erstarrte ich. Stattdessen ließ ich meine Augen zu der Reflexion zurückwandern. Seiner Reflexion. Er war groß, weit über einen Meter achtzig, schlank, mit breiten Schultern und langen Beinen. Seine weißen Sneakers schien er gern und viel getragen zu haben, die dunkelblaue Jeans war an den Nähten bereits verblichen. Jetzt spielte seine freie Hand mit einem dicken Schlüsselbund, den er immer wieder auffing, ohne hinzusehen. Ich legte interessiert den Kopf schief. Die Art, wie er sich bewegte, verriet, dass er ein gutes Körpergefühl besaß, kombiniert mit einer lässigen »Mir gehört die Welt«-Eleganz, die nicht recht zu seinen einfachen Klamotten passte. Oder besser gesagt: Es war genau der Kontrast, der ihn noch interessanter machte.

Unwillkürlich dachte ich an Nathan. Die beiden waren sich ähnlich und doch kein Stückchen vergleichbar. Zane wirkte in sich ruhend und selbstbewusst, Nathan hingegen launisch und unberechenbar. Der eine ein Löwe, der gelassen sein Reich im Hellen regierte, der andere ein Panther, der aus der Dunkelheit hervorbrechen würde.

»Mir fallen gleich die Augen zu. Ich brauche jetzt zuerst mal 'nen Kaffee und dann eine Dusche. Danach können wir das diskutieren, zum gefühlt dreitausendsten Mal …«

Zane klang jetzt wirklich müde. Er strich sich durch das dunkelbraune Haar, das daraufhin an einigen Stellen wild von seinem Kopf abstand. Ich musste lächeln.

Und in genau diesem Moment schwang er herum und erfasste die Situation im Bruchteil einer Sekunde. Er sah mich direkt an. Genauer gesagt, er sah mich in der Reflexion direkt an. Sein Lächeln wurde sekündlich breiter. Verflixt, er hatte mich dabei ertappt, wie ich ihn anstarrte. Ganz toll. Ich atmete einmal tief durch und drehte mich dann um, bemüht, ihn möglichst genervt anzufunkeln.

»Ich melde mich später.« Zane packte das Handy weg, den Blick erneut mit meinem verknotet. »Wo drückt der Schuh, Dorie?« Er kam die Stufen zu mir herunter. »Sorry.« Noch mal so ein unverschämtes Grinsen. »Ich meinte: Wo drückt die Flosse, Dorie?«

Er nahm mich schon wieder hoch und es machte ihm einen

Riesenspaß. Aber ich würde nicht weiter mit ihm diskutieren. Wortlos deutete ich auf seinen Wagen.

Zane schnalzte mit der Zunge. »Da passt doch noch ein halber Kleinwagen dazwischen.« Er musterte mich, dann seufzte er mit einer treuherzigen Miene. »Lass mich eben einen Kaffee holen und dann gehöre ich ganz dir. Versprochen.«

Wie bitte? Wie meinte er …? »Moment mal!« Bevor ich protestieren konnte, war er schon halb im Nanuk. Das durfte doch wohl nicht wahr sein. »Zane!« Die Tür fiel hinter ihm zu. Dieser Mistkerl! Ich nahm die Verfolgung auf. Zane beugte sich gerade in aller Ruhe über die Theke, um das Gebäck zu begutachten.

»Das sieht alles total super aus. Was nehme ich denn?«

Juliet hantierte mit der Kaffeemaschine, und gemessen an der Farbe ihrer Wangen dauerte es noch etwa fünfzehn Sekunden, bis ihr Kopf explodierte. Sie nickte und murmelte schließlich etwas Unverständliches.

»Mir reicht's, ich werde deinen Wagen selbst zurücksetzen. Gib mir deinen Schlüssel.«

Zane drehte sich zu mir um. Er wirkte nicht sonderlich beeindruckt von meiner fordernd ausgestreckten Hand. »Wie wäre es mit etwas Süßem zur Versöhnung?«

»Wenn du deinen Schlüsselbund mit einem Päckchen Zucker garnieren willst, von mir aus.« Sehr gut. Ich war schlagfertiger, je wütender ich wurde. »Und jetzt bitte.« Ich schnippte mit den Fingern. Oh Mann, ich war so eiskalt. Hervorragend!

Juliet musterte uns verstohlen und interessiert zugleich. Zane lachte auf. Kurz, leise und seine Stimme schien noch eine Nuance dunkler zu werden. Meine Coolness zerbrach. Irgendetwas Dummes in meinem Bauch kicherte und machte einen entzückten Salto rückwärts. Doch ich ließ mir äußerlich nichts anmerken, worauf ich wirklich stolz war. Peinlich genug, dass er mich beim Starren erwischt hatte. Und wenn jemand nicht noch mehr Streicheleinheiten fürs Ego brauchte, dann war das er. Er musterte mich. »Nein, ich denke nicht.«

»Du …« Meine Stimme brach, ich ließ die Hand sinken. Juliet stellte ihm den Becher auf die Theke. Auch er hatte sich für ein wiederverwendbares Modell entschieden. Punkt für den ungehobelten Blödmann.

»Also, Zimtschnecke …« Er kam zwei Schritte durch den Laden auf mich zu.

Er nannte mich doch jetzt nicht etwa …? Als er vor mir stand, verrieten seine blitzenden Augen, dass er die Doppeldeutigkeit genoss. Zwei Sekunden, drei Sekunden. »… möchtest du eine?«

Er machte mich wahnsinnig. Mein Blick fiel auf seine linke Hand. Bevor ich überlegte, was ich da tat, hatte ich mir den Schlüsselbund geschnappt. Oh. Mein. Gott. Was machte ich da? Jetzt half nur noch Augen zu und durch. »Bekommst ihn gleich zurück.« Ich rechnete damit, dass er mich anbrüllen, mir hinterherstürzen, mich des Diebstahls bezichtigen würde.

Doch das Geräusch, das hinter mir verklang, als die Tür zufiel, hätte mich nicht mehr überraschen können.

Zane lachte.

Mit festen Schritten ging ich zu dem Mustang, den Schlüsselbund umklammert wie einen Rettungsanker. Er hatte gelacht. Und es war nicht das fiese Lachen eines Film-Bösewichts gewesen, bevor er die Welt in Schutt und Asche legte. Es war einfach nur ein ganz normales Lachen gewesen, das schrecklicherweise auch noch irgendwie sympathisch, samtig und warm zugleich geklungen hatte.

Hallo Mustang. Zane hatte abgeschlossen. *Was für ein Touri.*

Das schwarze Leder war abgenutzt, aber gepflegt. Im Wagen roch es schwach nach einem herben Aftershave und Pfefferminzkaugummi. Auf der Ablage über dem Armaturenbrett lag die ausgedruckte Reservierungsbestätigung eines Apartmentzimmers im Seagull Inn, dem günstigeren der beiden kleinen Gästehäuser in Blackfish Bay. Anreisedatum: heute. Auf der Rückbank befand sich eine dunkle Sporttasche, groß genug für einen Klamottenvorrat für circa zwei Wochen. Interessant. Ich steckte den Schlüssel ins Schloss und ließ den Motor an. Der Mustang schnurrte auf wie ein gerade gewecktes Raubtier. Kein Vergleich zu meinem hustenden Jeep, der klang, als läge er in den letzten Zügen.

Noch mal glitt mein Blick zur Ladenfront. Kein Zane. Irgendwie hatte ich angenommen, er würde aus dem Geschäft stürzen, sobald ich den Motor anließ. Aber sein Ego schien tatsächlich durch nichts zu erschüttern.

Vorsichtig setzte ich den Wagen einen großzügigen Meter zurück. Und das war's auch schon. Das hatte keine Minute gedauert, warum machte er so einen Aufstand deswegen?

Ich zog den Schlüssel aus dem Schloss. Gerade wollte ich aussteigen, als meine Augen zu etwas Glänzendem auf dem Beifahrersitz glitten. Ein Portemonnaie. Das Leder war ebenfalls schwarz, deshalb war es mir vorhin nicht aufgefallen. Na, sieh mal einer an. Womit er wohl sein Frühstück bezahlen wollte? Bestimmt hatte er es an der letzten Tankstelle achtlos auf den Sitz geworfen und vorhin übersehen, genau wie ich gerade.

Einem inneren Impuls folgend nahm ich es hoch. Aufklappen, ja oder nein? Nein, entschied ich. Was zu weit ging, ging zu weit, aber ich könnte es ihm in den Laden mitbringen und mir vorher sein Gesicht ansehen, wenn er feststellte, dass er es nicht dabeihatte. Ich blieb an einem Logo hängen. Moment mal. Ich kannte die Marke, es war eine italienische Luxuswarenmanufaktur. Ihre Preise waren sehr hoch und so ein Portemonnaie kostete mehrere Hundert Dollar. Wie kam ein Typ in ausgelatschten Sneakers zu so einem Accessoire?

Noch mehr Gegensätze. Ich umfasste die Geldbörse fester und verließ den Wagen. Ihm zuliebe schloss ich sogar ab, obwohl er es nicht verdient hatte.

Im Laden drehte sich Zane nicht mal zu mir um, da er mit Juliet über die Vor- und Nachteile von Quinoa in Brotteig diskutierte. Sie packte gerade drei kleine Tüten für ihn und leuchtete dabei immer noch tomatenrot.

»Hier.« Ich stellte mich neben ihn und reichte ihm den Schlüssel.

Zane nickte, während er den Schlüsselbund in die Tasche seines Parkas fallen ließ. Keine Fragen zu seinem Wagen, ich war beeindruckt. »Zimtschnecke. Für dich.« Er schob mir eine der drei Tüten über die Theke zu.

»Du sollst mir nichts kaufen.«

»Will ich aber.« Er betrachtete mich kurz von der Seite. Ob es eine Wiedergutmachung für seine Show von vorhin sein sollte? Ich wusste es nicht. Und jetzt kam ja sowieso erst noch der interessante Teil.

»Das macht vierzehn Dollar fünfundzwanzig«, piepste Juliet.

Zane griff in die hintere Tasche seiner Jeans. Ein leiser Fluch. »Sorry, ich muss sie wohl …«

Er wollte sich gerade umdrehen, da hielt ich seine Geldbörse hoch. »Suchst du die hier?«

Zane kniff ein Auge halb zu. »Nicht schlecht.« Er lächelte. »Danke dir.« Zugegeben, dieses Lächeln, dieses spontane, echte Lächeln, es war absolut entwaffnend.

»Kein Problem.« Vermutlich klang ich jetzt so ähnlich wie die arme Juliet.

»Hier.« Er hielt mir die Tüte hin.

»Danke, immer noch nicht.«

»Es ist ein Geschenk.« Jetzt hatte sein Blick etwas Eindringliches. Hinter seinem Rücken gestikulierte Juliet wild. Sie tat so, als würde sie etwas in die Luft schreiben. Ich verstand nicht. Und es war mir auch egal.

»Wir sehen uns.« Ich nickte Juliet zu. »Und grüß Tamika bitte von mir.«

»Bis bald, Lys. Morgen ist Tamika bestimmt wieder da.«

»Danke dir.« Dann wandte ich mich Zane zu. »Bye.«

Er hatte die Tüte sinken lassen und unsere Unterhaltung aufmerksam verfolgt, seine Augen blitzten auf.

»Du bist also öfter hier.« Eine Feststellung, keine Frage.

Was er daraus wohl für Schlüsse zog? Blackfish Bay war klein genug, dass ich ihm unweigerlich über den Weg laufen würde. Und ich wusste noch nicht so recht, wie ich diese Aussicht finden sollte. »Wieso? Soll ich noch ein Auto für dich rangieren?«

Er lachte leise. »Was immer dir beliebt … Dorie.«

Es war offensichtlich, dass der Blödmann mich absichtlich mit dem Namen des verpeilten blauen Fisches ansprach. »Schon klar. Auf Nimmerwiedersehen … Nemo.« Genervt drehte ich mich um und ließ ihn stehen. Sollte er sich ab jetzt über jemand anderen lustig machen.

»Ihr richtiger Name ist Lys«, hörte ich Juliet noch sagen, daraufhin eine dunkle Stimme, die ihr ganz gelassen antwortete: »Ich weiß.«

Was für ein arroganter … Ich holte tief Luft und zwang mich zur Ruhe, während die Tür des Nanuk hinter mir zufiel. Vergiss ihn. Gut aussehende Typen gab es auch an der Ostküste und ich hatte im Moment wahrhaft andere Sorgen. Ich warf mich hinters Lenkrad des Jeeps und knallte die Tür zu. Dann schnallte ich mich schnell an, legte den Rückwärtsgang ein und gab Gas.

Eine schwarze Woge ergoss sich über die gesamte Windschutzscheibe. Dann fiel etwas Blitzendes hinterher, hüpfte scheppernd über die Motorhaube und verschwand außer Sichtweite in Richtung Asphalt.

Eine halbe Ewigkeit lang war ich starr vor Schreck, dann brach die Erkenntnis über mich herein.

»Verdammt!« Der Kaffee!

Mein Herz raste nach wie vor. Ich hatte die Kaffeebecher auf dem Dach vergessen. Neiiin. Ein Schluchzen löste sich aus meiner Kehle. So ein blöder Mist. Es war doch echt zum Heulen. Kraftlos ließ ich die Stirn aufs Lenkrad sinken. Was lief eigentlich nicht schief, seit ich in Blackfish Bay angekommen war? »Verdammt!« Eigentlich hasste ich es zu fluchen und ich wiederholte mich, aber in einer Situation wie dieser war das wohl okay.

Ich riss den Kopf hoch, machte den Motor aus und löste den Sicherheitsgurt. Dann stieß ich wütend die Tür auf. Der Pappbecher war kein Problem, aber der Thermobecher würde bei meinem Glück womöglich noch auf die Straße rollen und einen Unfall verursachen. Etwas Roségoldenes blitzte in der Sonne auf.

Ein Glück. Ich atmete auf, denn er war vom Vorderrad gestoppt worden. Ich griff danach. Der Becher war etwas verkratzt und hatte eine kleine Beule, war ansonsten jedoch unversehrt und der Kaffee nicht ausgelaufen. Ich suchte nach dem Pappbecher, konnte ihn allerdings nirgends entdecken.

Als ich wieder hochkam, glitt mein Blick zum Nanuk. Zane kam gerade vor der gläsernen Tür zum Stehen. Toll, wirklich toll.

Meine in Kaffee gebadete Windschutzscheibe ließ keine Fragen offen. Er würde sofort wissen, was passiert war. Irgendwie schien heute alles zusammenzukommen. Wurde es mir zu viel, bevor es richtig angefangen hatte? Ich war fertig, irgendwie traurig, überfordert und ein wenig resigniert. In diesem Moment trafen sich unsere Blicke. Zane wirkte ernst, ja fast besorgt. War das echt? War es eine Fassade? Ich war mir nicht sicher, ich war mir bei so vielem plötzlich nicht mehr sicher. Mein Herz krampfte sich schmerzhaft zusammen.

Aber aufgeben? Jetzt?

Ich straffte die Schultern, obwohl ich mich gerade jetzt wirklich gerne irgendwo verkrochen hätte. *Nein. So leicht gebe ich nicht auf.* Entschlossen wandte ich mich ab und ließ den Blick stattdessen suchend über die Straße gleiten. Keine Spur von dem zweiten Becher.

Als ich aus dem Augenwinkel mitbekam, wie Zane seine Hand an die Klinke der Tür legte, reagierte ich blitzschnell. Ich hatte echt keine Nerven mehr für einen weiteren blöden Spruch von ihm.

Den Pappbecher würde ich später oder morgen aufheben, so unangenehm mir das auch war. Im Nu saß ich wieder im Wagen und hatte den Motor angelassen. Die Scheibenwischer beseitigten die braune Brühe, sodass ich etwas sehen konnte. Dem Nanuk und Zane schenkte ich keine weitere Beachtung. Ich schnallte mich an und mit dem Thermobecher auf dem Schoß gab ich Gas. Der Jeep rollte gemächlich aus der Parklücke. *Und tschüss.*

Das einzig Gute war: Mit einer Laune auf dem absoluten Nullpunkt war ich gerade in der richtigen Stimmung für ein Gespräch mit meinem Vater.

Kapitel 6

ZANE

Es war dieser eine Augenblick. Dieser Moment, in dem Lys entschlossen die Schultern straffte, den verbeulten Kaffeebecher fest in der Hand und den Blick mit meinem verschränkt. In wenigen Sekunden sah ich sie, in all ihren Facetten. Sie hatte erschöpft gewirkt und traurig, und dann war da plötzlich dieses Funkeln in ihren Augen gewesen. Ich sah ihre Wut aufblitzen, ihren eindringlichen Blick nach wie vor auf mich gerichtet, und war sicher, ein großer Teil davon galt mir. Was ich verdient hatte. Unser Schlagabtausch war ein Spiel gewesen, unterhaltsam und flüchtig, aber was mir hier am Fenster stehend den Atmen nahm, war ihre Energie. Ich fühlte ihre Stärke und ihre neu erwachte Entschlossenheit in jeder Faser meines Körpers, und es haute mich um. Klar, ihre Schlagfertigkeit war so entwaffnend wie ihr Lächeln, doch das hier …

Das war der Moment, in dem ich ganz leise fiel, während mein Herz zu rasen anfing.

Und dann war sie davongebraust, während ich aus dem Nanuk gestürzt war, bevor ich aus meiner Schockstarre erwachte und sie aufhalten konnte. Als ich die Papiertüte mit der Zimtschnecke – und meiner Telefonnummer darauf – langsam sinken ließ, war sie schon fast außer Sichtweite. Aber mein Herz raste immer noch.

Auch als ich längst in meinem Wagen saß, konnte ich den Ausdruck auf ihrem Gesicht nicht vergessen. Konnte jetzt, da sie weg war und ich keine Ahnung hatte, ob ich sie wiedersehen würde, das Gefühl von Bedauern nicht unterdrücken. Irgendwie hatte mich das Ganze überrannt. Ich war nicht hierhergekommen, um mit netten Mädchen aus dem Dorf zu flirten. Die Probleme von zu Hause hatte ich hierher mitgebracht, nur um mich noch mehr Problemen zu stellen. Das Letzte, was ich in naher Zukunft geplant hatte, war, ein Mädchen kennenzulernen. Und noch weniger hatte ich Zeit dafür.

Ein Schlagloch riss mich aus meinen Gedanken. Diese Straße war wirklich eine Herausforderung, besonders für diesen uralten Wagen.

Nach meinem Flug von Fairbanks nach Newtok hatte ich einen Überlandbus genommen. Da ich wusste, dass es in Alaska von Vorteil war, wenn man einen fahrbaren Untersatz besaß, hatte ich geplant, ein Elektroauto zu mieten. Ich war in einem Dorf namens Lime River gestrandet, gute dreihundert Meilen vor Blackfish Bay, und der einzige Autohändler dort hatte noch nicht mal ein Elektroauto aus der Nähe gesehen. Im Nachhinein war es ein Wink des Schicksals, denn als Hilfsarbeiter sollte ich keinen so modernen und teuren Wagen fahren können. Der alte Mustang war nicht unbedingt die umweltfreundlichste Variante, aber zugunsten meiner Tarnung und dem, was ich hoffentlich in dieser Fischfabrik aufdecken würde, das kleinere Übel.

Besagte Fabrik kam gerade in Sicht und ich reckte neugierig den Hals. Schon wieder erwischte ich ein Schlagloch. Meine Nackenwirbel knackten gefährlich, und als auch noch mein Telefon klingelte, seufzte ich frustriert auf. Ich tippte das Handy in der Halterung an.

»Stuart, ich habe dir doch gesagt, das muss warten. Ich bin jetzt auf dem Weg zu Saunderman. Lass uns heute Abend reden.« Ich würde das hier ruckzuck hinter mich bringen und dann wieder nach Hause fahren. Schließlich wusste niemand, wie viel Zeit Andrew noch blieb.

Stuart klang nach wie vor angesäuert. »Du bist einfach abgehauen und lässt uns hier mit dem ganzen Kram alleine. Ich würde auch gerne ein paar Klamotten in meine Reisetaschen werfen und mich auf die Bahamas verabschieden. Aber das geht gerade nicht.«

Ich schnaubte und mein Temperament hob verschlafen ein Augenlid.

Ruhig. Zurück auf deinen Platz. Jetzt ist keine Zeit dafür.

Ich probierte es mit einem trockenen Lachen. »Moment mal. Wir hatten darüber gesprochen. Ihr wart beide dafür, dass ich hierherfahre. Das Einzige, was du noch wolltest, war mitzukommen. Aber das ging nicht, weil du noch Klausuren hast. Und die Scherben, die ihr hinterlassen habt, könnt ihr beide jetzt selbst aufräumen. Diese ganzen Aktionen waren nicht abgesprochen. Ihr benehmt euch wie randalierende Irre und hofft, damit irgendeine Art Statement zu setzen. Aber das ist nicht unser Weg. Das war es nie.« Ich wollte nicht erneut diskutieren, warum wir immer krassere Aktionen brauchten, um Aufmerksamkeit zu erregen. Sie waren anderer Meinung als ich und dieses Problem würde uns irgendwann über den Kopf wachsen. Eigentlich war ich mir sehr sicher, worauf das hinauslief. Doch so richtig wahrhaben wollte ich es nicht.

Stuart wechselte das Thema. »Noch mal zurück zu Saunderman. Glaubst du nicht, dass es klüger gewesen wäre, diese ganze Aktion mindestens eine Woche vorzubereiten?«

»Nein.« Ich war müde, mir tat der Rücken weh und auch die Sache mit Lys schien in Endlosschleife in meinem Kopf zu kreisen. *Warum schaffte ich es nicht, sie aus meinen Gedanken zu verbannen?*

Das Fabrikgelände kam stetig näher. Zwei Flachbauten rahmten einen kleinen Hafen ein, an dem zwei Fangschiffe vertäut waren. Dahinter lag der Flugplatz samt Mini-Hangar, in dem ich eine Cessna mit dem Firmenlogo entdeckte.

»Ich muss jetzt wirklich Schluss machen, ich melde mich später.« Stuart wollte irgendetwas erwidern, doch ich beendete das Gespräch und stellte mein Telefon auf lautlos. Ich bremste den Mustang ab und sah mich kurz um.

Zur Linken befand sich ein kleines Gebäude, das ich für das Büro hielt. Davor gab es fünf Parkplätze. Zwei davon waren belegt, ich nahm den ganz außen.

Als ich ausstieg, war ich erneut verblüfft, wie frisch und klar die Luft roch. Ich war direkt am Meer, dennoch war es ein himmelweiter Unterschied zum Boston Channel, an dem ich wohnte. Hier schwang kein Hauch von Abgasen in der Luft, der Himmel war frei von Smog und in dem Geräusch der Wellen erklangen die Schreie von Seevögeln. Ich warf die Tür zu und ging zwischen den Gebäuden hindurch in Richtung Hafen. Alles hier wirkte älter, als ich erwartet hatte. Die Farbe an den Häusern hätte dringend aufgefrischt werden müssen. Die Schiffe waren teils verrostet und so manche Niete hätten definitiv ersetzt werden müssen. Der Kran eines Bootes war durch Wind und See so in Mitleidenschaft gezogen worden, dass er alles andere als sicher wirkte. Der Asphaltboden zwischen den Gebäuden war an einigen Stellen aufgerissen.

Auf einem der Boote standen ein paar Fischer. Sie trugen die vorgeschriebene leuchtend orangefarbene Sicherheitskleidung und Sicherheitshelme. Wenigstens in diesem Punkt wurde hier nicht gespart. Sie sahen mir neugierig entgegen, und kurz bevor ich sie erreicht hatte, hob ich grüßend die Hand.

»Hallo. Ich habe ein Vorstellungsgespräch. Wo muss ich da hin?«

Einer der Männer, ein riesiger Kerl mit Vollbart und Händen so groß wie Speiseteller, lachte dröhnend. »Die Assistenten arbeiten im Büro. Da bist du gerade dran vorbeigelaufen, Jungchen.« Er deutete hinter mich. Einer der Männer fiel in sein Lachen ein, der andere betrachtete mich nur wortlos.

Wie immer, wenn ich provoziert wurde, regte sich tief in mir diese Glut, die ziemlich leicht in Flammen aufging. Es brauchte bloß Sekunden, und ich wurde von Dr. Jekyll zu Mr Hyde. Sekunden, die mich auf Messers Schneide tanzen ließen, wenn das Monster in meinem Inneren an seinen Ketten rasselte.

Bleib ruhig, es ist nur ein dummer Spruch. Atme durch. Geh nicht darauf ein. Du willst hier einen guten Eindruck hinterlassen und keine Hafenprügelei anzetteln.

Ich ließ mich nicht aus der Ruhe bringen. »Woher wissen Sie, für welchen Posten ich mich bewerbe?«

Das Lachen verschwand. »Na ja, ich dachte –«

»Du sollst doch nicht denken, Jim«, sagte der Typ, der nicht mitgelacht hatte. Daraufhin trat er einen Schritt vor, sodass seine Hüfte gegen die Reling stieß. »Noch mal von vorne. Für welchen Posten bewirbst du dich?«

»Als Packhelfer.«

»Dann musst du in das Büro des Vorarbeiters.« Der Typ deutete auf das rechte Gebäude. »Wenn du den Weg zurückgehst, läufst du praktisch direkt darauf zu. Ist eine große Tür, auf der steht ›Vorarbeiter‹. Man kann es eigentlich nicht verfehlen.«

»Vielen Dank.«

»Kein Problem.«

Ich wandte mich ab und kaum dass ich Richtung Fabrik sah, entdeckte ich die Tür, die man vom Hafen aus unmöglich übersehen konnte. Die großen roten Lettern darauf leuchteten wie von innen heraus.

Je näher ich dem Gebäude kam, desto deutlicher wurde der Verfall. Es musste dringend saniert werden. Das Wasser würde in das Gestein dringen und dafür sorgen, dass es in den Räumen zu schimmeln begann. Mal abgesehen von dem miesen ersten Eindruck, den man von diesem Gelände unweigerlich bekam. Wer würde von hier seine Delikatessen bestellen, wenn das Gelände aussah, als würde man in jeder Konserve einen rostigen Nagel finden?

Ich klopfte an die Tür.

»Herein!«

Ich drückte die Klinke herunter. Der Raum war winzig und stickig. Es roch nach Tabak, Schweiß und fettigem Essen. Ich unterdrückte einen spontanen Würgereiz. Wurde hier jemals gelüftet? Der beleibte Typ in mittleren Jahren und ungebügeltem Oberhemd hinter dem Schreibtisch schaute mehr oder weniger genervt zu mir hoch, scannte mich und mein Outfit und sagte schließlich: »Das hier ist nicht das Büro, in dem die –«

»Ich möchte mich als Packhelfer bewerben.«

Er musterte mich erneut. Ich hatte mich bemüht, mich absichtlich einfach zu kleiden, um meine Tarnung perfekt zu machen, doch offensichtlich war ich nicht allzu erfolgreich damit.

»Aha«, war das Einzige, das dazu von ihm kam.

Ich deutete fragend auf den Stuhl vor seinem Schreibtisch.

Er nickte knapp.

Ich ließ mich darauf nieder und mein Blick glitt wie automatisch über den völlig überladenen Schreibtisch. Herzstück war ein Computer, der vermutlich schon in den Achtzigerjahren überholt gewesen war. Er balancierte ganz rechts außen auf der Tischplatte und machte den vielen dreckigen Kaffeetassen, Tellern mit Krümeln und ausgedruckten Bögen Papier Platz.

Wie konnte man hier arbeiten? Wie konnte man in dieser Luft nur einen klaren Gedanken fassen? Vermutlich musterten wir uns beide auf die gleiche ratlose Art und Weise. Meine Aufmerksamkeit richtete sich auf das bronzefarbene Namensschild, das halb schief auf einem Papierstapel thronte: Caleb Prytt.

Der räusperte sich. »Sie wissen aber schon, dass das eine harte körperliche Arbeit ist? Sieben Stunden schuften mit nur einer Pause? Und wir haben eine Sechs-Tage-Woche.«

Ich wusste selbst, dass ich nicht aussah wie ein Muskelprotz. Aber ich trainierte jeden Tag, konnte locker mein eigenes Körpergewicht stemmen und meine Kondition war die eines Leistungssportlers. Meine Kämpfe hatten mich abgehärtet und mein eiserner Willen tat sein Übriges. Körperliche Arbeit machte mir überhaupt nichts aus.

»Ich habe die Stellenanzeige gelesen«, erwiderte ich also ruhig. »Ich suche einen Job für die Semesterferien. Ich studiere drüben in Boston. Muss ein bisschen Geld verdienen.« Ich blieb absichtlich vage. Es sollte wirken, als ob es mir unangenehm war, darüber zu reden.

Das schien das Eis zwischen uns etwas zu schmelzen. Der Mann nickte, dann streckte er mir über den Tisch die Hand hin. »Ich bin Caleb Prytt, freut mich, dass du den weiten Weg hierher gefunden hast. Hast du Erfahrung mit dem Packen? Hast du schon mal in einer Fabrik gearbeitet?«

»Ich bin Zane Miller.« Natürlich würde ich nicht meinen echten Namen benutzen, zu diesem Zweck hatte ich einen gefälschten Personalausweis dabei. »Ja, ich habe Erfahrung.« Und das war nicht mal gelogen. Erst für unseren letzten Leak hatten Stuart und ich uns fürs Beladen der Lkws beworben und vier Wochenenden hintereinander in der Firma spioniert. Ich erzählte ihm von dem Job.

Mr Prytt schien nun nicht mehr so abweisend. »Wir zahlen elf Dollar die Stunde. Ich darf doch Zane sagen?«

Ich nickte.

»Du kannst dir das Geld überweisen oder als Scheck auszahlen lassen. Bezahlt wird wöchentlich. Wir haben eine kleine Filiale der Bank of America im Dorf, dort kriegst du Bargeld. Eine Unterkunft wird gestellt, ein Zweibettzimmer, hier auf dem Gelände. Verpflegen musst du dich selbst, aber wir haben eine kleine Kantine, in der es für ein paar Dollar zu jeder Hauptmahlzeit etwas zwischen die Zähne gibt.«

»Klingt gut.« Ich hatte mit nichts anderem gerechnet und dass per Scheck bezahlt wurde, war mir sehr recht.

»In Ordnung.« Sein Drehstuhl ächzte, als er sich dem PC zuwandte. Er runzelte die Brauen, dann tippt er etwas auf der Tastatur und kurz darauf sprang irgendwo links von mir ein Drucker an. »Du kannst morgen anfangen. Schichtbeginn ist um sieben Uhr, sei pünktlich hier am Büro. Ich bringe dich dann rüber.« Er sah zum Drucker. »Nimmst du dir bitte den Bogen und füllst ihn mal eben aus?« Mr Prytt schob mir einen Kugelschreiber zu. Ich stand auf und nahm das warme Blatt aus dem Drucker. Es waren die nötigen Informationen für meine Einstellung. Ich blieb bei meinem falschen Nachnamen Miller, weil ich mich wohler damit fühlte. Ich gab unsere Adresse in Boston an, weil man darunter nichts im Netz finden würde. Ich hatte kaum den Stift zur Seite gelegt, da klopfte es an die Tür.

»Boss, ich wollte noch kurz fragen, ob –« Der Mann brach ab, als er mich entdeckte. Er trug die typisch graue Kluft eines Fabrikarbeiters. Sein Gesicht war wettergegerbt und ich schätzte ihn auf Mitte vierzig. Er trug eine dicke Wollmütze und sein Dreitagebart wirkte nicht hip, sondern eher etwas ungepflegt. Als er grinste, entblößte er einen Goldzahn. Sein Lächeln war sympathisch und ich erwiderte es.

»Sorry, wusste nicht, dass du in einem Gespräch bist.«

»Ah, gut dass du hier bist, Wilm. Hier ist ein neuer Mann für dich. Zane, das ist Wilm Larsson, dein Vorarbeiter.«

Wir schüttelten uns die Hände, doch Wilms Blick war ein wenig überrascht.

»Aber Boss, wir sind doch eigentlich voll besetzt.«

»Was?« Mr Prytt riss die Augen auf. »Aber dieser Mitchell ist doch nicht zu seiner Schicht erschienen. Jetzt habe ich einen neuen Mann eingestellt.«

Ich schaute zwischen den beiden hin und her, während sie sich unterhielten. Wilm ließ sich in den zweiten Stuhl vor dem Schreibtisch fallen und streckte die langen Beine aus. »Der ist doch wieder aufgetaucht. Hat auch gerade schon sein Zimmer bezogen. Der hat wohl einen über den Durst getrunken und ist am Strand versumpft, dachte, du wüsstest das.« Wilm deutete mit dem Kopf nach links. »Steht schon am Band und arbeitet wie aufgezogen. Da gibt es nichts zu meckern.«

»Er hat seine erste Schicht versäumt.« Mr Prytt lehnte sich in seinem Drehstuhl nach hinten. Das Ding ächzte und fast hatte ich Mitleid mit ihm.

»Ja …« Wilm rang die Hände. »Aber er ist echt gut. Er hat schon in Detroit für einen Teilezulieferer aus der Automobilbranche gearbeitet. Er hat in Dallas in der Schwerindustrie Akkord gemacht. Im Sommer ist er Erntehelfer in Kansas. Boss, ganz ernsthaft …« Wilm lehnte sich eindringlich in seinem Sitz nach vorn. »Härter im Nehmen geht's nicht.« Sein Blick glitt zu mir. »Nichts gegen dich.«

»Schon okay.« Mittlerweile hatte ich mich beinahe schon daran gewöhnt, dass man mir hier nichts zutraute.

»Und was soll ich jetzt mit ihm machen?« Mr Prytt deutete auf mich, als wäre ich nun Wilms Problem. »Der Junge kommt aus Boston hierher.«

Wilm kratzte sich geräuschvoll seinen Bart. »Dann musst du mit Saunderman reden. Keine Ahnung, ob wir noch eine weitere Kraft bezahlen können. Arbeit finden wir schon für ihn.« Er wandte sich an mich. »Wirst du seekrank?«

Ich schüttelte den Kopf.

»Ich meine damit nicht, ob du mal ein Wochenende auf einer Jacht vor den Fidjis verbracht hast.«

Ich schüttelte wieder den Kopf. »Keine Sorge, du kannst mich gerne auf einem der Schiffe einsetzen.«

Wilm schien immer noch nicht überzeugt und sah zurück zu seinem Vorgesetzten. »Wir haben auch kein Bett für ihn.«

Ich hob die Hand wie zu einer Wortmeldung. »Das ist im Moment kein Problem. Ich habe ein Zimmer im Seagull Inn.«

»Ja, aber du bist hier, um Geld zu verdienen, und das macht nur Sinn, wenn du es nicht wieder fürs Schlafen ausgibst.«

Das Argument ließ ich gelten.

Mr Prytt presste die Lippen aufeinander. »Gut. Ich rede mit dem Alten.« Er griff nach meinem Personalbogen. »Deine Telefonnummer habe ich ja, Zane.« Er blickte abermals zu mir hoch. »Es tut mir leid, wie das alles gelaufen ist. Du kannst jetzt erst mal zurück in deine Pension fahren und ich melde mich bei dir.«

Ich lächelte, doch innerlich war ich ganz und gar nicht zufrieden mit dem Ausgang der Situation. Wenn ich bei Saunderman keinen Job bekam, war meine Mission zum Scheitern verurteilt. Wie sollte ich eine Fabrik ausspionieren, auf deren Gelände ich mich nicht frei bewegen konnte?

»Ich würde auch jeden anderen Job machen.« Erneut gab ich meiner Stimme diesen dringlichen Tonfall.

Wilm wandte sich mir zu und klopfte mir anerkennend auf die Schulter. »Das ist die richtige Einstellung. Wenn der Oberboss sich nicht total querstellt, dann finden wir etwas, das dir die Taschen füllt. Wir sind in Alaska. Wir lassen hier niemanden hängen.«

»Danke«, murmelte ich, und ganz im Ernst? Ich war irgendwie gerührt.

Mr Prytt nickte. »Wir hören dann voneinander, Zane.«

Ich war entlassen, es war ziemlich deutlich. Da Wilm ganz entspannt sitzen blieb, verabschiedete ich mich von den beiden und wandte mich zur Tür. Innerlich betete ich, dass Mr Saunderman noch einen winzig kleinen Posten für mich finden würde. Denn ohne zu wissen, ob hier illegal junge Snow Crabs gefangen wurden, würde ich garantiert nicht den Rückzug antreten.

Kapitel 7

LYS

Mein Vater ließ mich über eine halbe Stunde lang in seinem Vorzimmer warten.

Ms Vellet, seine Sekretärin, die mir schräg gegenüber saß, ignorierte mich geflissentlich. Sie arbeitete für meinen Vater, seit ich denken konnte, war ihm treu ergeben und – so vermutete ich – schon ewig ein bisschen verliebt in ihn. Und sie kannte alle hässlichen Details. Meine Jahre der Abwesenheit schienen nichts an ihrer Verachtung für mich geändert zu haben.

Sie wechselte kein persönliches Wort mit mir, sie bot mir nichts zu trinken an. Stattdessen starrte sie auf ihren Computerbildschirm und tat so, als wäre ich nicht da.

Erneut ließ ich meinen Blick durch das Büro schweifen. Der erbsengrüne Teppich besaß eine Laufrille, dort wo Ms Vellet regelmäßig von ihrem Schreibtisch aufstand und in das Büro meines Vaters ging. Das Interieur wirkte, als wolle man die Kulisse eines Siebzigerjahre-Films ausstatten. Alles war in Erdtönen gehalten, einzige Farbtupfer waren das Grün des Teppichs und das Khaki des Stiftehalters, der auf Ms Vellets Tischplatte stand. Sie selbst passte ebenfalls hervorragend in diese Kulisse. Ihre hochgeschlossene Bluse besaß einen Spitzenrand und ihr beigefarbener Rock fiel ihr fast bis auf die Knöchel. Aber Ms Vellet hatte sich schon immer angezogen, als wäre sie kurz vor fünfzig und seitdem nicht mehr jünger geworden.

Ich vermutete, dass die zweite Schublade von oben in ihrem Schreibtisch nach wie vor ein Paradies aus Keksen und Schokoriegeln war. Als Kind hatte sie mir oft Kleinigkeiten daraus zugesteckt, wenn ich auf meinen Vater warten musste. Ich betrachtete sie erneut verstohlen, und meine Erinnerungen glitten zu der Zeit zurück, bevor ich Blackfish Bay verlassen hatte. Die Zeit zwischen Moms Tod und meiner übereilten Abreise. Das ganze Dorf hatte damals mitbekommen, was in unserer Familie passiert war.

Der größere Teil stellte sich gegen mich und war auf Cheryls Seite. Nur ein kleiner Teil tat es als das kopflose Verhalten eines Teenagers ab. Ms Vellet gehörte zur ersten Partei. Sie hatte mit achtzehn Jahren geheiratet und war mit vierzehn Jahren vermutlich bereits so erwachsen gewesen, wie ich es mit meinen achtzehn Jahren nicht ansatzweise war.

Ihr Telefon läutete und anhand des Klingelns erkannte ich, dass es sich um einen internen Anruf handelte.

»In Ordnung«, erwiderte Ms Vellet knapp. Sie legte auf, dann glitt ihr Blick in meine Richtung, doch sie sah mich nicht direkt an. »Du kannst jetzt reingehen.«

»Vielen Dank«, erwiderte ich leise, während ich mich erhob.

Ms Vellet presste die Lippen zusammen und drehte sich zurück zu ihrem Bildschirm.

Ich ging auf die schwere Holztür zu, das Gold der Klinke schien matt und abgegriffen. Obwohl ich das Büro meines Vaters kannte wie meine Westentasche, klopfte mein Herz jetzt schneller. Es würde mich Mut und Kraft kosten, dieses Gespräch mit ihm zu suchen.

Natürlich hatten wir vorher schon einige Dinge besprochen, aber dabei war es um die Formalitäten des Praktikums gegangen. Die Vergangenheit und was diese für unser Zusammenleben jetzt bedeutete, hatten wir beide geflissentlich gemieden.

Ich hatte gehofft, dass er es ansprechen würde, dennoch war ich froh gewesen, dass er es nicht getan hatte. Es machte einen großen Unterschied, wenn man persönlich miteinander sprach und nicht bloß übers Telefon kommunizierte oder Nachrichten schrieb. Hier konnte so viel missverstanden werden.

Mein Vater saß hinter seinem monumental großen Schreibtisch und schob ein paar Papiere von rechts nach links, bevor er den Kopf hob. »Da bist du ja.«

Ich nickte knapp, während ich auf die zwei Sessel zuging, die vor seinem Schreibtisch standen. »Hallo Dad.«

»Ich nehme an, du hast schon gefrühstückt?« Er ließ seinen Blick kurz an mir hinab- und wieder hinaufgleiten. »Oder soll ich uns etwas bringen lassen?«

»Ich hatte bereits einen Kaffee, das reicht mir, aber wenn du …« Eigentlich hatte ich ihm ja einen Kaffee mitbringen wollen. Der floss nun leider über die Hauptstraße im Dorf. Ich zwang mich, nicht an diesen Vorfall und an einen gewissen Jemand zu denken. Ich nahm Platz und sah etwas unbehaglich zu ihm. Wir waren einander so fremd geworden. »Wenn du jetzt etwas frühstücken möchtest, dann habe ich natürlich kein Problem damit und –«

»Nein, ich habe heute früh mit Cheryl und den Kindern gefrühstückt«, gab er zurück und schien sich ebenso unwohl zu fühlen. Abermals schob er die Papiere hin und her. »Dann reden wir doch direkt über –« Er brach ab und schien Luft zu holen. »Wir könnten noch mal die Details deines Praktikums besprechen.«

Ich nickte zögernd. »Eigentlich sollten wir dringend über andere Dinge reden, oder?« Ich schluckte. Jetzt klopfte mir das Herz bis zum Hals. Ihm musste doch klar sein, dass dieses

Praktikum ein Vorwand war, um die Dinge zwischen uns zu klären. Ich war jetzt erwachsen, ich wollte das zwischen uns aus der Welt räumen. Er war mein Vater und damit mein nächster Verwandter. Ich wollte, dass es zwischen uns wieder irgendwie klappte. Vielleicht würden die alten Wunden niemals heilen. Vielleicht würde der Schmerz erneut aufflammen. Aber ich wollte ihn nicht gänzlich verlieren, nicht an die Vergangenheit und nicht an seine neue Familie. Ich wollte, dass er wieder ein Teil meines Lebens war.

Mein Vater verschränkte die Finger ineinander. Als er den Blick senkte, wirkte er plötzlich viel älter, als ich ihn in Erinnerung hatte. Irgendetwas schien schwer auf seinen Schultern zu lasten. War es diese Sache mit mir? Oder war es mein Auftauchen, das all die schmerzlichen Erinnerungen hochgebracht hatte? War ich der Grund, warum er so sorgengeplagt aussah? Ich biss mir auf die Lippe, um mein schlechtes Gewissen nicht überhandnehmen zu lassen. Ich wollte nicht länger davonrennen. Ich wollte mich nicht mehr ducken, und ich wollte nicht mehr einfach so verschwinden. Jetzt war ich hier und ich würde die Kraft finden, nicht mehr auszuweichen. »Du weißt, warum ich hier bin, Dad?«

Wieder nickte er nur knapp.

»Zuerst wollte ich mich noch mal bedanken, dass du das hier möglich gemacht hast.«

Er seufzte. »Mir ist klar, dass du auch in New York einen Praktikumsplatz hättest finden können. Deine Noten sind gut.«

Ich lächelte. »Danke. Ich freue mich auf das Studium.« *Wenn ich nicht gerade aus Angst in Lethargie verfalle und gar nichts auf die Reihe bekomme …*

»Ich werde mit meiner Freundin Chloe zusammenwohnen

und muss bald ausziehen. Das wird mir schwerfallen. Tante May ist echt ein Schatz.«

Bei der Erwähnung des Namens meiner Tante wurden seine Gesichtszüge noch verschlossener. »Verstehe.«

Ich nahm an, dass auch ihr Name für ihn mit Erinnerungen verbunden war, die immer noch wehtaten. May war die Schwester meiner Mutter. Sie waren sich sehr ähnlich gewesen, und das nicht nur äußerlich, sodass sie früher oft für Zwillinge gehalten wurden, obwohl May die Ältere war.

Schnell wechselte ich das Thema. »Na ja … jedenfalls möchte ich mich für alles entschuldigen und, ich meine, ich hoffe, dass wir diese Zeit nutzen können, um die Vergangenheit aufzuarbeiten und hinter uns zu lassen.«

Seine Brauen sanken etwas tiefer.

»Damit meine ich nicht, dass wir vergessen sollen«, warf ich schnell ein. »Aber ich möchte wieder ein Teil der Familie sein. Ein Teil deiner Familie. Ich will nicht mehr weglaufen.«

Stille. Mein Vater wirkte abwesend, sein Blick glitt durch mich hindurch.

»Ich bin sehr glücklich mit Cheryl«, sagte er plötzlich. »Und auch mit ihren beiden Kindern verstehe ich mich sehr gut.« Sein Blick fokussierte sich nun auf mich, und plötzlich war da etwas Prüfendes in seinen Augen. »Cheryl hat sofort zugestimmt, dich bei uns wohnen zu lassen.«

Wirklich? Das war schwer zu glauben.

»Das ist lieb von ihr«, stieß ich schnell hervor. »Ich möchte mich auch bei ihr für alles entschuldigen.«

»Um ehrlich zu sein«, sprach mein Vater weiter, »eigentlich ist es kein guter Zeitpunkt für ein Praktikum. Ich habe wirklich lange überlegt, ob ich dir absagen soll. Wir haben sehr viel zu tun und ich glaube kaum, dass ich die Zeit finde, dich angemessen einzuweisen.«

Ich starrte ihn einen Moment lang ungläubig an.

»Ich verspreche dir, du wirst mich im Büro gar nicht bemerken. Wenn du das möchtest, bin ich unsichtbar. Ich kann jetzt nicht wieder abreisen. Ich habe dieses Praktikum mit meinem Tutor abgesprochen. Nur wenn er es absegnet, wird das Praktikum angerechnet.« Ohne dass ich es wollte, begann meine Stimme zu zittern. Das alles regte mich wahnsinnig auf. Nicht, dass ich den Tisch hätte umschmeißen wollen. Es fühlte sich eher so an, als würde mir jemand den Boden unter den Füßen wegreißen. »Das hier ist keine Spielerei, die ich mir ausgedacht habe, weil ich mal wieder kostenlos Urlaub in Alaska machen will. Es ist mir ernst damit, und es ist mir ernst mit meinem Studium, Dad.« Ich zitterte und schluckte so hart, dass ich das Gefühl hatte, an dem Kloß in meinen Hals ersticken zu müssen.

Zu meiner Überraschung bemerkte ich, dass meine Reaktion ihm nicht egal zu sein schien. Er setzte sich in seinem Stuhl zurecht und suchte offenbar nach den richtigen Worten. »Vielleicht finden wir doch noch etwas, das du hier machen kannst.«

Okay … Jetzt durfte ich also doch bleiben? Erde an Dad. Alles in Ordnung? Ich räusperte mich und verlieh meiner Stimme einen möglichst sanften Tonfall. »Ich möchte hier etwas lernen. Ich möchte mehr über die Abläufe erfahren, über die Logistik, die Distribution, die Abrechnung. Das sind alles Dinge, die in meinem Studium wichtig sind. In einem Praktikum geht es darum, praktische Erfahrungen zu sammeln und die Abläufe als Ganzes kennenzulernen.«

In diesem Moment verschwand erneut jede Verbindlichkeit aus seinem Gesicht. Er schien alle seine Mauern hochzuziehen.

»Du bist eine Studienanfängerin. Wie viel kannst du schon über Abläufe wissen? Ich honoriere deinen Ehrgeiz, Lys, aber geh bitte nicht davon aus, dass du aktiv ins Tagesgeschäft eingebunden wirst.«

Schon wieder begann alles in mir zu flattern. »Ich habe dir doch das Merkblatt mit den Vorgaben des Praktikums geschickt. Die Uni gibt so was nicht umsonst heraus. Es geht darum, dass wir etwas lernen sollen und nicht nur Kaffeetassen von rechts nach links räumen. Und du hast all dem vor vier Monaten zugestimmt, erinnerst du dich? Ich habe von Anfang an mit offenen Karten gespielt und jetzt sagst du mir, dass du mich bloß als Dekoration in irgendeine Ecke setzen willst?«

»Ganz so schlimm wird es wohl nicht werden.« Mein Vater wollte gerade weitersprechen, da klingelte das Telefon. Er griff zum Hörer.

»Mr Prytt?«

Ich ließ die Schultern sinken und den Blick aus dem Fenster gleiten. Von hier aus konnte man das Meer sehen. Die See war ruhig und der Himmel strahlend blau. Ich wünschte mich so weit weg aus diesem Büro, wünschte mich so sehr an den Strand mit seinen rauen Kieseln und dem sanften Geräusch der Wellen im Hintergrund. Auf was hatte ich mich hier bloß eingelassen? War ich gescheitert, noch bevor ich begonnen hatte? Oder war dies schlicht eine Nummer zu groß für mich gewesen? Praktikum und Versöhnung mit der Vergangenheit? *Lys Saunderman, setzen, sechs. Bitte reisen Sie morgen wieder ab.*

»Wo kommt er her?«, fragte mein Vater in den Hörer. »Verstehe.« Er machte eine Pause und schnalzte mit der Zunge. »Ich bin gerade in einem Gespräch, ich melde mich heute Nachmittag. Ich kann nichts versprechen, ist Mr Miller noch vor Ort?«

Eine kurze Pause. »Gut, dann ist er kurzfristig verfügbar. Ich melde mich.«

Mein Vater legte den Hörer auf. »Entschuldige. Wo waren wir?«

»Wir waren bei den Modalitäten meines Praktikums.« *Mal wieder …*

Jetzt schien er regelrecht genervt. »Wir finden da sicherlich eine Lösung, Lys, mach dir keine Gedanken. Wir sollten jetzt über unser Zusammenleben reden.« Er verschränkte die Arme vor der Brust. »Ich bestehe darauf, dass du dich meiner Familie gegenüber angemessen verhältst. Wenn du Streit suchst, fliegst du nach Hause. Wenn du dich Cheryl gegenüber auf irgendeine Art und Weise unangemessen verhältst, fliegst du nach Hause. Ich will, dass du ihr mit dem nötigen Respekt begegnest, nett und freundlich zu ihr bist. Keine Gerüchte, keine Intrigen, und keine Anschuldigungen. Ich weiß, dass du noch jung warst, als das alles passiert ist. Ich habe damit abgeschlossen, jedenfalls zum größten Teil. Dennoch muss ich zugeben, dass deine Mail mich überrascht hat. Wir hatten die ganze Zeit lang keinen Kontakt und jetzt möchtest du hier den Sommer verbringen.« Er betrachtete mich fragend. »Du verstehst, dass ich zuerst gezögert habe?«

Irgendetwas an seinem Tonfall reizte mich. »Du verstehst sicherlich auch, dass ich gezögert habe, Dad. Du schienst mehr als einverstanden damit, als ich zu May gezogen bin. Du warst froh, dass ich von hier verschwunden bin. Glaubst du, ich habe nicht mit mir gehadert, hierher zurückzukehren, mit der Gewissheit, dass ihr nicht begeistert seid, mich wiederzusehen?« Ich lehnte mich ein Stückchen zu ihm vor. »Aber ich glaube, zum Erwachsensein gehört es dazu, mich meinen Problemen und meiner Vergangenheit zu stellen. Mit einem Studienplatz hat ein neuer Abschnitt meines Lebens begonnen und ich will ihn dafür nutzen, die Dinge ins Reine zu bringen. Ich habe so manche schlaflose Nacht verbracht, nachdem ich die Zusage von dir hatte. Habe mich immer wieder gefragt, ob es nicht doch einfach zu spät ist. Aber ich wollte nicht mehr so tun, als wäre nichts passiert.« Ich sah ihm fest in die Augen. »Deshalb bin ich hier.«

Die Reaktion meines Vaters überraschte mich. Er schnaubte und es klang wie ein unterdrücktes hämisches Lachen.

Er schüttelte den Kopf, als könne er einfach nicht glauben, was ich da gesagt hatte. Dann holte mein Vater tief Luft und legte beide Hände flach auf die Tischplatte. Er sah mich nach wie vor an, doch jetzt war sein Blick nicht mehr offen oder freundlich. Er war starr und abweisend zugleich. »Warum bist du wirklich hier, Lys?«

Es herrschte gefühlt minutenlang ein emotionsgeladenes Schweigen zwischen uns. Ich war fassungslos. *Was passierte hier gerade?*

Irgendwann drehte mein Vater sich von mir weg und schaute hinaus aus dem Fenster. Er wirkte wild entschlossen, meine Antwort abzuwarten. Ich hingegen kämpfte mit dem Reflex, aufzuspringen und aus dem Büro zu stürmen. Irgendwann gab ich mir doch einen Ruck. »Ich dachte, das hätte ich jetzt deutlich gemacht.« Plötzlich war es mir egal, ob ich die Praktikumsstelle verlieren würde. Mir war sogar egal, dass ich in diesem Semester vermutlich keinen neuen Platz bekommen würde. Alles war umsonst gewesen. Wir würden uns nie wieder verstehen.

»Ich möchte, dass du mir die Wahrheit sagst.« Er drehte sich zurück zu mir. »Dein Praktikumsplatz ist dir sicher, aber unter meinen Voraussetzungen. Und die sind Wahrheit und Ehrlichkeit.«

»Ich habe die Wahrheit gesagt.«

Dann fiel mir noch etwas anderes ein. »Warum unterstellst du mir das alles? Und als ich May eben erwähnt habe, hast du so komisch reagiert.«

»Genau darum geht es.« Die Stimme meines Vaters hob sich gefährlich. »Vielen Dank, dass du es ansprichst.«

Schon wieder verstand ich nichts mehr. Als ich nachfragen wollte, sprach er weiter.

»Du und May versteht euch sicherlich prächtig.«

»Natürlich verstehen wir uns gut, ich bin sehr dankbar, dass sie mich aufgenommen hat. Mom war ihre Schwester, und auch sie hat unter ihrem Tod gelitten. May weiß, was passiert ist, denn ich habe ihr alles erzählt. Aber anders als du hat sie mich nicht abschieben wollen.«

»Abschieben?« Die Augen meines Vaters sprühten Funken. »Du bist freiwillig gegangen.«

»Ich habe den letzten Moment für eine freiwillige Abreise genutzt. Und das war reiner Zufall. May hat mir erzählt, dass du mich in ein Internat für schwer erziehbare Jugendliche schicken wolltest. Du hattest schon einen Platz für mich besorgt. Du erinnerst dich?«

»Was?« Meinem Vater schien alles aus dem Gesicht zu fallen. »Das hat sie dir erzählt?«

»Was glaubst du, warum ich all die Jahre kein Wort mit dir gesprochen habe? Du wolltest mich loswerden, anstatt das zu klären. Wolltest mich irgendwo hinschicken, weit weg von zu Hause, dorthin, wo ich niemanden kannte.«

»Ich habe den Kontakt abgebrochen?« Jetzt sprang er auf. Erschrocken wich ich in meinem Sitz zurück.

»Das ist ja wohl ein Witz!«, rief er.

Jetzt wurde auch ich lauter. »Du hast mir nie geschrieben, hast nicht einmal angerufen. Wie sonst würdest du das nennen?«

»Ich habe auf dich Rücksicht genommen«, rief er und deutete mit dem Finger auf mich. »Du warst die Priorität in dieser ganzen Sache. Dein seelisches Wohl war mir wichtiger als der Kontakt zu dir.« Er raufte sich die Haare und ließ sich zurück in seinen Drehstuhl fallen. »Glaubst du, das ist mir leichtgefallen?«

»Ich habe immer gehofft, dass du dich bei mir meldest.« Meine Stimme klang jetzt verzweifelt. »Wie kommst du darauf, dass es besser für mich war, den Kontakt abzubrechen?«

Aufs Neue fixierte er mich mit diesem Blick, den ich so gar nicht von ihm kannte. »Deine Tante May hat mir mehr oder weniger verboten, mit dir Kontakt aufzunehmen. Sie sagte, sie wäre mit dir bei einem Psychotherapeuten gewesen. Du wärst schwer traumatisiert und völlig überfordert von der gesamten Situation, und ein Kontaktabbruch wäre der einzige Weg, dich wieder in die Spur zu kriegen. Du müsstest das Trauma verarbeiten und dazu gehörte auch, all das, was hier passiert ist, hinter dir zu lassen, inklusive mir. Das klang plausibel und ich habe die Einschätzung des Therapeuten respektiert.«

Irgendetwas in mir wurde ganz still. Ein Therapeut? Ich war nie bei einem Therapeuten gewesen. »Das hat Tante May gesagt?«, stieß ich hervor.

»Ja natürlich hat sie das gesagt. Und willst du wissen, was deine Tante May außerdem getan hat?« Er presste die Kiefer so sehr aufeinander, dass sie knackten. Er schien unendlich wütend zu sein. »Willst du wissen, was sie getan hat, nachdem ich dir in deinem ersten Jahr nach deiner Flucht von hier eine Geburtstagskarte geschickt habe? Sie hat sie mir zurückgeschickt und zwei Wochen später hatte ich das Gesundheitsamt am Hals. Man habe einen anonymen Tipp erhalten, dass es hier Hygieneprobleme gebe. Drei Kontrolleure haben den gesamten Betrieb auf den Kopf gestellt und alle Leute scheu gemacht. Ich habe damals zwei Beamte bestochen, um herauszufinden, woher der Tipp kam. Rate mal.« Er nickte gespielt schockiert. »Richtig, deine Tante hat mich angezeigt. Später hat sie es nicht mal abgestritten, sondern mich um die Sachen deiner Mutter erpresst. Sie wollte alles von ihr haben, inklusive des Schmucks. Behauptete, ihre Schwester habe immer erzählt, dass sie mal alles bekommen sollte. Ganz schön clever, deine Tante May, was? Sie hat die Sachen deiner Mutter bekommen und sie hat dich bekommen. Für sie ist doch alles ziemlich gut gelaufen, oder?« Er sprach noch weiter, aber ich hörte seinen wütenden Worten nicht mehr zu. Mein Verstand setzte die Puzzleteile zusammen, doch mein Herz wehrte sich zu verstehen.

May hatte erzählt, ich wäre in therapeutischer Behandlung? Sie besaß Moms Schmuck, ohne dass ich es wusste? Sie war es, die den Kontakt unterbunden und mir aufgetischt hatte, Dad wolle nichts mit mir zu tun haben? Etwas in mir zerbrach mit einem leisen Klirren. Ich hatte an Mays Schulter geweint, weil Dad mich einfach zu vergessen schien. Ich hatte ihr vertraut. Ich hatte ihr alles erzählt und sie hatte mich manipuliert. Und jetzt traf mich die Erkenntnis wie ein Faustschlag in den Magen.

May hatte mich die ganz Zeit belogen.

Kapitel 8

ZANE

Ich beschloss, in meinem Bed and Breakfast einzuchecken und mich ein wenig umzusehen, während ich auf den Anruf von Mr Prytt wartete. Um zum Seagull Inn zu gelangen, musste ich in die genau entgegengesetzte Richtung, die mich wieder quer durch Blackfish Bay führte.

Mittlerweile war es deutlich voller auf der Hauptstraße. Touristen mit Kameras um den Hals flanierten an den kleinen Geschäften entlang. Backpacker saßen auf Bänken vor den Shops mit Outdoor-Bekleidung und frühstückten Backwaren aus braunen Papiertüten. Vor dem Friseur standen zwei Frauen mit Handtüchern um den Kopf, tranken etwas aus großen, dampfenden Bechern und unterhielten sich. Es war nicht zu übersehen, dass Blackfish Bay jetzt in der Hauptsaison und dem milden Wetter ein beliebter Ort für Touristen war. Und dass das Dorf sich alle Mühe gab, den Erwartungen seiner zahlenden Kunden zu entsprechen.

Mit einer Ex-Freundin hatte ich mal alle Staffeln *Gilmore Girls* gucken müssen, und dieses niedliche Fleckchen Erde erinnerte mich sehr an Stars Hollow. Alle Ladenfronten waren bunt getüncht, die Rahmen weiß gestrichen. An den hellblau lackierten Straßenlaternen rankten sich robuste Kletterpflanzen hoch. Die kleinen Blumenbeete, die in regelmäßigen Abständen an der Bordsteinkante zu finden waren, waren farbenfroh bepflanzt. Ich entdeckte sogar einen Laden, der ausschließlich Tee verkaufte. Unter anderem den berühmten Tannenspitzentee, für den diese Gegend bekannt war. Die Leute drängelten sich bereits in dem Ladengeschäft, das nicht viel größer war als mein Badezimmer in Boston.

Dank dieser malerischen Postkartenidylle schlich sich ein kleines Lächeln auf meine Züge. Hier Urlaub zu machen, das wäre sicherlich nicht die schlechteste Wahl. Man hatte diese großartige Natur um sich herum, jede Menge regionale Küche, die in den winzigen Restaurants zubereitet wurde, ein idyllisches Dorf, das einen jeglichen Gedanken an die Großstadt vergessen ließ, und gleichzeitig dank der anderen Touristen nicht das Gefühl, am Ende der Welt gestrandet zu sein. *Was wollte man eigentlich mehr?*

Ich lächelte immer noch, als ich meinen Blick über die Autos auf dem Parkplatz gleiten ließ, der zu dem hübschen kleinen Supermarkt namens »Starfish Market« gehörte.

Im nächsten Moment wandte ich den Kopf schnell ab, als ich mich selbst dabei ertappte, nach *was* ich eigentlich Ausschau hielt – und zwar nach einem gewissen Jeep. Einem gewissen Jeep, der einem gewissen Mädchen gehörte, das mir seit unserem Schlagabtausch nicht mehr aus dem Kopf gehen wollte.

Hinter mir hupte jemand, weil ich viel zu langsam fuhr, und ich hob entschuldigend die Hand. Dann hatte ich das Dorf auch schon verlassen und entdeckte kurz darauf das Seagull Inn rechts von mir. Es lag nicht direkt in Blackfish Bay, jedoch nah genug, dass der Ort mit einem kleinen Spaziergang erreichbar war. Bei dem Bed and Breakfast handelte es sich um ein gepflegtes zweistöckiges Holzhaus mit strahlend blauen Dachschindeln. Es besaß eine umlaufende Veranda, die mit diversen Korbmöbeln möbliert war, und hinter den weiß getünchten Sprossenfenstern leuchteten Blumen. Ein großer cremefarbener Hund lag mitten vor der Eingangstür. Mein Lächeln wurde noch breiter, als ich an ihm vorbeifuhr. Ich parkte auf dem großzügigen Parkplatz hinter dem Haus, griff mir meine Reisetaschen und ging um das Haus herum zum Eingang.

Mein Zimmer war größer, als ich es erwartet hatte, und ganz modern in skandinavischem Stil möbliert. An den Wänden hingen geschmackvolle schwarz-weiß Fotografien der einheimischen Tierwelt. Elche, Bären, Wale, Streifenhörnchen und Otter.

Auf meinem Kopfkissen erwartete mich ein Päckchen Kekse. »Mit den besten Empfehlungen von Saunderman, Delikatessen für Sie aus dem Garten der Natur«, das ich ebenso ignorierte wie die überladenen Geschenkkörbe der Firma auf der Rezeptionstheke.

Zwei nette ältere Ladys hatten mich eingecheckt und mir die Nummer mit dem herumreisenden Studenten sofort abgekauft. Sie würden sich nicht wundern, wenn ich morgen oder übermorgen bereits wieder auscheckte, um vermeintlich weiterzuziehen. Dass ich nur ein paar Meilen Luftlinie auf einem Fabrikgelände wohnen würde, würden sie vermutlich nie erfahren. Weshalb ich auch keinen Sinn sah, meinen falschen Personalausweis zu benutzen.

Nachdem ich meine Reisetaschen notdürftig ausgepackt hatte, beschloss ich, mich wie ein echter Touri zu verhalten. Ich tauschte die Jeans gegen ein paar bequeme Bermudashorts und hängte mir meine Nikon um. Dann schnappte ich mir Handy und Sonnenbrille und stiefelte los.

Die Zeit, die mir blieb, bevor ich ins Arbeitsleben eintreten musste, würde ich jetzt noch ausgiebig nutzen.

Als ich die helle Lobby betrat, lag der Hund vor einer Couch, die zu einer gemütlichen Sitzgruppe ganz in Meeresfarben gehörte, und ließ sich von einem circa vierjährigen Jungen den Bauch kraulen. Seine Mutter saß daneben und beobachtete beide mit Argusaugen. Als der Hund meine Schritte hörte, hob er den Kopf.

»Der ist ja süß«, sagte ich zu dem Jungen und blieb stehen. »Ist das deiner?«

»Er heißt Beaver«, sagte der Kleine stolz und ignorierte meine Frage.

»Beaver wie der Biber, der große Dämme aus Holz baut?« Ich tat so, als würde ich an einem Stück Holz nagen.

Die Mutter lachte leise, der Junge nickte ganz ernst. Beaver ließ den Kopf wieder sinken und sein Schweif schlug träge auf dem Boden hin und her. Ich überlegte, was für eine Rasse er war. Ein sehr großer Golden Retriever? Ein Berner Senner? Aber waren die nicht immer dreifarbig?

»Als Welpe sah er aus wie ein junger Biber«, erklärte eine der zwei älteren Ladys, die ich für die Inhaberinnen hielt. Sie lehnte sich über die Rezeptionstheke und lächelte erst mich und dann den großen Hund an.

»Er war kugelrund, seine Beine viel zu kurz und sein Schweif dafür völlig haarlos und ein wenig zu platt.« Sie kicherte. »Wie konnten wir uns nicht sofort in ihn verlieben?«

Die zweite Frau fiel in ihr Lachen ein. »Er war das hässlichste Wesen, das ich jemals gesehen hatte. Wir mussten ihn haben.«

Ich lächelte. »Alles ist schön, was man mit Liebe betrachtet. So einfach ist das.«

Die Frauen nickten und eine der beiden zeigte mir sogar einen Daumen hoch. »Schön gesagt. Was hast du heute noch vor?«

»Ich will zum Strand.«

»Der schönste Abschnitt liegt beim Dorf. Zwischen dem Meeresfrüchte-Restaurant von Akiak und Sophies Souvenirshop führt eine Treppe zum Wasser. Bei diesem guten Wetter hat Jock seine Strandbude geöffnet. Dort bekommst du die besten Snacks für einen langen Tag am Wasser.«

»Danke für den Tipp!« Ich blickte lächelnd in die Runde. »Euch allen einen schönen Tag.«

»Viel Spaß!«, rief der kleine Junge, hob eine Pfote von Beaver leicht an und tat so, als würde er winken. Ich erwiderte die Geste lachend, bevor ich auf die Veranda trat.

Wieder traf mich die Magie dieser Seeluft mit aller Macht. Ich holte tief Luft, und in diesem Moment fühlte es sich tatsächlich an, als würde irgendetwas von mir abfallen. Jetzt war ich erst mal hier, angekommen. Ich würde diesen freien Tag nutzen, um Kraft zu tanken.

Ich sah mich auf der überdachten Veranda um. Die weiß gestrichenen Korbschaukelstühle wirkten einladend. Blumentöpfe mit Pflanzen hingen von der Decke. Dicke Stumpenkerzen standen in Gläsern auf niedrigen Beistelltischchen. Eine Lichterkette rankte sich in einem Pflanzkübel.

Dieser Ort lud eindeutig zum Verweilen und Entspannen ein, und ganz sicher könnte es richtig romantisch sein, wenn man zu zweit war. Ich blinzelte, um diesen Gedanken zu vertreiben. Jetzt wollte ich zuerst das Meer sehen!

Ich entschied mich, am Meer entlang Richtung Dorf zu spazieren. Überraschenderweise war der Handyempfang hier besser als erwartet, weshalb ich die Zeit nutzte und Stuart und Kara ein paar Fotos schickte. Diese hatte ich bei meinem Verlassen des Saunderman-Geländes unauffällig aufgenommen. Dass hier etwas im Argen lag, war eindeutig nicht zu übersehen.

Kein Wunder, dass die keine vorzeigbare Homepage haben, kam es kurz darauf von Stuart. Wovon will man da schon Fotos machen, stimmte auch Kara ihm zu. Irgendwie war ich erleichtert, dass wenigstens diese Art von oberflächlicher Konversation zwischen uns klappte.

Ich steckte das Handy weg, zog Sneakers und Socken aus und spazierte nah am Wellensaum. Das Wasser war eiskalt, aber es verpasste meinem Gehirn einen Frischekick, den ich sehr genoss. Ich ließ meinen Blick über das Meer gleiten und beobachtete zwei Möwen, die nahe über der Wasseroberfläche jagten. Dank diverser Reportagen wusste ich, dass Alaska zwei Seiten besaß. Die kurzen, aber wunderschönen Sommermonate mit dem milden Klima, in der die Touristenorte herausgeputzt wurden wie für ein Postkartenmotiv. Und dann gab es die langen Wintermonate. Tage, an denen es nicht hell wurde und sich die Temperaturen im zweistelligen Minusbereich einpendelten. Wochen mit Unmengen von Schnee, in denen selbst die eingefleischten Bewohner mit Lieferengpässen und Stromausfällen zu kämpfen hatten und in denen sie sich wie von der Welt abgeschnitten fühlten. Alaska erinnerte mich an den griechischen Gott Janus mit den zwei Gesichtern. Dem Lächelnden, das die Touristen kannten, und der Fratze, der sich die Einwohner mutig stellten.

Der »hübsche Strandabschnitt« war nicht zu übersehen, als ich das Dorf erreichte. Touristen hatten ihre Handtücher im Sand ausgebreitet, ich entdeckte sogar ein paar Strandkörbe. Manche der kleinen Läden hatten Terrassen nach hinten heraus und dort ebenfalls Waren arrangiert. In regelmäßigen Abständen führten kleine Treppen den Abhang hinunter zum Sand. Von hier aus erinnerte der Anblick mich fast an die berühmten Strandhäuser in Malibu, weniger farbenfroh und kleiner, aber Blackfish Bay musste sich eindeutig nicht hinter so einer prachtvollen Kulisse verstecken.

Auch die Strandbude entdeckte ich sofort. Das große weiße Schild darüber verriet, dass es sich hierbei um *Jocks Salmon* handelte, und die Schlange davor, dass das, was dort serviert wurde, vermutlich ziemlich lecker war. Natürlich knurrte mein Magen sofort.

Ich stapfte durch den Sand, und kaum dass mir der köstliche Geruch von gebratenem Fisch in die Nase stieg, lief mir das Wasser im Mund zusammen.

Hinter der Theke bedienten ein Mann und eine Frau. Der Mann war klein und drahtig, trug sein langes Haar zum Zopf und auf seinem T-Shirt stand: »Bitte nicht füttern.« Ich verkniff mir ein Grinsen. Die Frau neben ihm trug ihr hellblondes Haar kurz, und zusammen mit den großen Augen und der zierlichen Gestalt erinnerte sie mich an eine aus der Feenwelt entkommene Pixie. Sie waren ungefähr gleich alt, ich schätzte sie auf Mitte dreißig, und unverkennbar ein Pärchen. Bei jedem Käufer lieferten sie eine kleine Show ab, was wohl Teil des Geschäfts war. Ein paar Touristen fotografierten sich vor der Bude oder machten Bilder der Inhaber, während sie den Fisch servierten. Zu meiner Überraschung gab es hier tatsächlich nur Lachs, was das Schild über der Bude eigentlich ziemlich deutlich machte.

Während ich wartete, schaute ich mich um. Meine Aufmerksamkeit wanderte an den Rückseiten der Läden hinauf und plötzlich entdeckte ich das Anwesen. Wie hatte ich es bis jetzt übersehen können? Es prangte in der Landschaft auf einem der sanften Hügel wie ein dunkler Fleck auf einer Kameralinse. Ich legte den Kopf schief, kniff die Augen zusammen und fokussierte meinen Blick. Der Stein war fast schwarz, ebenso wie die Dachschindeln. Die zwei Giebel waren spitz und die Architektur erinnerte mich an die alten Herrenhäuser an der Ostküste. Dieses Anwesen passte kein bisschen in diesen rustikalen Küstenort.

»Was darf es für dich sein?« Auf dem T-Shirt der Frau war oben links ein Name eingestickt. Jolene. Erst jetzt entdeckte ich, dass auch Jocks Name nah über seinem Herzen prangte. Jock und Jolene, die zwei hatten vermutlich schon wegen der Namen ein Paar werden müssen.

Ich riss meinen Blick los und deutete über ihre Köpfe hinweg. »Ich wusste gar nicht, dass Tim Burton hier ein Ferienhaus besitzt.«

Die beiden lachten und auch um mich herum hörte ich leises Kichern.

»Es ist das Anwesen der Familie Saunderman«, erklärte Jolene. »Die Delikatessenfabrik drüben am Ortsrand. Hätte es die Monarchie in Alaska je gegeben, wären sie unsere Königsfamilie.«

Ich verarbeitete immer noch die Info, dass Saunderman in so einem Prachtbau wohnte, das mir zunächst gar nicht auffiel, dass Jolenes Ton nicht abfällig klang. Sie sprach darüber, als wäre es ganz selbstverständlich.

»Wir verdanken der Familie viel.« Jock schien der gleichen Meinung zu sein. »Ernest Saunderman kümmert sich um Blackfish Bay, das hat die Familie seit jeher getan. Sie bleiben zwar unter sich, aber wir Dörfler haben ein gutes Verhältnis zu ihnen.«

Plötzlich verdunkelte sich Jolenes Miene. »Mal schauen, ob das so bleibt, jetzt, da die Kronprinzessin wieder da ist.«

Jock presste die Lippen aufeinander und nickte. »Wir werden sehen.«

Ein düsteres Anwesen auf einem Hügel und eine Kronprinzessin? Das klang eher nach einem Stoff, aus dem Märchen sind. Ich wollte gerade nachfragen, da schien Jolene die Schlange vor ihrer Bude aufzufallen. »Was darf es für dich sein?«

»Ich kenne mich leider nicht so gut aus, was empfehlt ihr mir denn?«

»Der Chinook Lachs hat im Moment Saison«, sagte Jock, während er schwungvoll ein paar Stücke Fisch auf dem breiten Grill wendete. Es zischte und Wasserdampf stieg auf. »Jetzt ist er besonders fett und voller Geschmack. Wenn du's weniger intensiv magst, dann nimm den Coho. Er gehört eher zu der schlankeren Sorte. Ist milder im Geschmack und etwas bissfester.«

»Danke. Dann nehme ich den Chinook.«

Ich klemmte mir die Schuhe zwischen die Knie und zog mein Portemonnaie hervor. Jolene kassierte und ich bekam den Fisch von Jock. Die zwei dicken Scheiben gebratener Lachs waren appetitlich angerichtet auf einem Bett kleiner Möhren, deren Grün nicht vollständig abgeschnitten war. Eine hellbraune Soße war in einem dünnen Zickzackmuster darüber verteilt worden. Ich balancierte mein Schälchen, das genau wie die Gabel aus Holz zu bestehen schien, auf der einen Hand, während ich in der anderen immer noch meine Schuhe hielt.

Der Fisch roch so unglaublich gut, dass ich es kaum erwarten konnte.

Ich begab mich etwas aus dem Gedränge heraus, ließ mich auf den von der Sonne gewärmten Sand nieder und probierte sofort. Der Lachs war butterweich und schmolz auf meiner Zunge. Sein Geschmack war intensiv, fast nussig, gar nicht nach Fisch, was mich sehr überraschte. Die Soße verströmte ein zartes Rauch-aroma und mischte sich ganz hervorragend mit dem süßen Geschmack der Möhren. Unwillkürlich schloss ich die Augen und genoss die Geschmacksexplosion in meinem Mund. Es war ein ganz einfaches Essen, gedünstete Möhren und eine selbst gemachte Soße. Und dennoch schmeckte es so raffiniert wie in einer Sterneküche. Ich hatte gerade mit dem zweiten Stück begonnen, da klingelte mein Handy.

»Zane? Hier ist Mr Prytt von Saunderman. Wir haben einen Job für dich. Wir brauchen jemanden am Band, der Kisten packen soll. Komm morgen früh um sieben Uhr zu meinem Büro, dann weise ich dich ein.«

»Danke, Sir.« Meine Erleichterung war mir wohl anzuhören, denn Mr Prytt lachte gutmütig.

»Freu dich nicht zu früh, das wird kein Zuckerschlecken. Aber morgen zeige ich dir erst mal alles und dann sehen wir weiter. Dein Zeug brauchst du noch nicht mitzubringen, wir überlegen noch, wo wir dich unterbringen. Alles weitere morgen. Bis dann.«

»Bis dann«, erwiderte ich und ließ das Handy langsam sinken. Ich atmete lange und tief aus. Ein Stein fiel mir vom Herzen. Ich hatte es geschafft! Ich hatte einen Job bei Saunderman.

Kapitel 9

LYS

Ich hatte mich nach dem Gespräch mit meinem Vater im Auto verkrochen. Zum Glück hatte ich den Jeep seitlich des Hangars geparkt und nicht auf dem offiziellen Parkplatz, den ich für Gäste freihalten wollte. Die Cessna im Hangar war jetzt verschwunden und das Rollfeld lag still und verlassen vor mir.

Ich kramte in meiner Tasche und suchte nach meinem Handy. Mir war es lieber, im Auto zu telefonieren, da ich nicht wusste, wer mich im Haus alles erwarten und vielleicht mithören würde. Das hier ging niemanden etwas an.

Ich tippte auf Chloes Nummer und betete, dass sie drangehen würde. Ihr Praktikum begann erst am Mittwoch, wofür ich gerade sehr dankbar war, denn dann würde sie garantiert weniger Zeit haben, tagsüber zu telefonieren.

»Hallo Weltreisende«, nahm sie das Gespräch an. Ihre Stimme klang fröhlich und ausgelassen.

»Hi«, erwiderte ich und schaffte es nicht ganz, so unbeschwert zu klingen.

»Was ist passiert?« Chloe kannte mich einfach zu gut.

Ich gab Chloe die Kurzfassung. Sie schien ebenfalls entsetzt über diese neuen Informationen. In diesem Moment wünschte ich mir, ich hätte Chloe die volle Wahrheit erzählt. Aber ich hatte nach wie vor Angst, wie sie dann über mich denken würde, Angst, sie zu verlieren, und deshalb schwieg ich erneut.

»Du musst mit May reden«, sagte Chloe aufgebracht. »Hier steht es Aussage gegen Aussage. Ich kann mir nicht vorstellen, dass sie das alles getan hat. Ich meine, ich kenne sie ja auch, seit du hergezogen bist. Es fällt mir schwer, mir vorzustellen, dass sie sich so verhalten hat, wie dein Dad das erzählt. Und diese Sache mit der Erpressung, das passt doch erst recht nicht zu ihr.«

»Genau das denke ich auch«, murmelte ich. »Aber warum sollte mein Vater sich all das ausdenken?«

»Vielleicht will er einen Keil zwischen dich und May treiben?«

»Und was erwartet er sich davon? Dass ich bei ihr aus- und hierherziehe? Er will mich doch auch nicht haben.«

»Ich habe keine Ahnung.« Chloe wirkte ratlos, genau wie ich. »Und was wird jetzt aus dem Praktikum?«

Ich zuckte die Schulter, obwohl sie das nicht sehen konnte. »Er ist bei seinen Bedingungen geblieben. Passt ihm irgendetwas an meinem Verhalten nicht, fliege ich nach Hause. Ich bekomme irgendwelche Aufgaben, die vermutlich nichts mit dem Sinn des Praktikums zu tun haben. Mittlerweile habe ich das Gefühl, dass alles den Bach runtergegangen ist, als ich May erwähnt habe. An dem Punkt konnte ich richtig sehen, wie das Misstrauen in seinen Augen aufgeflammt ist. Leider habe ich es nur nicht sofort erkannt. Erst jetzt wird mir einiges klar. Vermutlich denkt er, sie hat mich auf irgendeine Art und Weise dazu gebracht, wieder hier aufzutauchen. Wahrscheinlich leidet er an Verfolgungswahn und glaubt, ich verrate May Firmengeheimnisse. Rezepte, oder was auch immer, die sie dann an die Konkurrenz verkauft.«

»Das klingt ungefähr genauso verrückt wie diese Dinge, die er über May erzählt hat.« Chloe seufzte leise. »Süße, du weißt, ich bin immer auf deiner Seite. Bleib, wenn du meinst, dass du das alles packst. Aber die ganze Situation erscheint mir irgendwie sehr suspekt. Ich will nicht, dass dir womöglich noch etwas passiert und …«

»Chloe«, unterbrach ich sie sanft. »Er ist mein Vater. Ich habe genau gesehen, wie sehr es ihn mitgenommen hat, als ich so verzweifelt gewirkt habe. Vielleicht ist er auch bloß mit der Situation überfordert, genau wie ich. Vielleicht hat er sogar Angst um seine Familie, Angst um Cheryl. Er weiß schließlich, dass ich sie von Anfang an abgelehnt habe.«

»Na ja, die Beziehung der beiden direkt nach dem Tod deiner Mutter muss mehr als verstörend gewesen sein. Und dann schickt dein Vater dich auch noch zu deiner Tante. Wie kann man eine Vierzehnjährige einfach aus dem Haus werfen? Das werde ich niemals verstehen. Und …«

Chloe redete weiter, doch meine Gedanken schweiften ab.

Es war so ein Klischee. Die Dorfschönheit und der mächtigste Mann im Ort. Cheryl war in Blackfish Bay geboren und im letzten Jahr der Highschool schwanger geworden. Sie ging noch vor ihrem Abschluss ab und zog mit ihrem Baby weg, um irgendwo in Los Angeles oder San Francisco ihr Glück zu suchen. Wenn ich mich richtig erinnerte, wollte sie Schauspielerin oder Model werden. Irgendwann nachdem sich ihre Träume in Luft aufgelöst hatten, war sie nach Blackfish Bay zurückgekehrt, hatte in der Fabrik angefangen und war in kürzester Zeit von einem Saisonarbeiter erneut schwanger geworden. Natürlich wurde das in der gesamten Belegschaft diskutiert, und so wurde auch mein Vater auf sie aufmerksam. Obwohl sie nur halb so alt war wie er, begann er etwa ein Jahr später eine Affäre mit ihr. Und auch als sie kurz nach dem Tod meiner Mutter mit ihren beiden Kindern bei uns einzog, schien das ganze Dorf zu applaudieren. Genau wie mein Vater war sie eine von ihnen. Man verstand sie, man akzeptierte ihren gesellschaftlichen Aufstieg, man verzieh ihr. Meine Mutter war eine Fremde, die es immer geblieben war. Und ich war viel zu sehr ihre Tochter, als dass man mir verziehen hätte.

Ich war mit meinem Schmerz allein, hatte dafür plötzlich eine neue Mom, die Online-Schauspielkurse belegte, und zwei »Geschwister«, die ich nicht kennenlernen wollte.

Die Chronologie der traurigsten und einsamsten Zeit meines Lebens.

»Lys?«

Ich hatte Chloe gar nicht geantwortet. »Ja?«

»Du musst auf dich achten.« Die Stimme meiner besten Freundin klang ernst. »Kläre das mit May, redet über alles. Ich glaube, das ist der Schlüssel zu vielem. Falls dich dein Vater in diesem Punkt schon so gravierend angelogen hat, dann rate ich dir, das Praktikum abzubrechen.«

Wieder stieg ein Gefühl von Hilflosigkeit in mir auf. Ich brauchte dieses Praktikum. Ich musste es bei Semesterbeginn in zwei Kursen nachweisen, für die ich bereits angemeldet war. Ein weiteres Mal schien sich alles vor mir aufzutürmen wie ein unüberwindbarer Berg. Es lähmte mich und sogar das Atmen fiel mir schwer. Ich verfluchte mich dafür, dass ich so naiv gewesen war. Praktikum absolvieren und Vergangenheit in Ordnung bringen? Für Lys Saunderman kein Problem! Das hatte ich jetzt davon. Ich seufzte lange. »Vielleicht rufe ich May gleich mal an.«

Chloes Stimme klang mitfühlend. »Bleib stark. Und halte mich auf dem Laufenden.«

Ich hatte gerade aufgelegt und mich ein wenig gesammelt, da hörte ich das Brummen von Motoren aus der Ferne. Ich reckte den Hals und erblickte die Cessna. Ich war einfach zu aufgelöst für Small Talk mit Keiko oder seinem Vater Dave, deshalb ergriff ich die Flucht. Ich warf das Handy auf den Beifahrersitz, startete den Motor und brauste los.

In meinem Kopf wirbelten die Gedanken wild durcheinander, auch als ich den Vorplatz unseres Hauses erreicht hatte und parkte. Das Motorrad fehlte. Nathan war vermutlich unterwegs und ich war erleichtert. Auch ihm wollte ich jetzt nicht begegnen, jetzt, da ich traurig war nach diesem Gespräch mit Dad und der Erkenntnis meiner grenzenlosen Naivität, was das alles anging.

Das cremefarbene Cabrio parkte auf dem hellen Kies links vom Haus und dort stand der große schwarze Pick-up, von dem ich immer noch nicht wusste, wem er gehörte.

Ich zog den Schlüssel aus dem Schloss und starrte ins Leere. Dad oder May? Wer von beiden belog mich? Wer von meinen nächsten Verwandten hatte mich so viele Jahre lang manipuliert?

Ich versuchte May zu erreichen, doch sie ging nicht dran. Neben mir nahm ich eine Bewegung wahr und entdeckte einen Gärtner, der sich an den Büschen zu schaffen machte.

Ich sprang aus dem Wagen, grüßte ihn freundlich und schloss dann die Eingangstür auf.

In der Halle traf ich auf Cheryl und ich war plötzlich nervös. Natürlich hatte ich darüber nachgedacht, was ich sagen wollte. Eigentlich hatte ich ja schon damit gerechnet, sie viel eher zu treffen. Aber trotzdem fiel mein Mut jetzt in sich zusammen. Meine Handflächen wurden feucht, mein Mund ganz trocken. Mein Magen flatterte und all die Worte, die ich mir zurechtgelegt hatte, waren nichts mehr als Buchstabensalat in meinem Kopf.

Cheryl kam mit wiegenden Hüften auf mich zu. »Lysandra.«

Eine Gemeinsamkeit, die sie mit ihrem Sohn teilte: die Abneigung gegen meinen Spitznamen.

»Hi Cheryl.« Ich klammerte mich mit beiden Händen an den breiten Riemen meiner Umhängetasche fest. Cheryl war fast dreißig Jahre jünger als mein Vater. Ihr rotblondes Haar war zu einem raffinierten Long Bob geschnitten, dessen sanfte Wellen nur knapp ihre Schultern berührten. Ihre Haut war ungewöhnlich hell, ihr Gesicht dezent geschminkt, die Fingernägel leuchtend rot lackiert. Sie trug eine eng geschnittene Bluejeans und hatte die weiße Bluse hineingesteckt.

Kaum hatte sie mich erreicht, zog sie mich in die Arme und hauchte mir zwei Küsse auf die Wangen.

Ich war zu überrumpelt, um die Umarmung zu erwidern. Schließlich war ich damals echt grausam zu ihr gewesen. Dass sie mich jetzt so freundlich begrüßte, irritierte mich.

Sie hielt mich ein Stückchen von sich weg, um mich genauer zu betrachten. »Mein Gott.« Sie strich mir mit einem Daumen zart über die Wange. »Du bist so wahnsinnig hübsch.«

Das musste sie gerade sagen. Cheryl hatte schon damals ausgesehen wie ein Filmstar und bis heute nichts von dieser angeborenen Eleganz verloren. Sie war schöner als die meisten Frauen, die ich kannte.

»So hübsch.« Sie schüttelte sachte den Kopf und lächelte, sodass man die ganz leicht übereinanderstehenden Schneidezähne sehen konnte. Es war der einzige Makel in diesem perfekten Gesicht, der sie nur noch perfekter machte. Als ihr Lächeln noch etwas breiter wurde, erkannte ich zu meiner Überraschung zum ersten Mal Züge von Nathan darin. Kein Wunder, dass aus diesem nervigen Moppel so ein Typ geworden war. Sie waren beide eindeutig zu schön, um nicht die Cover irgendwelcher Modezeitungen zu zieren.

Dann wurde ihr Blick ernst. »Wie geht es dir?«

Ich wollte Falschheit in ihrer Stimme hören. Ich wollte Ablehnung darin erkennen, Misstrauen, vielleicht sogar Wut. Doch da war … nichts davon.

»Geht so«, erwiderte ich und war damit unbeabsichtigt ehrlicher, als ich es eigentlich sein wollte.

Dann machte ich eine Bewegung im Augenwinkel aus. Eine Frau in mittleren Jahren trat aus einem der Wirtschaftsräume. Sie trug eine Art Hauskittel über ihrer Jeans und dem Shirt, ihre kurzen Haare schimmerten silbern.

»Lysandra, darf ich dir unsere gute Fee vorstellen«, sagte Cheryl. »Das ist Margret. Ohne sie wäre ich komplett verloren. Margret, das ist Lysandra, Ernests Tochter.«

Wir schüttelten uns die Hände. Margrets Lächeln war offen und sie war mir sofort sympathisch.

Kurz darauf verschwand sie wieder unter einem Vorwand namens »Bügelwäsche« und ich blieb mit Cheryl zurück.

Cheryl musterte mich erneut. »Komm erst mal richtig an. Und gib deinem Vater ein wenig Zeit, ja?«

Ich biss mir auf die Unterlippe, denn obwohl ich mir nicht vorgestellt hatte, diese Worte zwischen Tür und Angel zu sagen, wollte ich sie nicht länger aufschieben.

»Ich wollte mich bei dir entschuldigen, für das, was damals passiert ist.«

Sie schüttelte leicht den Kopf, dann legte sie mir eine Hand an den Rücken und schob mich in Richtung der Küche. »Lass uns etwas zusammen trinken und dann können wir sprechen.«

Ich war immer noch völlig überrumpelt. Irgendwie hatte ich damit gerechnet, dass sie das Gespräch mit mir meiden würde. Dass sie *mich* meiden würde. Sich hinter meinem Vater verstecken und ständig in Tränen ausbrechen würde, so wie sie es damals getan hatte.

In der Küche nahmen wir an der Theke Platz. Cheryl griff nach einer großen Karaffe mit Wasser und goss uns in den bereitstehenden Gläsern etwas ein.

»Es tut mir wirklich wahnsinnig leid, was damals passiert ist«, begann ich erneut.

Cheryl schob mir das Glas hin.

Weil ich einfach so nervös war, sprach ich direkt weiter. »Das, was ich getan habe, war falsch. Und ich schäme mich dafür. Ich war nur einfach so wütend und so verzweifelt. Du bist direkt nach Moms Tod hier eingezogen und ich habe das alles nicht verstanden. Ich habe *Dad* nicht verstanden, wie er Mom so schnell ersetzen konnte durch …« Ich brach ab, als mir klar wurde, dass ich auf dem besten Wege war, Cheryl erneut zu beleidigen.

»Dein Einzug bei uns kam sehr überraschend«, formulierte ich dann diplomatischer.

Cheryl setzte ihr Glas lautlos auf der marmornen Theke ab. »Du hast mir damals eine Höllenangst eingejagt«, sagte sie leise. »Du warst so wütend, so völlig außer Kontrolle geraten. Irgendwie habe ich damit gerechnet, dass du mir nachts ein Messer ins Herz jagst.«

Ich konnte sie gut verstehen. Ich hatte es nicht nur bei den Plakaten und Flugblättern belassen. Nein, ich hatte sogar Fake-

Profile von ihr in den Sozialen Medien erstellt und dort kein gutes Haar an ihr gelassen.

Sie lachte traurig auf. »Ich war zuerst nicht begeistert, dass dein Vater mich einlud, bei ihm zu wohnen. Dass ich mit meinen beiden Kindern hier einziehen sollte. Auch für mich fühlte es sich falsch an.« Sie kratzte mit einem Fingernagel leicht an den Gravuren des Glases entlang. »Es war eine pragmatische Entscheidung, das gebe ich zu. Ich hatte damals eine sehr hässliche kleine Wohnung, kalt und feucht mit viel zu wenig Platz für mich und die zwei. Ich habe nicht viel verdient in der Fabrik, denn ich habe keine Ausbildung. Als dein Vater anbot, dass wir in diesem schönen Haus wohnen konnten, habe ich trotz meiner Bedenken zugesagt.«

Ihre Ehrlichkeit nahm mir den Wind aus den Segeln. Ich trank erneut einen Schluck von dem Wasser, weil ich nicht wusste, was ich sonst tun sollte.

Cheryl seufzte leise, bevor sie weitersprach. »Ich hatte schon immer eine Schwäche für Männer, die deutlich älter waren als ich. Nathan ist der Sohn eines Betreuers aus dem Ferienlager, das ich in den Sommerferien besucht habe. Charles war fünfzehn Jahre älter als ich und viele Mädchen himmelten ihn an. Auch Natalys Dad ist zwölf Jahre älter als ich. Als ich deinen Vater wiedergesehen habe, nach dieser langen Zeit in LA, da hatte ich sofort Schmetterlinge im Bauch. Aber ich wusste natürlich, dass er verheiratet war.«

»Warum hast du dich trotzdem irgendwann mit ihm eingelassen?« Meine Stimme klang tonlos.

Sie ließ ihr Wasserglas los und rieb sich über eine Augenbraue. »Das Herz will, was es will. Und es gehören zwei dazu. Dein Vater hat mir Geschenke gemacht, er war aufmerksam, ein guter Zuhörer. Für ihn war ich nicht die gescheiterte Existenz, die mit zwei Kindern von zwei unterschiedlichen Vätern in ihrem Heimatdorf gestrandet ist, ohne Geld, ohne Ausbildung. In seiner Gegenwart habe ich mich gefühlt, als könne ich alles erreichen. Im Dorf ist viel getuschelt worden, obwohl sie sich öffentlich nie gegen mich gestellt haben. Aber teilweise waren da echt hässliche Sachen dabei. Dein Vater hingegen hat mich immer mit Respekt behandelt. Er war lieb zu mir. Er war für mich da. Er hat vielleicht meine Aufmerksamkeit erregt, als ich hierher zurückkam, aber mein Herz hat er auf andere Art und Weise gewonnen.«

Ich war dieses Gespräch Dutzende Male im Kopf durchgegangen. Ich hatte mich auf einen Streit eingestellt. Auf Schreien, Weinen, Vorwürfe. Die komplette Eskalation. Jetzt aber saß eine Frau neben mir, die leise sprach, die schüchtern wirkte und die mit einer solch tiefen Gewissheit über ihre Gefühle für meinen Vater sprach, dass ich jeglicher Argumente beraubt war.

Trotzdem fragte ich mich, ob sie gleich meinem Vater die Schuld in die Schuhe schob. Dass dieser Ehebruch von ihm ausgegangen war.

»Du hast recht, es gehören zwei dazu. Aber wenn du wusstest, dass er verheiratet war, warum hast du's doch getan?«

Sie drehte sich zu mir. »Warum hast du eine Rufmordkampagne gegen mich angezettelt, obwohl du wusstest, dass so etwas verwerflich und moralisch absolut fragwürdig ist?«

Ich sah in ihre großen Augen, die von dunklen Wimpern umrahmt wurden. Ihr Blick war nicht aggressiv, er war neugierig.

»Ich konnte nicht anders«, sagte ich.

Sie lächelte und nickte, als würde das alles erklären.

Wir widmeten uns beide wieder unseren Wassergläsern.

Cheryl spielte nach wie vor mit den Gravuren. »Warum bist du hier, Lys?«

»Ich will mich mit euch versöhnen«, sagte ich frei heraus. »Für mich beginnt ein neuer Lebensabschnitt und ich wollte die Vergangenheit endlich hinter mir lassen. Ich will nicht mehr voller Bedauern zurückdenken. Ich will nach vorne sehen. Und dazu gehört auch, dass ich euch um Verzeihung bitte. Ich bin nicht mehr die, die ich mal war. Ich wollte das mit euch in Ordnung bringen und … ich hatte Heimweh.« Ich schluckte, weil mein Hals plötzlich eng wurde. »Ich wollte zurück nach Hause. Ich wollte Mom besuchen, ich wollte wissen, wie es hier ist. Ich wollte bei Dad sein und mich versichern, dass er immer noch da ist, dass er immer noch mein Vater ist. Ich habe auf mein Bauchgefühl gehört.«

Cheryl ließ von ihrem Glas ab und legte mir sanft eine Hand auf den Arm. »Wenn du mir versprichst, dass du so etwas nie wieder tun wirst, dann ist alles gut zwischen uns. Lassen wir die Vergangenheit ruhen.«

Ich betrachtete kurz ihre Hand auf meinem Arm, dann ihr Gesicht. »Dad will mich nicht hier haben.«

Cheryls Miene drückte Bedauern aus. »Er hat sich die Entscheidung nicht leicht gemacht. Ich glaube, er ist der Meinung, dass Menschen sich nicht ändern können.« Sie lächelte knapp. »Gib ihm Zeit. Beweise ihm, dass du es ernst meinst. Zeig ihm, dass wir eine Familie sein können. Wenn du das willst?«

Ich betrachtete sie und dann nickte ich. Cheryl war vielleicht nicht meine Wunschkandidatin als Stiefmutter, trotzdem war sie ein fester Teil des Lebens meines Vaters. Außerdem hatte ich sie anders in Erinnerung gehabt. Sie hatte sich ebenfalls verändert und vielleicht fiel es ihr gerade deshalb leicht, auch an meine

Entwicklung zu glauben. So was wie Erleichterung durchflutete mich. Würde doch noch alles gut werden? »Das wäre schön, Cheryl.«

Mein Handy klingelte. Ich wühlte es hastig aus den Untiefen meiner Tasche hervor. Es war ein Videocall von May. Sofort hatte ich wieder einen dicken Kloß im Hals. Schnell drückte ich den Anruf weg.

Hinter Cheryl nahm ich in der Küchentür eine Bewegung wahr. Ein kleines Mädchen von etwa fünf Jahren drückte sich an den Rahmen und musterte mich neugierig.

Cheryl folgte meinem Blick. »Nataly, komm her und sag Lysandra Guten Tag.« Cheryl streckte die Hand nach der Kleinen aus. Die löste sich vom Türrahmen und kam auf ihre Mutter zu.

Ich hätte Nataly nicht wiedererkannt, schließlich war sie bei meiner Abreise noch ein Baby gewesen. Ich glitt vom Hocker, ging in die Hocke und streckte ihr eine Hand hin.

»Hi Natty, ich bin Lys. Freut mich.«

Sie nahm meine Hand. »Hallo«, piepste sie. Die Kleine sah schon jetzt aus wie ihre Mom und vermutlich würde sie später mal genauso hübsch werden.

Dann klingelte mein Handy erneut.

»Du kannst ruhig drangehen. Wir können später weitersprechen, wenn du möchtest«, bot Cheryl an.

Ich kam wieder hoch. »Das wäre schön. Dann bis später.« Ich nickte ihr zu, winkte Natty und hastete die breite Treppe hinauf in die erste Etage. Noch im Laufen nahm ich das Gespräch an.

»Hi.«

May wirkte wie immer. Ein wenig zerzaust, ein wenig außer Atem und auf liebenswerte Weise etwas zerstreut. »Liebes!«, rief sie. »Du hast angerufen? Ist alles okay? Wie geht's dir?«

»Wir müssen reden.« Ich hastete den Flur entlang in Richtung Gästezimmer, das ich bewohnte.

»Ist etwas passiert?« May runzelte die Augenbrauen. Irrte ich mich oder sah ich Anzeichen von Anspannung in ihrem Gesicht?

»Ja, es ist etwas passiert.« Ich schloss die Tür hinter mir, ließ die Tasche auf den Boden sinken und setzte mich anschließend aufs Bett. »Es ist etwas passiert, mit dem ich so gar nicht gerechnet hätte.«

Mays Züge veränderten sich. »Ich habe dir gleich gesagt, dass du niemals nach Alaska reisen solltest. Du reißt alte Wunden auf, das ist nicht gut.« Die Zornesfalte zwischen ihren Brauen war neu.

Ich beschloss trotzdem, mit der Tür ins Haus zu fallen. »Ich wusste gar nicht, dass ich bei einem Psychotherapeuten war.«

May blähte die Nasenflügel, riss die Augen auf und wirkte so schockiert, dass ich glaubte, sie würde im nächsten Moment das Gespräch beenden.

»Das hat Ernest dir direkt bei eurem ersten Gespräch erzählt?« Sie lachte bitter auf. »Er ist ja wirklich sehr daran interessiert, euer Verhältnis zu kitten.«

»Was soll das, May? Ich war nie bei einem Psychotherapeuten, das weiß ich ganz genau«, wisperte ich.

Sie verzog das Gesicht und plötzlich wirkte sie völlig fremd. »Ich habe dich beschützt.«

»Dad sagt, du hast ihn sogar erpresst. Das nennst du beschützen? Du hast seine Briefe an mich abgefangen. Nennst du das auch beschützen? Du hast ihn sogar angezeigt, was hat das damit zu tun, mich zu beschützen?«

»Hör auf, ständig dieses Wort zu sagen. Es klingt, als wolltest du dich über mich lustig machen.« May wedelte mit der freien Hand vor ihrem Gesicht herum. »Es klingt lächerlich.«

Sie fand unsere Unterhaltung lächerlich? Ich konnte es nicht fassen. Hatte ich diese Frau jemals gekannt?

»Sag was zu meinen Vorwürfen.« Meine Stimme wollte zittern, doch ich schaffte es, sie unter Kontrolle zu halten. »Sag etwas zu all dem, was ich dir gerade erzählt habe.«

May reckte das Kinn. »Es stimmt. Ich habe seine Briefe abgefangen und ich habe dir erzählt, dass er nichts mit dir zu tun haben will. Ich musste den Kontakt zwischen euch abbrechen, denn man sieht ja, wozu sein kranker Einfluss geführt hat. Deine Mutter ist gestorben und du warst komplett verängstigt und hattest vor Trauer fast den Verstand verloren. Daran war nur dein Vater schuld.«

Obwohl es mir wehtat, darüber zu sprechen, wollte ich nicht schweigen. »Dad war nicht schuld. Mom ist an einer Sickerblutung im Kopf gestorben, May.«

»Er hätte sie in ein Krankenhaus bringen müssen!«, rief May. »Er hätte sie gut genug kennen müssen, um zu wissen, dass deine Mutter nie viel Aufhebens um sich gemacht hat. Sie hatte Kopfschmerzen, das hat sie mir am Telefon erzählt. Trotzdem hat er sie nie in ein Auto gepackt und sie untersuchen lassen. Er –«

»Willst du sagen, dass Dad Mom umgebracht hat?«, meine Stimme war jetzt ganz heiser vor Schock. »Es war eine Sickerblutung, May. Wochen nachdem sie sich den Kopf gestoßen hatte. So etwas kann man nicht vorhersehen. Unser Hausarzt hat mir das erklärt. Niemand von uns hätte sie retten können …«

»Unsinn!«, rief May. Sie schien meinen Worten keine Bedeutung beizumessen. »Sie hätte einfach nur in einem Krankenhaus untersucht werden müssen. Aber darum hat er sich nicht gekümmert. Sie war ihm egal, weil er ein eiskalter Mensch ist, dem dieses dämliche Geschäft über alles geht. Sein Familienbetrieb, weswegen er über dieses Kaff herrscht wie ein König. Alle hofieren ihn, weil die Hälfte des Dorfs bei ihm arbeitet. Der große Gönner und Patriarch, das ist seine Rolle, das ist es, was ihn glücklich macht. Und kaum dass sie unter der Erde war, lässt er seine Affäre bei sich einziehen.« May legte den Kopf schief. »In diesem Punkt sind wir uns doch einig, dass wir deswegen sauer sind, oder?« Wie redete sie eigentlich? Jetzt klang es, als ob *sie* dringend einen Therapeuten bräuchte. Ich sah sie fassungslos an.

May spielte darauf an, wie fürchterlich ich mich aufgeführt hatte, als Cheryl zu uns gezogen war. Doch im Gegensatz zu May war ich damals noch nicht volljährig gewesen, sondern ein vierzehnjähriges Mädchen, das gerade seine Mutter verloren hatte.

»Was ist mit dem Schmuck meiner Mutter passiert?«

May wandte den Blick ab und es dauerte kurz, bis sie sprach. »Den habe ich verkauft, als ich Geld brauchte.«

»Du hast was?« Meine Stimme überschlug sich. »Aber Dad hat dir doch Unterhalt für mich bezahlt.« Es ging mir nicht um das Geld, das sie sich so unrechtmäßig angeeignet hatte. Es ging um die Erinnerungen an meine Mutter, die nun für immer verloren waren. Ich atmete lange und tief aus. »Deshalb wolltest du nicht, dass ich zurückkehre, richtig? Du wolltest nicht, dass all das herauskommt.«

May lachte bitter auf. »Ehrlich gesagt hätte ich gar nicht gedacht, dass es zu so einem tiefgründigen Gespräch zwischen euch beiden kommt. Ich habe damit gerechnet, dass du dich schon in der ersten Nacht mit Cheryl in die Haare kriegst und er dich sofort wieder rausschmeißt.«

Noch mal betrachtete ich sie fassungslos. Hier sah ich die Frau, die mir heiße Milch gemacht und mir das Haar gestreichelt hatte, wenn ich nachts aus einem Albtraum erwacht war. Die mit mir Hausaufgaben gemacht und mich zu meinen außerschulischen Aktivitäten gefahren hatte. Es war die Frau, die mir bei meinen Uni-Bewerbungen geholfen hatte, die meinen Führerschein bezahlt und mit der ich über Jungs geredet hatte. Jetzt war sie wie eine Fremde. Sie hat eine Seite an sich offenbart, von der ich niemals vermutet hätte, dass so eine fröhliche und ausgeglichene Person wie May sie besitzen könnte. Ich war soeben eines Besseren belehrt worden.

»Du musst mich verstehen«, sagte May in diesem Moment. »Ich wollte nur dein Bestes.«

»Dad ist meine Familie. Du wolltest mich von ihm trennen, weil du ihn für den Tod meiner Mutter verantwortlich machst. Dabei ist es meine Entscheidung, ob ich mit ihm Kontakt haben möchte oder nicht.«

»Und diese Entscheidung hast du jetzt, da du alt genug dafür bist, ja auch getroffen.«

Ein deutlicher Seitenhieb darauf, dass sie mich wieder nur beschützen wollte. »Ich war auch mit vierzehn schon alt genug zu entscheiden, ob ich eine Geburtstagskarte von Dad kriegen möchte. Oder ob ich vielleicht mal am Wochenende mit ihm telefonieren will.«

»Jetzt bin ich also schuld.« May klang höhnisch. »Natürlich. Die Guten sind irgendwann immer die Dummen.«

Das konnte sie unmöglich ernst meinen. »Ich muss Schluss machen«, stieß ich hervor. »Ich kann nicht mehr …«

»Liebes.« Jetzt wurde ihre Stimme bittend. »Ich wollte immer nur dein Bestes.«

Ich schüttelte vehement den Kopf. »Bitte, lass uns auflegen. Ich will jetzt einfach nur allein sein.«

»Ruf mich wieder an«, sagte May noch, da beendete ich das Gespräch. Ich ließ das Handy sinken und Tränen traten in meine Augen.

Meine Tasche, die ich aufs Bett geworfen hatte, war umgekippt, und aus der Innentasche war der kleine Kühlschrankmagnet gerutscht. Ich griff danach und drehte ihn nervös in den Fingern.

Ich sprang auf, weil ich einfach nicht mehr sitzen konnte. Unwirsch riss ich die zarten Gardinen zur Seite, öffnete die Tür zum Balkon und trat hinaus in die frische Luft. Die freie Hand legte ich auf die Brüstung. Das Holz fühlte sich rau an unter meiner Handfläche und es erdete mich ein wenig. Mein Blick glitt zum Horizont, dort, wo das blaue Meer in der Nachmittagssonne glitzerte.

»Das Herz findet seinen Weg«, las ich erneut den Spruch auf dem Magneten. *Wirklich?*

Meine Augen liefen über und Tränen rannen warm meine Wangen hinab. Ich war zurückgekehrt, um die Dinge zu klären. Ich presste eine Hand auf den Mund, als sich ein Schluchzen aus meiner Kehle löste.

Aber ich hatte nicht damit gerechnet, dass es so schlimm werden würde.

Kapitel 10

ZANE

Am nächsten Morgen stand ich um sechs Uhr fünfundfünfzig vor der Tür von Mr Prytts Büro. Ich hatte gestern noch an einem Gastbeitrag für einen Blog gearbeitet und war danach früh im Bett verschwunden. Dementsprechend ausgeruht und wach war ich jetzt.

Mr Prytt öffnete mir die Tür. »Guten Morgen, Zane. Wo hast du geparkt?« Er ging an mir vorbei und zog dabei die Tür hinter sich zu. »Die Plätze vor dem Büro sind nämlich für Kunden und Gäste reserviert. Aber auf dem Mitarbeiterparkplatz sind noch ein paar frei.« Er deutete diffus Richtung Fabrik und ging voraus.

Ich holte zu ihm auf. »Ich bin gelaufen.«

»Du wohnst doch im Seagull Inn. Das sind knapp drei Meilen.«

Ich zuckte die Schultern. »Ich laufe gerne.« Sollte ich ihm jetzt noch erzählen, dass ich bereits vor einer Stunde gut fünf Meilen am Strand gejoggt war? Besser nicht. Er sah mich jetzt schon an wie ein Alien.

Wir gingen in Richtung Hafenbecken. Die zwei kleinen Trawler schienen gerade erst angekommen zu sein. Die Fischer vertäuten die Boote, doch die Ladeluken waren geschlossen.

Die Männer riefen Grüße in Richtung ihres Vorarbeiters und er hob die Hand. Insgesamt schien das Arbeitsklima hier sehr entspannt zu sein, was mir gut gefiel.

»Du hilfst gleich beim Entladen der Boote«, sagte Mr Prytt. »Aber vorher führe ich dich noch kurz herum und gebe dir deine

Klamotten.« Er deutete auf die Halle rechts vom Hafen. »Unten wird alles vorbereitet, dort drüben befinden sich die Produktionsbänder und oben Richtung Straße die Verpackung und die Anlieferung. Dort können die Lkws besser halten.«

Beim Gebäude angekommen deutete er durch eins der breiten Fenster. »Wir gehen jetzt nicht rein, weil wir uns dafür von Kopf bis Fuß desinfizieren müssten. Aber hier siehst du einen Teil der Produktionsstraße.«

Ich stellte mich neben ihn und schaute durch das Fenster. Verschiedene Laufbänder ratterten, davor standen Menschen, die von Kopf bis Fuß in Weiß gekleidet waren. Sie alle trugen Handschuhe, Haarnetz und Mundschutz, sodass man kaum erkennen konnte, ob es sich um Frauen oder Männer handelte.

Auf den Bändern entdeckte ich verschiedene Sorten Delikatessen. Pasteten, kleine Kuchen, aber auch Fleisch und Fisch. Letztere waren bereits in Dosen verpackt und wurden nur noch mit einer Soße garniert.

»Und weiter geht's«, sagte Mr Prytt. Wir gingen an den Fenstern entlang. »Hier können wir reingehen, das ist bloß der Vorbereitungsbereich.« Die Halle wirkte mehr wie eine Scheune, die an der Vorderseite zum Meer hin komplett offen war. Kisten mit frischem Obst und Gemüse stapelten sich an den Wänden.

»Das ist heute von den umliegenden Höfen angeliefert worden und wird gleich von der Frühschicht weiterverarbeitet«, erklärte Mr Prytt. »Deshalb brauchen wir nur Kühlräume für Fleisch und Fisch. Alles andere wird dank unserer zwei Arbeitsschichten in so kurzer Zeit verarbeitet, dass es nicht zwischengekühlt werden muss.«

Ich war ungewollt beeindruckt. Männer und Frauen standen an langen Tischen und bereiteten Obst, Gemüse und Kräuter für die Weiterverarbeitung vor. Es wurde Grünzeug entfernt, Strunk und Stiele wurden abgetrennt, Schalen geknackt und die äußeren Blätter sorgfältig abgeschnitten. Von dort aus wanderte alles in große Maschinen, die das Grünzeug wuschen. Erst danach begann der Bereich, der einzig in Schutzkleidung betreten werden durfte.

Mr Prytt grüßte freundlich in die Runde und die Leute erwiderten seinen Gruß.

Ich hatte mal knapp überschlagen und bereits über sechzig Leute gezählt. Obwohl ich erst zwei Bereiche der Fabrik gesehen hatte und keinen Schimmer davon hatte, wie viele Menschen im Büro arbeiteten, schätzte ich die Gesamtzahl der Angestellten auf locker zweihundertfünfzig. Eine ordentliche Zahl für so einen Betrieb irgendwo im Nirgendwo. Kein Wunder, dass Saunderman das halbe Dorf beschäftigte.

Ich folgte Mr Prytt zu einer Tür, die in ein Treppenhaus führte. Ich hatte noch gar nicht bemerkt, dass es ein zweites Stockwerk gab.

»Hier befinden sich die Umkleiden.« Kaum hatten wir das Ende der Treppe erreicht, entdeckte ich eine Tür mit Aufschrift »Kleiderkammer«. Mr Prytt stieß sie auf und machte gleichzeitig das Licht an. Arbeitskleidung stapelte sich vom Boden bis zur Decke. Mr Prytt wandte sich zu mir um und musterte mich kritisch.

»Lange Beine.« Er stieg auf eine kleine Trittleiter. Im Handumdrehen zog er eine gefaltete Hose aus einem der oberen Regale hervor, auf deren Plastikfolie sich bereits eine kleine Staubschicht gebildet hatte. »Probier die mal.«

Ich riss das Plastik auf und hielt mir die Hose hin. »Sieht gut aus.«

»Sehr schön.« Mr Prytt kam von der Trittleiter herunter und reichte mir zwei weitere Hosenpaare. Anschließend versorgte er mich mit dem Rest der Arbeitskleidung. Schwere Sicherheitsschuhe, wenn ich in der Fabrik arbeitete. Einen Satz T-Shirts, drei warme Jacken aus Vlies, Arbeitshandschuhe und eine Regenjacke.

»Solltest du mal auf See arbeiten, kriegst du Extraschutzkleidung. Aber das regeln wir dann kurzfristig.« Er griff nach einem der großen Jutebeutel, die seitlich von der Tür hingen. »Pack die Klamotten hier rein. Die Tasche kannst du auch als Wäschekorb benutzen.«

»Danke.« Ich ließ meine Klamotten hineinfallen.

Er lächelte knapp, dann musterte er mich. »Kommen wir zum nächsten Problem. Du weißt, wir haben kein Bett für dich. Mr Saunderman hatte aber eine Idee.«

Wir verließen den Raum und Mr Prytt blieb vor einem Fenster stehen. »Siehst du das Gebäude, das rechts Richtung Straße steht?« Wir lehnten uns beide etwas zur Seite, um mehr erkennen zu können. »Dort befinden sich die Zimmer der Saisonarbeiter, Gemeinschaftsräume, eine kleine Teeküche und der Haushaltsraum. Normalerweise würdest du dort untergebracht.« Er wandte sich ab und ich folgte ihm die Treppe hinunter. »Aber es gibt noch ein sogenanntes Gästehaus. Hier haben früher die Vertreter von Saunderman gewohnt, wenn sie unsere Produkte kennenlernen sollten. Es ist etwas in die Jahre gekommen, aber besser ausgestattet als die anderen Zimmer. Ich zeige es dir.«

Ich folgte ihm durch die Halle und hinaus auf den Pier, wo Mr Prytt auf ein graues Gebäude deutete, das in seiner schlichten Architektur kaum aufzufallen schien. Es stand ein Stückchen abseits des Bürogebäudes, wenn auch immer noch mit Blick auf den Hafen. Dahinter lagen das Rollfeld und der Hangar.

»Ist allerdings die Frage, ob das für dich in Ordnung ist.«

Ich wollte gerade erwidern, dass das Haus doch super aussah, da sprach Mr Prytt bereits weiter. »Du kannst dort eins der Zimmer beziehen, aber wir werden nicht den Boiler anwerfen. Es ist zu teuer, das warme Wasser nur für eine Person warm zu halten. Soll heißen …« Er drehte sich zu mir und musterte mich prüfend. »Du hast dort kein warmes Wasser. Du müsstest dann zum Beispiel zum Duschen in die allgemeinen Umkleideräume. Das ist eigentlich nicht der Standard, den wir unseren Leuten bieten, und es ist völlig in Ordnung, wenn du ablehnst. Allerdings können wir dir auch kein Zimmer im Dorf bezahlen.«

»Kein Problem«, erwiderte ich sofort. »Ich gehe zum Duschen einfach hier runter. Ist wie auf einem Campingplatz.«

»Sehe ich genauso, Zane. Danke dir.« Mr Prytt klopfte mir auf die Schulter. »Wir lassen dein Zimmer gerade noch mal reinigen, aber morgen könntest du einziehen.«

»Super, danke.« Das passte perfekt, denn ich hatte das Seagull Inn für drei Tage im Voraus bezahlt.

»Gut.« Mr Prytt sah zu den Fischerbooten. »Dann würde ich vorschlagen, du ziehst dich um und hilfst den Jungs beim Abladen der Kisten.« Er deutete auf eins der Fischerboote, dessen Ladeluke mittlerweile geöffnet war. Kisten stapelten sich an Deck, die von den Männern hinuntergetragen und auf einer Palette gestapelt wurden. Ein Gabelstapler fuhr diese daraufhin in Richtung der Fabrik.

»Die Umkleiden sind dort drüben.« Er deutete auf das obere Stockwerk der Halle. »Erster Stock.« Er kramte in seinen Taschen und reichte mir ein Schloss, in dem der Schüssel steckte.

»Such dir einen Spind aus. Da kannst du auch Handtücher lagern, weil du ja nur dort warm duschen kannst.«

»Alles klar, Boss.« Ich nahm das Schloss. Mein erster Tag und dann direkt auf einem der Boote. Ich lächelte, kaum dass ich mich von Mr Prytt abgewandt und zurück zu den Umkleiden ging. Leichter als in einem zwanglosen Gespräch mit den Fischern konnte man gar nicht an Informationen kommen.

Zwei Stunden später waren die Boote entladen und leider waren die Fischer nicht so gesprächig, wie ich gehofft hatte. Sie alle waren Festangestellte, die seit Jahren für Saunderman arbeiteten. Neuen gegenüber schien man hier eher wortkarg. Doch dies war mein erster Tag und so schnell würde ich die Flinte nicht ins Korn werfen.

Ich machte gerade eins der Decks mit einem Wasserschlauch sauber, da war Mr Prytt wieder da. »Weiter geht's, Zane«, rief er.

Ich übergab den Schlauch einem anderen Arbeiter und ging von Deck. »Dusch dich kurz, zieh dir was Frisches an und sei in fünfzehn Minuten oben an meinem Büro.«

»Alles klar, Boss.« Ich trollte mich, um zu duschen. Was wirklich eine gute Idee war, denn ich roch garantiert zwei Meilen gegen den Wind nach Fisch.

Eine viertel Stunde später erwartete mich ein in die Jahre gekommener Transporter mit Saunderman-Schriftzug seitlich am Büro. Mr Prytt kam auf mich zu und schwenkte einen Schlüssel. »Das Navi ist schon eingestellt. Der Laster der Yutus ist wohl kaputt und solange springen wir ein und holen die Waren ab.«

Ich verstand nur Bahnhof. Sollte ich nicht in der Fabrik arbeiten?

»Das ist ab heute jeden Montag, Mittwoch und Freitag dein Job. Um acht Uhr geht's immer los. Die Hinfahrt dauert circa zwei Stunden.«

»Alles klar.« Ich fing den Schlüssel auf, den er mir zuwarf.

»Handy dabei?«, wollte er wissen.

Ich nickte gerade knapp, als ich aufgeregte Stimmen hörte.

»Das ist jetzt nicht dein Ernst, Dad. Ich soll Gemüse abholen? Wie soll ich denn da etwas über die Abläufe in einem Unternehmen lernen?«

Die Personen hatten wohl den Ausgang des Büros genommen und bogen jetzt um die Ecke. Es waren der Patriarch höchstpersönlich und … Lys?

Es hätte nicht viel gefehlt und ich hätte den Schlüsselbund fallen gelassen.

»Mr Saunderman und seine Tochter Lysandra«, raunte mir Mr Prytt unauffällig zu.

Moment mal. Tochter? Ich betrachtete Lys überrascht, während die beiden näher kamen. *Sie* war die Kronprinzessin? Wirklich?

Noch hatten sie uns nicht bemerkt.

»Lysandra ist hier aufgewachsen und kennt die Gegend. Außerdem ist sie mit fast allen unseren Zulieferern persönlich bekannt.« Mr Prytts Lächeln wirkte fast väterlich.

»Hm«, machte ich nur, weil ich mich lieber nicht dazu äußern wollte. Ich würde mit Lys zu einem Lieferanten fahren? Das konnte ja interessant werden.

An meinem ersten Tag in Blackfish Bay hatte ich sie unbedingt kennenlernen wollen, doch jetzt beschloss ich, vorsichtig zu bleiben. Sie war schließlich die Tochter ihres Vaters. Wenn sie aktiv in der Firma mitarbeitete, wie weit war sie dann in deren miese Machenschaften eingeweiht? Ich betrachtete sie erneut und meine vorherige Sympathie für sie kühlte deutlich ab.

Dann fiel ihre Aufmerksamkeit auf mich. Ihre Augen weiteten sich, als sie mich erkannte. Mr Prytt stellte uns vor, und Lys tat tatsächlich so, als würde sie mich nicht kennen.

Ich spielte mit. Vielleicht wollte sie vor ihrem wohlhabenden Vater nicht zugeben, dass sie sich mit Hilfsarbeitern umgab.

Ich ließ meinen Blick kurz an ihr hinabgleiten. Sie war gekleidet, als würde sie einen Tag im Büro verbringen. Elegante dunkelblaue Chino, Halbarmbluse, Ballerinas. So wollte sie Gemüse verladen? Interessant.

»Das ist nicht dein Ernst«, sagte Lys erneut. »Wirklich, Dad?« Sie deutete auf den Laster und irgendwie auch so halb auf mich.

Ich verbot mir, beleidigt zu sein, und setzte stattdessen ein nichtssagendes Lächeln auf.

»Zwei Stunden hin, eine Stunde verladen, zwei Stunden zurück.« Mr Saunderman klang nicht, als würde er weiter diskutieren.

Er nannte nicht den Namen der Lieferanten, doch Lys' Augen wurden groß, als sie den Bestellschein überflog, den er ihr anreichte. »Du schickst mich zu den Yutus?«

Die Miene des Patriarchen verhärtete sich, Mr Prytt schaute betreten auf den Boden.

Was war denn jetzt los?

Lys blähte die Nasenflügel, und einen Moment lang war ich mir sicher, sie würde die Flucht ergreifen. Doch dann straffte sie die Schultern und wandte sich mir zu. »Gut, dann los. Wo sind die Schlüssel?«

Ich hielt sie ihr hin. Schon wieder sah ich diese Entschlossenheit in ihrem Blick, die ich bereits vor dem Café bemerkt hatte.

Die Tatsache, dass sie vermutlich von den illegalen Aktivitäten wusste, und der Umstand, dass sie mich vor ihrem Vater ignorierte, ließ meine Sympathie auf Kühlschranktemperatur sinken.

»Können wir dann?« Ihr Blick durchbohrte mich.

»Bereit, wenn du es bist«, erwiderte ich kühl.

Sie verdrehte die Augen und riss die Fahrertür des Lkws auf.

Ich bemerkte noch, wie Mr Ptytt und Mr Saunderman einen Blick wechselten, dann umrundete ich den Wagen und schwang mich auf den Beifahrersitz.

Lys startete den Motor und sah mich bewusst nicht an.

Ich schloss die Tür und drehte mich ihr zu. »Schön, dich wiederzusehen, Dorie.«

Kapitel 11

LYS

Und wieder der blaue Fisch. *Wie lustig.* Ich gab Zane keine Antwort und kämpfte stattdessen ein wenig mit dem Lieferwagen. Vorsichtig ließ ich die Kupplung kommen, um den Schleifpunkt zu finden. Heutzutage besaßen die meisten Fahrzeuge eine Automatikschaltung. Doch dieses Schätzchen war viel zu alt, um von so einem Vorteil zu profitieren. Der Wagen ruckelte, doch dann setzte er sich in Bewegung. Als Teenager hatte ich sogar Traktoren gefahren. In New York dann nur noch Mays Kleinwagen zu seltenen Gelegenheiten, dennoch hatte ich auf gar keinen Fall auf dem Beifahrersitz Platz nehmen wollen.

Der Wagen besaß ein großes Lenkrad, das ich nun angestrengt kurbelte, damit wir auf die Ocean Road in entgegengesetzter Richtung zu Blackfish Bay abbiegen konnten.

Das Navi brauchte ich nicht wirklich, also schaltete ich es ab.

Zane hatte sich mittlerweile in seinem Sitz zurückgelehnt, doch ich spürte erneut seinen Blick. Ich war immer noch fassungslos, dass mein Vater mich losschickte, um irgendwelche Lebensmittel einzusammeln. Und dann auch noch bei den Yutus. Ich trug Ballerinas und Stoffhose, mal abgesehen davon, dass ich auf solchen Touren absolut nichts über Unternehmensführung lernen würde.

»Als was hat mein Vater dich eingestellt? Als meinen Aufpasser?« Ich sah kurz zu Zane hinüber. Zugegeben, er sah gut aus, aber ganz gewiss würde ich mich nicht mit jemandem abgeben, dessen einzige Aufgabe es war, mich im Auge zu behalten.

»Eigentlich habe ich mich als Packhelfer beworben.«

»Und als du angekommen bist, haben sie dir dann die ganze Wahrheit gesagt?«

»Ich habe mich vor Ort beworben, ohne zu wissen, welchen Job ich kriegen würde.«

Ich schnaubte. Die Geschichte wurde mit jedem Wort unglaubwürdiger. »Bist du aus der Gegend?«

»Nein.«

»Du wirfst dich also auf gut Glück ins Auto und hoffst, dass der Job, für den du dich Hunderte Meilen entfernt bewerben möchtest, noch frei ist? Ist das nicht ziemlich große Verschwendung von Zeit und Geld?«

»Ich weiß ja nicht, wie gut du mit dem Prozedere in der Firma deines Vaters vertraut bist, aber eine Bewerbung vor Ort war ausdrücklich erwünscht. Und ja, erst sah es tatsächlich aus, als hätte ich Pech. Mein Job war schon vergeben. Aber später am Tag kam dann doch noch die Zusage.« Seine Stimme blieb ganz ruhig und irgendwie regte mich das noch mehr auf. Ich glaubte ihm kein Wort. Er sah so was von nach Großstadt aus, er roch nach Großstadt, alles an ihm strahlte Großstadtflair aus, und so jemand verirrte sich nicht ohne Grund ins Hinterland.

»Und wie lautet nun deine Jobbeschreibung?«

»Ich springe ein, dort wo ich gebraucht werde.« Er richtete sich in seinem Sitz auf. »Hör zu, wir arbeiten einfach nur zusammen. Die Begegnung im Café war ganz nett, aber das können wir auch getrost vergessen, wenn dir das jetzt unangenehm ist. Und auf so ein Kreuzverhör habe ich gar keine Lust, mal abgesehen davon, dass du dich gerade ziemlich im Ton vergreifst. Du bist vielleicht Papis Töchterchen und dem gehört der ganze Laden, aber das rechtfertigt nicht, dass du mich so anblaffst. Vielleicht kannst du mit anderen Leuten, die hier arbeiten, so umspringen, bei mir bist du da definitiv an der falschen Adresse.« Er lächelte mich an, wenn auch nicht gerade freundlich. »Was vielleicht auch daran liegt, dass ich von außerhalb komme und mich dein Status als Kronprinzessin nicht besonders beeindruckt.«

Ein Teil von mir wollte ihm zustimmen. Mein Ton war tatsächlich unmöglich gewesen und es war unfair, meine Empörung über das Verhalten meines Vaters an ihm auszulassen. Der andere Teil in mir, meine dunkle Seite, wollte sich hinüberlehnen und ihn einfach aus dem Auto schubsen. Durch den miesen Zustand der Landstraße könnte ich gar nicht schnell genug fahren, dass er sich verletzte.

Ich holte tief Luft. *Fang jetzt keinen Streit an, halt dein Temperament im Zaum, das hat dir schon so viel Mist eingebracht. Sei vernünftig und komm mal runter. Er hat doch eigentlich recht.*

Die Straße führte schnurgeradeaus, also hielt ich das Lenkrad fest und warf ihm einen Blick zu.

Zane hielt ihm stand. »Falls du jetzt denkst, die Mordlust in deinen Augen macht mir Angst, muss ich dich enttäuschen. Wenn du schon mal einem Killerwal ins Auge geblickt hast, der dein Boot rammen möchte, bist du nur durch wenig zu schockieren.«

Ich schaute wieder nach vorn auf die Straße. *Killerwal?* »Wo machst du denn Urlaub?«

Er wirkte ein klein wenig ertappt, dann entspannten sich seine Züge wieder. »Überall da, wo es was zu erleben gibt.«

Ich sollte mich für meinen Ton entschuldigen. Ich umgriff das Lenkrad fester mit beiden Händen und sah starr nach vorn.

»Entschuldige, ich wollte dich nicht so anfahren. Mein Vater und ich klären im Moment ein paar … Unstimmigkeiten. Vielleicht hast du bemerkt, dass er mich mit dieser Aktion überrumpelt hat. Normalerweise fahre ich nicht in Ballerinas übers Land, um Gemüsekisten zu verladen.«

Zane lachte leise. »Ist vergeben und vergessen. Warum macht dein alter Herr solche Sachen mit dir?«

Gute Frage. Ich beschloss, bei der Wahrheit zu bleiben. »Ich bin mir nicht ganz sicher. Sei mir nicht böse, aber ich möchte nicht darüber reden.« *Denn wenn du denkst, ich bin dumm und lasse mich aushorchen, dann bist du leider schiefgewickelt, Zane, der sich nichts sagen lässt.*

Zane nickte bloß, dann zog er sein Smartphone hervor. Er schien Mails zu beantworten, ein andermal bemerkte ich, wie er einen Zeitschriftenartikel las. Da ich fuhr, konnte ich natürlich nicht erkennen, worum es ging.

Die Straße führte am Meer entlang und erst, als das Schild zum Hof der Yutus auftauchte, bog ich in die Seitenstraße ab.

Es waren fast zwei Stunden vergangen und wir hatten kein Wort miteinander gewechselt. Doch anders als erwartet, hatte es sich nicht peinlich oder unangenehm angefühlt. Zane schien absolut nichts mehr an mir zu finden, und ich hatte mir vorgenommen, skeptisch zu bleiben. Keiner von uns beiden war wohl besonders wild darauf, ein Gespräch zu beginnen oder den anderen besser kennenzulernen. Aber das war in Ordnung. So konnte ich auf der Fahrt meinen eigenen Gedanken nachhängen, die sich hauptsächlich um die Situation mit meiner Familie drehten.

»Sind wir gleich da?« Zane knipste das Handy aus und richtete sich etwas in seinem Sitz auf. »Hier ist es unglaublich grün. Damit hatte ich gar nicht gerechnet.«

»Das ist im Sommer immer so«, erwiderte ich knapp. »Ich denke mal, in fünfzehn Minuten haben wir den Hof erreicht.«

Zane machte ein paar Fotos mit dem Handy.

Das Yukon Delta war im Frühling und im Sommer fruchtbares grünes Land, das für den Ackerbau genutzt wurde. Dort, wo sich keine Felder befanden, wanden sich bunte Blütenteppiche zwischen breiten Flächen aus Gras. Vereinzelt fanden sich Laubbaumgruppen, aber auch kleine Seen und Tannenwäldchen. Doch dafür hatte ich jetzt kein Augenmerk. Innerlich tobte ich nach wie vor. Mein Vater schickte mich zu den Yutus! Ich fasste es nicht. Zwar war es nicht so ungewöhnlich, dass Saunderman seine Waren abholte. Viele der kleinen Betriebe besaßen keine Lieferwagen – ganz im Gegensatz zu den Yutus. Und ich wusste zufällig, dass Panuk Yutu ein ganz passabler Mechaniker war. Die Story des »kaputten Lastwagens« glaubte ich erst, wenn ich das Wrack mit eigenen Augen gesehen hatte.

Die Sonne stand hoch am wolkenlosen Himmel, als wir den Biohof der Yutus erreichten. Panuk und Eliza waren langjährige Lieferanten meines Vaters und ich hatte schon als Kind auf ihren Feldern leuchtend rote Erdbeeren ernten dürfen.

Als wir jetzt den Wagen parkten, kam Panuk aus einer Scheune und wischte sich die Hände an einem Lappen ab. Die Körbe mit dem Obst und Gemüse standen bereits verladefertig seitlich vom Haus.

Als er mich erkannte, hielt er überrascht inne und schien im ersten Moment nicht zu wissen, was er tun sollte. Auch mir klopfte das Herz bis zum Hals. Wie mechanisch hob ich die Hand. »Hallo Panuk.«

Er rappelte sich auf, wie aus einem Traum gefallen, dann kam er auf uns zu. Ich hörte, wie Zane die Tür zuschlug.

Er stellte sich neben mich, kaum dass Panuk uns erreicht hatte.

Panuk war älter geworden, doch sein Haar war immer noch tiefschwarz. »Hallo.« Die Überraschung in seiner Stimme war nicht zu überhören.

»Das ist Zane, er arbeitet den Sommer über für Dad.«

Die Männer schüttelten sich die Hände.

»Wie geht es dir? Das mit dem Lkw tut mir leid. Wann kommen die Ersatzteile an? Kannst du ihn selbst reparieren oder musst du ihn in die Werkstatt geben?« Ich war so nervös, dass ich die Fragen auf ihn abfeuerte wie aus einem Maschinengewehr.

Panuk wirkte irritiert. »Na ja, der Wagen streikt hin und wieder.« Er sah Zane an, nicht mich, und deutete hinter uns, wo ich den Lieferwagen entdeckte. »Aber er läuft noch. Im nächsten halben Jahr muss ich mit ihm zur Inspektion. Es war trotzdem nett von Mr Saunderman, anzubieten, dass ihr die Waren abholen kommt.« Panuk sprach nach wie vor mit Zane, nicht mit mir.

Ich hingegen war schon wieder komplett überrumpelt. Hier war gar nicht Not am Mann. Der Transporter der Yutus war tatsächlich nicht defekt. Mein Vater hatte explizit angeboten, die Waren abzuholen. Ich konnte soeben noch verhindern, dass ich mit den Zähnen knirschte. Er hatte diese Stelle also ganz bewusst für mich geschaffen, mit dem Ziel, mich möglichst viele Stunden vom Büro fernzuhalten.

»Sollen wir dann?«, fragte Panuk.

Wir folgten ihm zu den Obst- und Gemüsekisten. Der Weg zum Laster war nicht weit, weshalb ich darauf verzichtete, den Wagen noch mal umzuparken. Und so schwer sahen die Kisten nicht aus.

Panuk warf einen unsicheren Blick auf meine Kleidung, sagte aber nichts.

Zane musterte die Kisten. »Wow. Das sieht alles unglaublich gut aus.«

Panuk schien ein kleines Stückchen größer zu werden neben ihm. »Zurzeit liefern wir hauptsächlich verschiedene alte Sorten: Sommer-Kürbis, Radieschen und Speiserüben.« Er hielt ein paar bunt gefleckte Kürbisse hoch, um sie Zane zu zeigen. »Außerdem Brokkoli und Zucchini sowie Tomaten und Kartoffeln, aber auch hier nur alte Sorten, die sind geschmacksintensiver und wachsen gut auf kalten Böden. Meine Frau baut außerdem das beste Basilikum der Gegend an.« Er hob eine Kiste mit Kräutern zur Seite und griff nach den langen Stängeln. »Violettfarbenes Basilikum, Zitronenbasilikum, süßes Basilikum, die alle im Moment in den Delikatessen verarbeitet werden.« Er zupfte ein Blatt ab und gab es Zane.

Dessen Augen weiteten sich vor Begeisterung, als er darauf kaute. »Unglaublich lecker. Und die Rezepte werden dann immer angepasst?«

Panuk schüttelte den Kopf. »Saunderman richtet sich nach dem, was gerade wächst. Sie haben Spezialitäten für jede Jahreszeit, die nur dann lieferbar sind, wenn die benötigten Zutaten auf den Feldern wachsen.«

»Und das sind Blaubeeren, richtig?« Zane deutete auf mehrere Kisten mit dunkelviolettfarbenen Früchten. Ihm schien nicht aufzufallen, was für eine seltsame Stimmung zwischen mir und Panuk herrschte.

»Genau. Wir züchten sie auf besonderem –«

»Hier kommt ein kleines Mittagessen und ein paar Erfrischungen.«

Ich erkannte die Stimme sofort. Und richtig, als ich herumschwang, stand da Eliza Yutu. Ihr Haar war fast komplett grau geworden und sie sah älter aus, als sie war. Sie trug ein Tablett mit Sandwiches und großen Gläsern Limonade.

Mein Herz krampfte sich vor Schuld und Unbehagen zusammen.

Sie hingegen erstarrte wie ihr Mann kurz zuvor und das Tablett in ihren Händen schwankte gefährlich.

Jetzt endlich schien auch Zane zu bemerken, dass etwas nicht stimmte. Sein Blick wanderte zwischen uns beiden hin und her.

Eliza war ganz blass geworden.

»Hallo Eliza«, sagte ich leise. »Wie geht es dir?«

Eliza grüßte mich nicht und überging meine Frage, stattdessen wandte sie sich an Zane. »Habt ihr Hunger? Ich habe Sandwiches gemacht und Limonade.«

Sie kam langsam auf uns zu, doch ihre Schritte wirkten unsicher. Hin und wieder warf sie mir einen kurzen Blick zu. »Oder wollt ihr das Essen lieber mitnehmen und auf der Fahrt essen? Ja, das ist, glaube ich, besser, ich packe es euch ein.« Sie machte auf dem Absatz kehrt und ging zurück ins Haus.

Zane sah ihr sichtlich irritiert nach, bevor er sich mir zuwandte. Ich sah schnell auf den Boden.

»Wir könnten die Kisten einpacken«, schlug Panuk vor.

Dankbar für die Ablenkung, stimmte ich ihm zu und griff nach der ersten Kiste mit Blaubeeren.

Zane folgte mir und gemeinsam beluden wir schweigend den Transporter. Panuk half uns, weshalb es schneller ging als erwartet.

Dann war auch Eliza wieder da. Sie hatte die Sandwiches in Papier gewickelt und die Limonade in je eine Glasflasche gefüllt. Das alles überreichte sie Zane in einem kleinen Korb. »Ihr könnt den Korb ja nächstes Mal wieder mitbringen, wenn ihr kommt«, sagte sie zu ihm.

»Das machen wir auf jeden Fall.« Erneut glitt sein Blick zu mir. »Ich bin übrigens Zane. Vielen Dank für das Mittagessen, das ist wirklich sehr freundlich.«

»Gerne«, sagte sie und lächelte ihn an. »Ich bin Eliza.«

Wir verabschiedeten uns, was bedeutete, dass die beiden Yutus sich von Zane verabschiedeten und mich mehr oder weniger ignorierten. Zane schlug vor, dass er jetzt fahren würde, doch das lehnte ich ab. Er hatte gewiss Hunger, denn es war schon Mittag und ich hatte eh keinen Appetit.

Zane verschlang sein Sandwich und lobte Eliza in einer Tour dafür. Ich nickte lächelnd, wobei ich mit meinen Gedanken ganz woanders war. Eliza war eine gute Freundin von Cheryls Mutter gewesen. Nachdem diese mit einer Nadel im Arm auf der Toilette eines Überlandbusses gefunden worden war, war Eliza zu einer Art Ersatzmutter für Cheryl geworden. Und dementsprechend verachtete sie mich, für alles, was ich ihrem »Ziehkind« angetan hatte.

Und jetzt würde ich sie mehrmals pro Woche treffen müssen. Nein, mein Praktikum würde definitiv kein Spaziergang werden.

Kapitel 12

ZANE

Ich checkte aus dem Seagull Inn aus. Mr Prytt hatte mir bei unserer Rückkehr mitgeteilt, dass ich mein Zimmer beziehen konnte, wenn ich wollte. Wir verabredeten uns für siebzehn Uhr.

Ich hatte mir auf dem Weg in die Pension einen kleinen Imbiss aus einer der Grillbuden mitgenommen, war aber so in meine Gedanken vertieft gewesen, dass ich das Essen fast vergessen hatte. Jetzt stopfte ich mir hastig die letzten Bissen in den Mund, bevor ich die Papierschachtel in den Mülleimer legte. Ich ließ diesen ersten Arbeitstag mit Lys immer wieder Revue passieren. Ich wurde einfach nicht schlau aus ihr, besonders nach der seltsamen Reaktion der Yutus, als wir auf ihrem Hof eingetroffen waren.

Lys arbeitete für ihren Vater, dennoch schien ihr Verhältnis nicht das beste zu sein. Komischerweise hatte ich den Eindruck, dass Lys klein beigab, wenn es um ihn ging. Aber genau deshalb musste ich misstrauisch bleiben. Ganz sicher würde ich mich nicht dazu hinreißen lassen, mit ihr über meine geplanten Aktionen zu sprechen. Ich konnte auf gar keinen Fall riskieren, dass sie mich aushorchte und ihm dann den Spion lieferte, weil sie sich mit ihrem Daddy gut stellen wollte.

Andererseits ärgerte mich das, denn obwohl wir hauptsächlich geschwiegen hatten, mochte ich sie. Mir gefielen ihre Entschlossenheit, ihr Selbstbewusstsein und ihr Temperament. Normalerweise hatte ich bei Mädchen leichtes Spiel, obwohl ich gar nicht der Typ war, der an jedem Wochenende eine andere aufriss. Bei Lys hingegen schien ich komplett abzuprallen. Es forderte mich weniger heraus, als dass es mich neugierig machte, ob dies Fassade war oder ob sie mich wirklich nicht leiden konnte.

Insgesamt also dachte ich ziemlich viel an sie.

Und genau deshalb entdeckte ich die vielen neuen Nachrichten erst jetzt. Die Meinungen im Chat der Seawolves gingen mal wieder weit auseinander. Für mich jedoch war es ganz klar.

Kara und Stuart waren bei dieser Aktion eindeutig zu weit gegangen. Unbeteiligte Angestellte mit Farbe zu beschmieren und das Firmengelände wie einen Saustall zu hinterlassen, war echt nicht das, was wir wollten. Eigentlich würden wir jetzt eine Krisensitzung einberufen. Was theoretisch auch mit meiner Abwesenheit möglich war, denn wofür gab es Teams und Co. Doch irgendwie wollte ich sie noch ein wenig schmoren lassen.

Ich hatte keine Lust, den Feuerlöscher zu spielen. Das sollten Kara und Stuart jetzt mal selbst übernehmen.

Ich warf den Motor an und wollte nicht weiter daran denken. Ich war wütend auf meine Freunde und gleichzeitig fühlte ich mich hilflos. In diesem Moment verfluchte ich es, dass ich mich in der Nacht vor meiner Abreise nicht noch einem Kampf gestellt hatte. Mein Adrenalinspiegel war viel zu hoch, da half auch das Joggen nichts. Lediglich Brutalität, Schmerz und das erschöpfte Ziehen in jedem Muskel meines Körpers, wenn der Kampf vorbei war.

Trotzdem schweiften meine Gedanken zu Kara und Stuart zurück. Wir hatten die Seawolves mit sechzehn Jahren gegründet. Vermutlich war es einfach zu lange gut gegangen.

Ich bog auf die Straße ab und sobald ich den Ort erreicht

hatte, bremste ich den Wagen auf Schrittgeschwindigkeit. Hier waren immer noch viele Touristen unterwegs.

Und natürlich hielt ich nach dem Jeep von Lys Ausschau.

Außerhalb des Ortes konnte ich den Wagen wieder etwas beschleunigen und der alte Mustang zeigte, dass er noch ordentlich Feuer unter der Haube hatte. Dann hatte ich auch schon das Firmengelände erreicht und stellte den Wagen auf dem Mitarbeiterparkplatz ab.

Mr Prytt erwartete mich bereits vor seinem Büro. Er nickte mir knapp zu und gemeinsam gingen wir hinüber zum Gästehaus. Er war nicht der Typ für Small Talk. Was mir ganz recht war.

Mr Prytt erklomm die drei Stufen des Eingangs. Die Tür ächzte wie eine gequälte Seele, als er sich dagegenlehnte, um sie aufzustoßen. »Das Wetter sorgt dafür, dass sich alles verzieht.« Er schnaubte. »Jetzt mach schon.« Noch mal stieß er gegen die Tür, dann schwang sie endlich auf.

Ich folgte ihm und wir betraten einen niedrigen Eingangsbereich. Der dunkelbraune Teppich roch muffig nach Staub und Feuchtigkeit. Die kleine Sitzgruppe rechts von uns war mit einer zarten Staubschicht bedeckt.

Mr Prytt knipste ein Licht an und ging an einer hölzernen Empfangstheke entlang. Ich folgte ihm in eins der Zimmer. Auf dem Schreibtisch stand ein Röhrenfernseher und die Ecken der Kunstdrucke in den Rahmen waren vergilbt und wellig. Auf einem kleinen Kühlschrank hatte jemand mehrere Flaschen Wasser und Gläser abgestellt, was ich echt nett fand. Das Zimmer war klein und zweckmäßig, die Bettwäsche sogar strahlend weiß und aus dem Bad roch es nach einem zitronigen Reiniger. Das große Fenster offenbarte den Blick auf das Rollfeld und dahinter die sanften grünen Hügel der Yukon-Ebene.

Ich ließ die Taschen auf den Boden sinken und drehte mich einmal um mich selbst. »Das ist doch super. Vielen Dank.«

Mr Prytt zuckte die Schultern. »Das Gästehaus ist in den Siebzigern für die Vertreter gebaut worden, die hier das Programm von Saunderman kennenlernen und es dann in alle Welt verkaufen sollten. Doch die waren irgendwann zu teuer und genauso lange steht das Gästehaus bereits leer.« Er klang irgendwie bedauernd, als er durch das Fenster nach draußen schaute. Dann besann er sich wohl wieder, warum er hier war, und warf mir einen Schlüssel zu. »Nicht vergessen. Bei der Tür hilft nur gutes Zureden und rohe Gewalt.«

»Werde ich mir merken.« Mit einem Grinsen steckte ich den Schlüssel weg.

»Die Duschen in den Umkleiden am Hafen sind morgens ab fünf Uhr und abends bis dreiundzwanzig Uhr geöffnet, dafür brauchst du also keinen Schlüssel. Es sei denn, du stehst darauf, kalt zu duschen.« Er deutete mit dem Kopf auf mein Badezimmer.

»Vielleicht probiere ich das mal aus.« Ich fand es überhaupt nicht schlimm, dass ich kein warmes Wasser hatte. Mir leuchtete es komplett ein, dass man nicht für einen Besucher den Boiler anmachte, der normalerweise ein Gästehaus mit zehn Zimmern versorgen konnte.

Mr Prytt tippte sich an die Stirn und wandte sich zum Gehen. »Wenn was ist, du hast meine Handynummer.«

»Danke.« Ich hätte es deutlich schlechter treffen können. Mr Prytt war immer freundlich und ließ überhaupt nicht heraushängen, dass er hier das Sagen hatte. Dennoch ging von ihm eine subtile Autorität aus, die dafür sorgte, dass man ihm unweigerlich mit Respekt begegnete.

Kaum dass er den Raum verlassen hatte, warf ich einen weiteren Blick auf mein Handy. Natürlich rechnete ich mit noch mehr Schreckensnachrichten. Doch es war eine WhatsApp-Nachricht meiner Mutter. Sind noch bei Andrew. Wenn du möchtest, rufen wir dich an.

Ich blickte zu der kleinen Uhr am oberen rechten Rand des Displays. Die Nachricht war erst fünf Minuten alt. Sie waren ganz sicher noch da. Also textete ich zurück, dass ich mich auf einen Anruf freute, und ließ mich auf den kleinen Sessel vor dem Schreibtisch nieder.

Zunächst passierte gar nichts. Ich schob eine leicht wellige Schreibtischunterlage von rechts nach links, dann überprüfte ich, ob die Lampe auf dem Schreibtisch noch funktionierte. Immer noch kein Anruf. Ich drehte mich in dem Sessel und meine Aufmerksamkeit blieb automatisch am Rollfeld hängen.

Eine Nachricht von meiner Mutter trudelte ein. Brauchen noch zehn Minuten.

Ich stand auf und verließ mein Zimmer. Ich knipste das Licht im Flur an und betrachtete die geschlossenen Türen. Obwohl ich garantiert niemanden stören würde, schlich ich den Gang hinunter. Prüfend betätigte ich eine Klinke und sah hinein. Dieses Zimmer war definitiv nicht geputzt worden, denn Bett und Schreibtisch waren mit weißen Laken geschützt. Ich ging hinein und stellte mich ans Fenster. Der Ausblick auf den Hafen war spektakulär. Die schaukelnden Fischerboote am Pier, die sanften Wellen des Meeres, die sich hoch auftürmenden Wolken darüber. Das Zimmer war etwas größer und eindeutig besser in Schuss. Ich hob das Laken des Schreibtisches an und zog überrascht die Brauen hoch. Hier stand ein Flatscreen. Erst da fiel mir auf, dass auch der Teppichboden wesentlich moderner wirkte. Die Drucke an den Wänden waren ausgetauscht worden und die Fotografien wirkten um einiges neuer.

Ich stieß die Tür zum Bad auf. Hier war alles weiß gefliest und wirkte modern, während in meinem Badezimmer die fröhliche Farbe Beige vorherrschte. Jetzt war meine Neugier geweckt. Ich sah mir auch die anderen Zimmer an. Die fünf Zimmer, die den großartigen Blick auf den Hafen hatten, wirkten alle moderner und größer. Die Zimmer, die zur Landseite gingen, schienen in den Siebzigern stehen geblieben zu sein. Warum hatte Mr Prytt gelogen? Und warum hatte man mich in einem der älteren Zimmer einquartiert, das zur Landseite ging?

Das legte nahe, dass wir mit unseren Vermutungen richtiglagen. Saunderman hatte etwas zu verbergen. Von diesem Zimmer hätte ich wie nebenbei einen ausgezeichneten Blick über das gesamte Hafengelände. Und das zu jeder Tages- und Nachtzeit. Ging man davon aus, dass sie die Snow Crabs bei Dunkelheit fingen, dann könnten mich die Lichter und die Geräusche hier viel leichter wecken als in dem Zimmer zur Landseite.

Ich beschloss, mich nachts hier auf die Lauer zu legen und das Geschehen am Hafen zu beobachten. Wenn ich Fotos von den Krabben machen konnte, hatte ich erste Beweise. Dann würde ich mir Zutritt zum Büro verschaffen und dort Beweise für die illegalen Zahlungseingänge suchen.

Ich hatte ganz vergessen, auf die Uhr zu sehen, deshalb beeilte ich mich, in mein Zimmer zurückzukehren. Kaum dass ich in dem Sessel saß, kam der Anruf.

Das Bild wackelte ein wenig hin und her, dann erschien das Gesicht meiner Mutter. Sie wirkte müde und abgekämpft. Die Ränder unter ihren Augen schienen mit jeder Woche tiefer zu werden.

»Hallo Zane«, sagte sie leise. »Geht es dir gut?«

Ich hatte meinen Eltern erzählt, dass ich für die Seawolves unterwegs war. Gerade meine Mutter machte sich oft Sorgen und versuchte, mich davon abzuhalten. Ich war mir sicher, sie hatte immer geglaubt, die Seawolves wären ein Ding der Highschool gewesen. Wie eine Arbeitsgemeinschaft, die Film-AG, der Bücherclub, in dem man nachmittags ein paar Stunden verbrachte.

Ich wusste, dass es weder ihr noch meinem Vater gefiel, dass ich mich weiterhin so leidenschaftlich in meiner Organisation engagierte.

»Ich habe ein nettes Zimmer und die Arbeit ist auch okay.« Ich lächelte, in der Hoffnung, sie würde es erwidern. Doch meine Mutter nickte nur. Wieder wackelte das Bild. Sie drehte das Tablet, sodass ich meinen Bruder und meinen Vater sehen konnte. Meine Eltern hatten sich rechts und links von seinem Bett niedergelassen, mein Bruder saß aufrecht in den Kissen.

»Hallo Zane«, sagte mein Vater und winkte etwas linkisch. Meine Eltern trugen ihre Arbeitsklamotten und das bedeutete: Anzug und Kostüm. Mein Bruder hingegen steckte in einem Jogginganzug. Sein Haar lag so adrett, dass ich mir sicher war, dass meine Mutter es extra für dieses Telefonat gekämmt hatte. Es rührte und zerriss mich gleichzeitig, dass sie immer noch versuchte, einen gewissen Schein zu wahren. Als wolle sie sich selbst nicht eingestehen, was diese Diagnose für uns alle bedeutete.

»Sag Hallo zu deinem Bruder, Schatz.« Meine Mutter lehnte sich nach hinten, nahe zu meinem Bruder, und hielt das Tablet nun so, dass wir uns ansehen konnten.

»Hallo Andrew«, rief ich etwas zu laut und winkte mit der Hand, was vermutlich genauso linkisch daherkam wie die Geste meines Vaters vorhin.

Der Blick meines Bruders war nicht leer, er war einfach bloß ratlos. Er starrte mich ein paar Sekunden lang an. »Hallo«, sagte er dann tonlos.

Andrew litt an Alzheimer. Er war immer mein großer Bruder gewesen, mein Vorbild, der, den ich als kleiner Junge angehimmelt hatte. Andrew war fünf Jahre älter als ich und hatte sein Studium mit Auszeichnung beendet und genau zu dieser Zeit bemerkten wir die ersten Symptome.

»Wie geht's dir?« Meine Stimme klang fremd und viel zu fröhlich.

Genau wie geplant hatte Andrew nach Studienabschluss in der Firma meiner Eltern angefangen. Er war ihre Nummer eins, er war der Sohn, der die Firma übernehmen würde. Er war der, der die Firma in die Zukunft führen sollte. Und auch für mich war das absolut klar gewesen. Andrew war all das, was ich nicht war. Er war ein geborener Anführer, charismatisch und charmant. Er konnte mit anderen Firmeninhabern über Bilanzen plaudern und stand im nächsten Moment draußen vor der Tür und unterhielt sich angeregt mit ein paar Tellerwäschern. Andrew war so viel schlauer als ich, seine Noten waren besser und sein soziales Engagement hat ihm schon in der Highschool einen Heiligenschein verliehen. Es machte ihn nicht unsympathisch, es machte ihn noch perfekter.

»Gut.« Andrew würgte das Wort hervor, als bereite es ihm Schwierigkeiten, zu sprechen, und als wüsste er nicht recht, was er sagen sollte.

Es zerriss mir das Herz, als ich mich an den entschlossenen Mann erinnerte, der er einmal gewesen war. An den, der genau gewusst hatte, was er in seinem Leben wollte. Am Tag der Abschlussfeier hat er seine Verlobte Olivia bei Sonnenuntergang auf der Terrasse des Country Club gebeten, seine Frau zu werden. Sie hatten sich in einer Einführungsveranstaltung kennengelernt und waren die Art von Paar, das die Presse auf den Titelseiten liebte. Er, ein großer breitschultriger Typ, dunkelhaarig mit kantigem Kinn und gut geschnittenem Gesicht, der »All American Boy«, und sie, die zarte hellblonde Schönheit, die in der Linie ihrer Vorfahren sogar einen Kennedy vorzuweisen hatte. Sie gehörte praktisch zum amerikanischen Adel. Olivia und mein Bruder waren das schönste Paar der Gesellschaft.

Doch dann hatte er plötzlich angefangen, falsche Passwörter einzugeben. Überraschenderweise war es ihm völlig egal gewesen, er schien es nicht mal zu bemerken. Doch er veränderte sich auch vom Wesen her. Er war plötzlich aufbrausend, schrie seine Mitarbeiter an und einmal warf er sogar einen Stuhl. An diesem Punkt beurlaubten meine Eltern ihn von seinem Job. Zwei Tage später fuhren wir in eine Klinik. Die Diagnose war niederschmetternd. Alzheimer mit vierundzwanzig Jahren. Und die Krankheit schritt schnell voran.

Plötzlich hob Andrew die Hand und schlug gegen das Tablet. Nur mit Mühe konnte meine Mutter es festhalten.

»Was ist denn los, mein Schatz?«

Andrew schien nach den richtigen Worten zu suchen, doch dann gab er auf. Er drehte sich zu meiner Mutter und barg den Kopf an ihrer Schulter wie ein kleines Kind.

Die gemurmelten Worte waren unverständlich und klangen weinerlich.

Es tut mir leid. Meine Mutter formte die Worte lautlos mit dem Mund.

Ich nickte nur knapp.

Wieder änderte sich das Bild, das ich sah. Schließlich erschien das Gesicht meines Vaters auf dem Bildschirm. »Zane, wir haben dich immer unterstützt, aber wir müssen dringend endlich reden. Du kannst vor diesem Gespräch nicht davonlaufen.«

Meine Mutter knüpfte nahtlos daran an. »Du hast gerade erst ein halbes Jahr absolviert, noch ist es Zeit, deine Pläne zu ändern. Ein halbes Jahr, das ist nichts. Du bist ein kluger Junge und wir verlassen uns auf dich.«

Ich schluckte hart. »Ich weiß«, sagte ich leise. Im Hintergrund erscholl ein Ton, der mehr klang wie ein Tier als ein Mensch.

»Ich muss auflegen«, sagte mein Vater hastig. »Bitte pass auf dich auf.«

»Das mache ich.« Bevor wir uns verabschieden konnten, wurde der Bildschirm schwarz. Ich ließ das Tablet sinken und starrte die Wand an. Wenn die Krankheit von Andrew weiterhin so rasant voranschritt, würde er spätestens in einem halben Jahr nicht mehr selbstständig essen und trinken können. Es war ein langsames Dahinsiechen, das unweigerlich zum Tod führte.

Ich knallte das Tablet auf den Tisch und sprang auf. Mit allen zehn Fingern fuhr ich mir durch die Haare. Ich war einfach nicht bereit, dieses Schicksal zu akzeptieren. Andrew war mein großer Bruder, er war mein Halt, eine Stütze, er war mein Vertrauter gewesen in all diesen Jahren, in denen meine Eltern ganz für ihre Firma gelebt hatten. Die Kindermädchen kamen und gingen, aber Andrew, er war stets da gewesen. Ich hatte in seinem Bett schlafen dürfen, wenn ich Angst gehabt hatte. Er hatte mir vorgelesen, mit ihm hatte ich die ersten Dokumentationen über Umweltschutz gesehen und wir hatten stundenlang darüber diskutiert. Er hatte immer hinter mir gestanden, egal, was für eine verrückte Aktion ich auch plante. Konnte ich es jetzt wirklich verantworten, ein paar Wochen aus seinem Leben zu verschwinden? Wertvolle Tage, in denen vielleicht noch etwas von dem übrig war, was ihn früher ausgemacht hatte?

Ich schloss die Augen, weil meine Lidränder sich plötzlich feucht anfühlten. Ich hatte meine Hände zur Faust geballt, und weil ich einfach nicht mehr konnte, griff ich nach einem der Kopfkissen und boxte darauf ein. Irgendwann gab der Stoff unter der Wucht meiner Hiebe nach. Federn stoben hinauf in die Luft.

Verdammt! Mr Hyde hatte mal wieder übernommen. Mit einem wütenden Aufschrei warf ich das Kissen unters Bett und ließ mich dann mit wild pochendem Herzen auf die Matratze sinken. Sollte ich wieder abreisen? Brauchte Andrew mich? Half meine Nähe ihm? Und sollte ich mich dem unweigerlichen Gespräch mit meinen Eltern stellen? Sollte ich das Unrecht, das hier geschah, einfach ignorieren?

Ich dachte an Andrew und wie er gewesen war, bevor die Krankheit ausgebrochen war. Ich hatte Andrews Stimme mit seinem typisch sarkastischen Tonfall im Ohr.

Lass mich in dem Bett verschimmeln und rette die, die noch zu retten sind. Hole dir diesen Betrüger, denn mir ist eh nicht mehr zu helfen.

Mein Blick glitt zu meiner Reisetasche. *Bleiben oder abreisen?* Ich dachte an das Gespräch mit meinen Eltern, das mir dann bevorstehen würde. Sie hatten einen Sohn verloren, nun sollte Nummer zwei seinen Platz einnehmen. Es gab bloß uns beide, und meine Eltern brauchten einen Erben. Doch die Nummer zwei war das ungeliebte schwarze Schaf der Familie. Ich stand für all das, was ihnen überflüssige Probleme bereitete. Meinen Eltern gehörte der größte Ölkonzern der USA. Ihr Öl vergiftete Meere, vergiftete die Atmosphäre und wurde zu Plastik verarbeitet, das sich in nanometergroßen Partikeln sogar im Trinkwasser fand und uns alle krank machte.

Ich stützte beide Ellbogen auf meine Knie und ließ den Kopf in meine Hände sinken. Für mich und meine Familie gab es keine Lösung. Es gab somit auch keine Zukunft für uns. Ich war ein Umweltschützer und meine Eltern handelten mit fossilen Brennstoffen. Einen größeren Gegensatz gab es kaum.

Kapitel 13

LYS

Ich telefonierte schon wieder im Auto vor unserem Haus. So langsam wurde es echt zur Gewohnheit.

Ich war bis siebzehn Uhr im Büro geblieben, weil ich mir meinen Arbeitsplatz in der »Abstellkammer« eingerichtet hatte. So nannte ich den winzigen Raum, in dem ich mich, sorgsam abgeschottet von den anderen Mitarbeitern, während der Tage, in denen ich nicht Gemüse übers Land fuhr, beschäftigen sollte. Ich musste Akten aus den Achtzigerjahren digitalisieren.

Chloe und ich telefonierten per Videocall. Um etwas runterzukommen, bat ich sie, zuerst von ihrem ersten Tag zu erzählen. So wie es sich anhörte, waren ihre Vorgesetzten freundlich und schienen sie tatsächlich in den Arbeitsalltag miteinzubinden. Ich war nicht neidisch, im Gegenteil. Sie war ein großartiger Mensch und ich freute mich mit ihr, dass sie so viel Glück gehabt hatte.

Ich warnte Chloe vor, doch sie stimmte sofort zu, sich das ganze Drama anzuhören. Ich war mal wieder unendlich dankbar, dass sie meine Freundin war.

Und dann legte ich los. Ich begann mit dem Telefonat mit May. Chloe war so fassungslos wie ich. Obwohl sie nie um Worte verlegen war, schien sie so perplex, dass sie kaum etwas dazu sagte. Noch in unserem letzten Gespräch hatte sie May verteidigt und jetzt schien auch sie nicht mehr zu wissen, was sie von meiner Tante halten sollte. Ich war immer noch völlig fertig deswegen. Niemals hätte ich mit solchen Enthüllungen gerechnet.

Weil Chloe so still blieb, machte ich weiter mit der Überrumpelungs-Aktion durch meinen Vater und endete mit der sehr schweigsamen Verabschiedung zwischen Zane und mir.

»Das mit dem Überrumpeln ist echt krass. Das hat er garantiert gemacht, weil er wusste, dass du vor Zane und dem Vorarbeiter keine Szene machen wirst.« Ich sah die Missbilligung in ihrem Blick. »Und Zane und du habt euch nicht unterhalten? Die ganze Zeit nicht?«

»Na ja, kaum«, sagte ich. »Auf der Rückfahrt war es noch schlimmer. Und als wir ausgeladen hatten, hat unser Vorarbeiter Mr Prytt ihn in ein Gespräch verwickelt und die beiden sind weggegangen.«

»Wow, wie krass.« Chloe schüttelte den Kopf. »Nach der Geschichte mit dem Fisch dachte ich, da wäre was zwischen euch.«

»Willst du wie ein Comicfisch heißen?«

»Das jetzt nicht unbedingt.« Chloe lachte. »Aber er hat dir einen Spitznamen gegeben, und das ist süß.«

Zugegeben, das *war* süß. Dennoch wollte ich jetzt nicht auf diese Art an ihn denken. Ich wollte mich lieber über meinen Vater aufregen.

»Kannst du dir vorstellen, dass Dad extra irgendeinen Kerl einstellt, damit er mit mir übers Land fährt?« Ich schnaubte. »Ich habe mich umgehört. Erst gab es keine freie Stelle mehr für Zane. Sie hätten ihn fast wieder abreisen lassen. Zane ist erst eingestellt worden, nachdem Dad sich diese Aktion ausgedacht hatte, jede Wette. Wahrscheinlich will er mich durch ihn aushorchen lassen.«

»Das ist in der Tat verdächtig.«

»Noch viel verdächtiger ist …« Meine Stimme verebbte wie automatisch zu einem Flüstern. »Der Typ arbeitet hier für den

Mindestlohn und hat ein Vierhundert-Dollar-Portemonnaie in der Tasche.« Ich schüttelte ganz leicht den Kopf, während ich in Worte packen wollte, was bei Zane nicht zusammenpasste. »Irgendetwas stimmt nicht mit ihm. Das passt alles nicht zusammen.«

»Er ist ein Student, der im Sommer jobbt. Davon gibt es so viele. Warum muss er denn deswegen arm sein?«

Da hatte Chloe natürlich recht. Vielleicht hatte ich mich auch einfach zu sehr darauf versteift. Vielleicht *wollte* ich etwas finden, das mich bewusst an Zane störte. Ich atmete lange und tief aus. »Keine Ahnung. Jedenfalls ist es mehr als auffällig, dass Dad mir einen Aufpasser zur Seite gestellt hat.«

Chloe nickte bedächtig. »Nimm dich in Acht, was du in seiner Gegenwart über deinen Vater sagst. Vielleicht sucht er auf diese Weise nur nach einem Vorwand, dich nach Hause zu schicken.«

Daran hatte ich ebenfalls bereits gedacht. »Was meinst du, warum ich auf eine Unterhaltung mit Zane verzichtet habe.«

Chloes Blick glitt zu der Uhr am Display. »Mist, ich muss jetzt los zum Pilates. Sorry, my dear. Wenn was ist, melde dich, okay?«

»Danke für deine Zeit, das mache ich.«

Schon wurde das Display schwarz. Ich ließ das Handy sinken und starrte geradeaus auf die große Eingangstür des Hauses. Ich hatte mir viele Szenarien ausgemalt, wie mein Praktikum hier werden würde. Aber mit so was hatte ich wirklich nicht gerechnet. Dennoch war ich nicht bereit aufzugeben. Kein Gejammer mehr. Und egal was für Aufgaben Dad mir noch geben würde, ich würde die Zähne zusammenbeißen und durchhalten. Ich war ein Mädchen aus Alaska und wir waren hart im Nehmen.

Das Geräusch eines herannahenden Motors ließ mich den

Kopf heben und in den Rückspiegel schauen. Der schwarze Pick-up brauste heran. Ich runzelte die Stirn, weil ich den Wagen noch nicht zugeordnet hatte und neugierig war, wer daraus aussteigen würde.

Zu meiner Überraschung war es Nathan. Und was hatte er da an? Er trug wieder eine schwarze Jeans, die dunklen Boots und darüber eine Art weißen Kasack, der aussah, als hätte er ihn in einem Krankenhaus mitgehen lassen.

Meine Neugier trieb mich aus dem Wagen, als auch Nathan die Tür aufstieß.

Er hob überrascht den Kopf. »Lysandra. Heute schon die Welt ins Chaos gestürzt?«

Sehr witzig. Ich deutete mit dem Kopf auf den Kasack. »Wo kommst du her?«

Er lächelte nicht, es war mehr ein Zähneblecken. »Was geht dich das an?«

Ich stöhnte genervt.

Nathan lachte. »Ich komme von der Arbeit«

Meine Brauen schossen nach oben. Was?

Er lehnte sich an den riesigen Pick-up, überkreuzte die Arme vor der Brust und grinste böse. »Was hast du gedacht? Dass ich in den Ferien faul am Strand liege?«

Erst da entdeckte ich den Schriftzug links auf dem Kasack. *John's Pharmacy.*

Natürlich. Der Giftmischer arbeitete in der einzigen Apotheke im Ort.

Mir fiel nicht wirklich ein, was ich darauf erwidern sollte, also machte ich einfach nur »Hm« und drehte mich zurück zum Wagen, um meine Umhängetasche herauszuholen.

Plötzlich schwang die Haustür auf. Cheryl stand im Eingang,

wieder gekleidet in Jeans und Bluse, wieder perfekt zurechtgemacht.

Mittlerweile wusste ich, dass sie ebenfalls bei Dad im Büro arbeitete. Doch anders als sie sah ich nach meinem ersten Arbeitstag aus, als hätte ich die Wüste Gobi zu Fuß durchquert.

»Kinder, da seid ihr ja«, rief sie. »Kommt rein, es gibt frisch gepressten Saft. Ruht euch aus und erzählt mir von eurem Tag.«

Sofort veränderte sich Nathans Miene. Er schaute zwischen mir und seiner Mutter hin und her, als wolle er sich kampfbereit dazwischenwerfen. Sein ausgeprägter Beschützerinstinkt war niedlich und nervig zugleich.

»Hi Cheryl«, rief ich. Wir lächelten uns an.

Gemeinsam gingen Nathan und ich zu ihr hinüber.

Cheryls Lächeln wurde noch breiter, als sie uns mit zur Seite geneigtem Kopf betrachtete. »Ihr Hübschen! Na los, ich will alles wissen.«

Da ich es unhöflich fand, Cheryls Einladung abzulehnen, setzten wir uns in die Küche und unterhielten uns eine Weile. Ich war immer noch überrascht, wie liebevoll und ungezwungen zugleich Nathan mit seiner Mutter umging. In ihrer Gesellschaft war er anders, weniger scharfzüngig, weniger provozierend. Als sie uns nachgießen wollte, war er es, der aufsprang, ihr eine Hand auf den Rücken legte und sagte: »Bleib sitzen, Mom. Ich mache das schon.«

Nach einer guten halben Stunde verzog ich mich auf mein Zimmer, um zu duschen. Ich musste mich ein wenig beeilen, um noch pünktlich zu meinem Treffen mit Tamika zu kommen.

Als ich gerade in meine Schuhe schlüpfte, leuchtete das Display meines Handys erneut auf. Schon wieder May. Doch jetzt hatte ich keine Zeit.

Natürlich war mir klar, dass ich irgendwann mit ihr reden müsste, um dieses Gespräch zu Ende zu führen. Jetzt allerdings freute ich mich erst mal auf ein Wiedersehen mit Tamika.

Ich flitzte durchs Haus. Aus dem Zimmer von Nathan drangen Geräusche eines Videospiels und in der Küche hörte ich jemanden mit Töpfen klappern, doch ich schaffte es, aus dem Haus zu gelangen, ohne dass ich jemanden traf. Erleichtert warf ich mich in den Wagen und rollte die Einfahrt hinunter.

Im Nanuk erwarteten mich entspannter Jazz, der verlockende Geruch nach Zimt und Nüssen und eine lange Schlange vor der Theke. Ich entdeckte keine bekannten Gesichter von früher in dem Café. Die meisten jungen Menschen zogen von hier weg, sobald sie einen Abschluss in der Tasche hatten. Es gab eine Highschool in der nächstgrößeren Stadt, deren Einzugsgebiet die vielen kleinen Orte hier am Meer waren. Die meisten meiner Mitschüler hatten damals das an die Schule angeschlossene Internat besucht und waren lediglich vereinzelt in die kleinen Orte zurückgekehrt. Ich hingegen hatte meine Zeit hier verbringen wollen und war deshalb jeden Tag über eine Stunde mit dem Bus zur Schule hin- und zurückgefahren. Außerdem hatte ich nie viele Freunde gehabt. Bekannte, ja, aber der Kontakt zu ihnen war über die Jahre verloren gegangen. Vermutlich würde ich keinen von ihnen mehr erkennen. Tamika stellte sich vor mich und lächelte mich freudestrahlend an. »Da bist du ja.«

Sie kam hinter der Theke hervor und wir umarmten uns ganz fest.

»Es ist so schön, dass du hier bist«, flüsterte sie. »Du hast hier gefehlt.«

Ich lehnte mich ein wenig zurück, um sie ansehen zu können. »*Du* hast mir gefehlt.« Tamika war damals mein Babysitter gewesen und eine der wenigen, die zu mir gehalten hatten. Wenn meine Eltern beide lange gearbeitet hatten, hatte sie oft auf mich aufgepasst. Als ich vierzehn war, war sie schwanger geworden, doch zur Geburt von ihrer Tochter Grace war ich nicht mehr da gewesen. Dann war ihr Mann John bei einem Unfall während Holzfällerarbeiten ums Leben gekommen. Ich hatte ihr geschrieben, sie getröstet und so gut es ging den Kontakt gehalten. Doch Grace und das Café hatten viel Aufmerksamkeit und Kraft gekostet und so war unsere Verbindung nicht derart intensiv geblieben, wie ich es mir gewünscht hätte. So viel war passiert, es kam mir wie eine Ewigkeit vor.

Tamika zog mich zu einem kleinen Tisch, der nahe der Garderobe stand, die im Sommer praktisch nicht benutzt wurde.

»Juliet, übernimmst du?«, rief sie. »Ich habe Besuch.«

»Hi Lys.« Juliet lächelte. »Na klar. Was möchtet ihr trinken?«

Wir nahmen beide einfach nur einen Kaffee, doch kaum dass Juliet damit fertig war, stand ich auf und holte ihn von der Theke.

»Heute war der erste Arbeitstag?« Tamika nippte an ihrem Kaffee und lehnte sich dann in ihrem Stuhl zurück. Ihre Mandelaugen blitzten auf vor Neugier. In ihrem dunklen Haar leuchtete ein Haarband, das mit einem typischen Inuitmuster bedruckt war.

Ich seufzte und nahm einen zweiten Schluck von dem Kaffee. »Frag nicht.« Ich stellte den Becher vorsichtig zurück auf den Tisch. »Zuerst möchte ich wissen, wie es Grace geht. Ist sie wieder gesund?«

Tamika lachte leise auf. »Kinder sind echte Stehaufmännchen. Gestern hatte sie noch Fieber und heute ist sie total munter. Ich habe ein wunderbares Au-pair-Mädchen, Elodie aus Kanada. Die zwei sind ein Herz und eine Seele. Elodie möchte mal Kinderkrankenschwester werden, und glaub mir, dieses Mädchen hat es echt im Blut. Fast hoffe ich, dass sie sich in Blackfish Bay so sehr verliebt, dass sie nach ihrer Ausbildung zurückkommt und die Schulkrankenschwester der Grundschule wird.«

»Hast du ihr schon davon erzählt?«, fragte ich mit einem Schmunzeln.

»Na ja …« Tamika zuckte mit den Schultern. »Nicht direkt von meinen Plänen. Aber ich habe ihr vorgeschwärmt, wie schön diese Grundschule ist, wie angenehm das Leben hier, und dass unsere liebe Krankenschwester bereits etwas betagter ist und sich sicherlich freut, wenn sie irgendwann in Rente gehen kann.«

Ich lachte. »Du hast also nicht mit dem Zaunpfahl gewunken, sondern gleich mit einer ganzen Bretterfabrik geworfen.«

Tamika presste beide Hände vors Gesicht. »Ich fürchte ja.«

Juliet kam an den Tisch und stellte uns einen kleinen Teller mit Leckereien vor die Nase. Hefegebäck mit Hagelzucker und Blaubeeren, Kekse aus Haferflocken, winzige Hörnchen aus Laugenteig und kleine Stückchen Bannock, das Fladenbrot der Inuit.

»Danke dir, du bist ein Engel«, lächelte Tamika.

»Das sieht alles so gut aus.« Ich griff nach dem winzigen Hörnchen. Sie waren mit einer Gewürzmischung aus Salz, Pfeffer und klein gehackten Tannenspitzen gewürzt.

Gerade drängten sich noch mehr Touristen in den Laden. Tamika sah ein wenig besorgt aus.

»Eigentlich müsste ich noch jemanden einstellen. Aber das Geld fehlt an jeder Ecke. Ich habe jetzt sogar das Tiny House im Garten vermietet, trotzdem reicht es nicht für eine weitere Teilzeitkraft.«

»Ich kann nach der Arbeit aushelfen.«

»Wirklich?« Ihr Gesicht hellte sich auf.

»Na klar, ich habe den späten Nachmittag und Abend frei. Ruf mich einfach an, wenn Not am Mann ist.«

»Ich danke dir.« Sie drückte meine Hand. »Aber jetzt erzähl mal«, sagte Tamika, während ich von dem Hörnchen abbiss. »Wie ist es dir hier bisher ergangen?«

Weil Tamika und ich über die Jahre Kontakt gehalten hatten, hatte sie bereits früh von meinen Plänen erfahren, für ein Praktikum hierher zurückzukehren. Sie hatte mich stets dazu ermutigt, auch wenn sie nicht mit ihrer Vermutung hinter dem Berg gehalten hatte, dass viele im Dorf noch nicht vergessen hatten, was passiert war.

»Es ist nicht einfach«, erwiderte ich schließlich. »Nicht nur wegen der Leute, auch wegen Dad. Er sperrt mich in diese Abstellkammer und an drei Tagen schickt er mich quer durch die Gegend, um Obst und Gemüse bei den Yutus abzuholen. Es ist, als wollte er mich möglichst weit weg vom Gelände wissen. Er hat sogar diesen Zane, der eigentlich als Packhelfer arbeiten wollte, angestellt, damit er die Touren zusammen mit mir macht.«

Tamika musterte mich, während ich sprach, und ich war mir sicher, sie bemerkte, wie sehr mich das getroffen hatte.

»Vielleicht ist es ein Test«, sagte sie schließlich. »Vielleicht will er einfach nur, dass du dich ein paar Tage bewährst. Er möchte sich sicher sein, dass du dich angemessen verhältst. So wie es aussieht, ist er immer noch misstrauisch, was du hier wirklich willst.«

»Warum hat er mein Praktikum dann nicht gleich von Anfang an abgelehnt? Er hätte doch einfach Nein sagen können. Dann hätte ich damit leben müssen. Aber jetzt … Dieses Gefühl, unerwünscht zu sein, das macht mich fertig. Warum hat er nicht einfach Nein gesagt?«

Tamika lehnte sich nach vorne und griff nach meiner Hand. »Du hast noch keine Kinder, deshalb ist es für dich schwer zu verstehen.« Sie biss sich auf die Unterlippe, dann sah sie wieder zu mir. »Eltern geben ihre Kinder nicht einfach so auf. Man gibt ein Kind niemals ganz auf. Egal, was zwischen euch vorgefallen ist. Dein Vater liebt dich, du bist schließlich seine Tochter, du bist sein Fleisch und Blut. Es ist ein übermächtiges Gefühl, das dich über all eure Differenzen stellt. Du bist sein Kind und du wirst immer sein Kind sein. Deshalb bist du hier. Weil dieses Band zwischen euch stärker ist als alles Elend dieser Welt.«

Ich schluckte hart. Ich wollte nicht schon wieder jammern. Seit zwei Tagen bekam Chloe nichts als mein Gejammere zu hören.

Also straffte ich die Schultern. »Du hast recht. Ich werde durchhalten und ich werde ihm keine Gelegenheit liefern, an meinen guten Absichten zu zweifeln.«

Tamika zog die Hand langsam zurück, bevor sie lächelte. »Das ist genau die richtige Einstellung. Zeig ihm, dass dich keine Widrigkeiten aufhalten. Dass du das tatsächlich willst. Dass das hier dir wichtig ist. Und dann beweise ihm, dass es eine gute Idee war, dir diesen Platz zu geben. Du bist eine Bereicherung für das Unternehmen, denn du hast einen frischen, unverbrauchten Blick auf diese Firma.«

Es schwirrten bereits Ideen in meinem Kopf herum, ich hatte

aber noch mit niemandem darüber gesprochen. »Ich könnte die völlig überalterte Homepage modernisieren. Ich könnte einen Instagram-Kanal für die Firma erstellen. Virtuelle Rundgänge, Fotos und Reels von den Herstellungsprozessen, den Shop verlinken.«

»Genial«, sagte Tamika und strahlte mich an.

Ich lächelte, dann berührte ich kurz ihre Hand. »Wie geht es dir?«

Tamika wusste sofort, worauf ich anspielte. »Wir kommen klar.« Sie schluckte. »Aber er fehlt mir immer noch so sehr.« Sofort waren ihre Augen feucht. »So sehr.«

Ich beugte mich zu ihr, um sie in den Arm zu nehmen. »Du bist so stark. Du weißt, dass ich dich dafür unendlich bewundere.« Ich hatte Angst gehabt, dass Tamika am Tod von John zerbrechen würde. Die beiden waren so ein Traumpaar gewesen. Doch sie hatte niemals aufgegeben. Sie war verzweifelt gewesen, aber nicht daran zerbrochen.

»Danke.« Tamika drückte mich an sich. »Er passt auf uns auf, egal, wo er jetzt ist. Daran glaube ich ganz fest.«

Jetzt wurden auch meine Augen feucht. Das dachte ich bei Mom auch.

Wir lösten uns voneinander.

Tamikas Lächeln kehrte zurück. »Und nun …«, sie beugte sich mit verschwörerischem Blick näher zu mir, »hätte ich gerne ein paar mehr Infos. Juliet hat erzählt, besagter Fahrer mit Namen Zane hat ziemlich heftig mit dir geflirtet, als ihr hier im Nanuk aufeinandergetroffen seid?«

Ich stöhnte gespielt auf und hatte sofort das Gefühl, dass meine Wangen sich röteten. Ich schob die Kaffeetasse zur Seite und ließ meinen Kopf auf die Hände sinken.

»Nein …«

Tamikas Lachen klang hell. »Oh doch. Und jetzt los, Kleine. Ich will alle Details.«

Kapitel 14

ZANE

Ich saß auf dem Bett, allerdings nicht in meinem Zimmer. Wie an den Abenden zuvor hatte ich mich in eins der Zimmer mit Hafenblick begeben, um das Geschehen dort bis Mitternacht unauffällig im Auge zu behalten. Ich wusste, dass die Fischer nur ein kleines Zeitfenster zum Rausfahren hatten, sollten sie außerhalb der Saison Snow Crabs fangen wollen. Vor halb elf Uhr abends begann es nicht, dunkel zu werden. Um drei Uhr fuhren die Boote zum täglichen Fischfang raus und ab fünf Uhr trudelten die ersten Zulieferer mit frischen Waren für die Frühschicht ein.

Ich vermutete, dass sie so gegen dreiundzwanzig Uhr starten würden, denn dann war es stockdunkel. Wenn sie bis zwei Uhr früh wieder im Hafen waren, würde es niemandem auffallen.

Ich warf einen letzten prüfenden Blick auf den still vor mir liegenden Hafen und wandte mich schließlich ab.

Den Bildschirm meines Laptops hatte ich auf die dunkelste Stufe gestellt und war mir relativ sicher, dass er aus dieser Entfernung und hinter den Gardinen nicht zu sehen war. Ich hatte Instagram und WhatsApp auf meinem Rechner installiert, was es möglich machte, unseren Account zu checken und gleichzeitig mit Stuart zu chatten. Die Kommentare unter den Fotos zu unserer Aktion bei der Marinas Fishing Company waren gespaltener denn je. Der Großteil der Kommentierenden verurteilte das, was dort passiert war. Auf YouTube sahen die Kommentare ähnlich aus.

Stuart war nach wie vor uneinsichtig, was nicht so recht zu ihm passte. Eigentlich war er derjenige, der eher klein beigab. Der mit dem Dickkopf und der großen Klappe war ich.

Mein Bauchgefühl sagte mir, dass irgendetwas im Busch war, was ich noch gar nicht auf dem Schirm hatte.

Gleichzeitig arbeitete ich an einem Gemeinschaftsartikel für das Magazin *National Geographic*. Den Lehrenden meines Studienganges war es wichtig, dass wir Studenten früh lernten, dass Veröffentlichungen zur Forschung dazugehörten. Hier ging es nicht um einen Fachartikel. Das hier war ein Zeitschriftenartikel über die Verbreitung von Mikroplastik in den Weltmeeren. Später sollten ihn auch fachfremde Leser gut verstehen können. Zusammen mit fünf anderen Kommilitonen war ich ausgewählt worden, diesen Artikel zu schreiben. Wir waren schon relativ weit und jetzt ging es zum Glück nur noch um Kleinigkeiten. Die Professorin, die die Schirmherrschaft über dieses Projekt hatte, hatte noch einige Korrekturen angefügt, die wir absegnen sollten.

Ich überprüfte die Uhrzeit. Kurz nach elf. Noch immer nichts Auffälliges.

Ich schloss den Artikel und öffnete ein Video von einem meiner Kämpfe, das bei YouTube hochgeladen worden war. Eigentlich verboten die ungeschriebenen Regeln solche Aufnahmen, aber hin und wieder sickerte doch was durch. Mich kümmerte es nicht.

Die Kämpfe fanden in einem stillgelegten U-Bahn-Schacht in Boston statt, der irgendwie von der Stadtverwaltung vergessen worden war. Ein paar Typen aus der Mixed Martial Arts-Szene hatten ihn notdürftig mit allem Nötigen ausgestattet. Das bedeutete in erster Linie ein paar kräftige Lichtquellen und ein zuverlässiger Stromzugang. Vielmehr gab es tatsächlich auch gar nicht. Der Bahnsteig war komplett verfallen, sodass wir auf dem rohen Schotter zwischen zwei Bahnschienen kämpften. Dementsprechend schmerzhaft war es, wenn man zu Boden ging. Doch das war Teil des Plans. Die, die hier kämpften, befolgten keine Regeln irgendwelcher asiatischer Kampfkünste. Uns ging es nicht um Meditation, um Körperbeherrschung oder gar um Respekt für den Gegner. Wir befriedigten unsere niederen Triebe. Wir wollten Schmerzen zufügen und als Gegenleistung dafür Schmerzen kassieren. Die Jungs, die sich dort in den Ring stellten, hatten wie ich in ihrem Leben schon Dutzende Kampfsportarten erlernt.

Einmal querbeet um die Welt, nannte Stuart es, der für mein brutales Hobby nicht mehr als ein Naserümpfen übrig hatte. Auch Kara hatte bis heute nicht verstanden, warum ich mich freiwillig vermöbeln ließ, anstatt irgendeinen hochbezahlten Therapeuten zu engagieren, der mir mein Kindheitstrauma wegtherapieren würde.

Doch ich hatte kein Trauma. Ich besaß einfach nur ein ziemlich düsteres Temperament, das sich durch nichts anderes besänftigen ließ. Ein kräftiger Faustschlag auf meinen Wangenknochen, der vielleicht sogar die Haut aufplatzen ließ, und ich hatte eine Woche Ruhe vor dem Monster, das bei jeder noch so kleinen Gelegenheit gewaltig Ärger machen wollte.

Wir kämpften ohne Handschuhe, natürlich.

Ich klickte in dem Video auf Play. Mein Gegner war ein bulliger Ire, seine Haut war weiß wie Schnee, sein dunkles Haar borstig kurz. Mit seinen riesigen Händen konnte er vermutlich Motorräder durchbrechen. Ich landete den ersten Treffer. Ich erwischte ihn am Kinn und sein Kopf flog zur Seite. Doch das hatte ihn kaum gekümmert. Den nächsten Treffer versenkte er. Obwohl ich auswich, erwischte er mich an der Schulter. Ich wurde zur Seite geschleudert und konnte mich bloß mit Mühe auf den Beinen halten. Das war der Warnschuss gewesen, den ich gebraucht hatte. Der Rest des Kampfes war so stumpf wie brutal. Wir droschen aufeinander ein, eine wilde Mischung aus Mixed Martial Arts, Karate, Muay Thai und Taekwondo. Die Männer, die drum herumstanden und uns anfeuerten, jubelten bei jedem Treffer. Es gab eine Art Schiedsrichter, denn nicht immer ging jemand k.o. Irgendwann musste der Ire den Kampf abbrechen, weil so viel Blut von seiner Braue in sein Auge gelaufen war, dass er nicht mehr richtig sah.

Wir nickten uns zu, stießen die ramponierten Fäuste gegeneinander, und dann war der Nächste dran. Als ich mich umdrehte und die Kamera mich frontal erwischte, hätte ich mich fast vor mir selbst erschrocken. Ich hatte ein blaues Auge, meine Wange war aufgeplatzt und irgendwo aus dem Haaransatz lief Blut. Meine Schultern waren übersät von bereits blau werdenden Flecken. Ein Kratzer verlief quer über mein Schlüsselbein. Dort war ich ungebremst auf den Boden geprallt. Ich hinkte offenbar ein wenig, doch schaffte es, mit blutverschmierten Zähnen in die Kamera zu grinsen.

Ich stoppte das Video und betrachtete mich selbst. Das war ich. Das war Mister Hyde, wenn Dr. Jekyll die Kontrolle verlor.

Einem inneren Impuls folgend schloss ich das Video schnell und wandte mich wieder dem Artikel zu. Dabei fiel es mir schwer, mich zu konzentrieren. Meine Freunde waren eingeweiht, meine Eltern wussten nur, dass ich Kampfsport trainierte. Aber ihre Blicke hin und wieder ließen vermuten, dass sie sich sicher waren, dass mehr dahintersteckte. Sie hatten mich jedoch nie darauf angesprochen. Meine Gedanken wanderten weiter zu den ersten Tagen in Blackfish Bay. Die Tage waren nur so verflogen und jetzt war bereits eine Woche um. Das Verhältnis von Lys und mir hatte sich nicht geändert. Wir machten Small Talk und ignorierten und sonst so höflich wie möglich. Auch das Schauspiel auf dem Bauernhof der Yutus war das gleiche geblieben. Obwohl wir mittlerweile schlau genug waren, uns Snacks für die Reise mitzunehmen, versorgte uns Eliza Yutu jeden Montag, Mittwoch und Freitag mit einem kleinen Mittagessen und selbst gemachten Getränken. Mit Lys sprach sie kein Wort. Panuk Yutu schien etwas entspannter, dennoch hatte ich keinen blassen Schimmer, was zwischen den dreien geschehen war. Und natürlich hatte ich keinen von ihnen direkt gefragt. Vermutlich würde Lys mich aus dem Wagen werfen, sobald ich ihr eine so persönliche Frage stellte.

Ein großer Teil von mir bedauerte aufrichtig, dass unsere Situation derart vertrackt war. Ich fand sie süß, ich mochte sie, aber sie schien mich nach wie vor für einen Aufpasser zu halten, den ihr Vater ihr an die Seite gestellt hatte. Nur warum bloß?

Was war zwischen ihnen vorgefallen?

Ich traute Lys ebenfalls nicht, weshalb ich mein rasendes Herz jedes Mal verfluchte, wenn sie mich mit diesen dunklen Augen so intensiv musterte. Aber ich musste auf der Hut bleiben. In unseren kurzen Unterhaltungen hatte ich bereits herausgefunden, wie gut sie sich mit dem Geschäftsgebaren ihres Vaters auskannte. Sie hatte von Lieferanten erzählt, exotischen Spezialitäten und wie ihre Waren in die ganze Welt exportiert wurden.

Dennoch war sie für mich ein Buch mit sieben Siegeln. Ihr Instagram-Profil war auf privat gestellt, auch ansonsten war im Netz nichts über sie zu finden. Sie hatte mal irgendwann fallen gelassen, dass sie in diesem Sommer ihren Schulabschluss gemacht hatte und jetzt studieren würde. Ich nahm an, dass das Leben auf dem Campus einer Universität ein ziemlicher Kulturschock werden würde, verglich man es mit diesem verschlafenen Küstenstädtchen.

Plötzlich blitzte am Hafen ein Licht auf und ich hob den Kopf. Ich reckte den Hals, doch dann war das Gelände plötzlich wieder dunkel.

Ich sah noch einen Moment hin, als allerdings nichts geschah, wandte ich mich erneut ab.

Ich hatte bereits versucht, mit ein paar der anderen Arbeiter ins Gespräch zu kommen. Sie waren mittlerweile etwas offener geworden, als sie gemerkt hatten, dass ich genauso hart arbeitete wie sie. Mit ihnen saß ich am frühen Abend häufig am Pier und wir tranken etwas zusammen.

Doch auch hier blieben die Gespräche oberflächlich, wenn ich dabei war. Ich gab vor, keine Ahnung zu haben, und fragte sie, was sie so fingen. Sie erklärten mir lang und breit, welcher Fisch zurzeit Saison hatte und wie viele Tonnen pro Monat sie davon fangen durften. Sobald ich mehr ins Detail ging und zum Beispiel nach dem Beifang fragte, schienen sie wieder misstrauisch zu werden. Insgesamt war ich mit meinen Ergebnissen also noch nicht sonderlich zufrieden. Hinzu kam, dass auch Stuart und Kara bereits zu nerven begannen. Stuart, weil er wollte, dass ich wieder nach Hause kam und mich um neue Projekte kümmerte. Kara weil sie der Meinung war, dass ich genug Zeit gehabt hatte, den Laden von unten nach oben zu krempeln.

In der Ferne flammte ein Licht auf. Ich hob den Kopf.

Da ist was, schrieb ich Stuart.

Ich schnappte mir Laptop und Kamera und ging zum Fenster.

Ich zog die beigefarbene Gardine ein Stückchen vor, um mich dahinter zu verstecken.

Da waren mehrere Personen, allerdings nicht in der grell orangefarbenen Sicherheitskleidung, die die Fischer für gewöhnlich trugen.

Alles ging unheimlich schnell. Die Männer arbeitcten Hand in Hand wie ein Uhrwerk. Schon sah ich, wie eins der Boote den Anker lichtete.

Sie beginnen gleich auszulaufen. Ich schaute erneut durch das Teleobjektiv der Kamera, dennoch konnte ich nicht nah genug ranzoomen.

Ich werde versuchen, aufs Dach des Bürogebäudes zu kommen. Das ist nicht so nah wie die Fabrik, aber sollte für Fotos ausreichen. Seitlich in Richtung des Rollfelds befindet sich eine Feuertreppe, die werde ich nehmen, schrieb ich Stuart.

Lass dich nicht erwischen. Dort oben gibt es keine Möglichkeit, sich zu verstecken.

Schon klar. Melde mich später.

Da der Ausgang des Gästehauses zum Hafen ging, bestand dort die Chance, dass man mich sehen würde. Also kletterte ich durch mein Fenster und schlich hinter dem Haus am Rollfeld entlang Richtung Bürogebäude. Hier war es stockdunkel, nur der blasse Mond spendete ein wenig Licht. Die Luft war kühl und roch intensiv nach Seetang.

Zum Glück war die Feuerleiter nicht extra gesichert. Einige Streben quietschten, als ich auf sie trat. Alarmiert hielt ich inne. In der Dunkelheit klang jedes Geräusch überlaut. Doch alles blieb ruhig, also schlich ich vorsichtig weiter hinauf.

Das Flachdach wirkte in die Jahre gekommen und an einigen Stellen hatte sich die Dachpappe gewellt, dennoch hoffte ich, dass es mich tragen würde. Nach ungefähr der Hälfte der Strecke ging ich auf die Knie und dann auf den Bauch und robbte bis zur Kante des Dachs. Der Stoff meines Shirts und der Jeans schabten laut über die raue Oberfläche. Ich fluchte leise. Kleine Steine bohrten sich in meine Unterarme und einmal fasste ich in etwas Feuchtes, vermutlich Möwenkot. *Ganz toll.* Ich hielt die Kamera noch etwas höher, denn die sollte auf gar keinen Fall etwas abkriegen. Wie auf Kommando hörte ich den heiseren Schrei einer Möwe über mir am Himmel.

Ich erreichte mein Ziel ohne weitere Zwischenfälle.

Dort lehnte ich das Teleobjektiv über die Kante, immer bemüht, mich so wenig wie möglich aufzurichten.

Jetzt hatte ich einen guten Blick auf die Boote und die Männer. Es waren alles alteingesessene Leute, Festangestellte, wie Wilm und der riesige Kerl namens Bob.

Als ich auch Mr Prytt entdeckte, spürte ich einen kleinen Stich in der Brust. Ich hatte ihn für einen der Guten gehalten.

Schon als ich die ersten Fotos auf dem Display begutachtete, musste ich feststellen, dass diese Beweisfotos zu dunkel waren. Man sah nur verschwommene Umrisse und konnte kaum Gesichter ausmachen.

Die Männer huschten wie Schatten auf den Booten umher, sie schienen sogar extra mit halber Kraft den Hafen zu verlassen, damit die Motoren der Schiffe möglichst wenig Lärm verursachten.

Etwas resigniert blickte ich ihnen nach. Das war wohl nichts.

Ich schlich geduckt über das Dach, dann die quietschende Treppe hinunter und bis zurück in mein Zimmer. Dort angekommen textete ich Stuart. Bin zurück. Zu dunkel für Fotos aus dieser Entfernung. Ich hoffe, sie werden mehr Licht machen, wenn sie die Fracht abladen.

Ich schnappte mir eine Tüte Nüsse, die ich im »Starfish Market« gekauft hatte, eine Flasche Wasser und begab mich zurück in das Zimmer mit Hafenblick.

Kaum dass ich mich dort wieder häuslich eingerichtet hatte, erschien die Videokonferenz-Anfrage von Stuart auf meinem Laptop. Ich stopfte mir eine Handvoll Nüsse in den Mund und nahm an.

Er saß bei uns im Hauptquartier vor seinem Schreibtisch, doch hinter ihm war alles dunkel und leise.

»Was los?«, fragte ich. »Ist was passiert?«

»Gar nichts.« Er zuckte die Schultern. »Wir könnten über ein paar anstehende Projekte sprechen.«

»Okay«, murmelte ich mit vollem Mund.

»Jemand muss dich doch wach halten.« Er grinste schief.

Ich schluckte und grinste zurück. »Du willst aufbleiben? Das dauert mindestens zwei Stunden und du schreibst diese Woche Klausuren.«

»Wir haben früher die halbe Nacht geredet und niemandem ist aufgefallen, wie spät es ist.« Jetzt war sein Blick ernst. »Zwei Stunden sind doch ein Kinderspiel. Es gibt so viel zu tun. Wir haben noch so viel vor. Reden wir darüber.«

Ich lächelte ihn an. Und im Handumdrehen war er wieder der Freund, mit dem ich groß geworden war.

Die Zeit verging tatsächlich wie im Fluge. Stuart bereitete gerade die Verbreitung einer Petition vor, in der es darum ging, Japan das Recht auf Walfang komplett abzuerkennen. Wir sprachen über einen Gesetzesentwurf, der weltweit die Nutzung von Schleppnetzen strenger reglementieren sollte. Diese Netze fegten den Meeresboden regelrecht leer. Tintenfische, kleine Haie, Delfine und auch geschützte Arten wurden zwar als Beifang schriftlich erfasst, aber nicht zurück ins Meer geworfen. Ich besprach mit ihm außerdem meine Idee, jeder großen Reederei die Auflage zu erteilen, Schweröl einen personalisierten Inhaltsstoff beizufügen. Viele Ozeanriesen entließen Schweröl ins Meer und sorgten so regelmäßig für Umweltkatastrophen. Könnte man dieses Öl einer bestimmten Reederei zuordnen, war ich mir sicher, dass es viel seltener zu solchen Verbrechen kommen würde. Stuart machte sich Notizen dazu und wollte mit den anderen besprechen, wie wir diese Idee an die Politik und die breite Öffentlichkeit bringen konnten.

Ziemlich genau zwei Stunden später entdeckte ich die Lichter. Sie fuhren nur mit Notbeleuchtung, damit sie praktisch unsichtbar waren.

»Sie sind wieder da.«

Stuart hob die Brauen. »Da waren sie aber recht schnell. Oder sie hatten bloß wenige Fangkörbe draußen. Lohnt sich das überhaupt?«

Ich hatte keine Zeit mehr fürs Spekulieren. »Ich muss los. Ich will auf dem Dach sein, wenn sie in den Hafen einlaufen. Sie werden garantiert mehr Licht anmachen zum Entladen.«

»Ich warte, bis du wieder im Zimmer bist«, sagte Stuart. »Und nimm dein Handy mit.«

»Danke, Mann.« Ich klappte den Laptop zu und war tatsächlich dankbar, dass Stuart wartete. Es konnte immer etwas passieren, etwas Unvorhersehbares dazwischenkommen. Dann war es gut, dass es jemandem auffiel, der gegebenenfalls den Notruf wählen konnte. Ich könnte auf der Treppe fallen, mir den Kopf anschlagen und ohnmächtig werden. Ich könnte sogar durch das Dach brechen. Oder aber die Männer bemerkten mich und dann war ich meine Stelle los.

Ich ging zurück in mein Zimmer und kletterte dort wieder aus dem Fenster.

Die Nacht schien noch schwärzer als zuvor. Ich sah die Hand vor Augen kaum, und auf der rostigen Treppe durfte ich kein Handylicht benutzen, um nicht aufzufallen.

Wieder robbte ich flach auf dem Bauch über das Dach.

Die zwei Boote machten bereits am Pier fest. Nach wie vor hatten sie lediglich die Notbeleuchtung eingeschaltet. Außerdem bemerkte ich die Lichtkegel von Taschenlampen, die über das Deck huschten.

Die Snow Crabs besaßen orangefarbene Panzer und ich hoffte einfach, dass sie das wenige Licht genug reflektieren würden, wenn ich ein Foto von den Kisten schoss.

Das Boot mit der Seilwinde schien keine Ladung zu transportieren. Ich hatte also recht mit meiner Vermutung. Sie luden die Krabben auf das normale Fischerboot mit den Schleppnetzen um, um keinen Verdacht zu wecken. Dieses war nämlich gar nicht dafür ausgerüstet, die Fangkörbe aus der Tiefe des Beringmeers nach oben zu ziehen. Die Männern entluden nun neben einigen großen Behältern mit Bergen von Fisch auch verschlossene Kisten, über deren Inhalt ich nur spekulieren konnte. Dann hielt Bob etwas hoch.

Ich zoomte noch mehr heran und lächelte. Bingo. Eine Snow Crab. Zwar ausgewachsen, aber dennoch außerhalb der Saison gefangen. Vermutlich wollte er sich zum Frühstück ein Brötchen mit frischem Krebsfleisch machen. Und just in dem Moment, in dem ich den Auslöser drückte, drehte er sich weg. Ich fluchte leise und biss mir sofort auf die Lippe. Hielt einer der Männer eine Taschenlampe hoch, würde mein Objektiv das Licht reflektieren. Und dann war ich so was von geliefert.

Vorsichtig zog ich das Objektiv zurück Richtung Dach.

Als hätte Mr Prytt mich gehört, hob er den Kopf. Sein Blick glitt zum Büro und dann weiter zum Gästehaus. Durch das Teleobjektiv sah ich, wie er ganz leicht ein Auge zukniff. Erst da fiel es mir ein. In dem Zimmer, von dem aus ich den Hafen beobachtete, hatte ich eine der Gardinen ein Stückchen zugezogen. War ihm trotz der Dunkelheit etwas aufgefallen?

Mr Prytt war mit drei Schritten vom Boot herunter. Die Männer riefen ihm etwas zu, doch er ging mit entschlossenen Schritten den Pier entlang.

Verdammt, verdammt, verdammt!

Mein ganzes Zeug lag in dem Zimmer, das zur Hafenseite rausging. Mal abgesehen davon, dass ich lang ausgestreckt auf diesem Dach lag.

Ich trat die Flucht an. Ich drehte mich, robbte ein Stück bis zur Mitte des Dachs, und kaum dass es sicher war, kam ich auf die Füße. Mit ein paar großen Schritten hatte ich die Feuertreppe erreicht. Das Ding würde laut quietschen und mich verraten, garantiert.

Was nun? Ich dachte fieberhaft nach. Mist. Keine Chance. Ich musste es wagen …

Eine Stufe ächzte so laut, dass ich sicher war, dass man es bis nach Anchorage gehört haben musste.

Dann endlich war ich nur noch knapp drei Meter über dem Erdboden. Ich sprang. Meine Sohlen machten kein Geräusch auf dem Asphalt, als ich landete.

Mit langen Schritten eilte ich über das Rollfeld zu meinem Zimmer. Ich schwang mich durch mein Fenster, legte die Kamera hastig in eine der Reisetaschen und schoss dann rüber ins andere Zimmer. Dort raffte ich den Laptop an mich und warf

Nüsse und Wasser außer Sichtweite hinter die Gardine. Mit nur einer Hand zerrte ich das weiße Laken über das Bett.

Der lange Schatten eines Mannes näherte sich. Mir blieb keine Zeit mehr für eine Flucht. Vor dem Bett entdeckte ich das Ladekabel des Laptops. Mit dem Fuß zog ich es zu mir hinter die Gardine.

Mr Prytt lehnte sich nah ans Fenster. Ich wich noch weiter in die Ecke hinter der Gardine zurück. Ewige Sekunden vergingen. Wann hatte er endlich genug gesehen?

Schließlich verschwand der Schatten. Vorsichtig lugte ich hinter der Gardine hervor. Mr Prytt war bereits ein Fenster weiter, doch dieses Mal dauerte sein Blick deutlich weniger lange. Schon wandte er sich wieder ab.

Ich hatte keine Zeit, die anderen Sachen aufzuheben. Nur mit dem Laptop stürzte ich aus dem Zimmer.

In meinem Zimmer warf ich den Laptop unter die Bettdecke und eilte dann zu dem offenen Fenster. Ich stellte es lautlos auf kipp und ließ die Gardinen absichtlich geöffnet.

Voll bekleidet schlüpfte ich unter die Decke.

Ich zog sie bis zur Nasenspitze hoch und drehte mich so, dass ich zum Fenster sehen konnte. Dann waren Schritte zu hören. Ich schloss meine Augen so weit, dass man in der Dunkelheit nicht erkennen konnte, dass ich blinzelte. Durch den Kranz meiner Wimpern entdeckte ich Mr Prytt direkt vor meinem Fenster. Er kam näher, legte beide Hände an das Glas und sah dann hinein. Ich hatte mich möglichst entspannt ins Bett drapiert, meine Haare etwas verwuschelt und mein Mund stand leicht offen. Ich fühlte seinen Blick auf mir und bemühte mich, möglichst ruhig zu atmen.

Einatmen, ausatmen.

Die Silhouette verschwand. Ich wartete noch einen Moment, dann machte ich die Augen auf und holte tief Luft. Das war verdammt knapp gewesen.

Sollte Mr Prytt allerdings jetzt das Gästehaus betreten, nur um ganz sicher zu sein, würde ich vermutlich auf der Stelle meine Sachen packen dürfen.

Ich horchte in die Stille, doch ich konnte kein Geräusch ausmachen.

Er musste definitiv etwas gesehen oder gehört haben, das ihn misstrauisch gemacht hatte. Hätte er mich erkannt, hätte er mich vermutlich aus dem Bett gezerrt. So oder so, ich würde noch vorsichtiger sein müssen.

Ich kam hoch, glitt aus dem Bett und schloss rasch die Gardinen. Dann bückte ich mich und zog das Handy aus der Tasche meiner Hose, um Stuart auf den neuesten Stand zu bringen.

Lief nicht so gut. Habe keine brauchbaren Fotos und ich glaube, der Vorarbeiter hat was mitgekriegt. Bin gespannt, ob er mich morgen anspricht.

Stuart war sofort online. Wenn er dich auf dem Kieker hat, vergiss die Aktion. Dann muss jemand anders für dich übernehmen.

Das wollte ich auf gar keinen Fall. Ich hatte mit eigenen Augen gesehen, dass sie Snow Crabs fingen. Jetzt würde ich genug Material und Beweise sammeln, um Saunderman ordentlich die Hölle heißzumachen.

Mal sehen. Danke dir fürs Warten und gute Nacht!

Ich legte das Handy zur Seite und kramte meinen Schlafanzug hinter dem Kopfkissen hervor. Ich wollte im Bad Zähne putzen und dann endlich die Nachtruhe einläuten. Mein Blick fiel auf meine Unterarme, die aussahen, als wäre ich eine halbe Meile durch den Dreck gekrabbelt. Vielleicht sollten die auch noch etwas Wasser abbekommen …

Im Bad stützte ich mich mit beiden Händen auf dem Waschtisch ab und schaute in den Spiegel. Ein grimmiges Lächeln malte sich auf meine Züge. Es war jetzt vielleicht komplizierter geworden, doch das würde mich nicht aufhalten.

Kapitel 15

LYS

Über eine Woche war seit meiner Ankunft in Alaska vergangen. Eigentlich hatte ich gedacht, mein Vater und ich hätten uns in diesen Tagen etwas angenähert. Ich wollte ihn vorsichtig auf den schlechten Zustand des Firmengeländes ansprechen, doch das hatte ich bisher nicht gewagt. Zu groß war meine Angst vor einem Streit. Trotzdem hatte ich gehofft, mein Vater und ich würden Fortschritte machen und dass er mir langsam mehr vertrauen würde.

Heute war Donnerstag, also einer der zwei Tage, an denen ich eigentlich Akten digitalisieren sollte. Stattdessen saß ich hinter dem Lenkrad des Transporters. Wenigstens hatte Dad mich dieses Mal vorher informiert, sodass ich die passenden Klamotten tragen konnte. Warum ich heute nicht im Büro arbeiten durfte und ob etwas Besonderes anstand, hatte ich nicht herausfinden können. Doch mein Bauchgefühl suggerierte es mir sehr deutlich.

Ich umklammerte das Lenkrad fester, richtete den Blick starr geradeaus auf die Straße vor mir und kämpfte mit dem Wunsch, einfach alles hinzuschmeißen. Mal abgesehen davon, dass ich bald nicht mehr wusste, was ich in mein Praktikumstagebuch schreiben sollte. Es war zum Verzweifeln. Mein Praktikum wurde mir nicht anerkannt, wenn herauskam, dass ich nicht mal zwanzig Prozent der Zeit in einem Büro verbracht hatte.

»Alles okay?« Zanes Stimme riss mich aus meinen Gedanken.

»Alles gut«, erwiderte ich leise. Auch mein Verhältnis zu Zane war gleich geblieben. Wir begegneten uns höflich und distanziert, und genau wie ich schien auch er auf der Hut zu sein. Da ich meine Gründe kannte, spekulierte ich natürlich über seine. Doch auch hier war ich nicht weitergekommen. Ich hatte mitgekriegt, dass man ihn im Gästehaus untergebracht hatte. So wie es aussah, hatte er sich mit einigen Arbeitern angefreundet und sie saßen oft abends am Pier. Genau wie sie tauchte er nie im Nanuk auf. Dort hatte ich einige Abende in den letzten Tagen ausgeholfen und mich dabei ertappt, dass ich neugierig den Kopf hob, sobald ein großer dunkelhaariger Typ das Café betrat.

»Warst du schon mal dort?«

Wieder war ich ganz in Gedanken, sodass ich kurz zusammenzuckte, als Zanes Stimme erklang.

»Auf der Seetangfarm?« Ich sah kurz zu ihm hinüber und er nickte. »Ja, ich war schon ein paarmal dort. Holly hat die Farm vor ein paar Jahren von ihren Eltern übernommen. Sie führt sie zusammen mit ihrem Mann Craig. Sie ernten wilden Seetang, bauen aber auch Seetang in der Bucht an. Es sind die drei beliebtesten essbaren Sorten. Einen Teil davon trocknen sie, der andere Teil wird frisch von uns verarbeitet.« Ich schenkte Zane erneut einen kurzen Blick, woraufhin er lächelte. Er hatte mehr Farbe bekommen und irgendwie wirkte sein Haar etwas zerzauster als bei unseren ersten Treffen. Es gefiel mir. Ich lächelte unwillkürlich zurück. Für den Bruchteil einer Sekunde verknoteten sich unsere Blicke.

Deine Augen sind so grau wie das Meer. Unergründlich und geheimnisvoll.

Schnell schaute ich wieder nach vorn auf die Straße. Zum Glück gab es hier im Outback nur selten Gegenverkehr. Meistens war man allein auf der Straße unterwegs, weshalb es umso wichtiger war, dass man stets zu zweit fuhr. In diesem Moment dachte ich, dass ich es hätte schlimmer treffen können. Dad hätte mir jemanden an die Seite stellen können, der so wie die meisten im Dorf dachte. Dann wären die Fahrten zu einer unerträglichen Qual geworden.

Zane hingegen war unkompliziert, er war hilfsbereit und er war immer freundlich. Nein, eigentlich war er mehr als bloß *freundlich.* Wie selbstverständlich nahm er mir Kisten ab, die zu schwer für mich waren. Er hatte sein Sandwich mit mir getauscht, als ich aus Versehen in der Kantine der Mitarbeiter eins mit Remoulade erwischt hatte. Als es irgendwann mal angefangen hatte zu regnen, hatte Zane darauf bestanden, dass ich im Auto wartete, während er die Kisten ganz allein einlud.

Ich linste erneut zu ihm hinüber. »Hast du schon mal Seetang gegessen?«

»In Verbindung mit Sushi.«

»Das sind Rotalgen«, sagte ich. »In dieser Region werden nur Braunalgen geerntet.«

Aus dem Augenwinkel bemerkte ich, dass er die Brauen hochzog und nickte. »Interessant.«

Irgendetwas an seiner betont ahnungslosen Miene ließ mich aufhorchen. Wieso hatte ich das Gefühl, dass er das bereits wusste? Ich sollte ihn einfach fragen. Wir hatten genug Zeit schweigend nebeneinander verbracht und den Rest hatten wir über unsere jeweilige Arbeit gesprochen.

Und wie läuft das Kartonpacken so?

Super. Und wie läufts beim Aktendigitalisieren?

Total super.

Ich wusste nicht mal, wo er herkam. Vielleicht war er nur unweit von hier groß geworden und verarschte mich mit seiner

Antwort? Nein. Er starrte auf sein Handy und las Mails. Für ihn schien das Gespräch bereits wieder beendet zu sein. Ich betrachtete kurz sein Profil. Die gerade Nase, dieser energische Zug um den Mund, wenn er sich konzentrierte. Sein Haar fiel ihm in die Stirn und ich ertappte mich dabei, dass ich erneut lächelte. Überrascht und verwirrt horchte ich in mich hinein, spürte diesem Kribbeln in meinem Bauch nach. Nein, es war unmissverständlich. Ich war neugierig. Ich wollte mehr über ihn erfahren.

Sofort verschwand das Kribbeln, als ich den Gedanken an ein solches Gespräch weiterspann. Dann würde Zane auch mir persönliche Fragen stellen und die Sache mit Dad und mir wäre unweigerlich Thema. Wollte ich das? Würde er Dad brühwarm davon berichten? Irgendwie zweifelte ich an meiner Theorie. Hatte Dad ihn tatsächlich auf mich angesetzt? Hier draußen war es ein Gesetz, dass man längere Wege zu zweit fuhr. Irgendjemand hätte sowieso mit mir fahren müssen. Warum dann nicht der einzige Typ, der so halbwegs in meinem Alter war? Ich kaute auf der Unterlippe, während über uns der Himmel immer grauer wurde. Später würde es garantiert Regen geben.

Hatte ich Dad unrecht getan und Zane damit auch?

Ich gab mir einen Ruck. Eine einfache Frage, das konnte doch nicht so schwer sein. So was wie: Und wo kommst du her?

Ich wollte gerade den Mund aufmachen, da klingelte Zanes Handy. Er murmelte einen Fluch, bevor er das Gespräch annahm.

Ich wandte mich ab, enttäuscht und erleichtert zugleich. Aufgeschoben war nicht aufgehoben. Sollte mein Mut mich nicht verlassen, würde ich ihn später fragen.

Ich fragte Zane dann doch nicht. Er telefonierte nach wie vor, als wir in die Ikiaq-Bucht fuhren, die von Holly und Craig bewirtschaftet wurde. Zanes Gespräch brach aufgrund des schlechten Empfangs andauernd ab, schien aber wichtig zu sein. Er telefonierte mit seinen Eltern und zwei Dinge waren mir aufgefallen.

Erstens: Sie schienen sich selten einig zu sein. Zweitens: Zane gab hin und wieder Antworten, die so vage klangen, dass ich mir sicher war, dass er bewusst Informationen zurückhielt. Vor mir oder vor seinen Eltern, das war hier die Frage.

Ich tat absichtlich so, als müsse ich mich sehr auf die Straße konzentrieren, weil ich ihn nicht in Verlegenheit bringen wollte.

Zane beendete das Gespräch, als das große Blockhaus in Sicht kam.

Hollys Familie war ursprünglich aus Kanada eingewandert und ihr Vater Gregory hatte damals sogar Handwerker aus seinem Heimatland verpflichtet, um dieses beeindruckende Domizil zu bauen. Die Balken des Holzhauses waren dunkelrot gestrichen und alle Fenster besaßen weiße Rahmen. Das Holzdach lief spitz zu und die Eingangstür war mit Kupferbeschlägen verziert. Auch die große Scheune war im gleichen Stil gebaut. Links davon waren hohe Holzgestelle aufgebaut, an denen der Seetang zum Trocknen im Wind flatterte. An dem kleinen Steg, der über den schmalen Kieselstrand hinweg zum Wasser führte, lagen zwei Boote. Ein kleiner Trawler, mit dem die Algen geerntet wurden. Und ein kleines Holzboot mit Außenbordmotor, schneeweiß gestrichen und mit blauem Rand, das die Familie nutzte, um den Zustand ihrer unter Wasser liegenden Algenfarm zu kontrollieren.

Als wir ausstiegen, konnte ich den Seetang riechen. Ich aß ihn gerne, weshalb ich den Geruch nicht als unangenehm empfand.

Unsere Ankunft war nicht unbemerkt geblieben. Zwei große braune Hüterhunde stürzten aus der Scheune auf uns zu. Sie bellten und ihre Lefzen schwangen beim Rennen auf und ab.

»Chip und Chap!«, rief ich, ging in die Hocke und breitete die Arme aus. Ich freute mich, die zwei wiederzusehen, und hoffte, dass sie mich noch erkennen würden.

Chap fiepte begeistert und erreichte mich als Erster. Seine Wiedersehensfreude war so groß, dass er mich umwarf. Ich ließ mich auf den Rücken in den hellen Kies rollen und lachte, während er über mir stand und mir quer durchs Gesicht leckte. Dann war auch Chip da. Er war nicht ganz so temperamentvoll wie sein großer Bruder, dennoch schob er seine weiche Schnauze nah an mein Ohr und schnaufte.

Von irgendwoher hörte ich ein Lachen. Ich schaffte es, zwischen fliegenden Ohren, Bergen von Fell und Chaps ziemlich feuchter Zunge einen Blick nach oben zu werfen.

»Los, auf ihn, Jungs!«, rief ich und stemmte mich kichernd hoch. Mit dem Finger zeigte ich auf Zane. Zum Glück waren die beiden Hunde so intelligent, dass sie praktisch jedes Wort verstanden. Chap bellte erneut, bevor sie Zane ansprangen. Der war deutlich größer als ich und schaffte es, nicht zu schwanken, während sich beide Hunde schwanzwedelnd an ihm hochstellten.

»Hallo Leute«, sagte er, wobei er beiden gleichzeitig den Rücken kraulte. »Seid ihr das Begrüßungskomitee? Alles klar? Seid ihr aber süß.« Er lachte auf, als die Hunde versuchten, ihm die Arme abzuschlecken.

Ich saß immer noch im Kies und starrte Zane fasziniert an. Ich hatte ihn noch nie so glücklich erlebt, so gelöst, und dieses Lächeln haute mich einfach um.

Aus der Ferne erklang ein energischer Pfiff. Schnell wandte ich den Blick zur Seite. Die Hunde ließen von Zane ab und trollten sich.

Zane half mir hoch, indem er mir beide Hände entgegenstreckte. Er besaß eindeutig zu viel Kraft, denn ich kam ihm viel zu nah. Ein Kribbeln jagte durch meinen ganzen Körper, als sich seine Finger ein Stück von mir lösten, sich dann jedoch erneut mit meinen verschränkten. Er zog mich näher und mein Körper folgte ihm. Seine Fingerspitzen spielten mit meinen und wie automatisch hob ich den Kopf, um ihn anzusehen.

»Alles okay?« Sein Blick war weich, seine Stimme sanft.

Ich schluckte und war immer noch überwältigt von diesem Funkenregen zwischen uns. Und es gefiel mir, wenn er auf diese Art mit mir sprach. Energisch räusperte ich mich, um mich von der Wirkung seines Blicks zu lösen. »Ich sollte nachher duschen, aber ansonsten geht's.«

Er lächelte, wich ein Stückchen zurück und erst dann ließ er meine Hände los. »Der Hundesabber steht dir.«

»Ha, ha«, machte ich nur. Ich war völlig durcheinander von diesem unerwartet prickelnden Moment zwischen uns. Hastig schob ich mir eine vom Hundesabber klebrige Strähne hinters Ohr.

Zane lächelte, wollte etwas erwidern, doch da erklang eine Stimme.

»Lys? Bist du das? Du siehst toll aus!« Holly trug grüne Cargoshorts, eine Jeansbluse mit aufgerollten Ärmeln und schien keinen Tag älter geworden zu sein. Ihr hellblonder Pferdeschwanz wippte beim Gehen. Ihr strahlendes Lächeln hatte schon immer alle für sie eingenommen. Und auch jetzt war ich machtlos dagegen. Chip und Chap trotteten brav rechts und links an ihrer Seite.

»Holly! Wie schön, dich zu sehen.« Wir umarmten uns fest. Holly gehörte zu denjenigen, die mich nicht für das verurteilten, was geschehen war. Vermutlich, weil sie zu dem Zeitpunkt, als Mom starb, gerade ihren Master in Ozeanologie in Anchorage beendete und sowieso kaum zu Hause gewesen war. Ich vermutete, dass sie die gesamte Geschichte kannte, dennoch hatte sie mich nie geschnitten wie so viele andere.

»Du hast doch diesen Sommer deinen Abschluss gemacht, richtig? Herzlichen Glückwunsch.« Holly drückte mich noch enger an sich. »Genießt du die Ferien oder lässt dein Dad dich die ganze Zeit arbeiten?«

»Habe ich, danke dir. Die Arbeit für Dad macht mir Spaß und wer braucht schon Ferien?« Ich löste mich lächelnd von Holly, um meine Begleitung vorzustellen. »Das ist übrigens Zane. Zane, das ist Holly Tremblay.«

»Du hast deinen Freund mitgebracht?« Sie und Zane schüttelten sich die Hand, dann sah Holly zwischen uns beiden hin und her. »Wie schön. Ihr zwei seid ein süßes Paar.«

Es folgte ein peinlicher Moment, in dem Zane und ich gleichzeitig versuchten, Holly wortreich davon zu überzeugen, dass wir nicht zusammen waren.

Sie grinste schief und nickte wissend, was dazu führte, dass meine Wangen glühten und Zane schief lächelte, als würde er ein großes Geheimnis bewahren.

»Na gut.« Holly wippte auf den Hacken und ihre veilchenblauen Augen blitzten amüsiert. »Soll ich dich ein bisschen herumführen, Zane?« Sie zwinkerte mir zu. »Lys kann ja mitkommen, wenn sie möchte.«

Ich musste grinsen. Natürlich kannte ich den Hof, dennoch wollte ich es mir nicht nehmen lassen, Zanes Reaktion auf das alles mitzukriegen. Also zuckte ich betont lässig die Schultern. »Habe gerade eh nichts vor.«

»Das trifft sich hervorragend. Seht mal, da hinten ist Craig. Er hat den halben Vormittag in der Küche verbracht.« Holly legte einen Arm um meine Schultern und den anderen um Zanes Hüfte. »Wer hat Lust auf seinen weltberühmten Algensalat?«

Nach einem Snack in der gemütlichen Wohnküche von Holly und Craig waren die Kartons mit dem getrockneten Seetang und die Kühlkisten mit dem frischen Seetang schnell im Transporter verstaut. Ich hatte gewettet, dass Holly uns ausfragen würde, doch Craig erzählte so ausschweifend von einer Seeigel-Plage im letzten Jahr, dass kein anderes Thema aufkam. Holly bestand darauf, Zane die Seetangfarm in der Bucht zu zeigen, nachdem er interessierte Fragen gestellt hatte. Zusammen mit Chap saßen wir zu dritt in dem kleinen Holzboot, während Holly Zane die langen Schnüre demonstrierte, an denen die Braunalgen unter Wasser wuchsen. Sie sahen aus, als hätte jemand lange Fäden breiten Geschenkbands an eine Wäscheleine gehängt.

Holly hielt uns den frischen Tang zum Probieren hin. Er schmeckte nach Salz und Meer. Ich nickte begeistert und auch Zane lächelte breit. Ich sah mich um und atmete tief ein. Das hier war so ein wunderschöner Ort. Das Beringmeer verlor in der Bucht an Kraft und die sanft schaukelnden Wellen bewegten das Boot kaum. Rechts und links rahmten kleine Landzungen die Bucht ein, deren frisches Grün wie Farbpunkte in die dunkle See ragten. Plötzlich nahm ich eine Bewegung wahr. Kleine graue

Köpfe reckten sich in sicherer Entfernung zwischen den sanften Wellen hervor.

Zane und ich sprachen mal wieder gleichzeitig.

Ich rief begeistert: »Seht mal, da sind Robben!«

Und er sagte: »Seehunde sind so goldig.«

Holly legte den Kopf schief. »Da kennt sich jemand aus?«

Zane wirkte plötzlich ein wenig ertappt. Trotzdem nickte er knapp.

Holly ließ nicht locker. »Woher weißt du, dass es Seehunde sind?«

»Seehunde haben eine runde Kopfform, während die der hier ansässigen Kegelrobben eher lang gestreckt ist.«

Holly nickte anerkennend. »Da hat wohl jemand den Discovery Channel abonniert. Oder kommst du aus der Gegend?«

Ich hielt unwillkürlich die Luft an. Das wäre auch meine Frage an Zane gewesen.

Zane lachte. »Der Discovery Channel hat mir als Kind eine Menge beigebracht. Andere Kinder wünschten sich einen Hund als Haustier, ich war ganz verrückt nach Seehunden und Walen. Leider waren meine Eltern nicht bereit dazu.«

Holly lachte und es war offensichtlich, dass sie Zane auf Anhieb mochte.

Ich hingegeben bewunderte, wie mühelos er dieser direkten Frage ausgewichen war.

Holly warf einen Blick auf ihre Uhr. »So spät schon?« Sie sah mich an. »Eine Unwetterfront soll aufziehen. Wenn ihr die zweieinhalb Stunden nach Hause noch ohne Blitz und Donner fahren wollt, dann müsst ihr bald los.«

»Danke Holly. Dann werden wir jetzt fahren, obwohl es echt total schön bei euch ist.«

Zane stimmte mir zu und Holly strahlte uns an.

»Kommt einfach noch mal vorbei, wenn euch danach ist. Eigentlich liefern wir den Tang ja, aber im Moment haben wir so viel zu tun, da kam das Angebot deines Vaters, dass du die Ware abholst, sehr gelegen.« Holly drehte das Ruder und warf den kleinen Außenbordmotor wieder an. Chaps empfindliche Ohren zuckten, als das tiefe Brummen erklang.

»Wie geht es Tamika? Ich habe gehört, dass das Nanuk immer noch so gut läuft? Das freut mich sehr für sie.«

»Tamika hat Energie für zehn«, erwiderte ich lächelnd. »Sie ist unglaublich. Ich helfe abends öfter mal aus, wenn es brennt. Und am Wochenende sowieso. Was soll ich Däumchen drehend in meinem Zimmer sitzen, wenn ich mich nützlich machen kann?«

Holly strich sich eine fliegende Strähne aus dem Gesicht. »Finde ich super. Und es ist auch gut, dass die Leute dich sehen. Das zeigt diesen starrköpfigen Sourdoughs mal, dass die Welt sich weiterdreht, auch wenn sie das nicht wahrhaben wollen.«

Ich nickte vielsagend. *Sourdough* war die Slang-Bezeichnung für jemanden, der sein ganzes Leben in Alaska gelebt hatte. Und das traf auf die meisten Leute im Dorf zu. Dann schaute ich weiter zu Zane. Ich bemerkte die Fragen in seinen Augen. *Warum sollen die Leute dich sehen? Und was wollen die Leute nicht wahrhaben?*

Die Situation war mir vor Zane plötzlich unangenehm und ich war mir sicher, dass er mich auf der Rückfahrt darauf ansprechen würde. Vielleicht war es sowieso besser, wenn er die ganze Geschichte von mir erfuhr statt aus zweiter Hand von einem der Dörfler.

Aber was würde er dann von mir denken? Innerlich fühlte ich mich plötzlich ganz flattrig und unsicher. Ich kannte ihn kaum. Es sollte mir egal sein, was er von mir dachte.

Doch das war es nicht. Nicht mehr.

Kapitel 16

ZANE

Ich war schweißgebadet. Die Arbeit, die in modernen Fabriken von Computerprogrammen und intelligenten Maschinen übernommen wurde, erledigten wir hier noch per Hand. Jede Bestellung eines Kunden, sei sie noch so groß oder so klein, wurde individuell zusammengestellt und anschließend von uns verpackt. Zurzeit arbeiteten wir an der Lieferung für ein Feinkost-Kaufhaus in Peking. Meine Gedanken glitten zu Mr Prytt. Er begegnete mir so freundlich wie immer, was mich sehr erleichterte. Er hatte mich wohl doch nicht entdeckt.

Ich hob eine Palette »Elchnase in Gelee« vom Transportband und beförderte sie schwungvoll in den großen Karton zu meiner Linken. Zuerst hatte ich gedacht, meine Kollegen hatten sich einen Scherz erlaubt. Elchnase in Gelee? Das klang wie aus einem Splatter-Weihnachtsfilm. Doch offenbar galt dies in Alaska als Spezialität und war beliebt bei Feinschmeckern überall auf der Welt. Ich schüttelte mich immer noch bei dem Gedanken daran, so etwas essen zu müssen.

Ich griff nach der nächsten Palette, »Fangfrischer Heilbutt auf einem Algenbett« und mein Blick glitt aus dem Fenster. Es regnete jetzt seit zwei Tagen ohne Unterlass, genau genommen, seit Lys und ich am Donnerstag die Rückreise von der Seetang-Farm angetreten hatten. Ich dachte an den Moment, in dem Lys mit den Hunden lachend auf dem Kies gelegen hatte. Unwillkürlich musste ich grinsen.

»Nicht einschlafen, Chauffeur«, erklang Nigels Stimme rechts von mir. Wie üblich wehte mir der süße Geruch der Zimtkaugummis entgegen, die er permanent kaute.

Die Jungs machten sich gerne über meinen zweiten Job lustig, was mir den Spitznamen »Chauffeur« eingebracht hatte.

»Du weißt, wir wollen eine halbe Stunde eher Schluss machen.« Nigel war ein breitschultriger Typ mittleren Alters, der vor zehn Jahren aus Kanada hierhergezogen war. Seitdem arbeitete er für Saunderman. Und vermutlich war er der Einzige hier, der dank seiner dunklen Haut in den grauen Arbeitsklamotten nicht wie eine Wasserleiche aussah.

»Sorry«, sagte ich schnell und stellte die Palette in den Karton. Ich hatte diese Woche die Spätschicht, was bedeutete, dass ich an den Tagen, an denen ich nicht mit Lys übers Land fuhr, um vierzehn Uhr anfing und um zweiundzwanzig Uhr Feierabend hatte. Darin enthalten war eine Stunde Pause, die die Männer jedoch gerne auf eine halbe Stunde verkürzten, damit sie schon um einundzwanzig Uhr dreißig gehen konnten.

»Ist ein bisschen was anderes, als Miss Saunderman durch die Gegend zu fahren«, mischte sich Theo ein. Er strich sich das feuerrote Haar nach hinten und entblößte so eine breite Narbe, die quer über der Stirn verlief. Er war früher Fischer gewesen, bis ein Bootskran ihn bei turbulentem Seegang erwischt hatte. Fast ein Jahr hatte er im Koma gelegen, seitdem hatte er nur noch eine halbe Stelle und packte Pakete.

Da ich die Jungs mochte und inzwischen kein Problem mehr damit hatte, wenn man sich einen Witz auf meine Kosten erlaubte, griff ich nach der nächsten Palette und grinste. »Falls ihr es genau wissen wollt, ich bin die meiste Zeit bloß der Beifahrer.«

Die Männer grölten vor Lachen.

»Ist vermutlich auch besser so«, rief John. »Wenn du so fährst, wie du Kisten packst.« John war der Jüngste im Team, gelernter Koch und sechs Jahre älter als ich. Er war wie ich Saisonarbeiter bei Saunderman und zog quer durchs Land auf der Suche nach Arbeit. Am Ende des Sommers würde es ihn zur Maisernte nach Kansas verschlagen.

Abermals dröhnte Gelächter durch die Halle. Ich grinste erneut. »Das nennt man Sorgfalt und Hingabe.« Ich deutete mit dem Finger auf John. »Kein Problem, du kannst die Bedeutung der Wörter später auf Google nachgucken.«

Es ging noch eine ganze Weile hin und her, bis den Männern die Ideen ausgingen, wie sie mich aufziehen konnten, und dann arbeiteten wir wieder schweigend, während der Regen auf das Flachdach prasselte.

Meine Gedanken wanderten zurück zu Lys, während mein Körper wie mechanisch weiterarbeitete. Es hatte mich nicht überrascht, als ich erfuhr, dass sie im Nanuk aushalf. Ganz besonders, da sie mit der Inhaberin befreundet zu sein schien. In den letzten Tagen hatte ich Lys als unkompliziert und zupackend erlebt. Kein bisschen die »Kronprinzessin«, von der die Leute gesprochen hatten. Gestern, als wir im strömenden Regen das Gemüse bei den Yutus verladen hatten, hatte sie gelacht, als sie eine Windböe praktisch geduscht hatte. Trotzdem hatte sie nicht aufgehört, so wie das letzte Mal, als ich angeboten hatte, den Rest allein aufzuladen. Ich rätselte immer noch, warum Mrs Yutu Lys so abweisend behandelte. Ich hatte sie später im Auto fragen wollen und dann doch gekniffen, als sie mich ein paarmal fragend gemustert hatte. Ich war mir sicher, sie hatte gemerkt, dass ich Hollys Seehund-Frage ausgewichen war. Sie wusste, dass ich Geheimnisse hatte, und sie schützte ihre eigenen ebenso. Aber dennoch war da etwas zwischen uns, das sich über diese

Widrigkeiten hinweg nicht verleugnen ließ. Es war nicht allein diese körperliche Anziehung, die erneut entflammt war und mir schlaflose Nächte bereitete. Wir hatten eine Verbindung zueinander aufgebaut, eine Art stille Kameradschaft, die mich bloß noch neugieriger machte. Neugierig und versucht, meine Schutzmauern aus Geheimnissen sinken zu lassen. Ich begann, ihr zu vertrauen, obwohl ich so wenig über sie wusste.

Mal abgesehen davon, dass ich mir schon einige Male vorgestellt hatte, sie nackt in meinem Bett zu haben, wollte ich mehr Zeit mir ihr verbringen, um sie wirklich kennenzulernen. Fragte sich nur, was für einen Preis ich dafür bezahlen würde.

Um achtzehn Uhr machten wir gemeinsam Pause. Um den anderen Arbeitern unsere schweißgetränkten Visagen zu ersparen, holten wir uns unser Essen immer vor Arbeitsbeginn aus der Kantine. In der Pause setzten wir uns auf ausrangierte Plastikstühle an den Pier.

Heute machte uns das Wetter einen Strich durch die Rechnung, also verzogen wir uns unter das Vordach der »Gemüsescheune«, wie ich sie getauft hatte.

Ich hatte mein Handy in meinem Spind vergessen und ging noch mal zurück zum Umkleideraum, um es zu holen.

»Halbe Stunde, Kleiner, denk dran!«, rief Nigel mir hinterher und ich zeigte ihm im Gehen einen Daumen hoch.

Im Umkleideraum öffnete ich das Schloss und nahm das Handy aus dem oberen Fach. Ich hatte ein paar neue Mails, in denen es hauptsächlich um die Belange der Seawolves ging. Dazu ein paar neue Nachrichten in unserer WhatsApp-Gruppe und ein paar private Nachrichten von Stuart. Ich las sie nicht alle, denn Stuart besaß das Talent, auch die einfachsten Dinge kompliziert darzustellen.

Ich antwortete ihm kurz, dass ich mich nach Arbeitsschluss melden würde, weil ich wusste, dass er grundsätzlich sehr lange aufblieb.

Ich wollte das Telefon gerade in meine Tasche schieben und den Spind schließen, da erschien ein FaceTime-Anruf von meiner Mutter. Ich wusste, dass meine Eltern zu dieser Zeit häufig bei Andrew im Pflegeheim waren. Also nahm ich den Anruf an, obwohl sich im Umkleideraum zwei weitere Arbeiter befanden.

»Hallo Liebling!«, sagte meine Mutter. Die zwei anderen Männer, die sich ganz leise unterhielten, drehten neugierig den Kopf zu mir. Einer grinste schief.

Ich ignorierte ihn und widmete mich meiner Mutter. »Hi Mom.«

Sofort sprach sie weiter. »Wir sind gerade bei Andrew und ich dachte, ich versuche es mal. Du liebe Zeit, wie siehst du nur aus. Geht's dir gut?«

»Mir geht es gut«, sagte ich schnell, bemüht, das Thema auf Andrew zu lenken. Nicht nur wegen der potenziellen Lauscher, sondern auch, weil ich mit ihm sprechen wollte und meine Pause leider nur kurz war. »Andy? Wo bist du? Zeig dich mal!«, sagte ich betont fröhlich.

Meine Mutter drehte das Handy so, dass ich meinen Bruder sehen konnte.

Er betrachtete mich, seine dunklen Augen wanderten über mein Gesicht.

»Hey«, murmelte ich sanft. »Hier ist dein Bruder Zane.«

Von gegenüber bemerkte ich, wie die Arbeiter erneut ihre

Unterhaltung gestoppt hatten und neugierig zu mir herüberschauten.

»Hallo«, erwiderte Andrew. Seine Stimme klang wieder neutral. Er blinzelte und schien angestrengt zu überlegen. Es zerriss mir fast das Herz, als ich feststellte, dass er noch mal abgenommen hatte. Seine Wangen wirkten hohl und die Schatten unter seinen Augen mittlerweile violett.

»Olivia ist gerade gegangen«, erzählte meine Mutter und drehte das Handy so, dass sie erneut im Display erschien. »Die beiden sind nicht verheiratet, dennoch finde ich es wichtig, sie in den Prozess mit einzubeziehen, wenn wir Andrews Dinge regeln müssen.« Ihre Stimme wurde brüchig.

»Zane.« Die Stimme meines Bruders erklang. Meine Mutter riss die Augen auf und ich erstarrte. Er hatte meinen Namen ganz deutlich ausgesprochen.

»Dreh das Handy«, sagte ich schnell. »Ich will ihn sehen.«

Kaum dass ich in Andrews Gesicht blickte, lachte ich. »Wie geht es dir, Andy? Ich habe dir Fotos vom Meer geschickt, hast du sie dir angesehen?«

Ich hatte jede Menge Fotos auf Moms Handy geschickt und sie gebeten, sie Andrew zu zeigen.

Er lächelte, doch im nächsten Moment war sein Blick wieder ratlos.

»Die haben wir zusammen angeschaut«, erklang die Stimme meiner Mutter.

»Mom ist da«, sagte Andrew undeutlich und dann auch noch: »Zu Hause.«

Mein Lächeln wich, als eine Klaue nach meinem Herz griff und es auf Kirschkerngröße zusammenquetschte. Ich hatte einen dicken Kloß im Hals, der mich nur schwer schlucken ließ.

Wir hatten Andrew erst zu Hause betreuen lassen. Doch er war immer öfter gegenüber dem Personal gewalttätig geworden und auch meine Eltern hatten ihn nicht mehr beruhigen können. Mittlerweile war er in einem Pflegeheim untergebracht, was uns allen das Herz gebrochen hat. Meine Eltern besuchten ihn zwar täglich, dennoch war es nicht das Gleiche, als wenn er in seiner gewohnten Umgebung hätte bleiben können.

Ich drehte mich ein wenig und erneut streifte meine Aufmerksamkeit die Arbeiter gegenüber. Sie hatten lautlos ihre Spinde geschlossen und in ihren Gesichtern las ich Betroffenheit. »Sorry«, murmelte der eine, bevor sie mit gesenkten Köpfen die Umkleide verließen.

Ich sah wieder zurück auf den Bildschirm.

Andrew zupfte an seiner Bettdecke und griff nach Moms Hand. Dann begann seine Unterlippe zu zittern.

Wir wussten, was jetzt kam. Es waren Momente, in denen Andrew noch realisierte, dass etwas nicht stimmte. Typisch für die Krankheit war, dass es den Patienten nicht auffiel, dass sie wichtige Dinge vergaßen. Doch hin und wieder gab es dieses kurze Aufflackern von Erinnerungen, die ihnen sagten, dass etwas ganz und gar nicht in Ordnung war. Andrew fing dann meist zu weinen an, was in einen Wutanfall mündete, bevor er abermals lethargisch wurde.

Sein Weinen wurde gerade lauter, als meine Mutter zurück auf dem Display erschien. »Liebling, wir sprechen morgen wieder«, sagte sie hastig, während ich gleichzeitig einige Worte der Verabschiedung murmelte. Und schon war der Bildschirm schwarz.

Ich schob das Handy in eine Tasche und verriegelte meinen Spind. Die Momente mit meinem Bruder wurden immer kürzer.

Ich war dankbar für jedes Mal, wenn er meinen Namen sagte. Es war wie ein Aufblitzen, dass doch noch alles gut werden würde und das Herz hoffen ließ, während der Verstand wusste, dass es keinen Ausweg gab.

Zurück am Pier hatten die anderen ihr Essen bereits fast verdrückt. John hatte eine Tochter mit einer Highschool-Liebe, von der er seit über fünf Jahren getrennt war. Das kleine Mädchen hatte ihm bei einem seiner seltenen Besuche eine Tupperdose geschenkt, die John seitdem konsequent benutzte. Im Sinne des Umweltschutzes ließ er sich also jede Mahlzeit, die er außerhalb der Kantine einnehmen würde, in eine rosafarbene Hello Kitty-Tupperdose füllen. Er trug sie mit so viel Stolz und Selbstbewusstsein mit sich herum, dass bisher noch niemand gewagt hatte, sich darüber lustig zu machen.

Gerade als ich mich setzte, klappte er den Deckel zu und parkte Hello Kitty unter dem Plastikstuhl.

»Wo warst du? Hast du noch die Kronprinzessin getroffen und musstest sie ein wenig herumfahren?« John hatte diesen Ausdruck von den Festangestellten übernommen, obwohl ich mir sicher war, dass er Lys noch nie begegnet war.

Theo verdrückte gerade einen letzten Löffel Hähnchensalat. »Rory hat erzählt, sie steht abends im Nanuk hinter der Theke«, sagte er, nachdem er geschluckt hatte. Dann vertrieb er eine neugierige Möwe, die tief über seinen Kopf hinwegflog, in der Hoffnung, etwas von seinem Essen abzukriegen.

»Ich muss sagen, die Kleine hat ja schon Eier, nach all dem, was war, hier wieder aufzutauchen.« Nigel wirkte ganz in Gedanken versunken. Ich hingegen horchte bei seinen Worten auf.

»Es gibt eine Menge gestandene Kerle da draußen, die sich deswegen ein Leben lang verkrochen hätten.«

Theo nickte zustimmend, womit das Thema für ihn erledigt schien.

Ich hingegen platzte vor Neugier. Lys war hierher *zurückgekommen*? Ich hatte bislang angenommen, dass sie in dem düsteren Herrenhaus auf dem Hügel lebte. Eine Stunde Fahrt ins Hinterland lag ein kleiner Ort, in dem es die nächste Highschool gab. Das wusste ich, denn die besuchte Theos Tochter. Ich war der Meinung, dass Lys dort ihren Abschluss gemacht hatte. Vielleicht würde sie zum Studieren weggehen, aber wo war sie vorher gewesen? Und was zur Hölle war passiert?

John richtete sich in seinem Stuhl auf. »Die Kleine sieht aus, als könnte sie kein Wässerchen trüben. Was soll sie denn angestellt haben? Ich dachte, sie wäre das liebe Mädchen, das Papi nichts als Freude macht.«

Nigel und Theo wechselten einen Blick.

»Wir tratschen nicht«, sagte Nigel schließlich. Doch sein Blick sagte: Wir tratschen nicht vor Fremden.

»Aber ihr habt doch gerade über sie gesprochen.« John schien nicht bereit, so leicht aufzugeben.

Ich fand es klüger, mich nicht einzumischen, weil ich wusste, dass Nigel nur stur wurde, sobald man ihn auf irgendeine Art und Weise bedrängte.

»Was bloß zeigt, wie sehr wir euch bereits zur Truppe zählen«, erwiderte Theo eiskalt lächelnd. »Ist also quasi ein Kompliment an euch. Ihr habt euch so gut eingefügt, dass wir gar nicht bemerkt haben, dass Leute von außerhalb dabei sind, während wir uns unterhalten.«

John verschränkte die Arme über der Brust. »Leute von

außerhalb? Das finde ich jetzt aber irgendwie diskriminierend. Was hat Lys denn bloß angestellt?«

Nigel schaute betont deutlich auf seine Uhr. »Kinder, wie die Zeit vergeht. John, willst du nicht schon mal vorgehen und ein paar Kartons kleben?«

Nigel war der Chef am Band und John verstand den nicht ganz so subtilen Hinweis. Er hob die Hände in einer kapitulierenden Geste. »Schon okay, Boss. Habe nichts gehört oder gesehen.«

Ich musste mir immer noch auf die Zunge beißen, um Nigel nicht doch noch auszuquetschen. Ich hatte gefühlt tausend Fragen. Wo lebte Lys? Was war passiert? Und warum war sie nun zurückgekommen? Hatte das seltsame Verhalten von Mrs Yutu etwas damit zu tun? Es kostete mich alle Willenskraft, nicht nachzuhaken. Stattdessen nutzte ich die Chance und brachte unser Gespräch auf ein anderes Thema.

»Verschickt Saunderman eigentlich auch Lebendware?« Ich wusste, dass in den asiatischen Ländern das Thema »Frische« oberste Priorität hatte. Deshalb wurden die meisten Meeresfrüchte lebend bis zum Verarbeitungsort transportiert.

Theo, der sich als Fischer vermutlich am besten damit auskannte, schüttelte den Kopf. »Logistisch ist das mit der Cessna möglich, obwohl wir uns hier quasi am Rande der Welt befinden. Aber praktisch wäre es nicht gerade sinnvoll. Es sind ja nur kleine Chargen. Wenn man die von hier aus per Flugzeug verschickt, kostet das so viel, dass sich das kein Händler leisten kann, geschweige denn ein Privatkunde.«

»Es sei denn, man ist ein Scheich oder so«, warf Nigel noch ein. Die beiden wirkten so belustigt über diese vermeintlich dumme Frage, dass ich mir sicher war, dass sie keine Ahnung hatten, was auf dem Gelände passierte.

John lachte, doch in meinem Kopf ratterten alle Zahnräder. Verschickte man Lebendware, dann handelte es sich hierbei um kleine Mengen, was Theo mir gerade noch mal bestätigt hatte. Die Maschine war nicht komplett ausgelastet, weshalb der Preis für den Transport so in die Höhe schoss. Doch was, wenn Saunderman genau solche solventen Kunden bediente? Kunden, bei denen Geld keine Rolle spielte. Dann war es also tatsächlich möglich, von diesem so abgelegenen Ort aus Waren mit dem Flugzeug nach Asien zu fliegen, nur um für eine Party fünfzig frische Snow Crabs zu liefern.

Nach Arbeitsschluss um einundzwanzig Uhr dreißig verschwanden immer alle sehr schnell. Theo, weil Frau und Tochter auf ihn warteten. Nigel hatte einen Thriller begonnen, in dem er unbedingt weiterlesen wollte. Und John wollte noch mit seiner kleinen Tochter telefonieren, die am Wochenende etwas länger aufbleiben durfte. Trotzdem war ich der Erste, der frisch geduscht und voller Energie die Umkleiden verlassen würde.

»Hast du noch was vor?«, rief John mir hinterher, als ich Grüße in die Runde schickte.

Ich grinste, schüttelte aber den Kopf. Ich hatte tatsächlich etwas vor und es hatte etwas mit Lys und mit dem Nanuk zu tun.

»Er ist ein ganz schlechter Lügner«, sagte Theo und knallte seinen Spind zu.

»Spricht für ihn«, brummte Nigel und beugte sich hinunter, um seine Schnürsenkel zuzubinden.

Draußen am Pier checkte ich erneut mein Handy. Keine weiteren Nachrichten von Mom, was mich etwas beruhigte. Stuart hatte mir noch mal geschrieben und ich überflog im Gehen seine

Nachricht. Als ich den Inhalt las, konnte ich es kaum erwarten, ihn hinter verschlossenen Türen mal zu fragen, wer ihm das Gehirn verdreht hatte. Es ging um eine haarsträubende Aktion, in der selbst gebastelte Stinkbomben und Kartoffelkanonen die Hauptrollen spielten. War ich im Kindergarten gelandet, oder was? Wie bitte sollte ich ihn noch für voll nehmen?

Kaum dass ich mein Zimmer erreicht hatte, rief ich ihn an. Stuart erklärte ausschweifend, warum diese Aktionen nötig waren und was er sich davon für Aufsehen erwartete. Ich kannte die Platte inzwischen und hörte nur mit halbem Ohr zu, während ich vor dem Spiegel stand und ordnend an meinen Haaren zupfte.

Ob ich Glück hatte und Lys im Nanuk anzutreffen war? Nicht, dass ich heute nicht schon genug an sie gedacht hatte. Erst recht nach diesen geheimnisvollen Neuigkeiten, die Theo und Nigel verbreitet hatten.

Ob sie mir eine scheuern würde, wenn ich sie ein weiteres Mal Dorie nannte? Ich konnte schwören, letztes Mal war es knapp gewesen. Ein Grinsen stahl sich auf meine Züge.

Mal sehen, was der Abend so bringen würde.

Den morgigen Sonntag würde ich nutzen, um eine Teams-Besprechung anzusetzen. Nicht bloß mit Kara und Stuart, sondern auch mit den Mitgliedern der Seawolves, die von Anfang an dabei gewesen waren. Vielleicht würden Stuart die Argumente der anderen umstimmen, wenn ich seine radikalen Ideen so offen ansprach.

Ich verließ das Bad und griff nach dem Handy, um eine letzte Mail zu beantworten. Dann warf ich meine Lederjacke über, griff nach dem Schlüsselbund und schloss die Tür hinter mir.

Kapitel 17

LYS

»Zum Glück hat es aufgehört zu regnen.« Keikos Blick glitt von der breiten Fensterfront zurück zu uns.

Ich hatte es endlich geschafft, mich mit ihm zu verabreden, und obendrein hatte ich ihn unter dem Vorwand, mich für die Theatergruppe zu interessieren, dazu gebracht, Ella mitzubringen.

Ich mochte Ella auf Anhieb. Sie stammte ursprünglich aus Iowa, war angehende Grundschullehrerin im Referendariat und genau wie Keiko dreiundzwanzig Jahre alt. Die beiden erschienen mir nicht nur äußerlich ein absolut zuckersüßes Paar zu sein. Offiziell waren sie noch nicht zusammen, aber selbst ein Blinder hätte erkannt, dass sie verrückt nacheinander waren. Gerade zupfte Ella an ihrer Strickjacke, auf die niedliche Kirschen gestickt waren, und strich sich wie in Gedanken durch das schulterlange rotbraune Haar. Währenddessen ruhte Keikos Blick auf ihr, als wäre sie das achte Weltwunder.

Ich musste lächeln. Tamika und ich schauten uns wissend an. Die beiden sollten definitiv bald den nächsten Schritt machen.

Als Keiko meine Miene bemerkte, wandte er sich verlegen ab.

Schnell nahm ich ein neues Thema auf. »Ich wollte Dad demnächst mal darauf ansprechen, ob ich den Firmen-Account bei Instagram etwas aufmöbeln kann. Im Büro hat jemand erzählt, dass den mal ein Praktikant erstellt hat. Vielleicht könnte ich das jetzt übernehmen.«

»Das ist doch eine gute Idee«, sagte Ella und nippte an ihrem

Chai Tee. »Du könntest auch kurze Videos drehen und die Leute quasi auf eine Tour durch die Fabrik mitnehmen.«

Ich nickte. »Genau.«

Tamika legte den Kopf schief. »Ich werde so oft gefragt, was sich dort auf dem Gelände befindet. Viele junge Leute können mit dem Namen »Saunderman« nichts anfangen. Die Leute wollen sich den Hafen und das Gelände ansehen, machen aber bei dem »Privatgelände«-Schild natürlich halt. Einerseits kann ich das verstehen, weil am Pier gearbeitet wird. Aber die Fracht wird doch am frühen Morgen entladen, und um diese Uhrzeit macht doch kein Tourist einen Spaziergang über das Gelände. Den Rest des Tages ist das alles ungenutzt, und damit wird echt viel Potenzial verschwendet.«

»Du hast absolut recht«, erwiderte ich. »Daran hatte ich noch gar nicht gedacht.« Da die Schiffe tagsüber nur am Pier lagen, konnte man sie doch auch für Fahrten mit Touristen nutzen. Und sei es bloß, um nach Walen Ausschau zu halten. Ich erzählte den anderen von meinen Ideen und sie waren sofort begeistert.

Dann glitt mein Blick zu Tamika. »Soll ich morgen wieder vorbeikommen?« Ich hatte heute ab dem frühen Nachmittag ausgeholfen, nachdem ich den freien Vormittag genutzt hatte, einen Vorbereitungskurs zu bearbeiten, für den ich lernen und Aufgaben lösen musste.

Um zwanzig Uhr war ich von zwei jungen Männern abgelöst worden, die die Experten für die Cocktails waren. Davon hatte ich nämlich überhaupt keine Ahnung. Ich hatte angeboten zu kellnern, doch Tamika hatte für die Abende am Wochenende zwei Frauen aus dem Dorf eingestellt, die sich etwas dazuverdienen wollten. Da wollte ich mich natürlich nicht einmischen.

Ich fand es nach wie vor großartig, wie super der Laden zu laufen schien. Die in den Theken appetitlich drapierten salzigen und süßen Köstlichkeiten fanden reißenden Absatz. Ich war stolz auf Tamika, wie sie alles unter einen Hut brachte. Ich schaute mich um.

Im Moment war es brechend voll. Wir saßen an einem der weniger begehrten Tische im hinteren Teil des Ladens, weil wir den Touristen bei den guten Plätzen den Vortritt lassen wollten. Am Abend verwandelte sich das gemütliche Café in ein Bistro, in dem es herzhafte Snacks und alkoholfreie Cocktails gab. Es war eine bunte Mischung aus Einheimischen und Touristen, und der kleine Raum brummte von Gesprächsfetzen, die von entspanntem Smooth Jazz untermalt wurden.

An einem Ecktisch weiter vorn hielt Nathan Hof. Rechts und links von ihm je eine junge Frau, denen er abwechselnd etwas ins Ohr flüsterte. Hin und wieder sah er zu mir herüber und grinste träge.

Gerade als ich erneut einen Blick riskierte, gesellte sich eine der Kellnerinnen an ihren Tisch.

Nathan zahlte und dann griffen sie nach ihren Jacken. Er erschien mir in seinen komplett schwarzen Klamotten wie ein drohender Schatten, der die beiden in Jeans und pastellfarbenen Shirts gekleideten Frauen an der nächsten Straßenecke verschlingen würde.

Ihr Weg nach draußen hätte sie nicht an unserem Tisch vorbeigeführt. Doch Nathan ging zielstrebig voraus und die Mädels folgten ihm. Er kam zu unserem Tisch und lächelte in die Runde.

»Einen wunderschönen guten Abend zusammen. Hallo Lysandra.«

Er tätschelte meine Schulter.

Ich wich zurück und verdrehte die Augen, Keikos linke Braue wanderte steil nach oben.

»Das ist mein lang verschollenes Schwesterchen«, erklärte Nathan unbeeindruckt. Seine beiden Begleiterinnen lächelten mich an.

»Sie ist nach Hause gekommen, um uns ein wenig aufzumischen. Das kann sie nämlich gut.«

Die Mädchen kicherten verlegen.

Ich starrte ihn fassungslos an.

»Nicht wahr, Lys?«, bohrte Nathan nach. »Oder warum bist du wirklich hier?«

»Verschwinde, Nathan«, zischte ich.

»Wieso, ist doch die Wahrheit.«

»Und da du alles weißt, kannst du gehen und brauchst meine Meinung nicht.« Ich klang lahm, doch zu meiner Überraschung grinste Nathan nur noch mal verschlagen, bevor er sich abwandte.

Der Typ war mal so was von durchgeknallt.

Keiko und Ella setzten eine unbehagliche Miene auf.

Wir sahen ihnen hinterher und mir fielen die Blicke der anderen Frauen auf, die Nathan begehrlich anschmachteten. Zugegeben, Nathan sah gut aus, aber alles an ihm wirkte kalkuliert und einstudiert. So als habe er sich irgendwann mal überlegt, wie er auf andere wirken wollte. Als habe er jeden Abend vor dem Spiegel geübt, bis jede Geste perfekt saß. Jeden Schlafzimmerblick, jedes lässige Zwinkern, sogar seine Art zu sprechen empfand ich als aufgesetzt. Mir fehlten die Ecken und Kanten. Das Unperfekte, das das sonst so Perfekte erst interessant machte und die Neugier weckte, ob es unter der Oberfläche noch viel mehr zu entdecken gab.

Und genau in diesem Augenblick gaben sie sich wortwörtlich die Klinke in die Hand: der Typ, der mich zum Teufel wünschte, obwohl er Teil meiner Familie war, und der Typ, der immer wieder ungefragt in meinem Kopf auftauchte und der für mich nach wie vor ein Rätsel darstellte.

Zanes Schultern waren breiter, dafür war Nathan drei, vier Zentimeter größer.

Nathan hielt die Tür für die Mädels geöffnet, während Zane durch sie hereintrat. Sie nickten sich kurz zu, während die Frauen im Laden schon wieder die Köpfe reckten. Unbewusst richtete ich mich ein wenig auf.

Die Tür fiel zu in dem Moment, in dem sich unsere Blicke trafen.

Zane lächelte und wie von selbst erwiderte ich es. Auch Tamika hatte ihn bereits entdeckt. »Ist er das? Der mysteriöse Unbekannte?«

»Ja«, erwiderte ich tonlos, während Zane sich seinen Weg durch die Tische bahnte.

»Wer ist wer?«, fragte Keiko, während Ella sich neugierig umgedreht hatte, um besser sehen zu können.

»Hi Lys.« Schon hatte er unseren Tisch erreicht.

»Hallo.« Meine Stimme klang piepsig. Mit ihm hatte ich absolut nicht gerechnet. Warum war er hier? Und überhaupt. Warum raste mein Herz plötzlich so? Hatte er eine Verabredung? Ein Date? Mein Mund war plötzlich ganz trocken.

»Ich bin Zane«, stellte er sich den anderen vor. »Lys und ich arbeiten zusammen.«

Die anderen stellten sich ebenfalls vor, und Tamika lud ihn an unseren Tisch ein.

Zane sah fragend zu mir. Irgendwie fand ich es süß, dass er

seine Gesellschaft nicht aufdrängte. Nathan nahm wie selbstverständlich an, dass er überall willkommen war. Zanes elegante Zurückhaltung gefiel mir viel besser.

»Setz dich zu uns«, sagte ich also und lächelte. Ich hockte auf einem Stuhl, Tamika und Ella auf der Bank und mir gegenüber Keiko. Tamika rückte auf der Bank etwas zur Seite, damit Zane direkt neben mir sitzen konnte.

Kaum hatte er Platz genommen, ging die Tür des Nanuk erneut auf. Zwei Typen ließen den Blick schweifen.

»Oh, nein«, hörte ich Tamika flüstern. »Cody und Brent.« Sie wandte sich mit bedeutungsschwerer Miene zu mir. Erst dann erkannte ich sie. Es waren ehemalige Klassenkameraden von Cheryl, die sie offenbar immer noch anhimmelten und an vorderster Front gewesen waren, als es darum ging, mich für immer zu ächten.

Als sie zu uns herüberschauten und ihr Lächeln böse wurde, ahnte ich, dass sie nicht hier waren, um eine gute Zeit zu verbringen.

»Ach, du Schande«, sagte Cody mit einem Bühnenflüstern, das sogar die Hintergrundmusik übertönte. »Hast du gesehen, wer dort hinten sitzt, Brent?«

Brent verschränkte die Arme vor der Brust, während immer mehr Menschen interessiert den Kopf hoben. »Igitt, dann lass uns lieber wieder gehen, Cody. Mit solchen Leuten will ich nicht in einem Raum sein.«

»Genau«, sagte Cody und betrachtete mich direkt. »Vielleicht wäre es besser, du wärst nicht wieder aufgetaucht, Lys Saunderman. Du bist hier nicht willkommen.«

»Meine Meinung!«, rief Brent. Er deutete mit dem Finger auf mich. »Verschwinde. Wir wollen dich hier nicht haben.«

Im nächsten Moment war Zane aufgesprungen. »Aber sonst ist noch alles klar bei euch?« Seine Stimme klang leise, wenn auch unverkennbar drohend. »Ihr macht jetzt besser 'nen Abflug.«

Ich hatte es kaum geschafft zu atmen, da sprachen sie bereits weiter.

»Verpiss dich, Prinzessin«, rief Cody noch, deutete erneut auf mich. Dann drehten die beiden sich um und waren mit großen Schritten aus dem Laden verschwunden.

Alle im Café starrten mich an. Innerlich hatte ich das Gefühl, in tausend Scherben zu zerbrechen. Ich sprang auf und drängte mich am Tisch vorbei. »Ich brauche mal einen Moment für mich. Entschuldigt.«

»Liebes«, sagte Tamika und wollte mich am Arm berühren. »Lass sie doch reden. Setz dich wieder zu uns.«

Keiko und Ella wirkten schockiert. Zane stand immer noch und fixierte finster die zufallende Tür.

Ich schüttelte einfach nur den Kopf und stürmte davon. Seit meiner Rückkehr war ich bereits in einige unangenehme Situationen geraten. Man hatte mich im Supermarkt ignoriert, auf der Straße wechselten die Leute die Seite und beim Parken vor der Post hatte mir ein fieses Schimpfwort an den Kopf geworfen. Doch das hier setzte allem die Krone auf. Bisher hatte ich allem standgehalten, denn ich wusste, dass ich es auf gewisse Art und Weise auch verdient hatte. Doch jetzt waren mir Tränen in die Augen gestiegen.

Ich ging hinten raus, vorbei an dem Tiny House in Tamikas Garten und dann die Treppe runter zum Strand. Die Sonne hing wie ein roter Feuerball tief über dem Meer und bald würde sich Dunkelheit über den Strand senken. Ich wünschte mir, es wäre bereits so weit.

Zum Glück war am Strand nicht viel los, am Wasser wehte ein scharfer Wind. Als eine Gänsehaut über meinen Körper jagte, schlang ich beide Arme um mich. Ich würde nicht weinen. Und jetzt wandelten sich meine verletzten Gefühle langsam in Wut. Ich war dumm und naiv gewesen, an einen Ort zurückzugehen, an dem mich alles an mein altes Leben erinnerte. Mittlerweile hatte ich sogar das Gefühl, dass es noch schlimmer war als vor der Flucht nach New York. Erneut spielte ich mit dem Gedanken, alles hinzuschmeißen. Doch auch mit May hatte ich mich noch nicht versöhnt. Sie schrieb mir regelmäßig, manchmal rief sie an, dennoch ignorierte ich ihre Versuche einer Kontaktaufnahme. Gerade gab es einfach zu viele Baustellen, und zu ihr zurück wollte ich im Moment auch nicht.

Ich wischte energisch unter meinen Augen entlang, als ich hinter mir Schritte im Sand hörte.

Ich rechnete mit Tamika und schwang herum. »Noch eine Minute. Dann komme ich zurück, ich friere mir nämlich den Hintern ab.«

Es war Zane, der auf mich zukam. Er zog seine Lederjacke aus und reichte sie mir wortlos. Ich zögerte, dann nahm ich sie doch. Warum war ausgerechnet er mir nachgekommen?

»Danke.« Ich schlüpfte hinein und sie war von innen ganz warm. Ich hätte gerne wohlig aufgeseufzt, konnte mich aber soeben noch beherrschen.

»Was ist da drin gerade passiert?«, fragte er leise. Eine Windböe ergriff uns und zerzauste sein Haar. Ich kämpfte gegen das irrationale Gefühl, es wieder zurück an seinen Platz zu streichen.

»Du weißt es also noch nicht?« Ich senkte den Blick, weil ich ihn nicht ansehen konnte.

»Beim Arbeiten haben zwei Kollegen etwas angedeutet. Sie

haben sich, glaube ich, verquatscht und sind danach nicht ins Detail gegangen. Es hat also niemand über dich getratscht oder so. Aber mir selbst sind ein paar Dinge aufgefallen. Zum Beispiel das Verhalten von Mrs Yutu. Ich weiß nicht, was vorgefallen ist, aber ich vermute, dass es alles zusammenhängt.«

»Stimmt.« Schon wieder brach meine Stimme.

»Dann rede mit mir darüber.« Er kam noch ein wenig näher. Als ich nicht zurückwich, legte er mir beide Hände um die Schultern. »Sprich dich aus, kotz dich aus, schrei mich an, egal. Ich höre dir zu.«

Als ich den Kopf wegdrehte, folgte er mir, damit ich ihn ansehen musste. »Ich bin ein guter Zuhörer. Und es ist mir nicht egal, was die Leute sich mit dir hier erlauben. Den zwei Typen von gerade hätte ich am liebsten alle Knochen gebrochen.«

Ich schaute immer noch an ihm vorbei.

»Oft fällt es leichter, mit einem Fremden über solche Dinge zu reden«, hörte ich seine Stimme. »Ein Außenstehender hat eine objektivere Sicht auf die Dinge, da keine Gefühle involviert sind.«

Ich schnaubte und sah zurück in sein Gesicht. *Meinte er das ernst? Ausgerechnet er?* »Es fällt also leichter, mit Fremden zu reden?« Ich legte den Kopf schief. »Das sagst *du*? Wir sind seit knapp zwei Wochen miteinander unterwegs und ich weiß nichts über dich. Du scheinst mit Fremden also definitiv nicht viel Privates zu reden.«

Zane ließ mich los, wich ein Stückchen zurück und die Überraschung in seinen Augen verriet mir, dass ich ins Schwarze getroffen hatte. Doch dann wurden seine Augen schmal. »Du machst es einem echt nicht leicht.«

Ich ließ die Schultern hängen, als ich mir eingestehen musste, dass mir die guten Argumente ausgegangen waren.

Und was noch viel beunruhigender war: Ich dachte viel zu oft an ihn. Als hätte ich nicht schon genug Probleme, hatte er sich in meinen Kopf geschlichen. Das Digitalisieren der Akten war keine besonders anspruchsvolle Tätigkeit und meine Gedanken schweiften im Büro oft ab. Immer wieder hatte ich mich dabei ertappt, dass ich an Zane dachte. An seine lachenden Augen, die Wirbel, die sein Haar bildete, wenn der Wind hindurchfuhr. Seine kräftigen Hände und die Art, wie die Muskeln an seinen Oberarmen sich wölbten, wenn er eine Kiste anhob.

»Lys?«

Erst als er meinen Namen sagte, fiel mir auf, dass ich noch nicht geantwortet hatte. *Jetzt. Erzähle es ihm. Vertraue ihm.* Es kostete mich eine Portion Überwindung, denn gerade bei ihm war es mir nicht egal, was er von mir hielt. Was er ab nun von mir denken würde, nachdem er die ganze Wahrheit kannte.

Ich nahm all meinen Mut zusammen und erzählte Zane von dem Tod meiner Mutter, von Dads Affäre mit Cheryl und was ich getan hatte. Ich erzählte ihm von der Reaktion der Leute im Dorf und davon, wie das Verhältnis zu meinem Vater zerbrochen war. Das Schweigen danach hing schwer in der Luft und ich wurde noch nervöser. Würde er mich ab jetzt verachten?

»Das mit deiner Mom tut mir unglaublich leid.« Zanes Stimme klang weich. »Aber ich glaube, du bist zu hart zu dir selbst. Nicht du hast den Ehebruch begangen, sondern dein Vater und sie. Und wie lange hätte man so eine Affäre in einem winzigen Ort wie Blackfish Bay geheim halten können? Glaubst du wirklich, du bist die Einzige, die etwas geahnt hat? Oder warst du nur die Erste, die es ausgesprochen hat?«

»Ich habe Flyer mit ihrem Foto im Ort aufgehängt.«

»Du warst vierzehn. Was hat dein Vater gedacht? Dass du ein

Baby bist, das nicht mitbekommt, was in eurem Haus vor sich geht? Und warum hat er dich vor den Leuten nicht beschützt? Du bist seine einzige Tochter.«

»Unser Verhältnis war zerrüttet. Er wollte mich in ein Internat für schwer erziehbare Jugendliche schicken, aber dann bot meine Tante an, dass ich bei ihr wohnen konnte.«

»Unfassbar.« Zane schüttelte den Kopf. »Deinem Vater würde ich dazu gerne mal ein paar Takte sagen.«

Zane war der Erste, der derart schonungslos argumentierte. Es klang nicht so, als wolle er sich unbedingt auf meine Seite schlagen. Sein Ton war nüchtern, seine Worte sachlich.

Es rührte mich trotzdem, dass er mich nicht verurteilte.

Ich sah ihn erneut kurz von der Seite an. »Jetzt erzähle mir etwas über dich. Wo kommst du her? Was machst du? Und warum oder wie bist du hier gestrandet? Und wieso kannst du Kegelrobben von Seehunden unterscheiden?«

Zane seufzte leise. »Lass uns ein Stückchen am Meer entlanggehen. Beim Spazieren fällt das Reden oft leichter.«

»In Ordnung.« Wir liefen los, so dicht nebeneinander, dass unsere Arme sich fast berührten. Ich deutete auf sein T-Shirt. »Reicht dir das? Ich kann dir deine Lederjacke zurückgeben.«

Er winkte ab. »Ich friere eigentlich nie.« Ich spürte, dass er den Kopf zu mir drehte, also schaute ich zu ihm hoch. Ein verschmitztes Lächeln spielte um seine Mundwinkel. »Die meisten Klamotten trage ich nur, damit die Leute mich nicht komisch angucken. Ich bin mal im Winterurlaub aus Versehen nur in Jogginghose und Unterhemd Brötchen holen gefahren. Für die Damen beim Bäcker war ich seitdem nur noch ›Mr Unterhemd‹.«

Ich musste lachen. »Wie hoch lag der Schnee?«

Zane beugte sich beim Gehen herunter und deutete ungefähr auf die Höhe seiner halben Wade. »So?«

Ich lachte schon wieder. »Okay, das war definitiv schwer zu übersehen.«

Er zuckte die Schultern und tat zerknirscht. »Ja, es war eine lange Nacht, ich hatte wenig geschlafen und leider Brötchendienst. Meine Familie ist in solchen Dingen im Urlaub geradezu militärisch organisiert. Hast du Brötchendienst, dann gehst du. Egal, ob du bloß drei Stunden geschlafen, Fieber oder ein Holzbein hast.« Er lachte dunkel. »Brötchendienst ist Brötchendienst.«

»Irgendwie klingt das lustig«, sagte ich, nach wie vor mit einem Lächeln auf den Lippen. »Hast du noch Geschwister, Zane Miller?«

Seine Stimme veränderte sich. »Einen älteren Bruder, er heißt Andrew. Und du, Lys Saunderman?«

Ich schüttelte den Kopf. »Nein, ich bin ein Einzelkind.«

Ich sah zu ihm hinüber und er nickte, als habe er sich das bereits gedacht. Ich stupste ihm leicht gegen den Arm. Er drehte sich mir zu und sein Lächeln wärmte mein Herz.

Wenige Minuten lang herrschte Stille zwischen uns, während die Sonne immer weiter im Meer versank.

»Der Kollege hat erzählt, du bist *wieder* hierhergekommen?«, begann Zane vorsichtig.

Es rührte mich, dass er nicht mit der Tür ins Haus fiel. Erneut gab ich mir einen Ruck. »Das stimmt. Ich habe die letzten vier Jahre bei meiner Tante May in New York gelebt.«

»New York?« Ich hörte die Überraschung in seiner Stimme. »Du lebst in New York?«

»Noch«, erwiderte ich schnell. »Ich bin an der Brown University angenommen worden und werde am Ende der Sommerferien in eines der Campus-Wohnheime ziehen. Aber Providence ist zum Glück nicht so weit entfernt von New York City.«

Abermals herrschte ein paar Augenblicke Schweigen zwischen uns, dann blieb Zane stehen, als habe er eine Entscheidung gefällt. »Ich studiere Meeresbiologie am MIT.«

Ich blieb ebenso wie er wie angewurzelt stehen. Ich war mir sicher, ich hatte mich verhört. Meeresbiologie? Und das am MIT? »Das ist in Massachusetts.«

»Genau. Unsere Universitäten liegen nur eineinhalb Stunden entfernt voneinander.«

Zane sah mich an, als könne er das alles gerade nicht glauben.

»Das ist doch völlig verrückt, oder?«, murmelte er dann.

»Das ist es.« Wieder sahen wir uns an. Eineinhalb Stunden. Das war nah genug für … für … Mein Kopfkino sprang an und … Plötzlich jagte eine Windböe über das Meer hinweg, mit einem Mal fröstelte ich sogar in seiner Jacke. Ich schlang die Arme um mich, um die Kälte zu vertreiben.

»Du frierst ja.« Zane machte einen Schritt auf mich zu, als wolle er über meine Arme reiben, damit mir warm wurde. Erst dann schien er zu realisieren, dass wir uns so gut dann doch nicht kannten. Er hielt inne, räusperte sich verlegen und machte schließlich einen Schritt zur Seite. »Wir sollten umdrehen, bevor du dich noch erkältest. Soll ich dich nach Hause fahren? Ich kann kurz reingehen und deine Sachen holen.«

Während wir uns auf den Rückweg machten, überlegte ich. Doch ich wollte jetzt nicht das Feld räumen. Es würde mich Kraft kosten, den Gastraum wieder zu betreten, aber ich wollte mich nicht verstecken. Genau aus diesem Grund war ich immerhin zurückgekehrt. Und ich musste zugeben, dass das Gespräch mit Zane mir neue Kraft verliehen hatte. »Ich gehe wieder rein, meine Freunde sind auch noch da. Ich kann dir den blauen Cocktail empfehlen, von dem ich andauernd den Namen vergesse. Den musst du probieren.«

»Ein anderes Mal gerne. Ich bringe dich noch bis hoch zum Laden und dann mache ich einen Abflug.«

Jetzt stutzte ich doch. »Aber warum warst du dann da? Du willst doch bestimmt etwas essen oder trinken?« *Und vielleicht möchtest du noch ein wenig neben mir sitzen,* fügte ich in Gedanken hinzu. *Das würde mir nämlich vielleicht gefallen.*

»Ich wollte dich sehen.« Er schaute mich nicht an, als er sprach. »Mein Tag morgen ist schon komplett verplant, deshalb gehe ich früher schlafen. Aber ich habe gehört, dass du im Nanuk aushilfst, und irgendwie dachte ich mir, es wäre schön, mal außerhalb der Arbeitszeiten mit dir zu sprechen.«

Es klang so entwaffnend ehrlich und dabei doch so gefühlvoll und lieb, dass ich ihn einfach erneut ansehen musste. Sein Blick war nach wie vor geradeaus gerichtet, er hatte die Stirn ein wenig gerunzelt und der Zug um seinen Mund wirkte hart. Er hat eine Entscheidung getroffen und er stand dazu. Seine Worte machten ihn verletzlich, dennoch hatte er sie vor mir ausgesprochen.

»Es war schön, dass du da warst«, sagte ich schließlich. »Und danke, dass du mir zugehört hast. Es hat gutgetan, mit dir darüber zu sprechen.«

Er wandte sich mir zu, lächelte und in seiner Miene lag so viel Wärme, dass mir plötzlich nicht mehr so kalt war.

Zane winkelte den Arm an und deutete dann mit dem Kopf darauf.

Ich erwiderte sein Lächeln und hakte mich bei ihm unter.

Kapitel 18

ZANE

Ich starrte in die Dunkelheit. Winzige Lichtpunkte tanzten an der Decke über mir und draußen hörte ich das leise Rascheln eines Tiers unter meinem Fenster. Ich lag auf dem Rücken im Bett, hatte die Decke von mir geschoben und die Arme hinter dem Kopf verschränkt.

Wir wohnten nur eineinhalb Stunden voneinander entfernt. Das war nah genug für eine spontane Verabredung. Eineinhalb Stunden. Es war unglaublich. Ich war an den Rand der Welt gereist und hatte sie getroffen.

Das zwischen uns war leise. Es war Mut und Zögern, Misstrauen und Neugier, Angst und Hoffnung. Es ließ mich nicht mehr los. Lys hatte sich in mein Herz geschlichen und sie hatte mir keine Wahl gelassen.

Meine Gedanken wanderten weiter zu den Dingen, die Lys über ihre Vergangenheit erzählt hatte. Ich hatte immer noch ihr Gesicht vor Augen. Sie hatte so verletzlich gewirkt, so betroffen und irgendwie verloren. Ich hatte den Schmerz über den Verlust ihrer Mutter gefühlt, als sie über sie gesprochen hatte. Wie viel Kraft es sie gekostet hatte, wieder hierherzukommen. Wie viel Kraft es sie kostete, hierzubleiben, all das hatte ich in dieser Zeit am Strand sehr deutlich gespürt. Sie litt unter dem Verhalten ihres Vaters, unter den Erinnerungen, die sie überall überfielen und unter dem Verhalten vieler Bewohner dieser Gegend. Und dennoch hatte sie kein einziges Mal davon gesprochen, alles hinzuschmeißen. Sie war traurig gewesen, vielleicht sogar verzweifelt, aber der Sturm, der über sie hinweggefegt war, hatte sie nicht gebrochen.

Meine Gedanken wanderten erneut weiter. Ich dachte an die Stürme, die mich erwarten würden. Die Seawolves entglitten mir. Meine zwei besten Freunde entfernten sich von mir und unseren gemeinsamen Zielen. Ich dachte an den bevorstehenden Kampf mit meinen Eltern, an die Diskussionen, an die Predigten zum Thema Verantwortung und Loyalität. Und ich dachte an Andrew. In diesem Moment fragte ich mich, wie sehr der Verlust meines Bruders mich in die Tiefe reißen würde. Wie es ohne ihn weitergehen und wie viel er von mir mitnehmen würde. War ich noch der Alte, wenn ein Teil von mir für immer verloren war?

Ich starrte nach wie vor in die Dunkelheit. »Ich habe Angst, Andy«, flüsterte ich. Ich schluckte krampfhaft. Mein Herzschlag klang dumpf in meiner Brust. Mit einem Fluch griff ich nach meinem Handy. Ich öffnete meine WhatsApp-Back-ups und suchte einen Chat mit meinem Bruder.

Hey Loser, am WE Snowboarden in Aspen?

Wenn du dich traust, Kleiner.

Du bist nicht im Training, du Streber.

Und du hattest noch nie Ahnung vom Snowboarden.

Ich bin schneller als du.

Auf dem Hintern den Hügel runterrutschen zählt nicht.

Nur das Gewinnen zählt.

Schon klar. Nimmst du Mom und Dad mit?

Nicht, wenn ich es verhindern kann.

Sie lassen dich niemals allein ins Chalet.

Überlass das mir.

Ich melde mich später dazu.

Kay.

Ich schloss den Chat und ließ das Handy auf meine Brust sinken. Hätte ich damals doch geahnt, wie vergänglich Momente wie dieser waren. Hätte ich damals nur gewusst, wie wenig Zeit uns noch blieb.

Eine Träne rann aus meinem Augenwinkel. Ich biss mir auf die Unterlippe, um ein Schluchzen zu unterdrücken. Meine Zähne bohrten sich in die weiche Haut und der Schmerz jagte wie ein Blitz durch mich hindurch.

Vor allen anderen ließ ich mir nichts anmerken, so war ich einfach. Ich machte mein Ding, ich hatte meine Zukunftspläne, ich flirtete, ich verbrachte Zeit mit meinen Freunden, ich kämpfte für meine Ideale. Sogar Stuart und Kara waren der Meinung, dass ich gut klarkam, so perfekt war meine Fassade.

Aber gerade wünschte ich mir, ich hätte jemanden, bei dem ich meine Gefühle wirklich zeigen konnte. Jemanden, in dessen Gegenwart ich einfach echt sein konnte. Verletzlich und echt, mit all meinen Ängsten und Fehlern.

Mitten in der Nacht war ich plötzlich hellwach. Von draußen erklang das Geräusch eines sich nähernden Motors. Ich blinzelte, griff nach meinem Handy und sah auf die Uhrzeit. Es war zwei Uhr dreißig. Die Gardinen vor meinem Fenster standen ein breites Stück offen. Dadurch konnte ich den dunklen Nachthimmel erkennen, aber auch den doppelstrahligen Lichtschein, der die Dunkelheit durchschnitt.

Ich wollte mich gerade aufrichten, da erschien ein Schatten. Schnell knipste ich das Handy aus. Eine menschliche Gestalt kam direkt auf mein Fenster zu, bis sie vor der Scheibe stehen blieb.

Wieder kniff ich die Augen gerade so weit zusammen, dass ich noch ein bisschen durch den Kranz der Wimpern sehen konnte. Jemand spähte in mein Zimmer. Es dauerte wohl einen Moment lang, bis sich die Augen des Fremden an die Dunkelheit gewöhnt hatten. Ich spürte seinen Blick auf mir. Die Silhouette war zwar nur undeutlich zu erkennen, dennoch hätte ich schwören können, dass es sich wieder um Mr Prytt handelte.

Dann wandte die Gestalt sich ab und ging auf knirschenden Sohlen über das Rollfeld davon.

Das Brummen wurde lauter, war jedoch nicht so ohrenbetäubend, dass es auf dem ganzen Firmengelände zu hören sein würde. Ich hingegen hatte einen leichten Schlaf und wurde schon wach, wenn jemand im Zimmer neben mir einen Kuli vom Nachttisch rollen ließ.

Langsam richtete ich mich im Bett auf. Das Licht wurde heller, und mittlerweile war mir klar, dass es sich bei dem Brummen um einen Flugzeugmotor handelte. In diesem Moment fragte ich mich wirklich, warum Saunderman mich eingestellt hatte. Warum er dieses große Risiko eingegangen war. War es Mr Saunderman tatsächlich so wichtig, seine Tochter vom Gelände zu haben, dass er dafür jemanden einstellte, der so nah am Ort des Geschehens untergebracht wurde? Ich war das beste Gegenbeispiel, denn ich erhob mich jetzt aus dem Bett und schlüpfte in meine Jeans. Jetzt würde ich mir mal ansehen, was da draußen geschah.

Sobald ich mich angezogen hatte, schnappte ich mir meine Kamera und mein Handy und verließ das Zimmer.

Da ich kein Licht anmachen konnte, musste ich durch die Dunkelheit schleichen, stets bedacht darauf, bloß kein verdächtiges Geräusch zu machen.

Ich machte mich auf den Weg zum letzten Zimmer in dieser

Reihe, das dem Hangar am nächsten lag. Der Hangar bot sich eher zum Verladen von Waren an als das Ende eines Rollfelds.

Anhand der Geräusche von draußen vermutete ich, dass die Maschine gerade aufgesetzt hatte, denn ich vernahm das Quietschen von Reifen auf Asphalt. Ich brauchte mich also nicht zu beeilen, das Flugzeug musste schließlich erst ausrollen, drehen und dann zurück zum Hangar fahren.

Ich wusste nicht mehr, ob in den Zimmern die blickdichten Vorhänge zugezogen waren, aber ich betete, dass es so war. So würde ich mich mit dem Teleobjektiv unauffällig zwischen einem Spalt im Stoff nahe der Fensterscheibe platzieren können und hoffentlich ein paar aussagekräftige Beweisfotos machen. Ich war mir relativ sicher, dass um diese Uhrzeit keine Waren für die Fabrik geliefert wurden. Es musste sich um etwas handeln, das Saunderman vor den allermeisten seiner Angestellten verbergen wollte.

Ich hatte Pech. Die Vorhänge im Zimmer waren weit aufgezogen. Ich fluchte leise. Vielleicht würde die Aussicht im Zimmer davor auch noch reichen. Immerhin hatte ich ein Teleobjektiv. Doch auch hier waren die Gardinen geöffnet. Erneut fluchte ich lautlos und begab mich wieder in das vorherige Zimmer, das letzte im Gang und hoffentlich das mit der besten Aussicht. Grübelnd blieb ich im Eingangsbereich stehen. Die Linse meines Teleobjektivs war groß und reflektierte jeden noch so kleinen Funken Licht. Wenn ich Pech hatte, würde man die Bewegung am Fenster registrieren und dann wäre ich geliefert.

Leise schloss sich die Zimmertür hinter mir und ich betrachtete das, was ich von hier aus sehen konnte.

Beim Hangar standen zwei Personen, jedoch so in einem Schatten, dass ich sie nicht erkannte. Neben ihnen entdeckte ich vier metallene Kühlkästen. Diese waren bereits geschlossen, über den Inhalt konnte ich also nur spekulieren. Die Lichtkegel des Flugzeuges verrieten mir, dass es auf der Landebahn bereits gewendet hatte und sich nun auf dem Weg zurück zum Hangar befand.

Mit klopfendem Herzen wartete ich ab. Als die Nase des Flugzeugs links in einem Blickfeld erschien, wich ich seitlich in das kleine Badezimmer. Ganz langsam lehnte ich mich ein Stückchen durch den Türrahmen, nur um eine hochmoderne Cessna vorbeirollen zu sehen. Dieses Schmuckstück war kein Vergleich zu dem alten Kasten, mit dem Saunderman umherflog. Auf eine Seite lackiert entdeckte ich japanische Schriftzeichen.

Als das Flugzeug aus meinem Sichtfeld verschwand, verließ ich das Bad und drückte mich auf der anderen Seite des Flurs nah an die Wand. Vorsichtig bewegte ich mich vorwärts. Als Nächstes kam der Schreibtisch, auf dem der alte Röhrenfernseher stand. Ich stieß eine kleine Vase mit Kunstblumen um, doch zum Glück machte sie auf dem Teppich kein Geräusch. Ich ließ sie liegen, denn später würde ich genug Zeit zum aufräumen haben. Nach dem Schreibtisch folgte ein kleiner Sessel, den ich in Richtung Zimmermitte schob, um möglichst nahe der Wand Platz zu haben, und dann hatte ich das Fenster auch schon erreicht. Dann ließ ich mich nach unten in die Hocke sinken, damit mein Kopf unter dem Fensterrahmen blieb.

Behutsam rückte ich so nah an das Fenster wie möglich. Die Kamera hing immer noch sicher um meinen Hals. Zuerst zog ich allerdings das Handy aus meiner Tasche, um damit schnell und unauffällig ein Foto zu machen. So ein kleines Gerät würde bestimmt nicht auffallen, obwohl es aus dieser Entfernung vermutlich nicht viel einfangen konnte. Trotzdem hielt ich das Handy ans Fenster und knipste auf gut Glück, ohne selbst durch die Scheibe zu sehen.

Als ich die Fotos betrachtete, war ich überrascht. Die Aufnahmen waren klar, und weil jetzt jemand Licht im Hangar gemacht hatte, auch gar nicht zu dunkel. Ich vergrößerte einen Bildausschnitt mit Daumen und Zeigefinger und riss im nächsten Moment die Augen auf. Der Patriarch persönlich erwartete seine Gäste. Neben Mr Saunderman stand wie erwartet Mr Prytt. Ich betete, dass die Cessna nicht direkt vor den beiden halten würde. Und dieses Mal hatte ich Glück. Das Flugzeug hielt nahe dem Hangar, ohne mir dabei den Blick auf das Innere zu versperren. Jetzt musste ich viel riskieren, wenn ich meine Beweisbilder haben wollte. Ich müsste mein sicheres Versteck verlassen und den Kopf über den Fensterrahmen heben, um mit meiner Kamera Fotos aufzunehmen.

Schon öffnete sich die Cessna und zwei Männer stiegen die drei Treppenstufen hinunter aus dem Passagierraum. Ich hatte sie für ein reines Transportflugzeug gehalten, musste aber feststellen, dass es sich vermutlich um eine Privatmaschine handelte, die für Geschäftsreisen genutzt wurde. Die zwei Männer in dunklen Anzügen und mit unverkennbar asiatischen Zügen hatten einen silbernen Aktenkoffer dabei. Die zwei Piloten stiegen nicht aus, sondern wirkten in ihrem Cockpit sehr beschäftigt und ließen sogar den Motor laufen. Die vier Männer vor dem Hangar begrüßten sich, als würde man sich kennen. Zuerst wurden Hände geschüttelt, dann wurde sich reihum nochmals verbeugt.

Das Licht war so gut, dass ich alle vier Männer klar und deutlich auf den Fotos erkennen konnte. Als Beweisbilder würden sie sich hervorragend eignen.

Anschließend ging man zum Geschäft über. Und leider hatte ich mal wieder Pech. Eine der Kisten wurde geöffnet, doch der Deckel hob sich in meine Richtung und verbarg den Inhalt. Die Männer in Anzügen beugten sich darüber und schienen den Inhalt zu begutachten. Als sie nickten, wurde der Deckel schnell wieder verschlossen. Dann übergab einer der Männer den silbernen Aktenkoffer an Saunderman mit einer kleinen Verbeugung. Dieser öffnete ihn – und dieses Mal hatte ich den perfekten Blick auf das, was sich im Inneren verbarg. Es waren Geldscheine, sorgfältig nebeneinander im Koffer gestapelt. Ich zoomte noch näher heran und konnte so erkennen, dass es sich um amerikanische Dollar handelte. Schon war der Koffer wieder zu und die beiden Männer trugen die erste Kiste ins Innere. Durch mein Teleobjektiv fing ich den Blick von Mr Prytt auf. Wie immer sah er sich auf dem Gelände wachsam um. Doch dieses Mal schien er nichts zu bemerken.

Obwohl mir das Herz bis zum Hals klopfte, zwang ich mich, absolut stillzuhalten. Ich war mir sicher, dass ihm jede noch so kleine Bewegung nicht entgehen würde. Er schien minutenlang in meine Richtung zu starren, bis er sich endlich abwandte.

Die Männer hatten bereits die vierte Kiste verladen und nun wurde sich verabschiedet. Wieder Händeschütteln, wieder Verbeugungen, dann verschwanden die Männer in der Cessna. Kaum dass die Maschine Richtung Startbahn rollte, reichten sich auch Saunderman und Prytt die Hände. Ersterer öffnete den Geldkoffer und gab eins der Bündel an seinen Vorarbeiter. Der nickte dankend und schob es sich in eine seiner Taschen.

Die Motoren der Cessna röhrten auf, als die Maschine auf der Landebahn Fahrt aufnahm. Ich sah die Scheinwerfer noch am Himmel, als sie einen Bogen flog, und auch Mr Saunderman und

Mr Prytt schienen abzuwarten, bis die Cessna aus ihrem Blickfeld verschwunden war.

Ich hatte Fotos davon gemacht, wie Mr Saunderman Mr Prytt das Geld gegeben hatte, und begutachtete sie gerade, als die Männer über die Landebahn in meine Richtung kamen. Ich schimpfte mich selbst einen Vollidioten. Schließlich führte der Weg vom Rollfeld am Gästehaus entlang und dann weiter Richtung Bürogebäude und Fabrikhalle. Dort waren die Parkplätze für die Angestellten. Mr Prytt würde nach Hause fahren, Mr Saunderman vielleicht noch das Geld im Tresor einschließen und dann ebenfalls aufbrechen.

Ich machte solche Observationen nicht zum ersten Mal, trotzdem war ich so aufgeregt gewesen, dass mir dieser Gedanke nicht gekommen war.

Die beiden liefen direkt auf das Fenster zu, so erschien es mir jedenfalls. Mit schweißnassen Händen versuchte ich, möglichst langsam zurückzuweichen. Auf gar keinen Fall eine schnelle Bewegung machen.

Schon hörte ich ihre Stimmen, ihre leise Unterhaltung, und das, obwohl das Fenster geschlossen war. Ich konnte ihre Worte nicht verstehen, dennoch mussten sie bereits ganz nah sein.

»… tief und fest geschlafen«, sagte Mr Prytt gerade. »Und selbst wenn er davon aufgewacht ist, wird er das nicht zuordnen können. Er arbeitet einfach nur hier und hat keine Ahnung von gar nichts. Wie soll er beurteilen, ob wir nachts Ware geliefert bekommen oder nicht? Und außerdem …«

Ich hatte mich in die Ecke zwischen Fenster und Wand gedrückt und mit klopfendem Herzen zugehört. Mr Prytt hatte über mich gesprochen. Also schien es auch Mr Saunderman aufgefallen zu sein, dass es vielleicht nicht der allerklügste Ort für meine Unterbringung gewesen war.

Doch ich musste Mr Prytts Argumenten recht geben: Wäre ich nicht schon mit einem Verdacht hier angereist und läge nicht permanent auf der Lauer, es wäre mir vermutlich nicht seltsam vorgekommen, wenn hier nachts eine Cessna landete.

Und dann hörte ich noch etwas, das mir das Blut in den Adern gefrieren ließ.

»… kann man ja trotzdem mal nachschauen.«

Die Worte hallten seltsam dumpf in meinem Kopf nach. Das war Mr Saundermans Stimme und wie immer klang sie befehlsgewohnt.

Jetzt waren sie so weit entfernt, dass ich sie kaum noch hören konnte. Was, wenn sie erneut durch mein Fenster sehen würden? Den Weg konnte ich jetzt unmöglich schaffen.

Verdammt, verdammt, verdammt!

Um die Vase samt herausgefallener Kunstblumen wieder aufzuheben und den Sessel an seinen Platz zurückzuschieben, blieb keine Zeit. Ich stürmte los, den Gang hinunter und entdeckte gerade noch durch die halb geöffnete Tür, wie sich zwei Schatten von der Gardine entfernten. Das Mondlicht schien jetzt so hell in mein Zimmer, dass selbst ein Blinder gesehen hätte, dass mein Bett leer war.

Verdammt!

In meinem Kopf ratterten alle Zahnräder. Ich wartete, bis die Schatten vollständig verschwunden waren, und dann schlüpfte ich in mein Zimmer. Schnell ließ ich die Kamera in meine Reisetasche sinken und packte ein paar dreckige T-Shirts darüber.

Wo konnte ich sein, wenn nicht im Bett?

Ich schob mir die Schuhe von den Füßen und schlüpfte aus meiner Jeans, während ich angestrengt überlegte.

In der Eingangstür zum Gästehaus drehte sich ein Schlüssel. Normalerweise schloss ich die immer ab, wenn ich schlafen ging, doch natürlich hatte Mr Prytt einen Schlüssel.

Mir blieben nur noch Sekunden. Ich floh ins Bad und machte die Tür zu. In genau zwei Sekunden würde Mr Prytt bei meinem Zimmer sein und mich zur Rede stellen.

Wenn er sich dann auch die anderen Zimmer besah, würde er feststellen, dass ich im letzten Zimmer der Reihe etwas umdekoriert hatte. Und dass dieses Zimmer zufällig einen sehr guten Blick auf den Flugplatz hatte.

Das durfte auf gar keinen Fall passieren.

Ich atmete tief durch und drückte dann die Spülung des WCs. Danach ließ ich auffällig laut das Wasser rauschen und summte eine kleine Melodie, während ich mir die Hände abtrocknete. Anschließend trat ich aus der Tür.

Mr Prytt hatte meinen Geräuschen wohl gelauscht, denn er war vorbereitet. »Zane, nicht erschrecken«, sagte er, kaum dass ich das Bad verließ. Er hatte das Licht im Flur angeknipst.

Ich tat trotzdem so, als hätte er mir einen gehörigen Schrecken eingejagt. »Mr Prytt.«

»Ich hatte hier ein verdächtiges Geräusch gehört. Es klang, als würde jemand einbrechen. Ich war im Büro und wollte mal nachsehen. Alles in Ordnung?« Er hatte die Nerven, ehrlich besorgt zu tun.

»Hier ist alles okay. Ich habe nichts Verdächtiges gehört, habe aber auch einen ziemlich tiefen Schlaf«, log ich.

Mr Prytt beugte sich an mir vorbei und schaute erst ins Zimmer und dann hinter mich ins Bad.

Ich grinste möglichst verschämt. »Habe vor dem Schlafengehen wohl zu viel Saft getrunken.«

Er kaufte mir die Show ab. »Alles klar. Entschuldige die Störung. Aber wie heißt es so schön: Vorsicht ist besser als Nachsicht.«

»Na klar.« Ich tat so, als müsste ich ein Gähnen unterdrücken. Wenn er jetzt bloß nicht auf die Idee kam, die anderen Zimmer zu kontrollieren.

Aber Mr Prytt wandte sich ab. »Dann sollte ich mal …« Er hielt in seiner halben Drehung inne, als wäre ihm etwas eingefallen. »Vielleicht sollte ich die anderen Zimmer überprüfen? Im Speisesaal war ich schon.«

Ich stöhnte innerlich auf. Echt jetzt? Er nahm seinen Job etwas zu ernst.

Ich drängte mich an ihm vorbei. »Ich mache das mal schnell, Boss.«

Er blieb stehen. »Danke, Zane.«

In Rekordzeit checkte ich alibimäßig alle Zimmer und zeigte ihm dann einen Daumen hoch. »Alles sauber.« *Und jetzt verschwinden Sie doch bitte.*

Er nickte und endlich wandte er sich zum Gehen. »Gute Nacht. Ich schließe ab.«

»Super, danke!«

Erst als sich der Schlüssel im Schloss drehte, atmete ich auf. Ich hatte zwar tolle Fotos bekommen, aber dieses Mal war es echt knapp gewesen.

Kapitel 19

LYS

Am Montagmorgen schaute ich gegen halb acht Uhr morgens bei meinem Vater im Büro vorbei. Zane und ich würden erst um acht Uhr losfahren, weshalb ich noch einen guten Zeitpuffer hatte. Das war natürlich so geplant und auch, dass ich meinen Vater ein wenig überraschen wollte.

Als ich in einem der Sessel vor seinem Schreibtisch Platz nahm, musterte er mich.

»Ist alles in Ordnung? »

Ich nickte. »Ja, danke.«

Mein Vater nippte an seinem Kaffeebecher und lehnte sich dann in seinem Stuhl zurück. »Was kann ich für dich tun, Lys?«

Eigentlich waren es zwei Dinge, die ich von ihm wollte. Das Herz schlug mir bis zum Hals, so nervös war ich.

»Ich bin ja jetzt schon ein paar Tage hier und ich wollte noch mal mit dir sprechen. Du hast sicherlich gemerkt, dass Cheryl und ich keine Probleme miteinander haben. Ich habe mich mit ihr ausgesprochen. Bis jetzt verlief unser Zusammenleben doch sehr harmonisch.« Ich hatte zwar schon zweimal das Gefühl gehabt, dass jemand meine Zimmer durchsucht hatte, doch irgendwie verdächtigte ich eher Nathan als Cheryl. »Es wäre mir einfach wichtig, von dir zu hören, dass zwischen uns alles gut ist. Seit du mir das von May erzählt hast, haben wir nicht mehr darüber gesprochen.«

Mein Vater schien sich jetzt unbehaglich zu fühlen. »Das stimmt, Cheryl hat sogar für dich gesprochen. Sie ist einfach so ein gutherziger Mensch. Sie hasst Konflikte.« Er betrachtete mich eingehend. »Du möchtest also jetzt, dass ich dir sage, dass alles gut zwischen uns ist?«

Ich nickte.

Er schien erneut nachzudenken. »Wir hatten einen guten Start und ich blicke jetzt positiv in die Zukunft. Ich möchte dir vertrauen, denn du bist meine Tochter. Wenn du dieses Praktikum ohne weitere Zwischenfälle absolvierst, dann ist all das, was geschehen ist, vergessen. Dass du hierhergekommen bist, das erfordert Kraft und Mut, das weiß ich. Das honoriere ich. Also schlage dich weiter so tapfer, und alles wird gut.«

Ich nickte knapp. Das war zwar nicht die Absolution, die ich hatte hören wollen, doch es war ein Anfang und gar kein schlechter. Jetzt kam ich zu meinem zweiten Punkt. Der ebenso eine Schlangengrube war wie der erste.

»Und ich wollte dich auf den Instagram-Account der Firma ansprechen.«

Dad presste die Lippen zusammen und wirkte nicht gerade begeistert. Das war kein guter Anfang. Also sprach ich hastig weiter.

»Ich habe mir den Account mal angesehen. Da steckt so viel Potenzial drin. Man könnte ein paar mehr Fotos aufnehmen, regelmäßig etwas hochladen. Kleine Videos, Stories, so was. Ich bin sicher, es gibt eine Menge Menschen da draußen, die das interessant finden würden. Gesunde Ernährung und dann auch noch regional und bio, das ist ein riesengroßes Thema. Wir müssen uns hinter dem, was wir tun, nicht verstecken. Ich könnte die einzelnen Delikatessen fotografieren, kleine Ausschnitte aus den Produktionsabläufen zeigen und –«

Als er lächelte, war ich so irritiert, dass ich den Faden verlor.

»Du erinnerst mich gerade so sehr an deine Mutter.« Ich starrte ihn an. Sein Lächeln glitt an mir vorbei und dann Richtung Fenster. »Sie war sich ihrer Dinge auch immer so sicher. Sie war immer so überzeugt von dem, was sie tat.« Sein Blick glitt zurück zu mir. »Genau wie du jetzt.«

Ich vermutete mal, dass es ein Kompliment war. »Danke«, murmelte ich also leise.

Mein Vater beugte sich vor und legte beide Unterarme auf dem Tisch ab. »Ich finde es schön, dass du dir Gedanken gemacht hast. Danke, dass du dich einbringen willst. Aber das wird nicht funktionieren. Es hat damals nicht funktioniert, als dieser Praktikant den Account erstellt hat, und es wird auch jetzt nicht funktionieren. Außerdem konzentriert sich unser Geschäft eher auf Bestandskunden aus dem Bereich der großen Kaufhausketten oder Delikatessen-Großhandel als auf Privatkunden beziehungswiese das Onlinegeschäft. Und auf Instagram sind solche Geschäftskunden nicht vertreten. Diese Arbeit lohnt sich nicht.«

Natürlich hatte ich damit gerechnet, dass ich Gegenargumente bekommen würde. »Das ist nicht viel Arbeit. Du müsstest nicht extra jemanden dafür einstellen. Ich kann auch versuchen, so viel Material wie möglich zu sammeln, damit ich für die nächsten Monate genug Content habe. Dann übernehme ich den Account einfach.«

Mein Vater schüttelte den Kopf. »Das ist einfach nicht unsere Zielgruppe, das hatte ich doch gerade schon erklärt. Instagram ist etwas für junge Leute.«

Ich bemühte mich, möglichst verbindlich zu klingen. »Das stimmt nicht so ganz, Dad. Vielleicht war das mal am Anfang so oder es ist die gängige Meinung der Medien, aber in Wahrheit tummeln sich Menschen jeden Alters auf Instagram. Es ist ja auch eine Plattform, die andere inspirieren soll. Und Menschen mit Lebenserfahrung haben da genauso viel zu bieten wie jemand, der ein Start-up gründet. Außerdem ist diese Plattform mittlerweile sehr kommerzialisiert worden. Man kann dort Anzeigen schalten und eine gewisse Zielgruppe erreichen. Das kann man sogar demografisch eingrenzen. Das würde sich für uns anbieten, weil du doch erzählt hast, dass wir viel in den arabischen und asiatischen Raum verkaufen.«

Mein Vater runzelte die Brauen, aber er unterbrach mich nicht. Ich wertete das als kleinen Erfolg.

»Jedenfalls gibt es dort viele Menschen, die sich sehr für gesundes Essen, aber auch für regionale Spezialitäten interessieren. Hier könnten wir zwei Fliegen mit einer Klappe schlagen. Wenn man sich dann ein Wochenende hinsetzt und die Homepage etwas modernisiert und am besten einen Onlineshop einrichtet, dann könnte man damit garantiert auch Geld –«

»Wie bitte?« Dads Stimme klang plötzlich schärfer.

»Man könnte damit Geld verdienen«, wiederholte ich. Als er mein Gesicht musterte, wusste ich, dass er mich durchschaut hatte.

»Es geht um eine weitere Einnahmequelle?«

Ich nickte.

»Warum hast du das Gefühl, diese Firma müsste mehr verdienen?«

Etwas unschlüssig zuckte ich die Schultern. Ich wollte ihn auf gar keinen Fall provozieren. Das hier war ein heikles Thema, aber wer sich das Gelände mal genauer ansah, der erkannte recht schnell, dass diese Firma Geld brauchte.

»Na ja, als ich hier angekommen bin, da war ich etwas überrascht, weil ich auch lange nicht mehr hier gewesen war und –«

Wir sahen uns erneut an.

»Sprich weiter.« Er würde es mir nicht leicht machen.

»Ich bin mir sicher, niemand kennt den Zustand des Geländes besser als du«, sagte ich leise. »Und welchen Eindruck es auf Außenstehende macht.«

Mein Vater richtete sich in seinem Sitz auf und nahm die Schultern zurück. Seine Miene verhärtete sich. »Du unterstellst mir also, der Firma ginge es schlecht.«

Das müsste er doch am besten wissen, oder? Warum spielte er jetzt dieses Spiel mit mir?

Ich richtete mich ebenfalls ein wenig auf und hielt seinen Blick. »Sag du es mir, Dad.«

Er schnaubte leise. »Ich führe diese Firma seit über dreißig Jahren, und jetzt kommst du angeflogen und machst Sanierungsvorschläge?«

»Bitte bleib sachlich, Dad. Ich wollte einfach nur helfen.«

Meine Worte schienen ihm den Wind aus den Segeln zu nehmen. Seine Haltung entspannte sich genau wie seine vorher so verhärteten Züge. »Hör zu, Lys. Du hast mich vielleicht gerade auf dem falschen Fuß erwischt. Entschuldige, dass ich dich so angeraunzt habe. Es ist schön, dass du dir Gedanken gemacht hast, wie man unsere Firma noch bekannter machen kann. Aber dafür werden wir jemanden brauchen, der den Instagram-Account betreut. Du wirst am Ende des Sommers mit deinem Studium beginnen und damit alle Hände voll zu tun haben. Außerdem werde ich es nicht verantworten, dir diese zusätzliche Arbeit aufzubürden. Wollen wir dann auch Anzeigen auf Instagram schalten, sind es noch mal Kosten.« Er sah mich an. »Und kannst du eine Webseite programmieren? Kannst du einen Webshop programmieren?«

Ich schüttelte den Kopf.

Er zog vielsagend die Augenbrauen hoch, doch seine Stimme blieb sanft. »Siehst du.«

»Aber ich kenne da einen Mitschüler, der –«

Er schnitt mir das Wort ab. »Das sind also dann noch mal Kosten. Einmal für die Homepage und dann für den Shop. Das sind insgesamt vier Posten, die mich etwas kosten würden, noch bevor ich weiß, ob es funktioniert. Und bei Instagram bin ich ehrlich gesagt mehr als skeptisch, dass sich so etwas auszahlen wird. Über solche Dinge wirst du sicherlich noch in deinem betriebswirtschaftlichen Studium lernen, aber aus rein kaufmännischer Sicht sind das keine Erfolg versprechenden Investitionen. Und das völlig unabhängig davon, wie es finanziell um diese Firma steht.« Und damit schien das Gespräch für ihn beendet. »Danke für deinen Vorschlag und fahrt vorsichtig.«

Nach genau sechs Minuten Gespräch verließ ich das Büro meines Vaters wieder. Schlechter hätte es nur laufen können, wenn wir uns gestritten hätten. Aber so schnell würde ich nicht aufgeben. Ich würde ihm zeigen, dass ich mich aktiv einbringen wollte, dass mir all das hier nicht egal war. Ich würde ihm beweisen, dass ich das kaufmännische Gen im Blut hatte so wie er. Energisch straffte ich die Schultern. Versuch eins gescheitert, aber das hieß nicht, dass ich jetzt das Handtuch werfen würde.

»Was beschäftigt dich eigentlich schon den ganzen Tag?«

Es war früher Nachmittag und Zane und ich hatten das Gemüse und das Obst bei den Yutus abgeholt. Wir waren zurück auf dem Firmengelände, hatten zusammen mit ein paar Helfern den Wagen ausgeladen und jetzt mussten wir den Transporter bloß noch parken. Zane saß am Steuer, während ich zum wiederholten Male grübelnd aus dem Fenster gestarrt hatte.

Ich sah ihn kurz von der Seite an und seufzte. »Es ist ein Instagram-Problem.« Das Gespräch mit meinem Vater heute Morgen hatte mich den ganzen Tag nicht losgelassen.

Zane warf mir einen kurzen Blick zu, als er meine übertrieben leidende Stimme hörte. »Ein Insta-Problem, soso.« Er manövrierte den Wagen unter den Carport, in dem auch der andere Firmentransporter geparkt war. »Klingt weltbewegend.« Damit stellte Zane den Motor ab, löste den Sicherheitsgurt und drehte sich dann in seinem Sitz zu mir. »Sprich mit mir darüber, wenn du dich dann besser fühlst.« Er tat so, als würde er sich eine Brille auf der Nase nach oben schieben. Zugegeben, ich konnte ihn mir wirklich als eine Art Therapeuten vorstellen. Er besaß das Talent, auf Knopfdruck völlig seriös zu gucken.

Ich lachte leise und spielte mit. »Wo ist denn Ihre Couch, Herr Doktor?«

Zanes Augen weiteten sich für einen Moment. Erst dann wurde auch mir klar, wie unfreiwillig anzüglich diese Worte geklungen hatten. »Ich meine, die meisten Psychologen haben ja eine Couch in ihrer Praxis und da dachte ich …«

Zane hatte seine seriöse Miene wieder aufgesetzt, zog an einem Hebel an meinem Sitz und schon sank dieser nach hinten. »Nehmen Sie doch mit meinem Liegesitz vorlieb, gnädige Frau.«

Ich lag auf dem Rücken, über mir der graue Fahrzeughimmel, und hielt meinen Bauch vor Lachen. Er war so ein guter Schauspieler. Gerade hatte er wirklich wie ein leidgeprüfter Therapeut geklungen, der bereits von allen menschlichen Abgründen gehört hatte.

»Das Liegen ist nicht so toll, wie ich angenommen hatte.«

Ich rutschte in dem Sitz hin und her. »Es ist komisch, dich dabei nicht anzusehen.«

»Ich glaube ja, genau darum geht es.« Es erklang ein weiteres Hebelgeräusch und Zanes Lehne sank ebenfalls nach hinten.

»Hi«, sagt er leise, als er plötzlich direkt neben mir lag.

Das Lachen auf meinem Gesicht verschwand. Er war nah, aber doch nicht so nah, dass er mich damit überrumpelt hätte. Er hatte sich zur Seite gedreht, lag halb auf der Schulter und die Wange auf der Rückenlehne. Er lächelte, doch jetzt wirkte es nicht mehr aufgesetzt.

Ich drehte mich ihm ebenfalls zu. »Hi«, erwiderte ich dann leise. Ich erinnerte mich an den Moment bei Holly und Craig, an die Sekunden, als Zanes Finger zart mit meinem gespielt hatten, nachdem er mir vom Boden aufgeholfen hatte. Ein Prickeln jagte meine Wirbelsäule hinab und ich wünschte mir, er würde mich erneut berühren.

»Also, das Instagram-Problem …« Zanes Stimme klang plötzlich rau. »Erzählst du mir davon? Ich rätsele ja schon den ganzen Tag, warum du nicht richtig bei der Sache bist. Und hin und wieder hast du irgendwas gemurmelt, es war fast ein wenig gruselig.«

Ich lachte leise auf und stupste ihn vor die Schulter. »Hör schon auf.«

Er fing meine Hand auf und hob sie nah an sein Gesicht. »Regel Nummer eins«, flüsterte er. »Nicht den Therapeuten schlagen.«

Ich hielt unwillkürlich die Luft an. Meine Hand schwebte nah vor seinem Mund. Sein Blick wanderte über mein Gesicht, während er meine Finger für den Bruchteil einer Sekunde mit seinen Lippen streifte.

Ein Schwarm Schmetterlinge stieg tanzend in meinem Bauch auf. »Und Regel Nummer zwei?«, flüsterte ich.

Er reckte leicht das Kinn und lächelte. »Immer auf den Therapeuten hören.« Noch mal strichen seine Lippen federleicht über meine Finger.

Er wollte sich gerade etwas näherbeugen, da brüllte jemand irgendwo hinter uns: »Eddy, hast du schon den Schlüssel für den zweiten Transporter? Oder sind die ›Rich Kids of Instagram‹ noch nicht von ihrem Trip zurück?«

Ich presste mir die freie Hand vor den Mund, um nicht zu kichern. Zane hingegen seufzte bedeutungsschwer, während er meine Finger aus seinen entließ. »Und noch jemand der ein Instagram-Problem hat. Hier werde ich garantiert nicht arbeitslos.«

Ich rollte mich auf den Rücken und kicherte jetzt doch.

»Hör auf. Wegen dir bekomme ich noch Muskelkater vom Lachen.«

Zane machte gerade seinen Sitz wieder hoch und grinste ziemlich selbstzufrieden. »So denkst du wenigstens permanent an mich.«

»Von wegen«, murmelte ich etwas verlegen. »Das hättest du wohl gerne.« Ich zog an dem Hebel und auch mein Sitz richtete sich wieder auf.

Zane grinste nach wie vor. »Das hätte ich in der Tat gerne.«

Ich schüttelte gerade den Kopf über so viel Selbstverliebtheit, da erschien jemand an seinem Fenster. Vermutlich der, der nach Eddy und dem zweiten Schlüssel suchte. Ich kannte den Mann nicht, der jetzt an die Scheibe klopfte. »Braucht ihr den Wagen noch?«, brüllte er viel zu laut.

Zane bedeutete ihm, dass wir jetzt aussteigen würden, und

drehte sich kurz zu mir. »Wir sollten die Sitzung mit dem Insta-Problem an einen ruhigeren Ort verlegen.«

Wir stiegen aus und Zane gab dem Mann den Schlüssel.

Der stieg quasi sofort ein und brauste mit dem Wagen dann in Richtung Pier, sodass wir nur noch zur Seite springen konnten.

»Der Typ hat aber auch zu viel GTA gespielt«, murmelte Zane, als wir ihm hinterhersahen.

Ich nickte und eigentlich bedauerte ich es, dass wir uns nun voneinander verabschieden würden. »Hast du jetzt eigentlich frei?«, wollte ich wissen, weil mir auffiel, dass ich ihn noch nicht danach gefragt hatte.

Zane nickte. Anfangs habe ich ein paarmal morgens noch zwei Stunden am Hafen geholfen. Aber dann musste ich immer noch mal duschen und mich umziehen. Was bei eineinhalb Stunden Arbeit und einer halbe Stunde fertig machen nicht viel Sinn ergeben hat. Seitdem regeln wir das einfach so.«

Jetzt hatte ich ein schlechtes Gewissen. »Verdienst du jetzt wegen mir weniger? Brauchst du das Geld?« Mein Praktikum wurde vergütet. Es war nicht viel, aber wenn er das Geld brauchte, würde ich ihm die zwei Stunden an diesen Tagen aus meiner eigenen Tasche bezahlen.

Doch Zane lehnte mein Angebot rundheraus ab. »Das ist unglaublich lieb von dir, aber das kommt nicht infrage. Der Lohn ist schon okay so. Mr Prytt hat mir letzte Woche angeboten, dass ich jeweils noch zwei Stunden mit der Spätschicht arbeiten könnte, aber auch das ist ein logistischer Aufwand, weil da ein Platz für mich gefunden werden muss. Ich habe dann komplett darauf verzichtet.«

»Das verstehe ich.«

Etwas unschlüssig standen wir voreinander. Als wir uns erneut in die Augen sahen, mussten wir beide etwas verlegen lächeln.

»Also, wie gesagt, ich würde dieses Therapiegespräch wahnsinnig gerne fortsetzen«, sagte Zane dann schnell und strich sich einmal kurz durch sein dunkles Haar. »Ich habe zwar nicht aufgeräumt, aber in meinem Zimmer wären wir ungestört.«

Als er mein überraschtes Gesicht bemerkte, fügte er schnell noch hinzu: »Oder wir gehen noch mal am Strand spazieren.« Er lachte kurz auf. »Entschuldige, das gerade klang so, als wollte ich dich unter einem billigen Vorwand in mein Zimmer locken. Dann vielleicht lieber ein öffentlicher Ort, an dem wir noch andere Menschen treffen? Oder wir gehen ins Nanuk?«

Es war süß, dass er sich solche Gedanken machte. Allerdings hatte ich kein Problem damit, mit ihm allein zu sein, im Gegenteil, die Vorstellung, dass er mir sein Zimmer zeigte, hatte etwas Aufregendes. Dort schlief er, dort verbrachte er den Rest des Tages, wenn er freihatte. Es gab kaum einen persönlicheren Ort, einen Platz, an dem ich mehr über ihn erfahren konnte als dort.

»Nein«, erwiderte ich also und mein Herz begann wieder schneller zu klopfen. Ich würde mit Zane noch eine Weile allein sein und dieser Gedanke gefiel mir. »Lass uns dieses Therapiegespräch gerne in deinem Zimmer fortführen.«

Er lächelte verführerisch und wieder hielt er mir seinen Arm hin, damit ich mich einhakte. Und als wir losspazierten, murmelte er gespielt zerknirscht: »Verdammt, wo bekomme ich jetzt schnell eine Couch her?«

Kapitel 20

ZANE

In Alaska gab es viele gefährliche Tiere. Grizzlys, Orcas, Wölfe, weiße Haie oder leicht reizbare Karibus. Aber dass ausgerechnet die Schmetterlinge in meinem Bauch die größte Gefahr darstellten, damit hätte ich nicht gerechnet.

Während mein gesamter Körper vor Freude jubilierte, weil Lys so nah neben mir ging, wollte mein Verstand gerade genervt die Kündigung einreichen. Durchaus verständlich, wenn man bedachte, wen ich da gerade auf mein Zimmer eingeladen hatte.

Ich war zwar mittlerweile so schlau und versteckte vor Arbeitsbeginn alle verdächtigen Gegenstände, besonders mein Tablet, auf dem ich die Fotos speicherte. Ich räumte auch immer penibel auf und verließ jedes Zimmer, das ich betrat, so unangetastet wie möglich.

Dennoch war es leichtsinnig, sie mitzunehmen. Lys war nicht dumm und sie war eine gute Beobachterin. Natürlich würde sie sich nicht die ganze Wahrheit zusammenreimen können, aber sie konnte Fragen stellen. Und da mein gefühlsverwirrter Verstand im Moment streikte und ich mich nicht mehr daran erinnern konnte, wie gut ich zum Beispiel das große Teleobjektiv versteckt hatte, bestand durchaus ein Risiko. Schließlich würde ich damit wie ein Paparazzo oder ein irrer Stalker wirken. Ich konnte auch schlecht etwas von Tierfotografie erzählen, wenn ich seit zwei Wochen hier war und bisher noch keinen einzigen Versuch unternommen hatte, irgendeinen Wal oder ein süßes Pelztier vor die Linse zu kriegen. Und Fotos konnte ich ihr nur von den Arbeitern ihres Vaters, dem Hafen und dem Rollfeld zeigen, was auch nicht gerade einen normalen Eindruck machte.

Lys schien ebenfalls ihren eigenen Gedanken nachzuhängen, denn wir sprachen kein Wort, bis wir den Eingang erreichten.

Ich schloss die Tür auf und ließ Lys vorausgehen. Sie sah sich um und drehte sich einmal um sich selbst. »Wahnsinn, hier hat sich überhaupt nichts verändert.«

Ich deutete auf meine Tür. »Das ist mein Zimmer.«

Lys stutzte. »Sie haben dich in einem der alten Zimmer einquartiert? Die Seite zum Hafen hin ist doch renoviert worden. Dad hat mal Besuch von einer Delegation japanischer Geschäftsmänner bekommen und wollte Eindruck machen.« Sie ging zielstrebig zu einer der Türen und stieß sie auf. »Schau dir das an, die Zimmer sind doch viel hübscher.«

»Ich weiß«, erwiderte ich grinsend.

Sie grinste zurück. »Oh, ich verstehe. Du hast dich natürlich auch etwas umgesehen.«

Ich nickte gerade noch, da schoss sie schon an mir vorbei. »Gibt es den Speisesaal noch? Obwohl ›Speisesaal‹ ja wirklich übertrieben ist. Es ist ja eher ein Zimmer. Und was ist mit der kleinen Küche? Ich weiß bloß, dass die Gäste von der Mitarbeiterkantine versorgt wurden. Während der Frühstückszeit hat dann hier jemand gearbeitet, die Platten wurden aber in der großen Kantine vorbereitet.«

Ich schaute ihr hinterher, wie sie mit entschlossenen Schritten vorausging. Wie an den meisten Tagen, an denen wir zu den Yutus fuhren, trug sie Bermudashorts, ein Shirt und Sneakers. Ich mochte ihren sportlichen Look. Er passte gut zu ihr und spiegelte diese Dynamik, die sie ausstrahlte, perfekt wider.

Ich war mir sicher, dass sie auch in einem Kleid absolut großartig aussah. Dennoch musste ich mir eingestehen, dass ich mir ihren niedlichen Hintern in diesen Shorts nicht entgehen lassen wollte.

Lys hatte das Speisezimmer nicht betreten, sondern einfach nur die Tür weit aufgemacht. Die Luft hier roch abgestanden und staubig. Der Holzboden war eigentlich ganz schön, hätte jedoch dringend mal richtig gereinigt und geölt werden müssen. Das Orange der Gardinen war schon lange aus der Mode und die Plastikblumensträuße auf den Fensterbänken auch. Tische und Stühle bestanden aus unbehandeltem Holz und hätten gut zu dem gerade so angesagten »Skandi-Style« gepasst. Ich hatte ganz zu Anfang mal kurz in den Raum gespäht, da er aber weiter entfernt lag vom Hafen, war er für mich nicht interessant.

Auch Lys schien das Interesse bereits wieder verloren zu haben. »Zeigst du mir dein Zimmer?«

Der Blick, den sie mir zuwarf, machte mich definitiv schwach. Irgendwas zwischen herausfordernd und unschuldig neugierig zugleich. Sie machte mich fertig und sie hatte keine Ahnung, wie mühelos ihr das gelang. »Na klar«, erwiderte ich möglichst lässig. »Wir sind ja schließlich für eine Therapiesitzung hier.«

Sie lachte, aber anders als ich klang sie nicht nervös oder betont lässig. Sie ging nah neben mir und es wirkte ungezwungen und wie selbstverständlich. Einmal berührte ihr nackter Arm ganz kurz den meinen, und wie auf unseren Fahrten kämpfte ich gegen den Drang an, sie zu berühren. Auch jetzt hätte ich gerne im Gehen meinen Arm um sie gelegt. Doch einerseits war da diese Stimme in meinem Kopf, die mich einen Vollidioten schimpfte, weil ich ihr vertrauen wollte. Und andererseits wollte ich auch nichts überstürzen, denn das mit Lys ging definitiv über eine rein körperliche Anziehung hinaus.

»Und du sagst, du hast nicht aufgeräumt.« Angekommen in meinem Zimmer drehte sich Lys einmal staunend um die eigene Achse. »Hier sieht es ja aus wie in einer Kaserne. Was machst du, wenn du aufräumst? Schrubbst du dann die Fugen mit einer Zahnbürste?«

Ich grinste. »Genau.«

Sie lachte und wieder mal war ich vollkommen gefangen von ihrem Anblick. Erneut versank ich in ihren dunkelbraunen Augen. Als ihr Lachen verschwand und ihr Gesichtsausdruck ernst und fragend wurde, da wollte ich sie so unbedingt an mich ziehen. Einfach diese zwei Schritte Distanz überwinden und sie in den Arm nehmen, sie an mich drücken und sie danach küssen, bis sie nicht mehr wusste, wie sie hieß.

Stattdessen riss ich den Minikühlschrank auf. »Hast du Durst? Ich habe Wasser und …« Den kümmerlichen Rest Saft konnte ich ihr unmöglich anbieten. »… Wasser.«

»Wasser und Wasser?« Sie tippte sich vors Kinn und tat so, als würde sie überlegen. »Eine schwere Entscheidung.«

Ich nickte und griff nach zwei Gläsern. »Dann nehme ich Wasser und du nimmst Wasser, dann können wir tauschen, falls dir deins nicht schmeckt.«

Lys lachte erneut, während sie sich unauffällig im Zimmer umsah. »Finde ich super.«

Ich goss Wasser aus der Flasche in die zwei Gläser und reichte ihr dann eins. »Du hast die Wahl zwischen dem Schreibtischstuhl und dem Bett.«

»Dann nehme ich das Bett.«

Sie machte das absichtlich, um mir für den Rest des Nachmittags die wildesten Fantasien zu bescheren, jede Wette. Vermutlich starrte ich sie an wie ein hungriger Bär, als sie mit einem unschuldigen Lächeln auf meiner Bettkante Platz nahm.

Ich stöhnte innerlich auf. Das hier war episches Material für einen Tagtraum.

Ich drehte den Schreibtischstuhl so, dass wir uns ansehen konnten, und nahm Platz. »Dann erzählen Sie doch mal, gnädige Frau. Sie führt also ein Instagram-Problem her?«

Sie kicherte.

Ich fand es großartig, wenn sie über meine lahmen Witze lachte.

»In der Tat, Herr Doktor.« Lys ließ den Henkel ihrer Umhängetasche von der Schulter gleiten und nahm einen Schluck von ihrem Wasser. Das Lächeln verschwand, als sie nach den richtigen Worten zu suchen schien. Das Thema zog sie offenbar wirklich runter. Und nachdem sie mir von ihrem Vater und diesem Gespräch über den Instagram-Kanal berichtet hatte, war mir auch klar, warum sie so down war.

»Ich kann verstehen, dass du enttäuscht bist«, sagte ich, nachdem sie geendet hatte. »Aber darf ich fragen, warum du das alles machen willst? Bist du selbst sehr aktiv auf Instagram? Ist das dein Ding?« Eben weil ich ja wusste, dass ihr Profil auf privat war, ahnte ich, dass sie in den sozialen Medien gar nicht so aktiv war. Warum dann also die Nummer mit dem Instagram-Kanal für die Firma?

Lys zuckte die Schultern. »Eigentlich nicht. Aber ich möchte mich einbringen. Du kennst nicht die ganze Geschichte, die mit meinem Vater und mir. Sie ist meine zweite Baustelle.«

Lys hatte noch eine weitere Baustelle? Sie tat mir leid.

»Willst du darüber reden?«

Lys nickte halb und halb schüttelte sie den Kopf. »Sagen wir mal so. Ich habe ein bisschen was gutzumachen und ich möchte Dad beweisen, dass mir dieses Praktikum wichtig ist. Und dass mir die Arbeit in der Firma wichtig ist. Außerdem habe ich in den letzten Tagen einfach gemerkt, dass hier vieles …«

Sie brach ab, doch ich horchte auf.

»Der Zustand der Firma ist …« Erneut zögerte sie. »Ich habe den Eindruck, ich könnte mich einbringen und helfen, um dadurch den Produktverkauf etwas anzukurbeln.«

Sie hatte also auch gemerkt, dass es der Firma finanziell schlecht ging. Aber wenn sie so offen darüber sprach, dann hatte sie garantiert nichts mit dem Snow Crab-Geschäft zu tun, oder? »Du glaubst, die Firma ist in finanziellen Nöten?«

Meine Offenheit schien sie zu überrumpeln. Etwas unschlüssig sah sie auf ihr Wasserglas. Als sie den Kopf hob, entdeckte ich wieder diese Entschlossenheit in ihrem Blick. »Darf ich dich etwas fragen, Zane?«

Ihre Augen waren groß, sie wirkte neugierig und wachsam zugleich.

Ich nickte.

»Kannst du mir versprechen, dass du mich nicht anlügst?«

Ich schluckte. *Was kam denn nun?* Obwohl ich mir relativ sicher war, dass meine Tarnung noch stand, hatte ich plötzlich ein komisches Gefühl im Bauch.

Lys bemerkte mein Zögern. Prompt machte sie einen Rückzieher. Ihre Miene wirkte resigniert und enttäuscht. »Entschuldige, ich wollte nicht …« Sie machte Anstalten aufzustehen.

»Nein«, sagte ich schnell. »Frag mich alles, was du willst. Ich werde nicht lügen. Du hast mein Wort.« Und ich hatte definitiv den Verstand verloren.

Ihre Haltung entspannte sich und sie musterte mich kurz, als wollte sie überprüfen, ob meine Körpersprache mich verriet. »Sprichst du mit meinem Vater über die Zeit, die wir beide zusammen verbringen? Hat er dich gebeten, ihm Informationen über mich zu geben?«

Das war so absurd, dass ich ein Auflachen nicht verhindern konnte. »Absolut nicht. Ich habe nicht mal bei meiner Einstellung mit deinem Vater gesprochen. Und ganz sicher horche ich dich nicht aus.«

War das etwa der Grund, warum sie sich mir gegenüber sofort wortkarg gegeben hatte? Kam daher diese subtile Feindseligkeit am Anfang? Sie hatte mich für einen Spion gehalten, den ihr Vater ihr an die Seite gestellt hatte. Kein Wunder, dass sie mich ignoriert hatte.

Sie nickte langsam, meine Reaktion schien sie überzeugt zu haben. »Gut.« Sie trank erneut einen Schluck von ihrem Wasser. »Denn bevor ich mit dir über eine mögliche Schieflage der Firma spreche, möchte ich sichergehen, dass du meine Kritik nicht direkt an meinen Vater weiterträgst. Unser Verhältnis ist bereits angespannt genug.«

»Ich verspreche dir, ich habe und werde keine Informationen an deinen Vater weitergeben.« Ich betrachtete sie, während sie noch einen Schluck nahm. Sie hatte mich geschnitten, weil sie mich für einen Spion hielt. Und ich hatte sie auf Abstand gehalten, weil ich vermutet hatte, dass sie in die illegalen Aktivitäten ihres Vaters eingeweiht war.

Wir waren beide vorsichtig gewesen und wir hatten beide gute Gründe gehabt.

Ich beschloss, unser Gespräch noch ein wenig in diese Richtung zu drängen. Ein paar mehr Informationen konnten schließlich nicht schaden. »Kennst du aktuelle Zahlen? Bilanzen? Weißt du, wie hoch die Betriebskosten sind, was das Personal insgesamt kostet und wie viel dein Vater im Geschäftsjahr verdient? Rechnet man das gegen, bleiben dann realistische Zahlen übrig?«

Lys schüttelte den Kopf und wirkte zerknirscht. »Ich habe keine Ahnung, denn ich sitze nur in einem winzigen Kämmerlein ohne Handyempfang und digitalisiere alte Personalakten. Und da steht wirklich gar nichts Interessantes drin. Leider habe ich keinen Zugriff auf aktuelle Zahlen. Dafür vertraut mir mein Vater eindeutig zu wenig. Aber gemäß der Menge an Waren, die diese Fabrik verlassen, und diesem riesengroßen Betrieb plus die Kosten für das Wohnhaus und alles kann ich mir nicht vorstellen, wie mein Vater das alles stemmt. Das Personal ist teuer, die allermeisten sind Festangestellte und seit Jahren für die Firma tätig. Sie sind der Grundstein unseres Geschäfts, da lässt mein Vater nichts dran rütteln. Die Zahlen können noch so schlecht stehen, er würde keine Leute kündigen. Aber der Zustand des Geländes ist miserabel. Mittlerweile glaube ich, dass er deswegen gegen einen Instagram-Kanal ist. Hier in der Gegend ist es zwar wunderschön, aber was soll ich auf dem Gelände fotografieren? Die Gebäude und der Pier sind so renovierungsbedürftig, dass es schon peinlich ist. Die Schiffe sind in einem miserablen Zustand. Und auch die Technik innerhalb der Fabrik ist veraltet. Die Kantine ist ebenfalls in den Siebzigern stehen geblieben, aber das weißt du ja bereits.«

Die brutale Ehrlichkeit in ihren Worten nahm mich noch mehr für sie ein. Nein, sie wusste auf keinen Fall von den miesen Geschäften ihres Vaters. Sie schien genau wie ich nach Antworten zu suchen. *Genau wie ich …* Ich ließ diesen Gedanken in meinem Kopf widerhallen. Sollte ich ihr alles erzählen? Sollte ich sie mit ins Boot holen? Sie konnte sich in der Firma ihres Vaters wesentlich freier bewegen als ich. Sie könnte wesentlich subtiler nach Informationen suchen. Das klang jetzt so, als wollte ich sie ausnutzen, doch das war es nicht. Diese Erkenntnis war wie ein Faustschlag in den Magen. In erster Linie wollte ich sie nicht mehr anlügen müssen.

Ich war ganz in diesen Gedanken versunken und antworte Lys nicht, also drehte sie sich irgendwann hin und her, um sich noch mehr im Zimmer umzusehen.

»Du hast recht«, sagte ich schnell, als es mir auffiel. »Vieles hier ist nicht auf dem neuesten Stand. So gut kenne ich mich nicht damit aus, aber ich dachte, dass es Behörden gibt, die so etwas kontrollieren. Eine Art TÜV für Fabriken?« Ich stellte mich absichtlich unwissend.

»Twinkies!«, rief Lys und sprang vom Bett auf. Etwas irritiert schaute ich ihr nach, wie sie mit zielstrebigen Schritten zu meinem Nachttisch ging. Sie stellte ihr Glas ab, hob die blau-weiße Packung hoch und strahlte mich dann an. »Ich liebe sie. Sie sind so unfassbar lecker.«

»Ich bin auch verrückt danach.« Ich lächelte sie an, weil sie so begeistert wirkte. »Am liebsten esse ich sie nachts oder unterwegs.« Und das war nicht gelogen. Schon als Kind hatte ich meine Eltern regelmäßig angebettelt, mir diese gefüllten kleinen Kuchen zu kaufen. »Nimm dir einen mit.«

Sie schüttelte den Kopf. »Auf gar keinen Fall. Da sind nur noch zwei Stück drin. Und hier im Dorf gibt's die nicht.«

Ich stellte mein Glas zur Seite, gesellte mich zu ihr und nahm einen der kleinen Kuchen aus der Packung. »Auf dem hier steht dein Name.« Ich deutete auf den Schriftzug. »Siehst du?«

Sie grinste und nahm ihn an. »Verstehe. Dann habe ich wohl keine Wahl.«

Ich verneinte und stellte die Packung zurück auf den Nachttisch.

Lys zögerte kurz, doch dann zog sie mit der freien Hand ihr Handy aus der Hosentasche und hielt es mir hin. »Wir sollten Nummern tauschen. Falls einer von uns mal zu spät kommt oder ganz ausfällt oder was auch immer ...« Etwas verlegen hob sie die eine Schulter.

Mein Herz machte einen Satz. Sie wollte mir ihre Nummer geben. Das bedeutete, dass sie höchstwahrscheinlich auch außerhalb unserer Arbeitszeiten mit mir Kontakt halten wollte. Ich hätte in diesem Moment gerne aufgelacht, doch ich konnte es mir soeben verkneifen. »Klar, gerne.« Ich tippte meine Nummer in ihr Telefonbuch ein. Sie drückte auf Anrufen und schon brummte das Handy in meiner Tasche.

Als ihr Blick erneut auf das Display fiel, runzelte sie die Stirn. »Oh, ich muss leider los, ich habe Tamika versprochen, heute schon etwas eher anzufangen. Ihr ist eine Kellnerin ausgefallen, und am Nachmittag ist es immer voller als mittags.« Sie steckte das Handy wieder weg und drehte dann den kleinen Kuchen zwischen den Fingern. »Den esse ich heute nach Feierabend. Ist es okay, wenn ich jetzt abhaue? Es war wirklich lieb von dir, dass du mit mir über Dad gesprochen hast. Das hat mir sehr geholfen.«

»Das habe ich gerne gemacht«, erwiderte ich und meinte es auch so.

Wieder wirkte sie etwas verlegen, als wir durch den Flur bis zur Haustür des Gästehauses gingen. Vor der geschlossenen

Tür blieben wir stehen. »Dann sehen wir uns übermorgen.« Lys schob sich eine Strähne hinters Ohr und schaute dann lächelnd zu mir hoch.

Ich betrachtete ihr Gesicht, weil ich mich einfach nicht von ihrem Anblick losreißen konnte. »Bis übermorgen.«

Noch ein Lächeln, dann wollte sie sich abwenden. Doch in diesem Moment konnte ich mich einfach nicht beherrschen. Ich beugte mich zu ihr und küsste sie auf die Wange. Ich spürte ihre Überraschung, trotzdem wich sie nicht zurück. »Viel Spaß im Nanuk«, wisperte ich nah an ihrer Haut.

»Danke«, ihre Stimme klang gepresst und atemlos zugleich, was mich noch weiter anstachelte. Mein Mund war ihr immer noch so nah, dass ich die Hitze ihrer Haut an meinen Lippen spürte. Ich wollte den Kopf erneut senken, mir mehr nehmen, da wich sie zurück.

»Wir sehen uns.« Sie strich mit der Hand kurz meine Wange hinab, dann wandte sie sich hastig ab und öffnete die Tür.

Ich starrte ihr hinterher wie ein Stalker, bis sie außer Sichtweite war.

Zurück in meinem Zimmer warf ich als Erstes meinen Laptop an. Doch statt den anderen zu texten und Skype zu starten, tigerte ich ruhelos durchs Zimmer. Ich konnte gerade sowieso keinen klaren Gedanken fassen, wie sollte ich da Wichtiges mit meinen Freunden besprechen?

Lys' Parfüm, eine Mischung aus Blumen und etwas, das mich entfernt an frische Pfirsiche erinnerte, hing schwach in der Luft. Ich hatte noch ihr Lachen im Ohr und meine Lippen pochten von der Berührung ihrer Haut.

Ich fuhr mir mit allen zehn Fingern durch die Haare, und wie immer, wenn ich innerlich aufgebracht war, erwachte jene Seite in mir zum Leben, die so schwer zu kontrollieren war. Vor meinem inneren Auge jagten Bilder von Lys und mir vorbei. Mein Puls beschleunigte sich rasant, als ich mir vorstellte, wie unsere Verabschiedung hätte enden können. Meine Lippen auf ihren, meine Hände auf ihrer Haut und ihr leises Stöhnen, wenn ich jeden Zentimeter davon mit Küssen übersäte.

Ich fluchte und blieb abrupt stehen. Mein Blick zum Kühlschrank. Eiskaltes Wasser, das sollte helfen. Ich riss die Tür auf und griff blind nach der nächstbesten Flasche. Der Schraubverschluss flog aufs Bett, dann setzte ich die Flasche an die Lippen und leerte sie in ein paar kräftigen Zügen. Der Schmerz in meinem Kopf explodierte wie ein Feuerwerk. Ich kniff die Augen zu und warf die leere Flasche aufs Bett.

»Scheiße …« Ich presste mir die Hände vor die geschlossenen Lider. Weiße Sternchen tanzten vor meinem inneren Auge. Noch mal fuhr mir ein Blitz durch den Schädel und ich stöhnte auf. Im nächsten Moment war alles verschwunden und ich ließ die Hände sinken.

Ich atmete tief aus, ließ den Nacken kreisen und horchte in mich hinein. Mein Hirn schien wieder einsatzbereit, wie nett.

Ich textete den anderen, wer spontan Zeit für ein Skype-Meeting hatte. Da Stuart immer noch für eine Klausur lernen musste, war er die meiste Zeit des Tages an seinen Schreibtisch gefesselt. Und da Kara ein Nerd war, der selbst bei schönstem Sonnenschein vor dem PC hockte und sich in die Leben anderer Leute hackte, vermutete ich, dass auch sie Zeit hatte.

Die beiden waren sofort dabei, außerdem Hilal, eine Seewölfin der ersten Stunde, und auch vier jüngere Mitglieder namens Madison, Brett, Alice und Jayden.

Karas Kamera war zuerst an. Sie hatte die lockigen Haare

zu einem Knoten hochgesteckt und ihn mit einem Bleistift fixiert. »Wie geht es Andy?«, fragte sie, nachdem wir uns begrüßt hatten.

»Unverändert. Gerade überwiegen die Phasen, in denen er viel weint.«

»Das tut mir leid.« Das war keine Floskel. Sie kannte Andy gut, denn schließlich waren Kara und ich eineinhalb Jahre ein Paar gewesen. »Bitte grüß ihn mal von mir.«

»Mach ich. Danke dir.«

Dann erschienen die Gesichter der anderen und ich zeigte ihnen die Bilder vom Flugplatz.

»Die Fotos sind zu weit weg«, sagte Stuart ungnädig. »Hättest du nicht näher rangehen können?«

»Klar. Wenn ich hätte entdeckt werden wollen.«

»Aber das Geld erkennt man doch einwandfrei«, warf Alice ein. »Das ist doch schon ein Beweis.«

»Kann auch bloß 'ne Pferdewette sein«, brummte Stuart.

Jayden schnaufte und Hilal schüttelte den Kopf.

»Die Kühlboxen sind auch sehr gut zu erkennen«, sprach Alice unbeirrt weiter. »Da kann man doch nur zu einem Schluss kommen: Er verkauft Ware gegen Bares und das mitten in der Nacht. Das ist doch mehr als shady, das soll er dem ermittelnden Detective erst mal erklären. Meist reicht das doch schon und sie knicken ein.«

»Ich stimme Alice zu«, sagte Hilal. »Wir haben jetzt Fotos von den Booten und vom Flugplatz. Wenn Zane Saunderman damit konfrontiert, kann er das nicht abstreiten.«

»Das muss wasserdicht sein«, schlug Kara sich auf Stuarts Seite. »Kannst du nicht etwas Gas geben, Zane? Warum dauert das so lange? Wir haben hier so viel um die Ohren.«

Jetzt war ich es, der schnaubte. »Weil sie vorsichtiger geworden sind. Im Moment fahren sie seltener raus.«

»Es sind Ferien und der Ort voller Touris«, sagte Brett. »Die bleiben nachts lange wach. Wäre ja blöd, wenn einer von denen zu viel sieht.«

Ich nickte. »Und was heißt hier viel um die Ohren?«, fragte ich Kara. »Was ich von hier aus mitbekomme, sieht alles aus wie die Proben für Kriegsspiele.«

»Es ist ja auch ein Krieg«, fauchte Kara. »Wir sind nicht mehr die nette Schülertruppe, die den großen Playern freundlich auf die Finger klopft.«

Als hätte jemand ein Feuerwerk gezündet, redeten dann alle gleichzeitig. Jayden und Madison waren auf Karas Seite und Stuart sowieso. Alice, Hilal, Brett waren gegen Stinkbomben, Rauchbomben, Farbbomben oder sonstige Bomben.

Ich seufzte, schob mir die Schuhe von den Füßen und zog samt Laptop vom Schreibtisch zum Bett um. Das hier würde definitiv länger dauern …

Kapitel 21

LYS

»Kann ich dich kurz sprechen?« Ich war Eliza bis zur Tür des Bauernhauses gefolgt. Von hier aus konnte ich einen Blick in den gemütlich eingerichteten Wohnbereich werfen. Ich entdeckte Wandteppiche mit traditionellen Inuit-Mustern, zwei dunkelgrüne Cord-Couchen und fluffige Wolldecken in Cremefarben.

Eliza lehnte sich durch die geöffnete Küchentür. Ihr Gesichtsausdruck verriet deutlich, was sie davon hielt, dass ich ihr bis hierher gefolgt war.

»Nur ganz kurz?«

Sie bat mich nicht herein, stattdessen legte sie ein Abtrockentuch zur Seite und kam durch den Flur auf mich zu. »Was gibt es?«

Ihre Miene war wachsam, ja regelrecht lauernd. Jedes Mal, wenn wir auf ihrem Hof Waren abholten, hatte sie uns Snacks zubereitet und uns mit Getränken versorgt. Doch sie wechselte kein Wort mehr als nötig mit mir und sie vermied es sogar, mich anzusehen.

Ich hatte mir vorher überlegt, was ich sagen wollte. Dennoch suchte ich jetzt nach den richtigen Worten. »Ich bin damals weggegangen und habe ein Trümmerfeld hinterlassen. Wenn ich jetzt daran zurückdenke, dann schäme ich mich für das, was ich getan habe. Dann denke ich, dass jede andere Vierzehnjährige klüger als ich gehandelt hätte. Aber ich kann die Vergangenheit nicht ungeschehen machen. Ich bin kein Kind mehr, ich will zu dem stehen, was geschehen ist. Ich will Verantwortung übernehmen.«

Elizas Blick war ganz starr geworden, also sprach ich schnell weiter. »Du brauchst jetzt gar nichts sagen. Ich habe dich damit überrumpelt, das weiß ich. Aber ich habe endlich die Kraft dazu gefunden und deshalb wollte ich einfach mit dir sprechen. Mir ist klar –« Meine Stimme brach und ich musste heftig schlucken.

Endlich erwachte Eliza aus ihrer Starre. Und zum ersten Mal sah sie mich richtig an. »Der Verlust deiner Mutter tut mir sehr leid. Sie war eine wunderbare Frau und sie hat unsere Gemeinschaft bereichert.«

»Danke«, murmelte ich.

Elizas Ausdruck wurde ernst. »Du hast dich verändert. Aber du bist auf einem guten Weg.«

Ich lächelte traurig. »Es war nicht leicht.«

»Es ist niemals leicht. Jedenfalls nicht bei den Dingen, die wirklich zählen.« Dann wandte sie sich ab und ging mit langsamen Schritten den Flur hinunter in Richtung Küche.

Ich sah ihr noch einen Moment lang nach. Eliza hatte recht. Es war niemals leicht bei den Dingen, die wirklich zählten.

Zane erwartete mich bereits am Auto. Er hatte die Szene beobachtet, trotzdem stiegen wir wortlos ein und hoben nur grüßend die Hände, um uns von Panuk zu verabschieden.

»Du hast mit Eliza über damals gesprochen, oder?«

»Sie ist so was wie Cheryls Ersatzmutter.«

»Dann kann ich nachvollziehen, warum du mit Eliza reden wolltest. Aber willst du dich jetzt bei jedem einzelnen Bewohner von Blackfish Bay entschuldigen? Glaubst du, das ändert etwas?«

»Es wäre vielleicht einen Versuch wert. Oder hast du eine bessere Idee?«

Zane warf mir einen kurzen Seitenblick zu. »Okay, ich kapiere, warum du ausgerechnet mit ihr das Gespräch gesucht hast. Ich glaube allerdings kaum, dass es hilft, wenn du in ganz Blackfish Bay Hausbesuche machst. Ich will dir nicht zu nahe treten, aber eigentlich wäre es Aufgabe deines Vaters gewesen, dich zu schützen. Und es wäre auch jetzt seine Aufgabe, die Leute zurechtzuweisen. Sie respektieren ihn, sie würden auf ihn hören. Meiner Meinung nach hat er viel zu lange versäumt, sich wie ein Vater zu benehmen. Und auch jetzt lässt er dich ins offene Messer rennen. Er schickt dich sogar fast täglich zu einem Hof, auf dem die Ersatzmutti seiner Lebensgefährtin wohnt. Ich will weder dich noch deinen Vater beleidigen, aber das trägt ja schon fast sadistische Züge.«

Wieder schaute ich aus dem Fenster. Es gab so vieles, was ich darauf erwidern wollte. Wie automatisch hatte ich meinen Vater verteidigen wollen, dennoch musste ich mir eingestehen, dass Zane mit seinen Behauptungen recht hatte.

»Was würdest du mir raten?«

»Du bist auf einer Mission. Aber vielleicht solltest du mal anfangen zu leben. Zu genießen. Dieser Ort ist wunderschön.«

Unglauben stahl sich in meine Miene. »Du erzählst mir, ich soll leben?« Ich schüttelte leicht den Kopf. »Man arbeitet nicht einfach so im Hinterland. Ich kenne die Menschen, die hierherkommen, um zu arbeiten. Die meisten von ihnen laufen vor irgendetwas davon, sie wollen vergessen, sie wollen vergessen werden. Sie haben ihr Päckchen zu tragen und das ist kein leichtes.« Ich sah ihm direkt in die Augen. »Wovor läufst du davon?«

Zanes Ausdruck wurde hart. »Ich hatte andere Gründe, glaub mir.«

»Wirklich?« Sein Gesicht zeigte mir, dass ich teilweise ins Schwarze getroffen hatte. Vielleicht gab es andere Gründe, die ihn hierher verschlagen hatten, aber da war noch etwas, das an ihm nagte. Etwas, das er tief in sich begraben hatte.

»Erzähl es mir«, sagte ich leise. »Warum bist du hierhergekommen?«

»Du meinst, ob ich nach Absolution suche wie du?« Es war so klar, dass er abblockte, jetzt, wo es um seine Gefühle ging. Er war gut darin. Er spielte den Charmeur, er war wortgewandt und clever. Aber das, was tief in ihm brodelte, hielt er gut unter Verschluss.

»Reden wir nicht über mich. Wir reden ständig über mich. Jetzt bist du mal dran.«

Zane schüttelte leicht den Kopf. »Ich wollte einfach etwas Geld verdienen.«

Ich wusste, dass er log. Vielleicht war das teilweise wahr, aber da gab es so viel mehr, das er nicht mit mir teilen wollte. Ich kapitulierte, als ich spürte, dass ich bei ihm nicht weiterkam.

»Hast du Lust, später mit mir einen Spaziergang zu machen?« Seine Stimme klang jetzt nervös, regelrecht gehetzt. »Vielleicht am Meer?«

Überrascht sah ich ihm erneut in die Augen. Woher kam der plötzliche Sinneswandel?

»Gerne«, erwiderte ich sofort. »Wie wäre es mit siebzehn Uhr?« Ich wollte vorher noch versuchen, ob ich mit Chloe telefonieren konnte.

Er nickte schnell. »Dann hole ich dich zu Hause ab. Ich freu mich darauf.«

»Ich auch«, erwiderte ich lächelnd. Um ehrlich zu sein, hatte ich richtig Schmetterlinge im Bauch.

War das etwa ein Date?

Während der Fahrt zurück nach Blackfish Bay musterte ich ihn immer wieder verstohlen. Es war schön, dass wir uns besser kennengelernt hatten.

Und ein wenig bereute ich die Zeit, in der wir uns mit so viel Misstrauen und Ablehnung begegnet waren.

Im Haus war es ruhig. Die unsichtbaren Angestellten bekam ich kaum zu Gesicht, Nathan war arbeiten und Cheryl verabredet. Ich duschte, räumte mein Zimmer auf und wartete darauf, dass Chloe von ihrem Pilates zurück war, damit ich mit ihr telefonieren konnte.

Wieder mal hatte ich das Gefühl, dass ein paar meiner Sachen anders lagen, als ich sie zurückgelassen hatte. Auch an meinem Tablet schien sich jemand zu schaffen gemacht zu haben. Ich nahm es hoch und hielt es gegen das Licht. Fingerabdrücke malten sich deutlich auf der spiegelnden Oberfläche ab. Der Daumenabdruck war so groß, dass er unmöglich von einer Frau stammen konnte. Also entweder Nathan oder mein Vater. Ich ging zu dem großen Kleiderschrank, der gegenüber der Badezimmertür stand. Ich öffnete beide Türen und sah hinein, als mir ein markanter Duft in die Nase stieg. Dieses Parfüm kannte ich definitiv.

Nathan.

Er musste sich eine halbe Flasche über den Kopf geschüttet haben, bevor er eine Tour durch mein Zimmer gemacht hatte. Und der Schrank hatte die Duftmoleküle bewahrt.

Wut stieg in mir auf. Er spionierte mir also hinterher. Was glaubte er zu finden? Ein ledergebundenes Notizbuch mit dem Titel *Mein Plan, die Weltherrschaft zu übernehmen*? Ich war ehrlich sauer auf ihn. Und da ich sowieso gerade nichts Besseres vorhatte, verließ ich mein Zimmer und stiefelte den Flur entlang. Die Tür seines Zimmers war geschlossen, doch ich ging davon aus, dass er sich so sicher fühlte, dass er nicht abschloss. Und richtig. Die Klinke ließ sich herunterdrücken und schon öffnete sich die Tür.

Das Zimmer war ein Chaos aus getragenen Klamotten, Videospielen und Notizzetteln mit diversen Handynummern seiner Eroberungen. Zumindest das Bett war gemacht und auf dem Nachttisch stapelten sich Bücher über Pharmazie. Ich kam neugierig näher.

Da er derjenige war, der mit diesem dämlichen Spielchen angefangen hatte, würde ich es ihm nun gleichtun. Ich ging zum Nachttisch, nahm eins der Bücher hoch und ließ es dann auf die weiche Tagesdecke fallen. Das würde ihm garantiert auffallen. Obwohl es mich wahnsinnig in den Fingern juckte, noch ein paar mehr Hinweise zu hinterlassen, schaffte ich es, mich zu beherrschen. Ich marschierte aus dem Zimmer und ließ die Tür absichtlich offen. Hoffentlich würde ihm das eine Lehre sein.

Als endlich ein Lebenszeichen von Chloe kam, ging ich gerade die Treppe hinunter, um vor dem Haus auf Zane zu warten. Sie hatte Kopfschmerzen bekommen und sich direkt ins Bett gelegt.

Dann gute Besserung, Süße, ruh dich aus, textete ich zurück, bevor ich die Haustür aufriss.

Der Mustang parkte bereits in der Auffahrt, als ich die Tür öffnete. Zane hatte sich lässig an den Wagen gelehnt und lächelte, als er mich erspähte.

Er sah super aus in seiner dunklen Jeans, dem dunkelblauen Shirt und der coolen Pilotensonnenbrille.

»Hi.«

»Hi.« Er machte mir die Tür auf, damit ich auf dem Beifahrersitz Platz nehmen konnte. Als er kurz darauf neben mir saß, ließ er seinen Blick zum Haus gleiten. »Nette Hütte.«

Ich lachte. »Mir war das Haus schon immer zu groß und zu düster. Aber ich glaube, mein Vater kommt gerade so mit dem Platz aus.«

»Bei der Größe des Anwesens habt ihr doch garantiert zwei oder drei Gärtner.«

Ich musterte ihn überrascht von der Seite. »Du hast recht. Ich habe meinen Vater gefragt und im Moment sind zwei Gärtner nebst einem Assistenten angestellt. Du hast also richtig geraten.«

Zane grinste und zuckte mit der linken Schulter, als wäre das keine große Sache. Er startete den Motor und wir fuhren die Einfahrt hinunter. Ich hingegen hing immer noch diesem Gedanken nach. Normalerweise dachten Menschen, die dieses Haus sahen, nicht als Erstes daran, wie viel Personal beschäftigt wurde. Sie rätselten über die Anzahl der Zimmer, die Wohnfläche und über die Kosten, die so ein Haus verursachte. Zane hingegen hatte den Eindruck gemacht, als wäre das alles selbstverständlich klar. Ich kannte ihn zwar jetzt schon etwas besser, aber in gewissen Dingen war er mir nach wie vor ein Rätsel.

»Wie wäre es zuerst mit einem Kaffee im Nanuk?« Zane hatte sich mir zugedreht. »Oder etwas anderes?«

Ich lächelte ihn an. »Zum Strand. Ich möchte dir einen besonderen Platz zeigen. Er liegt ein paar Meilen nördlich von Blackfish Bay. Fahr einfach die Straße hier weiter runter.«

»Aye, Captain.« Zanes Lächeln war warm, dennoch irgendwie wachsam. »Alles okay?«

Ich nickte schnell. »Alles gut.«

Den ganzen Tag über war es mild und der Himmel wolkenlos gewesen. Nun türmten sich dunkle Wolkenberge am Firmament auf.

»Da braut sich schon wieder was zusammen.« Zane lehnte sich ein Stückchen Richtung Lenkrad. »Schau mal, da hinten sind die Wolken schwarz.« Wir hatten den Ort verlassen und fuhren die Bay Road hinunter.

»Unwetter im Sommer sind hier häufig. Aber meistens sind sie kurz und heftig und dann wieder verschwunden.« Ich hatte mich ebenfalls vorgebeugt. »Das dort drüben ist noch weit weg. Fraglich, ob es bis zu Küste kommt oder über dem Meer abdreht.«

»Du solltest Meteorologie im Nebenfach nehmen.«

»Ha, ha.« Ich quittierte Zanes freches Grinsen, indem ich ihn vor die Schulter stupste. Ich konnte einfach nicht anders, ich musste ihn berühren.

»Immer schlägst du mich.« Er sah geradeaus, wobei das Grinsen nicht verschwand. »Irgendwann denke ich noch, du magst mich nicht.«

»Ach ja? Und was denkst du jetzt?« Ich strich betont sanft über seinen Arm.

»Ein Gentleman genießt und schweigt.«

»Du bist ein Mann der alten Schule? Hört, hört.«

»Ich bin so einiges.«

»War das ein Versprechen oder eine Drohung? Du machst dich zu einem Mysterium, weißt du das?«

Er lächelte schief, als er sich kurz zu mir wandte. »Alles Strategie, Dorie.«

Ich gab einen empörten Laut von mir. »Lass den armen Fisch da raus, du … du …«

»Ja?«

»Du … Oh verdammt, da war die Stelle.« Ich drehte mich herum. »Du musst wenden und dann kannst du auf dem Grün neben der Straße halten.«

»Alles klar, Dorie.«

»Zane!«

Er lachte nur.

Die Unterhaltung mit Zane hatte dafür gesorgt, dass die Anspannung von mir abfiel. Als wir nun nah nebeneinander über den Sand gingen, knuffte ich mit der Schulter gegen seinen Oberarm. »Danke.«

»Wofür?«

»Für den Blödsinn im Auto gerade.«

»Dafür sind Freunde da.«

Ich sah zum ihm hoch und er neigte den Kopf. »Jetzt verrate mir, kleiner blauer Fisch, was ist so besonders an diesem Ort?«

Einen Moment lang war ich wie bezaubert. Von der Wärme in seiner Stimme, von der Art, wie er mich betrachtete, von dem, was da zwischen uns erwacht war. Ich streckte den rechten Arm aus. »Hast du sie noch nicht gesehen?«

Zanes Blick folgte meinem Arm nicht. Stattdessen sah er mich unverwandt an. »Nein.«

Alles in mir wurde ganz flattrig. Wir standen nah voreinander und es war aufregend und vertraut gleichermaßen. Meine Aufmerksamkeit glitt zu seinem hübschen Mund, jenen Lippen, die meine Haut bereits so verführerisch berührt hatten.

Ich hatte abends oft an diese Verabschiedung im Gästehaus gedacht. Daran, dass ich einfach nur hätte stehen bleiben müssen, Zane vielleicht berühren, meine Hände um seine Mitte schlingen und zulassen, dass er mich küsste. Ich hatte seitdem öfters daran gedacht, wie es wäre, ihn zu küssen. Und dann war ich ein Feigling und unterbrach den Moment. »Die drei großen Steine dahinten.« Ich drehte mich abrupt von ihm weg. »Man nennt sie Findlinge. Sie sind in der letzten Eiszeit durch einen Gletscher hierhergetragen worden. Sie sind viele Tausend Jahre alt.« Ich ging mit wild klopfendem Herzen voraus, obwohl ich Zane lieber ewig so angesehen hätte. »Es war mein Lieblingsplatz. Meine Mom hat ihn mir gezeigt und mir alles über die Steine erzählt.«

Zane hatte zu mir aufgeholt und schien von meinem abrupten Abgang nicht irritiert. »Sie war Geologin?«

»Paläontologin.«

»Wow.«

»Ja, sie war großartig. Sie konnte so viel erzählen. Mit ihr war es nie langweilig.« Wir hatten die drei überdimensional großen Steine erreicht, die in einer fast geraden Linie zum Wellensaum führten. Ich legte meine Hand auf den einen. »Mom sagte, dass sich bestimmt so manches Mammut dort den Pelz gekratzt hat, wo unsere Hände jetzt liegen.«

Zane stellte sich neben mich und legte nun auch eine Hand auf das graue Gestein. »Das ist eine coole Vorstellung.«

Ich nickte und dachte an die Momente, als ich noch klein gewesen war. Mom und ich hatten im Schatten der Findlinge Picknick gemacht und im Sand gespielt. Später hatte sie mir den Platz überlassen und ich hatte mich hier mit Freundinnen getroffen. Und jetzt war ich mit Zane hier. Ich war dem inneren Bedürfnis gefolgt, ihm meinen Lieblingsplatz zu zeigen. »Komm mit, wenn du dich traust.«

Ich kletterte den Stein hinauf und ließ mich auf der von Wind und Meer glatt polierten Oberfläche nieder. Zane folgte mir ohne Mühe. Schon ließ er sich neben mir nieder. Gemeinsam blickten wir aufs Meer und die sich darüber auftürmenden Wolkenberge.

Zane lehnte sich etwas zu mir. »Wie hieß sie?«

»Mom? Ihr Name war Leona Theodora Vandentree.« Ich schmunzelte. »Sie hat den zweiten Namen gehasst. Er war von ihrer Urgroßmutter. »Mom ist in Vermont aufgewachsen und hat dort auch studiert. Dad und sie haben sich kennengelernt, als sie mit Kollegen von der Uni wegen einer Ausgrabung hier in der Nähe war. Irgendwas mit Gletschern oder so. Sie haben sich verliebt, sie ist hierhergezogen und dann kam ich. Ab dann hat Mom ein wenig in der Firma mitgearbeitet und nebenbei noch Artikel für ein Wissenschaftsmagazin für Kinder geschrieben. Sie hatte immer so verrückte Ideen. Ihre Artikel waren die beliebtesten und ich war ihr größter Fan.«

»Das klingt, als ob ihr euch gut verstanden hättet«, sagte Zane leise. »Das ist beneidenswert.«

»Ja, wir haben uns immer gut verstanden. Wir haben nie gestritten. Mit ihr war irgendwie alles so … einfach.« Ich schluckte hart, als die Erinnerungen über mir zusammenbrachen. »Mit ihr war alles leichter. Sie war meine Freundin.«

Ich bemerkte erst, dass ich weinte, als die Träne auf meiner Wange durch den Wind abkühlte.

Kurz darauf spürte ich eine sanfte Berührung. Zanes Hand strich über meine, Handfläche glitt über Handfläche und dann verschränkte er seine Finger mit meinen.

Kapitel 22

ZANE

Mein Körper war schneller als mein Verstand. Als ich Lys' Tränen bemerkte, hatte ich einfach ihre Hand nehmen müssen. Doch jetzt zögerte ich. War ich zu forsch? Sah es so aus, dass ich ihre Trauer ausnutzte?

Vorsichtig drehte ich den Kopf zu ihr, um ihre Reaktion einzuschätzen. Lys blickte auf unsere verschränkten Finger, während sie sich mit der freien Hand die Träne auf der Wange fortwischte.

»Woher hast du die Narbe?«, fragte sie dann leise. »Das sieht schlimm aus.«

Ich betrachtete das silbrige Narbengewebe, das sich gute vier Zentimeter lang über meine Handfläche zog. »Mein Bruder Andrew und ich haben einen Scheinkampf veranstaltet. Er hatte schon einige Jahre vor mir mit Taekwondo angefangen und wollte, dass ich so tat, als würde ich ihn überfallen. Ich war sofort dabei, aber wir hatten beide nicht an unseren Trainingsunterschied gedacht. Andrew war vierzehn und trainierte seit sieben Jahren, und ich mit meinen neun Jahren gerade mal zwei. Außerdem war Andrew immer gut, in dem was er tat. Als ich ihn von hinten ansprang, hatte er mich innerhalb von Sekunden gepackt und auf den Boden geworfen. Es war einfach ein dummer Zufall. Im Garten meiner Eltern sind die Beete mit Steinen umgrenzt. Ich fiel auf den Rücken wie ein gefallener Engel, die Arme weit von mir gespreizt, und schlug mit der Hand auf die Spitze eines Steins.« Ich schnaubte leise. »Meine

Hand ist aufgeplatzt wie eine Melone. Sie war so dick, dass ich die Finger nicht mehr krümmen konnte. Sie haben die Wunde genäht, aber sie hat sich trotzdem entzündet und deshalb habe ich immer noch ein Andenken daran.«

»Was macht dein Bruder jetzt? Hat er auch studiert? Hat er Familie? Kinder?«

Ich musste einmal tief durchatmen, so wie immer, wenn jemand mich etwas über Andrew fragte. Ich bewegte meine Finger, streichelte über ihren Daumen, spürte die Wärme ihrer Handfläche so dicht an meine geschmiegt. Ihre Hand war viel kleiner als meine, weich und zart und der Druck ihrer Finger kaum spürbar. Und dennoch hatte ich das Gefühl, dass sie mir Kraft verlieh. Also gab ich mir einen Ruck und zwang mich, all die negativen Gefühle zu verdrängen. »Andy hat Jura studiert. Seine Verlobte Olivia ist ebenfalls Rechtsanwältin. Aber er –« Ich schluckte hart. »Andrew ist krank«, begann ich, und dann erzählte ich ihr alles.

Ich wollte einfach, dass sie alles wusste. Dass sie hinter meine Maske blickte und dass sie erfuhr, was mich beschäftigte, mir Sorgen machte, auch auf die Gefahr hin, meine perfekt sitzende Fassade sinken zu lassen.

Ich sah Lys währenddessen nicht an. Es war einfacher, einen Fixpunkt irgendwo weit weg in den Wolken am Horizont zu haben. Als ich jetzt den Kopf zu ihr drehte, waren ihre Augen erneut feucht.

»Zane«, war alles, was sie sagte.

Ich senkte den Blick, weil ich ihre Traurigkeit nicht ertrug. Ich wollte, dass sie alles über meinen Bruder erfuhr, aber ich wollte nicht, dass sie erneut weinte. Lys hatte schon genug Mist um die Ohren, sie hatte schon so viel Trauer in ihrer Vergangenheit erfahren. Und jetzt weinte sie wegen mir.

Lys entzog mir ihre Hand und für einen unendlichen Moment lang hatte ich Angst, dass das einfach zu viel für sie war. Dass *ich* zu viel war. Sie brauchte jemanden, der stark war, der an ihrer Seite stand und der mit ihr gemeinsam kämpfte. Sie brauchte niemanden, der genauso verzweifelt war wie sie.

Lys drehte sich mir noch mehr zu, stützte die linke Hand auf dem Felsen ab und schlang ihre rechte Hand um meinen Nacken. Sie beugte sich zu mir und ihre Wange lag an meiner, während ihre Finger meinen Haaransatz berührten. Alles in mir schien von jetzt auf gleich unter Strom zu stehen. Ich war paralysiert von dieser Geste, die so harmlos und doch so zärtlich war. Mir schwirrte der Kopf, jede Zelle schien entflammt. Ihre Hand lag um meinen Nacken, eine der verletzlichsten Körperregionen des Menschen. Einem Gegner hätte ich das Handgelenk gebrochen und danach die Schulter ausgekugelt, wäre er dieser Region auch nur ansatzweise zu nahe gekommen. Doch ihre schlanken Finger strichen über die kurzen Haare dort und ich konnte kaum noch atmen. Ich wollte mehr davon, ich brauchte mehr davon.

»Es tut mir so unendlich leid«, flüsterte sie, so nah, dass ich ihre Lippen an meiner Wange spürte.

Mehr davon …

Und dann war der Moment auch schon vorbei. Lys wich zurück, drehte sich erneut dem Wasser zu und wie selbstverständlich fanden ihre Finger die meinen. In mir tobte ein Sturm aus Emotionen. Ich schaute sie an, betrachtete ihr schönes Profil, ihre hellen Haare, die trotz der Dunkelheit am Himmel golden schimmerten. Aber ich sah so viel mehr. So viel mehr, das hinter dieser hübschen Fassade schlummerte. Und in diesem Augenblick wurde mir klar, dass seit unserer ersten Begegnung vor dem Nanuk, dem Moment, in dem ich das Gefühl hatte zu fallen, unser Schicksal besiegelt worden war. Bereits damals hatte mein Herz gespürt, was diese Frau mir bedeuten würde.

»Danke«, sagte ich, wenn auch viel zu spät.

»Wenn du jemanden zum Reden brauchst, dann bin ich für dich da.« Sie drückte ganz leicht meine Hand. »Wie gehen deine Eltern damit um?«

»Meine Mutter klammert sich an die Vorstellung, dass sie eines Morgens aufwachen wird und Andrew ist wieder ganz gesund. Was mein Vater fühlt oder denkt, weiß ich gar nicht so genau. Er hält damit immer sehr hinterm Berg.«

Lys nickte langsam. »Ich glaube, so sind die meisten Väter. Bei meinem Vater weiß ich auch nicht, woran ich bin.«

Wieder schnaubte ich. »Dein Vater ist ein ganz besonders spezieller Fall. Du weißt ja mittlerweile, was ich von seiner Aktion mit den Yutus halte.«

Lys fuhr sich mit der freien Hand durchs Haar. »Das habe ich auch nicht verstanden. Aber wer weiß, was dahintersteckt. Meine Familienverhältnisse sind so verworren, dass ich nicht mehr durchblicke.« Sie sah erneut auf unsere ineinander verschränkten Hände. »Während der Zeit in New York war ich der festen Meinung, dass mein Vater den Kontakt zu mir abgebrochen hat. Und kaum bin ich hier, erfahre ich, dass meine Tante May, die Schwester meiner Mutter, dafür gesorgt hat, dass der Kontakt abbricht. Und es sind noch ein paar andere Dinge passiert, die ich May niemals zugetraut hätte, niemals. In solchen Momenten weiß ich gar nicht mehr, wem ich noch glauben soll. Dann komme ich mir vor wie ein Spielball in einem Spiel, in dem es gar nicht um mich geht.« Sie traf den Nagel auf den Kopf, denn genauso fühlte ich mich, wenn meine Eltern mit mir über mein Studium reden wollten. Es war geradezu unheimlich, aus was für unterschiedlichen Lebenssituationen wir kamen und wie sehr sich unsere Probleme ähnelten. Ich hätte jetzt meine Geschichte dazu erzählen können, doch ich war der Meinung, dass wir heute genug über traurige Dinge gesprochen hatten.

»Ich sollte als Nächstes mit May reden«, sagte Lys dann. »Ich muss das klären.« Ihr Blick war ernst. »Mein Gott, es fühlt sich ein bisschen an, als würde ich eine Liste abhaken. Erst mit meinem Vater reden, dann mit Eliza, dann mit May. Das nimmt dem Ganzen komplett den Tiefgang.«

»Das stimmt nicht.« Nochmals streichelte ich mit dem Daumen zart über ihre Hand. »Es ist richtig, was du machst, und es kostet eine ganze Menge Kraft.«

»Ich plane übrigens noch einen weiteren Termin.«

Ich lachte auf. »Dein Tag hat sechsunddreißig Stunden, ich merke es schon. Was willst du noch regeln?«

Sie ließ meine Hand los und drehte sich ganz zu mir. Vorher hatten wir nebeneinandergesessen, unsere Füße Richtung Meer. Jetzt wandte sie mir ihren ganzen Körper zu und verknotete die Beine in einem Schneidersitz. Ich machte es ihr nach, doch es dauerte einen Moment, bis ich meine langen Beine, die zu allem Überfluss noch in einer Jeans stecken, so verknotet hatte, dass es einem Schneidersitz ähnelte. Lys lachte und tat so, als würde sie ein Foto von mir machen.

»Also, du planst noch einen Termin? Ich hoffe nicht, dass du eine Versammlung einberufen willst, um dich dann vor allen Einwohnern von Blackfish Bay zu entschuldigen. Ich bin nämlich der Meinung, dass es so langsam reicht.«

Lys schüttelte den Kopf. »Irrtum. Ich habe eine neue Idee, die ich meinem Vater vorstellen möchte.«

Ich beschloss, den Finger in die Wunde zu legen. »Damit die Firma mehr Geld verdient?«

»Genau. Dad spricht zwar nicht gerne über das Thema, weil es ihm unangenehm ist, aber ich werde ihn einfach überrumpeln. Ich hoffe wirklich, dass er mich nicht aus seinem Büro schmeißt, bevor ich alles erzählt habe.«

Nun ja, dachte ich, *ich hätte da ein exzellentes Druckmittel an der Hand, das ihn garantiert zuhören lässt. Hallo Mr Saunderman, schenken Sie den Plänen Ihrer Tochter Aufmerksamkeit oder ich erzähle den Strafverfolgungsbehörden, was Sie mit den Snow Crabs anstellen.* Stattdessen fragte ich: »Und? Was hast du vor?«

Lys wackelte mit den Brauen. »Ich finde meine Idee großartig.« Sie tippelte mit den Fingern auf meinem rechten Knie herum. »Da kommst du nie drauf.«

»Jetzt sag schon«, flüsterte ich, schnappte mir ihre Finger und verflocht sie sanft mit meinen. Gerade als ich unsere ineinander verschlungenen Hände auf meinem Knie ablegte, begann es aus ihr hervorzusprudeln.

»Ich will meinem Vater vorschlagen, das Gästehaus zu vermieten, als eine Art Bed and Breakfast. Um das Ganze zu testen, könnte man ja erst mal die modernisierten Zimmer vermieten. Es gäbe nur Frühstück, das könnte von der Kantine kommen. Und Tamika könnte auch etwas beisteuern, wie Gebäck oder so, was für sie ein netter Zugewinn wäre. Dann müsste man theoretisch bloß jemanden für die Rezeption einstellen, jemanden, der für das Frühstück zuständig ist, und jemanden, der die Zimmer sauber macht. Und dieser Siebzigerjahre-Retrostyle ist ja mittlerweile wieder angesagt. Man bräuchte im Frühstücksraum gar nicht viel renovieren und das etwas in die Jahre gekommene Fabrikgelände könnte man als ›vintage industrial‹ bezeichnen, das ist im Moment doch eh angesagt. Und wenn die Pension dann etwas Geld abwirft, könnte man weitere Renovierungen vornehmen und auch die anderen Zimmer vermieten.« Sie sah mich an und ihre Augen glänzten. »Außerdem könnte man Bootstouren mit unseren Schiffen anbieten, zum Whale Watching zum Beispiel, oder eine Führung durch die Fabrik, mit abschließendem Probieren einiger landestypischer Spezialitäten. Und ich hatte die Idee, Ausflugsfahrten zu den umliegenden Farmen anzubieten. Dort könnten die Leute sehen, wie alles angebaut wird, alles probieren, sich informieren und nebenbei Land und Leute kennenlernen. Was meinst du?«

Ich wollte gerade etwas erwidern, da fiel Lys ein dicker Regentropfen ins Gesicht. Sie zuckte zusammen und wischte ihn mit der freien Hand hastig weg.

»Der Regen dreht wohl doch nicht ab«, murmelte sie, bevor sie mich erneut neugierig betrachtete, als wäre sie wirklich an meiner Meinung dazu interessiert.

»Ich finde deine Ideen super. An den einzelnen Details kann man ja noch feilen, aber das Konzept an sich finde ich gut.«

»Ich bin mir sicher, dass die Leute Lust auf die Ausflüge haben. Holly mit ihren Algen wäre eine großartige Kandidatin. Und auch die Yutus wissen so viel über ihre Produkte, dass sie stundenlang darüber reden könnten. Die Leute könnten die landestypischen Früchte selbst pflücken. Und bei Holly könnten sie auf den See rausfahren und ihre eigenen Algen ernten. Ich habe noch ein paar mehr Leute auf meiner Liste, die ich Dad vorschlagen werde.«

Dieses Mal war ich es, der gleich zwei Tropfen abbekam. Über uns grollte es bedrohlich, als mache der Himmel sich bereit, seine Schleusen zu öffnen.

»Die Idee hat auf jeden Fall Potenzial.« Ich drückte sanft ihre Hand. »Rede mit deinem Vater darüber. Das könnte richtig klasse werden.«

Lys strich sich erneut über das Gesicht, weil sie schon wieder Tropfen abgekriegt hatte. »Ich habe bereits einen Text verfasst, den man auf den großen Reiseportalen veröffentlichen könnte. Der ist zwar nur so ins Blaue geschrieben, aber wenn ich noch ein paar Fotos mache, könnte ich meinem Vater eine fast fertige Anzeige präsentieren. Wenn Dad sieht, dass –«

In diesem Moment begann es zu regnen. Es tröpfelte nicht, nein, es regnete einfach drauflos, als hätte jemand die Dusche aufgedreht. Das Wasser prasselte vom Himmel und war zu allem Überfluss auch noch eiskalt.

Lys kreischte auf und wir lachten beide, als wir versuchten, so schnell wie möglich auf die Füße zu gelangen. Ich sprang von dem Stein und hielt ihr meine Hände entgegen. »Komm her!«

»Ich werde dich umwerfen.«

»Blödsinn, so viel wiegst du nun auch wieder nicht.«

»Wie bitte?« Sie stemmte gespielt erbost die Hände in die Hüften. Ihr blondes Haar war inzwischen dunkel von der Feuchtigkeit.

»Hops, Dorie!«, rief ich und hielt erneut die Armen hoch.

Lys lachte auf, kniff die Augen zu und sprang.

Ich fing sie auf. Ihr Körper glitt langsam an meinem entlang und der eiskalte Regen war vergessen. Als sie wieder festen Boden unter den Füßen hatte, strichen meine Hände wie von selbst den feuchten Stoff ihres T-Shirts hinab. Lys hatte den Kopf gehoben. Ihre Lippen waren leicht geöffnet, ihre Wangen gerötet. Die Berührung ihres Körpers so nah an meinem war derart intensiv, dass ich sie noch etwas fester an mich zog. Ich spreizte die Finger und der feuchte Stoff, der sich um ihre Taille schmiegte, heizte mein Kopfkino kräftig an.

Über uns zerriss ein greller Blitz das Firmament.

Okay, das wurde jetzt definitiv gefährlich. Mein Verstand gewann die Oberhand. »Wir müssen raus aus dem Regen«, rief ich. Ich nahm ihre Hand und gemeinsam rannten wir los.

Am Auto öffnete ich ihr die Tür und joggte dann um den Wagen herum, um mich ebenfalls schnell ins Trockene zu setzen. Als ich saß, wandte ich mich ihr zu. Über uns erhellte ein weiterer Blitz den Himmel. Er tauchte Lys in ein surreales Licht, doch ich verbot mir, sie erneut fasziniert zu betrachten. Der nächste Blitz könnte diesen Wagen treffen. »Wohin soll es gehen?«

Lys schaute mich an und für den Bruchteil einer Sekunde fiel ihr Blick auf meinen Mund. »Du hast morgen Frühschicht, oder? Dann musst du zeitig aufstehen.«

»Ist egal«, erwiderte ich knapp. *Egal, was du jetzt willst, ich bin dabei.*

»Mir aber nicht«, sagte Lys. »Ich weiß, wie anstrengend die Arbeit am Band ist. Natürlich könnten wir noch ins Nanuk, aber …«

Ich wäre lieber mit dir allein, ergänzte ich ihren Satz in meinem Kopf. Andererseits war ich mir nicht sicher, ob es eine gute Idee war, wenn ich sie jetzt in mein Zimmer im Gästehaus brachte. Klar könnte ich den Vorwand anbringen, dass sie schon mal ein paar Fotos machen könnte. Obwohl … bei diesem Wetter? Da schoss man keine Bilder, man verkroch sich unter einer

Decke und hoffte, dass es schnell vorbei war. Ich sah Lys und mich gemeinsam unter meiner Decke. Die Stimmung zwischen uns war bereits aufgeheizt genug. Und wollte ich das mit ihr jetzt so überstürzen? Nein, ich würde ein halbwegs anständiger Kerl sein, entschied ich. Also nickte ich. »Du hast recht. Ich bringe dich nach Hause, dann hole ich mir noch etwas zu essen und verschwinde früh ins Bett.« Ich lächelte sie an. »Ich muss ja fit sein für unseren nächsten Trip ins Hinterland.«

Sie nickte und ihre Augen strahlten erneut. »Klingt nach einem guten Plan.«

Wirklich? Du kennst den anderen nicht, dachte ich. *Den mit dem Bett und dem prasselnden Regen, während ich dich ganz langsam …*

Ach, verdammt.

Ich gab Gas. Auf dem Weg ins Dorf hörte der Regen bereits wieder auf, es war echt unglaublich. Das Wetter änderte sich hier schneller als die Richtung, aus der der Wind kam.

Vor dem Haus parkte dieses Mal ein Fuhrpark, der jedem Hollywoodstar alle Ehre gemacht hätte. Ein Pick-up, brandneu und mit einigen Extras, eine teure Honda, ein Cabrio neuesten Baujahres, eine Mercedes-Limousine und natürlich der alte Jeep, mit dem Lys durch die Gegend kurvte. Ich hätte den Patriarchen gar nicht für einen Autoliebhaber gehalten, aber es war offensichtlich, wohin ein Teil des illegalen Geldes floss.

Als ich abbremste und den Motor ausstellte, blendete ich jeden Gedanken an Saunderman aus. Ihn würden wir noch drankriegen, da war ich mir sicher.

Jetzt aber wollte ich mich von Lys verabschieden.

»Danke«, sagte sie leise, als ich mich abschnallte und zu ihr drehte. »Die Zeit an den Steinen war wirklich schön.«

»Sehr gerne.« Ich lächelte sie an. »Ja, das war wirklich schön.«

»Na dann …«, murmelte sie.

»Hab einen schönen Abend.« Obwohl mir das Herz bis zum Hals schlug, beugte ich mich vor. Lys sah mich an, bewegte sich aber nicht, weswegen ich noch näher kam. Ich hörte, wie sie scharf Luft holte, als unsere Gesichter sich beinahe berührten. Meine Lippen glitten über ihre weiche Haut, dann hauchte ich einen Kuss auf ihre Wange. »Ich schreibe dir später noch, um dir Gute Nacht zu wünschen.«

»Okay«, entfuhr es ihr ein wenig atemlos, ihre Stimme ganz weich und samtig.

Ich verharrte so, die Lippen immer noch nah an ihrer Haut. Ich atmete ihren Geruch ein, eine Mischung aus ihrem zarten Pfirsich-Parfum und dem Duft ihrer Haut. Als ich spürte, wie sie sich mir noch mehr entgegenreckte, kapitulierte ich. Ich schloss die Augen, glitt mit den Lippen höher, ich konnte einfach nicht anders. Ich küsste sie auf die empfindliche Stelle nah bei ihrem Ohr. Dabei kostete es mich all meine Beherrschung, sie nicht den Hals weiter hinabzuküssen. Sie noch enger an mich zu ziehen und dann den Weg zu ihrem Mund zu finden. Ich wollte wissen, wie weich ihre Lippen waren, wie sie sich anfühlten, wie sie schmeckten.

Ganz langsam wich ich zurück. Wir sahen uns an, atmeten beide schwer, und keiner von uns schien bereit, sich zu trennen. Ich suchte in ihrem Blick nach einer Antwort, auf die Frage, die da so überdeutlich auf meinem Gesicht stand. *Wenn du willst, dass ich dich küsse, dich richtig küsse, dann gib mir ein Zeichen. Zeige mir, dass dir das hier nicht zu schnell geht.*

Plötzlich war die Auffahrt in grelles Licht getaucht. Die Haustür schwang auf und da stand der Typ, der das Nanuk verlassen hatte, als ich es hatte betreten wollen. Wieder war er ganz in Schwarz und sein Grinsen süffisant, als er sich in den Türrahmen lehnte.

Lys erstarrte und einen ewigen Moment schauten wir uns überrumpelt an.

Wer zur Hölle war der Kerl?

Dann schnaubte Lys, riss die Tür auf und brüllte: »Verschwinde, Nathan!«

Der Typ, Nathan, verschwand natürlich nicht. Er lachte, als Lys die Tür wieder zuknallte, und kam dann auf uns zu.

»Wer ist das?«, fragte ich und klang vermutlich nicht gerade erfreut.

»Der Sohn von Cheryl. Sie ist Dads Lebensgefährtin.«

»Verstehe.«

Nathan klopfte an die Scheibe der Beifahrerseite. »Dein Tinder-Date kann jetzt ’ne Fliege machen, dein Essen wird kalt, Lysandra.«

Lys, die sich gerade wieder zu mir gedreht hatte, schwang herum. Sie stieß die Tür auf und hätte Nathan vermutlich umgehauen, wäre der nicht geschmeidig wie eine Katze zur Seite gesprungen. Schon wieder lachte er, als Lys ausstieg und sich vor ihm aufbaute. Nathan grinste und hielt das alles offenbar für einen großen Spaß. Ich öffnete meine Wagentür und stieg aus. *Zeit, mit dem Clown mal ein paar Dinge zu klären.*

»Hi, ich bin Zane.« Ich ging um den Wagen auf ihn zu und streckte ihm die Hand entgegen. »Wir haben uns im Nanuk schon mal gesehen, richtig?«

»Richtig. Ich bin Nathan. Freut mich, Zane.« Sein Händedruck war kräftig, in seinen Augen blitzte die stumme Frage, warum Lys aus meinem Wagen gestiegen war. Ich dachte nicht daran, irgendetwas zu erklären. Lys stellte sich zu uns.

»Wir sehen uns dann drinnen.« Ihre Stimme klang kalt. »Bis gleich.«

Nathan kapitulierte endlich. Er schwang herum und tänzelte zum Haus zurück.

»Entschuldige«, knurrte Lys, als er endlich verschwunden war. »Er unterstellt mir jede Menge Unsinn und denkt wohl, ich verschwinde wieder von hier, wenn er mir nur lange genug auf den Keks geht.«

Ihre Worte beruhigten mich nicht. Der Typ hatte etwas an sich, das sich schwer einordnen ließ. »Du solltest ihn lieber nicht frei herumlaufen lassen.«

Sie lachte. »Gute Idee. Ich bestelle morgen mal eine Fußfessel.«

Ich kam ein wenig näher und sehr zu meiner Freude nahm Lys meine Hand. »Schreib mir später, ja?«

»Das mache ich.« Ich beugte mich zu ihr und küsste sie auf die Wange, die sich sofort leicht rötete. Sie sah so schön aus, dass ich sie nicht gehen lassen wollte.

Lys ließ meine Hand los. »Bis später.«

»Bis später.« Ich blickte ihr noch nach, bis sie die Haustür erreicht hatte. Nathan schien nicht dahinter gelauert zu haben, was mich beruhigte. Vielleicht hatte er tatsächlich nur einen etwas schrägen Humor.

Ich warf mich in den Wagen. Als ich die Auffahrt hinabfuhr, schlich sich ein Lächeln auf meine Züge, weil ich an Lys dachte. Das mit uns fühlte sich so verdammt gut an.

Kapitel 23

LYS

»Woher kennst du ihn?« Kaum dass ich die Tür hinter mir geschlossen hatte, spazierte Nathan aus der Küche. Sollte er meinen *Hinweis* gefunden haben, dann ließ er sich nichts anmerken.

»Das geht dich nichts an.« Er hatte mich für heute genug genervt. Aber sein Plan würde nicht aufgehen, das konnte ich ihm garantieren. Ich ließ ihn stehen und ging an der Küche vorbei Richtung Treppe. An der Theke saß die kleine Nataly vor einem Brettchen, auf dem ein geschälter halber Apfel lag.

»Hi Natty!«, rief ich und die Kleine winkte mir zu, während sie eifrig weiterkaute.

»Woher kennt Lys wen?« Cheryl trat aus dem Haushaltsraum.

»Niemand«, riefen Nathan und ich gleichzeitig, wobei er die Verfolgung aufnahm. Ich hetzte die Treppe hinauf, er mir dicht auf den Fersen.

»Das ist echt nicht nett von euch!«, rief Cheryl uns hinterher. Doch keiner von uns antwortete. Ich stürmte zu meinem Zimmer und war kurz davor zu platzen.

Schon hörte ich seine Schritte im Flur. Dann war er in meinem Zimmer und trat die Tür hinter sich mit dem Fuß zu.

»Raus hier«, sagte ich und ging auf ihn zu. »Das ist mein Zimmer. Also hör auf, hier hereinzuspazieren, als gehöre es dir.«

Ich kam noch etwas näher. »Hast du mich verstanden?«

Er neigte sich zu mir und flüsterte: »Ich konnte dich laut und deutlich hören. Du stehst schließlich ziemlich nah vor mir.«

Ich wich einen Schritt zurück, er kam mir nach und es wirkte irgendwie bedrohlich.

»Ich habe deinen kleinen Hinweis gefunden«, wisperte er. »Wirklich süß.« Er lächelte, doch es sah nicht freundlich aus.

»Meinst du echt, ich merke nicht, wenn jemand in meinem Zimmer herumschnüffelt?«

Er zuckte die linke Schulter. »Was, wenn es mir egal ist?«

»Was suchst du eigentlich? Glaubst du wirklich, ich habe meine Weltuntergangspläne aufgeschrieben?«

»Dann gibst du also zu, dass du welche hast?«

Das hier war so lächerlich. Hörte er sich selbst manchmal reden? »Noch so eine Aktion und ich erzähle Dad davon. Du spionierst mir nach, bedrohst mich ganz subtil und das passt sicherlich nicht in euer kuscheliges Familienkonzept.«

»Und genau deshalb traue ich dir nicht«, sagte Nathan leise.

»Warum? Weil ich mich nicht von dir unterkriegen lassen will?«

»Nein«, erwiderte er und ließ sich dann ungefragt auf meinem Bett nieder. »Weil du so abfällig über Familie sprichst.«

»Steh auf«, sagte ich. Ich wollte nicht, dass er sich so benahm, als wäre er hier willkommen. »Das ist mein Bett, darin schlafe ich.«

»Komm mal runter. Wir unterhalten uns doch bloß.«

»Ich verzichte auf unsere Gespräche, solange du mir keinen Zentimeter über den Weg traust.«

»Du könntest irgendetwas dafür tun, dass ich dir vertraue.«

»Warum soll ich denn in Vorleistung gehen?«

»Weil du hier nichts als rauchende Asche hinterlassen hast, Lysandra.« Er sprang auf, kam auf mich zu und wirkte jetzt aufgebracht. »Weil meine Mutter jeden Tag geweint hat. Weil dein

Vater dich weggeschickt hat, weil du dich wie ein verrückt gewordenes Tier aufgeführt hast. Das war Rufmord. Was glaubst du eigentlich, was du ihr angetan hast?«

»Ich habe mich bei ihr entschuldigt«, erwiderte ich. Meine Stimme klang ruhig, doch innerlich schien alles in mir zu zerfließen. Wann würde ich diese Vergangenheit endlich hinter mir lassen? Es war ein Fehler gewesen, ja, aber irgendwann musste doch auch mal Schluss sein. Das Letzte, was ich allerdings gerade wollte, war, vor Nathan zusammenzubrechen. Vor ihm würde ich keine Schwäche zugeben.

»Du hast dich vielleicht entschuldigt«, erwiderte Nathan. »Aber ich traue dir nicht. Passt dir hier irgendetwas nicht in den Kram, dann explodierst du erneut. Für dich ist das ein Punkt auf einer Liste, den du mal eben abhakst. *Reise nach Alaska, um mich mit allen zu versöhnen und mich danach besser zu fühlen.* Ein Kreuzchen auf der Liste. Und dann fliegst du wieder davon.«

»So ist das gar nicht.«

Nathan lachte erneut trocken auf. »Und genau das glaube ich dir nicht.«

»Du wirst mich also weiter ausspionieren?«

»Ich mache grundsätzlich das, was ich will«, erwiderte er und verschränkte die Arme vor der Brust. »Und wenn ich die letzte Barriere zwischen dir und meiner Familie bin, dann werfe ich mich gerne in die Schusslinie.«

»Du leidest echt unter Verfolgungswahn«, sagte ich. »Wärst du mir nicht so egal, würdest du mir glatt leidtun.«

Es überraschte mich, dass Nathan schluckte. Sollten ihn meine Worte etwa getroffen haben? Ich glaubte nicht daran.

»Und jetzt geh bitte, ich will duschen.« Ich deutete mit dem

Kopf auf das angrenzende Badezimmer. »Oder möchtest du davor noch ein bisschen spionieren?«

Nathan schnaubte, dann spreizte er Daumen und Zeigefinger, zeigte auf seine Augen und schließlich auf mich. »Ich behalte dich im Auge.«

»Hau ab.« Ich drehte mich von ihm weg, weil ich ihn einfach nicht mehr sehen wollte. Irgendwann hörte ich, wie sich die Tür meines Zimmers leise schloss.

Eine gute halbe Stunde später stürmte ich die Treppe schon wieder hinunter. Ich war so aufgewühlt von diesem Tag und von dem Gespräch mit Nathan, dass ich einfach noch etwas unternehmen musste. Also hatte ich ganz spontan Keiko und Ella geschrieben, ob sie sich mit mir treffen wollten. Auch Tamika hatte ich getextet. Sie hatte uns alle nach Ladenschluss ins Nanuk eingeladen. Wir würden die Reste umsonst bekommen, wenn wir dafür beim Aufräumen halfen. Ich fand, das war ein super Deal. Außerdem konnte man hervorragend reden, während man irgendetwas mit den Händen machte.

Ich wollte ihnen von meinem Plan bezüglich meines Dads erzählen, weil mir auch ihre Meinung wichtig war.

»Ich bin noch mal weg«, rief ich in Richtung Küche. Cheryls Kopf erschien hinter einem geöffneten Schrank. »Wollen wir nicht zusammen abendessen? Dein Vater ist auch gleich zurück.«

»Tut mir leid.« Ich blieb kurz stehen, um sie entschuldigend anzulächeln. »Ich bin im Nanuk verabredet.«

Cheryl sah auf die Uhr. »Aber das macht doch gleich zu.«

»Ich bekomme die Reste.«

Cheryl seufzte, bevor sie mich augenzwinkernd mit einer

Geste davonscheuchte. »Gut, dann bis später. Hab eine schöne Zeit.«

»Danke, Cheryl!«

Kaum dass ich in meinem Jeep saß, klingelte mein Handy, das ich in weiser Voraussicht in einer Halterung am Armaturenbrett angebracht hatte. Es war Chloe. Sofort nahm ich den Anruf an, während ich die Straße hinabfuhr. »Hey, geht's dir besser? Ich dachte, du wolltest dich hinlegen.«

»Geht schon wieder. Erzähl mir alle Neuigkeiten, mir ist langweilig.«

»Zane hat mich auf die Wange geküsst. Und ich glaube, er wollte mich richtig küssen.«

Chloe gab ein gurrendes Geräusch von sich. »Ist nicht wahr.« Natürlich wusste sie, dass Zane und ich uns in den letzten Tagen angenähert hatten. Ich hatte ihr von unserem Flirten erzählt und davon, wie sich meine Meinung von ihm um hundertachtzig Grad gedreht hatte.

»Und jetzt triffst du dich gleich mit ihm?«

»Zane hat morgen Frühschicht und legt sich daher früh aufs Ohr. Aber wir haben gerade Zeit zusammen verbracht«, ergänzte ich noch. »Ich habe ihm meinen Lieblingsplatz gezeigt.«

»Die Findlinge.« Chloes helles Lachen drang durch den Lautsprecher. »Irgendwann will ich sie auch mal live sehen.«

Ich schmunzelte. »Versprochen. Und wie geht es dir? Erzähl mal.«

Chloe kicherte. »Stell dir vor, auch ich habe jemanden kennengelernt. Er arbeitet in dem Büro eine Etage unter unserem, in einer Wirtschaftsprüfungsgesellschaft. Jamie studiert BWL und hat dort einen Job während der Semesterferien. Wir haben uns im Aufzug kennengelernt. Er hat mir die Hälfte meiner drei

Dutzend Kaffeebecher abgenommen und mich bis ins Büro begleitet. Er ist so süß. Am Wochenende gehen wir aus.«

»Das klingt so toll. Ich freue mich so sehr für dich.« Das tat ich wirklich. »Du musst mir unbedingt mehr über ihn erzählen.«

»Sobald ich mehr weiß, sehr gerne.« Chloe klang aufgekratzt. »Aber sein Instagram-Profil ist auf jeden Fall schon mal sehr vielversprechend.«

»Wie heißt er dort? Schick mir mal den Link.«

»Jamie Andras, der Link kommt gleich. Im Gegenzug musst du mir mal Fotos von Zane zeigen. Ich habe ihn ja nur ganz kurz vor dem Nanuk gesehen. Wie ist sein Nachname?«

»Miller.«

»Okay.« Während ich ins Dorfinnere fuhr und nach einem Parkplatz Ausschau hielt, konnte ich Chloe am PC tippen hören. »Da gibt es nichts. Nur einen Zane Miller, der über achtzig ist. Und die Profile auf Instagram stammen aus England, und von dort ist er nicht. Es sei denn, er ist zwölfeinhalb und Skater oder Musicaldarsteller.«

»Das ist er garantiert nicht. Vielleicht ist sein Profil auf privat, genauso wie meins.«

»Aber dann sollte man es doch trotzdem über Instagram finden können.«

»Da hast du recht.«

»Na ja, vielleicht hat er einfach etwas gegen soziale Medien«, erwiderte Chloe. Doch ich hörte an ihrer Stimme, dass sie das irgendwie komisch fand.

Ich versuchte mich nicht von ihrer Stimmung anstecken zu lassen. »Ich frage ihn einfach mal. Und dann mache ich ein Foto von ihm für dich.«

Chloe kicherte. »Abgemacht.«

Ich fand eine Parklücke und fuhr hinein. »Süße, ich bin am Nanuk. Lass uns morgen Nachmittag noch mal sprechen, dann kriegst du auch das Foto.«

»Bis dann!«

Kaum dass ich das Handy in meine Tasche geworfen hatte, ging die Tür vom Nanuk auf. Tamika verabschiedete die letzten Gäste, einen schweren Schlüsselbund in der Hand. Von Sonntag bis Donnerstag schloss das Café um zwanzig Uhr, an Frei- und Samstagen war es bis ein Uhr geöffnet.

»Hi Liebes.« Sie zog mich in ihre Arme, sobald sie mich entdeckt hatte. Dann musterte sie mich prüfend. »Du strahlst so. Was ist passiert?« Sie kniff ein Auge halb zu.

Ich hatte das Gefühl, rot wie eine Tomate zu werden. »Nichts Besonderes«, erwiderte ich, während ich mich bei ihr unterhakte.

»Hat es mit Zane zu tun?«

Ich nickte und Tamika drückte lächelnd meinen Arm, als wir zusammen das Café betraten. »Wie schön. Das freut mich sehr für dich.«

Im Inneren räumten Ella und Keiko bereits fleißig die letzten Tische ab. Ich begab mich wie selbstverständlich hinter die Theke, um dort Ordnung zu schaffen. Tamika werkelte in der Küche, die zum Glück so klein war, dass sie mich problemlos verstehen würde. Ich erzählte den dreien von meinen Plänen.

»Das wäre auf jeden Fall eine gute Werbung für mein Café«, sagte Tamika und lehnte sich an den Rahmen der Küchentür. »Wenn ich etwas Gebäck zum Frühstück beisteuern könnte, wäre das klasse. Ihr bekommt auch einen guten Rabatt von mir.«

»Super, danke dir.« Ich war mir sicher, dass dieses Extra eine Bereicherung zum Frühstücksbuffet sein würde.

»Meine Tante ist zwar gelernte Köchin, aber sie hat mal ein halbes Jahr im Flying Moose an der Rezeption ausgeholfen, als einer der Inhaber krank war. Sie kennt sich aus«, sagte Keiko, als er sich mit einem Tablett voller Tassen an uns vorbeischob. »Und ich glaube, sie würde gerne noch etwas nebenbei arbeiten. Für die Rezeption brauchst du allerdings mindestens drei Leute, wenn sie von morgens bis abends besetzt sein soll. Das müsstest du einkalkulieren.«

»Aber die Rezeption muss doch nicht den ganzen Tag besetzt sein«, warf Ella ein. »Ich war mal in einer Pension in Kanada, da gab es überhaupt keine Rezeption. Man ging zu dem Eigentümer nach Hause und holte sich den Schlüssel und das war's. Wenn man ein weiteres Handtuch wollte, musste man ihm eine WhatsApp-Nachricht schreiben.«

»Das wäre natürlich eine Idee, wenn wir die Kosten so niedrig wie möglich halten wollen«, sagte ich und lehnte mich an die Theke. »Vielleicht könnten wir feste Zeiten festlegen. Jeweils morgens, nachmittags und abends zwei Stunden oder so. Das sollte doch reichen. Und für Notfälle gibt es eine Handynummer, über die immer jemand erreichbar ist. Das sind doch alles kurze Wege hier.«

Tamika war in der Küche verschwunden und kam jetzt mit einem Teller wieder. »Jetzt esst erst mal was.« Sie ging zu dem Tisch nahe der Theke und stellte den großen Teller dort ab. »Bedient euch«, sagte sie mit einem Lächeln und setzte sich.

Das ließen wir uns nicht zweimal sagen.

Gierig fielen Ella, Keiko und ich über die verbliebenen Köstlichkeiten her. Ich erwischte eine Käsestange mit Lauch und

Kabeljau und ein Blätterteiggebäck, das mit Nüssen und Honig garniert war. Keiko verputzte zwei Croissants, die mit Spinat und einem regionalen Butterkäse gefüllt waren, und krönte das Ganze mit drei großen Schokoladen-Cookies. Ella nahm einen überbackenen Portobellopilz im Brötchen und löffelte zum Nachtisch die Reste des Brombeer-Crumbles, die Tamika aus der Backform gekratzt hatte.

»Die Idee mit den Bootstouren gefällt mir«, sagte Keiko und strich sich ein paar Krümel vom Shirt. »Hast du schon Fotos vom Gästehaus gemacht?«

»Das muss ich noch. Aber ich glaube, das ist nicht der entscheidende Aspekt, um meinen Vater zu überzeugen. Ich kann erst mal provisorisch eine Anzeige für die gängigen Portale erstellen und dann warten, was er dazu sagt. Ich will auch vergleichbare Preise heraussuchen, einfach damit er eine Orientierung hat, wie viel man damit verdienen kann. Und wenn alles fertig ist, dann kommt es natürlich darauf an, ob die Zimmer gebucht werden.«

»Da gehe ich auf jeden Fall von aus.« Tamika schluckte den Rest eines Kekses herunter. »Hier gibt es gerade im Sommer zu viele Touristen für zu wenig Betten. Viele, die nur einen Tag hierbleiben, bedauern, dass sie kein Zimmer bekommen haben. Und die würden sich sicherlich nicht daran stören, dass es drinnen wie draußen bei euch alles etwas in die Jahre gekommen ist. Mein Tiny House im Garten könnte ich doppelt vermieten im Sommer. Wie viele Zimmer hat das Gästehaus? Sechs oder acht?«

»Zehn Zimmer.«

Tamika lehnte sich in ihrem Stuhl zurück. »Das ist ein riesengroßes Potenzial, das da verschenkt wird. Und das Haus steht doch schon. Ehrlich gesagt, kann ich deinen Vater nicht verstehen, dass er nicht schon eher darüber nachgedacht hat.«

Ich zuckte die Schultern. »Manchmal sieht man den Wald vor lauter Bäumen nicht.«

Ella nickte, dann legte sie ihre Hand auf die von Keiko. Der strahlte sie an.

Tamika und ich wechselten einen Blick. Die beiden hatten wohl endlich den nächsten Schritt gewagt. Ich freute mich sehr für sie.

»Hattest du eigentlich noch Probleme?«, fragte Keiko schließlich in meine Richtung. »Ich bin ja der Meinung, es muss endlich Ruhe sein. Der Auftritt der beiden Idioten letztes Wochenende hier war so was von überflüssig.«

Ich sah ihn an, dann schaute ich zu Ella. Sie senkte den Kopf, was mir verriet, dass Keiko ihr etwas erzählt hatte.

»Ich arbeite daran«, erwiderte ich also. Ich erzählte von meinen Gesprächen mit Cheryl und Eliza.

Tamika hatte das Kinn auf ihre Hände gestützt und hörte mir aufmerksam zu. Kaum dass ich geendet hatte, schüttelte sie den Kopf. »Willst du dich jetzt bei jedem entschuldigen? Das kann es doch auch nicht sein.«

So etwas hatte Zane auch gesagt. Dennoch wollte ich meinem eigenen Gefühl folgen, denn nur so würde es sich richtig anfühlen. Was mich zu einer Baustelle brachte, die ich gedanklich immer noch weit von mir geschoben hatte. Meine beste Freundin Chloe wusste nichts davon. Ich erzählte ihr von Zane, ich erzählte ihr von meinem Vater, doch von meiner Rufmord-Aktion gegen Cheryl wusste sie nichts. Im Moment erwog ich sogar, es einfach für mich zu behalten. Ich wollte nicht, dass sie schlecht über mich dachte. Ich war zu feige, um mit der ganzen

Wahrheit herauszurücken. Und vielleicht war es mittlerweile sogar zu spät dafür.

Tamika erhob sich und griff nach dem mittlerweile leeren Teller. »Ella und Keiko, könnt ihr bitte noch das restliche Geschirr auf die Theke stellen? Lys, hilfst du mir in der Küche?«

Wir alle murmelten Zustimmung, und kaum dass ich neben Tamika in der Küche stand, beugte sie sich zu mir und raunte. »So, und jetzt möchte ich jedes Detail über dich und Zane hören. Lass bloß nichts aus. Ich platze vor Neugier.«

Kapitel 24

ZANE

»Okay, ich habe immer noch keine Ahnung, wohin du mich entführst, aber das da sieht definitiv vielversprechend aus.« Ich deutete auf das Schild, das wir soeben passierten. Es zeigte einen mit dunkler Farbe skizzierten Wolf. Darüber stand »Yukon Wolf-Reservat« und ein Pfeil deutete nach rechts.

Lys lächelte geheimnisvoll. Seit sie mich abgeholt hatte, hüllte sie sich in Schweigen. Sie hatte mich mit der Aussicht auf einen Ausflug Richtung Yukon Delta geködert. Wie hätte ich da Nein sagen können? Jetzt war es ein sonniger Sonntagmorgen, ich saß in dem Jeep neben ihr und hatte keine Ahnung, was mich erwarten würde.

Dann bog Lys rechts in den Feldweg ab. Er war kaum mehr ein Trampelpfad, oder besser gesagt: zwei Fahrrinnen, die durchs Grüne führten. Eine Gruppe von Laubbäumen verdeckte das Haus, auf das wir zufuhren. Ich entdeckte große Zwinger und ein umzäuntes Gelände.

Lys parkte neben zwei Pick-ups. Endlich drehte sie sich zu mir. »Das ist eine Auffangstation für verletzte Wölfe. Ich bin als Kind öfters hier gewesen, weil meine Mutter mit Verity befreundet war.«

»Wow.« Ich war sofort begeistert. Wölfe waren wunderschöne und elegante Tiere. Zu gerne hätte ich welche aus der Nähe gesehen.

Wir stiegen aus und gingen auf das Haus zu, über dem in großen Lettern »Praxis/Anmeldung« stand.

»In Alaska gibt es relativ viele Wölfe«, erzählte Lys weiter. »Aber sie sind von Natur aus sehr scheu und man begegnet ihnen selten. Aber weil viele Menschen hier ein Jagdrecht auf ihrem Grundstück besitzen, werden oft verletzte Tiere gefunden. Diese können hierhergebracht werden. Die Auffangstation hat einen Radius von mehreren Hundert Meilen.« Sie lächelte. »Die Leute fahren stundenlang hierher, um ein verletztes Tier zu retten. Das hat mich immer sehr berührt.«

Eine Frau mittleren Alters trat aus dem Haus. In ihrem kurzen grauen Haar leuchtete ein grünes Haarband, das farblich zu ihrer Bluse passte. Sie lächelte, als sie uns entdeckte. »Lys, wie schön.« Sie eilte auf uns zu. »Du kannst dir gar nicht vorstellen, wie sehr ich mich über deinen Anruf gefreut habe.« Sie hatte uns erreicht und zog Lys in ihre Arme. »Und jetzt bist du hier. Schau nur, wie groß du geworden bist. Richtig erwachsen.«

»Hallo Verity.« Lys lächelte breit.

Verity wich zurück und ihr Blick fiel auf mich. »Und wen hast du da mitgebracht?«

»Das ist Zane. Wir arbeiten zusammen für Dad. Zane, das ist Dr. Verity Lestenkof. Sie ist Biologin und leitet diese Station.« Während wir uns die Hände schüttelten, sagte Lys noch: »Zane studiert Meeresbiologie.«

»Ein Kollege, wie schön. Wie weit bist du, Zane?«

»Ich habe gerade das erste Semester beendet, Dr. Lestenkof.«

Sie winkte ab. »Oh bitte, ich bin Verity. Hier draußen nennen wir uns alle beim Vornamen.«

»Sehr gerne.« Ich mochte sie auf Anhieb. Ihre braunen Augen blitzten vor Tatendrang. »Soll ich euch herumführen? Hier hat sich viel verändert.«

»Ich platze vor Neugier«, sagte Lys und ich schloss mich ihr stumm an.

Verity schwang herum, als habe sie etwas vergessen. »Oder möchtet ihr etwas trinken? Ich bin wirklich eine schlechte Gastgeberin.«

»Alles gut«, winkte Lys ab und sah fragend zu mir. Ich schüttelte den Kopf. Und selbst wenn ich Durst gehabt hätte, die Wölfe hatten auf jeden Fall Priorität.

Verity führte uns an dem Freigehege entlang. »Die Wölfe sind leider eher nachtaktiv, daher sehen wir gerade keine.« Sie legte eine Hand über die Augen, um die hochstehende Sonne abzuschirmen. »Weißt du, was wir hier tun, Zane?«

»Lys hat mir ein bisschen was darüber erzählt.«

Lys und Verity lächelten sich an. »Dann kommt hier noch mal die Kurzfassung. Wir wildern verletzte Tiere wieder aus. Seit Kurzem arbeiten wir auch mit den Nationalparks zusammen. Unser Erfolg ist so groß, dass wir sogar Wölfe in Kanada auswildern. Ist das nicht großartig? Der Wolf gehört fast überall auf der Erde zu den bedrohten Tierarten. Auf diese Weise können wir einen wunderbaren Beitrag zum Artenschutz leisten. Ich bin sehr stolz auf meine Leute und alles, was sie erreicht haben.«

»Das ist wirklich ein großer Erfolg«, sagte ich. Ich wusste, dass in den Nationalparks daran gearbeitet wurde, dem Rückgang der Arten auf der Erde entgegenzuwirken. Aber dass eine solch relativ kleine Station hier mitten in Alaska einen derartigen Beitrag leisten konnte, damit hatte ich nicht gerechnet.

Jetzt waren wir bei den Zwingern angelangt, die sich im Näherkommen als sehr viel größer entpuppten als aus der Ferne. Die meisten Wölfe schauten uns entgegen. Ich hatte fast ein wenig Hemmung näher zu treten, als wäre es ein natürlicher Instinkt des Menschen, dem Wolf auszuweichen.

Doch dann fielen mir ihre Verletzungen auf. Einige hatten verbundene Pfoten und Beine. Anderen war an einer ganzen Seite das Fell abrasiert worden. Einem Wolf fehlte ein Auge und das Ohr war nur noch halb vorhanden.

»Die ganz schlimmen Fälle werden in der Praxis betreut. Sie kommen einige Wochen in Quarantäne, damit sie sich ohne die Belastung von Keimen und Bakterien der freien Natur erholen können.«

Einige Wölfe begannen zu hecheln, ich wusste, dass dies ein Zeichen von Nervosität war. Während Lys und ich stoppten, blieb Verity kurz vor den Käfigen stehen. »Meinen Geruch kennen sie, aber ihr seid für sie unbekannt. Deshalb sind sie jetzt skeptisch«, erklärte Verity. »Lys, du kennst das ja bereits.«

Lys nickte abwesend, ganz fasziniert von der Betrachtung der Wölfe.

»Der junge Mann hier ist mit seinem Bein in eine Bärenfalle geraten«, sagte Verity und deutete auf den Wolf ganz vorne im Zwinger. Sein Bein war bis zum Oberschenkel hinauf rasiert und verbunden. »Er hat großes Glück gehabt, dass er das Bein nicht verloren hat. Vermutlich liegt es daran, dass er noch so jung ist.«

Wir betrachteten den Wolf, der unseren Blick ohne Scheu erwiderte. In seinen gelben Augen lag ein neugieriger Schimmer.

Durch einen Hinterausgang kam ein Arbeiter, der zwei Eimer trug. Verity hob grüßend die Hand. Der Mann betrat einen der Zwinger und füllte das Wasser nach.

»Es dauert einige Zeit, bis sie sich daran gewöhnt haben, aus Schalen zu trinken«, erklärte Verity. »Aber es sind intelligente

Tiere und meist haben sie schnell verstanden, dass dies die einzige Wasserquelle ist.«

Wir beobachteten den Arbeiter weiterhin, dann drehte Verity sich zu uns. »Ich habe noch etwas, das euch gefallen wird. Kommt mit.«

Wir gingen den Weg zurück. Vor der Praxis kam Verity zum Stehen. »Wir gehen vorne rein, weil hinten der Quarantänebereich ist.«

Wir betraten den weiß gekachelten Eingangsbereich. Ich hatte keine Ahnung, was uns erwarten würde. Verity öffnete die Tür zu einem Raum, der mit einem bodentiefen Fenster ausgestattet war. Von den Kacheln stieg eine angenehme Wärme auf. In einer Ecke lagen weiche Decken. Und dann entdeckte ich sie. Sieben kleine Wolfswelpen, eng an ihre Mutter geschmiegt, die alarmiert den Kopf gehoben hatte.

»Ich wollte sie euch nur ganz kurz zeigen«, flüsterte Verity. »Wir gehen nicht hinein, weil wir sie nicht beunruhigen wollen. Sie hat die Babys vor zwei Wochen zur Welt gebracht. Sobald sie alle auf den Beinen sind, werden wir sie ins Freigehege umsiedeln.«

Wir betrachteten gebannt die kleinen Welpen. Lys gab einen entzückten Laut von sich und dann spürte ich, wie sie ihre Hand in meine schob. Gemeinsam beobachteten wir die Kleinen noch etwas. Dann bewegte Verity sich ein ganz klein wenig, und die Wölfin knurrte warnend auf. Verity hob die Hand wie zu einer Entschuldigung. »Wir sind ja schon weg, meine Liebe.«

Lys löste ihre Hand von meiner, bevor wir uns umdrehten. Und Auge in Auge mit einem Wolf standen.

Im ersten Moment glaubte ich, mein Verstand hätte mir einen Streich gespielt.

Aber als der Wolf den Kopf hob, raste die Erkenntnis wie ein Blitz durch meinen ganzen Körper.

Es war ein Wolf und er war nicht gerade klein.

»Sandy!«, lachte Verity. »Du sollst doch nicht immer in die Praxis laufen.«

War ich im falschen Film, oder was?

»Das ist Sandy. Sie ist zu alt, um ausgewildert zu werden. Sie ist ein echter Schatz. Wenn sie euch mag, dürft ihr sie sogar streicheln.«

Erneut gab Lys einen entzückten Laut von sich und ging in die Hocke. »Sie ist so hübsch.«

Ich wollte gerade fragen, woran man denn erkannte, ob Sandy einen mochte, da streckte Lys die Hand aus. Ich traute ihr so einiges zu, aber an diesem Punkt hätte ich sie gerne zurückgezogen.

Was machte Sandy, wenn sie einen nicht mochte? Die Hand abbeißen?

Und schon berührte Lys das graue Fell von Sandy.

»Sie lebt bei mir im Haus«, erklärte Verity. »Abends liegt sie neben mir auf der Couch wie ein braver Hund.«

»Ich hätte nie gedacht, dass Wölfe zu domestizieren sind.« Ich betrachtete immer noch Lys, die sich bereits mit Sandy angefreundet hatte.

»Ausnahmen bestätigen die Regel«, erwiderte Verity und zwinkerte mir zu. »Ich hätte auch nicht gedacht, dass sie so zutraulich wird. Kommt, wir gehen wieder nach draußen und schauen ins Wildgehege. Sie in der freien Wildbahn zu erleben, ist noch mal ein ganz anderer Eindruck. Begleitest du uns, Sandy?«, fragte Verity, als Lys sich erhob.

Sandy guckte ziemlich unbeeindruckt zurück. Wir passierten

sie und verließen die Praxis, und kaum dass wir draußen waren, bemerkte ich, dass sie uns gefolgt war. Jetzt stand sie neben mir. Ich hatte den Eindruck, dass sie unauffällig in Richtung meines Hosenbeins schnüffelte, doch ich konnte mich auch täuschen. Und Sandys Pokerface war perfekt.

»Sie mag dich«, sagte Lys.

Ich bezweifelte das, denn Wolf blieb Wolf, selbst wenn Sandy abends auf der Couch schlief. Ich war mir sicher, sie würde entweder die Flucht ergreifen oder mir irgendetwas Wichtiges abbeißen, sollte ich mich erdreisten, sie zu streicheln.

Ich sah nach unten. Sandy tat immer noch so, als wäre ich nicht da, blieb aber nah neben mir stehen.

»Auf zum Wildgehege.« Verity ging voraus. Lys nahm meine Hand und gemeinsam folgten wie ihr. Kaum dass wir vor dem Zaun stehen blieben, befand sich Sandy schon wieder neben mir. Dieses Mal nahm ich all meinen Mut zusammen. Ich ging in die Hocke und streckte ihr langsam meine Hand hin. Sandys gelbe Augen fixierten mich. Meiner Hand schenkte sie wenig Beachtung. Schließlich berührte ich ganz sacht ihr Fell. Es war rau und borstig, aber dennoch unglaublich weich.

»Wow«, flüsterte ich leise. Es war eine unfassbare Erfahrung. Und so intensiv, Auge in Auge mit diesem Wolf zu sein, dass mich ein Schwall Adrenalin durchfuhr.

»Hi«, flüsterte ich. »Freut mich, dich kennenzulernen.« Keine Ahnung, warum ich gerade in diesem Moment an die Situation mit meinen Eltern dachte. Aber die Begegnung mit Sandy hatte mir bewiesen, dass es sich lohnte, wenn man sich seiner Angst stellte. Und während meine Hand erneut durch das Fell glitt, fasste ich den Entschluss, dass ich mit meinen Eltern reden würde. Es war meine Zukunft, und so schmerzlich es auch werden würde, nur ich allein würde darüber entscheiden.

Auf der Rückfahrt nahmen wir einen anderen Weg. Das fiel mir allerdings erst auf, als wir ein Dorf erreichten, das mich vom Stil her ein wenig an Blackfish Bay erinnerte. Nur, dass es noch kleiner war. Auffällig waren die zwei Hotels, die mit ihren dreistöckigen Gebäuden in einem beschaulichen Ort wie diesem fast wie Hochhäuser in den Himmel ragten. Auf den Straßen sah ich viele sportlich gekleidete Touristen, wie immer gut zu erkennen an den Kameras, die um ihren Hals hingen. Einige davon schoben Mountainbikes neben sich her. Vermutlich war das leicht hügelige Land hier tatsächlich ein Paradies für Fahrradfahrer.

»Hier hole ich uns etwas Leckeres.« Lys parkte den Wagen vor einem altmodisch wirkenden Eiswagen.

»Soll ich mitkommen?« Ich schnallte mich ab, doch sie schüttelte den Kopf. »Die zwei Becher kann ich allein tragen. Bis gleich.«

Ich sah ihr nach, wie sie zu dem Stand ging und mit dem Verkäufer sprach. Der lächelte, während er je eine große Kugel leuchtend rotes Eis in einen Becher gab. Die Kugeln waren größer als herkömmlich, sodass man vermutlich kaum mehr als eine davon schaffen würde. Becher und Scheine wechselten die Besitzer und schon kam Lys zurück. Sie hatte außerdem noch eine Flasche Limonade erstanden, die sie sich unter den Arm geklemmt hatte.

»Bitte schön.« Sie reichte mir meinen Becher, platzierte ihren eigenen zwischen ihre Knie und schnallte sich dann an. Die Limonade stellte sie in den Becherhalter zwischen uns.

»Danke dir. Was ist das für eine Sorte?«

Lys hatte den Motor gestartet und schon fuhren wir weiter. »Frag mich nicht, was das für eine Sorte ist, frag mich, was das für ein Eis ist«, erwiderte sie und warf mir ein spitzbübisches Grinsen zu.

»Okay, Dorie. Was ist das für ein Eis?«

»Das hier ist eine typische Spezialität aus Alaska und nennt sich ›Akutaq‹.«

Ich probierte gerade und hielt dann überrascht inne. Es war weder cremig noch besonders süß. Der Geschmack war eigenartig und besonders zugleich.

Wir verließen das Dorf und fuhren auf eine sandige Landstraße. Rechts und links von uns säumten blühende Graslandschaften unseren Weg.

Lys lenkte den Wagen mit einer Hand und schaufelte sich etwas von dem Eis in den Mund. Kaum dass sie geschluckt hatte, dozierte sie weiter. »Das Wort kommt aus der Yupiq-Sprache und heißt eigentlich nur ›zusammengemischt‹. Und jetzt rate mal, was hier gemischt wurde?«

Ich nahm erneut einen kleinen Löffel und schmeckte. »Cranberrys?«

»Richtig, was noch?«

Ich war denkbar schlecht in so was. Und ich wollte sie auch nicht beleidigen, indem ich anmerkte, dass das Eis etwas fischig schmeckte. »Eis?«, fragte ich also betont harmlos.

Sie lachte. »Genau, einfach nur gefrorenes Wasser.«

»Aber das ist doch nicht alles.« Ich nahm einen weiteren Löffel und versuchte herauszufinden, was das sein konnte.

Lys wackelte mit den Brauen. »Gut, bist du bereit für die ganze Wahrheit?«

Ich nahm nicht an, dass das Zeug giftig war, denn sonst würden sie es nicht so öffentlich verkaufen. Oder?

»Ich bin bereit.«

»Also …« Sie machte eine dramatische Pause. »Außer Cranberrys und gefrorenem Wasser kommt in traditionell hergestelltes Akutaq außerdem noch Rentierfett und Robbenöl.«

Ich hielt inne. Der letzte Brocken würde mir praktisch im Hals stecken bleiben, wenn er nicht geschmolzen wäre. Ich schluckte krampfhaft. »Ernsthaft?«

Wieder lachte sie. »Ja, aber keine Angst. Hierfür mussten keine Rentiere oder Robben sterben. Für dieses Eis wird Pflanzenfett benutzt und Krillöl. Außerdem mischen sie etwas Zucker darunter, damit es nicht ganz so krass schmeckt.«

Ich schluckte erneut. So richtig lecker fand ich es nach wie vor nicht, aber ich wollte nicht unhöflich sein. Erst da bemerkte ich, wie sehr Lys mit ihrem Eis kämpfte. Immer wieder musste sie eine Hand vom Lenker nehmen, um einen Löffel zu nehmen.

»Sollen wir nicht kurz halten und du isst dein Eis? Wir haben es doch nicht eilig, oder?«

»Nein, haben wir nicht, das ist eine gute Idee.«

Wie auf Bestellung tauchte wenig später rechts von uns in geringer Entfernung ein kleines Wäldchen auf. Es wirkte verwunschen und malerisch zugleich. Lys und ich wechselten einen Blick und waren uns sofort einig. Sie gab Gas, und da es nicht mehr als zwei Meilen entfernt lag, hatten wir es schnell erreicht. Den Wagen parkten wir auf dem Grün neben dem Straßenrand.

Ich schaute kritisch auf mein Eis.

»Wenn du es nicht magst, dann kippe das Eis ins Gras, den Becher entsorgen wir zu Hause.«

Sie konnte wirklich Gedanken lesen. »Wärst du sehr beleidigt?«

Ihr Lächeln hatte etwas Verschlagenes. »Quatsch. Ich wollte nur wahnsinnig gerne dein Gesicht sehen, wenn du es probierst.«

Ich hätte sie gerne gepackt und herumgewirbelt, doch wir saßen immer noch im Auto. »Ich fasse es nicht«, murmelte ich. »Wie konntest du nur.«

»Tut mir leid, das machen wir mit allen Touristen.«

Ich seufzte gespielt. »Schon klar. Und nein, ich glaube, das ist nichts für mich. Die Mischung aus Fischöl und Beeren ist einfach etwas zu viel für meine Touri-Zunge.«

Als wir ausstiegen, kippte auch sie den Inhalt ihres Bechers ins Gras.

Überraschung stahl sich in meine Miene.

»Na ja, ich mag es auch nicht. Aber es musste doch authentisch wirken.«

Jetzt wäre mir doch fast die Kinnlade auf die Brust geklappt. »Du hast das alles geplant.«

Sie lachte, nahm mir den leeren Becher ab und stellte ihn ins Wageninnere. Dann griff sie nach der Limonade, öffnete sie und nahm einen großen Schluck. »Natürlich habe ich das alles geplant. Willst du auch Limo?«

Die Selbstverständlichkeit, mit der sie meinen Protest überging, reizte mich nur noch mehr. Jetzt hätte ich sie wirklich gerne an mich gezogen. Doch stattdessen griff ich nach der Limonade und nahm drei große Schlucke. Endlich hatte ich das Gefühl, dass der Fischgeschmack von meiner Zunge verschwand. Zur Sicherheit nahm ich direkt noch mal einen.

Lys fischte zwei Kaubonbons aus ihrer Hosentasche. Eins davon hielt sie mir hin.

Ich sah kritisch auf das Etikett. »Orange.« Ich hob den Kopf. »Mit oder ohne Fischöl?«

Sie lächelte und löste schon das Papier. »Es ist einfach bloß Orange, du Feigling. Und jetzt los, lass uns gehen.« Sie ließ mich stehen und stapfte voraus durch das hochstehende Gras in Richtung der Bäume.

Natürlich hätte ich anmerken können, dass wir eigentlich keinen Grund mehr hatten, durch dieses Wäldchen zu spazieren. Schließlich musste keiner von uns mehr sein Eis essen. Aber da ich natürlich so viel Zeit wie möglich mit ihr verbringen wollte, folgte ich ihr.

Als ich zu ihr aufgeholt hatte, sah Lys zu mir hoch. »Diese kleinen Wäldchen gibt es überall im Yukon Delta. Es sind so wunderschöne Orte.«

Ich gab ihr recht. Das blühende Gras reichte uns fast bis zu den Knien. Im Schatten der großen dunklen Bäume war es angenehm kühl, und das helle Licht der Sonne war wie durch einen Weichzeichner verblasst. Ich entdeckte ein paar kleine Streifenhörnchen, die anmutig über eine Wurzel hüpften und dann im Inneren eines Baumes verschwanden. Blühende Blumen mischten sich mit dem Gras und durch die Luft flogen weiß schimmernde Pollen, die wie zarte Wolken emporstiegen.

Während das Orangenbonbon auf meiner Zunge schmolz, drehte ich mich einmal um mich selbst. Das hier war wie in einem Märchenwald. Unwirklich schön, unwirklich perfekt.

Lys bückte sich, und eigentlich hätte ich es ahnen müssen. Sie kam wieder hoch, hatte beide Hände zu einer hohlen Kugel geformt, und im nächsten Moment pustete sie mir eine Wolke von hellen Pollen entgegen, die wie winzige Fallschirme durch die Luft wirbelten.

»Na warte.« Ich tat so, als wollte ich nach ihr greifen. Sie kreischte auf und rannte los. Das ließ ich mir natürlich nicht zweimal sagen. Ich nahm die Verfolgung auf, auch wenn das gar nicht so einfach war.

Lys hingegen sprang über abgebrochene Äste und hochstehende Wurzeln, als wäre auch sie eins der kleinen Streifenhörnchen.

Doch dann hatte ich sie eingeholt. Ich griff Lys um die Taille, sie lachte auf und ich drehte sie zu mir um. In einer fließenden Bewegung zog ich sie an mich. Sie schmiegte ihre Wange an meine Brust und ich legte eine Hand sanft um ihren Hinterkopf. Einen Moment verharrten wir so, lauschten unserem gegenseitigen Atem und ich strich ihr langsam über die weichen Strähnen.

Dann lehnte Lys sich zurück, um mich anzusehen.

Ihr Anblick raubte mir den Atem. Ihr helles Haar, das schimmerte wie flüssiges Gold, ihre leuchtenden Augen, das bezaubernde Lächeln. Sie war so schön, wenn sie glücklich war.

Ein wilder Beschützerinstinkt erwachte in mir.

Ich will dafür sorgen, dass du an meiner Seite immer glücklich bist.

Mein Blick glitt zu ihrem Mund. Ich wollte es. Ich wollte es so sehr, dass dieses Sehnen wehtat.

Lys' Pupillen wirkten riesig, und da war etwas in ihren Augen, das mir jeden Zweifel nahm. Ganz langsam neigte ich den Kopf. Lys kam mir ein paar Zentimeter entgegen. Ihre Atmung beschleunigte sich, als ich meine Hände um ihre Taille gleiten ließ. Ich neigte leicht den Kopf. Ihr Atem strich warm über meine Lippen. Mein Mund war so nah an ihrem, dass ich die Wärme ihrer Haut spürte. Die Spannung zwischen uns schien Funken zu sprühen. Es war ein emotionsgeladenes Knistern, das all meine Sinne beherrschte.

Ganz zart berührten meine Lippen die ihren. Es war kaum ein Kuss, mehr ein vorsichtiges Tasten. Lys seufzte leise. Noch mal trafen sich unsere Lippen. Der Druck ihres Mundes auf meinem ließ meinen Puls explodieren.

Wir wichen zurück, sahen uns an und sie lächelte etwas verlegen. Ich streichelte zart über ihre Wange.

Doch dann verschwand ihr Lächeln und ihr Blick glitt erneut zu meinem Mund. Wir bewegten uns gleichzeitig aufeinander zu, und als unsere Lippen sich erneut trafen, verschwamm die Welt um mich herum. Es gab nur noch Lys und mich. Ihr Mund öffnete sich und sie neigte den Kopf noch etwas mehr. Als unsere Zungen sich das erste Mal berührten, bog sie sich mir entgegen. Ich vertiefte den Kuss. Meine Zunge fand ihre, während unsere Lippen gefühlt untrennbar miteinander verschmolzen. Sie schmiegte sich an mich und jede Zelle meines Körpers schien unter Strom zu stehen. Wir harmonierten perfekt, und wenn ich es nicht besser gewusst hätte, hätte ich geschworen, dass dies nicht unser erster Kuss war.

Ganz langsam lösten wir uns voneinander, schauten uns in die Augen und sie schien genauso überwältigt wie ich.

Wow, war alles, was ich denken konnte.

Kapitel 25

LYS

Ich betrachtete meinen Vater, während er durch die Papiere blätterte. Es war später Sonntagnachmittag und wir alle hatten uns im Garten eingefunden. Cheryl saß mit Natty im Sandkasten und sie bauten eine Burg.

Nathan lag nur in Badeshorts im Schatten eines Sonnenschirms auf einer Liege, präsentierte seinen Astralbody und las in einem Fachbuch über Toxikologie. Bisher hatte ich nicht mehr den Eindruck, dass er mir nachspionierte, dennoch traute ich dem Frieden nicht.

Dad und ich saßen auf der Terrasse in den gemütlichen Korbstühlen, jeder ein gekühltes Getränk vor sich auf dem Tisch und einen Berg an Dokumenten, der vor uns ausgebreitet lag.

Trotzdem glitten meine Gedanken zu Zane und dem unglaublichen Kuss. Den wir inzwischen schon drei Mal wiederholt hatten. Ein Mal, bevor wir wieder in meinen Jeep eingestiegen waren, ein Mal an einer roten Ampel und ein Mal beim Verabschieden hier vor dem Haus. Mein Bauch kribbelte, wenn ich daran dachte. Später würde ich Zane am Gästehaus abholen, weil wir verabredet waren, und vielleicht –

»Ich muss sagen …« Mein Vater unterbrach meine Gedanken und blätterte noch mal von vorne nach hinten. »Du hast mich echt beeindruckt. Das alles klingt nach einem gut ausgearbeiteten Plan.« Er sah hoch und lächelte.

Erleichterung und Stolz durchfluteten mich. »Wirklich?«

Er kratzte sich grüblerisch am Kinn. »Ich frage mich, warum ich nicht auf diese Idee gekommen bin.«

Ich dachte wieder an den Spruch mit dem Wald und den Bäumen, doch ich wollte ihn nicht beleidigen. Also zuckte ich nur die Schultern.

»Lass mich am Montag mal mit jemandem aus der Firma sprechen. Wir werden die harten Zahlen durchrechnen bezüglich der Renovierungskosten und des Personals, dann gebe ich dir eine Rückmeldung. Wenn das alles passt und ich mir diese Investitionen leisten kann, machen wir das. Würdest du trotzdem die Fotos schießen? Wenn du nur halb so viel von deiner Mutter hast, wie ich glaube, dann hast du ein gutes Auge dafür.«

Ich wurde auf meinem Gartenstuhl noch einen halben Zentimeter größer. »Sehr gerne.« Irgendwie hatte ich das Gefühl, dass sich zwischen uns etwas gravierend geändert hatte. Seine ablehnende Haltung war verschwunden, ebenso wie das Misstrauen, das er mir die ganze Zeit über entgegengebracht hatte. Ich freute mich so sehr darüber, weil ich die Hoffnung schon fast aufgegeben hatte.

»Schön.« Dad legte die Blätter vor sich auf den Tisch. »Wenn du dir zutraust, auch die Angebote auf den Portalen zu erstellen, sag mir Bescheid, dann kriegst du von mir die nötigen Daten.«

»Klar, das kann ich machen. Sobald die Anzeigen online gehen, könnte es aber sein, dass die Zimmer gebucht werden. Spätestens dann sollten wir startklar sein oder zumindest ein Datum angeben können, ab wann die Zimmer verfügbar sind.«

Dad nickte. »Wie gesagt, ich kann das meiste auf kurzem Wege regeln. Ich habe Handwerker an der Hand, die den Speiseraum ein wenig renovieren können. Außerdem sollten wir wirklich den Teppich im Eingangsbereich erneuern. Darunter liegt ebenfalls ein Holzboden, vielleicht kann man den etwas aufarbeiten und das reicht dann. In den Zimmern muss ja nicht viel gemacht werden, zumindest nicht in den fünf zur Seeseite. Auch die Ausstattung ist vollständig, also so etwas wie Handtücher und so weiter. Wenn es gut anläuft, kann man die anderen Zimmer renovieren oder zu einem günstigeren Preis anbieten. Wir brauchen Personal, um das Haus am Laufen zu halten, aber da werde ich mich auch mal bei meinen Leuten umhören. Die meisten kennen irgendjemanden, der einen Job sucht. Und viele hier im Ort haben im touristischen Bereich eine Lehre oder zumindest schon mal Erfahrungen gemacht.«

Ich erzählte ihm von Keikos Tante.

Er nickte zustimmend. »Siehst du. So einfach kann es sein. Sprich mal mit Keiko, ob seine Tante wirklich Interesse hat, dann wäre sie auf jeden Fall eine Kandidatin. Und wenn wir die Rezeption immer nur stundenweise besetzen, müssen wir nicht so viele Kräfte einstellen.«

Es freute mich, dass er »wir« sagte. Es machte mich regelrecht stolz.

Mein Vater strich ein letztes Mal über die Papiere. »Eine wirklich gute Idee, Lys. Du hast das kaufmännische Gen im Blut. Ich bin mir sicher, du wirst auch im Studium sehr erfolgreich sein.«

»Danke, Dad.« Ich platzte schon wieder vor Stolz. Heute war er so, wie er gewesen war, als Mom noch gelebt hatte.

Dad räusperte sich. »Ich wollte noch etwas anderes mit dir besprechen.«

Ich sah ihn neugierig an. »Na klar. Was denn?«

»May hat sich bei mir gemeldet. Sie macht sich Sorgen um dich, weil sie seit Beginn deines Praktikums nichts mehr von dir gehört hat.«

Mein Magen zog sich zusammen, als ich an sie dachte. Ich konnte ihren Vertrauensbruch nach wie vor nicht verstehen. Es wollte einfach nicht in meinen Kopf. »Wir hatten Streit«, erwiderte ich also vage.

Mein Vater seufzte, lehnte sich in seinem Stuhl zurück und kreuzte locker die Arme vor der Brust. »Ich habe ja verständlicherweise keinen Kontakt mit ihr. Das war eine Ausnahme. Aber tu mir den Gefallen und melde dich bei ihr. Ich weiß, dass das, was ich über sie erzählt habe, für dich ein Schock war. Aber du wirst am Ende deines Praktikums zurück nach New York gehen und dann solltest du das mit ihr geklärt haben. Mir ist klar, dass dir das nicht leichtfällt.«

Ich nickte. Es zu versprechen, wäre wohl zu hoch gegriffen. »Ich versuche es.« Innerlich jedoch sträubte ich mich nach wie vor gegen dieses Gespräch. Vermutlich auch deswegen, weil unser Verhältnis bereits jetzt nie wieder so sein würde wie früher.

Am Abend stattete ich Zane einen Besuch im Gästehaus ab. Wir waren mit Keiko, Ella und Tamika im Nanuk verabredet. Zane und ich wollten am Strand entlang ins Dorf spazieren und ich freute mich schon sehr auf unsere gemeinsame Zeit.

Tagsüber ließ Zane die Tür zum Gästehaus immer offen, also konnte ich den Eingangsbereich betreten, ohne mich vorher bei ihm zu melden. Ich ging durch den Flur und auch die Tür seines Zimmers stand sperrangelweit offen.

»Hallo«, rief ich, da tauchte Zane aus dem Bad auf. Nur in Jeans und Flipflops.

»Hi.«

Als mein Blick über seinen Oberkörper glitt, musste ich unwillkürlich schlucken. Er hatte erzählt, dass er jeden Morgen joggen ging. Und auch, dass er ein Riesenfan von Calisthenics war, das Trainieren des Körpers mit dem eigenen Gewicht. Man sah eindeutig, dass er ziemlich sportlich war. Er war nicht bullig, die Muskeln nicht künstlich aufgepumpt, sondern alles an ihm wirkte perfekt ausgewogen und athletisch zugleich.

Er beugte sich zu mir und hauchte mir einen Kuss auf die Lippen. »Schön, dass du da bist.«

Ich lächelte ihn an und kam ihm für einen weiteren Kuss entgegen. Unsere Lippen trafen aufeinander, ich schlang meine Hände um seine Mitte und schmiegte mich noch enger an ihn. Seine Haut war warm und glatt, und als ich seinen Rücken hinaufstrich, konnte ich die sehnigen Muskeln unter der Haut fühlen.

Zane stöhnte leise in meinen Mund, woraufhin sich unsere Lippen noch einmal trafen, bevor wir uns voneinander lösten.

»Lass mich nur noch ein Shirt anziehen, und dann bin ich so weit.« Er strich mir sanft über die Wange, wandte sich ab und ging ins Zimmer. Ich folgte ihm, als er gerade ein weißes Shirt vom Bett hochnahm. Es war noch gefaltet und fiel jetzt auseinander, als er es hochhielt. »Ich finde es ja echt super, dass es im Dorf diese Reinigung gibt, bei der man als fauler Mann einfach alles abgeben kann. Aber sie stärken die Shirts und bügeln sie danach so heftig, dass man sie als Kunstwerk in eine Ecke stellen könnte.«

Ich lachte. »Ja, Mrs Manilou nimmt ihren Job ernst. Sie ist im Dorf sehr angesehen.«

»Verstehe.« Zane wackelte mit dem Shirt hin und her, fast hörte ich es knistern.

»Ich wusste gar nicht, dass man T-Shirts stärken soll.«

»Soll man, glaube ich, auch gar nicht. Dann fühlt es sich nämlich an, als würde man eine Papierserviette tragen.« Er zog es über und deutete anschließend auf seine Brust. Offenbar war das T-Shirt auch noch im gefalteten Zustand übergebügelt worden. Die Knicklinien malten sich jedenfalls überdeutlich darauf ab.

»Jetzt sehe ich aus wie ein Musterschüler.« Er seufzte. »Ich wusste ja, dass es Hosen mit Bügelfalten gibt. Aber um ein Shirt mit Bügelfalte zu bekommen, musste ich erst nach Alaska reisen.«

Ich lachte erneut. Er konnte so unglaublich lustig sein. Ich mochte seinen Humor sehr, vor allem, weil er kein Problem damit hatte, über sich selbst zu lachen.

»Dann komm, Musterschüler. Du weißt, wir sind verabredet.«

Zane schob seine Geldbörse in die hintere Tasche seiner Jeans und kam auf mich zu. »Ich weiß«, murmelte er. »Nur noch einen Moment.«

Er zog mich an sich, und dieses Mal war sein Kuss anders. Er war zärtlich, gleichzeitig spürte ich das Feuer darin.

Zane legte eine Hand um meinen Nacken, neigte den Kopf noch etwas mehr zur Seite und unser Kuss wurde tiefer. Ein Prickeln jagte von meiner Wirbelsäule hinab bis in meine Zehenspitzen. Er bewegte sich mit mir, drängte mich gegen die Wand und seine Hände glitten von meinem Rücken zu meiner Taille. Der leichte Druck seiner Finger über meiner Hüfte war berauschend. Er hielt mich, sanft, aber bestimmt. Wieder trafen unsere Zungen aufeinander und ein weiteres Mal jagte dieses Prickeln meinen ganzen Körper hinab.

Dann wich er zurück und nahm meine beiden Hände. Sein Blick war plötzlich so ernst, als wolle er mir etwas Wichtiges sagen. Doch dann blinzelte er, lächelte, und der Moment war vorbei.

Ich war mir nicht sicher, ob ich mir nicht alles nur eingebildet hatte. Ich war aufgewühlt, ich interpretierte etwas in einen Blick, einfach nur, weil noch alles so frisch und neu zwischen uns war.

Wir schafften es, die Finger voneinander zu lassen, um nicht zu spät zu kommen. Hand in Hand verließen wir das Zimmer, spazierten über das Firmengelände und auch hier ließ Zane meine Hand nicht los. Ich dachte an unseren ersten Kuss heute Morgen, den Kuss im Wald inmitten der blühenden Natur. Es war so aufregend gewesen, seine Lippen das erste Mal auf meinen zu spüren.

Wir gingen am Pier entlang, wo die zwei Boote lagen, und dann weiter zu der Stelle, wo eine schmale Treppe Richtung Sand führte. Zane ging voraus und drehte sich kurz darauf um.

Er umfasste meine Taille und hob mich die letzten zwei Stufen hinunter.

»Du bist wunderschön«, flüsterte er, als er mich nah zu sich zog. In meinem Bauch wurde es ganz warm, als seine Worte in meinen Verstand drangen.

Ich ging auf die Zehenspitzen und küsste ihn sanft. »Du bist wunderbar, weißt du das?« Dann fiel mir etwas ein. »Lass uns ein Foto machen.« Ich zog mein Handy aus der hinteren Tasche meiner Jeans und schaltete es in den Selfiemodus.

Wieder musste ich auf die Zehenspitzen gehen, damit unsere Köpfe einigermaßen auf gleicher Höhe waren.

Zane legte einen Arm um mich und wir drängten unsere Gesichter nah nebeneinander.

Es war ein wunderschönes Foto. Ich betrachtete es einen Moment lang verzückt, bevor ich WhatsApp öffnete.

»Okay, wer wird da jetzt informiert?« Er beugte sich über meine Schulter.

»Ich schicke es Chloe, sie ist meine beste Freundin, erinnerst du dich? Sie hat auch jemanden kennengelernt und er ist wirklich süß. Die beiden sehen toll aus zusammen.« Ich scrollte in unserer Unterhaltung hoch und tippte das Foto von den beiden an. Jamie und Chloe hatten sich zu einem Date in einem Café getroffen und dieses Foto aufgenommen. Die beiden strahlten um die Wette. Jamie wirkte unglaublich sympathisch, mit seinen offenen Zügen und dem einnehmenden Lachen. Und auch Chloe schien begeistert von ihm.

»Er sieht nett aus.« Zane nickte zustimmend. »War das ihr erstes Date?«

»Genau. Sie haben sich diese Woche erst kennengelernt.«

Ich steckte das Telefon wieder weg und wir spazierten weiter. Zane legte einen Arm um meine Schultern und zog mich etwas zu sich heran. »Unser wievieltes Date ist das eigentlich? Zählt unser Ausflug zu den Steinen und der Trip zu Verity? Vielleicht können wir schon bald ein Jubiläum feiern.«

Ich lachte. »Ich bin ganz schlecht mit Zahlen. Ich bin schon froh, wenn ich mir meinen eigenen Geburtstag merken kann.«

»Zur Not werde ich dich daran erinnern«, sagte Zane.

Ich lachte und sah zu ihm hoch. Es gefiel mir, dass er so unangestrengt über die Zukunft sprach und ich ein Teil davon zu sein schien.

Im Nanuk warteten Keiko und Ella bereits auf uns. Ich setzte mich zu ihnen, während Zane unsere Getränke besorgte. Kaum dass er saß, begann Keiko mit einer haarsträubenden Geschichte über einen Beinahe-Absturz während einem seiner Flüge. Allerdings erzählte er es so amüsant, dass wir alle ständig lachen mussten. Danach berichtete ich von meinem Erfolg mit meinen Plänen. Die anderen gratulierten mir und ich wurde tatsächlich etwas verlegen. Ich hoffte wirklich, dass es nicht nur leere Worte von meinem Vater gewesen waren.

Tamika setzte sich kurz zu uns und quetschte Zane ein bisschen über sein Studium aus. Die anderen schienen kaum glauben zu können, dass wir beide nur eineinhalb Stunden entfernt voneinander lebten. Ella war der festen Überzeugung, dass dies Schicksal sei. Was bei mir dafür sorgte, dass meine Wangen ganz warm wurden. Zane lächelte breit und schlang seinen Arm noch etwas enger um mich. Ich betrachtete ihn, ich betrachtete meine Freunde – und in diesem Augenblick war ich einfach nur glücklich.

Kapitel 26

ZANE

Ich hatte bis zum Feierabend um halb zehn Uhr abends mehrere Kisten »Alaskan Hotcakes mit Fireweed Honey« gepackt, die in die Feinkostabteilung eines Kaufhauses nach Abu Dhabi geliefert wurden. Bei dieser Spezialität, die nur noch im Backofen erwärmt werden musste, handelte es sich um Pfannkuchen mit Weidenröschen-Zuckersirup. *Weidenröschen?* Ich hatte so viele Fragen …

Nigel kämpfte wie immer mit seinem Spind. Die gesamte Reihe Metallschränke schien nahezu windschief und seltsam verzogen. An einigen Stellen war die Außenhaut sogar mit Rost überzogen. Nigel seufzte und riss mit Gewalt an der Tür.

»Das nervt«, sagte John, der gerade sein Telefon zurück in die Taschen seiner Bermudashorts schob. Er griff nach seiner Jeansjacke. »Der Laden fällt fast auseinander. Ist das dem Chef auch schon aufgefallen?«

So eine Steilvorlage konnte ich mir nicht entgehen lassen. Das war die Chance, Nigel und Theo, die bereits seit Jahren dabei waren, etwas mehr dazu auszufragen. Also zog ich mir meinen Hoodie über und meinte dann möglichst beiläufig: »Wie läuft der Laden eigentlich so? Mir ist nämlich auch aufgefallen, dass hier einiges nahezu museumsreif ist.«

Theo und Nigel wechselten einen ihrer berühmten Blicke. Die beiden schienen tatsächlich komplett ohne Worte kommunizieren zu können, wenn es darauf ankam.

Theo brummte etwas, nahm seine Baseballcap ab, strich sich

das wilde rote Haar darunter glatt und setzte das Käppi dann wieder auf.

Jetzt waren es John und ich, die einen Blick wechselten. Seiner war genauso fragend wie meiner.

»Was Theo damit sagen will …«, übersetzte Nigel, »… ist, dass wir nicht darüber reden werden. Wir sprechen nicht schlecht über unseren Boss. Er zahlt unsere Rechnungen.«

John hob beide Arme in einer verzweifelt wirkenden Geste. »Leute, wir sind weder Spione noch irgendwelche Steuerprüfer. Zane und ich sind einfach nur Jungs, die ihre Moneten verdienen wollen. Danach ziehen wir weiter. Was habe ich denn davon, wenn ich meine Kollegen vor dem Boss anschwärze und gleichzeitig darauf hoffe, im nächsten Sommer wieder hier arbeiten zu können?«

Ich erstarrte unfreiwillig. Es war gut, dass niemand mich gerade beachtete. Vermutlich wäre meine Tarnung allein durch meinen erschrockenen Gesichtsausdruck aufgeflogen. Denn ich war sehr wohl ein Spion. Und zu gerne hätte ich mir mal die Steuerunterlagen angesehen.

Theo setzte eine Miene auf, als stünde er kurz vor der Heiligsprechung. »Die See mag stürmisch sein, aber wir haben bisher jedes Unwetter unbeschadet umsegelt.«

Einen ewigen Moment lang herrschte Stille.

Dann verdrehte John die Augen, griff nach der Hello Kitty-Tupperdose und wandte sich zum Gehen. »Ich gebe auf. Vergesst, dass ich jemals gefragt habe. Wir sehen uns morgen. Chauffeur, wir sehen uns dann übermorgen. Gehabt euch wohl.« Und damit war er verschwunden.

»Ich will nicht, dass er überall herumtratscht, dass bei uns die Segel gerade auf Halbmast hängen.« Theo klang fast störrisch.

Ich hingegen war wie immer fasziniert, mit welch tief ergebener Loyalität die Männer für diesen Betrieb arbeiteten. Und umso mehr graute es mir vor dem Gedanken, sie alle hier in Schwierigkeiten zu bringen. Natürlich war es die Schuld von Mr Saunderman, aber meine Enthüllungen würden weite Kreise ziehen. Daraus konnten Konsequenzen entstehen, die ich mir jetzt lieber nicht vorstellen wollte.

»Dann ab nach Hause.« Theo griff nach seinem Portemonnaie. »Was habt ihr heute noch Spannendes vor?«

Ich wollte mich wie immer bis Mitternacht auf die Lauer legen, sollten die Boote auf Krabbenfang gehen. »Ich habe da so eine Serie auf Netflix, die ich gerade gucke«, sagte ich stattdessen. »Ist etwas über Forensik, gar nicht so unspannend.«

»*So was* guckst du zum Einschlafen?« Theo warf mir einen schrägen Blick zu. »Will ich mehr wissen?«

Ich lachte, als wir zum Ausgang der Umkleide gingen. »Lieber nicht.« Woran ich beim Einschlafen tatsächlich dachte, wollte er garantiert nicht wissen. Ich hatte den Entschluss gefasst, Lys zu erzählen, warum ich wirklich hier war. Die Geheimnisse, die zwischen uns standen, waren unnötig. Ich vertraute ihr, sie war ein kluges Mädchen, das mich anhören würde. Sie war tierlieb, sie würde meine Beweggründe verstehen. Schon als ich sie das letzte Mal in meinem Zimmer so leidenschaftlich geküsst hatte, hatte ich ihr alles erzählen wollen … und dann doch gekniffen. Damit war jetzt Schluss. Morgen, während der Fahrt zu den Yutus, würde ich ihr alles beichten.

»Mein Partner und ich werden heute Abend noch unser fünfzehnjähriges Jubiläum feiern«, sagte Nigel, als er die Tür der Umkleide hinter uns schloss. »Wir wollen gemeinsam kochen, und ich hoffe wirklich, ihm gefällt das silberne Armband, das ich extra für ihn habe anfertigen lassen. Hat mich ein hübsches Sümmchen gekostet.«

Theo schlug ihm auf die Schulter. »Das ist heute? Herzlichen Glückwunsch, Mann. Dann feiert mal schön.«

»Herzlichen Glückwunsch«, sagte ich. »Ich hoffe, ihr habt einen tollen Abend.«

»Danke euch.« Nigel schaute prüfend auf sein Handy, während wir den Pier hinaufgingen. »Ich muss mich beeilen, sonst hängt der Haussegen schief.«

»Dito«, seufzte Theo. »Bis übermorgen, Kleiner.«

»Bis dann, Leute.« Ich bog nach rechts zum Gästehaus ab.

Nigel drehte sich noch einmal kurz zu mir und grinste. »Und keine Angst, du musst nicht schlecht schlafen. Saunderman verkauft eher sein Haus, als dass er seine Arbeiter nicht bezahlt.« Er zwinkerte mir zu.

Ich lachte, doch innerlich widersprach ich ihm. Der gesamte Betrieb war in einem miesen Zustand und Saunderman stellte sich einen nagelneuen Fuhrpark vor seine Villa, der jedem Gebrauchtwagenhändler Freudentränen in die Augen getrieben hätte. Nein, ich teilte Nigels hohe Meinung von seinem Arbeitgeber so ganz und gar nicht.

Ich hätte nicht gedacht, dass ich in dieser Nacht noch die Feuertreppe der Fabrik hinaufklettern würde. Mitten im Tiefschlaf hatte mich ein leises Motorengeräusch geweckt. Ich war rüber ins Zimmer zur Hafenseite geschossen und hatte die Trawler zurückkehren sehen.

Und dann hatte ich diesen verrückten Entschluss gefasst. Ich würde dieses Mal auf das Dach der Fabrik klettern. Diese lag dem

Pier gegenüber und ich hätte einen einwandfreien Blick auf das, was die Männer entluden. Ich würde beide Schiffsdecks perfekt vor der Linse haben. Egal wie groß oder klein die Snow Crabs waren, sie würden sie nicht mehr vor mir verstecken können. Dafür war allerdings die Chance, entdeckt zu werden, ungefähr tausendmal größer. Schließlich kauerte ich nur wenige Meter entfernt über den Köpfen der Männer. Eine Bewegung zu viel, ein ungünstiger Blick nach oben und ich würde ertappt werden. Doch ich wollte jetzt endlich einen Erfolg, ich brauchte handfeste Beweise. Ich konnte nicht mehr warten und ich wollte nicht länger zulassen, dass die Snow Crabs illegal gefangen wurden.

Ich zog mich in Windeseile an, raffte mein Zeug zusammen und schlich bis zur Rückseite der Fabrik. Dummerweise reichte diese Feuertreppe, anders als beim Büro, nicht bis auf das Dach. Ich musste auf einen Fensterrahmen steigen und mich dann an der Dachrinne hochhieven. Diese knarrte laut. Zum Glück waren die einlaufenden Boote noch so weit entfernt, dass sie mich über dem leisen Tuckern der Maschinen nicht hören würden.

Ich riss mir die Hände an den scharfen Kanten auf, doch jetzt konnte ich nicht mehr loslassen. Ich schwang mich aufs Dach und duckte mich sofort. Meine Kamera hatte ich um den Hals hängen und unter dem Hoodie versteckt.

Ich wischte noch mal meine Hände ab und zog die Kamera jetzt unter meinem Hoodie hervor. Ich würde wie immer auf dem Bauch kriechen, damit man mich auf dem Flachdach nicht ausmachen konnte. Die Kamera hielt ich mit einer Hand so hoch, wie es eben nötig war.

Hier oben roch es nach faulendem Fisch und Vogelkot. Um mich herum lagen die Kadaver von kleinen Krebsen und Fischen. Möwen machten gerne Beute am Meer und trugen sie dann zu einem festen Untergrund, damit sie die Panzer leichter aufpicken konnten. Ich wollte mir nicht vorstellen, wie viele Krebspanzer ich auf meinem Weg über das Dach mit meinem Körper plattwalzte.

Dann hatte ich den Rand des Gebäudes erreicht. Die Kutter machten bereits am Pier fest. Ganz langsam hob ich meine Kamera vor mein Gesicht.

Und da waren sie. Körbe voller frisch gefangener Snow Crabs. Die Tiere lebten noch und wurden jetzt in Boxen umgepackt, die dafür sorgen sollten, dass sie auch einen längeren Transport unbeschadet überstanden. Ich traute mich kaum zu atmen, als ich die Fotos machte und danach einen ersten Blick darauf warf.

Sie waren perfekt. Gestochen scharf, sogar der Name der Boote war ohne Probleme zu lesen. Die Gesichter der Männer, Bob, Wilm, Mr Prytt und noch drei andere, die ich nicht kannte, waren ohne Zweifel erkennbar.

Ein Gefühl von Triumph durchflutete mich. Ich hatte ihn. Ich hatte Saunderman und die Männer, die das für ihn erledigten, im Sack.

Ich lag ganz still und beobachtete, wie die Fischer die Snow Crabs verluden. Bob hatte sich eine Krabbe herausgepickt und alberte jetzt mit ihr herum. Er hatte sie rechts und links an einem ihrer langen Beinchen gepackt und wiegte sie hin und her wie eine Handpuppe. Meine Abscheu war so übermächtig, dass kurz Übelkeit in mir aufstieg, bevor ich mit dem dringenden Bedürfnis kämpfte, ihm irgendetwas an den Kopf zu werfen.

Mr Prytt mahnte seine Männer zur Eile. Wenig später hatten sie die Kisten auf Rollwagen geladen und auf den Booten gingen die Lichter aus. Ich war mir sicher, dass die Krabben noch heute Nacht von einem solventen Kunden per Flugzeug abgeholt werden würden.

Geduldig wartete ich ab, bis der Trupp vollkommen aus meinem Blickfeld verschwunden war. Erst dann erhob ich mich, hing mir die Kamera um und versteckte sie unter meinem Hoodie. Leise huschte ich in geduckter Haltung über das Flachdach zurück zu der Stelle, wo die Feuertreppe lag.

Ich zog die Ärmel meines Hoodies herunter, damit ich mir nicht wieder die Hände an der Dachrinne verletzte. Gleichzeitig betete ich darum, dass sie mein Gewicht ein zweites Mal tragen würde.

Doch alles ging gut. Ich erreichte die Feuertreppe und schlich so leise wie möglich nach unten. Ich ging an der Rückseite der Fabrik entlang, passierte dann den Parkplatz für die Lkws, der leer und verlassen war. Vorbei an dem Carport, unter dem die zwei Transporter parkten, und dann überquerte ich den breiten Streifen Asphalt, der von der Straße hinab zum Pier führte.

Ich kam gerade an der Feuertreppe des Bürogebäudes vorbei und sah mich prüfend um, als über mir etwas aufblitzte. Etwas hatte den Mond reflektiert und ich hatte es eher nebenbei wahrgenommen.

Ich blieb stehen und hob den Kopf. Mein Herz setzte vor Aufregung einen Schlag aus. Im zweiten Stock war ein Fenster nur angelehnt. Fast so, als hätte jemand am Tag gelüftet und das Fenster wäre von alleine zugefallen und vergessen worden. Jetzt hatte es ein Windstoß offenbar wieder ein Stückchen aufgedrückt.

Ich rekapitulierte im Bruchteil von Sekunden. Die Feuertreppe lag so nah am Fenster, dass ich problemlos in das Gebäude würde einsteigen können.

Vor meinem inneren Auge sah ich mich selbst durch vertrauliche Akten wühlen, Datenbanken sichten und Beweismaterial sichern.

Abermals quietschte die Feuertreppe auffällig laut, als ich sie betrat. Schon beim letzten Mal hatte ich Angst gehabt, dass der Krach mich verraten würde. Und jetzt waren die Fischer hier irgendwo auf dem Gelände unterwegs.

Ich beschloss, kein weiteres Risiko einzugehen, und trat auf die Streben des Geländers. Es kostete mich einiges an Kraft, mich so nach oben zu bewegen. In der zweiten Etage hielt ich an und trat zurück auf die Leiter. Zum Glück gab sie dieses Mal keinen ohrenbetäubenden Krach von sich. Das Fenster war ein gutes Stückchen entfernt, aber wenn ich mich ganz lang machte, konnte ich vielleicht nach der Fensterbank greifen.

Ich lehnte mich hinüber und streckte meinen Arm aus. Ich erreichte die Fensterbank knapp, aber es war zu wenig Platz, um sich festzuhalten. Ich würde springen müssen, und dann hoffen, dass ich einen Halt fand. Der einzige Silberstreif am Horizont war, dass der Rückweg sehr viel einfacher sein würde. Die Feuertreppe bot nämlich vielmehr Möglichkeiten, sich nach einem Sprung festzuhalten. Doch das war jetzt nebensächlich.

Innerlich zählte ich bis drei und drückte mich von den Stufen ab. Ich flog gefühlt ewig durch die Luft, bis meine Hände den Rand der Fensterbank zu fassen bekamen. Ich zog mich hoch und war in diesem Moment froh, dass ich mein Training auch während meiner Arbeit hier nicht vernachlässigt hatte.

Ich stieß das Fenster vorsichtig auf und wartete. Kein Geräusch, kein panischer Mitarbeiter, der eine Nachtschicht einlegte. Ich riss das rechte Bein hoch und hakte die Sohle meines Schuhs hinter den Fensterrahmen.

Unmittelbar darauf spürte ich, wie mir etwas aus der Tasche glitt. Ich konnte nicht danach greifen, denn ich brauchte nach wie vor beide Hände, um mich festzuhalten. Dann segelte etwas in die Tiefe und fiel mit einem leisen Rascheln in die niedrigen Bodendecker.

»Verdammt«, fluchte ich durch zusammengebissene Zähne, während ich mich mit aller Kraft auf den Fenstersims zog. Ich schwang auch das zweite Bein über den Rahmen und schon stand ich im Büro. Ich ahnte bereits, was mir eben abhandengekommen war, dennoch tastete ich danach.

Mein Handy. Mein Handy war aus der Tasche meiner Hose gerutscht, als ich das Bein so weit nach oben gerissen hatte. Ich war so ein Vollidiot. Das hätte ich doch vorher wissen müssen. Und nun?

Wenigstens hatten die dichten Blätter der Büsche den Sturz gebremst und es hatte den Sturz vermutlich überlebt.

Ich überlegte kurz, das hier abzubrechen. Es war einfach zu gefährlich, ohne Handy unterwegs zu sein, wenn man ganz allein war. Doch dann sah ich mich im Schein des milchigen Mondlichts im Büro um. Tische standen einander zugewandt, dekoriert mit Bilderrahmen und niedlichen Figürchen, und auf jedem befand sich ein Computer.

Schnell schloss ich das Fenster, ging zu den Tischen und schaltete einen an. Er war mit einem Passwort geschützt. Ich war ungewollt beeindruckt und gleichzeitig weckte es meinen Ehrgeiz. Schnell schaltete ich ihn wieder aus. Dann würden wir doch mal sehen, was es hier sonst noch so zu entdecken gab. Ich verließ den Raum und trat hinaus auf den Gang. In zwei weiteren Büros standen Fenster zwar nicht weit offen, aber auf kipp. Von Sicherheit schien man hier wohl allgemein nicht viel zu halten.

Das Schild an einer Tür erregte sofort meine Aufmerksamkeit. »Archiv« stand dort in goldenen Lettern. Die Tür war zwar mit einem Sicherheitsschloss gesichert, stand aber halb offen. Wow. Das war ja fast wie eine Einladung.

Ich schlich den Gang hinunter und lauschte in die Dunkelheit. Nichts zu hören. Also betrat ich das Archiv. Innerlich jubilierte ich. Bis zur Decke Akten, ordentlich aufgereiht in hohen Regalen. Rechnungen, Bilanzen, Gehälter, die Namen auf den einzelnen Brettern ließen mich grinsen. Hier würde ich sicherlich so einiges an Informationen finden. Ein paar Akten gingen zurück bis ins Jahr 1975. Was vermutlich erklärte, warum es leicht muffig roch und auch das schmale Fenster am oberen Rand der Wand auf kipp stand. Ich neigte interessiert den Kopf. Hier schien man tatsächlich Wert auf Sicherheit zu legen. Das Sicherheitsschloss verhinderte, dass Unbefugte sich leicht Zutritt verschaffen konnten, und das Fenster war so schmal, dass kein normaler Mensch hindurchpasste.

Mein Blick fiel auf einen kleinen Lesetisch samt Stuhl, der in einer Ecke stand. Der Scanner daneben wirkte in diesem Raum fast futuristisch. Auf dem Tisch lagen einige Akten, die wohl noch nicht fertig bearbeitet waren. Der Rechner hatte schon bessere Tage gesehen.

Genau in diesem Moment strich eine nicht ganz so sanfte Brise durch das Zimmer. Die Tür bewegte sich und dann ging alles ganz schnell. Draußen musste Wind aufgekommen sein. Auf der gegenüberliegenden Seite standen in mindestens zwei Büros die Fenster halb offen, ebenso wie das kleine Guckloch hier im Raum. Und das bedeutete Durchzug, wenn der Wind ordentlich auffrischte.

Ich machte einen Hechtsprung zur Tür, doch es war zu spät.

Die Tür fiel mit einem leisen Klicken zu. Erst da fiel mir auf, dass es keine Klinke gab, nur einen Knauf. Ich drehte ihn, doch er bewegte sich nicht. Ich rüttelte daran, doch nichts geschah. Die Tür bewegte sich keinen Zentimeter. Ich war gefangen.

Verdammt! Ich fuhr mir mit allen zehn Fingern durch die Haare. Das durfte doch nicht wahr sein. Ich ging zu dem Tisch zurück und suchte nach einem Schlüssel. Ich fand nur zwei Bleistifte und einen Notizblock. Ganz super. Jetzt musste ich irgendwo im Netz eine Anleitung auftreiben, wie man in MacGyver-Manier mit einer Büroklammer und viel guter Hoffnung ein Sicherheitsschloss knackte. Wie selbstverständlich ließ ich meine Finger in die Tasche meiner Hose gleiten. Und griff ins Leere. Mein Handy lag draußen in einem Busch.

Die Erkenntnis jagte feuerheiß durch meinen ganzen Körper. Ich befand mich an einem Ort, an dem ich nicht sein durfte, und ich besaß kein Handy. Mein Blick glitt zu dem Fenster. Ich zog mir den Stuhl vor die Wand und stellte mich auf das Polster. Keine Chance. Das Fenster war so schmal, dass ich unmöglich hindurchklettern konnte. Resigniert sprang ich von dem Stuhl und stellte ihn vor den Tisch, wo ich Platz nahm.

Ich schaltete den PC an und kaute auf meiner Unterlippe, während er hochfuhr. Bitte kein Passwort, bitte kein Passwort.

Passwortgeschützt.

Mist! Die Fenster standen in diesem Laden praktisch alle offen und ihre vorsintflutlichen PCs schützten sie wie Fort Knox?

Ich schaltete den Kasten wieder aus und lehnte mich in dem Stuhl zurück.

Wunderbar. Ich würde also warten müssen, bis morgen die ersten Angestellten eintrafen und mich befreien konnten. Und dann war ich so was von geliefert.

Kapitel 27

LYS

Ich wünschte zwei Angestellten einen guten Morgen, während ich den Gang des Büros herunterging. Ich hatte vorgestern meine Sonnenbrille in dem Aktenraum vergessen, wollte sie aber auf der Fahrt zu den Yutus unbedingt dabeihaben.

Ich schloss die Tür auf und betrat den Raum. Ich hatte die Sonnenbrille in einem Regal neben meinem provisorischen Schreibtisch abgelegt und ging nun zielstrebig darauf zu.

Im nächsten Moment spürte ich eine Hand über meinem Mund. Jemand griff um meine Taille und zog mich in eine der Regalreihen. Reflexartig wollte ich schreien, doch der Laut prallte an der Hand vor meinem Mund ab.

Lippen pressten sich nah an mein Ohr. »Ich bin es, Lys, bitte schrei jetzt nicht.«

Ich wollte strampeln, um mich zu wehren, trotzdem wusste ich in all meiner Panik, dass ich die Stimme kannte. Wer …?

Dann war alles klar. *Zane?* Ich nickte hastig.

Langsam löste sich die Hand von meinem Mund und der Griff um meine Taille lockerte sich. Ich schwang herum. Es war tatsächlich Zane.

»Was machst –«

Zane legte alarmiert einen Finger auf die Lippen.

»Was zur Hölle hat das zu bedeuten?«, zischte ich. »Was machst du hier? Wie bist du hier reingekommen?«

Von draußen rief mir jemand etwas zu. Ich blinzelte, dann

drehte ich mich in Richtung Tür. »Nein, danke, ich möchte keinen Kaffee, Prudence.«

Zanes Blick glitt hektisch zu der immer noch halb geöffneten Tür. Hinter diesen Regalen waren wir kaum verborgen.

»Wie kommst du hier rein?«, fragte ich leise, als ich mich wieder zu ihm drehte.

»Ich kann dir das erklären«, wisperte Zane und hob beschwichtigend die Hände. »Aber zuerst müssen wir irgendwie von hier verschwinden.«

»Was machst du im Archiv?«

Zane sah mich bittend an. »Ich erzähle dir alles. Aber nicht hier. Dafür brauche ich etwas Zeit.«

Mein Magen krampfte sich zusammen. »Du bist hier eingebrochen, oder?« Ich drehte mich einmal um mich selbst. *Passierte das hier gerade wirklich?* »Die Tür war noch verschlossen. Wie bist du hier reingekommen?«

Zane überging meine Fragen. »Kannst du mich rausbringen? Bitte?«

Ich sah ihn perplex an.

Ich konnte es immer noch nicht fassen. »Was wolltest du hier im Archiv? Spionierst du hier herum? Wolltest du etwas stehlen?«

»Später«, wisperte Zane eindringlich. »Ich bitte dich. Ich erzähle dir alles, aber nicht hier.«

Ich war fassungslos und überfordert zugleich. Was sollte ich tun?

Meine Sympathie für Zane überwog. Und vermutlich auch meine unbändige Neugier, denn für all das hier verlangte ich eine Erklärung, die jedes Missverständnis ausschloss. Ich ging zur Tür und spähte in den Gang. Aus den Büros erklangen die

Geräusche von Stimmen, die telefonierten, oder fleißiges Tippen. Ich wich zurück und bedeutete Zane mit einer raschen Geste herzukommen.

Er stellte sich nah hinter mich und beugte sich dann zu meinem Ohr. »Wir müssen sofort eine Unterhaltung beginnen, wenn wir auf den Gang treten. Es muss aussehen, als wäre es absolut selbstverständlich, dass wir hier entlanglaufen. Sonst erregen wir Verdacht.«

Woher wusste er so viel über so etwas? Mein erster Impuls wäre gewesen, möglichst unauffällig aus diesem Gebäude zu schleichen.

»Ist die Luft immer noch rein?«

Ich nickte.

»Dann los.« Zane schob mich sanft vorwärts. »Ich liebe dieses neue Modell einfach«, begann er sofort zu reden. Er hielt mir eine Kamera hin, die ich bis jetzt noch gar nicht bemerkt hatte. Vermutlich hatte er sie in einem der Regale abgestellt. »Es gibt so wahnsinnig viele Extras. Der Preis ist zwar etwas hoch, aber ich habe darauf gespart. Die hohe Auflösung ist genial und dass man sie praktisch an jedem PC anschließen kann, ist auch total super. Sie ist perfekt für Landschaftsaufnahmen und das bietet sich hier ja quasi an.«

Die Worte sprudelten aus ihm hervor, als habe er sie vorher geprobt.

Ich schaffte es nur, zu nicken und zu lächeln.

»Dann viel Spaß heute, Lys!«, rief eine Stimme aus einem der Büros.

Zane verstummte und auch ich hielt wie ertappt an. Mein Lachen klang leicht hysterisch. »Vielen Dank, Sophie.« Ich räusperte mich. »Wir, äh …«, meine Stimme brach.

Sophie, eine immer gut gelaunte Blondine in den Vierzigern, betrachtete Zane neugierig.

»Wir müssen dann mal los«, stieß ich hervor und zog Zane mit mir mit.

Als wir endlich ins Freie traten, holte ich tief Luft wie eine Ertrinkende, die die rettende Wasseroberfläche erreicht hatte. »Oh mein Gott«, flüsterte ich. »Ich glaube, ich habe einen Puls von zweihundert.«

»Komm, wir gehen rüber zum Gästehaus. Dann kann ich die Kamera wegpacken und wir können noch reden, bevor wir losmüssen.«

Ich runzelte die Brauen und glaubte mich schon wieder im falschen Film.

Wie zur Hölle konnte Zane so entspannt sein? Produzierte sein Körper keine Stresshormone? Oder war er immun dagegen? Während wir losliefen, betrachtete ich ihn kritisch von der Seite. Oder war er etwa an solche Aktionen gewöhnt?

Etwas in meinem Inneren verkrampfte sich. Ich hatte gedacht, ich würde Zane inzwischen etwas besser kennen. Aber jetzt erschien er mir wie ein Fremder.

»Bin gleich wieder da, ich muss mein Handy holen.« Mit diesen Worten wandte Zane sich plötzlich ab und deutete auf ein paar Sträucher nahe dem Gebäude.

Ich blieb auf dem Vorplatz stehen, erneut überrumpelt und fassungslos. »Du musst bitte *was* machen?«

»Mir ist das Handy aus der Tasche gerutscht, als ich von der Feuerleiter in ein geöffnetes Fenster eingestiegen bin. Bin sofort wieder da.«

Feuerleiter? Offenes Fenster? Eingestiegen? Ich sah ihn mit offenem Mund an. Mein Herz zog sich schmerzhaft zusammen, als ich mir eingestehen musste, dass ich keine Ahnung hatte, wer dieser Typ eigentlich war. Noch während wir quasi auf der Flucht waren, hatte er die Nerven, an sein Handy zu denken?

Zane betrachtete mich noch einmal kurz forschend, und als er wohl sicher war, dass ich nicht kollabierte, joggte er davon. Ich blieb stocksteif stehen und blickte ihm nach.

Kurze Zeit später war er wieder da und grinste mich dreist an.

Ich drehte mich kopfschüttelnd weg und ging dann wie ein Roboter weiter.

Im Gästehaus angekommen verhielt Zane sich wie ein Geheimagent. Nicht nur, dass er die Zimmertür hinter uns abschloss, er ging direkt durch bis zu seinem Schreibtisch, griff dort nach einem Tablet und schaltete es an. Anstatt mir sofort eine Erklärung zu liefern, wie ich es erwartet hatte, schloss er seine Kamera an das Tablet an und entsicherte es anschließend mit einem Passwort.

Ich wollte ihn gerade dazu befragen, da schien die Übertragung einiger Dutzend Fotos bereits beendet. Zane griff nach der Kamera, öffnete das Menü und markierte die allermeisten Fotos. Diese löschte er, sodass nur ein paar Fotos in dem Ordner zurückblieben. Das alles wirkte so routiniert, so ruhig und beherrscht, dass ich mich wieder mal fragte, mit wem ich es eigentlich zu tun hatte.

»Ich lasse immer ein paar Alibifotos drauf«, erklärte Zane plötzlich. »Sollte jemand die Kamera finden.«

Alibifotos? Kamera finden? Erneut wollte ich ihn fragen, da drückte er mir das Tablet in die Hand.

»Sieh dir die Bilder an.« Er zog mir einladend den Schreibtischstuhl zurück. »Bitte.« Ich dachte nicht daran, mich zu setzen, und hielt immer noch fassungslos das Tablet in der Hand. Das hier war ein Traum, es musste so sein. Ich war garantiert nicht in das Leben eines James Bond 2.0 gestolpert, der mir gleich erklären würde, dass er regelmäßig wichtige Informationen für die Regierung auf dubiosem Wege beschaffte.

Was also war hier los?

»Hör zu, Lys«, begann Zane leise. »Ich wollte dir eigentlich schon längst alles erzählen, das musst du mir glauben. Und es tut mir wirklich leid, dass du es jetzt auf diese Art erfahren musst, aber es ist wirklich wichtig. Ich hatte mir so viel zurechtgelegt, was ich dir sagen wollte, aber …« Er brach ab. »Aber manchmal sagen Bilder mehr als tausend Worte und ich …« Wieder machte er eine Pause und seufzte leise. Ich gab mir einen Ruck. Mit gerunzelter Stirn betrachtete ich das erste Foto. Jemand hatte unseren Hafen fotografiert. Es war dunkel, also sicherlich nicht die beste Zeit für ein Foto. Was sollte das?

Ich scrollte die Fotos weiter durch. Unsere Boote, die ausliefen, als es noch dunkel war. Leicht unscharfe Fotos von Kisten, die verladen wurden. Ich entdeckte den Vorarbeiter und einige Fischer, die ich kannte. Dann Fotos vom Hangar. Erneut war es dunkel. Eine kleine Cessna parkte auf dem Rollfeld. Schließlich machte ich meinen Vater aus, und sein Vorarbeiter war ebenfalls wieder dabei. Zwei Männer mit asiatischem Aussehen und formell wirkenden Anzügen sprachen mit ihnen. Da standen Kühlkisten, und dann sah ich den Koffer mit dem Geld. Mein Hals wurde ganz trocken. Als Nächstes kam eine Reihe Fotos, die offenbar vom Dach der Fabrik geschossen worden waren.

Als ich die Snow Crabs entdeckte, setzten sich alle Puzzleteile mit einem Schlag zu einem Gesamtbild zusammen. Die

Erkenntnis war wie ein Faustschlag in den Magen. Mein Vater war in illegale Geschäfte verwickelt. Er fing und verkaufte Snow Crabs außerhalb der Saison. Und er verkaufte Tiere, die definitiv geschützt waren, weil sie noch zu jung waren. Er beging also gleich zwei Verbrechen.

Daraufhin fand ich fotografierte DIN-A4-Blätter. Berichte, die Zane vermutlich im Archiv gefunden hatte. Es waren Protokolle diverser Behörden. Sie prangerten die Missstände in der Fabrik an, inklusive einer Fristsetzung. Auf allen prangte die handschriftliche Notiz meines Vaters: erledigt. Ich wollte mir nicht vorstellen, was dieses »Erledigt« bedeutete, denn repariert worden war davon nichts.

Ich ließ das Tablet sinken und musste ein paarmal tief durchatmen. Ich hatte wirklich gedacht, die Tatsache, Zane eingeschlossen im Archiv aufzufinden, wäre die krasseste Neuigkeit an diesem Morgen. Er hatte mich soeben eines Besseren belehrt.

Ich sah hoch zu Zane, war immer noch fassungslos. »Wer bist du?«, stieß ich hervor.

Zane nahm mir sanft das Tablet aus der Hand und schaute auf die Uhr. »Wir müssen gleich los. Ist es okay, wenn wir im Wagen weiterreden?«

Nein, war es nicht. Und er dachte an die Uhrzeit? Jetzt? »Wer bist du?«, wiederholte ich meine Worte.

Zane legte das Tablet auf den Schreibtisch und sah mich dann ernst an. »Ich gehöre zu einer Umweltschutzorganisation namens Seawolves. Wir haben uns insbesondere auf den Schutz der Meere und ihrer Bewohner spezialisiert. Wir hatten deinen Vater schon länger auf dem Schirm. Er hat sich nicht gerade Mühe gegeben, seine nächtlichen Ausflüge zu verschleiern. Als das nicht aufhörte, habe ich mir gedacht, ich fahre mal hier hoch und sehe mir alles an. Und es war wirklich nicht meine Absicht, dir wehzutun. So sollte das alles nicht ablaufen. Das musst du mir bitte glauben.«

Ich glaubte ihm kein Wort. Seawolves? Der Name sagte mir etwas. Irgendwo hatte ich schon mal etwas von diesen sogenannten Seawolves gehört. Doch das war jetzt Nebensache. »Du hast uns alle ausspioniert? Hast du dich deshalb mit mir angefreundet? Deshalb etwas mit mir angefangen? Weil du meinen Vater eines Verbrechens bezichtigen willst?«

»Nein.« Zane sah mich eindringlich an. »Du hast damit überhaupt nichts zu tun.«

»Ach wirklich?« Jetzt war ich einfach nur noch wütend. »Ich glaube dir kein Wort. Ist ja auch so praktisch. Den ganzen Laden hochgehen lassen und dann auch noch die Tochter vom Chef verführen. Kriegst du dafür zu Hause von deinen Kumpels eine Auszeichnung mit Sternchen? Ist das so eine Masche von euch?« Meine Stimme überschlug sich vor Wut. Ich wollte ihm noch viel Schlimmeres an den Kopf werfen. Die Wut in mir wollte ihn verbal in der Luft zerfetzen.

Keine Trümmerfelder mehr.

Es schien wie ein Mantra geworden zu sein.

Keine. Trümmerfelder. Mehr.

Also biss ich mir auf die Zunge.

Zane tat entsetzt, aber das kaufte ich ihm nicht ab. »Was redest du da? Mal abgesehen davon, dass das absolut widerwärtig klingt, solltest du mittlerweile wissen, dass ich nicht der Typ bin, der Mädels reihenweise abschleppt.«

»Irrtum«, rief ich und stellte mich noch näher vor ihn. »Ich weiß überhaupt gar nicht mehr, wer du bist. Falls ich es jemals gewusst habe. Du hast mich benutzt. Und jetzt machst du einen auf *harmloser Junge*. Du bist hier angereist, um meinen Vater auszuspionieren. Wir haben sogar über die Firma gesprochen. Du hast mich ausgehorcht.«

»Das stimmt überhaupt nicht. Jedes Mal, wenn es um die Firma deines Vaters ging, hast du mit dem Thema angefangen. Ich habe dich absichtlich nicht darauf angesprochen. Nachdem wir uns besser kennengelernt haben, nachdem das zwischen uns …«, er deutete mit dem Finger hin und her, »… passiert ist, habe ich dieses Thema absichtlich vermieden.«

Ich schaute ihm immer noch direkt in die Augen. »Ich glaube dir kein Wort.«

Zanes Miene verhärtete sich. »Ich kann dir versichern, dass ich nichts mit dir angefangen habe, weil du seine Tochter bist.«

Jetzt wurde meine Stimme wieder lauter. »Du bist ein Profi, Zane! Das habe ich daran erkannt, wie ruhig du geblieben bist, als ich dich im Archiv ertappt habe. Und eben hattest du die Nerven, erst an dein Handy und dann an die Uhrzeit zu denken. Du wusstest, dass ich nicht sofort zu meinem Vater rennen würde, um dich zu verpfeifen. Du warst dir deiner Sache so sicher. Und das zeigt mir, dass du diese Geschichte mit mir geplant hast, weil sie für dich von Nutzen war.« Ich deutete mit dem Finger auf ihn. »Für dich bleiben Gefühle ganz weit außen vor.«

Zane hätte irgendetwas erwidern können. Doch das Schlimmste war, dass er jetzt einfach nur dastand. Er sah mich an, betrachtete mich und ließ seinen Blick über mein Gesicht schweifen. Er hatte nach wie vor die Brauen gerunzelt, als könne er nicht glauben, was gerade passiert war.

Doch das ließ die Flammen der Wut in mir nur noch höher

lodern. Und ich spielte tatsächlich mit dem Gedanken, meinem Vater alles zu erzählen. Warum auch nicht? Vielleicht würden sich sämtliche Verdächtigungen von Zane in Luft auflösen, wenn ich, ganz offiziell, um Informationen dazu bat. Ich konnte mir kaum vorstellen, dass mein Vater ein Krimineller war. Allerdings hatte ich für diese Gedanken in meinem Kopf jetzt keinen Platz. Wut mischte sich mit Schmerz, denn obwohl ich es mir in diesem Moment nicht eingestehen wollte, so hatte ich doch Gefühle für Zane. Es fühlte sich an, als würde jemand mein Herz ganz langsam in seiner Hand zerquetschen.

Reiß dich zusammen.

Ich holte tief Luft. »Ich will, dass du verschwindest. Ich will dich nie wieder sehen. Pack deinen Kram zusammen und hau ab.« Ich deutete diffus mit einer Hand auf die Reisetasche, die auf dem Boden neben dem Sekretär stand. »Wenn du morgen nicht weg bist, erzähle ich meinem Vater, dass er einen Spion angestellt hat.«

»Lys …« Mehr brachte er nicht hervor.

»Du verschwindest von hier«, wiederholte ich erneut und dieses Mal war da kein Zittern in meiner Stimme. »Lösch meine Nummer, vergiss, dass du jemals hier warst. Und solltest du irgendetwas über diese Firma im Netz verbreiten, dann sei dir sicher, dass ich die Wahrheit über dich erzählen werde. Ich werde der ganzen Welt mitteilen, auf was für eine schäbige Art und Weise du an Informationen kommst. Dass du Menschen manipulierst, dass du mit ihren Gefühlen spielst und dass du vermutlich sogar ein Krimineller bist. Oder hast du dich etwa mit einem echten Ausweis hier beworben?«

Ich wusste, dass ich ein Druckmittel in der Hand hatte, als Zane schluckte.

»Das war's.« Ich deutete zwischen ihm und mir hin und her. »Und solltest du mir oder meiner Familie Ärger machen, dann lernst du die wahre Lys kennen.«

Ich schwang herum und wollte ihn stehen lassen.

»Du willst jetzt also ganz alleine fahren?« Jetzt klang er besorgt. »Im Hinterland fährt man doch immer zu zweit, und das aus gutem Grund.«

Ich drehte mich nicht zu ihm um. Stattdessen legte ich die Hand um die Klinke und öffnete die Tür ein kleines Stückchen. »Stell dir vor, ich bin ein großes Mädchen.«

»Es ist unverantwortlich, das weißt du besser als ich.«

Ich hatte mittlerweile die Tür ein gutes Stück geöffnet, doch jetzt warf ich sie energisch wieder zu. Dann schwang ich zu ihm herum. »Was kümmert es dich?«

Er verschränkte die Arme vor der Brust. »Du bist mir nicht egal. Du –«

»Halt den Mund!«, fuhr ich ihn an. Und obwohl ich so sehr dagegen ankämpfte, überwältigten mich die Gefühle für ihn erneut. Ich betrachtete ihn kurz, wie er dastand, so ernst und mit diesem eindringlichen Ausdruck. Das dunkle Haar fiel ihm ein wenig in die Stirn und mittlerweile war seine Haut so gebräunt wie die der anderen. Er sah so unglaublich gut aus. Und er hatte mir so unglaublich wehgetan.

»Nie wieder«, sagte ich, doch das, was meine Stimme hätte sein sollen, entpuppte sich als ein ersticktes Flüstern. Ich hatte ihn von Anfang an gemocht, irgendwann hatte ich ihm vertraut und mich Stück für Stück ein bisschen mehr in ihn verliebt. Und jetzt hatte er mir mal eben so das Herz aus der Brust gerissen. Ich griff nach der Türklinke hinter mir wie nach einem Rettungsanker. »Ich will nie wieder etwas von dir hören.«

Dann stürzte ich aus dem Zimmer und hielt nicht an, bis ich das Büro erreichte, wo ich mich auf der Toilette einschloss. Schluchzend zückte ich mein Handy und googelte die Seawolves. Es gab jede Menge Einträge, darunter auch einen YouTube-Kanal und diverse Artikel über sie in Blogs und Onlinemagazinen. Ich rief das Instagram-Profil der Seawolves auf. Das letzte Livevideo klickte ich an. *Okay Leute, hier ist wieder Zane von den Seawolves. Wir sind jetzt im Bürogebäude der Marinas Fishing Company. Ihr erinnert euch sicher, was wir vorhin drüben …*

Er trug ein Tuch vor Mund und Nase, doch ich erkannte ihn sofort. Das war Zane.

Ich verfolgte, wie sie erst die Geschäftsleitung mit Beweisen konfrontierten, danach starteten sie draußen ein wahres Feuerwerk. Ein Arbeiter mit einem Gabelstapler erschreckte sich so sehr, dass er in einen Stapel Paletten fuhr. Der Mann blutete danach aus einer Wunde am Arm.

Mich schockierte die Radikalität dieser Aktion ganz gewaltig. Diese Leute konnten einen ganzen Gebäudekomplex lahmlegen. Es waren Menschen dabei verletzt worden. Die Rede war von Vandalismus.

Mir war klar, dass aufsehenerregende Aktionen notwendig waren, um in den Fokus der breiten Öffentlichkeit zu geraten. Doch wenn man selbst betroffen war, selbst verletzt wurde, dann sah die Sache plötzlich ganz anders aus. Und Zane war bei dieser Aktion dabei gewesen, bei der unschuldige Menschen zu Schaden gekommen waren. Das war nicht der Zane, den ich kennengelernt hatte. Das war ein komplett anderer Mensch.

Mit einem Mal wurde mir klar, dass ich ihn nicht kannte. Dass er mir nur das von sich präsentiert hatte, was ich wissen sollte. Und schon wieder fing ich an zu schluchzen.

Ich strich mir eine Strähne aus der Stirn und tippte dann auf Chloes Nummer.

Doch sie ging nicht dran. Ich fühlte mich plötzlich so allein, so verraten, dass ich endlich meinen Gefühlen freien Lauf ließ. Zane hatte mich bloß benutzt!

Ich weinte, bis keine Tränen mehr kamen.

Als ich endlich wieder einen einigermaßen klaren Gedanken fassen konnte, ohne zu schluchzen, verließ ich die Waschräume und ging zum Büro meines Vaters. Ich schob irgendeine mysteriöse Allergie vor, um meine verweinten Augen zu rechtfertigen. Diese war neben anderen ausgedachten Symptomen von mir der Grund, warum ich mich heute krankmelden wollte. Um ein weiteres Nachfragen zu verhindern, behauptete ich außerdem, dass Zane an der gleichen mysteriösen Krankheit erkrankt war wie ich.

Zum Glück schickte mein Vater mich sofort nach Hause und wollte zwei seiner Arbeiter organisieren, damit sie die Fahrt von uns übernahmen.

Ich bedankte mich bei ihm und verließ so schnell wie möglich das Firmengelände.

Im Auto fing ich wieder an zu weinen und schluchzte auch noch, als ich das Haus betrat. Zum Glück traf ich hier nur auf ein Hausmädchen, das mir freundlich zunickte. Ich wollte gerade die Treppe hochgehen, da trat Margret aus einem der Wirtschaftsräume.

»Ist alles in Ordnung, Lys?«

Ich nickte schniefend.

»Bist du krank?«

Ich machte irgendetwas, das ein Nicken und ein Kopfschütteln zugleich sein konnte.

»Soll ich dir einen Tee aufgießen?«

Jetzt nickte ich energisch.

Ihr Blick war mitfühlend. »Ich bringe ihn dir gleich hoch.«

»Vielen Dank, Margret«, schluchzte ich und lief dann die Treppe weiter hinauf. Oben verschwand ich als Erstes im Bad, um die verschmierte Wimperntusche zu richten. Als ich die Tür wieder öffnete, stand bereits eine Tasse Tee auf der Kommode.

Ich legte den Beutel zur Seite und nahm einen Schluck. Er schmeckte süß, nach Früchten und Zimt.

Ich überlegte gerade, ob ich nach draußen auf den Balkon gehen sollte, da hörte ich mein Handy. Ich hatte es mittlerweile auf laut gestellt, um ja keinen Rückruf von Chloe zu verpassen.

Ich stürzte zum Telefon und hätte sogar fast meinen Tee verschüttet.

»Hi Süße«, rief Chloe fröhlich in den Hörer. »Du hattest angerufen? Was gibt's? Schon kurz vor der Übernahme der Firma?« Sie klang gut gelaunt und ich fühlte mich bereits jetzt mies, dass ich sie gleich mit all meinem Drama überschütten würde.

»Ich muss dir was erzählen«, sagte ich. »Es geht um Zane.«

Chloe horchte anhand meiner Stimme sofort auf. »Was hat er angestellt?«

Ich berichtete ihr alles, von dem Moment, in dem ich ihn in der Abstellkammer gefunden hatte, bis zu dem, in dem ich ihn hatte stehen lassen.

Sogar Chloe, die niemals um Worte verlegen war, schien sprachlos. »Das ist ja so krass. Geht es dir gut? Das tut mir so leid für dich. Was für ein Arschloch. Hast du ihn schon auf WhatsApp blockiert?«

Ich nickte, bis mir auffiel, dass Chloe das nicht sehen würde. »Ja.«

»Gut.« Sie gab ein Brummen von sich. »Was für ein Mistkerl«, sagte sie dann. »Wo bist du denn jetzt? Musstest du heute mit ihm arbeiten?«

»Ich müsste heute mit ihm arbeiten, aber ich habe uns beide krankgemeldet. Nachdem ich Zane gesagt habe, dass er kündigen soll, kann ich mir nicht vorstellen, dass er bei meinem Vater aufkreuzt und nach mir fragt. Er wird vermutlich sogar gesehen haben, dass ich in meinem Wagen davongefahren bin.« Ich schluchzte. »Aber kannst du dir das vorstellen? Er freundet sich mit mir an, flirtet mit mir, um mich auszuhorchen und anschließend in die Firma einzubrechen. Und er ist total cool geblieben währenddessen. Er hat sogar an sein Handy gedacht. Ich wäre in so einer Situation völlig ausgeflippt vor Angst. Aber er …« Ich schauderte, als ich mich an Zane erinnerte. »Er ist einfach eiskalt geblieben.«

»Halte dich von ihm fern«, sagte Chloe jetzt. »Wenn er sich so gut verstellen kann, wer weiß, worüber er noch alles gelogen hat. Oder wäre es vielleicht sogar besser, wenn du ihn bei der Polizei anzeigst? Schließlich hat er einen Einbruch begangen.«

Ich schüttelte den Kopf. »Nein, das werde ich nicht tun.«

»Wenn du meinst.« Chloe schien nicht überzeugt. »Aber die Fahrten wirst du doch jetzt nicht allein machen, oder?«

»Keine Ahnung.« Zane war jedenfalls raus aus der Nummer. Ich wollte nicht weiter darüber nachdenken. Jetzt wollte ich einfach nur traurig und enttäuscht darüber sein, dass Zane mich so vorgeführt hatte. Und weil es so guttat, begann ich mit der ganzen Geschichte noch mal von vorne.

Chloe hörte sich alles an, worüber ich unendlich dankbar war.

Wobei sich irgendwann trotzdem mein schlechtes Gewissen meldete. Ich vertraute auf sie, wenn ich Sorgen und Probleme hatte. Und dennoch vertraute ich ihr nicht genug, um ihr die ganze Wahrheit über mich zu erzählen. Das war nicht fair, denn so nutzte ich sie irgendwie aus. Und das wollte ich eigentlich nicht. Ich wollte, dass unsere Freundschaft gleichberechtigt war.

Ich nahm mir vor, ihr so bald wie möglich die volle Wahrheit zu präsentieren. Das war ich ihr schuldig. Ich horchte in mich hinein. Nein. Ich wollte nicht mehr feige sein. Und jetzt würde ich nicht mehr warten.

»Chloe, ich muss dir etwas erzählen. Ich hätte es schon vor langer Zeit tun sollen, aber …« Ich brach ab.

»Okay …« Chloe klang verunsichert.

»Ich habe schlimme Dinge getan, bevor ich aus Blackfish Bay abgereist bin«, stieß ich hervor. Und dann erzählte ich ihr die ganze Wahrheit. Schonungslos und mit allen Details. Das war ich, das war Lys, wenn die Dämonen in ihr die Überhand gewannen. Als ich geendet hatte, war es still.

»Chloe?«, fragte ich vorsichtig.

Ich hörte, wie sie schluckte.

»Chloe. Bitte …« Ich wollte sie nicht verlieren, ich durfte sie nicht verlieren. »Es tut mir so leid. Ich hätte es dir erzählen sollen, von Anfang an. Aber ich dachte, dann würdest du mich nicht mögen und ich … ich wollte deine Freundin sein. Bitte verzeih mir.«

»Ich brauche Zeit«, war alles, was Chloe sagte, dann legte sie auf.

Kapitel 28

ZANE

Als ich abends zusammen mit Nigel, Theo und John aus der Umkleide trat, hätte ich Mr Prytt fast übersehen. Er schien auf uns gewartet zu haben. Ich jedoch war ganz in Gedanken an Lys versunken, von der ich seit unserem Streit gestern Morgen nichts mehr gehört hatte. Es war nicht nur mein schlechtes Gewissen, sie fehlte mir. Meine Gefühle für sie waren echt und mein Kopf wollte noch nicht akzeptieren, dass sie mich so radikal aus ihrem Leben gestrichen hatte. Auf WhatsApp jedenfalls hatte sie mich sofort blockiert.

Ich war heute pünktlich zur Arbeit erschienen, hatte aber vorher nach Mr Prytt gesucht, der aber nirgends zu finden war. Jetzt war ich fest entschlossen, gleich zu kündigen, bevor Lys das für mich erledigte. Ich vermutete, dass Lys sich sofort auf die Suche nach Informationen gemacht hatte. Und ein Teil von mir hoffte, dass sie mich verstehen und mir verzeihen würde, wenn sie herausfand, was für ein gewissenloses Spiel ihr Vater spielte.

»Schönen Feierabend, Männer«, sagte Mr Prytt und schenkte uns allen dieses einnehmende Lächeln. »Zane, hast du einen Moment? Ich würde dich gerne kurz in meinem Büro sprechen.«

»Natürlich.« Musste ich mir Sorgen machen?

»Bekommt er seinen Gehaltsscheck schon eher, weil er von der noblen Ostküste ist?«, witzelte John.

Mr Prytt lachte, kommentierte das allerdings nicht.

Gemeinsam gingen wir alle den Pier hinauf. Wie immer trennten sich unsere Wege, weil Nigel und Theo zum Parkplatz gingen, John zum Wohnheim der Arbeiter und ich in Richtung Gästehaus abbog. Davor lag das Bürogebäude, in dem auch Mr Prytt im Untergeschoss seinen Raum hatte.

Er öffnete mir seine Tür, und als ich hinter dem Schreibtisch Mr Saunderman erblickte, war mir klar, dass ich in Schwierigkeiten steckte.

»Zane«, sagte der Patriarch gedehnt. »Setz dich doch bitte.«

Mein Blick fiel auf meine Kamera und den Laptop, die auf dem Chaos des Schreibtisches thronten.

Ich nahm vor dem Schreibtisch Platz, Mr Prytt lehnte sich an die geschlossene Bürotür, als wolle er verhindern, dass ich floh.

Interessant. Ich hatte schon in so vielen brenzligen Situationen gesteckt, dass ich mir einbildete, mit so ziemlich allem klarzukommen. Schläge hatte man mir bis jetzt eher selten angedroht. Aber so wie Mr Saunderman mich gerade ansah, traute ich ihm durchaus zu, dass er seinem Vorarbeiter den Befehl gab, mich grün und blau zu schlagen. Sollte ich nicht mit den Informationen rausrücken, die er haben wollte.

»Kannst du dir vorstellen, warum wir dich hierhergebeten haben?« Mr Saundermans Stimme klang so falsch, wie sein Lächeln aussah.

Ich schüttelte den Kopf.

»Natürlich.« Er faltete die Hände auf der Tischplatte und holte dann Luft, als würden ihm seine nächsten Worte schwerfallen. Was für ein Heuchler.

»Nun, Zane, mir ist Unerfreuliches zu Ohren gekommen. Oder besser gesagt, ich habe Unerfreuliches gesehen.« Er drehte zwei Bögen Papier um, bei denen es sich um ausgedruckte Fotos handelte. Er betrachtete sie mit betont betrübter Miene. »Ein paar Arbeiter haben Dienstagnacht ein wenig über den Durst getrunken. Sie sind dann irgendwann noch mal los, um an der Tankstelle ihren Alkoholvorrat aufzustocken. Draußen haben sie ein paar Fotos gemacht. Nicht besonders gute …« Er lachte künstlich und betrachtete jetzt das zweite Bild. »Aber gut, der Promillegehalt war wohl sehr hoch. Als einer der Arbeiter sich diese Fotos heute noch mal angesehen hat, ist ihm etwas aufgefallen. Ein winziger Ausschnitt im Bild, der etwas sehr Interessantes zeigt.«

Mr Saunderman legte beide Fotos vor meiner Nase ab. »Er zeigt dich.«

Ich betrachtete die Bilder. Das eine war der Schnappschuss der Männer. Sie waren zu dritt und machten allesamt ziemlich obszöne Gesten in Richtung der Kamera. Das zweite Bild zeigte einen Ausschnitt des ersten. Und dieser zeigte mich auf dem Dach der Fabrik, genau in der Sekunde, während ich die Feuerleiter verlassen und bevor ich mich in eine geduckte Haltung begeben hatte. Unglücklicherweise war der Mond an diesem Abend so hell, dass mein Gesicht einwandfrei zu identifizieren war. Das einzige Glück war, dass sich meine Kamera zu diesem Zeitpunkt noch immer sicher verborgen unter meinem Hoodie befand und deshalb nicht sichtbar war.

»Möchtest du uns irgendetwas erklären?« Mr Saunderman lehnte sich in dem Stuhl zurück, der ächzte, als würde er gleich auseinanderbrechen.

Ich beugte mich vor und tat so, als wolle ich die Fotos erneut betrachten. Aber in Wirklichkeit ratterten alle Zahnräder meines Verstandes. Wie kam ich aus der Nummer wieder aus?

»Keine Sorge, das bist wirklich du. Daran gibt es nichts zu rütteln.« In Mr Saundermans Stimme hörte ich Genugtuung.

»Ja, das bin ich tatsächlich«, erwiderte ich. Leugnen war eh zwecklos.

Mr Saundermans Brauen wanderten überrascht in die Höhe. Damit hatte er wohl nicht gerechnet.

»Ich bin Fassadenkletterer. Ist ein Hobby von mir. Andere gehen angeln, ich klettere Gebäude hinauf.«

Hinter mir hörte ich Mr Prytt ein Lachen unterdrücken. Mr Saunderman zog ein ärgerliches Gesicht. »Du willst mich wohl veräppeln, Bürschchen. Was hast du auf dem verdammten Dach gemacht?«

Wir duellierten uns mit Blicken. Sie wussten, dass ich mehr wusste, als ich zugab. Und ich wusste, dass sie wussten, dass ich die Boote mit den Krabben gesehen hatte. Die Zeitangabe, die jemand auf die ausgedruckten Bögen geschrieben hatte, ließ keinen Zweifel daran.

Vermutlich hofften sie, dass ich das, was ich gesehen hatte, nicht als verdächtig einstufte.

»Das Dach interessiert mich nicht«, erwiderte ich also betont lahm. »Ich stehe mehr auf Mauern.«

»Blödsinn«, zischte Mr Saunderman. »Wollen wir doch mal sehen, was wir so finden.« Er griff nach der Kamera.

»Das ist mein Eigentum«, sagte ich mit kalter Stimme. »Sie haben kein Recht, sich meine Fotos anzuschauen.«

Mr Saunderman schlug so hart auf den Tisch, dass gefühlt jedes einzelne Papier hochhopste. »Ich habe jedes verdammte Recht. Du befindest dich auf Privatgelände. Jeder Stein, jeder Kuli, jeder verdammte Notizzettel, alles und jeder hier gehört mir.«

»Die Menschen, die für Sie arbeiten, ebenfalls?«, fragte ich betont arglos. Ich war mir sicher, dass die Sklaverei auch in Alaska mittlerweile abgeschafft ist.

Mr Saunderman schoss aus dem Stuhl hoch und sein ausgestreckter Finger kam meinem Gesicht ganz nah. »Noch ein Wort und ich beweise dir, wozu ich wirklich fähig bin. Noch kann das alles hier glimpflich für dich ablaufen, mein Junge. Also überspanne den Bogen nicht.«

Ich schob seinen Finger aus meinem Gesicht. Mr Hyde bettelte schon wieder darum, aus dem Käfig gelassen zu werden.

Nein, ruhig jetzt. Du bist im Unrecht, also gib klein bei.

Mr Saunderman stieß meine Hand zur Seite, woraufhin sein Finger sich erneut meinem Gesicht näherte.

»Bürschchen«, zischte er. »Markier hier nicht den starken Kerl.«

Ich zitterte vor Anspannung. Ein weiteres Mal schob ich betont langsam seinen Finger zur Seite.

Mr Prytt wollte seinem Chef zu Hilfe kommen, doch er war in etwa so leichtfüßig wie ein Elefant im Porzellanladen. Ich sprang auf, als er mich mit beiden Händen an den Schultern packte. Bevor er wusste, wie ihm geschah, hatte ich ihm den Arm auf den Rücken gedreht. Nicht schmerzhaft oder so, dass ich ihn verletzen würde, aber fest genug für eine deutliche Warnung.

»Ich will Ihnen nicht wehtun, Mr Prytt. Aber wenn Sie sich mir noch mal so nähern, dann könnte es schmerzhaft für Sie enden.« Ich drehte den Arm weiter, bis er stöhnte, dann ließ ich ihn sofort los.

Saunderman hatte uns mit offenem Mund zugesehen. Der Finger war hinter seinem Rücken verschwunden.

Wir starrten uns erneut ein paar Sekunden in die Augen, doch als ich mich nicht rührte und auch Mr Prytt keine Anstalten machte, nahm Mr Saunderman wieder Platz.

Er tat so, als wäre nichts passiert, als ich mich ebenfalls wieder hinsetzte.

Mr Prytt hingegen hatte ein rotes Gesicht und massierte seine Schulter.

Natürlich schaffte Saunderman es nicht auf Anhieb, das Menü der Kamera aufzurufen. Ich musste mir auf die Zunge beißen, um mir ein Grinsen zu verkneifen. Mr Prytt bot irgendwann seine Unterstützung an, und als die beiden wenig später durch die Fotos scrollten, war es herrlich mit anzusehen, wie ihre Gesichter immer länger wurden. Ja, ich hatte dazugelernt. Verdächtiges Recherchematerial ließ ich nicht mehr auf der Kamera. Es befand sich auch nicht auf dem Laptop, den sie ebenfalls einkassiert hatten. Die Fotos befanden sich nur auf meinem Tablet. Und das versteckte ich jedes Mal, bevor ich mein Zimmer verließ, unter der Schmutzwäsche in meiner Reisetasche. Und da hatten sie wohl nicht gesucht.

Punkt für mich, ihr Tierquäler.

Mr Saunderman legte die Kamera zurück auf den Tisch und griff nach dem Laptop. »Passwort«, bellte er dann und drehte ihn zu mir um. Weil ich nichts zu verlieren hatte, gab ich es ein. Die beiden bemühten sich abermals redlich, an irgendwelche Informationen zu gelangen. Doch leider benutzte ich den Laptop hauptsächlich, um damit zu skypen. Ansonsten befanden sich einige Unterlagen zu meinem Studium darauf. Alles in allem jedoch harmloses Zeug, das niemandem irgendeinen Hinweis liefern würde.

Mr Saunderman klappte den Laptop wieder zu. Er war so frustriert, dass er ein hochrotes Gesicht bekommen hatte.

»Dir ist klar, dass du hiermit gefeuert bist.« Er schob mir Laptop und Kamera über den Tisch zu. »Wir haben deine Sachen bereits gepackt, du kannst sie vor dem Gästehaus abholen. Gib mir den Schlüssel.« Er schnippte ungeduldig mit den Fingern.

Ich fischte die Schlüssel aus meiner Tasche und gab sie ihm. Mr Prytt warf einen prüfenden Blick darauf und nickte dann.

Mr Saunderman zauberte einen Scheck aus der Tasche seines Oberhemdes. »Das ist das Gehalt, das dir noch zusteht.« Er warf mir den Scheck entgegen. »Ich kann dich nicht zwingen, aber ich lege dir nahe, Blackfish Bay auf dem schnellsten Wege zu verlassen.«

Da ich weder Lust hatte, mit ihm zu diskutieren, noch riskieren wollte, ihn zu provozieren, schnappte ich mir den Scheck und nickte.

Mr Prytt stand schon an der Tür. »Hier geht's raus.« Verschwunden war der sonst so freundliche Ton, in dem er stets mit mir gesprochen hatte. Allerdings legte ich auch keinen Wert mehr darauf, seit ich seine Rolle in diesem Spiel erkannt hatte. Ganz kurz war ich versucht, irgendeine Art von Hinweis fallen zu lassen. Irgendeine Andeutung zu machen, die ihnen sagte, dass ich sie in der Hand hatte. Doch dann dachte ich an Lys, zwang meine Wut zurück und ging mit gesenktem Kopf an Mr Prytt vorbei.

Wortlos begleitete er mich zum Gästehaus. Dort standen meine Reisetaschen. Der Vorarbeiter sah mir nach, wie ich über das Gelände ging, folgte mir aber nicht.

Am Parkplatz warf ich meine Taschen ins Auto, nahm hinter dem Steuer Platz und atmete einmal tief durch. Ich würde auf gar keinen Fall aus Blackfish Bay verschwinden.

Während ich noch überlegte, was ich als Nächstes machen sollte, las ich eine Nachricht von Stuart, der einigermaßen versöhnt schien über meine Investigations-Fortschritte. Ich hatte die Fotos der Snow Crabs in unseren Seawolves-Chat geschickt, wo mir bereits einige Mitglieder zu dem Erfolg gratuliert hatten.

Geile Bilder, schrieb er. Dann lass ihn endlich hochgehen und komm nach Hause.

Nein, ein Rückflugticket würde ich nicht buchen. Da könnte Stuart drängeln, wie er wollte. Ich würde mich mit Lys versöhnen. So schnell würde ich nicht aufgeben. Sie war mir wichtig und ich würde um sie kämpfen. Und nach der Aktion gerade eben würde ich Saunderman garantiert nicht ungestraft davonkommen lassen. Suche noch nach schriftlichen Beweisen. Terminabsprachen, Preisverhandlungen. Ich will auch Beweise, wer die Krabben kauft. Und irgendwo muss er das viele Bargeld bunkern. Danach suche ich noch. Dass ich gefeuert worden war, behielt ich erst mal ebenfalls für mich.

Bullshit, kam es sofort zurück. Die Fotos sprechen für sich. Wo ist dein Problem?

Will mehr Beweise. Das muss wasserdicht sein.

Stuart schickte einen kotzenden Smiley zurück.

Ich presste die Lippen aufeinander. Lange würde ich ihn und die anderen nicht mehr hinhalten können.

Weil ich einen Platz zum Schlafen brauchte, suchte ich die Telefonnummer des Seagull Inn heraus. Ich wusste, dass die Rezeption bis zweiundzwanzig Uhr besetzt war. Leider war ich erfolglos, ebenso wie im Flying Moose. Man war ausgebucht und erklärte mir, dass in den Ferien die Chancen immer sehr schlecht standen. Ich legte das Handy resigniert zur Seite und startete den Motor. Dann würde ich wohl im Auto schlafen und mir morgen eine Bleibe außerhalb von Blackfish Bay suchen. Plötzlich hatte ich eine Idee. Ich startete den Motor und lenkte den Wagen in Richtung des Ortskerns.

Vor dem Nanuk war ein Parkplatz frei. Ich stieg aus und ging auf das Café zu, obwohl die Außenbeleuchtung bereits gelöscht war.

Als ich auf den Stufen stand, ließ das Déjà-vu dieser Situation mich innehalten. Wie lange war es her, dass Lys und ich uns auf diesen Stufen das erste Mal begegnet waren? Seitdem war so viel passiert. Und niemals hätte ich damit gerechnet, wie schnell sie zu einem Teil meines Lebens werden würde. Wie sehr ich sie brauchte und wie sehr sie mir bereits nach einem Tag fehlte.

Tamika erschrak mich zu Tode, als sie plötzlich innen vor der Tür erschien. Ein Schlüssel drehte sich im Schloss, während ich immer noch meinen rasenden Puls in den Keller zwang.

»Was auch immer du willst«, sagte sie zur Begrüßung. »Beeil dich.« Sie scheuchte mich ins Café wie ein lästiges Insekt, doch ihr gutmütiges Lächeln machte all das wett.

Ich fiel mit der Tür ins Haus. »Ich habe Mist gebaut.«

Tamika war hinter ihre Theke geflitzt und reichte mir das letzte Plundergebäck von einem Blech. »Und was soll das jetzt bedeuten?« Sie musterte mich kritisch.

»Ich habe kein Bett mehr.« Ich kramte mit der Hand einen Fünfdollarschein aus meiner Geldbörse, weil ich nicht wollte, dass sie mich immer einlud. Sie machte eine abwehrende Geste, also beugte ich mich vor und legte den Schein auf die Kasse. »Ich bin gefeuert worden.«

Tamika ließ das leere Tablett sinken und riss die Augen auf. »Was hast du angestellt?«

Ich wollte gerade loslegen, als es aus der Küche ohrenbetäubend piepte.

»Moment«, sagte Tamika und lief in die Küche. Ich hörte sie herumwerkeln und einmal schepperte es laut, doch dann war sie wieder zurück und strich sich das wirre Haar aus der Stirn. »So, Feierabend für heute.« Sie deutete auf einen kleinen Tisch seitlich der Theke. »Hinsetzen und erzählen. Du hast genau fünf Minuten. Da gibt es nichts zu diskutieren.«

Trotz meiner Misere musste ich mir ein Grinsen verkneifen.

Wir nahmen Platz und Tamika zeigte mit dem Finger auf mich. »Ist Papa Saunderman dahintergekommen, dass du seinem Töchterchen schöne Augen machst? Ich traue ihm sofort zu, dass er jeden feuert, der seiner kleinen Prinzessin zu nahe kommt.«

Treffer, versenkt, zumindest teilweise.

»Nicht ganz. Aber es hat definitiv auch mit Lys zu tun.«

Schon wieder riss Tamika die Augen auf. »Oh mein Gott, ich platze gleich. Gibt es Geheimnisse?«

Ich nickte. »So könnte man es ausdrücken.«

»Meine Lippen sind versiegelt.« Tamika nickte bekräftigend.

»Na dann.« Ich erzählte ihr alles. Von den Daten, die wir Seawolves schon lange vorher gesammelt hatten, von den Gründen meiner Reise hierher und von den Beweisen, die ich gefunden hatte. Ich erzählte ihr, wie Lys mich entdeckt und danach jeden Kontakt zu mir abgebrochen hatte. Zum Schluss gestand ich ihr, wie ich dank eines Zufallsfotos erwischt, gekündigt und nun obdachlos geworden war.

Am Ende war Tamika trotz ihrer bronzefarbenen Haut blass geworden. »Ich glaube es nicht«, war alles, was sie sagte. Sie blinzelte, verknotete daraufhin die Hände, bis die Knöchel weiß hervortraten, und sagte dann noch mal: »Ich glaube es einfach nicht.«

Sie sah mich an und ihr Blick wurde fragend. »Und wann wollt ihr mit ihm sprechen?« Tamika wirkte erschüttert. »Jemand muss ihn doch aufhalten.« Sie schien offenbar vergessen zu haben, dass Lys und ich uns im Streit getrennt hatten.

»Ich weiß nicht, was Lys tun wird.«

Erst da schien Tamika wieder alles einzufallen. »Lys ist meine Freundin. Ich sollte ihr nicht in den Rücken fallen, in dem ich mit dir –«

»Tamika, bitte«, fiel ich ihr hastig ins Wort. »Ich will mich mit Lys aussprechen. Es stimmt nicht, dass ich sie nur näher kennenlernen wollte, um sie auszuhorchen. Im Gegenteil. Ich dachte, sie ist in alles eingeweiht.«

Tamika lachte auf. »Lys? Sie war seit Jahren nicht mehr hier. Und außerdem würde sie niemals so eine Art von Tierquälerei dulden, glaub mir.«

»Das weiß ich mittlerweile auch.« Ich sah Tamika eindringlich an. »Ich habe mich in Lys verliebt. Ein paarmal wollte ich ihr alles erzählen, habe aber dann doch gekniffen, weil ich Angst hatte, wie sie reagiert. Aber das bereue ich jetzt. Ich hätte wissen müssen, dass sie mit so etwas nichts zu tun hat. Es war dumm und feige von mir.« Ich seufzte, während tief in mir ein Sturm von Gefühlen tobte. Ich wollte Lys nicht verlieren. Ich *würde* Lys nicht verlieren.

»Und warum bist du jetzt hier?« Tamika legte den Kopf schief. »Soll ich zwischen euch vermitteln? Dann brauche ich handfeste Beweise, die gegen Mr Saunderman sprechen.«

Ich schüttelte den Kopf. »Ich werde mich mit Lys aussprechen. Aber danke für dein Angebot. Beweise kann ich dir trotzdem liefern.« Ich fischte mein Handy aus der Tasche und rief die Fotos auf, die ich per Mail an die Seawolves verschickt hatte. »Aber eigentlich bin ich hier, um dich zu fragen, ob dein Tiny House gerade belegt ist. Ich habe nämlich für heute Nacht kein Zimmer mehr bekommen.«

Tamika setzte sich auf und antwortete mir erst nicht. Sie betrachtete die Fotos sehr genau, dann schüttelte sie den Kopf. »Was für ein Mistkerl.« Sie schnaubte. »Man muss ihm das Handwerk legen.« Sie ließ das Handy sinken und schaute zu mir. »Mein Tiny House ist vermietet, aber für heute Nacht kann ich dir meine Couch anbieten. Die ist schon ziemlich durchgesessen, und vermutlich wirst du morgen vor lauter Rückenschmerzen nicht laufen können. Deshalb würde ich dir auf gar keinen Fall raten, mehr als eine Nacht dort zu schlafen.« Sie sprang auf und holte ein Telefon hinter der Theke hervor. »Lass mich mal telefonieren. Ich kenne die Eigentümer der Hotels alle.«

Ich war ehrlich gerührt von diesem Angebot. »Vielen Dank, Tamika«, sagte ich. »Die Idee mit der Couch heute Nacht ist toll. Das nehme ich gerne an. Aber mach dir bitte keine Mühe. Die Rezeptionisten waren sehr deutlich. Morgen ist Freitag und alle Zimmer sind über das Wochenende komplett ausgebucht.«

Tamika winkte ab, während sie bereits eine Nummer getippt hatte und den Hörer ans Ohr hielt. »Hallo Rose, hier ist Tamika. Du, ich habe ein Attentat auf dich vor. Ich muss …« Tamika erzählte von mir, doch meine Gedanken schweiften ab zu Lys. Ich war fest entschlossen, das zwischen uns zu klären. Ich würde eine Gelegenheit finden und mich dann mit ihr aussprechen. Der Gedanke, sie für immer zu verlieren, war so schmerzhaft, dass er wie ein Stich durch meinen ganzen Körper jagte.

Ich werde sie nicht verlieren. Das werde ich nicht zulassen.

»Folgendes«, sagte Tamika, die sich jetzt wieder schwungvoll neben mich setzte. »Dem Flying Moose ist ein Zimmermädchen abgehauen. Soll heißen, sie haben ein Zimmer, in dem eigentlich die Angestellten wohnen. Es ist ziemlich klein und liegt unter dem Dach. Vermutlich wird ein großer Kerl wie du nicht mal aufrecht drin stehen können. Aber es gibt ein Bett und ein Bad und morgens ein Frühstück. Sie lassen dich dort so lange wohnen, bis eins der Gästezimmer frei wird. Bezahlen müsstest du allerdings den vollen Preis, da ließ Herald, der alte Gauner, nicht mit sich diskutieren. Wäre das in Ordnung?«

Erleichterung durchflutete mich. »Das ist genial«, platzte es aus mir hervor. »Du bist großartig, Tamika. Hat dir das schon mal jemand gesagt?«

Tamika strich sich durch das dunkle Haar und wackelte mit den Brauen. »Könnte sein. Aber ich höre es jedes Mal aufs Neue wieder sehr gern.« Sie deutete auf ihre Wange. Ich beugte mich zu ihr hinüber und gab ihr einen Kuss.

Tamika erhob sich und streckte den Rücken durch. »So, nachdem das geklärt wäre, würde ich gerne Feierabend machen. Vermutlich werde ich nach diesen Enthüllungen sowieso nicht schlafen, denn diese Sache mit den Snow Crabs zerreißt einem echt das Herz. Wie kann man nur so skrupellos sein. Dieser Mann wird von mir hier nicht mehr bedient, bis er all das wieder angemessen in Ordnung gebracht hat.«

Mein Blick war überrascht. »Saunderman kommt hierher?«

Tamika winkte ab. »Natürlich nicht. Aber ich wollte es mir nicht nehmen lassen, das rein präventiv zu erwähnen.«

Ich schmunzelte. Sie war einfach großartig, eine Marke für sich.

Tamika deutete mit dem Finger auf mich. »Hol deine Klamotten aus dem Auto und dann folge mir. Und ihr beide seht zu, dass ihr das zwischen euch klärt. Ich will nicht, dass Lys unglücklich ist. Also bring das in Ordnung, klar?«

Ich nickte entschlossen. »Das werde ich.«

Kapitel 29

LYS

Am Freitagabend war ich absichtlich zu Hause geblieben, nachdem ich mich bei Tamika versichert hatte, dass sie genug Kräfte für diese Schicht eingeplant hatte.

Jetzt saß ich auf meinem Bett, in der Jogginghose meines Ex Jacob und dem Pikachu-Shirt, und knetete gedankenverloren ein seidenes Zierkissen, das schon ziemlich mitgenommen aussah. Ich war froh, dass ich mich dazu entschieden hatte, im Haus zu bleiben. Zum größten Teil, weil sich in mir immer noch Wut, Traurigkeit und eine gewisse Rastlosigkeit abwechselten. In diesem Zustand war ich zu nichts zu gebrauchen, erst recht nicht hinter einer Theke. Zane schien sich nicht nur in meinem Herzen, sondern auch in meinem Kopf eingenistet haben und dass Chloe einfach aufgelegt hatte, beunruhigte mich sehr.

Ich hatte noch zweimal erfolglos versucht, sie zu erreichen, und auch Tamika hatte mich angerufen, nachdem Zane bei ihr im Laden aufgetaucht war. Es war okay, dass sie ihm geholfen hatte, denn schließlich hatte ich einen Streit mit ihm und nicht Tamika. Was mich jedoch ärgerte, war der Umstand, dass Zane meine Drohungen nicht beeindruckt zu haben schienen. Denn anstatt abzureisen, hatte er meine Freundin um eine Unterkunft angehauen.

Ehrlicherweise drückte ich mich seit dem Gespräch mit Tamika davor, ihn deswegen zur Rede zu stellen. Irgendeine kleine Stimme in mir flüsterte dann immer: *Was, wenn doch …?*

Mir selbst waren die Missstände in der Firma aufgefallen.

Das heruntergekommene Firmengelände passte nicht recht zu dem verschwenderischen Luxus des Anwesens. Die vielen Autos, das viele Personal, und im Gegensatz dazu die uralten Boote und die abblätternde Farbe an den Wänden. Natürlich könnte es auch sein, dass mein Vater Renovierungsmaßnahmen plante und mir einfach noch nicht davon erzählt hatte. Dennoch wog das Beweismaterial von Zane schwer.

Ein Teil in mir wollte diesen Streit mit Zane logisch und mit einer gewissen Distanz betrachten. Wollte die Fakten beurteilen und rational reagieren. Doch mein dummes Herz protestierte vehement, als diese Gedanken durch meinen Kopf jagten. Er hatte mir wehgetan und noch glaubte ich ihm nicht, dass er mich nicht benutzt hatte.

Ich knautschte das arme Zierkissen erneut zusammen und lehnte mich vor, während ich es an meinen Bauch drückte. Es tat so sehr weh. Ich spürte, wie alles in mir zu flattern begann, als sich Tränen einen Weg hinauf in meine Augen bahnten. Ich schniefte leise und versuchte zu verhindern, dass die schönen Erinnerungen an ihn mich noch tiefer hinabzogen. Nein, es war wirklich eine gute Idee gewesen, heute zu Hause zu bleiben.

Doch diese Gründe waren nicht die einzigen, warum ich heute nicht unter Leute ging. Ich hatte nämlich durch einen Zufall mitgekriegt, dass Cheryl und Dad abends eingeladen waren. Sie nahmen Natty mit und würden sie mit den Kindern der Gastgeber zusammen dort schlafen legen. Innerlich hatte ich jubiliert, denn das verschaffte mir Zeit, mich ungestört im Haus zu bewegen. Ich wollte herausfinden, ob an Zanes Anschuldigungen tatsächlich etwas dran war.

Das Personal hatte immer am frühen Abend frei und so würde mich auch niemand von ihnen sehen.

Da das Wochenende für Nathan einen Abenteuerspielplatz darstellte, an dem er hemmungslos unter den Touristinnen wilderte, war ich mir sicher, dass auch er nicht zu Hause sein würde.

Ich verließ mein Zimmer und steuerte auf die breite Treppe zu, die mich ins Untergeschoss bringen würde. Ich hörte noch, wie Nathan das Haus verließ, und konnte ein triumphierendes Kichern nicht unterdrücken. Eine Wolke seines Parfums hing in der Luft. Ich verkniff mir ein Schnauben. Der Kerl war definitiv auf Beutezug.

Doch dann blieb ich stehen. Mein Blick glitt zu den Räumen meines Vaters, dem ehemaligen Schlafzimmer meiner Eltern. Und dem Ankleidezimmer meiner Mutter, das Dad ihr eingerichtet und das sie praktisch nicht benutzt hatte. Mom hatte nichts an teuren Handtaschen und wertvollem Schmuck finden können. Sie hatte Bücher geliebt, und in den Kleiderschränken hatte sich stapelweise Fachliteratur befunden, die sie verschlang, sobald sie die Zeit dazu hatte. Ihr Arbeitszimmer war winzig gewesen und sie hatte Dad oft gebeten, Ankleidezimmer und Arbeitszimmer zu tauschen, um mehr Platz zu haben. Doch er war stets dagegen gewesen. Mittlerweile war ihr Büro ausgeräumt und in einen begehbaren Schrank umgewandelt worden, in dem Bettwäsche, Handtücher und die Putzmittel der oberen Etage aufbewahrt wurden.

Mit einem traurigen Lächeln stieß ich die Tür zum Schlafzimmer auf. In Momenten wie diesen sah ich Mom immer noch im Haus, hörte ihr Lachen, wenn ihr ein Buch von einem Stapel rutschte oder sie lange Telefonate mit ihrer Lektorin bei dem Wissensmagazin für Kinder geführt hatte. Ich hatte oft irgendwo neben ihr gesessen und ihrer Stimme gelauscht. Sie hatte die Gabe besessen, die Begeisterung, die sie erfüllte, roh und ungeschliffen weiterzugeben. Sie sprach so voller Liebe und Wärme über ein Thema, dass man gar nicht anders konnte, als sich ebenfalls dafür zu begeistern.

Ich strich über den Türrahmen, während ich das Zimmer betrat.

Du fehlst, Mom. Nach all der Zeit, nach all den Tränen. Es waren deine Energie, dein Strahlen, deine Liebe, die dieses düstere Haus zu einem Heim gemacht haben.

Auch im Schlafzimmer war alles neu gemacht worden. Das zwei Meter breite Boxspringbrett war in zarten Pastellfarben gehalten. Darüber hing ein Foto von Cheryl in einer Pose, die unmöglich bequem sein konnte. Schnell sah ich weg.

Auf den Nachttischen fand ich nur das übliche Zeug. Bücher, Handcremes, Bonbons und Ladekabel für Handys. In diesem Zimmer befand sich auch der Kleiderschrank meines Vaters, doch der interessierte mich nicht. Ich ging weiter zum Ankleidezimmer. Als ich die Tür aufstieß, hielt ich unwillkürlich inne. Ein prunkvoller Kronleuchter hing von der Decke hinab, direkt über einer Art Insel aus Schubladenschränken, die als Herzstück im Raum standen.

Ich betrat das Zimmer, in dem es nach einem schweren süßen Duft roch. Der Teppichboden war pastellrosa und so hochflorig, dass meine nackten Zehen darin versanken. Alle Möbel waren weiß und mit goldenen Elementen verziert.

Mit offenem Mund sah ich mich weiter um. Es gab gleich drei Schuhregale. Ich stellte mich näher davor und betrachtete die Label der Designer, die im Inneren auf den Sohlen prangten. Wo trug man in Blackfish Bay solche Schuhe? Meine Mutter hatte zeitlebens flache Stiefel und Ballerinas getragen.

Ich ließ meinen Blick erneut über die Schränke gleiten. Dabei schüttelte ich leicht den Kopf, als ich an meinen Vater dachte. War es das? Fing mein Dad illegal Snow Crabs, damit er seine junge Partnerin beeindrucken konnte?

Ich seufzte auf, weil ich inständig hoffte, dass es nicht ein so trivialer Grund war.

Ich verließ ihre Räume wieder und ging nun die Treppe hinab in den unteren Stock. Als ich das Heiligtum meines Vaters betrat, war ein wenig von meiner Hemmung verflogen. Der Anblick des Ankleidezimmers hatte mich irgendwie wütend gemacht.

Ich traute mich nicht, Licht anzuknipsen, obwohl das Zimmer nicht nach vorn zur Auffahrt rausging. Vor den großen Fenstern waren die Gardinen nicht vorgezogen und ich wollte nichts verändern, also entschied ich mich, das Deckenlicht nicht anzuschalten.

Im Halbdunkeln ging ich zum Schreibtisch. Das Brummen meines Handys erklang ohrenbetäubend in der Stille. Chloe hatte mir eine Nachricht geschickt: Du hättest mir vertrauen können.

Ich antwortete ihr sofort: Es tut mir so leid! Bitte verzeih mir.

Sie las die Nachricht, antwortete aber nicht mehr, also steckte ich das Handy wieder weg.

Vorsichtig schob ich den schweren Schreibtischstuhl nach hinten. Dad schätzte seine Privatsphäre sehr und ich wusste, dass eine Schublade immer abgeschlossen war. Doch ich war hier aufgewachsen und ich hatte viel mitbekommen. Ich hob die Figur eines Jagdhundes hoch und unter dem hohlen Sockel lag der kleine bronzefarbene Schlüssel. Ich grinste breit. Ich konnte eine Menge Zeit sparen, wenn ich direkt mit der interessantesten Schublade anfing.

Der Schlüssel drehte sich im Schloss und schon konnte ich einen Blick ins Innere werfen. Da war ein Stapel Papiere, den ich behutsam aus der Schublade hob. Darunter entdeckte ich einen Schlüsselbund mit zwei Schlüsseln daran. Sie wirkten altmodisch verschnörkelt und waren deutlich größer als herkömmliche Schlüssel. Überrascht starrte ich sie einen Moment lang an, dann griff ich danach und steckte sie schnell in meine Tasche. Ich setzte mich im Schneidersitz auf den Boden und ging nach und nach die Papiere durch. Es waren Rechnungen, die nicht bezahlt worden waren. Ich fand Korrespondenzen mit langjährigen Geschäftspartnern und es zerriss mir das Herz, Brief für Brief diese Beziehungen kaputtgehen zu sehen. Erst waren es freundliche Erinnerungen, dann wurden die Worte etwas deutlicher. Meist folgte darauf ein Schreiben, das die tiefe Enttäuschung über das Ende dieser Geschäftsbeziehung zeigte. Dann folgten die Drohungen, die Auflistungen von Zahlen, die in fettem Rot gedruckt waren. Anschließend fand ich Briefe über Teilzahlungen. Gerade genug, um Gläubiger zu besänftigen. Und meist ging das Spiel danach wieder von vorne los. Es war entsetzlich mitzulesen, wie tief mein Vater in den roten Zahlen zu stecken schien.

Während ich ein paar der Bögen mit meinem Handy fotografierte, hatte ich das Bild von dem Ankleidezimmer vor Augen. Und Cheryl trug von Kopf bis Fuß Designerklamotten. Es war geradezu unwirklich.

Als ich mir jeden einzelnen Bogen angesehen hatte, betrachtete ich sie nachdenklich. Ich hatte nach Bargeld gesucht, doch nichts gefunden. Ich packte die Papiere zurück in die Schublade, schloss ab und versteckte den Schlüssel wieder. Dann fiel mein Blick auf die Handys. Mein Vater besaß zwei Telefone. Ein privates und ein geschäftliches. Aber er hatte sich nie daran gewöhnt und betrachtete sie immer noch als überflüssige Accessoires, die einem die Hosentaschen ausbeulten. Was erklärte, warum sie hier herumlagen, während er außer Haus war.

Bevor ich es mir anders überlegen konnte, griff ich nach ihnen. Beide Telefone waren nicht mit einem Passwort gesichert. Doch damit hatte ich auch nicht gerechnet. Auf dem geschäftlichen Telefon fand ich zunächst nur ein paar Mails, die jedoch nichts offenbarten. Dann eine Nachricht, in der mein Vater erklärte, er würde von seinem privaten Handy aus antworten. Ich nahm das private Telefon und öffnete den WhatsApp-Chat. Auch hier zunächst bloß Gespräche mit Cheryl, Nathan und ein paar Bekannten. Kurz darauf stieß ich allerdings auf Namen, die ich nicht kannte. Es ging um die Ankunft von Flugzeugen, von Transportboxen und wie viel Kilos sie beinhalten würden und um hohe Geldbeträge. In einer Nachricht fand ich sogar das Foto einer jungen Snow Crab. Exzellente Ware, hatte mein Vater geschrieben. Außerhalb der Fangsaison ist kein Problem für uns.

Ich ließ das Telefon sinken und starrte in die schemenhafte Dunkelheit. Zane hatte mit allem recht gehabt. Mein Vater verkaufte Jungtiere, die noch gar nicht gefangen werden durften. Flugzeuge aus aller Herren Länder landeten bei uns nachts auf dem Rollfeld, wo die Übergabe stattfand.

Ich schluckte hart und meine Gedanken wanderten weiter zu meinem Vater. Was war er für ein Mensch? Wie konnte er so etwas auf sein Gewissen laden? Und plötzlich war mir klar, warum er dem Praktikum so lange Zeit nicht zugestimmt hatte.

Ich musste mich an der Tischkante festhalten, weil mir plötzlich die Sicht vor Augen verschwamm. Ich war eine Gefahr. Deshalb ließ er mich im Büro in einer düsteren Kammer sitzen und den Rest meines Praktikums Gemüse abholen. Er wollte mich so wenig wie möglich auf dem Gelände haben. Ich krallte meine

Finger noch fester um die Tischkante. Er würde vermutlich niemals freiwillig damit aufhören. Das war mir jetzt klar geworden. Denn das, was er getan hatte, um mich vom Firmengelände fernzuhalten, glich einer kriminellen Energie, die mir versicherte, dass er bereits ein Profi war. Und laut den Dokumenten in seinem Schreibtisch hatte er noch einige Summen zu bezahlen.

Ich dachte an die jungen Snow Crabs. Zane war diesen langen Weg hierher gereist, um dem ein Ende zu bereiten. Hatte Beweise gesammelt, um meinem Vater das Handwerk zu legen. In diesem Moment war ich mir sicher, dass er nur die Spitze des Eisbergs entdeckt hatte. Die Tatsache, dass mein Vater diesen Schlüssel immer noch hütete wie einen Schatz, verriet mir, dass da noch mehr war. Durch diese Verkäufe müsste jede Menge Bargeld ins Haus kommen. Das konnte er unmöglich hier aufbewahren, wo Cheryl herumspazierte. Denn dass sie keine Ahnung hatte, dessen war ich mir ziemlich sicher. Ich wollte gerade Fotos von den Nachrichten machen, da hörte ich ein leises Geräusch.

Verdammt, jetzt würde ich keine Beweisfotos machen können.

Schnell legte ich beide Telefone zurück, da erschien auch schon ein Schatten in der Tür.

»Was machst du denn da, Lysandra?«

»Nichts.« Das Wort kam mir wie automatisch über die Lippen, noch bevor mein Verstand realisierte, dass es Nathan war, der im Türrahmen stand. Es spionierte mir also immer noch nach. Und jetzt hatte er mich bei etwas Verbotenem ertappt. *Super.*

»Nichts?« Er lachte heiser auf und kam zum Schreibtisch herüber. Dort stützte er beide Hände auf der Platte ab und sah mich eindringlich an. »Für nichts wirkst du ganz schön nervös, in einem Zimmer, in dem du definitiv nicht sein solltest.«

Ich wich zurück und war bereits genervt von ihm. Wieso war er wieder da? Warum hatte ich ihn nicht gehört? Würde er mich jetzt an Dad verraten? Mist, es lief doch alles gerade so gut.

»Du bist doch weggefahren. Was machst du hier?«

Nathan nahm die Hände vom Tisch und verschränkte sie stattdessen vor der Brust. »Du lenkst ab. Aber gut, von mir aus. Ich hatte mein Handy vergessen. Und jetzt du.« Er lächelte süß. »Was hast du gesucht? Ernests geheimes Tagebuch?«

Ich verdrehte die Augen. »Ich habe gar nichts gesucht.«

Nathan lachte amüsiert auf. »Du hast sogar den Schreibtischstuhl zurückgeschoben, damit du besser an die Fächer kommst. Verkauf mich nicht für dumm, Sonnenschein, ich weiß Bescheid.«

Wieder verdrehte ich die Augen Hilfe suchend gen Himmel. Warum musste ausgerechnet er hier auftauchen? Schlimmer hätte eigentlich nur Dad sein können.

Dann tat Nathan allerdings etwas, womit ich nicht gerechnet hätte. Er hob den Hund hoch und überprüfte, ob der Schlüssel noch da war.

»Sieh an, den hast du schon gefunden.«

Ich starrte ihn perplex an.

Er deutete auf den Schlüssel. »Das Arbeitszimmer wird immer am Montag geputzt. Weil dann am meisten in der Firma los ist und er erst spät nach Hause kommt. Da wir am Meer und mitten im Grünen wohnen, gibt es jede Menge Zeug, das durch die Luft flirrt. Am Wochenende ist sein Schreibtisch dann von dieser zarten Schicht aus herumfliegenden Pollen und Sand bedeckt. Er hat ja ständig die Fenster auf.« Nathan stellte den Hund vorsichtig zurück. »Und du hast die Statue nicht wieder exakt in den Kreis zurückgestellt, der von dem Sockel des Hundes bedeckt und folglich staubfrei ist.«

Ich hörte mich selbst erschrocken Luft holen. Mit so einer Offenbarung hatte ich nicht gerechnet. »Du weißt es?« Ich konnte immer noch nicht glauben, was gerade passiert war. Wenn er wusste, wo der Schlüssel lag, kannte er den Inhalt der Schublade. »Du weißt von all dem und du unternimmst rein gar nichts?«

Nathan zuckte die linke Schulter. »Zu wissen heißt nicht, zu handeln.«

Ich war fassungslos. »Oh doch, genau das heißt es. Insbesondere wenn man eine Familie sein will.«

»Da ist doch eh nichts drin.« Nathan deutete mit der Hand auf die Schublade. »Ein paar überfällige Rechnungen, ein paar Mahnungen, ein paar traurige Briefe von ehemaligen Geschäftspartnern.«

»Aber du hast doch Augen im Kopf«, rief ich. »Du siehst doch, was passiert. Dad braucht Hilfe. Die Firma bricht auseinander und deine Mutter trägt von Kopf bis Fuß Designer. Warum sprichst du nicht mit ihm? Warum spricht Cheryl nicht mit ihm?«

In Nathans Augen entdeckte ich wieder diesen Beschützerinstinkt, wie immer, wenn es um seine Mutter ging. »Mom hat keine Ahnung, Ernest hält sie aus allem raus. Im Büro drüben darf sie bloß ein paar Blätter abheften. Und sie liebt diesen ganzen Designer-Kram. Niemand darf dort sauber machen, sie putzt alles selbst, und das will schon was heißen. Sie klammert sich an diesen ganzen Schnickschnack, weil es für sie Beweise sind, dass es uns gut geht. Dass wir eben nicht in einer finanziellen Schieflage sind. Und Ernest will nicht, dass Mom etwas davon mitkriegt, es ist offensichtlich.«

»Und was ist mit dir?«

Wieder lachte er leise auf, doch dieses Mal klang es bitter. »Mir erzählt er auch nichts, aber ich habe Augen im Kopf. Aber was soll ich tun? Mich in seine Geschäfte einmischen? Davon habe ich doch gar keine Ahnung.«

»Du machst es dir zu leicht«, wisperte ich.

»Und was hast du vor?«, blaffte er. »Willst du die Bombe zum Platzen bringen und dann werden wir alle obdachlos?«

»Genau das versuche ich zu verhindern.«

Er erwiderte nichts, betrachtete mich einfach nur, als wolle er in meinem Gesicht ablesen, ob ich log oder nicht. »Wenn du Ernest wie einen Schuljungen vorführst, wird er dich hochkant rauswerfen. Er lässt sich von dir nichts sagen.«

»Ich werde ihn nicht vorführen. Und allwissend bin ich auch nicht und ganz gewiss nicht euer Retter. Aber ich habe Ideen und ich werde mit Dad darüber reden. Ich werde ihn überzeugen, das Richtige zu tun. Manchmal ist der erste Schritt in die richtige Richtung der, einzusehen, dass man Hilfe braucht.« Ich kam hinter dem Schreibtisch hervor und baute mich vor ihm auf. »Bitte, Nathan«, sagte ich eindringlich. »Wenn du mich jetzt verrätst, machst du alles kaputt.«

»Große Worte, Schwesterchen, große Worte.« Nathans Augen schienen Funken zu sprühen. »Was hast du vor?«

»Wie gesagt, ich werde Dad ein paar Ideen vorstellen und dann hoffentlich überreden können, das Richtige zu tun. Ich will niemandem schaden, niemandem wehtun. Ich will einfach nur helfen. Das verspreche ich dir.«

»Da hast du dir ja was vorgenommen.« Nathan biss die Zähne aufeinander, sodass sein Kiefer knackte. »Zugegeben, ich bin ein wenig beeindruckt von deinem Mut.«

»Ich bin nicht der Feind.« Ich sah ihn immer noch eindringlich an.

Er schnaubte leise. »Vielleicht bin ich da etwas übers Ziel hinausgeschossen.« Er straffte die Schultern. »Sorry. Ich war wohl etwas nervig.«

»Etwas?«, rutschte mir heraus.

Er lachte heiser, dann wurde sein Blick ernst. »Du musst mich verstehen. Mom ist glücklich mit ihm. Und das nicht nur wegen des Geldes. Sie hat alles für Natty und mich getan, als wir klein waren. Und jetzt bin ich alt genug, um mich dafür zu revanchieren. Ich konnte nicht zulassen, dass du sie noch mal so verletzt.«

Ich schluckte. »Ich wollte nur, dass sie mir verzeiht. Das ist alles.«

»Ich glaube dir jetzt. Ich habe euch zusammen erlebt.« Mit unverändert ernster Miene schaute Nathan zum Schreibtisch. »Hast du alles gefunden, was du gesucht hast?«

»Wieso? Kennst du noch mehr Verstecke mit Unterlagen?«

Er sah zurück zu mir. »Nein, es ist alles hier, glaub mir.«

Ich korrigierte ihn nicht. »Na dann …«

Nathan hob eine Braue. »Dann Rückzug?«

Ich nickte. »Wir sehen uns.«

Er salutierte gespielt.

Als Nathan durch die Haustür verschwunden war und ich hinauf in mein Zimmer ging, griff ich in meine Tasche und tastete nach dem Schlüsselbund. Nathan mochte hier wohnen, aber ein altes Haus und ein langer Familienstammbaum brachten so manches Geheimnis mit sich. Und ich wusste, welche Türen diese zwei rostigen Schlüssel öffneten.

Am Samstagnachmittag saß ich zusammen mit Keiko und Ella im Nanuk. Ich hatte sie in alles eingeweiht, inklusive meines Streits mit Zane. Danach hatten wir uns die Fotos der Dokumente angesehen, die ich in Dads Schreibtisch gefunden hatte. Gerade hatte Tamika uns etwas zu knabbern gebracht und nahm nun kurz an unserem Tisch Platz.

Keiko schien besonders schockiert. »Ich habe von alldem nichts mitbekommen, das schwöre ich. Dad und ich wohnen ja auch nicht auf dem Firmengelände und –«

»Keiko«, sagte ich und legte ihm eine Hand auf den Unterarm. »Weder dein Vater noch du haben damit etwas zu tun. Diese Kunden holen ihre Ware mit den eigenen Maschinen ab. Soweit ich das sehe, hat Dad niemals illegale Waren mit seinem eigenen Flugzeug verschickt.«

»Die Fotos sind natürlich nützlich, aber liefern sie genug Beweise für seinen Handel mit den Snow Crabs?«

»Zane hat ja auch noch welche, aber …« Ich lächelte triumphierend, während ich mir eine Erdnuss in den Mund schob. Dann zog ich die zwei Schlüssel aus meiner Tasche. »Das ist es.«

Keiko nahm den Schlüsselbund hoch und betrachtete ihn. »Hübsch. Auf einem Antiquitätenmarkt könnte man sie bestimmt verkaufen.«

»Ich weiß, in welche Türen sie passen.« Keine Ahnung, warum ich plötzlich flüsterte, doch es führte dazu, dass alle noch neugieriger wirkten.

»Wirklich?«, hauchte Ella und zog sich reflexartig ihre Strickjacke, die heute mit Erdbeeren bedruckt war, enger um den Oberkörper.

Ich nickte. »Die Fabrik ist ja schon sehr viel älter, als viele wissen. Meine Vorfahren haben hier schon im achtzehnten Jahrhundert Fische gefangen und exportiert. Die Fabrik ist mit der Zeit immer größer geworden und natürlich auch moderner. Aber sie hat ihren Standort niemals verändert. Es gibt Kellerräume unter den eigentlichen Kellerräumen, die niemand mehr benutzt. Die Wände bestehen aus Stein, der seit Jahrhunderten mit Wasser durchzogen ist. Als Kind war ich mit meinem Vater hin und wieder dort. Ich fand es großartig, denn es roch wie im Bauch eines Piratenschiffs. Es ist dunkel, Moos wächst an den Wänden entlang und trotzdem riecht es nach Meer. Diese Keller liegen genau an der Stelle, an der das Land in das Meer übergeht. Die gesamte Fabrik ist auf eine Art Felsen gebaut, der wie eine letzte Barriere zum Meer in der Erde ruht.«

Ella sah mich gebannt an. »Ich komme ja aus Iowa und bei uns ist kein Haus älter als ein paar Jahrzehnte. Ich würde meine Großmutter verkaufen, um mich in solchen uralten Gemäuern mal umzuschauen. Das klingt wie aus einem Tim Burton-Film.«

Ich wackelte mit den Brauen. »Rate mal, woher er seine Ideen hat.«

Als Ellas Augen immer größer wurden, winkte ich lachend ab.

»Ich habe dich hochgenommen. Er war nie hier. Aber wenn man dort unten ist, kann man sich gut vorstellen, dass er einen ähnlichen Keller besitzt.«

»Und was willst du dort unten finden?« Keiko legte die Schlüssel auf die Tischplatte zwischen uns.

»Na, Beweise natürlich. Eigentlich sind die Keller kein großes Geheimnis. Aber niemand geht freiwillig dort runter, weil erstens sind sie mittlerweile einsturzgefährdet und deshalb abgesperrt und zweitens ist es dort kalt, dunkel und sehr feucht. Nichts kann dort gelagert werden, weil alles schimmelt. Aber die

Tatsache, dass Dad zwei dieser Schlüssel in seiner Schublade einschließt, ist meiner Meinung nach ein Hinweis.«

»Du glaubst, er versteckt dort unten etwas?« Ella machte schon wieder große Augen.

Ich nickte. »Und wenn er nur einen Stahlschrank dort hinstellt und das Geld einschließt. In eine Tüte gepackt überdauert es dort ewig.«

»Dann sollten wir mal nachsehen.« Keiko schien so motiviert, als würde er jeden Moment aufspringen.

Ich schüttelte den Kopf. »*Wir* auf gar keinen Fall. Ich werde nicht zulassen, dass ihr verletzt werdet. Ich kenne die Gänge und werde mich dort mal umschauen. Am Montag muss ich ins Großraumbüro, nachdem der Lastwagen der Yutus plötzlich wieder genesen ist …«, ich rahmte die letzten Worte in Anführungszeichen, »… und ich bekomme einen neuen Job. Mit dem Archivieren ist Schluss und ich soll für die letzte Zeit des Praktikums noch im Tagesgeschäft mitarbeiten, sagt Dad. Nach Arbeitsschluss werde ich mir eine Akte schnappen, wichtig gucken und rüber in die Produktionshallen marschieren. Von dort aus nehme ich dann den Weg in den Keller und sehe mir das alles mal an. Das ist keine große Sache.«

Tamika machte den Eindruck, als gefiele ihr diese Vorstellung gar nicht.

Ich lächelte beschwichtigend in die Runde. »Macht euch keine Sorgen. Ich schau mich nur kurz um, und wenn dort nichts ist, dann ist dort eben nichts.« Meine Worte klangen, als wäre es mir egal, ob ich dort etwas finden würde. Doch das war nicht der Fall. Ich hoffte sehr darauf, dass Dad die Schlüssel nicht ohne Grund versteckt hatte.« Ich wechselte das Thema. »Ich habe heute mit Dad gesprochen, nachdem er mir jetzt das Go gegeben hat, die

Anzeigen für das Gästehaus hochzuladen. Ich habe ihn um einen weiteren Termin gebeten, wobei er wahrscheinlich denkt, dass es wieder um das Gästehaus geht. Aber am Dienstag werde ich ihn mit all dem, was wir bis dahin hoffentlich aufgedeckt haben, konfrontieren. Dann werde ich auch die Zahlen gegenrechnen, in der Hoffnung, dass ihm das etwas Sicherheit geben wird, um sich seinen finanziellen Problemen zu stellen. Wir haben jetzt fünfzig Dollar pro Nacht inklusive Frühstück für die unrenovierten Zimmer angesetzt und sechzig Dollar pro Nacht inklusive Frühstück für die renovierten Zimmer. Das sind fünfhundertfünfzig Dollar pro Tag, wenn das Gästehaus ausgebucht ist, also dreitausendachthundertfünfzig Dollar pro Woche. So kämen wir auf einen monatlichen Zuverdienst von maximal fünfzehntausendvierhundert Dollar. Ich kann mir nicht vorstellen, dass Dad nach Abzug aller Kosten so viel mit den Snow Crabs verdient. Und auch im Winter haben wir hier Gäste. Es gibt Schlittenhunderennen und andere Aktionen in der Gegend. Das ist nichts Neues und die Touristen wissen das. Ich glaube, dass das Gästehaus einen wertvollen finanziellen Beitrag dazu leisten kann, dass Dad wieder auf die Beine kommt.« Tamika wollte gerade etwas sagen, doch mir fiel noch etwas ein. »Und Keiko, deine Tante hat mir zugesagt. Sie möchte gerne eine Stelle an der Rezeption annehmen.«

Keiko nickte beifällig, Ella drückte seinen Arm und küsste ihn dann auf die Wange.

»Das alles klingt großartig«, sagte Tamika und legte ihre Hand über meine. »Du hast in so kurzer Zeit so viel erreicht. Ich bin unglaublich stolz auf dich.«

Sofort war ich verlegen. »Aber nur mit eurer Unterstützung.«

Keiko schüttelte den Kopf. »Den gesamten Businessplan für

das Gästehaus hast du erstellt. Du hast das Potenzial in diesem Haus gesehen und daraus etwas gemacht. Sollte die Firma diesen Tiefpunkt überleben, dann bist du die Einzige, der ich zutraue, dass sie sie weiterführt. Du bist wie gemacht dafür.«

Jetzt noch verlegener sah ich auf die Tischplatte. Auch ich hatte schon daran gedacht … an das »Fortführen der Firma«. Ich fühlte mich hier immer noch zu Hause, auch wenn vieles mit Schmerz verbunden war. Doch es erfüllte mich, mich einzubringen und neue Wege zu gehen, ohne das Wesentliche aus den Augen zu verlieren.

Ich erinnerte mich an den Nachmittag, an dem ich mit Chloe meine Klamotten aussortiert hatte. In diesem Moment hatte ich mich fast gelähmt gefühlt, eingeschüchtert von der Aussicht auf ein Studium und den Herausforderungen, die damit einhergehen würden. Ich war unsicher gewesen, ob ich mich einem solch komplexen Thema gewachsen fühlte. Doch das Projekt »Gästehaus« hatte mir bewiesen, dass ich mich nicht davor scheuen musste. Hier in Alaska hatte ich einen Tatendrang entwickelt, der mich selbst überraschte. Ich war mutig gewesen, hatte voller Optimismus in die Zukunft geblickt und war mir auch jetzt sicher, dass dieses Projekt ein Erfolg werden würde. Wie automatisch glitten meine Gedanken bei diesem Stichwort zu Zane. Ich musste mich wirklich beherrschen, nicht wieder jene Traurigkeit zuzulassen, die mich seit unserem Streit zu erfüllen schien.

Ich räusperte mich energisch. »Das ist lieb von euch.« Ich blickte in die Gesichter meiner Freunde. »Ach so, das habe ich noch vergessen. Ich habe bereits Zusagen von Holly und den Yutus. Sie würden gerne Touristen herumführen und ihre Waren präsentieren. Wir könnten also schon direkt, wenn die ersten Leute buchen, unsere Ausflüge erwähnen. Das bringt dann noch mal Geld ein.«

Keiko zeigte mir einen Daumen hoch, Ella strahlte mich an. Doch dann wurde ihr Gesicht ernst.

»Ich kann mir gut vorstellen, in was für einer Zwickmühle du steckst. Das, was dein Vater getan hat, ist wirklich schlimm. Du bist seine Tochter, du bist emotional mit ihm verbunden. Dieses nächste Gespräch wird nicht einfach werden. Ich wünsche dir, dass du die Kraft für all das hast.«

Das, was mein Vater tat, war nicht nur gegen das Gesetz, es war Tierquälerei. Und jetzt, da ich davon wusste, würde ich nicht wegsehen. Ich würde handeln.

Meine Augen wurden nun tatsächlich feucht, aber nicht wegen Zane. »Danke schön«, murmelte ich leise und lächelte Ella an. »Das bedeutet mir viel. Ich hoffe einfach, dadurch zwei Fliegen mit einer Klappe zu schlagen. Mit dem Projekt Gästehaus kann ich erreichen, dass Dad genug verdient, um seine Gläubiger zu bezahlen, und gleichzeitig kann ich verhindern, dass er illegal Jungtiere fängt.«

Keiko nickte langsam. »Guter Plan. Und was ist mit Zane?«

Ella setzte sich energisch auf der Bank auf. »Ich mag ihn, aber das, was er mit Lys gemacht hat, war nicht richtig. Er hätte sie schon früher in seine Pläne einweihen müssen. Immerhin sind sie doch zusammen, oder? Da sollte man einander vertrauen.«

Keiko drehte sich lächelnd zu ihr und legt ihr anschließend einen Arm um die Schultern. »Aber woher sollte der arme Kerl denn wissen, dass Lys nicht mit ihrem Vater unter einer Decke steckt? Er hat immerhin gedacht, dass sie hier ein und aus geht. Er hat gar nicht gewusst, dass sie nur für ein Praktikum hier angereist ist. Da liegt doch der Verdacht nahe, dass sie weiß, was hier abgeht. Kann man dem Mann da wirklich Vorwürfe machen?«

»Könnte man, wenn er sich nur an Lys herangemacht hat, um an Informationen zu kommen«, erwiderte Tamika leise.

Ella schüttelte energisch den Kopf. »Selbst ein Blinder erkennt, wie verliebt er in sie ist. So was kann man nicht spielen.«

Ich seufzte lautlos. Ein Teil von mir wollte sich mit Zane vertragen, und das nicht nur wegen der Sache mit den Snow Crabs. Der andere, größere Teil in mir war immer noch wütend, beleidigt und verletzt zugleich.

Ich rang mir ein Lächeln ab, denn ich wusste nicht, was ich machen sollte. »Mal sehen.« In diesem Moment brummte mein Handy. Es war ein Anruf von Chloe. Ich sprang auf, deutete entschuldigend auf mein Telefon und eilte aus dem Laden.

»Ich will nicht, dass es so zwischen uns ist.« Chloes Stimme klang fest, aber ich hörte das Zittern darin. Es berührte mich so sehr, dass Tränen in meine Augen stiegen.

»Ich will auch nicht, dass es so zwischen uns ist.«

»Du warst noch ein halbes Kind«, sagte sie dann. »Ein dummer Teenager. Es ist nicht, was du getan hast. Aber …« Sie brach kurz ab. »Ich habe dich als einen lieben, warmherzigen Menschen kennengelernt und ich will einfach glauben, dass …«

»Ich habe mich geändert«, stieß ich hervor. »Versprochen. Und ich will keine Geheimnisse mehr zwischen uns. Nie wieder.«

Ich hörte sie ausatmen. »Ich verzeihe dir. Aber keine Geheimnisse mehr, okay?«

»Keine Geheimnisse mehr«, sagte ich. Als wir auflegten, lief mir eine einzelne Träne die Wange hinab. Keine Geheimnisse mehr. Es fühlte sich gut an.

Kapitel 30

ZANE

Am Sonntagnachmittag nieselte es, als ich aus dem »Starfish Market« trat, dem winzigen Supermarkt von Blackfish Bay, und die Packung Kaugummi, die ich gekauft hatte, schnell in der Hosentasche verschwinden ließ. Um nicht ständig an Lys zu denken, wollte ich mich heute dem Problem mit meinen Freunden widmen. Ich hatte kurz vor dem Ausflug in den »Starfish Market« noch mit meinen Eltern telefoniert. Sie waren bei Andy gewesen und ich konnte ihm kurz Hallo sagen. Wieder hatten meine Eltern Andeutungen gemacht, ja sogar von einer Frist gesprochen, dieses wichtige Gespräch noch vor dem Beginn des zweiten Semesters mit mir zu führen. Obwohl ich mir vorgenommen hatte, diesem Thema nun ebenfalls nicht mehr auszuweichen, lag es mir schwer im Magen. Ich erinnerte mich an den Moment, an dem ich meine Angst überwunden und Sandy, den Wolf, gestreichelt hatte. Ich konnte nach wie vor das graue Fell der Wölfin unter meinen Fingern spüren. Jetzt kam es mir vor, als wäre es eine Leichtigkeit gewesen im Gegensatz zu dem, was mich erwarten würde.

Das Brummen meines Handys riss mich aus meinen Gedanken. Es war eine Nachricht von Stuart in dem Seawolves-Gruppenchat. Zane, da du gesagt hast, dass du heute oder morgen wie auch immer noch an finale Beweisstücke kommst, gehe ich davon aus, dass du Saunderman direkt konfrontierst. Können wir dann am Montagabend mit deiner Abreise rechnen? Du wirst hier gebraucht.

Wow. Das war eindeutig. Noch bevor ich etwas antworten konnte, schrieb Kara: Macht auch Sinn, ihn so schnell damit zu konfrontieren. Sonst merkt er noch etwas. Kommst du allein damit klar oder brauchst du Unterstützung, Zane?

Wie bitte? Läuft alles bestens, erwiderte ich, ohne auf Stuarts Drängen einzugehen und obwohl das nur ein Bluff von mir gewesen war.

Soll ich dir einen Flug buchen?, schrieb Kara.

Danke, das mache ich selbst. Bis später. So langsam wurde ich echt sauer. Was erlaubten sich die beiden? Ich schloss den Chat und steckte das Handy weg. Ich ließ den Blick schweifen und erstarrte. Das war doch der hellblaue Jeep von Lys vor dem Nanuk.

Und gerade in diesem Moment trat sie durch die Tür, winkte noch einmal und lief dann die drei Stufen des Eingangs hinunter. Eine gefühlte Ewigkeit lang war ich wie paralysiert. Ich beobachtete sie dabei, wie sie die Beifahrertür öffnete, etwas auf den Sitz legte und dann um den Wagen herumging. Sie jetzt, nach unserem Streit, das erste Mal wiederzusehen, war schlicht und einfach überwältigend. Natürlich hatten mir meine Erinnerungen Bilder von ihr gezeigt, sie spukte die ganze Zeit in meinem Kopf herum, aber sie live vor mir zu sehen, raubte mir den Atem. Wieder fühlte es sich an, als würde ich fallen. Als hätte ich in ihrer Gegenwart einfach keine Bodenhaftung. Alles an ihr war so intensiv, dass es den Grund zu meinen Füßen einfach wegriss. Wie hatte ich so lange warten können, um das, was zwischen uns stand, aus der Welt zu räumen? Wie hatte ich es zulassen können, dass so etwas zwischen uns stand?

Ich zögerte keine Sekunde und lief los, überquerte den Parkplatz und dann die Straße, als sie gerade in den Wagen stieg.

»Lys!«

Der Klang ihres Namens ließ sie kurz innehalten. Dann schwang sie sich auf den Fahrersitz und zog die Tür hinter sich zu.

Noch mal rief ich ihren Namen.

Sie gab Gas und rollte ein Stückchen davon. Zwar langsam und nur halb aus der Parklücke, doch genug, dass ich ihr hinterherlaufen musste.

»Bitte!«, rief ich. Um uns herum blieben neugierig ein paar Touristen stehen, doch das war mir egal. Ich würde das jetzt mir ihr klären, und auch wenn ich sonst eine so perfekte Fassade hatte, für sie würde ich sie abwerfen und ihr hier lautstark und vor allen meine Gefühle gestehen.

Die Bremsen quietschten leise, als der Wagen zum Halten kam. Dann rollte Lys die Scheibe herunter. Ihre Augen waren gerötet, als ob sie geweint hätte. Dennoch war sie so schön, dass es mir den Atem verschlug.

»Bitte lass uns reden«, bat ich. »Einfach nur ein Gespräch, eine Aussprache, jetzt, da die Wogen sich etwas geglättet haben. Ich bitte dich darum. Lass das nicht zwischen uns stehen.« Ich sah sie flehend an. »Bitte gib mir nur fünfzehn Minuten.« Das Wasser lief mir mittlerweile in den Kragen.

Sie schien einen Moment lang mit sich zu kämpfen. Schließlich legte sie kommentarlos den Rückwärtsgang ein und rollte dann zurück in die Parklücke. Ich sprintete um den Wagen herum und öffnete die Beifahrertür. Ich wartete, bis sie auf den Sitz deutete, bevor ich wirklich einstieg.

»Was an ›Ich will nie wieder etwas mit dir zu tun haben‹ hast du nicht verstanden?« Ihre Stimme klang tonlos, ihr Blick glitt geradeaus über das Lenkrad zum Wagen vor uns. »Und ich wollte doch, dass du abreist. Jetzt bist du sogar gefeuert worden. Was ist so schwer daran, seinen Wagen zu packen und aus dem Dorf zu verschwinden?«

Ich betrachtete sie, während sie sprach, und obwohl mir ihre Worte wehtaten, spürte ich, dass sie innerlich genauso aufgewühlt war wie ich.

»Bitte Lys«, flüsterte ich. »Ich wollte diese Geheimniskrämerei nicht zwischen uns. Und ich schwöre dir, ich hatte keine Ahnung, wer du bist, als wir uns das erste Mal vor dem Nanuk begegnet sind.«

Sie schnaubte, als sie verstand. »Deshalb warst du plötzlich so distanziert, als wir einander vorgestellt wurden. An dem Tag, an dem wir unsere erste Tour fahren sollten.« Sie drehte den Kopf, sah mich nun auch direkt an. »Du hast gedacht, ich stecke da mit drin, richtig? Zu diesem Zeitpunkt konntest du gar nicht wissen, dass ich nur ein Praktikum mache. Dass ich in New York lebe und dass das Verhältnis zu meinem Vater mehr als schwierig ist. Du hast gedacht, ich weiß alles und ich billige es.«

Ich wollte etwas erwidern, doch sie schnitt mir mit einer schnellen Geste das Wort ab. »Das allein ist ja schon heftig genug, aber warum hast du mir nicht alles erzählt, nachdem du wusstest, dass ich nicht hier lebe? Dass ich eine schwierige Vergangenheit habe und dass ich nur hierhergekommen bin, um die Scherben aufzuräumen? Selbst da hast du nichts gesagt. Es war dir egal, dass du mir wehtun würdest, wenn das alles rauskäme.«

Wieder musste ich mir einen Ruck geben, so offen über meine Gefühle zu sprechen. Aber ich wollte es. Für sie.

»Es war mir nicht egal, ob ich dir wehtun würde. Aber zu diesem Zeitpunkt hast du erzählt, dass du dich mit deinem Dad gut stellen willst. Dass ihr euch wieder versöhnen wollt und dass du alles Mögliche tust, damit er sieht, dass es dir ernst ist. Da kann ich dir doch nicht erzählen, dass ich nur hier bin, um ihn auszuspionieren.«

»Warum? Weil du mir unterstellt hast, ich renne sofort zu ihm und berichte ihm alles?«

»Ich habe dir gar nichts unterstellt. Ich wusste einfach nicht, was ich tun soll.«

»Und was hast du jetzt vor? Willst du meinen Vater erpressen? Macht ihr das und wenn nicht gezahlt wird, zerlegt ihr alles in Schutt und Asche?«

»Was redest du da bloß? Es geht nicht um Geld. Niemandem von uns geht es um Geld.«

»Ach wirklich?« Sie klang halbherzig.

»Dein Vater bricht Gesetze«, sagte ich ganz ruhig, doch es fiel mir schwer, meine Wut auf Saunderman zu verbergen. »Er setzt sich über Vorgaben hinweg, die die Tierwelt in unseren Meeren schützen sollen. Nur um das mal ganz deutlich zu machen: Er ist derjenige, der angefangen hat, und er ist derjenige, der jetzt hier im Fokus steht. Sein Haus und seine Autos sind mir ziemlich egal.« Ich zog mein Handy aus der Tasche und hielt ihr ein Foto hin. »Das ist das Haus, in dem ich aufgewachsen bin.«

Das Foto zeigte mein Elternhaus, eine beeindruckend große Villa, die vermutlich doppelt so viele Quadratmeter besaß wie das Haus ihres Vaters.

Ich scrollte weiter. Die Fotos flogen vorbei und dann hielt ich an. »Das ist das Ferienhaus meiner Familie in Aspen.« Ein malerisches Chalet von beeindruckender Größe war auf dem Foto zu sehen. Wieder flogen meine Finger über das Display. »Das ist unser Ferienhaus in der Provence in Frankreich.« Ein Bauernhaus umgeben von malerischen Lavendelfeldern. Ich öffnete einen weiteren Ordner und nun zeigten die Bilder eine große loftartige Wohnung, mit Blick auf einen Fluss. »Dort lebe ich mit meinen zwei besten Freunden. Wir sind die Gründungsmitglieder der Seawolves. Zusammen haben wir Treuhandfonds im Rücken, die groß genug sind, dass wir das gesamte verdammte Dorf kaufen könnten.« Ich ließ das Handy sinken und sah Lys ernst an. »Glaub mir, Geld ist das Letzte, worum es bei uns geht.«

Sie seufzte und ihr Blick glitt an mir vorbei aus dem Wagenfenster. »Mein Kopf droht zu platzen und gleichzeitig fühle ich mich so leer.«

Ich beugte mich ein Stückchen zu ihr. »Ich schwöre dir bei meinem Bruder Andrew, ich habe dich nicht näher kennenlernen wollen, weil ich dich aushorchen wollte.«

Bei der Erwähnung des Namens meines Bruders betrachtete sie mich erneut.

»Das, was ich für dich empfinde, ist echt und es ist …« Meine Stimme brach und ich schluckte. »… es ist heftig. Es hat mich überrollt, es überwältigt mich und ich würde mir wünschen, wir wären uns nicht unter diesen Umständen begegnet.« Ich atmete aus, weil mein Körper vor Anspannung zu bersten schien.

»Ich wollte dir schon ein paarmal alles erzählen, aber ich war dann doch zu feige.«

Ich sah Lys an und las in ihrem Gesicht, dass ein Teil ihrer Wut verflogen war.

»Meine Leute sitzen mir im Nacken«, sprach ich schnell weiter. »Sie wollen Ergebnisse, aber ich werde das hier nicht ohne dich durchziehen. Ich bin vielleicht alleine angereist, doch wir beide, wir gehören jetzt zusammen und er ist dein Vater. Wenn du dich stark genug dafür fühlst, wenn du riskieren willst, dass euer Verhältnis wieder kompliziert wird, dann gebe ich dir mein Material und du redest mit ihm.«

»Was brauchst du noch?« Ihre Stimme klang so leise, schien keine Farbe zu besitzen, dass ich nachhaken musste.

»Bitte?«

»Brauchst du noch Material? Unterlagen? Beweise?« Sie senkte den Kopf, als schäme sie sich für die nachfolgenden Worte. »Ich habe Unterlagen in seinem Büro gefunden, belastendes Material. Ich habe es fotografiert. Und auf seinem Handy konnte ich nachlesen, wie und wann er Geschäfte mit Snow Crabs geplant hat. Außerdem habe ich die Schlüssel zu Kellerräumen, in denen ich Bargeld vermute.«

Mein Gehirn konnte zuerst nicht fassen, was Lys da gerade gesagt hatte. War sie wirklich auf meiner Seite?

»Fotos von dem Bargeld wären super. Private Nachrichten über Terminvereinbarungen mit Kunden, deren Daten und so was natürlich auch.« Ich musterte sie fragend. »Willst du dich wirklich gegen deinen Vater stellen?«

Sie nickte, mehr nicht. Dann glitt ihr Blick wieder übers Lenkrad ins Nichts.

Mein Herz fühlte sich an, als habe sich ein Stachel aus Eis hineingebohrt. *Bitte sag mir, dass diese Sache mit deinem Vater nicht das zwischen uns kaputt gemacht hat. Bitte gib mir ein Zeichen, dass das nicht der Preis für diese Wahrheit ist.*

Der Kloß in meinem Hals war plötzlich so dick, dass ich kaum schlucken konnte. »Lys?« Ihr Name klang heiser aus meinem Mund. »Kannst du mir verzeihen?«

Ich hatte Angst vor ihrer Antwort, und für einen Moment wünschte ich mir, ich hätte sie nie gestellt.

Die Stille schien sich unendlich zwischen uns auszudehnen.

Bitte sag Ja.

»Ich glaube dir«, sagte sie schließlich. Sie drehte den Kopf und sah mich an. Es war, also würden sich mit einem Mal all ihre Gefühle auf ihrem Gesicht widerspiegeln. Ich erkannte, wie sehr ich sie verletzt hatte und dass auch sie gelitten und es sich nicht leicht gemacht hatte.

Obwohl mir das Herz bis zum Hals klopfte, schob ich meine Hand ein Stückchen näher zu ihrer.

Lys' Augen richteten sich auf sie, sie zögerte, dann legte sie ihre Hand darüber. Nur ganz kurz, bevor sie sie wieder wegzog.

Doch es war mehr, als ich gehofft hatte.

»Ich wollte jetzt zu einem Hof etwa zwei Stunden entfernt von hier fahren«, sagte sie dann.

War das eine Einladung, sie zu begleiten? Ich war mir nicht sicher.

»Ich kenne die Eigentümer nicht so gut, aber sie sind langjährige Lieferanten von Dad und ich habe ihre Namen nicht auf den Mahnungen gesehen. Ich hatte schon vor drei Tagen dort angefragt und wir sind für heute verabredet. Edmund und Clementine Jenkins sind auf Tannenspitzen spezialisiert.«

Mein Blick war ungläubig. Nahm sie mich auf den Arm? »Auf die Spitzen von Weihnachtsbäumen? Was machen sie damit?«

»Eine Tannenspitze ist generell das Ende des Astes. Das muss nicht unbedingt die Spitze oben am Baum sein«, erwiderte sie. »Sie wären ideale Kandidaten für einen Touri-Ausflug. Ich will mir alles ansehen und ganz viele Fotos machen. Dann können wir dieses Ausflugsziel nämlich schon mit auf die Aktivitätenliste setzen. Du könntest mich ja begleiten.«

Jetzt hatte ich ein Auge halb zugekniffen. »Und sie machen ihren Hauptumsatz zu Weihnachten?«

»Nein.« Lys blieb ganz ernst. »Tannenspitzen isst man das ganze Jahr über.«

»Wo? Im Weihnachtsmann-Land?«

»Überall auf der Welt.« Sie schnaubte. »Kommst du nun mit oder nicht?«

»Natürlich komme ich mit. Dann sind wir um sechzehn Uhr da?«

»Genau und wir bleiben ungefähr zwei Stunden. Clementine sagt, das ist ausreichend, um sich alles anzusehen. Um achtzehn Uhr fahren wir dann wieder. Passt dir das?«

»Das passt.« *Ich würde dir an den Rand der Welt folgen, wenn du mich so ansiehst.*

Lys stellte den Motor wieder an.

Während ich mich anschnallte und sie aus der Parklücke rollte, brummte mein Handy plötzlich ohne Unterlass.

Ich zog es hervor und sah aufs Display. Im Gruppenchat der Seawolves ging es mal wieder hoch her.

»Keine guten Nachrichten?« Lys sah mich kurz von der Seite an, als wir an einer Ampel hielten.

Ich überlegte, ob ich sie wirklich mit meinen Problemen volltexten wollte. Sie hatte bereits genug um die Ohren. Doch dann gab ich mir einen Ruck. *Keine Geheimnisse mehr.* »Die Seawolves stecken in einer Krise. Vermutlich werden wir uns bald in zwei unterschiedliche Organisationen spalten.«

»Warum das?«

»Unsere Ansichten über die Art, wie wir protestieren wollen, haben sich verändert.« *Und wir verstehen uns auch plötzlich nicht mehr.*

»Das klingt schlimm.«

Ich winkte ab. Ich wollte sie damit nicht belästigen.

Das Gespräch erstarb, doch als wir erneut an einer Ampel zum Stehen kamen, drehte sich Lys zu mir. »Und wie lautet nun dein Nachname, Zane Miller?« Ihre Stimme klang immer noch betont neutral.

Keine Geheimnisse mehr.

»MacCalderoy.«

Sie stockte. Man sah regelrecht, wie es in ihrem Gehirn ratterte. Schließlich machte sie große Augen. »MacCalderoy wie MacCalderoy Oil?«

»Genau.«

»Dein Ernst?«

Ich zuckte entschuldigend mit den Schultern.

»Oh wow.« Sie biss sich auf die Lippe. »Da tun sich ja Abgründe auf.«

Als jemand hinter uns hupte, gab Lys wieder Gas.

»Und das ist noch untertrieben.« Ich beobachtete vom Fenster aus, wie die letzten Ausläufer von Blackfish Bay einer kargen Landschaft wichen. »Andy war immer derjenige, der die Firma übernehmen sollte. Ich wollte mich weiter dem Umweltschutz widmen. Andy hat schon damals, als wir als Schüler die Seawolves gegründet haben, gesagt, dass er mich später als Berater engagieren wird. Ich sollte ihn beraten, wie er die Firma umweltfreundlicher umgestalten konnte. Soweit man bei dem Handel mit fossilen Brennstoffen von umweltfreundlich reden kann. Aber er hatte Ambitionen, er wollte so viel tun wie möglich. Er hat mich bereits als Sechzehnjähriger so unglaublich ernst genommen. Unsere Rollen waren also klar verteilt. Meine Eltern hatten ihren Nachfolger und ich hatte einen Bruder, mit dem ich auch in Zukunft Seite an Seite arbeiten würde. Jetzt ist Andy krank und meine Eltern haben keinen Nachfolger mehr, der sie bald in der Firmenleitung ablösen kann. Andys Zustand ist nicht reversibel. Er ist todkrank. Natürlich wollen meine Eltern jetzt, dass ihr Zweitgeborener in ihre Fußstapfen tritt. Irgendjemandem müssen sie schließlich dieses Unternehmen vererben. In Familien wie unseren wird nicht verkauft, es wird vererbt. Aber ich …« Ich brach ab und sah auf meine Hände. »Ich kann das nicht, ich will das nicht. MacCalderoy Oil steht für all das, was ich ändern will. Aus unserem Erdöl wird Plastik gemacht, das noch Jahrhunderte später nicht verrottet ist. Schiffsdiesel, der die Weltmeere verschmutzt. Dank uns quellen die Müllkippen in Bangladesch über von Schrott, der nicht recycelt werden kann. Meine Vorfahren sind durch das Öl reich geworden und unsere Quellen versiegen nicht. Wir fördern immer noch genug, dass wir die Hälfte aller Bundesstaaten versorgen können. Kannst du dir diese Massen vorstellen? Und kannst du dir vorstellen, in welch emotionalem Konflikt ich stecke? Meine Eltern haben mir ein gutes Leben ermöglicht, auch wenn mein Bruder und ich praktisch allein aufgewachsen sind. Dennoch haben sie uns einen sehr einfachen und angenehmen Start ermöglicht. Wir haben die beste Ausbildung genossen, wir hatten jede Chance, etwas aus uns zu machen. Ich will sie nicht enttäuschen. Ich will nicht, dass sie mich so voller Bedauern ansehen, enttäuscht von dem, der ich geworden bin. Aber ich kann auch nicht CEO eines Ölkonzerns werden, denn dafür müsste ich nicht nur mein Studium abbrechen, ich müsste auch alles verraten, wofür ich gekämpft habe.«

Lys legte mir ganz sacht eine Hand auf den Arm. »Sie sind deine Eltern. Sie werden dich nicht verlieren wollen, ganz besonders nicht, nachdem sie bereits einen Sohn verlieren werden. Es tut mir leid, dass ich jetzt so über Andy spreche, aber es ist genau das, woran auch deine Eltern denken werden. Du bist ihr Kind, ihr Sohn, der ihnen die Welt bedeutet. Glaubst du wirklich, dass sie dich so sehr verbiegen wollen? Sie kennen dich doch.«

Ich war wie elektrisiert von ihrer flüchtigen Berührung. »Familien wie unsere funktionieren anders«, erwiderte ich leise. »Hier geht es um sehr viel Geld und nur um Geld. Es geht um ein sehr großes Vermögen, das von Generation zu Generation weitergegeben und vermehrt wird. Das Schicksal eines Einzelnen ist dabei gar nicht so wichtig. Das klingt jetzt hart, aber es ist einer der Gründe, warum meine Familie so viel Geld anhäufen konnte. Die Firma geht über alles und die Familie hält stets zusammen, egal, was für ein Opfer dafür gebracht werden muss. Wenn mein Bruder diese Firma nicht leiten kann, werden meine Eltern automatisch davon ausgehen, dass ich mir meiner Verantwortung bewusst bin. Sie haben mir jetzt schon viel Zeit gelassen, weil es uns allen wegen Andrew sehr schlecht geht. Aber bald beginnt ein nächstes Semester. Um zu wechseln, ist es jetzt zu spät, aber sie werden von mir verlangen, dass ich mich in Kurse setze, in denen es um Wirtschaft und Jura geht. Dann habe ich ein Jahr verloren mit der Meeresbiologie und im übernächsten Semester gehe ich dann für ein Jurastudium nach Harvard, so wie all meine Vorfahren. Mein Vater wird ein paar Leute anrufen, wir werden ein wenig spenden, um nachzuhelfen, und dann ist alles geregelt. So läuft das an der Ostküste, man kennt sich, man unterstützt sich, und wenn man ein Problem hat, ruft man Freunde an, deren Großväter bereits beste Kumpel waren. Alles ganz einfach.« Ich lachte bitter auf. Ich hatte nach wie vor kein gutes Gefühl, was dieses Gespräch mit meinen Eltern betraf, und noch hatte ich mich nicht entschieden, wie ich mich verhalten sollte. Würde ich meinen Standpunkt durchsetzen wollen? Was hätte Andy gewollt? Ganz sicher wäre er absolut dagegen gewesen, dass wir uns entzweiten und dass die Familie wegen ihm auseinanderbrach. War es meine Verantwortung, dafür zu sorgen, dass die Familie zusammenblieb? Lag es nun an mir, meinen Traum zu opfern?

»Hast du jemals so offen mit ihnen gesprochen wie mit mir jetzt?«

Ich schüttelte den Kopf. »Ich hatte Angst davor, dass sie mich mit ihren Erwartungen konfrontieren, denen ich mich nicht entziehen kann. Dass sie Andy da mit reinziehen und mich mehr oder weniger emotional erpressen werden.«

»Und es gibt wirklich keine Möglichkeit, deine Zukunftspläne mit denen der Firma zu verbinden?«

»Ich weiß es nicht.«

»Wann wirst du mit ihnen sprechen?«

»Sobald ich wieder in Boston bin. Sie drängen mich schon seit einer Weile dazu, aber ich habe das hier vorgeschoben, um Zeit zu schinden.«

»Du musst deinen Standpunkt klarmachen.« Lys berührte abermals meine Hand, strich kurz darüber. »Mach einen guten Plan, lege dir zurecht, was du sagen und wie du argumentieren willst. Du bist nicht erpressbar, denn du hast ein Ass im Ärmel.« Sie ließ den Wagen auf der leeren Landstraße ausrollen, bis er stand, und drehte sich dann zu mir. Ihr Blick war weich. »Du unterschätzt, wie sehr Eltern ihre Kinder lieben. Ich bin mir ganz sicher, nein, ich weiß, dass sie nicht wollen, dass du für den Rest deines Lebens unglücklich bist.«

Ich lächelte sie an.

»Und du hast noch einen Vorteil«, sprach sie weiter. »Sie sind erfahrene Geschäftsleute. Sie sind es gewohnt, hart zu verhandeln, ihrem Gegenüber aber auch in Sachen Konditionen entgegenzukommen. Du bist ihr Sohn. Ich bin mir sicher, dass du genauso gut verhandeln kannst. Lass das alles auf dich zukommen. Kein Plan ist in Stein gemeißelt. Das Leben passiert, während wir Pläne machen, sagt man doch. Sei aufgeschlossen. Sieh dir deine Optionen an, probiere ein weiteres Studienfach aus. Es gibt nicht immer für alles sofort eine Lösung.«

»Danke dir.« Ich lächelte sie warm an. »Es tut gut, mit jemandem wie dir darüber zu reden.« Ihr Lächeln wärmte mein Herz, und ganz langsam wagte ich zu hoffen, dass das zwischen uns nicht an all den Problemen scheitern würde, die unsere Leben im Moment dominierten. Und sie hatte recht. Früher hatte ich immer Pläne gemacht und sie knallhart durchgezogen. Vielleicht war es jetzt an der Zeit, verschiedenen Optionen eine Chance zu geben.

Ich betrachtete Lys, während sie wieder auf die Straße sah und langsam Gas gab. Mit ihr war alles anders. Sie brachte mich dazu, über Gefühle zu sprechen. Sie blickte hinter meine Mauern, sie riss sie ein, und für sie war es völlig okay, wenn es mal keinen Masterplan gab. Und plötzlich war das auch für mich eine Option.

»Herzlich willkommen!« Ein Paar in mittleren Jahren kam uns entgegen, kaum dass wir den Jeep neben dem großzügigen Bauernhaus geparkt hatten. »Chevak Farm« war in dunklen Lettern in das Holz über der Tür gebrannt.

»Wie schön, dass ihr wohlbehalten angekommen seid.« Der Mann mit dem dunkelbraunen Vollbart streckte uns die Hand hin. Er schien sich nicht zu wundern, dass Lys in Gesellschaft war. »Ich bin Edmund und das ist meine Frau Clementine.« Clementine hatte schwarzes Haar, das ihr fast bis zur Taille reichte. Sie trug eine Bluse mit romantischen Rüschen und darüber eine grob gestrickte Wolljacke. An jedem ihrer Finger glitzerte ein silberner Ring. Sie war definitiv formeller gekleidet als ihr Mann, der in seiner dunklen Jeans und dem karierten Flanellhemd schon eher so aussah, wie man sich einen Bauer aus Alaska vorstellte. Sein kräftiger Händedruck passte ebenfalls dazu.

Lys stellte mich vor, als wäre es von Anfang an der Plan gewesen, dass ich dabei sein sollte.

»Kommt mit rein und ruht euch einen Moment aus.«

Wir folgten den beiden in das Bauernhaus. Von innen war es deutlich größer, als es von außen wirkte.

»Wenn mal das Wetter mitmacht …«, brummte Edmund, als er durch das breite Panoramafenster des Wohnzimmers nach draußen blickte. In der Ferne erstreckten sich sanfte Hügel, sodass die Aussicht fast wie eine kitschige Postkarte daherkam. Hier herrschte wirklich Idylle pur. Die Touristen würden es vermutlich lieben.

»Die zwei Stunden hält es durch«, erwiderte Clementine fröhlich und drückte Edmund ein Tablett in die Hand. »Verteile mal lieber die Getränke, anstatt über das Wetter zu orakeln.«

Edmund brummte noch etwas Unverständliches, hielt uns dann aber das Tablett hin. »Wasser, hausgemachte Limonade oder Eistee?«

»Möchte jemand einen Kaffee?«, rief Clementine aus der offenen Küche. »Ich kann auch Tee machen.«

Ich griff nach einem Wasser, Lys entschied sich für den Eistee.

»Vielen Dank, wir sind schon bedient«, rief sie daraufhin in Richtung Küche.

Ich sah mich erneut unauffällig um. Die rustikale Architektur des Bauernhauses gefiel mir wirklich sehr gut. Viel rotbraunes Holz, viel Leder und ein gemütlicher Kamin. Obwohl ich privat eher auf Edelstahl und Minimalismus stand, war unser Chalet in Aspen ähnlich eingerichtet. Und auch dort fühlte ich mich immer sehr wohl. Ich deutete auf ein Haus, das ein Stück entfernt lag.

»Was ist das?« Das konnte doch unmöglich ein Stall sein.

»Das ist unser Gästehaus«, erklärte Clementine, die sich gerade wieder zu uns stellte. »Meine Eltern leben in Kipnuk, kommen uns aber alle drei Monate für ein paar Tage besuchen und …«

»… irgendwann hatte ich keine Lust mehr, ihren Vater immer im Schlafanzug zu sehen«, sagte Edmund. »Dann habe ich das Ding gebaut.«

Er erntete eine Reihe Lacher dafür und grinste über beide Ohren.

Sofort schien Lys interessiert. »Vermietet ihr es?«

»Wer will denn hier draußen Urlaub machen? Hier ist ja nichts außer unser Hof. Das nächste Dorf liegt eine Stunde entfernt.«

Lys nickte langsam, doch in ihrem Kopf schien es bereits zu rattern. Ich musste unwillkürlich lächeln. Sie war so unglaublich hinreißend.

Clementine hielt uns ein Tablett unter die Nase. »Kekse? Sie sind mit Tannenspitzensirup gebacken.«

Ich hatte die Hand gerade ausgestreckt, zögerte dann allerdings. Lys nahm davon. »Wirklich gut«, sagte sie, nachdem sie hineingebissen hatte. Auch ich erwachte aus meiner Starre und nahm mir einen Keks. Der leicht ätherische Geruch der Fichten stieg mir sofort in die Nase. Ich machte mich auf eine ähnliche Grenzerfahrung gefasst wie die mit dem Akutaq. Doch erstaunlicherweise verband sich der leicht balsamische Geruch ganz hervorragend mit der dunklen Schokolade des Kekses. Es war eine Mischung, die wirklich außergewöhnlich war und mehr als nur den Geschmackssinn berührte. Ich atmete erneut ein. Ich hatte skeptisch sein wollen, doch dieses Geschmackserlebnis haute mich tatsächlich um.

»Warum heißt es Tannenspitzen, wenn es doch Fichten sind?«, wollte ich wissen.

»Der Name hat sich eingebürgert, weil eben neben Tannenspitzen auch Fichtenspitzen geerntet werden, aber man einen gängigen Oberbegriff brauchte«, erklärte Clementine. »Außerdem gehören sowohl Tannen als auch Fichten zur Familie der Kieferngewächse, sind also genetisch eng verwandt.«

Ich nickte beeindruckt.

Edmund erzählte noch ein wenig über den Bau des Gästehauses, während er in regelmäßigen Abständen kryptische Prophezeiungen über das Wetter abgab. Doch bis jetzt schien der Himmel zweigeteilt. Über uns leuchtete es blau und nur in der Ferne schien sich ein ordentliches Unwetter zusammenzubrauen.

»Dann schau doch einfach mal im Internet nach«, sagte Clementine, nachdem Edmund zum gefühlt zehnten Mal mit düsterem Blick aus dem Panoramafenster gesehen hatte.

»Das brauche ich nicht«, brummte er. »Ich bin hier aufgewachsen, ich weiß, was jede verdammte Wolke am Himmel bedeutet.«

Clementine lächelte und seufzte nachgiebig. »Gut, dann sollten wir uns vielleicht beeilen, damit ihr noch heil nach Hause kommt. Wollen wir uns mal ansehen, was ich so alles zaubere?«

»Sehr gerne«, sagte Lys und verdrückte schnell noch den vierten Keks. »Machst du das alles in dieser Küche hier?«

Clementine ging voraus, drehte sich jetzt aber um und wirkte unverkennbar stolz. »Das ist alles reine Handarbeit. An jedem Tag in der Woche fertige ich ein anderes Produkt an.« In der Küche hatte sie bereits eine kleine Präsentation vorbereitet.

Sie hob eine kleine Dose hoch. »Das hier ist Tannenspitzenzucker. Die frischen Spitzen werden drei Monate lang in den Zucker gelegt, der daraufhin das Aroma annimmt. Damit lässt sich einer Vielzahl an Süßspeisen ein tolles Aroma verleihen.« Sie öffnete den Deckel und gab jedem von uns einen Löffel zu probieren. Die Süße des Zuckers prallte auf das Aroma, und wieder mal fand ich es ausgesprochen lecker.

»Das hier ist das Tannenspitzengewürz.« Clementine hob eine braune Tüte hoch. »Man trocknet die Spitzen und dann werden sie fein gehackt. Wollt ihr das auch probieren? Ist aber sehr intensiv.«

Wir beide nickten. Clementine schüttete uns ein wenig des dunkelbraunen Pulvers auf die Hand. Ich tippte mit der Zungenspitze nur hinein und schon das trieb mir die Tränen in die Augen. Hier waren die ätherischen Öle wirklich sehr intensiv.

Clementine lachte. »Und das ist unser Tannenspitzengelee. Es wird mit Cranberrys angesetzt.« Wieder nahm sie kleine Löffel und gab uns zu kosten. Auch diese Mischung schmeckte mir nicht besonders. Die Cranberrys waren herb, ebenso die Fichtenspitzen.

»Muss man mögen«, sagte Clementine. »Aber es gibt definitiv eine Nachfrage.« Anschließend griff sie zu dem nächsten braunen Beutel. »Das ist unser Tee. Riecht mal.« Sie hielt uns die Packung unter die Nase. Ich schnüffelte vorsichtig und auch hier waren die ätherischen Öle sehr intensiv.

»Den Sirup habt ihr gerade in den Keksen probiert.« Clementine deutete auf eine bauchige Flasche. »Dann kommen wir zu der letzten Spezialität. Unserem Tannenspitzenhonig. Wir kochen die Spitzen mit Zucker und Wasser auf, bis alles leicht karamellisiert und eindickt.« Abermals servierte sie uns eine Kostprobe. Und dieses Mal war ich erneut total begeistert. Diese klebrige Süße passte hervorragend zu dem Aroma der Tannenspitzen.

»Ich finde alles unglaublich lecker«, sagte Lys. »Ich hatte ja bereits in meiner Mail darüber gesprochen, aber könntet ihr euch vorstellen, sogenannte *Tastings* für Touristen anzubieten? Wir würden die Touren von Blackfish Bay aus organisieren. Ihr könnt dann hier Ware verkaufen und die Touristen ein wenig in die Geheimnisse der Tannenspitzen einweihen.«

Edmund und Clementine nickten. »Wir fanden deine Idee von Anfang an großartig, Lys. Wir möchten auf jeden Fall dabei sein.«

»Das freut mich so sehr.« Lys strahlte von einem Ohr zum anderen. »Großartig!«

Edmund warf einen erneuten Blick nach draußen. »Gefällt mir nicht«, murmelte er. »Gefällt mir gar nicht.« Dann sah er zu uns. »Soll ich euch mal unsere Fichten zeigen?«

Es klang im ersten Moment so, als spreche er über seine Kinder. Doch als Lys begeistert nickte, machte ich es ihr nach.

Gemeinsam verließen wir das Bauernhaus. Auf dem Vorplatz deutete Edmund auf ein angrenzendes Feld, in dem in ordentlichen Abständen Fichten gepflanzt waren.

»Das sind sie.« In seiner Stimme klang Stolz mit. »Das zieht sich jetzt den ganzen Hügel hinauf und dann einmal halb um das Farmhaus herum. Wir trennen sie nach Sorten, die alle unterschiedlich schmecken.« Er deutete nach vorne. »Weiße Fichte.« Sein ausgestreckter Arm glitt nach rechts. »Stechfichte.« Und schließlich deutete er hinter sich über das Dach des Bauernhauses hinweg. »Die Gemeine Fichte. Kommt, wir führen euch herum.«

Wir gingen direkt auf das Feld zu und blieben vor einer Fichte stehen, die geschätzte zwei Meter hoch war. Lys machte ein paar Fotos mit dem Handy.

»Das hier ist eine der jüngeren«, erklärte Clementine. »Wir pflücken nur von Bäumen, die mindestens fünf Jahre alt sind. Die jüngeren brauchen Zeit, um in Ruhe zu wachsen.« Sie nahm einen der biegsamen Äste in die Hand und strich fast zärtlich über die Nadeln. »Wir ernten nie mehr als zwanzig Prozent von einem Baum, das ist wichtig. Außerdem …«

Über uns grollte der Himmel und eine Windböe jagte so heftig über das Feld, dass die Fichten sich bogen.

»Ich habe es doch gesagt«, brummte Edmund und fuhr sich über den Bart. »Da kommt jetzt ganz schön was runter.« Über uns am Himmel waren nur graue Schleierwolken, dennoch fing es an zu hageln. Obwohl der Weg vom Feld zum Eingang des Bauernhauses nicht lang war, bekamen wir einige Treffer ab. Das Eis war messerscharf und der Hagel sprenkelte die Erde wie Schrotkugeln.

Kaum dass wir das Innere des Hauses erreicht hatten, piepten zwei Handys gleichzeitig. Edmund war schneller. »Ich wusste es.« Er sah von dem Display hoch. »Das Unwetter hat bereits einigen Schaden auf seinem Weg hierher angerichtet.« Seine Miene wurde düster, als er sich zu uns wandte. »Auf der Landstraße hat der Fahrer eines Kühllasters aufgrund des Starkregens die Kontrolle über sein Fahrzeug verloren. Er steht quer über der Fahrbahn. Irgendwas mit der Lenkung ist verkeilt, jedenfalls müssen sie schweres Gerät holen, um ihn zu bewegen. Vor morgen früh geht da gar nichts.«

Lys riss die Augen auf und auch ich war etwas überfordert. Das bedeutete, dass wir hier festsaßen?

Draußen wurde der Himmel schwarz und der Hagel noch stärker.

»Wir haben ein Gästezimmer hier im Haus, aber sollte der Hagel aufhören, könnt ihr auch gerne das Gästehaus nehmen,« bot Clementine sofort an. »Wir haben alles da. Und den Rest können wir euch leihen. Macht euch keine Gedanken, morgen früh könnt ihr wieder nach Hause.«

»Vielen Dank, das ist wirklich lieb.« Lys sah kurz zu mir, daraufhin zog sie ihr Handy hervor und seufzte. »Dann werde ich jetzt wohl mal Dad Bescheid sagen, dass ich heute Nacht nicht nach Hause komme.«

Kapitel 31

LYS

Der Abend war wunderschön gewesen. Wir hatten mit Clementine und Edmund gegessen und uns danach noch bis zehn Uhr unterhalten.

Die beiden hatten nicht nur unglaublich viel zu erzählen, sie waren auch unfassbar gastfreundlich. Wir durften sogar aussuchen, was wir zu Abend essen wollten. Alle gemeinsam hatten wir einen vegetarischen Nudelauflauf zubereitet, der mit Clementines berühmtem Tannenspitzengewürz verfeinert wurde. Zum Nachtisch gab es Pancakes mit Tannenspitzenhonig und Vanilleeis.

Noch während wir abspülten, hatte draußen vor der Küchentür eine Katze gemaunzt. Miss Pebbles war ein wild gescheckter Streuner, den Clementine vor ein paar Jahren mit gebrochenem Beinchen auf dem Feld gefunden hatte. Seitdem gehörte die Katzendame fest zu Gut Chevak und war verantwortlich für die »professionelle Kontrolle und Dezimierung der Mäusepopulation«, wie Edmund es ausdrückte. Als wir uns zu der gemütlichen Sitzecke vor dem Kamin begaben, hüpfte Miss Pebbles auf meinen Schoß, rollte sich dort zusammen und schlief praktisch sofort ein.

Ich kraulte sie sanft, während Edmund den Kamin anzündete und Clementine Zane ein paar alte Fotos aus den Anfängen ihrer Fichtenzucht zeigte. Draußen war es stockdunkel und der Hagel schlug wie ein Trommelwirbel gegen die Fenster. Ich versank immer tiefer in den gemütlichen Polstern der Ledercouch und legte irgendwann eine gestrickte Wolldecke über Miss Pebbles zusammengerollten Körper.

Wir hatten dicke Socken bekommen, Zanes waren sogar mit einem Weihnachtsmuster bestickt, wofür Clementine und ich ihn ein bisschen aufgezogen hatten.

Zane und ich wechselten immer wieder Blicke und jedes Mal, wenn ich ihn unauffällig betrachtete, begann mein Herz schneller zu schlagen. Das Prasseln des Kamins war gemütlich, unsere Gastgeber einfach nur zauberhaft, aber zwischen Zane und mir herrschte eine Spannung, die ich aufregend fand.

Irgendwann ging der Hagel in einen leichten Regen über und Edmund verließ uns, um im Gästehaus nach dem Rechten zu sehen. Miss Pebbles streckte sich auf meinem Schoß, gähnte herzhaft und schoss dann hinter Edmund her. Währenddessen versorgte uns Clementine mit allem für die Nacht. Sie schien besser vorbereitet als so manches Hotel.

Als Edmund wieder da war, brachten sie uns gemeinsam zu dem kleinen Gästehaus. Es glich innen vom Stil her dem Bauernhaus und ich fand es sofort total gemütlich. Edmund hatte bereits alle Rollläden heruntergelassen und ein gemütliches Feuer im Kamin entzündet. Das breite Panoramafenster besaß keine Rollläden und die Aussicht war phänomenal. Dem Bauernhaus abgewandt glitt der Blick hier über die weiten Hügel und Täler der Fichtenfelder.

Wie auf Kommando begann es wieder stärker zu regnen.

Die beiden verabschiedeten sich von uns wie gute Freunde, und Clementine drückte Miss Pebbles an sich, während sie uns noch mal auf dem Weg zum Bauernhaus winkten.

Dann waren wir allein.

Zane schloss die Tür und legte den Riegel vor. Ich war plötzlich nervös. Wir waren ganz allein und weit weg von zu Hause. Ich drehte mich einmal um sich selbst und ließ den Blick erneut über die gemütliche Einrichtung schweifen. »Es ist so wunderschön.«

Zane fing mich ein und immer noch im Schwung der Drehung sah ich etwas atemlos zu ihm hoch.

Er lächelte. »*Du* bist wunderschön.«

Ich lachte leise und ein wenig verlegen. Dann strich ich ihm durch das weiche Haar, das ihm leicht in die Stirn fiel. Doch Zanes Miene war plötzlich ernst. Er betrachtete mich mit einer Intensität, die ein warmes Kribbeln in meinem Bauch entfachte.

Der Regen trommelte jetzt wieder stärker gegen die Rollläden, im Kamin prasselte das Feuer und aus dem Augenwinkel entdeckte ich die Platte mit den süßen Kleinigkeiten, die Clementine für uns als Mitternachtssnack zubereitet hatte. Allerdings hatten wir keinen Hunger, uns war nicht kalt und auch das gemütliche Feuer konnte uns jetzt nicht fesseln.

Zanes Brust hob und senkte sich in einem schnellen Takt, als ich meine Hand langsam sinken ließ und ihm über die rauen Stoppeln auf seiner Wange strich. In seinem Blick lagen jetzt so viele Emotionen, zu viele, um sie zu deuten, und doch wollte ich noch mehr. Noch mehr von ihm, noch mehr von … uns.

Als er ganz langsam den Kopf senkte, kam ich ihm entgegen.

Oh Gott, er hat mir so sehr gefehlt …

Wir überwanden die letzten Zentimeter und dann berührten sich unsere Lippen. Ich stöhnte leise auf, überwältigt davon, wie sehr ich mich nach ihm gesehnt hatte. Wie sehr ich Zane begehrte und wie wenig ich mich dagegen wehren konnte.

Er schmeckte nach Honig und Vanille. Ich schlang meine Arme um seine Mitte und zog ihn noch näher. Der Kuss wollte kein Ende nehmen und die Spannung, die durch den Streit entstanden war, schien alle Gefühle nochmals anzuheizen. Und jetzt, da wir uns versöhnt hatten, schienen sie sich wie in einem leidenschaftlichen Urknall zu entladen.

Wir atmeten beide schwer, als wir uns voneinander lösten. Ich betrachtete ihn und war wieder mal völlig verzaubert. Ich hatte noch nie jemanden wie Zane kennengelernt. Jemanden, der sich mit so viel selbstloser Leidenschaft einem Anliegen widmete, das uns eigentlich alle anging. Er widmete sich dem Schutz jener, die sich nicht selbst wehren konnten.

Er war mutig und selbstlos und schön – von innen wie von außen.

»Komm her«, murmelte Zane in diesem Moment und unterbrach jeden weiteren Gedanken mit einem Kuss, der mir zitternde Knie bescherte. Wie von selbst öffneten sich meine Lippen, um seine Zunge einzulassen. Er schlang eine Hand ganz zart um meinen Nacken und dennoch erschauerte ich wohlig. Die Geste war zärtlich, aber sie war unmissverständlich: *mein. Du bist ganz mein.*

Und ich wollte ihm gehören, ich wollte das hier und ich wollte, dass es noch weiter ging. Ich wollte, dass *wir* noch weitergingen. Zane stöhnte leise, als ich mich ihm entgegenbog. Ich hatte ihn zuvor schon einige Male geküsst, aber dieser Kuss war anders. Tiefer, süßer und leidenschaftlicher. Ich schmiegte mich noch enger an ihn, ließ ihn spüren, wie nah ich ihm sein wollte. Zane keuchte auf und unser Kuss wurde noch mal tiefer, bevor er sich sanft von mir löste. Ich las die stumme Frage in seinen Augen.

Ich sagte nichts, ich nickte nicht, ich ging auf die Zehenspitzen und küsste ihn leidenschaftlich.

Das war Zane Antwort genug. Er zog mich wieder nah an

sich und sein warmer Atem strich über mein Ohr. Ich neigte den Kopf und er küsste meinen Hals hinab bis zur Beuge meines Schlüsselbeins.

Dann griff ich an den Bund seiner Jeans und zog ihn mit mir, bis wir durch die Tür traten, die in das kleine Schlafzimmer führte. Hier tauchte eine kleine Lampe das Doppelbett und den großen Bauernschrank in ein gemütliches Licht. Doch jetzt hatte ich keinen Blick mehr für die Einrichtung, stattdessen zerrte ich an Zanes Shirt. Wir lösten uns, damit er es über den Kopf streifen konnte. Ich blieb am Fuße des Bettes stehen, ließ meine Finger über seine glatte Haut gleiten, die straffen Brustmuskeln, das Sixpack, das sich bei jedem Atemzug perfekt definierte.

Ich drehte ihn und gab ihm dann einen sanften Schubs, damit er sich auf das Bett setzte. Dann riss ich mir den Pullover über den Kopf.

Zane ließ mich nicht aus den Augen.

Ich hockte mich rittlings auf seinen Schoß und er legte beide Hände um meinen Po. Langsam bewegte ich mein Becken, presste mich rhythmisch an ihn, während er beide Hände unter mein Shirt gleiten ließ. Er streichelte die Haut meines Rückens, ließ die Finger sanft über den Bund meiner Jeans gleiten und seine Berührungen jagten meinen Puls noch weiter in die Höhe.

Wir küssten uns, dann legte Zane seine Hände um meine Hüfte, presste mich auf seinen Schoß und ich jammerte leise auf, meine Sinne ganz vernebelt vor Lust. Ich wollte ihn und ich wollte nicht mehr warten. Langsam ließ ich mich von seinem Schoß gleiten und zog mir gleichzeitig das Shirt über den Kopf. Zane war meiner Bewegung gefolgt, und als ich mich auf den Rücken sinken ließ, küsste er das Tal zwischen meinen Brüsten. Ich öffnete meinen BH und warf ihn aus dem Bett.

Zane küsste meine Brüste, während ich am Bund seiner Jeans nestelte. Wir lachten beide, weil es natürlich nicht so funktionierte, wie ich mir das vorgestellt hatte. Er schlüpfte dann selbst aus seiner Jeans und ließ sie auf den Boden gleiten. Dann beugte er sich über mich und küsste meinen Bauch entlang zum Bund meiner Hose. Mit jedem Zentimeter Reißverschluss, den er öffnete, gewann er ein Stückchen mehr Haut, das er liebkosen konnte. Ich schloss die Augen und biss mir auf die Unterlippe, weil es sich so gut anfühlte. Dabei wühlte ich alle zehn Finger in seine Haare und zog sanft daran. Ich hob das Becken, als er mir die Jeans über die Hüfte rollte, und gemeinsam schafften wir es, mich aus dem engen Denim zu befreien. Dann zog ich Zane zu mir herunter und wieder trafen sich unsere Lippen zu einem leidenschaftlichen Kuss.

Ich spürte seine Erregung durch den dünnen Stoff seiner Shorts, und dennoch war es zu viel Stoff zwischen uns.

»Willst du das wirklich?« Zanes Lippen berührten meinen Mund, während er sprach. »Wir müssen heute nicht –«

»Hast du ein Kondom dabei?«

»Ich glaube schon.« Er drückte sich hoch, lehnte sich aus dem Bett und zog sein Portemonnaie aus seiner Hose. Mit nur einer Hand durchstöberte er die Fächer, bis er fand, was wir suchten.

»Perfekt«, flüsterte ich, nahm es ihm ab und legte es neben uns. Dann zog ich ihn zu einem weiteren Kuss zu mir herunter. Es war wunderschön, es war aufregend und gleichzeitig fühlte es sich vertraut an. Vor Zane hatte ich keine Hemmungen.

Irgendwann beugte er sich über mich und rollte den Stoff meines Höschens langsam meine Beine hinab. Er betrachtete mich im warmen Licht und sein Blick wanderte über meinen Hals zu meinen Brüsten und dann tiefer zu dem schmalen Streifen heller

Haare zwischen meinen Beinen. Als er sich hinabbeugte, spürte ich, wie seine Zunge von meinem Becken aus tiefer wanderte. Er hauchte Hunderte Küsse auf meine Haut. Ich bog mich ihm entgegen, als seine Zunge meine empfindsamsten Stellen erreichte. Zuerst ließ er seine Lippen über die weiche Haut gleiten. Ich bog den Kopf zurück und keuchte. Doch dann ließ er seine Zunge kreisen und jeder Gedanke in meinem Kopf zerbarst in diesem Wirbel unglaublicher Gefühle. Ich wühlte meine Finger erneut in seine Haare und dann stieg ein Laut meine Kehle hinauf. Dunkel, sinnlich und voller Lust. Zane kam hoch, drückte mich tief in die Matratze und versiegelte meine Lippen mit einem leidenschaftlichen Kuss. Ich schmeckte mich selbst auf seiner Zunge. Er legte meine Beine um seine Mitte und presste seine Hüften hart gegen mein Becken. Seine Lust zu spüren, war überwältigend und aufregend, und alles in mir schien zu zittern vor Verlangen.

Wir sahen uns an und wussten, dies war der richtige Moment.

Er löste sich von mir und griff nach dem Kondom. Während er die Verpackung aufriss, küsste ich seinen Oberkörper, glitt mit der Zunge von der Schulter seinen Hals hinauf und bis zu der empfindlichen Stelle unter seinem Ohr. Er stöhnte leise, während er sich das Kondom überstreifte. Dann legte er eine Hand um meinen Nacken, und während sich unsere Lippen abermals zu einem Kuss trafen, sanken wir auf die Matratze. Es passierte wie von selbst, es war die perfekte Harmonie, es war wie niemals zuvor. Er glitt in mich und für einen ewigen Moment verharrten wir so, sahen uns einfach nur an. Er küsste mich ganz sanft, dann begann er, sich zu bewegen. Wir fanden einen gemeinsamen Takt, zuerst langsam, dann schneller und leidenschaftlicher. Ich biss Zane in die Schulter, als er mein rechtes Bein um seine Hüfte legte und das Gefühl noch mal intensiver wurde.

Tief in mir baute sich eine Spannung auf, die so sehr um Erlösung bettelte. Ich hob mein Becken, kam ihm entgegen und erneut wurden Zanes Bewegungen schneller. Zane presste mich in die Matratze und er ließ seine Lippen meinen Hals hinaufgleiten. Ich stöhnte laut auf, als ich spürte, wie nah ich dem erlösenden Höhepunkt war. Das schien auch Zane über den Rand der Klippe zu stoßen. Eine gefühlte Ewigkeit klammerten wir uns aneinander, hielten ganz still, während die Welle all dieser wundervollen Gefühle über uns zusammenbrach.

Wir rangen beide nach Luft.

Ich hielt ihn, sein Gesicht lag an meiner Halsbeuge, sein schwerer Körper drückte mich in die Matratze. Träge streichelte ich sein Haar, schmiegte mich an ihn und genoss das süße Gefühl des Wiederankommens im Hier und Jetzt.

Wir kuschelten noch eine Weile, Zane hatte seinen Arm um mich gelegt und wir lagen einander zugewandt. Ich zupfte an seinen Haaren und versuchte, sie vorne in vornehme Wellen zu legen. Wogegen diese sich mit aller Macht wehrten.

»Aus mir wird niemals ein viktorianischer Edelmann«, sagte Zane und sah dabei ziemlich zufrieden aus.

»Soso …«, spielte ich sein Spiel mit. »Was bist du dann?«

Das Lächeln wurde verschlagen, als er ein Auge halb zukniff. Dann stürzte er sich auf mich. Er drehte sich mit mir, bis ich unter ihm lag. »Ich bin ein Räuber«, flüsterte er nah an meinem Ohr und küsste mich anschließend auf den Hals.

Ich kicherte atemlos, als er die Arme rechts und links neben mir aufstützte. »Hast du Durst? Also ich habe Durst. Und wir könnten Clementines Mitternachtssnacks probieren.«

Und schon im nächsten Moment stand er neben dem Bett und griff nach seinen Shorts. Ich schaute ihm nach, wie er mit federnden Schritten aus dem Zimmer ging, und ließ mich dann zurück in die Kissen sinken. Ich legte eine Hand über die Augen und lächelte. Er war hier, mit mir, und wir hatten Dinge getan, die wunderschön und aufregend gewesen waren. Ich schwebte immer noch auf Wolke sieben.

Ich rollte mich zur Seite und klaute mir Zanes Shirt. Nachdem ich es übergestreift hatte, griff ich nach dem Handy, das in der hinteren Tasche meiner Jeans steckte. Eigentlich wollte ich Chloe schreiben, doch da sah ich, dass sie mir eine ganze Reihe Fotos von sich und Jamie geschickt hatte. Auf einem küssten sie sich sogar. Ich lächelte breit und schickte ihr sofort eine Antwort. Ich wollte gerade von meinem Abend erzählen, da war Zane wieder da. Er hatte eine Flasche Wasser, zwei Gläser und das Tablett mit den Snacks dabei. Umgehend setzte er sich neben mich ins Bett und beugte sich zum Nachttisch, um uns Wasser einzugießen.

»Bilder von Chloe?«, fragte er. »Nettes Shirt hast du da an.«

»Danke. Hat so ein Typ hier vergessen.« Ich hielt ihm die Fotos hin. »Sie ist schwer verliebt.«

Zane seufzte, als wäre er neidisch. »Die Glückliche. Ich habe gehört, das soll ein tolles Gefühl sein.« Dann raubte er mir einen schnellen Kuss. Ich zwickte ihn in seinen harten Bauch.

Als wir beide unser Wasser hatten und die Platte zwischen uns auf der zerwühlten Decke thronte, kramte Zane sein Handy hervor. »Das sind Kara und Stuart.«

Er zeigte mir ein Foto, auf dem ein junger Typ im Preppy Style und ein Mädchen in pinkfarbenen Yogahosen und Oversizepulli quer übereinander auf einem Sitzsack hingen. Beide zogen Grimassen. Ich lächelte. »Die beiden sehen sehr nett aus.«

Zanes Mine wurde etwas wehmütig. »Wir sind seit der Highschool Freunde. Kara ist unser Hacker und Stuart macht die PR. Ich habe die Finanzen zu verantworten.« Er scrollte den Bildschirm runter und tippte auf ein anderes Foto. »Das ist unser Hauptquartier.« So ein ähnliches Foto hatte er mir bereits gezeigt, als es darum gegangen war, ob er Dad um Geld hatte erpressen wollen.

Zane zeigte mir noch ein paar Fotos des beeindruckenden Lofts mit den bodentiefen Fenstern, die einen atemberaubenden Blick auf den Boston Channel boten. »Es sieht so gemütlich aus bei euch.«

»Live ist es noch cooler.« Er legte das Handy weg und den Arm um mich. »Es wird dir gefallen.«

Mein Herz machte einen kleinen Satz, als er das sagte. Ich hatte nicht daran gezweifelt, dass wir uns nach dieser Zeit in Alaska weiterhin sehen würden. Doch es jetzt aus seinem Mund zu hören, machte es noch schöner. »Mein Zimmer ist leider nicht so beeindruckend.«

»Aber es ist *dein* Zimmer«, erwiderte Zane leise. »Und das allein macht es interessant.«

Ich wollte mich darüber freuen, doch dann dachte ich an meine Tante May. An ihre Lügen, ihre Manipulation und an unseren Streit. Es graute mir davor, noch ein Feuer löschen zu müssen.

»Was ist?« Zane klang sanft, aber besorgt. Schnell stellte er die Servierplatte auf den Nachttisch, bevor er sich zu mir beugte. »Macht dir die Sache mit dem Umzug zu schaffen? Ich fand es auch komisch, von zu Hause auszuziehen. Wenn du willst, dann helfe ich dir und Chloe. Ich bin ein toller Kistenschlepper.«

Ich schüttelte den Kopf. »Du bist so lieb.« Ich seufzte. »Ich musste an May denken und daran, wie sehr es mir vor der Auseinandersetzung mit ihr graut.«

Zane zog mich an sich und gemeinsam sanken wir tiefer in die Kissen. Er hielt mich ganz fest und streichelte sanft meine Schulter. »Bleibe fair, aber verteidige deinen Standpunkt. Du hast mir so gute Tipps gegeben, als es um meine Eltern ging. Ich wünschte, ich könnte dir genauso gut helfen.«

»Du gibst mir Kraft«, flüsterte ich. »Sie hält mich aufrecht.«

»Du bist so ein Geschenk«, flüsterte er. »Weißt du das eigentlich?«

Ich lächelte und strich ihm kurz über die Wange. »Wie geht es Andrew?«

»Sein Zustand ist stabil und das ist mehr, als ich hoffen kann.«

»Das ist schön.« Ich strich ihm erneut gedankenverloren durchs Haar, während mein Kopf tiefer rutschte, bis er auf seiner Brust ruhte.

Eine Weile lagen wir schweigend da. Ich spürte, wie Zane mit sich rang. Ich konnte seine aufgewühlten Emotionen fühlen, als wären es meine eigenen. »Was beschäftigt dich?«, flüsterte ich in die Dämmerung. »Sprich darüber. Es wird dir danach besser gehen.«

Ich hörte ihn atmen, doch er schwieg. Zane tat sich schwer damit, über Gefühle zu reden. Also versuchte ich es erneut. »Woran denkst du gerade? Ich merke doch, wie sehr es dich aufwühlt.«

Ich erreichte das Gegenteil. Zane schob mich sanft von seiner Brust und verließ fluchtartig das Bett. Dann tigerte er im Halbdunklen herum wie ein im Käfig gefangener Löwe. Ich stand auf, um ihn einzufangen. Er wirkte schon wieder so rastlos, so voll ungezähmter Energie, dass ich ihn einfach berühren musste.

»Hey …« Ich legte beide Hände an seine Oberarme und bremste ihn so aus. »Sprich mit mir.«

Er gab ein Knurren von sich, doch es klang eher verzweifelt als wütend. »Ich habe Angst.« Er wich meinem Blick aus, als schäme er sich für dieses Gefühl.

»Zane …« Ich hielt ihn fest und endlich sah er mich an.

»Ich habe Angst vor dem, was passiert. Ich habe Angst davor, wie es sein wird, wenn Andrew nicht mehr da ist. Dass ich mich an einen kalten Grabstein setzen muss, wenn ich meinen Bruder besuchen will.« Seine Augen schimmerten jetzt feucht, aber er war noch nicht fertig. »Ich habe Angst, denn wenn er nicht mehr da ist, habe ich niemanden, den ich um Rat fragen kann. Und in Momenten wie diesen fühle ich mich so egoistisch. Andrew stirbt, seine Angst sollte mir den Schlaf rauben. Stattdessen denke ich an mich.« Seine Stimme zitterte. »Meine Welt bricht auseinander. Ich will meinen Bruder zurück, den Andrew, den ich kannte. Manchmal sehe ich die Angst in seinen Augen, wenn er merkt, dass etwas nicht stimmt, und dann denke ich, dass ich so ein Weichei bin, weil ich vor Angst zerfließe, obwohl ich den Raum einfach wieder verlassen kann, mein Leben noch vor mir und bester Gesundheit. Dagegen ist meine Angst doch einfach nur jämmerlich und egoistisch.«

»Das stimmt nicht«, erwiderte ich sanft. »Diese Angst zuzulassen, erfordert sehr viel Kraft und Mut. Du bist stark, weil du dich ihr stellst, immer und immer wieder. Und du bist trotzdem für deinen Bruder da. Du besuchst ihn oft und ihr verbringt die Zeit, die ihr gemeinsam habt. Sei nicht so hart zu dir selbst.«

Wortlos zog Zane mich an sich und ich schmiegte mich an

seine Brust. Niemand sagte etwas, wir lauschten lediglich dem Atem des anderen in der fahlen Dunkelheit.

Wir hatten beide unsere Dämonen, die uns regelmäßig herausforderten. Meistens gewannen wir den Kampf, manchmal verloren wir ihn. Aber ab heute würden wir uns ihnen gemeinsam stellen. Ich streichelte beruhigend seinen Rücken. Zane zog mich noch näher an sich und schmiegte seine Wange an meinen Haaransatz.

Wir klammerten uns aneinander, zwei verlorene Kinder, die hofften, dass die Tragödie des anderen der eigenen die Tragik nahm.

Kapitel 32

ZANE

Ich saß auf dem Bett in meinem Zimmer und bereitete die Unterlagen vor, die Lys morgen ihrem Vater präsentieren wollte. Auf meinem Laptop hatte ich ein Fotoalbum erstellt, in dem alle wichtigen Beweise gespeichert waren. Lys würde sie wie eine Art Slideshow vorführen können.

Ich fand es gut, dass ein Ende meiner Mission nun absehbar war. Saunderman würde sich vermutlich ziemlich aufregen, aber er würde einknicken. Obwohl ich Lys überreden wollte, sie in die Kellerräume zu begleiten, hatte sie strikt abgelehnt. Sie hatte genau heute die geforderte Anzahl Praktikumstage erbracht und sich in weiser Voraussicht direkt heute Morgen den entsprechenden Beleg von ihrem Vater ausfüllen lassen. Natürlich würde sie noch bis Freitag arbeiten, aber sicher war sicher. Ich lächelte. Sie war ein kluges Mädchen und das war auch einer der Gründe, warum ich so verrückt nach ihr war.

Morgen, dachte ich. *Morgen lässt Lys die Bombe platzen und dann werden wir versuchen zu retten, was zu retten ist.*

Lys hatte den Termin mit ihrem Vater von Dienstag auf Mittwoch um einen Tag verschieben müssen. Wir waren am Montag erst am frühen Nachmittag von der Tannenspitzenfarm zurückgekehrt. Die Bergung des Lkws hatte noch bis mittags gedauert.

Immer wenn ich an den Tannenspitzenhof dachte, glitten meine Gedanken zu unserer gemeinsamen Nacht zurück. Ich hätte die Situation niemals ausgenutzt. Und ganz sicher hätte ich nicht versucht, sie an diesem Abend zu verführen. Wir hatten so viel Zeit und ich war fest entschlossen gewesen, erst zu beweisen, dass ich es wirklich ernst meinte, bevor ich mit Lys den nächsten Schritt ging.

Doch dann hatte eins zum anderen geführt. Und es war perfekt gewesen. Ein wohliger Schauer jagte durch meinen gesamten Körper, als ich mir ihren Anblick in Erinnerung rief. Wir hatten den nächsten Schritt gemacht, während draußen der Regen prasselte und wir dieses gemütliche kleine Haus ganz für uns gehabt hatten. Alles an dieser Nacht war überwältigend, aufregend und wunderschön gewesen. Wir hatten eine neue Vertrauensebene erreicht, die tief in mir eine kleine wärmende Flamme entzündet hatte.

Seit wir uns Montagnachmittag getrennt hatten, schrieben wir uns regelmäßig Nachrichten. Auch jetzt leuchtete wieder eine von Lys auf dem Display meines Handys auf. Der Plan steht. Um Punkt 16:00 Uhr gehe ich rüber in den Keller.

Ich warf einen Blick auf die Uhr. Das war in genau fünf Minuten. Ich hätte sie doch begleiten sollen, dachte ich zerknirscht.

Pass auf dich auf, schrieb ich zurück und sie antwortete mit einem Kuss-Smiley.

Als es an der Tür klopfte, hob ich neugierig den Kopf. »Ja, bitte?«

Es war Jordy, einer der Söhne der Inhaber, der während der Uniferien hier jobbte. »Zane, du kannst gleich in ein größeres Zimmer umziehen. Gäste haben krankheitsbedingt abgesagt. Es wird eben noch sauber gemacht, aber das dauert nicht so lange. Viertelstunde, maximal zwanzig Minuten. Kannst ja schon mal deinen Kram packen. Ich komme noch mal vorbei und bringe dich runter.«

»Danke, Jordy.«

Jordy nickte und seine hellbraunen Locken wippten, bevor er die Tür hinter sich schloss.

Doch ich begann nicht zu packen. Stattdessen wiegte ich mein Handy in der Hand, unschlüssig, was ich nun tun sollte.

Meine Eltern waren um diese Zeit noch im Büro. Sie machten meist erst gegen siebzehn Uhr Schluss. Was bedeutete, dass ich sie garantiert erreichen würde. Ein Vorteil war auch, dass meine Eltern sich ein Büro teilten, was die Kommunikation leichter machte, da man den Anrufer einfach auf Lautsprecher stellen konnte, ohne dass Unbefugte mithörten.

Ich hatte seit einiger Zeit das dringende Bedürfnis, das Thema, das so schwer zwischen uns hing, anzusprechen. Ich wollte ein vorbereitendes Gespräch führen, bis wir uns in ein paar Tagen Auge in Auge gegenübersitzen würden.

Lys würde ihr Praktikum bald beenden, danach würden wir zusammen zurück an die Ostküste gehen. Und spätestens dann konnte ich einem Gespräch nicht mehr ausweichen. Doch weil es mir am Telefon leicher fiel, schwierige Dinge anzusprechen, wollte ich diese Gelegenheit nutzen, um bei meinen Eltern mal vorzutasten, wie rigoros sie in mein Leben einzugreifen gedachten. Sollte ich meinen Studienplatz aufgeben? Oder wären sie zufrieden, wenn ich noch ein zweites Studienfach dazunehmen würde? Würden sie mich zwingen wollen, die Nachfolge in der Firma anzutreten? Würden sie wirklich darauf pochen und somit verantworten, dass ich meine Ideale verriet?

Wie immer, wenn ich darüber nachdachte, beschleunigte sich mein Puls. Es wäre gelogen zu behaupten, dass ich keine Angst vor diesem Gespräch hatte. Die Endgültigkeit, die sich mir währenddessen offenbaren würde, machte mir gewaltig zu schaffen. Würden sie mich tatsächlich vor die Wahl stellen?

Erneut drehte ich mein Telefon in meinen Händen. Dann schloss ich kurz die Augen, atmete tief aus und tippte auf die Festnetznummer ihres Büros.

Meine Mutter war praktisch sofort dran. »Liebling, ist etwas passiert?«

»Nein, alles gut«, sagte ich schnell.

»Ist was passiert?«, hörte ich meinen Vater aus der Entfernung fragen.

»Er sagt, es ist nichts. Aber ich stelle ihn mal auf laut.«

»Es ist auch nichts passiert, Mom.«

»Wenn er sagt, es ist nichts, dann ist auch nichts«, hörte ich meinen Vater sagen.

»Aber trotzdem kann ich als Mutter doch besorgt sein, oder? Vielleicht rückt er ja nicht sofort mit der Sache raus.«

Sie redeten über meinen Kopf hinweg, als wäre ich gar nicht da.

»Mom«, rief ich. »Stell mich endlich auf laut.«

Ich tat das Gleiche und warf das Handy vor mich aufs Bett. Ich hörte, wie sie eine Taste drückte.

»Jetzt kannst du was sagen und wir hören dich beide.«

»Super, danke.« Eigentlich hatte ich nicht vorgehabt, direkt mit der Tür ins Haus zu fallen. Ich hatte mit Small Talk anfangen wollen. Wie war das Wetter? Wann würden sie das nächste Mal verreisen und dann hatte ich mich natürlich auch nach meinem Bruder erkundigen wollen. Und danach erst wollte ich sie auf die Firmennachfolge ansprechen. Doch stattdessen hörte ich mich wie aus weiter Ferne sagen: »Werdet ihr mich zwingen, die Meeresbiologie aufzugeben, damit ich eure Nachfolge in der Firma antrete?«

Das epische Schweigen, das daraufhin folgte, hing wie eine

düstere Gewitterwolke zwischen uns in der Leitung. Irgendwann hörte ich meine Eltern tuscheln.

Entschuldigung?

»Ich kann euch hören«, bluffte ich.

Sofort räusperte sich mein Vater. »Zane, wir können dich zu nichts zwingen. Du bist nicht unser Besitz, unser Eigentum und du bist erwachsen. Was wir jedoch tun können, ist, an dich zu appellieren, im Sinne deiner Familie zu entscheiden.«

Ich ließ die Schultern hängen und sah auf die Bettdecke. Ich hatte es geahnt.

»Ein Unternehmen wie dieses verkauft man nicht«, sagte meine Mutter und ihre Stimme klang härter als die meines Vaters. »Und das weißt du auch.«

»Wollen wir wirklich am Telefon darüber reden?«, warf mein Vater ein. »Wir hatten doch abgemacht, dass wir dieses Gespräch führen, wenn Zane wieder aus Alaska zurück ist.«

Haben wir nicht, aber egal …

»Ein Unternehmen wie dieses ist ein Fossil, genau wie die fossilen Brennstoffe, die ihr fördert.«

Meine Eltern schnappten beide nach Luft.

Ich sprach sofort weiter: »Was macht ihr, wenn eure Quellen versiegen? Dann könnt ihr die Firma doch auch nicht weiterführen. Und das viele Geld, das im Laufe der Jahrzehnte verdient wurde, muss in anderes investiert werden, um damit zu verdienen. In welche Form von Energie würdet ihr dann investieren?«

»Du willst also, dass wir Windräder bauen, damit du dich herablässt, in dieser Firma zu arbeiten?« Die Stimme meiner Mutter war schneidend. »Du hast gut von diesem Geld gelebt und jetzt finde ich es anmaßend, wie du dich verhältst.«

»Ich habe gut von diesem Geld gelebt, bis ich entscheiden

konnte, wie ich zu fossilen Brennstoffen stehe. Der Treuhandfonds, der mich finanziell unabhängig gemacht hat, war ein Geschenk deiner Eltern, Mom. Du hast in diese Firma eingeheiratet, aber stammst aus einer Familie, die mit der Entwicklung und dem Bau von Aufzügen reich geworden ist. Das Geld, mein geerbtes Geld, steht nicht für eine verschmutzte Natur und eine verpestete Luft. Denn sonst würde ich es ganz sicher ablehnen.«

»Du willst das Geld, das wir dir irgendwann vererben, nicht haben?«

Ich zuckte die Schultern. »Ich würde es investieren, um die Ölförderung zu stoppen und die Firma auf umweltfreundliche Energiegewinnung umzustellen. Wenn ihr mich jetzt enterben wollt, dann bitte.«

Schon wieder eine epische Stelle.

»Das sind harte Worte«, sagte mein Vater schließlich. »Du klingst so entschlossen. Hast du dir bereits Gedanken darüber gemacht?«

»Das habe ich.« Das war nicht ganz richtig, denn erst nach dem Gespräch mit Lys war mir klar geworden, dass ich das Geld, das ich erben würde, nutzen könnte, um die Firma komplett umzustrukturieren. Wenn ich den Kompromiss einging, im Unternehmen zu lernen, wie man es führte, dann könnte ich es verändern, sobald es ganz in meiner Hand lag. Ich könnte von meinen Eltern lernen, was es hieß, ein Geschäft zu führen. Und bereits an diese Zusage könnte ich Bedingungen knüpfen. Ich könnte Forderungen stellen, dass ein gewisser Prozentsatz der Firma umweltfreundliche Energie produzierte. Und dann könnte ich Stück für Stück dieses Fossil namens »MacCalderoy Oil« von innen heraus zerlegen.

Meine Eltern schienen derart überrascht, dass ich sie wieder tuscheln hörte. In diesem Moment wirkten sie seltsam uneins auf mich, als ob auch sie noch nicht sicher waren, ob sie mir diese Verantwortung wirklich aufbürden wollten. Das war interessant.

»Leute, ich kann euch immer noch hören.«

»Wir möchten nicht weiter am Telefon mit dir darüber reden«, sagte meine Mutter. »Du scheinst Bedingungen zu haben, wir haben aber ebenfalls welche. Es gibt hier kein Schwarz und Weiß. Es gibt hier kein Erben oder Enterben. Wir möchten mit dir zusammen eine Lösung finden, mit der wir alle leben können. Trotzdem bist du unser Sohn und wir haben gewisse Erwartungen an dich. Wir möchten, dass du zuerst unsere Beweggründe verstehst. Genauso werden wir dir zuhören und versuchen, uns mit dir so zu arrangieren, dass sich niemand benachteiligt fühlt.«

»Wir wussten ja schon immer, dass dir der Umweltschutz wichtig ist«, sagte mein Vater noch. »Uns war klar, dass du mit diesem Konzern nichts am Hut hast. Dennoch halte ich dich für einen klugen Mann, der nicht voreilig Entscheidungen trifft. Lass dir alles durch den Kopf gehen, spiele verschiedene Szenarien durch und versuche herauszufinden, wie du dich dabei fühlst. Ich bin mir sicher, dass du ein zweites Studienfach mühelos schaffst. Wir wollen dir die Meeresbiologie nicht wegnehmen. Aber wir möchten dir auch dringend ans Herz legen, dass du dir ein zweites Studienfach suchst, damit du dich für eine Nachfolge qualifizierst. Ich weiß nicht, welche Fächer am MIT unterrichtet werden, die in diese Richtung gehen. Aber wir werden dich nicht überreden, deine Universität zu wechseln, sondern wir hoffen, dass du dort ein passendes Fach findest.«

Irgendwie musste ich mir eingestehen, dass das alles nicht so dramatisch klang, wie ich gedacht hatte. Viele meiner Kommilitonen hatten ein zweites Hauptfach. Das sollte für mich auch kein Problem darstellen. Mal abgesehen davon, dass mich das Thema Rechtswissenschaft nicht so sehr interessierte. Wollte ich jedoch an meiner Idee festhalten, dann wäre es gut, ein zweites Fach zu studieren, das in diese Richtung ging. Doch das alles jetzt zu entscheiden, war eindeutig zu schnell.

»Dann lasst uns noch mal sprechen, wenn ich wieder zu Hause bin.«

Meine Eltern schienen erleichtert.

»Das ist eine gute Idee«, sagte mein Vater. »Dann nehmen wir uns genügend Zeit, setzen uns in aller Ruhe hin und besprechen einfach mal alles, gehen jedes mögliche Szenario durch.«

»In Ordnung.«

Ich verabschiedete mich von meinen Eltern und beendete das Gespräch. Ich war mir immer noch nicht sicher, ob irgendeine dieser Ideen umsetzbar war. Aber es war ein guter Anfang, und darüber gesprochen zu haben, machte es realer.

Ich hatte gerade das Telefon zur Seite gelegt und wollte mich ans Packen machen, da klopfte es erneut an meiner Tür. Es war wieder Jordy.

»Dein Zimmer ist fertig.« Er warf mir einen Schlüssel zu. »Ist die Nummer fünf. Sorry, ich kann dir nicht tragen helfen, Dad braucht mich in der Küche. Du findest den Weg ja selbst, oder?«

»Klar«, erwiderte ich. »Danke dir.«

»Gerne.« Jordy verschwand.

Ich griff nach meinen Reisetaschen und warf den Großteil meiner Klamotten hinein, bevor ich mich auf den Weg zu meinem neuen Zimmer machte.

Als ich zurück in das Dachzimmer kam, griff ich nach dem Rest meiner persönlichen Gegenstände, um den Raum endgültig zu verlassen. Auf meinem Handy entdeckte ich drei Anrufe in Abwesenheit. Noch während ich die Liste öffnete, spürte ich, wie das Adrenalin durch meine Adern floss. *Es war hoffentlich nichts mit Lys? Oder mit Andrew?*

Die drei Anrufe waren von Hilal.

Überrascht runzelte ich die Stirn. Gerade wollte ich sie zurückrufen, da leuchtete ihr Name erneut auf dem Display auf.

»Hilal, was ist passiert?« Denn *dass* etwas passiert war, dessen war ich mir ganz sicher. Wir kannten uns zwar gut, aber wir telefonierten nicht miteinander.

Hilal klang etwas außer Atem. »Ich habe Brett durch Zufall belauscht, als ich ins Hauptquartier gekommen bin. Er sprach davon, dass sie vor Ort Feuerwerkskörper kaufen wollen und anderes Zeug, mit dem man Rauch erzeugen und ordentlich Krach machen kann. Dann wollen sie warten, bis die Leute aus dem Büro Schluss haben, weil sie sich sowieso mehr auf die Fabrik konzentrieren wollen. Ich habe dann so getan, als hätte ich nichts gehört, und Brett auf eine geplante Aktion angesprochen und nach den Fortschritten gefragt. Aber sie sind nach Alaska geflogen, ich bin mir ganz sicher.«

»Wer ist nach Alaska geflogen?«

»Kara, Stuart und ein paar der Neuen. Brett konnte nicht mit, weil er sich den Knöchel beim Sport verknackst hat. Ich habe vorhin mit ihm über die Aktion gesprochen, die sie geplant hatten, und ob es dort schon Neuigkeiten gibt. Und dann sagte er, dass sie heute Mittag erst in diesem Kaff in Alaska angekommen sind. Dann hat er gemerkt, dass er sich verquatscht hat, und alles abgestritten. Meinte, er hätte sich vertan und dass sie in Wirklichkeit nach Kanada reisen wollten. Aber ich glaube ihm nicht.«

»Warte mal, ganz langsam. Und jetzt mal von vorn. Wohin wollten Kara und Stuart reisen?«

»Nach Kanada. Angeblich wollten sie eine Tierschutzorganisation unterstützen, die dort gegen den Tiertransport protestiert. Sie brauchten noch mehr Leute, um Straßen lahmzulegen. Kara und Stuart haben die Anfrage bearbeitet und angeblich zugesagt. Aber das, was Brett am Telefon erzählt hat, war eindeutig. Sie müssen schon ganz in der Nähe sein, wenn sie darüber sprechen, Feuerwerk und anderes Zeug zu besorgen.« Sie schluckte. »Sie wollen die Fabrik lahmlegen, Zane, und es wird wieder genauso ein Spektakel wie bei der Marinas Fishing Company.«

Sofort hatte ich lebhafte Bilder von Explosionen vor meinem inneren Auge. Mir wurde eiskalt, als mir klar wurde, dass Lys sich zu diesem Zeitpunkt in den Kellern der Fabrik befand. Sie würde unmittelbar von dem Chaos betroffen sein.

»Danke Hilal«, sagte ich hastig. »Ich werde versuchen, sie zu erreichen und sofort zur Fabrik fahren. Ich melde mich später noch mal.«

»Pass auf dich auf«, rief sie noch, doch da legte ich bereits auf.

Ich raffte meine letzten Sachen zusammen und stürmte aus dem Zimmer. Während ich die Treppenstufen hinunterlief, rief ich Stuart an. »Wo bist du?«

Er lachte. »So schnell hätte ich nicht mit dir gerechnet.«

»Wo bist du?«

Schon wieder ein Lachen. »Du hattest deine Chance, du hattest genug Zeit. Du wolltest uns für dumm verkaufen, doch das klappt leider nicht mehr. Jetzt sind wir dran.«

»Sei vernünftig, Stuart. Das Gespräch mit Saunderman ist für morgen angesetzt. Dann werden wir alles klären.«

»Vergiss es. Du hast uns lange genug vertröstet. Und *wir* werden gar nichts mehr klären«, sagte Stuart in süffisantem Ton. »Deine weichgespülten Methoden beeindrucken niemanden. Der Typ wird dir ins Gesicht lachen, wenn du ihm dein Fotoalbum zeigst. Wir werden jetzt mal für ein bisschen Stimmung sorgen in dem Laden.« Mit diesen Worten legte er auf.

»Stuart!« Vergeblich. Er ging auch nicht mehr dran, als ich ihn anrief. Ich probierte es bei Kara, doch auch sie nahm den Anruf nicht an.

Ich hatte mein neues Zimmer erreicht, stürmte hinein und griff nach dem Autoschlüssel. Während ich die Tür hinter mir zuwarf und aus der Pension stürzte, tippte ich auf Lys' Nummer. Es ging sofort die Mailbox dran. *Verdammt*, sie hatte in diesem Keller offenbar keinen Empfang. Oder telefonierte sie?

Meine Sorge um sie überschlug sich. Ich warf mich in meinen Wagen und raste los.

Kapitel 33

LYS

Ich hatte mir eine Akte geschnappt, in die ich ein paar Bögen Kopierpapier geheftet hatte. Ich bemühte mich, so zu gucken, als hätte ich Wichtiges vor, und ging mit schnellen Schritten über den Platz zwischen Büro und Fabrik. Mein Blick glitt nach links zum Pier, wo die zwei Boote festmachten. Ich dachte an Zane und in was für eine Gefahr er sich gebracht hatte, als er auf die Dächer geklettert war, um Fotos von den illegalen Aktivitäten zu machen.

Wie immer, wenn meine Gedanken zu ihm abschweiften, verzog sich mein Mund zu einem Lächeln. Unsere gemeinsame Nacht war wunderschön gewesen. Ich hatte es gewollt, und bis jetzt hatte ich es nicht bereut. Es hatte unsere Beziehung auf eine neue Ebene gehoben, es hatte eine neue Form von Vertrauen zwischen uns geschaffen, die mich sehr beflügelte. Wir hatten sogar Pläne gemacht. Wir wollten gemeinsam aus Blackfish Bay abreisen und uns gegenseitig in unseren Wohnungen besuchen. Er wollte mir sein Hauptquartier zeigen und all das, was er mit seiner Organisation schon erreicht hatte. Ich hingegen wollte mit ihm die schönsten Plätze von New York erkunden. Zane hatte außerdem angeboten, mir beim Umzug in mein College-Zimmer zu helfen.

Er machte Pläne, wir machten Pläne und es fühlte sich alles so verdammt gut an.

Just in diesem Moment klingelte mein Handy. Als ich den Namen auf dem Display las, sank meine Laune sofort. Es war wieder mal meine Tante May. Mittlerweile rief sie täglich an. Manchmal auch zweimal. Dad hatte mich gebeten, mit ihr zu sprechen, und wenn sogar er mich darauf ansprach, sollte das etwas heißen. Schließlich waren die beiden sich überhaupt nicht grün.

Ich blieb stehen und warf erneut einen Blick Richtung Meer. Sollte ich oder sollte ich nicht? Ich biss die Zähne zusammen, gab einen genervten Laut von mir und drückte dann auf das grüne Feld auf dem Touchdisplay.

»Lys?« Die Stimme meiner Tante klang überrascht, so als hätte sie nicht damit gerechnet, dass ich dranging.

»Ja, ich bin's. Was kann ich für dich tun?«

»Ich habe mir Sorgen um dich gemacht.«

Ich zuckte die Schultern und antwortete nicht. Schnell wandte ich mich vom Meer ab und steuerte auf die Fabrik zu.

»Geht es dir gut? Wie kommst du mit Ernest und seiner Familie klar?«

»Alles prima«, antwortete ich gedehnt. Sie sollte nicht um den heißen Brei herumreden. Warum kam sie nicht einfach auf den Punkt? Dann hatten wir es hinter uns.

Als könne May Gedanken lesen, sagte sie: »Es tut mir leid, was passiert ist. Ich wollte dich nur schützen.«

»Indem du den Schmuck meiner Mutter verkauft hast?«

»Das Leben in New York ist teuer. Und hätte ich ihn nicht bekommen, hätte ihn sich nur dieses halbe Kind um den Hals gehängt. Sie war gerade alt genug, um mit der Universität fertig zu sein, als sie deinen Vater kennenlernte. Hast du das mal nachgerechnet? Und anstelle eines Universitätsabschlusses hatte sie bereits zwei Kinder. Eins davon ein Baby, das noch nicht mal ein Jahr alt war.«

»Lass Cheryl da raus«, erwiderte ich und wunderte mich, wie

giftig meine Stimme klang. »Sie hat ein tolles Verhältnis zu ihren Kindern.«

Einen Moment lang schien May sprachlos. »Haben sie dir eine Gehirnwäsche verpasst?«

»Nein, ich hatte einfach bloß genug Zeit, mir ein eigenes Bild von der Situation zu machen, ohne dass du mir die ganze Zeit vorgibst, was ich zu denken habe.«

»Und jetzt?« May klang fassungslos. »Jetzt sind sie die Heiligen und ich bin die Böse?«

Ich lachte bitter auf. »So einfach ist es nicht, aber das weißt du sicherlich genauso gut wie ich. Ich bin dir dankbar, dass du mir ein Zuhause geboten hast, als ich von hier wegwollte. Das werde ich dir nie vergessen. Aber es sind Dinge geschehen, über die wir in Ruhe reden müssen.«

»Das klingt, als wenn du nicht nach Hause kommen würdest.« May hörte sich jetzt regelrecht alarmiert an. »Du kommst doch nach Hause, oder? Du bleibst doch nicht da. Du hast hier einen Studienplatz und –«

»Ich komme nach Hause«, erwiderte ich. »Aber vielleicht verbringe ich ein paar Tage bei meinem neuen Freund in Boston. Und dann fängt ja schon die Uni an.«

»Neuer Freund?« May schien abermals fassungslos. Kein Wunder, ich war nicht unbedingt die Sorte Mädchen, die jedes Wochenende einen neuen Typen anschleppte. Ich hatte eine ernst zu nehmende Beziehung während der Highschool gehabt, und auch die war schon wieder ein Dreivierteljahr her.

»Genau«, sagte ich mit fester Stimme. »Wir haben uns hier kennengelernt und dann festgestellt, dass wir beide an der Ostküste wohnen. Sein Name ist Zane. Er studiert am MIT.«

»Verstehe …« May klang, als müsse sie sich dringend setzen.

»Na dann ist ja einiges passiert, während du in Alaska warst. Soll ich dich am Flughafen abholen?«

Ich holte tief Luft und blieb vor dem Mitarbeitereingang der Fabrik stehen. »May, das ist nett von dir, aber das zwischen uns … ich meine, du hast mich jahrelang belogen. Du hast das Verhältnis von Dad und mir absichtlich verkompliziert. Das ist nichts, was man mit wenigen Worten aus der Welt schaffen kann. Ich brauche Zeit. Lass mich ins Wohnheim umziehen, lass mich den Rest für die Uni regeln und dann sehen wir mal, wie es mit uns weitergehen soll.«

»In Ordnung.« Ihre Stimme klang jetzt völlig tonlos. »Dann weiß ich, dass du zurück bist, wenn du die Tür hier aufschließt.«

»Genau.« Das klang hart, aber ich war noch nicht bereit, May zu vergeben. Ich brauchte mehr Zeit, denn so richtig hatte ich das alles noch nicht verdaut. »Also bis dann.« Ich legte auf und ließ das Handy ohne hinzusehen in meine Hosentasche gleiten. Ich fühlte mich schlecht, doch gleichzeitig schob ich jeden Gedanken an May in die hinterste Ecke meines Kopfes. Ich presste mir den Ordner vor die Brust und betrat den Eingang.

Der Pförtner hob den Kopf von seiner Zeitung, doch auf mein freundliches Grüßen nickte er nur kurz und sah daraufhin wieder weg. Er gehörte eindeutig zu denen, die mir das, was vor vielen Jahren passiert war, noch nicht verziehen hatten. Doch das interessierte mich jetzt nicht. Ich ging Richtung Treppenhaus und hinab in das Kellergeschoss. Vom Keller aus führte eine weitere Treppe in den Keller unter dem Keller. Die Arbeiter nannten diesen Bereich »die Katakomben«, obwohl hier weder Piraten noch frühe Bewohner von Blackfish Bay beerdigt waren.

Ich legte die Akte seitlich auf die unterste Treppenstufe und zog den Schlüsselbund hervor. Hier unten war es bereits so dunkel, dass ich die kleine Taschenlampe anknipste, die ich im »Starfish Market« erstanden hatte. Ich fand das Schlüsselloch und schloss die Tür auf.

Ich musste mich gegen den massiven Stahl lehnen, damit er sich bewegte. Es quietschte laut, doch dann konnte ich die Tür öffnen.

Vorsichtig trat ich in die komplette Dunkelheit. Da ich mir nicht sicher war, ob ich die Tür von dieser Seite aus wieder aufstemmen konnte, ließ ich sie einen Spalt offen.

Der Lichtkegel meiner Taschenlampe malte scharfkantige Schatten an die rohen Steinwände. Ich wusste, dass es hier mal eine Beleuchtung gegeben hatte. Jetzt tastete ich allerdings nach dem Schalter und nichts geschah.

Der Gang schien sich vor mir in eine unendliche Schwärze zu erstrecken. Rechts und links gingen Türen davon ab, die so verrostet wirkten, dass sie sich sicherlich kaum noch öffnen ließen. Aber ich ahnte, in welche Tür der zweite Schlüssel passen würde, und so ging ich zielstrebig voraus.

Es war unheimlich hier unten, nicht nur wegen der Dunkelheit, sondern auch wegen dieser alles erfüllenden Stille. Als irgendwo Wasser von einem Stein tropfte, zuckte ich heftig zusammen. Ich schlang meine Arme um meinen Körper und hielt die Taschenlampe so, dass ich möglichst weit in den Gang gucken konnte.

An einigen Stellen war der Steinboden rutschig, obwohl ich keine Algen oder Ähnliches erkennen konnte. Doch die Feuchtigkeit schien durch jede Ritze zu dringen, und selbst in der Luft flirrte salziges Meerwasser. Ich konnte es auf der Zunge schmecken.

Von irgendwoher erklang ein hohles Dröhnen. Ich hoffte, dass dieses Geräusch aus der Fabrik stammte. Etwas knarzte dumpf, mutmaßlich hatte der Stein dieses Geräusch gemacht. Ich sah mich um, doch ich entdeckte nichts. Dieser Gang war in den rohen Stein gehauen worden, und noch immer schien dieser sich dagegen zu wehren.

Mein Weg führte mich an einigen Türen vorbei, die früher geöffnet gewesen und in denen Fangkörbe gelagert worden waren. Doch selbst das hatte man mittlerweile aufgegeben. Auf einigen Türen prangten sogar gelbe Schilder, auf denen »Vorsicht, Einsturzgefahr!« stand.

Wieder glitten meine Sohlen über etwas Rutschiges auf dem Boden. Ich fing mich schnell, dennoch wurden meine Schritte automatisch langsamer.

An den Wänden entlang aufgereiht entdeckte ich nun schmale hohe Fässer, in denen Flüssigkeiten schimmerten. Was mochte das sein? Einige schillerten ölig, andere rochen ziemlich beißend. Entsorgte mein Vater hier unten seinen Sondermüll?

Und dann endlich hatte ich die Tür erreicht, die ich suchte. Ich probierte, das Schloss zu öffnen, und ich hatte Glück. Der Schlüssel drehte sich und im Inneren klickte es leise.

Auch hier musste ich mich gegen die Tür lehnen, damit sie sich bewegte.

Der Boden war so uneben, dass sich die Tür keinen Zentimeter weiter öffnete. Also zwängte ich mich durch den entstanden Spalt.

Zuerst sah ich den Tisch, dann den Stuhl, den robusten Aktenschrank und das Baustellenlicht. Es war eine Variante, die mit Batterien funktionierte, weil es hier unten ja offensichtlich keinen Strom gab.

Ich knipste das Licht allerdings nicht an, stattdessen ließ ich den Lichtkegel meiner Taschenlampe über den Schreibtisch gleiten. Auch er war aus einem robusten Metall gefertigt und es würde viele Jahre dauern, bis er rostete.

Darauf lagen ein paar Kugelschreiber. Werbegeschenke, die unterschiedliche Schriftzüge von Geschäftspartnern trugen. Eine Flasche Wasser stand daneben.

Auf dem Stuhl war ein Sitzkissen, das jedoch schon ein wenig mitgenommen wirkte. Der Stahlschrank interessierte mich am meisten. Vorsichtig zog ich an einer Schublade.

Ich hielt die Taschenlampe so, dass ich alles darin sehen konnte. In der Schublade lag ein großer durchsichtiger Plastikbeutel, der einen Druckverschluss besaß. Im Inneren entdeckte ich FedEx-Versandtaschen und Aufkleber dafür. Ich hob sie hoch und betrachtete sie genauer. Es waren Paketaufkleber für eine spezielle Versandart. Hier ging es um Geldsendungen von höherem Wert. Man konnte sein Paket sogar für zehntausend Dollar versichern lassen. All das konnte man auf diesen Aufklebern ausfüllen.

Ich ließ den Beutel sinken und öffnete die nächste Schublade. Und da war das Geld. Sorgsam verpackt in durchsichtigen Plastikbeuteln. Wasserdicht verschlossen und somit geschützt gegen die Feuchtigkeit. Ich schätzte den Betrag auf mehrere Tausend Dollar. Ganz hinten in der Schublade klemmte eine Messengerbag. Ich zog sie hervor und betrachtete sie. Sie trug das Logo einer berühmten französischen Kaufhauskette.

Ich öffnete die Tasche, fand jedoch nichts darin. Kurz entschlossen hängte ich sie mir quer um und lud dann das Geld in das mittlere Fach. Ich wollte Dad Beweise liefern, also würde ich Beweise mitnehmen.

Der Riemen zog bereits schwer an meinen Schultern, nachdem ich den hohen Betrag eingepackt hatte. Dann öffnete ich die letzte Schublade.

Wieder jede Menge durchsichtige Plastikbeutel, wieder sicher verschlossen gegen die Feuchtigkeit. Ich ging in die Hocke, nahm sie alle aus dem Fach und trug sie hinüber zu dem Schreibtisch, wo ich sie ablegte.

Ich ließ die Tasche um meine Schultern hängen, lehnte das feucht wirkende Sitzpolster nach oben gegen die Lehne und nahm dann auf dem Stuhl Platz.

Vorsichtig öffnete ich den ersten Plastikbeutel. Darin fand ich ein Abrechnungsbuch. Geldsummen waren fein säuberlich aufgelistet. Dreitausend Dollar, zweitausend Dollar, dann tausend Dollar und schließlich viertausend Dollar. All diese Zahlen waren in Rot geschrieben. Dann fand ich in Schwarz geschriebene Zahlen. Dreitausend Dollar, fünftausend Dollar, tausend Dollar. Ich war mir relativ sicher, dass es sich dabei um Zahlungen seiner Kunden handelte, und die roten Zahlen waren Geld, das er von diesen genommen hatte.

Ich öffnete den nächsten Beutel.

Hier entdeckte ich eine Sammlung von verschiedenen Adressdaten. Auf jedem Blatt war jeweils eine Privatadresse und eine geschäftliche Adresse vermerkt. Ich blätterte durch den Stapel und plötzlich wurde mir einiges klar.

All die Adressen gehörten Leuten, die in verschiedenen Ämtern tätig waren. Es waren Leute, die meinen Vater und seine Fabrik kontrolliert und etwas zu beanstanden gehabt hatten.

Mein Vater hatte wohl entschieden, dass es günstiger war, diese Leute durch Geld zum Schweigen zu bringen, als zu renovieren.

Bei einigen standen Summen dabei und Daten. Hier konnte man gut erkennen, dass die Summen im Laufe der Jahre immer höher geworden waren. Mein Vater wurde erpresst und das nicht nur von einer Person, sondern von gleich mehreren! Die Beträge mussten Unsummen jeden Monat verschlingen. Zu diesem Schluss kam ich, als ich die Zahlen im Kopf kurz überschlug. Dad benutzte das Geld also, um seine Erpresser zu besänftigen und gleichzeitig den Schein bei Cheryl zu wahren, obwohl die Firma in den roten Zahlen steckte und er seine langjährigen Geschäftspartner nicht bezahlte. Ich schüttelte den Kopf. *Oh Dad, wie hat es so weit kommen können?*

Ich packte alle Unterlagen wieder ein und stopfte auch sie in meine Umhängetasche. Vorsichtig erhob ich mich und wollte mich bereit machen zu gehen. Mit Dad darüber zu reden, das würde nicht einfach werden. Aber ich hatte nicht damit gerechnet, dass es so schlimm sein würde.

Ich hörte leises Rascheln auf dem Gang und erstarrte. War noch jemand anderes hier unten? Oder war mein Vater hergekommen und würde mich nun ertappen?

Ganz langsam schlich ich über den unebenen Boden bis zur Tür. Zum Glück stand sie so weit offen, dass ich meinen Kopf hindurchlehnen konnte.

Da es hier keine Fenster gab, war es stockdunkel, doch ich erkannte das Licht von Taschenlampen, die sich entfernten. Ich hatte die Tür aufgelassen, und nun war es vermutlich jemandem aufgefallen, der die Situation ausgenutzt hatte.

Ob sich ein paar Arbeiter hierher verirrt hatten? Fanden sie es lustig, durch diese morschen Gänge zu streifen?

Jetzt erklang ein Kichern, und es hörte sich eindeutig weiblich an. War das etwa ein Liebespaar? Wobei das wirklich kein besonders romantischer Ort für ein heimliches Treffen während der Arbeit war.

»Jetzt mach schon«, flüsterte eine männliche Stimme. Der Lichtschein einer Taschenlampe wanderte und richtete sich plötzlich auf das Gesicht einer jungen Frau.

Mir wurde eiskalt.

Ich kannte sie.

Kara?

Zane hatte mir Fotos seiner Freunde gezeigt, und wenn mir mein Verstand nicht gerade komplett einen Streich spielte, dann war sie das.

»Los.« Eine männliche Stimme durchschnitt die Stille. »Raus hier.«

Sie liefen alle gleichzeitig los.

»Hallo!«, rief ich. Ich sah durch den Spalt und es gelang mir, die Tür ein wenig mehr zu öffnen. Doch der Klang meiner Stimme wurde durch das schwere Kratzen der Stahltür über den Steinboden verschluckt.

Dann flammte ein Funke in der Dunkelheit auf.

Ich blieb wie paralysiert stehen.

Und im nächsten Moment brach die Hölle los.

Kapitel 34

ZANE

Als ich auf dem Firmengelände ankam, jagten bereits die ersten Feuerwerkskörper in die Luft. Sie hatten sie auf den Dächern des Bürogebäudes und der Fabrik positioniert.

Ein stinkender Rauch waberte mir entgegen, der Übelkeit erregend nach faulen Eiern stank.

Gerade als die ersten Menschen aus dem Büro strömten, entrollte sich von dessen Dach ein Transparent. Darauf stand in großen roten Lettern: »Saunderman stinkt!«

Ich sah die ersten Menschen hektisch telefonieren, doch dieses Spektakel am Himmel würde auch den Leuten im Dorf nicht verborgen bleiben. Sicherlich würde es bald von Schaulustigen wimmeln.

Geschrei erklang, als Farbbomben von den Dächern regneten.

Ich rannte Richtung Fabrik, um mir einen Weg in den Keller zu suchen. Da entdeckte ich ihn. Er trug zwar ein Tuch über Mund und Nase, dennoch wusste ich, dass es Stuart war. Er kam mir entgegengerannt und lachte. »Na, willst du dich uns doch noch anschließen?«

Ich war so wütend, ich hätte ihn gerne gepackt und ins Wasser geschmissen. Ich starrte ihn wortlos an, er lachte wieder. Mir platzte der Kragen. Ich kam ihm ganz nah und zog ihm sein Tuch vom Gesicht. »Wir gehen ab heute getrennte Wege«, zischte ich. »Ich bringe jetzt noch meine Freundin in Sicherheit und dann überlasse ich dich deinem Schicksal. Wenn du Krieg spielen willst, dann mach das ohne mich.«

»Du hast eine Freundin?« Stuart grinste und zog das Tuch wieder über Mund und Nase. »Mein Gott, reg dich doch nicht so über die paar Stinkbomben auf. Das verfliegt ganz schnell hier am Meer. Und dann noch die paar Böller im Keller und das bisschen Feuerwerk auf dem Dach. Stell dich mal nicht so an.«

Beim Stichwort »Böller im Keller« horchte ich auf. »Sag das noch mal.«

»Warum?«

»Wo im Keller habt ihr die Böller gezündet?«

»Na ganz unten. Wir sind an alte Lagepläne gekommen, und da gibt es ein Geschoss unter dem regulären Kellergeschoss. Wir wollen ja keinen umbringen oder so. Es soll lediglich ein bisschen Krach machen und bestenfalls der Boden ein wenig beben. Das war's.« Stuart schubste mich ungehalten vor die Schulter. »Reg dich ab.«

»Lys ist da unten«, brüllte ich. »Bist du komplett irre?« Ich schwang herum und rannte los.

»Wer ist Lys?«, rief Stuart hinter mir her.

Ich blieb nicht stehen. Stattdessen rannte ich weiter Richtung Fabrik und stürzte durch den Eingang, wo sich kein Wachmann mehr befand.

Durch den Rauch machte ich die Silhouetten zweier Männer aus. Da stand Nigel und hinter ihm John. Ihre Gesichter zeigten, dass sie mein Gespräch mit Stuart beobachtet hatten. Sie schienen draußen einen Hagel von Farbbomben abgekriegt zu haben. Die Überraschung und das Entsetzen über meine augenscheinliche Beteiligung an diesem Chaos lähmten sie offenbar.

Doch dann stürzte Nigel vor und packte mich brutal am Kragen. Sein Griff war so fest, dass ich glaubte, er würde mich ein Stückchen in die Luft heben.

»Sind das deine Leute? Du hast uns ausspioniert, richtig? Ich hatte da so ein Gefühl, aber ich habe mir eingeredet, dass ich überreagiere. Aber du warst es, stimmt's? Jetzt sind deine Kumpels hier und fackeln den ganzen Laden ab, oder?«

»Sie haben das ohne mich geplant«, keuchte ich und machte mich von seinem Griff los. »Ich bin absolut gegen solche Aktionen. Nigel, lass mich los, Lys ist im Keller und sie haben dort irgendwelche Böller gezündet. Ich kann sie nicht erreichen.«

Nigel ließ mich so abrupt aus seinem Griff, dass ich schwankte. »Der Keller ist einsturzgefährdet.«

»Bist du total bescheuert, Mann?«, rief John in diesem Moment, der endlich aus seiner entsetzten Starre erwachte. »Man hintergeht doch nicht seine Leute.« Auch er wollte sich auf mich stürzen.

Nigel hob den Arm und bremste ihn mühelos aus. »Mund halten, John«, knurrte er. »Wir haben gerade ein anderes Problem.«

»Ich muss sie suchen«, stieß ich hervor und drängte mich an den beiden vorbei.

»Da unten stehen auch Fässer mit irgendeinem verseuchten Öl, das Saunderman dort lagert«, rief Nigel hinter mir her. »Das fängt beim kleinsten Funken Feuer.«

Ich glaubte, vor Panik den Verstand zu verlieren. Es brannte dort unten? Ich sah mich um und entdeckte im angrenzenden Treppenhaus einen Feuerlöscher. »Dann nehme ich den mit!«

»Das wird dir nichts bringen«, rief Nigel. »Das ist ein Schaumfeuerlöscher. Der kommt nicht gegen ein ganzes Fass voll Öl an, erst recht nicht gegen mehrere. Wir brauchen die Pulverlöscher aus der Kantinenküche.«

Wir? Erleichterung durchflutete mich, als ich erkannte, dass er mir helfen wollte.

»Mir nach, ihr beiden!«, rief Nigel und rannte los. »John, ruf die Feuerwehr. Sag ihnen, dass im untersten Keller Öl brennt.«

»Alles klar, Boss!« John zog im Laufen sein Telefon hervor.

Es war schwer voranzukommen, weil uns aus jeder Richtung Leute entgegenströmten. Nigel schob sie vor uns zur Seite und nutzte seinen hünenhaften Körper wie ein Eisbrecher im Polarmeer. Ich hingegen konnte meine Angst um Lys kaum noch verbergen. Meine Hände zitterten, während ich die ganze Zeit versuchte, sie übers Telefon zu erreichen. Doch ich hatte immer wieder die Mailbox dran. Auch WhatsApp-Nachrichten wurden nicht zugestellt.

Ich war nicht besonders gläubig, aber in diesem Moment sandte ich Stoßgebete zu allen Göttern, in der Hoffnung, nur einer von ihnen würde mich hören.

Hoffentlich ist sie von dem Feuer nur eingeschlossen. Hoffentlich kriegt sie dort unten Luft.

Hoffentlich ist es nicht bereits zu spät.

Meine unbändige Wut auf Stuart und die anderen, die so fahrlässig gehandelt hatten, stieg ins Unermessliche. Er war mal mein bester Freund gewesen. Aber wenn er für den Tod von Lys verantwortlich sein würde, wusste ich nicht, was ich tun würde.

»Sie sind in zehn Minuten da!«, rief John.

»Danke dir.« Meine Stimme klang heiser vor Angst.

In der Kantinenküche standen noch dampfende Töpfe herum und irgendwo war Geschirr heruntergefallen.

Nigel riss einen der Feuerlöscher von der Wand und warf ihn mir zu. Unmittelbar darauf stürmte er zu der gegenüberliegenden Seite und nahm den zweiten Feuerlöscher.

»Ist noch irgendwo einer?«, fragte John.

»Im Kühlhaus«, rief Nigel. »Du holst ihn und dann kommst

du uns hinterher. Wir nehmen das große Treppenhaus Richtung Keller.« John nickte und rannte auf die Tür des Kühlhauses zu.

Nigel und ich hingegen stürmten aus der Küche und zurück zum Treppenhaus. Auf dieser Treppe nach unten kam uns zum Glück niemand entgegen. Alle Arbeiter schienen sich bereits nach draußen begeben zu haben.

Schon auf der letzten Treppe roch ich Chemikalien.

Die schwere Stahltür in der untersten Etage stand zum Glück halb offen. Ein beißender Geruch kam uns entgegen. Er roch wie giftige Säure, sofort musste ich husten. Dann sah ich den Rauch. Ich schob mich noch vor Nigel in den pechschwarzen Gang. Gott sei Dank entdeckte ich kein Feuer, lediglich den Rauch, der von bereits gezündeten Böllern aufstieg. Ein paar Fässer waren umgekippt, vermutlich durch den komprimierten Druck der Feuerwerkskörper in diesem schmalen Gang.

»Lys?« Keine Antwort. »Lys! Wo bist du?« Mit der freien Hand griff ich nach meinem Handy und schaltete die Taschenlampe an. Mein Herz sank, als ich die unzähligen Türen registrierte, die rechts und links von dem Gang abgingen. Hinter jeder dieser Türen konnte sie liegen, bewusstlos, verletzt.

Ich rappelte an der ersten Tür, doch da war kein Geräusch. In der Mitte des Ganges explodierte erneut ein Böller. Er warf einen tanzenden Funkenregen in die Dunkelheit.

Sekunden später ragte plötzlich eine Mauer aus Flammen vor uns auf.

»Die Funken haben eins der umgefallenen Fässer in Brand gesetzt«, rief Nigel. Er löste den Sicherheitsstift an dem Feuerlöscher.

Ich rüttelte an einer weiteren Tür. »Lys?« Doch sie war verriegelt, sogar mit einem Vorhängeschloss davor, das sah ich jetzt erst. Der beißende Geruch brannte mir in den Augen.

Nigel drückte den Griff des Feuerlöschers herunter und das weiße Pulver schoss hervor. Ich tat es ihm nach. Gemeinsam versuchten wir, das brennende Öl vor uns zu löschen.

»Wir müssen uns beeilen«, rief ich Nigel zu. »Das Feuer frisst den Sauerstoff, und wenn Lys hier unten ist …« Ich beendete den Satz nicht.

»Ich gebe mein Bestes«, rief Nigel.

Das Feuer entzündete einen Böller, der wohl nicht durch den Zünder explodiert war. Noch mal bebte der Boden.

»Verdammt!«, rief ich. Wir konnten das Feuer ein wenig zurückdrängen, doch jetzt entflammte das nächste Fass. »Lys!« Ich ließ den Schlauch los und riss rechts und links an den Türen neben mir.

Nichts bewegte sich, nichts rührte sich.

»Vielleicht ist sie gar nicht mehr hier«, brüllte Nigel gegen das Prasseln des Feuers. »Wir müssen raus hier. Es wird zu gefährlich.«

»Sie ist hier«, beharrte ich. »Sie hätte mich sofort benachrichtigt. Sie muss hier sein. Wenn es dir zu heiß wird, dann geh ruhig. Danke dir!« Meine Augen tränten unkontrolliert, meine Nase lief und ich war mir relativ sicher, dass die Hitze des Feuers bereits einige Haare meiner Augenbrauen geschmolzen hatte.

Nigel schüttelte einfach nur den Kopf. Dann war John da. »Scheiße, was ist denn hier los?«, rief er und aktivierte ebenfalls den Feuerlöscher.

»Wir schaffen das!«, sagte ich. »Wenn wir das Feuer löschen können, kann ich auch die anderen Türen checken. Sie muss hier irgendwo sein.« Wieder rief ich ihren Namen, wieder kostete es mich alle Kraft, nicht völlig die Beherrschung zu verlieren. Ich konnte sie nicht verlieren. Ich durfte sie nicht verlieren. Sie war für mich auf die Suche nach Beweisen gegangen. Ich wäre schuld an ihrem Tod.

Und tatsächlich schafften wir es zu dritt, das Feuer so weit zurückzudrängen, dass nur noch ein kleiner Brandherd nahe einem Fass übrig war. Um uns herum wurde es erneut bedrohlich dunkel. John wollte gerade noch den letzten Brandherd erwischen, da sah ich den großen Böller. Gierig streckte das verbliebende Feuer sich danach aus.

»Schnell!«, rief ich, doch es war zu spät.

Der Böller explodierte in einem ohrenbetäubenden Knall.

Das Fass daneben wurde durch die Druckwelle beschädigt und die rostige Außenhaut bekam einen Riss. Die beißend riechende Flüssigkeit schwappte in einer Welle auf unsere Schuhe zu, bevor es stockdunkel und totenstill wurde.

Ich ließ den Feuerlöscher auf den Boden sinken und presste mir den Stoff meines Pullovers vor Mund und Nase. Mit der anderen Hand knipste ich erneut das Licht meiner Taschenlampe an.

Der Stein ächzte unter der Druckwelle, feine Risse bildeten sich überall. Das hier waren keine freiverkäuflichen Feuerwerkskörper. Das hier war Profizeug. Hier war so viel Schwarzpulver drin gewesen, damit könnte man einen ganzen Stollen sprengen.

Wie zum Beweis knirschte der Stein zum wiederholten Male. Auch John und Nigel machten jetzt ihre Taschenlampen an.

»Lys!«, rief ich wieder. »Lys, wo bist du?«

Ich meinte, ein Geräusch gehört zu haben. Ganz leise, nur die Ahnung eines Wortes. Alarmiert legte ich den Finger an die Lippen und sah die anderen eindringlich an.

Da war es wieder.

»Zane …«

John riss die Augen auf, er hatte es ebenfalls gehört. Ich stürzte los, rappelte an der nächsten Tür. Lys war hier irgendwo, doch der Hall in diesem Gang machte es schwer zu erkennen, woher die Stimme kam.

Die Sohlen meiner Turnschuhe schienen durch die beißende Flüssigkeit beschädigt worden zu sein. Sie fühlten sich seltsam aufgeweicht an. Doch das würde mich nicht aufhalten. »Lys!«

Wir gingen tiefer in den Gang und ich rüttelte an einer weiteren Tür.

Abermals ächzte es über uns. Es hörte sich an, als würde der Stein einfach aufgeben. Als würde er tief ausatmen, seufzen und dann einfach loslassen. Es knirschte ohrenbetäubend laut, und im nächsten Moment bildeten sich große Risse an den Wänden neben uns und an der Decke.

»Zurück!«, brüllte Nigel.

Wir flüchteten zurück in Richtung Ausgang.

Der Gang hinter uns stürzte komplett ein.

Kapitel 35

LYS

Ich schlug die Augen auf. Im ersten Moment wusste ich gar nicht, wo ich war.

Reflexartig berührte ich meine Stirn und stöhnte dann auf. Mein Kopf schmerzte. Etwas Feuchtes, Klebriges lief über meine Finger.

Ich drehte den Kopf und suchte nach der Lichtquelle. Dort, unweit von mir auf dem Boden, lag mein Handy. Die Taschenlampe brannte noch und warf helles Licht in den Raum. Als ich den Schreibtisch sah, wusste ich wieder, wo ich war. Ich war in den verlassenen Kellerräumen unter der Fabrik. Und gerade hatte es eine Explosion gegeben.

Mein Gott, was ist passiert? Und warum?

Nochmals tastete ich nach meiner Stirn. Etwas Schweres war mir auf den Kopf geknallt, daraufhin war alles schwarz geworden.

Ich bewegte mich und spürte, wie feucht der Boden war. Nein, er war nicht einfach nur feucht, so wie vorhin … Es stand Wasser auf dem Boden. Es waren vielleicht nur ein, zwei Zentimeter, dennoch lag ich in einer Pfütze. In diesem Moment ging die Taschenlampe aus. Die Dunkelheit ließ mich vor Schreck aufkeuchen.

Schnell griff ich nach meinem Telefon, um wieder eine Lichtquelle zu haben. Es funktionierte. Ein Wunder, dass seine Elektronik noch nicht von dem Wasser beschädigt worden war. Ich entdeckte einen Anruf von Zane. Hatte er mich warnen wollen?

Etwas drückte mir hart in den Rücken und ich verzog das Gesicht. Was war das? Ich rollte herum und schaffte es schließlich, mich langsam aufzusetzen. Alles, was den Stein unter mir berührte, weichte langsam, aber sicher durch. Mit der freien Hand tastete ich nach hinten. Da war die Tasche. Richtig, ich hatte ja immer noch die Messengerbag um, in der ich meine Beweisstücke verstaut hatte.

Dann erinnerte ich mich an Zanes Stimme. Er war hier gewesen! Er wollte mich befreien.

»Zane?« Ob die Explosion ihn ebenfalls verletzt hatte?

Ächzend kam ich auf die Füße, schwankte und taumelte zwei, drei Schritte nach links zu dem Schreibtisch. Dort hielt ich mich fest und atmete erst mal tief durch.

»Zane!«

Übelkeit jagte durch meinen Körper wie eine Welle. Ich hatte vermutlich eine Gehirnerschütterung. Ich rieb mir über die Nase, denn der stechende Geruch, der sich seit der Explosion überall im Keller breitgemacht hatte, hing nun auch hier in der Luft. Er hatte auch dafür gesorgt, dass meine Stimme so rau und heiser klang, dass Zane mich vermutlich nicht gehört hatte. Ich hatte »Vorletzte Tür links« gerufen, doch obendrein hatte die Tür meine Stimme isoliert. Nachdem die beißend riechenden Gase durch den Spalt gedrungen waren, hatte ich sie mit aller Kraft komplett geschlossen, um meine Atemluft hier in dem Zimmer so gut es ging zu schützen, bis die chemischen Gase im Gang verflogen waren.

Was jedoch darin resultierte, dass die Tür sich komplett verkeilt hatte und ich sie keinen Zentimeter mehr öffnen konnte. Ich saß fest. Und Zane hatte nicht genug Zeit gehabt, mich zu finden.

Ich hoffte so sehr, dass es ihm gut ging. Dass er von der Explosion nicht betroffen und dass er unverletzt war.

Noch mal knarzte es laut im Boden.

»Zane? Ich bin im vorletzten Raum links! Kannst du mich hören?«

Ich hustete und bemerkte entsetzt, wie rasant das Wasser gestiegen war. Inwzischen hatte es bereits die Sohlen meiner Schuhe überwunden. Es war eiskalt und suchte sich nun einen Weg durch die Nähte meiner Sneakers.

Verzweifelt sah ich auf das Telefon, suchte allerdings vergeblich nach Empfang. Die Helligkeit des Displays jagte mir einen schmerzenden Stich durch den Kopf.

Ich legte meine Hand über meine Augen und wieder fühlte es sich feucht an. Ich hob die Hand, um in der Helligkeit des Displays meine Haut zu betrachten. Blut schimmerte auf meinen Fingern. Ich hatte definitiv eine Platzwunde auf der Stirn, die immer noch blutete.

»Zane!«, wollte ich so laut rufen, wie ich konnte. »Ich bin hier!« Doch meine Stimme brach nach den ersten Worten, erneut kam nur ein Krächzen heraus. Diese beißenden Chemikalien hatten irgendetwas mit meinen Stimmbändern angerichtet.

Ich versuchte, an der Tür zu rütteln, und wieder wurde mir übel. Fest entschlossen, mich bemerkbar zu machen, lief ich zurück zum Schreibtisch. Ich griff nach dem metallenen Stuhl, weil ich ihn nur mit beiden Händen hochheben konnte, legte ich das Handy so lange auf den Tisch, in der Hoffnung, dass es genug Licht spenden würde. Dann stapfte ich durch das Wasser zurück zur Tür.

Mit aller Kraft schlug ich mit dem Stuhl dagegen. Der Krach schien übermächtig.

Allerdings nicht so laut wie das Bersten von Gestein, als sich in der Wand rechts von mir nahe dem Boden ein Riss öffnete und ein Schwall schwarzes Wasser fontänenartig in den Raum schoss.

Ich schrie auf vor Schock und ließ den Stuhl fallen. Schon wieder ächzte das Gestein laut, als würde der ganze Raum gleich in sich zusammenfallen.

Panik ergriff jede Zelle meines Körpers. Ich packte den Stuhl, warf ihn gegen die Tür, ich schrie und hämmerte mit den bloßen Fäusten dagegen. Ein Hustenkrampf schüttelte mich und ich musste würgen. Tränen traten mir in die Augen, und das nicht nur wegen der beißenden Chemikalien in der Luft. Das Wasser stieg schnell. Sehr schnell. Der Raum war klein und der Spalt unter der Tür so winzig, dass kaum genug Wasser abfloss, um einen Unterschied zu machen.

Ich watete durch das bereits wadenhohe Wasser und begann am ganzen Leib zu zittern, so eiskalt war es.

Ich wusste, dass man in diesen Temperaturen nicht lange überlebte. Ich musste Schutz suchen. Ich musste einfach warten und hoffen, dass Rettung kam. Ich kletterte auf den Schreibtisch und wollte gerade nach meinem Handy greifen, als mein Blick erneut auf den Stuhl fiel. Er wirkte sehr massiv und vielleicht konnte ich damit …

Ein Schauer jagte meine Wirbelsäule hinab, als ich erneut in das schwarze Wasser sprang. Doch ich konnte nicht auf Hilfe von außen zählen. Ich war auf mich allein gestellt. Zane hatte versucht, mir zu helfen, doch bis jetzt war er gescheitert. Keine Ahnung, wann und wie schnell Hilfe kommen würde.

Ich schnappte mir den Stuhl aus dem Wasser und versuchte, ein Bein unter den Türschlitz zu klemmen. Ich ging in die Hocke, drückte die Klinke herunter, lehnte mich nach hinten, während ich gleichzeitig das Stuhlbein wie einen Hebel benutzen wollte. Das Metall ächzte protestierend, die Tür regte sich keinen Millimeter. Ich probierte es noch mal. Ich riss an der Klinke, bis es schmerzhaft in meinem Handgelenk zog. Das Stuhlbein glitt ein Stück durch den Spalt zwischen Tür und Boden, doch ansonsten bewegte sich nichts. Ich rappelte an der Klinke. Keine Chance.

Ich wollte gerade zurück zum Schreibtisch laufen, da verband sich das Loch in der Wand mit einem gerade aufbrechenden Riss im Boden.

Vor Schreck taumelte ich und wäre fast umgefallen.

Das Wasser stieg jetzt so rasant schnell, dass nicht mal der Schreibtisch mir lange Sicherheit bieten würde. Ich hatte alles versucht. Ich hatte alles versucht, um hier herauszukommen. Jetzt musste ich einfach nur noch Zeit schinden. Überleben, so lange wie möglich.

Ich krabbelte zurück auf den Schreibtisch, ich zitterte vor Kälte, und meine Fingerspitzen fühlten sich bereits leicht taub an. Ich hatte immer noch die Tasche umhängen, denn irgendwie wollte ich mich nicht von ihr trennen. Sie war schließlich der Grund, warum diese ganze bescheuerte Mission irgendwie Sinn ergab. Ich hatte mein Ziel erreicht, ich hatte meine Beweise gefunden, und wegen all meiner trotzigen Verzweiflung weigerte ich mich schlicht, sie jetzt wieder abzugeben.

Ich zog das Handy hervor. Vierzehn Prozent Akku. Die Taschenlampe schien sehr viel Energie zu verbrauchen. Doch das ohrenbetäubende Rauschen des Wassers und die Dunkelheit machten mir Angst, also ließ ich sie an.

Das Wasser hatte jetzt die Schreibtischkante erreicht. Ich kam auf die Füße und ganz vorsichtig krabbelte ich von der Platte weiter auf den schmalen Aktenschrank. Er würde mir vielleicht noch weitere zehn Minuten Sicherheit bieten. *Und irgendwann wird das Wasser die Decke erreicht haben und ich keinen Platz zum Atmen mehr haben.*

Der Aktenschrank schwankte leicht, als ich mich im Schneidersitz darauf niederließ. Er war zu schmal, um die Tasche dahinter aufzustellen, also musste ich ordentlich mit dem Gleichgewicht kämpfen, damit sie mich nicht nach hinten zog. Doch dann schien der Schrank einigermaßen stabil zu stehen.

Neun Prozent Akku.

Ich schluckte und Tränen stiegen in die Augen. Mir war eiskalt. Meine Kopfwunde pochte und brannte. Und ich hatte schreckliche Angst.

Wie lange würde ich in diesem eiskalten Wasser überleben?

Es wird Zeit, sich zu verabschieden. Ich öffnete WhatsApp.

Sechs Prozent Akku.

Ich rief den Chat mit Zane auf, las unsere letzten Nachrichten, während ich nach den richtigen Worten suchte, die ich ihm schreiben wollte.

Drei Prozent Akku.

Ich begann zu tippen. Lieber Zane, ich wollte dir sagen –

Mein Handy ging aus.

Ich war allein. Allein in der allumfassenden Dunkelheit, allein in dem ohrenbetäubenden Rauschen des Wassers, allein mit meinen letzten Gedanken.

Kapitel 36

ZANE

Rauch und Staub jagten wie eine Welle hinter uns her, während wir uns zurück in das Treppenhaus flüchteten. Mir war sofort klar, dass wir zu dritt keine Chance hatten. Der eingestürzte Gang musste so viele Kilos Gestein enthalten, dass wir sie unmöglich wegräumen konnten.

Dennoch wollte ich mir wieder ein Stück Stoff vor die Nase halten und zurück, um nach Lys zu suchen. Nigel hielt mich gewaltsam auf.

»Vergiss es«, rief er. »Erst muss der ganze Staub etwas verfliegen und zweitens, hast du gehört, was dort runtergekommen ist? Das kannst du nicht alleine zur Seite räumen. Deiner Kleinen geht es gut, sie ist in einem der Räume dahinter.«

»Ich kann sie nicht allein lassen«, rief ich. »Ich kann jetzt nicht einfach gehen.«

»Es geht ihr gut«, sagte Nigel erneut und das ziemlich energisch. Er ließ mich nicht los und seine Hände waren wie Schraubstöcke. »Jetzt musst du aufpassen, dass es dir gut geht. Schauen wir nach oben auf den Vorplatz und gucken, wo die Feuerwehr ist. Die haben schweres Gerät dabei. Das sind kräftige Jungs, die Handschuhe und andere Schutzkleidung tragen und ordentlich mitanpacken können. Allein schaffen wir das nicht.«

Ich wehrte mich immer noch, doch Nigel und John schafften es, mich die Treppe hinaufzuziehen. Natürlich war es eine gute Idee, denn die Luft hier unten war mehr als unerträglich.

Rauch, Staub, beißende Dämpfe, mir brannten Augen und Nasenlöcher und das Atmen fiel mir schwer.

Schon als wir die oberste Treppenstufe erreicht hatten, merkte ich, wie ich besser Luft bekam.

Auf dem Vorplatz hatten gerade zwei Einsatzwagen der örtlichen Feuerwehr gehalten. Nigel schien einen der Männer zu kennen, denn er sprach sofort mit ihm.

Ich kämpfte mit mir, nicht sofort wieder nach unten in den Keller zu laufen. Einige der Feuerwehrmänner zogen Atemschutzgeräte an. In der Nähe des Büros sah ich Mr Saunderman stehen. Er war kreidebleich, wirkte unruhig und telefonierte mit seinem Handy. Ob er gerade versuchte, seine Tochter zu erreichen?

Dann fuhr noch ein dritter Einsatzwagen auf den Hof und die Menschen, die sich wie eine Traube in der Mitte der beiden Gebäude gesammelt hatten, wichen abermals zur Seite.

Von den Seawolves entdeckte ich keine Spur mehr. Sie schienen geflüchtet, nachdem sie das Firmengelände in bunte Farbe getaucht hatten. Ich fragte mich, ob sie Mr Saunderman meine Fotos gezeigt hatten. Irgendwie hatte ich das Gefühl, dass sie einfach nur Chaos stiften wollten. Dass es ihnen einfach nur darum gegangen war, Verwirrung und Angst zu verbreiten.

Nochmals sah ich auf mein Handy, in der sehnsüchtigen Hoffnung, eine Nachricht von Lys zu bekommen. Doch da war nur eine Nachricht von Stuart: Du Feigling.

Das war mir allerdings so was von egal.

In dem Moment raste der schwarze Pick-up auf den Hof, den ich schon bei dem Haus von Lys gesehen hatte. Nathan sprang heraus. Er trug einen Kasack, der irgendein Logo auf der Brust eingestickt hatte. Sein Blick glitt über die Menge und verschränkte sich mit meinem. Seinen Ziehvater schien er nicht bemerkt zu haben.

Er rannte zu mir herüber. »Was ist passiert? Geht es allen gut? Ich habe das Feuerwerk gesehen, aber weder Ernest noch Lys gehen dran, und Moms Handy liegt zu Hause.«

Ich überging den Teil mit dem Feuerwerk. »Ein Teil des Kellers ist eingestürzt und Lys hängt dahinter in einem der Räume fest. Davor hat es gebrannt, doch das konnten Nigel, John und ich löschen. Wir wissen nicht, wie es jetzt weitergeht und warten auf die Feuerwehrleute.«

Nathans Augen hatten sich während meiner Worte geweitet. »Was macht sie allein in dem Keller?« Der Schock in seinem Gesicht war so ehrlich, dass ich keine Sekunde daran zweifelte. »Egal, los, ab nach unten.« Er wollte sich umdrehen.

»Vergiss es, da kommst du nicht durch. Da liegen Tonnen von Stein rum.«

»Ist mir scheißegal«, erwiderte er. »Ich werde jeden verdammten Stein mit der Hand wegtragen, wenn ich sie dadurch befreien kann. Na los!«

Ehrlich gesagt überraschten mich seine leidenschaftlichen Worte. Ich hatte immer den Eindruck gehabt, dass Lys und er sich nicht ausstehen konnten. Zu Recht, wenn ich mich an die Situation erinnerte, in der ich ihm begegnet war.

In diesem Moment kam Nigel zu uns. »Sie gehen jetzt in den Keller. Wir sollen warten, während sie prüfen, wie die Luftqualität da unten ist.«

»Na klar«, schnaubte Nathan. »Und danach machen sie noch ein kleines Picknick, oder was? Ich gehe jetzt da runter und ihr anderen könnt euch überlegen, ob ihr euch vorher noch die Haare machen lasst oder einen Kaffee holt.« Er schnaubte und rannte zielstrebig los in Richtung des Eingangs. Ich folgte ihm, während Nigel irgendetwas hinter uns herrief.

Gemeinsam jagten wir die Treppe hinunter, während oben bereits die schweren Stiefel der Feuerwehrmänner erklangen.

»Wo ist sie?«, rief Nathan, als wir durch die Tür in die Dunkelheit traten. Sofort machten wir beide unsere Handylampen an. Erst dann sah man das ganze Ausmaß des Einsturzes. Teile der Decke waren heruntergekommen und türmten sich hoch über uns auf. Sie verschlossen den Gang dahinter.

»Sie ist vermutlich in einem der hinteren Kellerräume. Ich habe sie rufen hören, bevor alles eingestürzt ist.«

»Scheiße«, fluchte Nathan, bückte sich und begann, die ersten Steine zur Seite zu werfen. »Wir müssen sie da rausholen. Wer weiß, wo noch irgendetwas eingebrochen ist. Der hintere Teil des Ganges reicht weit Richtung Meer, so wie es aussieht. Wenn dort etwas beschädigt wird, kann es sein, dass Wasser eintritt.«

Auch ich hatte mich gebückt und begonnen, die Steine mit meinen bloßen Händen nach hinten zu schmeißen. »Hör auf zu reden und mach schneller«, blaffte ich hektisch und griff nach einem weiteren großen Brocken. Das Gestein war spitz und scharfkantig.

Dann waren die Feuerwehrleute da. Nachdem klar war, dass hier keine giftigen Gase umherwaberten, nahmen sie die Masken ab. Uns wollten sie zur Seite schieben, doch Nathan ließ es nicht zu. Er baute sich zu voller Größe auf und schnauzte den Kerl vor sich an. »Ich bin ausgebildeter Ersthelfer und da hinten ist Lys eingeschlossen. Wenn sie Hilfe braucht, bin ich da. Ich kann sie zur Not mit einem verdammten Kugelschreiber intubieren!« Wie zum Beweis riss er einen weißen Kugelschreiber aus der kleinen Tasche seines Kasacks.

Die Feuerwehrmänner kapitulierten vor unserer Sturheit und irgendjemand reichte uns lederne Arbeitshandschuhe. Zu acht arbeiteten wir in einer verbissenen Stille, die lediglich durch das Knirschen der Steine unterbrochen wurde.

Es dauerte gar nicht lange, schon konnten wir auf den Steinhaufen klettern und über das Loch in der Decke zur anderen Seite hinabgehen.

Wir schoben uns durch die schmale Lücke, zum Glück hatten die Feuerwehrmänner Taschenlampen dabei. Sie leuchteten gerade den Gang aus, als mir etwas auffiel.

»Da klemmt ein Stuhlbein unter einer Tür!«

Sofort rannten wir alle zu dieser Tür. Wasser schoss aus dem schmalen Spalt darunter hervor.

»Lys«, rief ich panisch. »Bist du da drin? Bitte sag was!«

Es dauerte eine halbe Ewigkeit, gefühlt alle hielten den Atem an, da erklang ihre Stimme. »Ich bin hier, aber ihr müsst euch beeilen. Das Wasser …« Sie hustete und brach ab.

Einer der Feuerwehrmänner schob mich zur Seite. »Der Raum ist voll Wasser gelaufen. Der Druck, mit dem das da rausschießt, verrät, dass es schon ziemlich hochsteht.«

Ich konnte kaum glauben, was ich gerade hörte. Lys saß in einem Raum voller Wasser fest? Wie hatte sie bis jetzt überleben können? Die Temperaturen waren eisig. Mein Herz krampfte sich vor Angst zusammen.

Nathan neben mir war noch mal blasser geworden. Er hämmerte mit beiden Fäusten gegen die Tür. »Lys, bist du im Wasser? Wenn ja, versuche dich so wenig wie möglich zu bewegen. Trete nur mit den Beinen, um an der Oberfläche zu bleiben. Schlinge deine Arme um deinen Körper, um so wenig wie möglich an Wärme zu verlieren.«

Lys antwortete irgendetwas, das entfernt nach »Schrank« klang. Doch dann hustete sie wieder nur.

»Die Tür geht nach innen auf«, sagt einer der Feuerwehrmänner. »Soll heißen, wir müssen uns gegen den Druck des Wassers stemmen. Wir brauchen die hydraulische Zange. Sie kann das Türblatt aufspreizen.« Er schickte zwei seiner Männer los. »Miss Saunderman«, rief er dann. »Können sie noch atmen?«

»Ja«, kam es zurück, allerdings leise und sehr erschöpft.

Ich legte meine Hand flach an die Tür. »Lys, ich bin es. Wir sind jetzt da und es wird dir geholfen. Bitte sei noch ein paar Minuten lang tapfer und halte durch. Wir holen dich da raus. Geht es dir gut?«

»Etwas hat mich am Kopf getroffen«, erklang ihre Stimme.

Nathan und ich wechselten einen erschrockenen Blick.

»Wie viel Blut hast du verloren?«, rief er. »Ist dir schwindelig? Wurde dir schwarz vor Augen? Hast du Sehstörungen?«

»Ist nur eine Platzwunde«, sagte Lys. Über dem Steinhaufen knirschte es, und dann waren die Feuerwehrleute zurück. Hinter ihnen folgten Nigel, John und Keiko.

»Als ich von den Jungs gehört habe, dass Lys hier unten feststeckt, musste ich einfach mitkommen und helfen«, sagte Letzterer fast entschuldigend. »Ich bin in Erster Hilfe ausgebildet worden während des Pilotentrainings. Der Krankenwagen braucht leider noch eine halbe Stunde, habe ich vorhin über Funk gehört.« Er hielt einen Verbandskasten hoch. »Falls wir den brauchen. Doktor Dymar macht gerade einen Hausbesuch etwas außerhalb und kommt, so schnell er kann.«

Die Feuerwehrleute drängten uns von der Tür weg und setzten die hydraulische Zange an.

»Miss Saunderman, wir hebeln jetzt die Tür auf. Das Wasser

wird dann sehr schnell abfließen. Bitte versuchen Sie, sich nicht zu verletzen. Halten Sie sich irgendwo fest.«

»Ich sitze auf dem Aktenschrank.« Dieses Mal schafften es die Worte relativ klar aus ihrem Mund.

Nathan, Keiko und ich wechselten einen Blick. »Hat sie gerade Aktenschrank gesagt?« Keiko sah mich ungläubig an.

»Alle aus dem Weg, das Wasser kommt jetzt gleich«, rief einer der Feuerwehrleute. Wir wichen so weit es ging zur Seite aus. Dann bog die hydraulische Zange das Türblatt mit aller Gewalt auf. Wasser schoss hervor und flutete in den Gang. Es dauerte nur wenige Sekunden, bis es sich komplett auf dem Boden verteilt hatte. Zwei Feuerwehrmänner warfen sich gleichzeitig mit der Schulter gegen die Tür und endlich ging sie so weit auf, dass man den Raum betreten konnte.

Ich drängte mich an den allermeisten vorbei und schaffte es kurz nach den Feuerwehrleuten, die die Tür geöffnet hatten, in den Raum. Lys saß auf einem schmalen Aktenschrank und hielt eine Messengerbag fest umklammert. Sie hatte eine Platzwunde an der Stirn und das Blut war über die Wange und das Kinn hinab bis über den Hals gelaufen. Als sie mich sah, begann sie zu weinen. Ich drängte mich an allen Männern vorbei, die ihr helfen wollten, und streckte ihr die Arme entgegen. Augenblicklich war auch Nathan neben mir.

»Mein Gott«, hörte ich ihn murmeln.

»Komm her«, sagte ich leise und Nathan wich zurück. Es erinnerte mich an den Abend, den wir an den Findlingen verbracht hatten. Auch da war sie von den Steinen aus in meine Arme gehüpft. Lys schien sich ebenfalls zu erinnern, und obwohl sie am ganzen Leib zitterte, lächelte sie kurz. Dann entknotete sie die Beine aus dem Schneidersitz und ließ sich nach vorne rutschen.

Ich fing sie auf, während der Schrank hinter ihr gefährlich wackelte. Nathan und ein zweiter Feuerwehrmann stützten ihn ab, sodass er nicht umfallen konnte.

Ich zog Lys in meine Arme. Sie war eiskalt. Sie war komplett durchnässt. Und ich hoffte inständig, dass die Wunde an ihrer Stirn schlimmer aussah, als sie war.

Ich presste sie an mich, legte meine Lippen an ihren Scheitel und kämpfte mit den Tränen.

Und das Einzige, was sie sagte, war: »Ich habe alles gefunden.«

Ich schluchzte auf und strich ihr über den Rücken. »Versprich mir, dass du nie wieder allein auf so ein Abenteuer gehst. Ab jetzt machen wir so was alles nur noch zusammen. Für immer.«

Sie weinte, doch sie nickte. »Für immer.«

Kapitel 37

LYS

Am Samstagnachmittag trafen wir uns nach dem Mittagessen alle auf der Terrasse von Fairway Manor.

Cheryl saß bereits in einem Liegestuhl und hatte rot verweinte Augen. Natty spielte in ihrem Sandkasten und ahnte nichts von dem schwierigen Gespräch, das uns allen bevorstand. Obwohl ich mir eigentlich sicher war, dass ich das größte Drama bereits hinter mir hatte.

Nachdem Zane mich aus dem Keller getragen hatte, war der Rettungswagen angekommen. Dad war kreidebleich gewesen und war mir, genau wie Zane, nicht mehr von der Seite gewichen. Auch Nathans Reaktion hatte mich überrascht. Sie waren beide sehr besorgt um mich gewesen, was ich keinem von beiden zugetraut hatte.

Ich musste eine Nacht in einem kleinen Krankenhaus ein paar Dörfer weiter verbringen. Man wollte mich zur Beobachtung dort behalten und sichergehen, dass es mir gut ging, nachdem durch den behandelnden Arzt eine leichte Gehirnerschütterung und eine leichte Unterkühlung festgestellt worden waren. Außerdem war die Wunde an meinem Kopf versorgt worden. Ich hatte ein ziemliches Ei an der Stirn, doch mittlerweile war ich sogar das Pflaster los. Die Haut würde noch eine ganze Weile brauchen, um vollständig zu heilen, entzündet hatte sie sich glücklicherweise jedoch nicht und ich fühlte mich okay. Zane hatte die ganze Nacht an meinem Bett gesessen, meine Hand gehalten und war irgendwann halb im Sitzen eingeschlafen. Am nächsten Morgen hatte Dad uns dann wieder abgeholt.

Und heute war endlich der Termin an der Reihe, den ich eigentlich schon am Mittwoch mit meinem Vater abgesprochen hatte. Mittlerweile drängte die Zeit, denn am Sonntag wollten Zane und ich abreisen. In einer Woche stand der Umzug in das Wohnheim an und ich hatte gefühlt noch so viel zu erledigen. Auch auf Zane warteten einige Baustellen. Er und seine Freunde Stuart und Kara waren hier im Streit auseinandergegangen. Wie es mit ihnen weiterging, wusste niemand. Zane und seine Eltern hatten in ihrem letzten Telefonat sehr offen geredet. Aber ich konnte ihn gut verstehen. Das würde keine leichte Entscheidung werden.

Um Punkt vierzehn Uhr klingelte Zane an der Tür. Ich ließ ihn herein und wir begrüßten uns kurz. Dann führte ich ihn durchs Haus bis auf die Terrasse. Mein Vater saß bereits am Gartentisch und hatte einige Papiere dabei. Auch Nathan war anwesend, und als wir den Garten betraten, steckte er das Telefon weg, begrüßte uns und nahm ebenfalls am Tisch Platz. Unser Verhältnis hatte sich nach dem Gespräch in Dads Büro entspannt. Wir würden vielleicht nicht die besten Freunde werden, aber wir akzeptierten uns.

Cheryl zog ein Taschentuch aus ihrer Hose und tupfte sich unter den Augen entlang. Sie saß in einem Gartenstuhl in der Nähe von Natty, trotzdem nah genug, dass sie alles Gesprochene hören würde. Wie Nathan bereits angedeutet hatte, hatte sie von den illegalen Geschäften meines Vaters nichts gewusst.

»Setzt euch«, sagte mein Vater und sah Zane dabei nicht an. Ich wusste, dass er immer noch dagegen kämpfte, ihn nicht als seinen Feind zu betrachten. Und ich hatte wirklich versucht, ihn davon zu überzeugen.

»Vielen Dank«, erwiderte Zane und nahm Platz.

Ich hatte den Laptop bereits auf den Tisch gestellt und platzierte mich jetzt neben Zane.

»Sollen wir loslegen?«, fragte ich in die Runde, aber hauptsächlich meinen Vater. Dad nickte knapp.

»Ich nehme an, du möchtest die Beweisfotos von Zane nicht mehr sehen?«

Mein Vater schüttelte den Kopf.

»Das ist ein Verbrechen, das Sie begangen haben«, sagte Zane. »Sie haben sich gegen die Naturschutzgesetze gewandt, um unrechtmäßig mit dem Handel Gewinne zu erzielen. Die Beweise sind umfassend genug, um Sie dafür bei der Polizei anzuzeigen. Ich würde das tun, aber Lys hat mich überredet, zunächst mal abzuwarten, wie Ihre Reaktion ist. Wenn ich merke, dass Sie einsichtig sind, dass Sie Änderungen anstreben, dann überlege ich mir das mit der Anzeige vielleicht noch mal.«

»Und ich werde deine Truppe anzeigen«, blaffte mein Vater. »Das ist Vandalismus und über achtzig Leute haben es gesehen.«

»Das sind Fingerfarbe und ein bisschen Feuerwerk«, erwiderte Zane kalt. »Der Regen hat das meiste davon weggewaschen. Und zum Thema Feuerwerk: Glauben Sie, ein paar Böller bringen Gestein zum Bersten? Sie haben fast den Tod Ihrer Tochter verschuldet. Von dem brennenden Sondermüll, der dort illegal gelagert wurde, will ich gar nicht erst anfangen. Dieser einsturzgefährdete Keller hätte schon längst umfassend saniert werden müssen. Oder eben zugemauert gehört. Das wird Ihnen jeder Statiker schriftlich geben.«

Ich betrachtete Zane, während er sprach, und ich spürte ganz deutlich, dass es ihm missfiel, seine ehemaligen Mitstreiter so vehement zu verteidigen. Ich konnte ihn gut verstehen, denn ich wäre genauso enttäuscht über ihren Sinneswandel gewesen.

Zane und Dad starrten sich böse an.

»Dann könnten wir direkt zu den Zahlen kommen«, sagte ich schnell, bevor sich die Stimmung weiter aufheizte. Ich hatte die Tage, in denen ich mich schonen sollte, dafür genutzt, einige Aufstellungen zu machen. Dazu hatte ich Dad um einige Unterlagen zum Firmenhaushalt gebeten, und er hatte sie mir tatsächlich zukommen lassen. So war es mir möglich gewesen, ein paar interessante Fakten aufzudecken.

»Reden wir zuerst über die Bestechungsgelder, die du bezahlst.«

Dad presste die Lippen aufeinander und sah auf den Bogen, den ich in seine Richtung drehte.

»Es ist so: Dadurch, dass die Summen für die Erpressungen immer höher geworden sind, bezahlst du mittlerweile pro Vierteljahr so viel, wie es dich kosten würde, die geforderten Reparaturen ausführen zu lassen. Du bremst dich also selbst durch diese Aktion aus. Würdest du dich weigern, weiter zu bezahlen, könntest du die Firma auf Vordermann bringen. Außerdem rate ich dir, dich bei der Polizei selbst anzuzeigen.«

Seitlich von mir schluchzte Cheryl laut auf.

»Sag ihnen, dass du Bundesbeamte bestochen hast. Sie wird es wesentlich härter treffen als dich. Aber so machst du einfach einen Strich darunter. Du wirst vermutlich eine Geldstrafe erhalten, sagt Chloe. Aber auch die kannst du in Raten zahlen. Jedenfalls hättest du die Mittel und könntest jede Art von illegalen Aktivitäten sofort aufgeben. Außerdem ist es insgesamt so …«, ich zog einen zweiten Bogen hervor und legte ihn vor ihm hin,

»dass deine Firma zur Zeit mehr kostet, als du verdienst. Da du niemanden kündigen möchtest, was ich sehr gut verstehe, brauchst du als Start etwas Kapital und danach ein regelmäßiges Zubrot, bis du so weit umstrukturiert hast, dass du schwarze Zahlen schreibst.« Ich holte Luft, denn ich wusste, das würde ihn hart treffen. »Du musst ein paar der Autos abgeben. Behaltet einen Wagen, am besten den Jeep, den ich nutzen durfte, denn für ihn bekommt man nicht mehr viel. Zweitens: keine überflüssigen Ausgaben mehr. Keine Hermès-Taschen für fünfzehntausend Dollar. Keine Designermöbel, keinen Stab an Personal. Ihr müsst euch mindestens von zwei Damen trennen, die hier im Haushalt helfen.«

Ich betrachtete sie alle nacheinander. Von Nathan hatte ich Protest erwartet, doch er nickte nur. Cheryl stand zwar der Mund offen, trotzdem sie sah mich bloß an, als wäre ich ein Geist. Dad wirkte verunsichert. Als würde er weniger geliebt werden, wenn er seiner Familie die finanziellen Zuwendungen entzog. Nun, hier würde sich zeigen, wie stark ihre Bindung war.

Cheryl schniefte und sagte: »Scheiß auf das Zeug, solange wir das Haus nicht verlieren.«

Dad drehte sich zu ihr herum. »Wir werden das Haus nicht verlieren.«

Nathan und ich wechselten einen Blick. Ich hoffte es auch, denn es war mein Elternhaus, aber der Firma standen harte Zeiten bevor.

»Jetzt zu dem Zubrot, von dem ich gesprochen hatte. Hier kommt das Gästehaus ins Spiel. Du hast in dieser Angelegenheit unglaublich schnell und professionell reagiert, Dad, hast mit den entsprechenden Behörden telefoniert, Anträge und Genehmigungen eingeholt und das alles innerhalb von wenigen Tagen.

Mittlerweile sind die Zimmer online und wir sind für die nächsten drei Monate ausgebucht. Und das, obwohl wir noch nicht mal unser vollständiges Personal haben. Bei den vereinbarten Preisen für die Zimmer verdienst du pro Monat etwas über fünfzehntausend Dollar mit dem Gästehaus. Natürlich muss man davon die Personalkosten und so weiter abziehen, aber hast du in einem Monat zehntausend Dollar mit den Snow Crabs verdient?«

Mein Vater betrachtete die Papiere, schüttelte jedoch nur wortlos den Kopf. Kurz drehte er sich zu Cheryl, die die Augen weit aufgerissen hatte.

Ich sprach weiter. »Im Moment wird ja der Keller der Fabrik saniert. Das übernimmt die Versicherung, aber ich finde, du könntest das zum Anlass nehmen, weitere Renovierungen vorzunehmen. Die Handwerker, die dort gerade arbeiten, freuen sich sicherlich über neue Aufträge.« Ich zog einen Bogen hervor, und Dad sah darauf. »Ich habe außerdem Zahlungen gefunden, die ich nicht zuordnen kann. Dort steht nur ›V‹.«

Wir alle musterten ihn neugierig. Nathan beugte sich sogar etwas über den Tisch vor. »Was steht für V? Das muss auch jemand sein, der dich erpresst.«

Mein Vater nickte und seufzte dann. »Miss Vellet, meine Sekretärin. Ich hatte mal einen Teil der Papiere, die ich sonst im Keller aufbewahrt habe, auf meinem Schreibtisch liegen gelassen, als ich auf die Toilette gegangen bin. Sie hat sie gesehen und ihre Chance ergriffen.«

Miss Vellet, soso. Die Frau, die mich mit Missachtung gestraft hat, weil ich ihrer Meinung nach unwürdig war, in dieser Firma zu arbeiten. »Ab jetzt gibt es keinen Grund mehr, dich zu erpressen. Du könntest sie feuern.«

»Gute Idee.« Mein Vater schob die Papiere auf dem Tisch vor sich zusammen. Dann bückte er sich und griff nach etwas, das sich unter seinem Stuhl befand. Es war das Geld von seinem letzten Snow Crab-Verkauf. »Ich möchte es einer Tierschutzorganisation spenden. Jetzt, da ich reinen Tisch machen werde, will ich mit diesem Geld nichts mehr zu tun haben. Würdest du dich darum kümmern, dass es an die richtigen Stellen gelangt, Zane?« Er schob Zane das Paket über den Tisch zu. Der nickte. »Ich will mich nicht freikaufen, falls du das jetzt denkst«, sprach mein Vater weiter. »Unabhängig von einer Anzeige möchte ich, dass dieses Geld für einen guten Zweck genutzt wird.«

»Tut es Ihnen leid?«, fragte Zane mit leicht zusammengekniffen Augen. »Haben Sie nur einen Moment daran gedacht, was Sie damit anrichten, wenn Sie junge Krabben fangen, die noch gar nicht ausgewachsen sind? Sie greifen in den Lebenszyklus einer ganzen Population ein, ist Ihnen das eigentlich klar?«

Mein Vater rieb sich über das Kinn. »Ich habe mich immer mies dabei gefühlt. Jedes einzelne Mal. Ich wollte den Schein wahren, erfolgreich wirken, meiner Familie etwas bieten … und habe mich so immer weiter in einen Sumpf aus Lügen und Gesetzesübertretungen geritten, aus dem ich dann keinen Ausweg mehr gefunden habe.«

Neben uns schluchzte Cheryl schon wieder.

Das bekam jetzt auch Natty mit und begann aus Solidarität ebenfalls zu weinen. Nathan erhob sich, um beide zu trösten.

Dad sah kurz zu ihnen und schluckte dann deutlich. »Ich bin stolz auf dich, Lys. Danke für all deine Mühe und die Zeit.« Er legte eine Hand auf die Papiere. »Diese Unterlagen helfen mir sehr. Und dein Businessplan ist großartig.«

»Du kriegst das hin Dad, oder?«, fragte ich mit belegter Stimme.

»Wir Saundermans leben hier seit 1743. Uns kriegt nichts so schnell klein. Weder das raue Klima noch die rauen Menschen noch sonstige Widrigkeiten.« Er holte tief Luft und kurz spürte ich, dass er Angst hatte. »Ich werde mich aus dieser Schlinge befreien. Am Montag rufe ich einen Freund von mir an, er ist Anwalt. Gemeinsam werden wir ein umfassendes Schreiben an die Polizei aufsetzen. Ich werde alles erklären und mich selbst wegen Bestechung und dem Fangen der Snow Crabs anzeigen. Und natürlich werde ich deinen Businessplan vorlegen, um zu zeigen, dass ich mir vorgenommen habe, ab jetzt alles legal umzusetzen. Vielleicht fällt das Urteil dann etwas milder aus, wenn man sieht, wie sehr ich das alles bereue.« Er lächelte mich warm an. »Deine Mutter wäre stolz auf dich, Lys.«

Ich schluckte erneut. »Danke, Dad.« Unter dem Tisch griff Zane nach meiner Hand. Er gab mir Halt und es fühlte sich so unglaublich gut an, ihn an meiner Seite zu wissen.

»Das werden holprige Monate«, fuhr Dad fort. »Aber ich würde mich trotzdem freuen, wenn du oder ihr beide uns bald noch mal besuchen kommt.«

Ich wusste, wie er diese Worte meinte. Sie waren eine Entschuldigung und ein Friedensangebot. Ich lächelte ihn an. »Das machen wir sehr gerne, Dad.«

Epilog

ZANE

Pflegeheim »Carewell«, Boston

Ich saß am Bett meines Bruders und hielt seine Hand. Meine Eltern hatten kurz das Zimmer verlassen, um sich Getränke zu holen.

»Du hast mir gefehlt«, sagte ich. Andrew lächelte und drehte den Kopf noch mehr in meine Richtung.

»Soll ich dir von Alaska und den Snow Crabs erzählen?«

Wieder ein Lächeln.

Ich erwiderte es, bevor ich zu erzählen begann. Er schien wirklich zuzuhören, besonders die Geschichten über die Snow Crabs ließen seine Augen unruhig durchs Zimmer wandern. Er war mit dem ganzen Körper dabei. Als ich geendet hatte, betrachtete ich ihn kurz. Er hatte nicht mehr abgenommen, was gut war. Heute wirkte er ruhig, alle Anspannung schien aus seinem Körper gewichen. Meine Eltern hatten irgendetwas von neuen Medikamenten erzählt, doch ich wollte mir einbilden, dass es daran lag, dass er einfach einen guten Tag hatte. Obwohl sein Gesicht deutlich schmaler war als damals, die Augen nicht mehr so glänzten und auch sein Haar etwas stumpf erschien, erkannte ich in ihm immer noch den Mann, der er mal gewesen war. Und in diesem Moment fragte ich mich, wie er entschieden hätte.

Wäre Andrew seinen eigenen Weg gegangen? Oder hätte er seinem Bruder zuliebe, mir zuliebe, einen Kompromiss gefunden, um sein Erbe weiterleben zu lassen?

Plötzlich war ich mir ganz sicher. Andrew hätte einen Kompromiss gefunden. Er hätte mir auf die Schulter geklopft, so verschmitzt gegrinst wie immer und dann ganz selbstsicher gesagt: »Nicht ich habe diesen Weg gewählt, kleiner Bruder. Dieser Weg hat mich gewählt.«

Dieser Weg hat mich gewählt. Ich nickte und drückte seine Hand. Vielleicht konnte er sich nicht mehr ausdrücken, aber er war nach wie vor so präsent, dass er mir einen Rat geben konnte, ohne ein Wort zu sagen.

»Danke«, flüsterte ich leise. Ich würde einen Kompromiss mit meinen Eltern finden. Und wenn er sich mir nicht sofort zeigte, dann würde der Weg das Ziel sein. Ich war Biologe, Umweltschützer, aber ich würde diese Herausforderung annehmen. Ich würde ein paar Kurse besuchen, ich würde mir dieses ganze Wirtschaftszeug mal ansehen und dann würde ich irgendwann eine Lösung finden. Irgendwann. Es waren die Gespräche mit Lys gewesen, die mir gezeigt hatten, dass es völlig in Ordnung war, wenn man nicht für jede Situation einen Masterplan hatte. Wenn man sich ausprobierte, wenn man etwas wagte und trotzdem scheiterte. Jeder nächste Schritt, jeder erneute Versuch würde einen weiterbringen. Und vielleicht könnte mein Einfluss der Firma meiner Familie neue Möglichkeiten aufzeigen. Ich konnte nur für Veränderung sorgen, wenn ich mich nicht abwandte, sondern das schier Unmögliche probierte: neue Wege erschließen für einen verantwortungsvollen Umgang mit unserem Planeten.

»Ich habe ein Mädchen kennengelernt«, sagte ich dann.

»Mädchen«, wiederholte Andrew und sein Lächeln wurde noch etwas breiter.

»Allerdings«, erwiderte ich. »Und sie ist der absolute Wahnsinn. Soll ich dir von ihr erzählen?«

Andrew sah mich an und in seinen dunklen Augen blitzte etwas auf. Er nickte.

Zwei Stunden später war ich zurück im Hauptquartier. Heute war es still, die meisten hatten sich in ihre eigenen Bleiben zurückgezogen, denn die Seawolves waren gespaltener als je zuvor.

Nur Kara und Stuart waren dort. Wir wollten ein paar Dinge besprechen, die Wogen glätten und anschließend versuchen, die Trümmer so gut es ging aufzuräumen.

»Dann war's das?« Stuart saß auf einem Sitzball und hatte tiefe Ringe unter den Augen.

Ich hockte in meinem Schreibtischstuhl und hatte bis gerade blicklos auf meinen Computerbildschirm gestarrt. »Ja, ich denke, das war's.«

»Hätten wir gewusst, dass Lys dort unten ist –«, begann Kara, doch ich schnitt ihr mit einer Geste das Wort ab.

»Mal abgesehen davon, dass ihr durch eure Leichtsinnigkeit fast meine Freundin umgebracht hättet, geht es auch um die Gesamtheit der Sache. Schon wieder Böller, schon wieder Feuerwerk und der große Auftritt. Das war jetzt ein Mal zu viel und ich habe keine Geduld mehr. Das ist nicht meine Art zu protestieren. Wir haben bereits entschieden, dass wir uns trennen wollen. Wir sollten jetzt versuchen, alles andere rational zu besprechen.«

Stuart schluckte so hart, dass ich es bis zu mir hörte. »Echt jetzt? Schmeißt du das alles weg? Erinnere dich doch mal, wie es angefangen hat. Wie es früher war.«

Ich setzte mich in meinem Stuhl auf. »Ja, genau, so wie es früher war. Das war doch völlig okay.«

Es war Kara, die jetzt unversöhnlich den Kopf schüttelte. »Die Seawolves werden untergehen, das prophezeie ich dir. Die Aufmerksamkeitsspanne der Menschen heutzutage ist so gering, dass sie nur da hingucken, wo es knallt und die Funken fliegen.«

»Die geringe Meinung über deine Mitmenschen ehrt dich«, erwiderte ich sarkastisch. »Aber auch auf die Gefahr hin, dass mein leiser Protest nicht so gut ankommt wie euer Feuerwerk, werde ich trotzdem dabei bleiben.«

Die Seawolves hatten sich gut zur Hälfte auf meine Seite gestellt und die andere Hälfte wollte mit Kara und Stuart weitermachen.

Ich ließ meinen Blick durch das Loft gleiten. Als wir noch für eine gemeinsame Sache gekämpft hatten, hatte es mir gut gefallen. Es war ein Zuhause gewesen. Doch jetzt, nach all den Differenzen, erschien es mir nur noch wie ein großer leerer Raum.

»Ihr könnt das Hauptquartier haben«, sagte ich. »Ich werde mir etwas Kleineres suchen.« Jetzt, da ich Lys hatte, gefiel mir die wenige Privatsphäre nicht mehr. Ich würde vermutlich ein kleineres Hauptquartier anmieten und zusätzlich eine Wohnung, in der ich mit meiner Freundin ungestört war. Doch all das stand noch in den Sternen und auch das war in Ordnung. Die Seawolves würden sehen, wohin der Wind sie trieb.

Kara schüttelte den Kopf. »Du sprichst darüber wie über eine Ware. Das hier war unser Zuhause. Es ist auch dein Zuhause.«

»Ich habe immer gerne hier gewohnt«, erwiderte ich. »Aber jetzt hat sich alles geändert. Wir haben uns auseinandergelebt, würde man wohl sagen. Und deshalb ist es gut, dass wir uns jetzt trennen, wo wir noch miteinander reden können.«

Kara schnaubte und ließ den Kopf in den Nacken sinken. »Und so geht es also zu Ende.«

Stuart hatte feuchte Augen, ich hingegen schaffte es mal wieder, meine Gefühle nicht hervordringen zu lassen. »Ich habe wirklich versucht, mit euch zu reden. Ich wollte euch umstimmen. Da aber all das gescheitert ist, frage ich mich, was ihr noch von mir wollt?«

»Mach doch einfach mit«, schrie Kara mich plötzlich an. »Augen zu und durch, du musst die Böller ja nicht selber werfen. Mach deine Videos, bezirze unsere Follower und gut ist es. Den Rest machen wir.«

Ich schüttelte den Kopf. »Bei euren Aktionen sind jedes Mal Menschen verletzt worden. Das will ich und kann ich nicht verantworten. Wenn wir zurück zu unseren Wurzeln kehren, dann machen wir da weiter, wo wir aufgehört haben. Wir haben schon so manchen Streit überstanden. Überlegt es euch noch mal in Ruhe.«

Stuart wollte etwas erwidern, doch Kara war schneller. »Nein.«

Jetzt war ich es, der schluckte. »Dann müssen wir mit unserer Entscheidung leben.« Es tat weh und noch hatte ich vermutlich gar nicht wirklich realisiert, dass wir gescheitert waren. Nicht in unseren Zielen vielleicht, aber auf unserem Weg dorthin. Ich hatte keine Ahnung, wie genau es weitergehen würde.

Kara griff nach ihrer Handtasche, und auf einen stummen Blick von ihr sprang auch Stuart auf. »Sag Bescheid, wenn du etwas Neues gefunden hast«, rief sie mir zu. Dann verließen sie das Loft.

Ich sah hinaus auf den Boston Channel. Normalerweise wäre ich jetzt durchgedreht. Hätte sofort Pläne gemacht, Leute angerufen und mich versichert, dass alles so klappen würde, wie ich es mir ausgemalt hatte. Vielleicht wäre ich auch wieder von

Dr. Jekyll zu Mr Hyde geworden und in irgendeinen Untergrundclub gefahren, um mich zu prügeln.

Stattdessen lehnte ich mich weiter in meinem Schreibtischstuhl zurück und ließ den Blick auf den sanften Wellen des Boston Channels ruhen. Ich dachte an Lys und wie sehr mich ihre Nähe verändert hatte. Wie gelassen ich durch sie geworden war. Wer der Seawolves würde wirklich an meiner Seite bleiben? Wo würden wir uns zukünftig treffen? Und wie würde sich die Arbeit von drei, die ich nun zu erledigen hatte, wenn ich die Seawolves ganz alleine anführte, mit meinen anderen Pflichten kombinieren lassen? Ich hatte nicht den blassesten Schimmer. Und das war zum ersten Mal in meinem Leben okay.

LYS

Campus der Brown University

Logbuch von Lys, der Abenteuerreisenden
Umzugskisten ins Wohnheim getragen: 7 von 8
Spontaner Einkauf bei »Bath and Body Works« auf dem Weg hierher: leider eskaliert und doppelt so viel ausgegeben wie geplant
Stimmung: glücklich

Chloe kreischte auf, als Jamie gefährlich schwankte. Er balancierte auf der Matratze ihres Betts und versuchte, ein kleines Regal darüber anzubringen.

Ich ließ die Bügel mit den frisch aufgehängten Klamotten sinken und musste bei diesem Anblick grinsen. »Wenn Jamie das Gleichgewicht verliert, musst du dich dazwischenwerfen, damit er nicht so hart fällt.«

Chloe schwang herum. »Vorsicht, Fräulein, ich weiß, wo deine Klamotten hängen.«

Jetzt kicherten wir beide. Ich war immer noch so erleichtert, dass mein Geheimnis unsere Freundschaft nicht zerstört hatte.

»Über wen lachen wir?« Zane betrat unser Wohnheimzimmer und schleppte eine Kiste mit der Aufschrift »Kram für die Behelfsküche« und hatte darüber noch eine Mikrowelle gestellt.

»Über mich natürlich«, sagte Jamie, der das Regal endlich bezwungen hatte. Er zog eine gespielt betrübte Miene, machte einen großen Schritt vom Bett und legte einen Arm um Chloe.

»Natürlich«, erwiderte Zane und guckte, als wüsste er genau, wovon Jamie da sprach.

Ich stupste ihn an und er grinste. »Ich gehe mal die letzte Kiste holen.«

»Ich mach das schon«, sagte Zane schnell. »Wer hat den Schlüssel? Dann schließe ich den Wagen jetzt ab.«

»Den habe ich.« Ich ging zu meiner Umhängetasche, die auf dem Bett lag. Als ich den Schlüssel fand, rutschte etwas Kleines aus der Innentasche. Der Kühlschrankmagnet.

Zane schnappte mir den Schlüssel aus der Hand, gab mir einen schnellen Kuss und verließ das Zimmer. Ich hingegen hob den kleinen Magneten hoch und betrachtete ihn.

Das Herz findet seinen Weg.

Auch ich hatte meinen Weg gesucht. Ich war zurück in meine Vergangenheit gereist, wollte Wiedergutmachung und mich selbst dabei finden. Die Beziehung zu meinem Vater hatte ich retten können. Er hatte Wort gehalten und sich selbst angezeigt. Außerdem hatte er die ersten Autos verkauft, um Kapital für eine Umstrukturierung der Firma zu haben. Wir hielten Kontakt, und Zane und ich wollten ihn in den Winterferien ein paar Tage besuchen. All das hatte mich Kraft gekostet und ohne meine Freunde hätte ich das nicht geschafft. Chloe, Zane, aber auch Tamika, Keiko und Ella. Keiko und Ella wollten uns in den Herbstferien besuchen kommen, weil Ella dann freihatte. Mit Tamika schrieb ich fast jeden Tag. Auch Nathan und ich texteten regelmäßig.

May und ich hatten uns weiter angenähert, aber es war einfach nicht mehr wie früher. Daher war es gut, dass ich nun im Wohnheim wohnte und wir so ein wenig räumliche Distanz zueinander hatten. Der Abstand war heilsam und ich war mir sicher, dass er unserer Beziehung guttun würde.

Schon war Zane mit der letzten Kiste da. Er stellte sie auf dem Boden ab. »Geschafft.«

»Danke dir.« Ich schob den Magneten in meine Tasche, dann umarmte ich Zane. Ich schmiegte mich an ihn und es war so ein schönes Gefühl, ihm so nah zu sein.

»Awww …«, machte Chloe und formte mit ihren Fingern ein Herzchen. Ich lächelte sie an.

Das Herz findet seinen Weg. Vielleicht auf Umwegen, vielleicht über eine holprige Straße, vielleicht durch ein Tal der Tränen. Aber dieser kleine fliederfarbene Kühlschrankmagnet und meine wunderbare, weise Freundin, die ihn mir geschenkt hatte, hatten definitiv recht.

DANKESCHÖN

… Ute Scholer und Stefanie Liske, dass Ihr dieses Projekt so wunderbar betreut habt. Danke für Eure Zeit, das angenehme Lektorat und die inspirierenden Gespräche. Es hat so viel Spaß gemacht!

… allen bei Planet! und Thienemann-Esslinger, die dazu beigetragen haben, dass aus meiner wilden Geschichte ein fertiges Buch wird.

… der Meller Literary Agency und hier besonders Franziska Hoffmann, meiner fabelhaften Agentin, die mein Rettungsboot auf der stürmischen See namens »Buchmarkt« ist.

… meinen Testleser:innen Alisa, Kathrin, Marie, Anna, Jennifer und Christoph. Danke für Eure Zeit und die hilfreichen Anmerkungen. Euer Feedback hat mir sehr geholfen!

… an Christin Giessel für dieses unfassbar schöne Cover!

… Euch, meinen lieben Leser:innen! Ihr seid es, die mich motivieren, die mich antreiben, immer mein Bestes zu geben und weniger zu zweifeln. Ihr seid ein Teil meines Lebens, den ich nicht mehr missen möchte.

Licht, Kira
Catching Feelings
Das Herz findet immer einen Weg
ISBN 978 3 522 50764 6

Umschlaggestaltung: Christin Giessel
unter Verwendung von Bildern von
Shutterstock.com: Tomertu/ Nikiparonat/Gut gemacht
Innentypografie und Satz: Kadja Gericke
Reproduktion: DIGIZWO GbR, Stuttgart
Druck und Bindung: CPI Moravia Books s.r.o., Pohořelice

FSC www.fsc.org MIX Papier | Fördert gute Waldnutzung FSC® C083411